트리피드의 날

07
미래의 문학

THE DAY OF THE
TRIFFIDS

트리피드의 날

존 윈덤 지음

박중서 옮김

폴라북스

차 례
■■■■

서문

대기권에서 방사되는 기묘한 초록색 불빛이 런던 하늘을 물들이고…… 전 세계는 하룻밤 사이에 실명과 치명적인 전염병에 직면하고…… 여기저기 흩어진 생존자들은 혼돈 상태인 재난 이후의 풍경 속에서 살아남기 위해 분투하는데, 하필 사방팔방에서는 높이 2미터의 이동성이고 육식성인(아울러 사람을 공격하는) 식물이 위협을 가하고……. 존 윈덤의 대표작 『트리피드의 날』을 이처럼 핵심 줄거리만 요약해 놓으면, 졸지에 1950년대 SF 중에서도 최악에 해당하는 통속적 클리셰의 패러디처럼 보일 것이다. 이 작가로 말하자면, 『트리피드의 날』과 1950년대의 후속 작품만 놓고 볼 때에는 이른바 '점잖은' 환상소설respectable fantasy의 주창자로 흔히 간주된다. 하지만 윈덤은 1951년에 『트리피드의 날』을 발표하기 이전에도 무려 20년간 대중적인 장르의 소설을 써서 소소한 성공을 거둔 베테랑이었다. 따라서 그는 자신의 새로운 이야기에 뭔가 매우 섬뜩한 공포를 결합시킴으로써 어떤 가치가 생겨나는지를 아주 잘 알고 있었다. 소설의 화자인 빌 메이슨은 저 섬뜩한 파국의 첫 번째 날에 잠에서 깨어났을 때의 기분을 회고하면서 이렇게 고백한다. "내 몸속에서는 뭔가 불쾌하고 공허한 기분이 피어오르기 시작했다. 어린 시절에 가끔 느끼던 것과 똑같은 기분이었다. 침실의 어두운 모퉁이에서 웅크리고 있는 무서운 것들에 관해서 생각하면 그랬다. (……) 어른이 되었어도 더 쉽지는 않았다. 여러분도 뭔가 비슷한 시련을 겪게 되면, 자기 자신이 전혀 자라지 않았다는 것을 깨닫고 깜짝 놀랄 것이다."

어쩌면 이 대목에서 윈덤은 자신이 이야기에 사용한 본능적이고도 원초적인 공포에 관해서 숙고한 셈일 수도 있다. 뚜렷하게 합리적인 사회에서 뭔가 억압되거나 승화된 공포와 불안을 다루고자 하는(한마디로 디킨스의 『픽윅 클럽 회보The Pickwick Papers』에서 팻 보이가 피력한 솔직담백하고도 유서 깊은 야심처럼 "소름이 돋게 만들고자" 하는) 작가의 의지가 『트리피드의 날』의 대중적 성공에 기여했음에는 의심의 여지가 없으니 말이다.

하지만 왜 우리가 지금 굳이 이 작품을 읽어야 할까? 그 배경의 색다른 소박함이라든지(왜냐하면 이것이야말로 '런던 교외에서 벌어지는 지구 종말 전쟁'이라 할 수 있으니까), 또는 계급과 성별에 대한 뭔가 색다른 태도 같은 사소한 역사적 호기심의 대상을 제외하면, 과연 이 작품은 어떤 흥미 요소를 갖고 있는 걸까? 만약 『트리피드의 날』이 그저 시류를 타는 작품에 불과했더라면, 저 히스테릭한 시대에 '우리가 아는 세계의 종말'을 다루었던 여타의 수많은 환상소설과 별다른 차이가 없었을 것이다. 이 책에서 그 나이를 알려 주는 요소를 지목하기는 충분히 쉽다. 예를 들어 냉전 시대 특유의 갖가지 장식물들이 그러한데, 단적으로 트리피드는 소련에서 시도한 생물학 실험의 무시무시한 부산물이었고, 전 세계적인 규모로 벌어지는 실명과 전염병은 궤도상의 위성 무기에서 발생한 오류로 인해 출몰한 것이기 때문이다. 또한 그 이름부터 어색하기 짝이 없는 조젤라 플레이턴이라는 몸매 좋은 상류층 출신 여주인공도 마찬가지이다. 하지만 이 소설은 단순히 클리셰의 일람표도 아니고, 멜로드라마 같거나 과도하게 무시무시한 것도 아니며, 서사적 사건이 부족한 것도 아니다. 그보다 『트리피드의 날』이 이 장르의 고전으로 인정받은 이유는 주로 그 명상적이고 논설적인 특징 때문이다.

실제로 윈덤은 이 소설 전반에 걸쳐서 간결한 문체를 효과적으로 구사하고 있는데, 이런 문체야말로 이 이야기의 자칫 통속적일 수도 있는 측면에 형식과 내용 모두를 부여하는 요소이다. "여러분이 수요일로 알고 있는 날이 마치 일요일과 같은 소리로 시작되었다고 치자. 그렇다면 어딘가에서 뭔가가 단단히 잘못되었다고 봐야 맞는다." 바로 이 첫 문장에서부터 빌의 서술은 간단명료하고, 현실적이고, 마치 술집에서 나누는 이야기와 같은 운율을("여러분이 수요일로 알고 있는 날이……") 갖고 있으며, 그리하여 종말에 관한 그의 서술은 설득력 있게도 일상에 뿌리를 두게 된다. 그 시작부터 윈덤이 사용한 재난 발생의 척도란, 역설적이게도 바로 일상적인 요일 구분이다. 이는 물론 그 이후에 벌어지는 변모에서 오는 충격을, 즉 도시와 교외 모두의 일상적인 것들이 격변의 도래로 인해 농락되고 변형되는 사건의 충격을 더욱 강력하게 만드는 데에 기여한다.

윈덤은 '논리적 환상소설logical fantasy'이라고 즐겨 자칭한 작품을 만드는 과정에서 이처럼 견고한 중산층의 현실에 굳이 기반을 두었는데, 그의 문학적 후계자들에게는 이것이야말로 약간은 좋기도 하고 약간은 나쁘기도 한 축복인 것으로 증명되었다. 좋은 측면의 사례라면, 윈덤의 소설이 학교 추천도서 목록이며 도서관 서가에 한 자리씩을 확보한 것을 들 수 있는데, 이것이야말로 그보다는 아랫길로 평가되는 경쟁자들이 줄곧 거부당했던 자리였다. 나쁜 측면의 사례라면, SF 서클 내에서는 윈덤이 비교적 아랫길로 인식되는 경향이 있었던 것을 들 수 있는데, 심지어 영국의 동료 SF 작가 브라이언 올디스는 그를 가리켜 "아늑한 파국cosy catastrophe의 대가"라고 평가한 바 있다. 즉 너무 구애되는 게 많고, 너무 소심하게 예의바르고, 전반적으로 너무 지구에만 국한되어 있다는 것이었다. 하지만 이것은 부당한 평판이 아닐 수 없다. 평범한 현실과 그 내부에서부터 유리되는 것이야말로 사실은 윈덤이 H. G. 웰스로부터 차용한 기법이었기 때문이다(윈덤은 웰스 이외의 다른 여러 작가들의 작법을 빌려 와서 작품에 유익하게 활용했다). 예를 들어 『우주전쟁The War of the Worlds』(1898)에서 외계인의 공격으로 인해 차마 상상조차 못할 정도로 변모된 빅토리아 시대 교외의 폐허에 관한 유명한 묘사를 보자. 퍼트니와 피너 같은 런던 근교의 아늑하고 평범한 지명들이, 빅토리아 시대 최고의 도시 재난 이미지 자료집인

불워 리턴의 『폼페이 최후의 날The Last Days of Pompeii』에서 곧바로 가져온 듯한 장면들과 초현실적으로 뒤섞여 버리지 않았는가!

　자정이 되자, 리치먼드 파크의 경사면을 따라 불타오르는 나무들이며, 킹스턴 힐의 섬광이 주위를 환히 밝히는 가운데, 검은 연기의 그물망이 템스 강 유역 전체를 뒤덮고 나서 눈 닿는 곳 어디까지나 멀리멀리 뻗어 가고 있었다. 그 사이로 화성인 두 명이 천천히 걸어 다니며, 쉭쉭거리는 증기 엔진을 이쪽저쪽으로 돌리고 있었고…….

　하지만 윈덤이 웰스나 제2차 세계대전 이후의 동료 SF 작가들과 뚜렷이 다른 대목이 있다면, 육식성의 젤라틴 외계 생명체 대신에 내놓은 본인의 가장 선정적이고도 혐오스러운 발명품을 다루는 과정에서조차도 특유의 무미건조한 침착함을 유지한다는 점이다. 그 발명품이란 비틀비틀 걷고, 썩은 고기를 먹고, 과도하다 싶을 정도로 예민한 생물인 트리피드이다. 교묘하게도 윈덤은 이놈들을 우리가 충분히 예상했을 법한 적대적인 침입자로 만들어 낸 것이 아니라, 오로지 진화의 궁극적인 기회주의자로 만들었다. 1950년대의 SF에 등장하는 수많은 우주의 적대자들이라든지, 지구에서 핵실험으로 돌연변이가 된 거대한 거미와 공룡과 오징어와 기타 등등은 수소폭탄 시대의 공포를 다양하게 반영한 결과물이다. 그 이전에 웰스가 내놓은 화성인과 마찬가지로, 이런 대상들은 멸망의 천사로서 이 세상에 찾아온 것이며, 따라서 인류에게는 전적으로 적대적인 모습으로 다가온다. 반면 트리피드는 적절한 시기가 찾아오기 이전까지는 기만적이다 싶을 정도로 아무런 움직임이 없다. 이 식물은 출현하자마자 인간에게 길들여지고, 독침이 제거되었으며, 그 귀중한 식물성 기름은 전 지구적으로 수익성 높은 산업의 핵심으로 자리 잡는다. 그러다가 파국이 찾아오자 트리피드는 그 사건으로부터 큰 혜택을 입게 되지만, 정작 이 식물은 그 사건의 발단에 아무런 기여도 하지 않은 상태이다. 오로지 과거의 주인들이 우연히도 주된 경쟁 우위를(즉 '시력'을) 상실하게 되었을 때에야, 비로소 트리피드는 (진화론에서 말하는 '자연 선택'이 아니라는 의미에서의) 이 '부자연 선택'에 의해서 주어진 기회를 붙잡게 된다.『미드위치의 뻐꾸기』와『번데기』같은 윈덤의 다른 소설들과 마찬가지로,『트리피드의 날』은 본질적으로 엄밀한 진화론적 우화이다. 인간의 지능이나 신체적 유능함까지는 부여받지 못했음에도 불구하고, 트리피드는 인간 대다수가 시력을 상실한 세상에서 약점을 들켜 버린 저 창조자들을 먹이로 삼아 생존하고 번성하는 과제에 유난히 잘 적응할 채비가 되어 있음을 손쉽게 입증한다. 이런 면에서『트리피드의 날』은 한 생물 종種의 오만에 관한 비극이기도 하다. 여기서 말하는 오만이란, 진화의 주기가 '인간의 부상浮上'과 함께 정점에 도달하며 완료되었다고 상상하는 순전히 인간적인 오만이다.

이처럼 전 지구적인 환경 재난의 결과로서 나타난 중대한 진화론적 변화에 관한 윈덤의 상상은, 행성의 충돌이 공룡의 멸종 원인일 수 있다는 현행의 고생물학적 가설보다 더 앞선 것이기에 오늘날에 와서는 더욱 그럴듯하게 들린다. "사실 이런 일은 때때로 일어나게 마련이니까요, 아시다시피. (……) 한 가지 유형의 생물이 세상을 영원무궁 지배해야 한다는 생각 자체가 부자연스러운 거죠.”

윈덤의 진화론적 관심 덕분에『트리피드의 날』은 인문지리학자 마이크 데이비스의 말마따나 ‘도시 종말론’의 계보에 속한 이전의 영국 소설들과 뚜렷이 구분된다. 황폐해진 그린벨트 내부에서 벌어진 최후 심판의 날을 환유적으로 요약하는 이런 소설들의 대표적인 사례로는 웰스의 작품들, 그리고 이보다 더 먼저인 리처드 제프리스의『런던 이후After London』를 들 수 있다(특히 제프리스의 작품은 지속 불가능한 개발로 인해 도리어 억압된 런던에 관한 내용으로, 무려 1885년에 나왔다고는 믿어지지 않을 정도로 선견지명 있는 통찰이 돋보인다). 웰스와 제프리스의 작품 모두에서 공들인 묘사는 보통 가공의 전염병이 발발한 해의 며칠이나 몇 주에 초점을 맞췄는데,『트리피드의 날』은 무려 10년이 넘는 작중 기간을 보유한 까닭에, 처음의 사회 붕괴 이후로도 오래 지속된 무질서로의 변환에 관해서 더 길고 더 반성적인 고찰을 가능하게 했다. 소설의 한 대목에서 주인공 빌의 서술은, 한때 런던에 들끓었던 군중의 모습이 생생한 기억이기는커녕 오히려 신화에 가까워진 후세로까지도 나아간다. “내 기억 속에서도 그들은 현실감을 결여하고 있었다. 이제는 그들의 흔적조차도 없었다. 로마 시대의 콜로세움에 모인 관객들이나, 또는 아시리아 군대의 병사들과 마찬가지로, 이들 역시 역사의 배경막이 되어 버렸으며, 어느새 그만큼이나 멀리 사라져 버렸던 것이다.”

자기가 가진 힘의 무오류성에 관한 인간의 오도된 자신감 때문에, 윈덤이 이 세상에 부과한 시력 상실이라는 재난은 득히나 적절한 것이 되어 버린다. 문학적 상징이며 은유로서의 시력 상실은(그리고 이 재난에서 비롯되는 의외의 '통찰'은) 최소한 오이디푸스 신화로까지 거슬러 올라가는 전통을 구성한다. 하지만 전통적인 수사와는 정반대로 빌과 조젤라가 생존한 것이며, 또 다른 사람들의 생존을 도울 수 있었던 것은 어디까지나 이들이 온전히 보전한 시력 덕분이었는데, 이와 같이 신체적 시력 상실이 영적이고 도덕적인 통찰을 낳는다는 전통적인 수사修辭에 대한 윈덤의 반전은 독자가 이 소설을 설교로 읽기보다는 오히려 우화로 읽어 주었으면 하는 작가의 의도를 시사한다. 그 우화적 성격을 보여 주는 시력 상실[盲目]의 상태 속에서 전 세계는 심연 속으로 무너져 내리고, 오로지 선택된 소수만이 눈을 뜨고 스스로를 구제한다. 예를 들어 빌과 조젤라가 포기해 버리는 구체적인 정체성을(즉 실험생물학자와 자유분방한 쾌락주의자라는 각자의 정체성을) 보면, 이들 역시 그 눈에서 비늘이 벗겨지기 전까지는 전 세계에 만연하던 '죽음을 향한 동경'에 관여하고 있었음이 암시되는데, 빌은 불길하리만치 왜곡된 과학, 즉 프랑켄슈타인을 만들어 내는 과학의 아바타를 통해서, 그리고 조젤라는 특권적 엘리트의 무분별한 쾌락주의를 통해서 관여한 것으로 상징된다.

문명의 붕괴가 마치 자초된 것처럼 묘사한 대목 역시, 『트리피드의 날』에 앞서와 마찬가지로 애수 넘치고 풍자적인 풍미를 더해 준다.

여하간 나는 웨스트민스터에 결국 도착했다.

그곳에는 죽음의 분위기가, 즉 모든 것을 끝내 버린 듯한 느낌이 유난히 강조되어 있었다. (……) 움직이는 사람은 겨우 세 명밖에 안 보였다. 화이트홀의 배수로를 따라 지팡이를 짚으며 걸어가는 사람이 두 명이었고, 팔러먼트 스퀘어에 또 한 명이 있었다. 링컨 동상 가까이 앉아 있던 그 사람은 귀중한 재산 하나를 꽉 움켜쥐고 있었다. 그 재산이란 베이컨 한 덩어리였으며, 그는 무딘 칼로 그걸 울퉁불퉁하게 잘라 내고 있었다.

그 모든 풍경 위로 의사당이 우뚝 솟아 있었으며, 그곳 탑에 설치된 시계의 바늘은 6시 3분에 딱 멈춰 있었다. 이 모두가 더 이상은 아무런 의미도 없다는 사실, 저 건물조차도 이제는 평화롭게 썩어 갈 불안정한 돌멩이들의 허세 가득한 결합체에 불과하다는 사실은 정말 믿기가 힘들었다. 머지않아 저 뾰족탑이 허물어져서 테라스 위로 비 오듯 쏟아져도 이제는 아무런 상관이 없었다. 자기네 귀중한 목숨을 노리는 그런 위협에 대해 불만을 쏟아 낼 성난 국회의원들도 더 이상은 없을 것이기 때문이었다. 그 전성기에는 전 세계에 좋은 의도와 슬픈 편법을 메아리치게 만들었던 저 회의장 안으로, 지붕도 머지않아 무너져 내릴 것이었다. 이를 막을 사람은 아무도 없을 것이며, 아무도 신경 쓰지 않을 것이다.

이 소설에서 뭔가 더 다급하고 현대적인 견해가 있다면, 자칫 재난을 재촉했을 가능성이 높은 저 군사적 모험주의조차도, 그보다 더 심하게 유해한 환경적 모험주의와 비교하자면 기껏해야 그 시녀에 불과했다는 윈덤의 주장에서 유래한다. 즉 "우리 가운데 누군가가 어찌어찌 만들어 낸 것이었고, 또 우리 나머지가 무분별한 탐욕으로 인해 전 세계 각지에서 기르게 된 것"이었던 "저 끔찍하고 낯선 괴물" 트리피드로 말하자면, 한때는 인간에 의해 남용되고 지배되었지만 지금은 소생하는 자연계의, 즉 고문자이며 착취자인 인간으로부터 세계를 되찾을 기회를 어디서나 노리는 자연계의 호전적인 전위 부대인 셈이다. 스탈린이 애호한 유전학자 트로핌 리센코의 사이비 이론이 트리피드라는 (비록 크게 왜곡되기는 했지만 어쨌거나 실제적인) 결과물을 내놓을 수 있으리라는 이 소설의 전제는 과학적 신빙성이 크게 떨어지는 것도 사실이지만, 이처럼 무분별하고 무규제적인 유전학의 농업 실험이 결국 근시안적인 기술 관료주의technocracy가 되어 돌아오리라는 생각은 오로지 1951년 이후의 다급한 긴박성 속에서나 생겨날 만한 것이었다. 이처럼 자연의 남용과 복수야말로 윈덤의 상상력을 촉발한 테마가 분명했는데(아울러 이 시기의 또 다른 중요한 영국 SF 작가 존 크리스토퍼의 『풀의 죽음The Death of Grass』(1956)에서도 마찬가지였다) 실제로도 『트리피드의 날』의 가장 생생하고 인상적인 대목 가운데 하나는, 도시 확장의 점진적인 역전 현상, 즉 해안 별장이며 도로를 따라 주택이 늘어선 시골 마을이 마치 마법처럼 복원된 원시의 숲 아래로 서서히 사라져 버리는 현상에 관한 묘사이다.

풀과 잡초가 배수로를 점령하고 하수구를 막아 버렸다. 낙엽이 홈통을 막아 버린 까닭에, 지붕 배수로의 틈새와 침니沈泥 속에 더 많은 풀이며 심지어 덤불까지도 자라났다. 거의 모든 건물이 초록색 가발을 쓰기 시작한 상태였고, 급기야 지붕에 물이 고여 바닥이 썩어 버리고 말았다. (……) 여러 공원과 광장의 화단에만 머물던 야생이 그 주위의 거리를 따라 슬금슬금 뻗어 나가고 있었다. 그렇게 자라나는 식물들이 사방에서 압박을 가하는 듯, 보도의 포석 사이 틈새에 뿌리를 내리고, 콘크리트 갈라진 곳에서 솟아오르고, 심지어 방치된 자동차의 좌석에서도 거처를 찾아냈다. 인간이 창조한 불모의 공간을 사방팔방에서 이놈들이 점차 다시 차지하고 있었다.

(……)

"불과 몇 년 전에만 해도 상황이 달랐었죠." 조젤라는 생각에 잠긴 듯 말했다. "저런 방갈로가 시골 풍경을 망쳐 놓고 있다고 사람들이 비난해 마지않았으니까요. 그런데 지금 저걸 좀 보세요."

"이제는 시골 풍경이 복수를 가하는 셈이네요, 딱." 내가 말했다. "그때에는 마치 자연이 완전히 끝장나 버린 것처럼 보였죠. '그 노인네한테 그렇게 많은 피가 들어 있으리라고 누가 생각이나 했을까?'"

이처럼 환경보호주의적 불안의 경고처럼 들리는 대목이 들어 있다 보니 『트리피드의 날』에 뭔가 예언적인 면모가 부여되는 것도 사실이다. 하지만 동시에 이 작품은 (다른 모든 SF와 마찬가지로) 단순히 미래를 예언하고 마는 것이 아니라, 또한 장르 특유의 흐린 거울dark mirror을 통해서 그 시대를 불가피하게 반영하고 있다. 장르 특유의 제약되고 인습화된 줄거리의 규약 및 테마에 대한 심취 덕분에, 우리는 이런 텍스트를 생성하는 문화에 내포된 지속적이고 근본적인 우려를 (이른바 '위대한' 문학의 더 자의식적이고 특색 있는 텍스트와 비교했을 때) 너 직접적으로 시각하게 된다. 따라서 고전 서부극의 단순한 선악 이분법의 배후에서, 우리는 그런 서부극을 도출한 전통적인 로맨스 서사를 분간할 수 있다. 그리고 양쪽 모두에서는, 현대성을 향해 진화하는 사회에서 일어나는 시골과 도시의 관계에 대한 근본적인 우려가 결정되거나 또는 침전되어 있다. SF의 경우, 한편으로는 그 본성상 사실주의를 엄밀히 고수해야 하는 절실한 필요에 의한 제약 정도가 덜한 까닭에, 그리고 또 한편으로는 유토피아와 디스토피아와 그 둘 사이의 온갖 상태들에 대한 외삽을 오래전부터 해 온 까닭에, 이 의미심장한 사회관계는 여전히 더 눈에 띈다.

웰스와 제프리스부터 시작된 이른바 '런던의 종말' 계열의 작품군은 무려 75년이 넘는 기간 동안 점진적으로 이루어진 지정학적 쇠퇴의 시기에 영국의 제국 문화에 대한 (절망과 파멸을 번갈아 오가는) 교훈조의 구경거리를 영국 독자들에게 제공했다. 즉 우월함의 환상 속에서 분투하는 영국의 제국 문화는, 차마 상상이 불가능한 정도로 거대한 자연적, 또는 초자연적, 또는 비자연적인 (강력한) 힘과 맞닥뜨린 상태가 되고 나면, 결국 그 스스로의 치명적인 힘의 오만과 그 스스로의 최종적인 무능을 직시하지 않을 수 없게 되는 것이다. 예를 들어 웰스의 『우주 전쟁』뿐만 아니라, 심지어 런던 대공습을 예견한 『공중 전쟁The War in the Air』(1907)과 같은 환상소설들은 영국의 전략적 주도권을 겨냥해 독일 제국이 제기한 위협에 대한 대중의 점점 커지는 두려움과 적극적으로 관련되어 있다. 그로부터 50년 뒤, 그러니까 1945년에 제2차 세계대전이 종식된 때로부터, 1956년에 수에즈에서 영국의 제국 자처가 최종 소멸한 때 사이에 등장한 윈덤의 우려는 첫눈에 보기에는 비교적 편협한 것처럼 보인다.

『트리피드의 날』을 네빌 슈트의 『해변에서On the Beach』나, 월터 밀러의 『레이보위츠를 위한 찬송A Canticle for Leibowitz』과 같은 최후 심판일 및 그 이후에 관한 동시대의 다른 작품들과 비교해 보면, 영국의 종말 문학의 변경이 얼마나 심하게 줄어들었는지가 자명해진다. 『트리피드의 날』의 서두에서 우리는 시력 상실이라는 파국이 실제로 전 세계적이라는 사실을 (뭔가 성급하지 않나 싶은 방식으로) 믿어야 하는 입장이 된다. 역설적이게도 바로 이런 전 지구적 재난 덕분에, 윈덤은 전적인 사회적 붕괴로 인해 한편으로는 (비록 미성숙한 상태라고는 해도) 세계 통신망의 연결이 단절되고, 또 한편으로는 조만간 수에즈를 놓고 아이젠하워가 매우 굴욕적으로 분명하게 표명하게 될 대서양 동맹의 상호의존성이 모조리 갑작스럽게 단절된 세계를 가정한 다음, 조국의 국경 안으로 자신의 서술 초점을 축소시킬 수 있었다.

어떤 종류이건 간에, 예를 들어 미국인이 허시 초콜릿과 나일론 제품과 노하우를 가지고 자기들을 구원하러 달려오리라는 사실을 어리석을 정도로 맹신하는 젊은 여성의 경우처럼 범대서양주의자가 되었건, 아니면 이른바 '영국 남동지구 비상위원회의 최고실무 책임자'를 자처하면서, 이 파국이야말로 트리피드 이후의 경제 기적Wirtschaftswunder을 계획하는 도도한 외국 놈들에게 영국이 앞장서서 새로운 질서를 부여해 주기 위한 전략적 유예 기간에 불과하다고 생각하는 불량스러운 생존지상주의자 겸 파시스트인 토런스의 경우처럼 유럽중심주의가 되었건 간에, 윈덤에게는 국제주의적 공상을 할 시간적 여유가 거의 없었다. 작가는 작품 속 주인공들의 시야를 좁혀 버리고, 강제적인 자급자족과 극단적인 소小영국주의⁺를 빌과 조젤라에게 부과한다. 이 소설의 마지막 문장에서 빌은 세계에 관해서 이야기하는 것이 아니라 '땅[나라]'을 찬탈한 트리피드를 몰아내겠다고 다짐한다. 그리고 영국 최후의 가장 큰 희망이 그 힘을 모으는 장소는 뭔가 좀 어울리지 않게도 작디작은 와이트 섬의 요새이다.

이 모두를 고려할 때, 이 소설을 엄격하게 영국중심주의의 측면에서 해석하는 것은 지극히 온당해 보인다. 예를 들어 이 작품은 제2차 세계대전 이후 노동당 정권 치하의 침체기에 복지 국가를 표방한 영국에 대한 비판적인 우화로 볼 수도 있다(클레먼트 애틀리⁺⁺는 결국 1951년에 『트리피드의 날』이 출간된 지 몇 주 뒤에 보수당의 전신인 토리당에게 패배하고 말았다). 주인공 빌 메이슨은 철학적 반추의 경향을 어쩌다 한번씩만 드러낼 뿐이지만, 주로 그가 폐허 속을 혼자 여행할 때에 떠오르는 이런 간헐적인 반성의 주제는 종종 따분한 일상화와 과도한 규제의 부담으로 인해 야기된 문화적 무능함으로 돌아간다. "그날의 기억을 머릿속에 다시금 떠올리기는

⁺ 영국의 제국주의적 영토 확장에 대한 반대론으로, 옛 식민지는 분리시키고 영국 본토의 이익만을 생각할 것을 주장한다.
⁺⁺ 영국의 정치인 클레먼트 애틀리(1883~1967)는 제2차 세계대전 직후인 1945년에 노동당을 이끌고 총선에서 승리하여 총리가 되었다. 주요 기간산업의 국영화와 사회보장제도의 실시와 같은 주요 정책을 추진했지만, 전쟁으로 피폐해진 영국 경제가 침체의 늪에서 벗어나지 못하면서 큰 비판에 직면했고, 결국 1951년의 총선에서 실패하고 1955년에 정계 은퇴를 선언했다.

쉬운 일이 아니다. 지금이야 우리도 좀 더 자급자족적이 되었다. 하지만 그 당시만 해도 워낙 많은 것이 일상화되어 있었으며, 여러 가지 일들이 상호 연관되어 있었다. 우리 각자가 올바른 자리에서 각자의 작은 역할을 워낙 꾸준히 수행했기 때문에, 자연법칙의 습관과 관습을 오해하기가 쉬웠던 것이다."

이런 테마는 어쩌면 제2차 세계대전 이후 영국에서 실시된(마치 끝도 없어 보이던) 내핍의 제한 때문에 불만을 품었던 모든 사람에게 자연스럽게 호소력을 발휘했을 수 있다. 1990년대의 독자 역시 최근 정치의 자유방임주의 관련 유행어를 기억한다면, 한편에는 규제와 일상화에 의해서 치명적인 자기만족에 도달한 세계, 또 한편에는 이른바 '자급자족'의 신선한 활력의 세계라는 암묵적인 대조로부터, 더 최근의 보수주의가 가한 '유모 국가nanny state'라는 명예훼손의 의미심장한 선례를 이 소설에서 찾아낼 수 있을 것이다. 세계의 종말을 다룬 SF 가운데 상당수의 핵심에는 이처럼 자유지상주의적 경향이 뚜렷이 놓여 있다. 어쩌면 이것이야말로 충분히 예상 가능한 일일 터인데, 왜냐하면 한편으로는 잔재의 보전, 또 한편으로는 새롭게 건설해야 할 세계, 이 두 가지야말로 생존지상주의자의 기본 전제이기 때문이다(스티븐 킹의 『스탠드The Stand』와 그 이후의 수많은 모방작들에서는 이런 전제가 절멸의 극단까지 이른다. 현대 미국 자경단 운동의 성서라고 할 수 있는 신나치주의 인종 전쟁 판타지인 『터너 일기The Turner Diaries』[+]는 두말할 나위도 없다). 『트리피드의 날』에서도 시력이 온전한 소수의 사람들이 시력을 상실한 다수의 사람들에게 어떤 도덕적 의무를 지니느냐를 놓고 괴로움과 수먹다짐이 야기되기는 하지만, 결국에 가서 윈덤은 유능한 소수의 보전이야말로 문화를 구제하는 유일하게 현실적인 수단이라고 바라본다는 견해를 분명히 한다.

하지만 미국의 생존지상주의자의 기준에 의거해 평가하자면(여기서는 가차 없이 적대적인 환경 속에서 어렵사리 자급자족을 유지하기 위해 분투하는 소수의 생존자 공동체의 이미지가, 이른바 서부 개척민과 필그림파더스⁺⁺ 같은 기존의 개인주의적 신화와 자연스럽게 결합된다)『트리피드의 날』에 나타난 윈덤의 입장은 모든 형태의 사회 조직과 다양한 형태의 집단적 행동에 반대하는 경향이 오히려 훨씬 덜해 보인다. 이 소설에서 여러 차례 강조된 핵심은, 실질적이고도 더 광범위한 공동체가 부재하는 상황에서 소규모의 고립 집단은 (기껏해야 생계를 유지하는 수준으로 버티는 것조차도 혹독한 시련일 테니까) 세대를 거듭하면서 점차 무지와 야만 쪽으로, 그리고 궁극적으로는 트리피드와의 싸움에서의 패배 쪽으로 한 걸음씩 더 나아가는 일이 불가피하다는 것이다. 아울러 토런스가 지지하는(그 사람이라면 아마도 신新봉건영주제와 강제 노동 수용소를 결합한 사회 조직의 모델을 선호하지 않을까) 파시스트적 자경단 제도 등에 대한 윈덤의 저평가 역시 명백하다.

+ 미국의 백인우월주의 단체 내셔널 얼라이언스의 대표 윌리엄 루서 피어스(1933~2002)가 '앤드루 맥도널드'라는 필명으로 1978년에 발표한 소설로, 미국에서 백인우월주의 혁명이 일어나서 연방 정부를 타도하고, 핵전쟁 이후의 세계에서 흑인과 유대인과 이민자와 동성애자 등의 소수자들과 인종 전쟁을 벌인다는 내용이다. 노골적인 인종차별주의 때문에 비판을 받았지만, 이에 공감하는 일부 세력이 자경단을 조직하는가 하면, 심지어 1995년 오클라호마시티 폭탄 테러범 티머시 맥베이(1968~2001)도 이 소설에서 범행의 영감을 얻었다고 주장하여 화제가 되었다.
++ 1620년에 영국의 종교적 탄압을 피해 신앙의 자유를 찾아서 미국의 뉴잉글랜드에 이주한 청교도들로 플리머스 식민지를 개척했다.

하지만 원덤이 겨냥한 진짜 표적은 단일한 정치 제도, 또는 단일한 민족 문화보다 더 커다란 뭔가였다.

그 당시의 생활 방식을 돌이켜 보면, 일상생활에 관해서 우리가 알지도 못했고, 굳이 알려고 하지 않았던 것의 양 자체만 해도 단순히 놀라운 수준을 넘어서서, 어떤 면에서는 약간 충격적인 수준이다. 예를 들어 나는 식품이 어떻게 해서 우리에게 도달하는지, 깨끗한 물이 어디에서 오는지, 내가 입는 옷은 어떻게 천으로 짜서 만드는지, 도시의 하수도가 어떻게 도시를 건강한 상태로 유지해 주는지 등등의 일상적인 것에 관해서 사실상 아무것도 몰랐다. 우리의 삶은 다소간의 효율성을 발휘하며 각자의 일에 종사하는, 그리고 다른 사람들에게도 똑같이 하기를 기대하는 전문가들의 복합체로 변모해 있었던 셈이다.

이런 정서는 20세기의 시작을 앞두고 현대의 기술관료주의가 '영역 특화' 현상에 의해서 유지될 것이라고 설명한 막스 베버의 독창적인 주장까지 거슬러 올라가는 사회 비판의 전통에 속한다. 또한 이런 정서는 데이비드 리스먼의 『고독한 군중The Lonely Crowd』, 윌리엄 화이트의 『조직 인간The Organisation Man』, 그리고 C. 라이트 밀스의 여러 저서처럼, 동시대에 나온 고전적인 미국의 사회학 저서들과 강한 유사성을 지니고 있다(이런 작품들은 하나같이 아주 멋지지는 않은, 관료주의가 주도하는, 기술에 의존하는 아이젠하워 시대의 세계를 설명하고 있다). 또한 무반성적이고 활기 없는 도구적 과학에 지배당하는 일상화된 세계의 파멸적인 결과에 관한 『트리피드의 날』의 설명은, 프랑크푸르트학파의 후기 자본주의 근대성 비판과도 공명하고 있는데, 윈덤이 글을 쓰던 시절에만 해도 잘 알려지지 않았던 이 주장은 더 훗날인 1960년대에 가서야 학생 시위와 환경 운동의 형성 과정에서 핵심적 역할을 담당하게 되었다.

이렇게 놓고 보면, 윈덤은 종종 폄하 목적으로 따라붙는 '아늑한 파국'과는 거리가 멀어 보이고, 오히려 현대 사회의 도덕적이고 지적인 파산에 대한 엄격한 비판가와 더 가까워 보이기 시작한다. 하지만 『트리피드의 날』에 나타난 그의 전망은 여전히 보수주의적 전망으로 남아 있다(최소한 인간의 완벽성에 대한 전망에 반대하는 특유의 깊은 회의주의 때문에라도 그렇다). 비록 SF 전반이, 그중에서도 생존지상주의라는 하위 장르의 SF가 십중팔구 가상의 사회 조직을 즐겨 등장시키는 것이 사실이지만, 디스토피아적 미래의 실제 현실을 전망할 때의 윈덤의 묘사가 워낙 생생했기 때문에, 그 와중에 불쑥 나타난 극소수의 유토피아적 대안은 기껏해야 공상에 불과해 보이고 만다. 빌 메이슨의 비교적 단조로운 세계관 속으로 자칭 개혁가들, 즉 순회 전문 몽상가인 코커라든지, "남성은 반드시 일을 해야 할 겁니다. 여성은 반드시 아이를 낳아야 할 겁니다"라면서 가부장적 일부다처제를 제안하는 위엄 있어 보이는 사회학자가 침범해 들어올 때마다, 윈덤은 마치 실용적인 사람이 과학자들의 허풍 섞인 주장 및 그들이 제안하는 비용을 바라보며 떠올리는 은근한 비웃음을 보낼 뿐이며, 이는 저 개혁가들의 프로젝트가 (기껏해야) 어정쩡한 성공을 거두었다는 설명에 의해서 강조된다. 더 의

미심장한 부분은, 이미 죽어 버린 문명의 위력과 자멸적 능력 모두를 요약하는 새로운 우주론을 아이들에게 만들어 주자는 조젤라의 제안을 윈덤이 이보다 훨씬 더 진지하게 받아들인다는 점이다. 이것이야말로 설명과 영감과 교훈을 모두 주는 일종의 반反창조 신화인 것이다. 비록 4년 뒤에 발표한 『번데기』에서 윈덤은 (불운하세도) 국교國敎가 제정된 미래의 핵전쟁 이후의 문화를 묘사하는데, 『트리피드의 날』에서는 제아무리 유익한 사회공학이 있다 치더라도, 그보다는 차라리 필요 불가결한 허구가 사람들에게 더 잘 봉사할 것이라는 강력한 암시가 등장하는 셈이다.

따라서 만약 이 소설의 결말이 약간 갑작스럽게 보인다고 치면, 그리고 막판에 빌이 내놓는 장밋빛 전망이(즉 트리피드에 대항하는 박테리아를 이용한 십자군 전쟁에 대한 약속이) 어딘가 약간 강요된 것처럼 보인다고 치면, 이는 어디까지나 회복과 재건에 관한 작품 속 주인공의 믿음을 윈덤이 공유할 수가 없었기 때문일 것이다. 그리고 어쩌면 유전자 조작으로 탄생한 트리피드와 맞서 싸우기 위해 유전자 조작에 의존해야 하는 아이러니가 너무나도 두드러진 까닭이 아니었을까.

윈덤은 전쟁을 직접 겪었으며, 그로 인한 살육을 보면서 혐오를 느꼈다. 『트리피드의 날』에서 그는 자기 세대가 실현하기 위해서 싸웠던 그 세계에 대한 뒤늦은 환멸을 기록한다. 그 주인공들의 온갖 확고부동한 건전함에도 불구하고, 이 소설에는 비관주의의 지속적인 긴장이 전체를 관통하고 있으며, 이런 긴장은 한편으로는 이미 사라지기는 했지만 그 장점이 무엇인지는 의심스러운 세계에 대한 향수, 또 한편으로는 그 세계를 대체할 뭔가에 대한 회의주의, 이 두 가지 사이에 걸쳐 있다.

이처럼 무너져 내리는 풍경보다는, 오히려 조용한 시간에 때때로 나를 엄습한 향수가 더 마음을 흔들어 놓았다. 시골에 혼자 있을 때면 예전 삶의 즐거움을 회고할 수 있었다. 반면 황량하고 천천히 무너져 가는 건물들 사이에 서 있을 때면 오로지 혼란만을, 좌절만을, 목적 없는 충동만을, 그리고 사방에 퍼져 있는 텅 빈 차량의 땡그랑 소리만을 떠올리게 마련이었으며, 우리가 과연 얼마나 많은 것을 잃어버렸는지조차도 확신할 수 없게 되었으니…….

일찍이 윈덤이 비판했던 저 단정하고 계급에 얽매인 세계는 어떤 면에서 시간의 경과와 신속한 문화적 변화로 인해 오늘날 이미 소멸되었다고, 그것도 『트리피드의 날』에서 벌어지는 대격변의 효과만큼이나 철두철미하게 소멸되었다고 볼 수 있다. 하지만 그의 시대와 우리 시대 사이의 간극을 메워 주는 한 가지 특질이 있다고 치면, 그것도 기술관료주의에 대한 환경보호주의적 비판을 넘어선 곳에 있다고 치면, 그것은 바로 이러한 고통스러운 반성과 질문의 어조일 것이다. 이런 어조야말로 오늘날의 우리에게는 워낙 친숙한 것이며, 어딘가 '점잖지 못한' 동료 SF 작가들 사이에서 정직하고 청렴한 중산층을 지지하는 대들보처럼 보이는 윈덤의 기존 이미지와는 어긋나는 것이기도 하다. 이런 면에서 윈덤은 놀랍게도, 그러나 따지고 보면 일면 차분해 보이는 1950년대의 다른 여러 작가들과 마찬가지로, 최소한 우리의 동시대인인 것으로 판명된다.

배리 랭퍼드[+]

+ 배리 랭퍼드Barry Langford는 런던대학 로열 홀러웨이 캠퍼스에서 영화 및 텔레비전 연구를 담당하는 강사이다. 영화 및 미디어 연구와 비평 이론에 관한 다양한 주제의 글을 발표했으며, 저서로는 『영화 장르: 할리우드와 그 너머』(2005), 『후기고전주의 할리우드』(2010) 등이 있다.

제1장

종말의 시작

여러분이 수요일로 알고 있는 날이 마치 일요일과 같은 소리로 시작되었다고 치자. 그렇다면 어딘가에서 뭔가가 단단히 잘못되었다고 봐야 맞는다.

나는 잠에서 깨어나자마자 그렇다고 느꼈다. 하지만 좀 더 정신이 명료하게 돌아가기 시작하면서부터는 도리어 의구심이 들었다. 어쨌거나 뭔가가 잘못되었다고 치면, 남보다는 오히려 내 쪽이 잘못되었을 가능성이 더 컸다. 그래도 이런 일이 어떻게 가능한지 이해할 수가 없었다. 나는 계속해서 기다렸고, 점점 의심으로 물들었다. 하지만 머지않아 첫 번째 객관적 증거의 단편을 얻게 되었다. 멀리서 들려오는 시계 종소리가 내게는 마치 8시 같았던 것이다. 나는 의구심을 품고서 열심히 귀를 기울였다. 곧이어 또 다른 시계가 크고도 뚜렷한 종소리를 내기 시작했다. 그 시계는 논란의 여지가 없는 8시를 느긋한 태도로 알렸다. 곧이어 나는 상황이 섬뜩하다는 사실을 **깨닫게** 되었다.

내가 세계의 종말을(음, 적어도 내가 30년 가까이 알고 지냈던 세계의 종말을) 벗어나게 된 것은 순전히 사고 때문이었다. 가만 생각해 보면, 상당수의 생존이 결국 이와 유사하지 않았나 싶다. 본래 병원에는 항상 사람이 상당히 많게 마련인데, 평균의 법칙에 의거하여 나 역시 그런 사람 가운데 하나가 되도록 지금으로부터 일주일 전쯤에 선택받았던 것이다. 여차하면 나는 그보다 일주일 전쯤에 선택받을 수도 있었을 것이다. 만약 그랬다면, 나는 지금 이 글을 쓰고 있지 못했을 것이다. 심지어 나는 아예 이곳에 없었을 것이다. 하지만 우연히도 나는 바로 그 특정한 시간에 병원에 들어가 있었을 뿐만 아니라, 내 눈에는 물론이고 내 머리 전체에도 붕대를 감고 있었던 것이다. 그 '평균'을 명령한 장본인이 누구인지 모르겠지만, 내가 그에게 반드시 감사해야 하는 이유도 바로 그거였다. 하지만 그 당일에 나는 단지 짜증을 부리기만 했었고, 도대체 지금 무슨 일이 벌어지고 있는지 몰라 어리둥절했다. 왜냐하면 병원에 충분히 오래 있다 보니, 수간호사를 제외하면 시계야말로 그곳에서 가장 신성한 존재임을 잘 알았기 때문이다.

시계가 없다면 그 장소는 한마디로 제대로 돌아갈 수가 없었다. 매 초마다 누군가가 출생, 죽음, 투약, 식사, 조명, 대화, 업무, 수면, 휴식, 붕대 갈기, 세면 등을 시계와 의논했다. 그리고 지금까지는 누군가가 나를 씻기고 매만져 주는 시간이 정확히 오전 7시에서 3분이 지난 시간으로 정해져 있었다. 내가 1인실을 좋아하는 가장 큰 이유 가운데 하나도 이것이었다. 다인실에서는 이 복잡한 절차가 불필요하게도 딱 한 시간 전부터 시작되게 마련이었다. 하지만 오늘 여기서는 약간씩 다르게 맞춰진 시계들이 사방팔방에서 계속 여덟 번 종을 울렸다. 그런데도 아직 누구 하나 나타나지 않고 있었다.

나야 스펀지로 봄 닦는 일을 부적 싫어했다. 그야말로 쓸모없는 일이라고 생각해서, 누군가가 화장실까지만 길 안내를 도와준다면 충분히 나 혼자 할 수 있다고도 주장했다. 그런데 막상 그 일이 일어나지 않자 뭔가 당혹스러웠다. 게다가 평소 같으면 지금은 아침 식사 바로 직전이었기 때문에, 나는 배까지 고파졌다.

어쩌면 나는 이제껏 아침마다 불안했는지도 모른다. 그래도 오늘만큼은, 그러니까 5월 8일 수요일만큼은 개인적으로 각별히 중요한 날이었다. 그 모든 소동과 일과를 어서 마치고 싶어서 이중으로 조바심을 낸 까닭은, 오늘이 내가 붕대를 푸는 날이었기 때문이다.

나는 주위를 손으로 더듬어서 호출기를 찾아낸 다음, 5초를 꽉 채워서 눌렀다. 내가 그들을 생각하고 있음을 확실히 알리기 위해서였다.

이런 종소리에 따라 나오게 마련인 귀엽고도 짜증스러운 반응을 기다리는 동안, 나는 계속해서 귀를 기울여 보았다.

그런데 바깥 풍경에서는 내가 예상한 것보다도 훨씬 더 잘못된 소리가 난다는 사실을 그제야 깨달았다. 바깥에서 나는 소리, 또는 나지 않는 소리만 놓고 보면 오히려 일요일보다도 더 일요일 같았다. 나는 다시 한번 생각을 더듬어 본 끝에, 오늘이 **확실히** 수요일이라고 확신했다. 무슨 일이 일어났건 간에, 수요일이 분명했다.

세인트머린 병원의 설립자들은 애초에 왜 굳이 이 건물을 값비싼 사무실 부지 바로 건너편의 대로변에 세웠을까. 그리하여 왜 굳이 환자들의 신경을 계속해서 곤두서게 만들었을까. 이건 나조차도 도무지 이해할 수 없는 단점이었다. 하지만 계속되는 차량 행렬의 소음으로부터 아무런 영향을 받지 않는 질환으로 고생하는 운좋은 환자들의 경우, 병상에 누워 있는 상태에서도 (굳이 말하자면) 생활의 흐름으로부터 여전히 단절되지 않을 수 있다는 장점이 있었다. 보통은 서쪽으로 향하는 버스들이 길모퉁이 신호등의 신호교체 전에 달려가려고 요란한 소음을 내곤 했다. 그러다가 종종 돼지 멱따는 소리 같은 브레이크 소리며, 소음기의 요란한 격발이 들리면, 결국 목적을 달성하지 못했다는 뜻이었다. 잠시 후에 마침내 풀려난 자동차들이 경사로를 따라 올라가기 시작할 때에도 요란한 소음이 나게 마련이었다. 때때로 일종의 막간도 있었다. 아주 요란한 쾅 소리가 나고, 곧이어 여기저기서 자동차가 멈춰 선다. 이럴 때면 나 같은 상황에 있는 사람은 궁금해 미칠 지경이 되지만, 전적으로 바깥에서 들려오는 욕설의 정도에 의거하여 사고의 정도를 가늠하는 수밖에 없었다. 이처럼 주위가 시끄럽다 보니 세인트머린의 환자라면 어느 누구도 지금 이 순간(즉 낮에는 물론이고, 심지어 밤의 대부분 시간에도) 자기가 활동 불능 상태이기 때문에 모든 일상이 멈춰 섰다는 인상을 받지는 않게 마련이었다.

하지만 오늘 아침은 뭔가 달랐다. 수수께끼처럼 달랐기 때문에, 어쩐지 불안하기까지 했다. 바퀴 굴러가는 소리도 없었고, 버스 부르릉거리는 소리도 없었고, 어떤 종류의 자동차 소리도 사실상 전혀 들리지가 않았다. 브레이크 소리도 없었고, 경적도 없었고, 심지어 아직까지 때때로 돌아다니는 극소수의 말들이 달가닥거리는 발굽 소리도 없었다. 지금 이 시간이면 당연히 있어야 마땅할, 일터로 향하는 많은 사람들의 빌소리도 없었다.

귀를 더 기울일수록, 상황은 더 기묘하게 생각되었다. 그리고 나도 이런 상황에 점차 덜 신경을 쓰게 되었다. 내 생각에는 10분쯤인가 유심히 귀를 기울이다 보니, 다섯 번쯤인가는 누군가 발을 질질 끌면서 머뭇거리며 걷는 듯한 발소리가 들렸고, 세 번인가는 멀리서 누군가가 지르는 알아들을 수 없는 외침도 들렸고, 웬 여자가 히스테리를 부리며 우는 소리도 들렸다. 비둘기 구구거리는 소리도 없었고, 참새 짹짹거리는 소리도 없었다. 바람이 전선에 스치며 나는 소리 말고는 아무것도…….

내 몸속에서는 뭔가 불쾌하고 공허한 기분이 피어오르기 시작했다. 어린 시절에 가끔 느끼던 것과 똑같은 기분이었다. 침실의 어두운 모퉁이에서 웅크리고 있는 무서운 것들에 관해서 생각하면 그랬다. 차마 침대 밖으로 발을 내밀지도 못했는데, 왜냐하면 침대 밑에 있는 뭔가가 손을 뻗어서 내 발목을 움켜쥘지도 모른다는 두려움 때문이었다. 차마 스위치를 향해 손을 뻗지도 못했는데, 왜냐하면 그 뭔가가 나에게 달려들지도 모른다는 두려움 때문이었다. 나는 이런 기분을 억누르려 애써야만 했다. 어린 시절에 어둠 속에서 그랬던 것처럼 말이다. 어른이 되었어도 더 쉽지는 않았다. 여러분도 뭔가 비슷한 시련을 겪게 되면, 자기 자신이 전혀 자라지 않았다는 깃을 깨닫고 깜짝 놀랄 것이다. 이런 초보적인 두려움은 여전히 나를 따라다니고, 언제고 기회만 엿보았으며, 자칫하면 그런 기회를 정말로 얻을 뻔했다. 이게 모두 내가 눈에 붕대를 감고, 차량 행렬이 멈춰 섰기 때문이었으니……

약간 정신을 추스르고 나서, 나는 합리적인 설명을 시도해 보았다. 도대체 **왜** 차량 행렬이 없는 걸까? 음, 보통은 공사 때문에 도로가 폐쇄되었을 때에 그랬다. 완벽하게 간단한 답변이었다. 이제 금방이라도 사람들이 공기 드릴을 들고 나타나서, 오랫동안 고생한 환자들을 위한 청각적 유희를 베풀어 줄 것이다. 하지만 이런 합리적인 설명의 문제점은, 여기서 만족하지 못하고 더 나아간다는 점이었다. 즉 이런 설명을 내놓고 보면, 심지어 저 멀리에서도 차량 소음이 전혀 없다는, 심지어 기차의 기적 소리도 없고, 예인선의 경적 소리도 없다는 점이 부각되었다. 한마디로 아무것도 없었다. 시계가 8시 15분을 알리는 종을 울릴 때까지 아무것도 없었다.

붕대 너머를 엿보고 싶은 유혹이 어마어마하게 컸다. 물론 단순히 '엿보는' 수준만은 아닐 것이었다. 도대체 무슨 일이 벌어지고 있는 건지를 이해할 만큼은 충분히 엿보고 싶었다. 하지만 나는 꾹 참았다. 한편으로는 붕대 너머를 엿보는 일이 말처럼 간단하지는 않기 때문이었다. 단순히 눈을 가린 장치를 들어 올리기만 하면 되는 건 아니었다. 패드와 붕대가 상당히 많이 감겨 있었기 때문이다. 하지만 이보다 더 중요한 이유는, 차마 겁이 나서 그럴 수가 없었다는 거였다. 일주일 동안이나 완전히 눈이 먼 상태로 있다 보면, 혹시나 시력을 상실할 위험 때문에 충분히 겁이 나게 마련이었다. 물론 병원에서는 오늘 붕대를 제거할 예정이었던 것도 사실이지만, 그건 특별히 조명을 어둡게 해 놓은 상태에서 이루어질 예정이었다. 그런 다음에 내 눈을 검사해서 만족스러운 상태임을 알고 나서야 병원에서도 비로소 계속 그대로 놓아 둘 예정이었다. 나로선 과연 내 눈이 만족스러운 상태일시 알 수가 없었다. 어쩌면 내 시력이 영구히 손상을 입었을 수도 있었다. 아니면, 나는 전혀 아무것도 못 볼 수도 있었다. 나로선 아직 알 수가 없었으니…….

나는 욕설을 내뱉었다. 그리고 다시 한번 호출기를 눌렀다. 그러고 나자 기분도 조금은 나아졌다.

하지만 아무도 호출기 소리에는 관심을 갖지 않는 듯했다. 나는 짜증이 치미는 것만큼이나 걱정이 되기 시작했다. 누군가에게 의존하는 상태가 되는 것만 해도 어쨌거나 굴욕적인 일이었지만, 아예 의존할 사람이 아무도 없게 되는 상황에 처하는 일은 더더욱 딱한 일이었다. 인내심이 조금씩 줄어들고 있었다. 이제는 뭔가 조치를 취해야 되겠다고 결심했다.

만약 복도 저편을 향해 고함을 질러서 난리를 치면, 최소한 자기들이 내 생각을 하지 않은 게 아님을 알려 주기 위해서라도 누군가가 달려올 것이었다. 나는 시트를 걷어치우고 병상에서 내려왔다. 내가 있는 병실을 한 번도 직접 본 적은 없었기에, 비록 귀로는 문의 위치를 상당히 잘 알고 있었지만, 그걸 찾아내기가 아주 쉬운 것까지는 아니었다. 여기에는 몇 가지 당혹스럽고 불필요해 보이는 장애물들이 있는 듯했지만, 나는 발가락을 한 번 찧고 종아리에 사소한 상처를 입은 끝에, 마침내 통로로 머리를 쑥 내밀었다.

"저기요!" 내가 외쳤다. "아침 식사를 아직 못 했는데요. 48빈 병실요!"

잠깐 동안은 아무 일도 일어나지 않았다. 그러다가 모두가 한꺼번에 고함치는 목소리가 들려왔다. 수백 명이 지르는 소리 같았고, 단어 하나도 또렷하게 들리지는 않았다. 마치 군중의 소음을 녹음해서 듣는 기분이었다. 그것도 뭔가 악의를 품은 듯한 군중의 소음을 말이다. 혹시 내가 잠든 사이에 어느 정신병원으로 옮겨진 것은 아닌가 하는 생각이, 즉 이곳은 세인트머린 병원이 아예 아닌 건가 하는 악몽 같은 생각이 머리를 스쳤다. 그 목소리들은 한마디로 정상이 아닌 것처럼 들렸기 때문이다. 나는 서둘러 문을 닫아 아우성을 차단했고, 사방을 더듬어서 다시 병상으로 돌아왔다. 바로 그 순간만큼은 병상이야말로 내가 있는 전체적으로 당혹스러운 환경에서 단 하나의 안전하고 위로가 되는 물건인 것처럼 보였기 때문이다. 마치 이런 사실을 강조라도 하려는 듯, 시트를 도로 덮는 행동의 와중에 한 가지 소리가 들려오자, 나는 우뚝 동작을 멈출 수밖에 없었다. 바로 창문 아래 거리에서 비명 소리가 들려왔는데, 무척이나 괴롭고도 전염성 있게 무시무시한 소리였다. 비명 소리는 모두 세 번 들렸고, 결국 잦아들고 나서도 여전히 공중에 맴도는 듯 느껴졌다.

나는 몸을 떨었다. 붕대 아래 이마에서 흘러내리는 땀방울도 느낄 수 있었다. 이제는 뭔가 무시무시하고 끔찍한 일이 벌어지고 있음을 알 수 있었다. 나는 더 이상 고립과 무기력을 견딜 수가 없었다. 주위에서 무슨 일이 벌어지고 있는지를 반드시 알아야만 했다.

나는 양손을 붕대에 갖다 댔다. 그러나 안전핀에 손가락이 닿는 순간, 동작을 멈추고 말았으니…….

만약 치료가 성공적이지 못했다고 치면? 만약 붕대를 풀었을 때에도 내가 여전히 앞을 볼 수 없다고 치면? 그것이야말로 더 끔찍한 일일 것이었다. 100배나 더 끔찍한 일일 것이었고…….

나에게는 그런 일을 혼자 해낼 용기가, 그리하여 의사들이 내 시력을 구제하지 못했음을 알아낼 만한 용기가 결여되어 있었다. 설령 그들이 내 시력을 구제했다 하더라도, 내 눈을 계속해서 가려 놓는 편이 아직은 더 안전하지 않을까?

나는 양손을 내리고 뒤로 누웠다. 나 자신에 대해서, 그리고 이 장소에 대해서 화가 났고, 그래서 약간은 어리석고 맥없는 욕설까지도 내뱉었다.

얼마간의 시간이 더 지나고 나서야, 나는 다시 한번 이 일을 하기에 충분한 용기를 얻게 되었다. 하지만 일단 가능한 설명을 찾아서 또다시 머리를 굴려 보았다. 물론 결국 찾아내지는 못했다. 다만 이 모든 지독한 역설에도 불구하고, 오늘이 수요일이라는 사실을 절대적으로 확신하기는 했다. 바로 전날은 매우 주목할 만한 하루였는데, 그날 이후로 하룻밤 이상은 더 흐르지 않았음을 나는 맹세할 수 있었기 때문이다.

그 사건은 5월 7일 화요일 자 기록에서 여러분도 찾아볼 수 있을 것이다. 지구의 궤도가 혜성의 잔해로 이루어진 구름 사이를 통과했던 것이다. 여러분이 원한다면 그게 사실이라고 믿어도 된다. 이미 수백만 명이 믿었던 것처럼. 어쩌면 정말로 그랬는지도 모른다.

나로선 그게 사실인지 아닌지를 입증할 수가 없다. 무슨 일이 일어 났는지를 직접 볼 수 있는 처지가 아니었기 때문이다. 하지만 이 사 건의 원인에 관해서는 나름대로 생각한 바가 있다. 이 사건에 대해 서 내가 직접 경험해 아는 사실은 이렇다. 즉 나는 저녁 내내 병상 에 누운 채, 이것이야말로 지금까지 기록된 천체의 장관 중에서도 가장 주목할 만한 것이라고 계속해서 주장하는 목격자들의 말에 귀를 기울여야 했다.

하지만 그 일이 실제로 시작될 때까지만 해도, 출현이 예상된 혜 성이라든지 또는 잔해라든지 하는 것에 관한 이야기를 누구 하나 듣지는 못했으니……

다리가 멀쩡한 사람은 누구나(하다못해 절뚝거리는 사람이나, 남이 떠메고 가야 하는 사람이라 하더라도) 집 밖에 나와서, 또는 집 안 창문을 통해서 역사상 최고의 공짜 불꽃놀이를 구경할 수 있 었을 텐데도, 그 내용을 굳이 방송까지 한 이유가 무엇인지, 나는 알지 못한다. 하지만 그 내용을 방송한 덕분에 나는 시력을 잃는다 는 것이 무슨 의미인지를 좀 더 절감하게 되었다. 만약 치료가 성공 적이지 못했다면, 그런 상태로 사는 것보다는 차라리 이 모든 일을 끝내 버리고 싶은 마음마저 들었다.

하루 온종일 뉴스에서는 전날 밤에 캘리포니아 상공에서 목격된 수수께끼의 밝은 초록색 불빛에 관한 이야기가 나왔다. 그러나 캘 리포니아에서는 평소에도 워낙 많은 일들이 벌어졌기 때문에, 누구 하나 이 사건이 유난히 부각되리라고 예상하지는 않았다. 하지만 추가 보도가 들어오면서부터 혜성의 잔해라는 주제가 등장하기 시작해서, 이후로는 사라지지 않게 되었다.

태평양 곳곳에서 초록색 혜성의 불빛으로 환해진 밤에 관한 보도가 들어왔다. "때로는 너무나도 많은 유성우가 있어서, 온 하늘이 우리 주위에서 빙글빙글 도는 것처럼 여겨졌습니다." 실제로도 그랬을 것이다. 여러분도 한번 생각해 보시리.

밤의 경계선이 서쪽으로 움직이는 와중에도, 이 장관의 밝기는 결코 줄어들지 않았다. 어둠이 내리기 전부터 초록색 불빛이 때때로 보였다. 6시 뉴스의 아나운서는 이 현상에 관해서 보도하면서, 이것이야말로 놀라운 광경이므로 절대 놓쳐서는 안 된다고 모두에게 조언했다. 또한 이 현상이 장거리의 단파 수신을 심각하게 저해하는 듯하지만, 현재의 텔레비전 같은 중파는 아무런 영향을 받지 않는다고(아울러 이 사건에 관한 논평이 곧 나올 예정이라고) 덧붙였다. 하지만 아나운서의 조언 따위는 굳이 필요하지도 않았다. 병원에 있던 모두가 이 사건에 흥분했기 때문에, 내 생각에는 누구 하나 그걸 놓쳤을 가능성은 없어 보였다. 물론 나만 빼고 모두가 말이다.

심지어 라디오의 언급만으로는 마치 충분하지 않다는 듯, 저녁 식사를 가져다준 간호사도 그 사건에 관해서 나에게 말해 주었다.

"하늘에는 그야말로 별똥별이 가득해요." 그녀가 말했다. "모두가 밝은 초록색이에요. 그래서 사람들의 얼굴도 무시무시하게 핼쑥하게 보여요. **모든** 사람이 그걸 보고 있어요. 때로는 마치 대낮처럼 환하다니까요. 물론 색깔은 완전히 다르지만요. 가끔 한번씩 워낙 크고 워낙 밝은 것이 나타나서, 그걸 보고 있으면 눈이 다 아파요. 정말 경이로운 광경이에요. 이런 건 지금까지 한 번두 없었다고들 입을 모으더군요. 환자분은 그걸 못 보시니 참으로 안됐네요, 안 그래요?"

"그래요." 나 역시 동의했다. 하지만 짧게 대답했다.

"병동 창문에 친 커튼도 다 젖혀 놓았어요. 그래야만 모두들 그걸 볼 수 있을 테니까요." 그녀가 말을 이었다. "환자분도 이렇게 붕대만 하지 않았더라면, 여기서도 저 놀라운 광경을 보실 수 있었을 텐데요."

"오." 내가 말했다.

"하지만 여기보다는 바깥이 더 좋아요. 여기저기 공원이며, 햄프스테드 히스[+]에는 수천 명이 나와서 그걸 보고 있다고 하더라구요. 그리고 건물 옥상에서도 사람들이 서서 올려다보고 있구요."

"그게 과연 언제까지 지속될 것 같아요?" 나는 인내심을 발휘하며 물었다.

"저도 모르죠. 하지만 이제는 다른 곳에서만큼 아주 밝지는 않다고들 하더라구요. 여하간 환자분이 만약 오늘 붕대를 풀었다 하더라도, 제 생각에는 위에서 그걸 보게 허락하지는 않았을 것 같아요. 처음에는 가급적 무리를 하지 말아야 하는데, 저 불빛 가운데 일부는 너무 밝거든요. 그건— 어어어!"

"왜 갑자기 '어어어'예요?" 내가 물었다.

"진짜로 밝은 불빛이 하나 나타났거든요. 이 병실 안이 완전히

+ 런던 북서부의 공원.

초록색으로 물들기까지 했어요. 환자분이 이걸 못 보셨으니 정말 안타깝네요."

"그렇죠?" 나 역시 동의했다. "이제 됐으니까 가 보세요. 고생하셨습니다."

나는 라디오를 들어 보았지만, 거기서도 이 '경이로운 장관'이며 '유일무이한 현상'에 관해 지껄이는 남자 목소리에다, 똑같은 '어어어'와 '아아아'가 가끔 한번씩 곁들여지는 판이었다. 급기야 나는 마치 전 세계에서 파티가 벌어지고 있는데, 나 혼자만 초대를 받지 못한 것 같다는 느낌이 들기 시작했다.

나로선 이것 말고 다른 오락의 선택지가 없었는데, 왜냐하면 병원 라디오에서는 한 가지 프로그램만 틀어 주었기 때문에, 듣거나 안 듣거나 둘 중 하나였기 때문이다. 잠시 후에 나는 공연이 사그라지기 시작했음을 깨닫게 되었다. 아나운서는 아직 이걸 못 본 사람은 서두르라고, 그렇지 않으면 이걸 놓쳤다는 사실을 평생 후회하게 될 거라고 조언했다.

전반적인 분위기만 놓고 보면, 마치 내가 이 세상에 태어난 목표 그 자체이기도 한 사건을 그냥 흘려보내고 있는 것만 같았다. 급기야 나는 신물이 나서 라디오를 꺼 버리고 말았다. 내가 마지막으로 들은 설명은 이 장관이 이제 빠른 속도로 감소하고 있다는, 그리고 앞으로 몇 시간 안에 우리가 그 잔해의 영역에서 벗어날 것으로 예상된다는 이야기였다.

이 모든 일이 바로 어제저녁에 일어났다는 것은 결코 의심의 여지가 없었다. 이유는 간단했다. 만약 그 일이 더 오래전이었다고 치면, 나는 지금보다 훨씬 더 배가 고파야 했을 것이기 때문이었다. 좋아, 그러면 이건 도대체 **어떻게** 된 일일까? 혹시 병원 전체가, 또는 도시 전체가, 그런 멋진 하룻밤을 보내고 나서 아직 온전히 회복되지 못한 것일까?

그때쯤 내 생각은 또다시 끊기고 말았다. 가까이, 그리고 멀리서 여러 개의 시계들이 합창을 이루어 9시를 알리기 시작했기 때문이다.

벌써 세 번째, 나는 미친 듯 호출기를 눌렀다. 누워서 기다리는 내내, 나는 문 너머에서 뭔가 중얼거리는 소리를 들었다. 누군가가 웅얼거리고, 천천히 걸어가고, 발을 질질 끄는 소리였으며, 때때로 멀리에서 누군가가 높이는 목소리가 끼어들었다.

하지만 아직 누구 하나 내 병실로 오지 않았다.

이때쯤 되자 나는 과거로 돌아가고 있었다. 그 끔찍하고 유치한 환상이 다시 한번 나를 사로잡았다. 나는 눈에 보이지도 않는 문이 열리기를, 그리고 무시무시한 것이 어슬렁거리며 들어오기를 기다리는 듯한 상태가 되었다. 심지어 이런 의구심마저 들었다. 어쩌면 누군가가, 또는 뭔가가 이미 병실 안으로 들어와 살금살금 배회하는 것은 아닐까 하는…….

물론 내가 정말 그런 걸 믿었다는 뜻은 아니고…… 다만 내 눈을 가리고 있는 이 빌어먹을 놈의 붕대 때문이었고, 복도 저편에서 나를 향해서 외치는 목소리의 메들리 때문이었다. 하지만 나는 분명히 오싹 겁을 먹고 있었다. 그리고 일단 겁을 먹기 시작하면, 두려움은 점점 자라난다. 혼자 휘파람을 불거나 노래를 불러서 두려움을 없애 버릴 수 있는 단계는 이미 지나 있었다.

마침내 나는 단도직입적인 질문에 도달했다. 붕대를 풀어서 내 시력이 위협받는 것과 시시각각 겁을 먹으며 어둠 속에 남아 있는 것, 둘 중에서 내가 더 무서워하는 건 과연 뭘까?

반약 하루 이틀 선이라면 내가 과연 어떤 행동을 했을지는 모르겠지만(물론 결국에 가서는 똑같은 일이 되었을 가능성이 매우 높다) 이날은 최소한 이렇게 혼잣말을 할 수 있었다.

"이런, 빌어먹을. 설마 상식을 써먹는다고 해서 그리 큰 해악이 있을까. 어쨌거나 이 붕대는 오늘 풀어 버릴 예정이었잖아. 이 정도 위험은 감수해야지."

이 대목에서 내가 하나 내세울 점이 있다. 내가 붕대를 허겁지겁 찢어서 풀어 버릴 만큼 막 나가지는 않았다는 점이다. 나는 양식과 자제력을 발휘하여 일단 병상에서 나왔으며, 블라인드를 아래로 내린 다음에야 비로소 안전핀을 풀기 시작했다.

일단 가린 것을 풀고 나서, 어둑어둑한 곳에서 내가 뭔가를 볼 수 있음을 알고 나자, 나는 이전까지는 전혀 못 느꼈던 안도감을 느꼈다. 그럼에도 불구하고 나는 일단 침대 밑이나 다른 어디에서도 숨어 있는 악의적인 사람이나 괴물이 당연히 없음을 확인했다. 곧이어 나는 손잡이 아래에 의자 등을 끼워 문을 막아 놓기까지 했다. 그러고 나서야 비로소 정신을 더 잘 추스르기 시작할 수 있었고, 실제로도 그렇게 되었다. 나는 한 시간을 꼬박 기다리며 한낮의 빛에 완전히 적응했다. 그 마지막에 가서야 나는 신속한 응급처치 덕분에, 그리고 이어진 훌륭한 치료 덕분에 시력이 예전과 마찬가지로 멀쩡하다는 사실을 일게 되었다.

하지만 여전히 내 병실에는 아무도 오지 않았다.

침대 옆 협탁의 아래쪽 선반을 보니, 고맙게도 혹시나 내게 필요할 때를 대비해 누군가 미리 갖다 놓은 색안경이 하나 있었다. 나는 조심스레 그걸 끼고서 창문 가까이 다가갔다. 창문 아래쪽은 열 수 없는 방식이어서, 아무래도 시야가 제한적이었다. 아래쪽과 옆쪽으로 흘긋 살펴보았더니, 길 저쪽 끝으로 어떤 사람 한둘이 걸어가는 모습이 보였는데, 그 모습은 뭔가 기묘하고도 뭔가 정처 없는 듯했다. 하지만 내가 가장(그리고 곧바로) 놀라워했던 점은, 사물이 무척이나 또렷하고 윤곽이 분명하게 보였다는 것이었다. 맞은편 지붕 너머로 보이는 멀리 떨어진 집 꼭대기도 마찬가지였다. 곧이어 나는 크고 작은 굴뚝 가운데 어느 것에서도 연기가 나오지 않는다는 사실을 깨달았다…….

내 옷은 벽장에 깔끔하게 걸려 있었다. 일단 옷을 입고 나자, 이전보다 더 멀쩡해진 기분이 들었다. 담뱃갑에는 담배도 몇 개 들어 있었다. 나는 그중 한 대를 피워 물었고, 비록 모든 상황이 의심의 여지 없이 기묘하기는 하지만, 왜 아까는 내가 거의 공황에 가까운 지경에 갔었는지 도무지 이해할 수 없을 법한 마음 상태로 들어서기 시작했다.

그날의 기억을 머릿속에 다시금 떠올리기는 쉬운 일이 아니다. 지금이야 우리도 좀 더 자급자족적이 되었다. 하지만 그 당시만 해도 워낙 많은 것이 일상화되어 있었으며, 여러 가지 일들이 상호 연관되어 있었다. 우리 각자가 올바른 자리에서 각자의 작은 역할을 워낙 꾸준히 수행했기 때문에, 자연법칙의 습관과 관습을 오해하기가 쉬웠던 것이다. 그리하여 그런 일상이 어찌어찌 어그러지게 되자, 상황은 훨씬 더 불안하게 느껴졌던 것이다.

우리가 한 가지 질서의 개념에 적응하기 위해서 반평생을 바쳤던 만큼, 불과 5분 만에 재교육이 이루어질 리는 없었다. 그 당시의 생활 방식을 돌이켜 보면, 일상생활에 관해서 우리가 알지도 못했고, 굳이 알려고 하지 않았던 것의 양 자체만 해도 단순히 놀라운 수준을 넘어서서, 어떤 면에서는 약간 충격적인 수준이다. 예를 들어 나는 식품이 어떻게 해서 우리에게 도달하는지, 깨끗한 물이 어디에서 오는지, 내가 입는 옷은 어떻게 천으로 짜서 만드는지, 도시의 하수도가 어떻게 도시를 건강한 상태로 유지해 주는지 등등의 일상적인 것에 관해서 사실상 아무것도 몰랐다. 우리의 삶은 다소간의 효율성을 발휘하며 각자의 일에 종사하는, 그리고 다른 사람들에게도 똑같이 하기를 기대하는 전문가들의 복합체로 변모해 있었던 셈이다. 그러니 이처럼 철저한 무질서가 병원을 압도할 수 있었다는 사실을 나로선 도무지 믿을 수 없었던 것이다. 그래도 누군가가 어디에선가 일을 제대로 처리하고 있음이 분명하다고 나는 확신했다. 다만 불운하게도 그 누군가가 48번 병실에 관해서는 깡그리 잊어버렸을 뿐이라고 말이다.

하지만 다시 문으로 다가가서 복도를 내다보았을 때, 나는 지금 일어난 일이 무엇인지는 몰라도, 그 영향만큼은 48번 병실에 있는 환자 한 명보다 훨씬 더 많은 대상에게 끼쳤음을 깨닫게 되었다.

눈에 보이는 사람은 없었지만, 멀리에서 여러 사람의 중얼거리는 목소리가 들려왔다. 발을 질질 끄는 소리도 들렸으며, 가끔 한번씩은 더 큰 목소리가 복도를 쩌렁쩌렁 울렸는데, 내가 앞서 황급히 문을 닫았을 때처럼 귀가 먹먹한 소음까지는 아니었다. 이번에는 나도 큰 소리로 소리치지 않았다. 일단 나는 조심스레 병실 문밖으로 나왔다. 왜 굳이 조심스러워했을까? 나도 모른다. 다만 그런 행동을 자아낸 뭔가가 있었던 모양이다.

그렇게 소리가 메아리치는 건물 안에서는, 그 소리가 과연 어디서 오는지를 알아내기가 어려웠다. 하지만 복도의 한쪽 방향에는 간유리로 된 여닫이 창문이 있고, 그 위로는 베란다의 난간 그림자가 떠올라 있기에, 나는 선뜻 반대 방향으로 움직였다. 모퉁이를 하나 돌자 1인실 병동의 더 넓은 복도가 나타났다.

처음 그곳을 바라보았을 때에는 텅 비어 있는 듯했는데, 내가 앞으로 움직이자마자 그늘 속에서 한 사람이 걸어 나왔다. 그는 검은색 재킷과 줄무늬 바지 차림에 흰색 면 가운을 걸치고 있었다. 아마도 이곳의 의사 가운데 한 명인 모양이었다. 하지만 구부정하게 벽에 몸을 기대고서, 손으로 더듬으며 걸어오는 그의 모습은 뭔가 좀 기묘했다.

"안녕하세요." 내가 말했다.

그가 갑자기 동작을 멈추었다. 나를 돌아보는 상대방의 얼굴은 잿빛이었고 겁먹은 표정이었다.

"누구시죠?" 그가 당황해하면서 물었다.

"메이슨이라고 합니다." 내가 말했다. "윌리엄 메이슨이오. 48호 병실 환자입니다. 그렇잖아도 무슨 일인지 알아보려고 나온—"

"앞이 보이십니까?" 그가 내 말을 끊고는 재빨리 물었다.

"당연히 보이죠. 예전과 마찬가지로 잘 보입니다." 나는 그를 안심시켰다. "정말 치료를 잘해 주셨더군요. 그나저나 아무도 붕대를 풀러 오지 않아서 제가 직접 풀었습니다. 다행히 그렇게 했어도 아무 문제 없었던 것 같아요. 저는—"

하지만 그가 다시 한번 내 말을 끊었다.

"제 사무실까지 저를 좀 데려다주시겠습니까. 얼른 전화를 걸어 봐야겠어요."

나는 처음에만 해도 무슨 말인지 이해하지 못했다. 이날은 아침에 잠에서 깨어난 이후로 줄곧 모든 것이 당혹스럽기만 했다.

"사무실이 어디신데요?" 내가 물었다.

"5층입니다. 서쪽 병동이에요. 문에 이름이 나와 있습니다. '솝스 선생'이라구요."

"알겠습니다." 나는 약간 놀라면서도 그의 말에 선선히 따랐다. "그나저나 지금 우리가 있는 데는 어디죠?"

그 남자는 고개를 양옆으로 저었다. 얼굴은 긴장되고 절망적인 표정이었다.

"그걸 제가 무슨 수로 알겠습니까?" 그는 쓸쓸한 듯 말했다. "당신은 눈이 보이잖아요, 빌어먹을. 그걸 직접 사용해 보라구요. 내가 지금 눈이 먼 게 안 보입니까?"

상대방의 눈이 멀었음을 보여 주는 증거는 전혀 없었다. 그는 멀쩡히 눈을 뜨고 있었으며, 게다가 마치 나를 똑바로 쳐다보는 것처럼 보였다.

"여기서 잠깐만 기다려 보세요." 내가 말했다. 주위를 둘러보았더니, 엘리베이터 문 맞은편 벽에 페인트로 적어 넣은 커다란 '5' 자가 보였다. 나는 돌아와서 그에게 이 사실을 말해 주었다.

"좋아요. 내 팔을 잡아요." 그가 지시했다. "엘리베이터에서 나왔다고 가정하고 오른쪽으로 가세요. 그리고 거기서 왼쪽으로 난 통로 가운데 첫 번째로 들어가는 겁니다. 그리고 거기서 다시 세 번째 문이에요."

나는 그의 지시대로 움직였다. 우리는 중도에 아무와도 마주치지 않았다. 방 안으로 들어가서 나는 그를 책상으로 인도했고, 전화 송수화기를 집어서 그에게 건네주었다. 그는 잠깐 동안 귀를 기울였다. 그러다가 사방을 더듬어서 전화기를 붙잡더니, 송수화기 받침대를 덜걱거리며 조급하게 눌러 보았다. 그의 표정이 천천히 바뀌었다. 짜증과 괴로움의 주름살은 서서히 사라졌다. 한마디로 지쳐 보였다. 그러고는 송수화기를 책상 위에 내려놓았다. 몇 초 동안 그는 아무 말 없이 서 있었고, 마치 맞은편 벽을 바라보는 것처럼 보였다. 그러다가 그가 돌아섰다.

"소용이 없어. 전화선도 죽었어. 아까 그분, 혹시 **아직도** 여기 계신 겁니까?" 그가 물었다.

"예." 내가 대답했다.

그가 손가락으로 자기 책상 가장자리를 훑었다.

"지금 제가 바라보는 쪽이 어느 쪽이죠? 그 빌어먹을 놈의 창문은 어디 있는 거죠?" 아까처럼 짜증이 돌아온 듯한 말투로 그가 물었다.

"창문은 바로 당신 뒤에 있습니다." 내가 말했다.

그는 뒤로 돌아서서, 두 팔을 내밀고 창문 쪽으로 다가갔다. 그러더니 창턱과 옆쪽을 조심스럽게 만져 보더니, 거기서 한 걸음 물러났다. 그리고 그게 무슨 행동인지를 내가 깨닫기도 전에, 창문으로 뛰어들어서 유리를 깨고 저 너머로…….

나는 굳이 창밖을 내려다보지도 않았다. 여기는 무려 5층이었으니까.

간신히 몸을 움직일 수 있게 되자, 나는 의자에 털썩 주저앉았다. 책상 위에 놓인 담뱃갑에서 담배를 하나 꺼내 떨리는 손으로 불을 붙였다. 나는 몇 분쯤 거기 앉아서 정신을 추슬렀고, 속이 울렁거리는 기분이 사라지기를 기다렸다. 잠시 후에 그 기분이 사라지자 나는 방에서 나왔고, 내가 의사를 처음 발견한 장소로 돌아갔다. 그곳에 도달했을 때에도 나는 여전히 기분이 썩 좋지는 않은 상태였다.

넓은 복도 저 끝에는 병실 문들이 여러 개 있었다. 유리창은 간유리로 되어 있었으며, 얼굴 높이에만 투명한 유리가 타원형으로 남아 있을 뿐이었다. 아마도 저기에는 누군가가 근무 중일 테니까, 그 사람에게 저 의사에 관해 알려야 되겠다고 생각했다.

나는 문을 열었다. 병실 안은 아주 깜깜했다. 전날 밤의 장관이 끝나고 커튼을 쳐 놓은 것이 분명했다. 그리고 아직 걷지 않았다.

"간호사님?" 내가 물었다.

"여기 없어요." 한 남자가 대답했다. "그뿐만이 아니지." 그가 계속 말을 이었다. "여기 안 온 지가, 빌어먹을, 벌써 몇 시간은 넘었다니까. 그나저나 저 빌어먹을 놈의 커튼 좀 걷어 줄 수 있어요, 형씨? 그래야 저놈의 햇빛이 조금이라도 들어오지. 지금이 오전 중에서도 어느 정도 되었는지를 도무지 알 길이 없다니까."

"알았습니다." 내가 대답했다.

비록 병원 전체가 무질서한 상황이라 해도, 저 불운한 환자들까지 굳이 어둠 속에 누워 있어야 할 이유는 없어 보였기 때문이다.

가장 가까운 창문의 커튼을 젖히자, 밝은 햇빛이 방 안으로 들어왔다. 이곳은 외과 병실이었고, 20명의 환자가 있었는데, 모두들 침대에서 꼼짝 못 하고 있었다. 대개는 다리를 다친 경우였고, 보아하니 몇 사람은 절단 환자였다.

"뭐 하고 있어요, 형씨. 그것 좀 걷어 보라니까." 아까 그 목소리가 다시 말했다.

나는 뒤로 돌아서, 방금 말한 남자를 바라보았다. 가무잡잡하고 덩치가 큰 남자였는데, 피부만 보면 몹시 세파에 시달린 듯했다. 그는 침대에 일어나 앉아서 나를, 그리고 햇빛을 똑바로 바라보고 있었다. 그의 눈은 마치 나의 눈을 똑바로 바라보고 있는 듯했다. 그의 옆자리 환자의 눈도, 그리고 그 옆자리 환자의 눈도……

잠깐 동안은 나 역시 그들을 마주 보았다. 한참 뒤에야 나는 상황을 깨달았다. 그리고 이렇게 말했다.

"제가— 아니, 커튼이— 커튼이 고장 난 것 같네요." 내가 말했다. "살펴봐 줄 사람을 제가 가서 데려올게요."

이 말과 함께 나는 그 병실에서 도망쳤다.

나는 다시 몸을 떨고 있었다. 마치 독한 술이라도 마셨을 때처럼.

이제야 비로소 상황이 이해되기 시작했다. 하지만 나는 그 병실에 있는 사람 **모두의** 눈이 멀 수 있다고는 믿기가 힘들었다. 그들도 저 의사와 마찬가지였다. 하지만……

　엘리베이터 역시 작동하지 않았기에, 나는 계단으로 걸어 내려가기 시작했다. 아래층에서 나는 다시 한번 정신을 주슬렀고, 또 다른 병실을 살펴볼 만한 용기를 짜냈다. 병상은 모두 줄이 흐트러져 있었다. 처음에는 이곳이 텅 비었다고 생각했지만, 그렇지는 않았다. 아주 비어 있지는 않았던 것이다. 환자복 차림의 두 남자가 바닥에 쓰러져 있었다. 한 사람은 치료가 되지 않은 절개 부위에서 흘러나온 피로 범벅되어 있었고, 또 한 사람은 마치 일종의 울혈로 인해 발작을 일으킨 것처럼 보였다. 두 사람 모두 이미 죽어 있었다. 나머지 사람들은 사라지고 없었다.

　다시 계단으로 돌아오자, 나는 지금까지 계속 들리던 배경의 웅성거림이 바로 아래층에서 들려온다는 것을, 그리고 그 웅성거림이 점점 더 커지고 가까워진다는 것을 깨달았다. 잠시 머뭇거렸지만, 나로선 그냥 아래로 내려가는 것밖에는 방법이 없음을 깨달았다.

　나는 계단을 돌아 내려가다가, 어둠 속에서 내 앞에 가로로 누워 있는 한 남자에게 발이 걸려서 하마터면 넘어질 뻔했다. 그 계단 아래에는 실제로 이 남자에게 걸려 넘어진 듯한 사람이 또 하나 쓰러져 있었다. 아래로 떨어지면서 돌계단에 머리를 부딪친 모양이었다.

　마침내 나는 맨 마지막 계단을 돌았고, 거기 선 채로 1층 현관을 내려다보았다. 마치 이 건물에 있는 모든 사람이 도움을 요청하기 위해서, 또는 밖으로 나가기 위해서, 본능적으로 이 장소까지 어찌어찌 내려온 모양이었다. 어쩌면 그중 일부는 이미 밖으로 나갔는지도 몰랐다. 출입문 가운데 하나는 활짝 열려 있었지만, 대부분은 그걸 찾아내지도 못하고 있었다. 남녀 가릴 것 없이 거의 모두가 병원 환자복 차림으로 바짝바짝 몸을 붙인 상태로 천천히, 그리고 무기력하게 빙빙 맴돌기만 했다. 이런 움직임 때문에 가장자리에 있는 사람들은 대리석 모서리나 장식용 돌출부에 심하게 몸을 부딪칠 수밖에 없었다. 그중 몇 명은 벽에 짓눌려서 차마 숨을 쉬지도 못했다. 때때로 어떤 사람이 쓰러지기도 했다. 그렇게 한번 쓰러지고 나면, 남들의 떠미는 힘 때문에 다시 일어날 기회는 거의 없다시피 했다.

이 장소의 모습은— 음, 마치 지옥에서 신음하는 죄인들을 묘사한 귀스타브 도레의 그림과도 유사해 보였다. 하지만 도레의 그림에는 소리가 들어 있지 않았다. 훌쩍이며 우는 소리, 뭔가를 중얼거리는 신음 소리, 그리고 때때로 흘러나오는 절망적인 비명까지도.

불과 1~2분쯤 지나자, 나는 더 이상 버틸 수가 없었다. 급기야 계단을 도로 올라갔다.

뭔가 조치를 취해야 한다는 생각이 들었다. 이들을 데리고 거리로 나가 볼까, 그렇게 하면 이 끔찍하고 느려 터진 맴돌이는 끝을 낼 수 있지 않을까 하는 생각이 들었다. 하지만 얼핏 본 것만 가지고 판단해 보아도, 내가 이들을 인도하기 위해서 문 앞까지 뚫고 갈 방법은 없어 보였다. 게다가 설령 내가 거기까지 간다 하더라도, 그래서 그들을 밖으로 내보낸다 하더라도, 그다음에는 어떻게 할 것인가?

나는 한동안 계단에 걸터앉아서 이 문제를 곰곰이 생각해 보았다. 머리를 양손에 묻은 상태에서도, 내 귀에는 저 끔찍하고 둔탁한 소리가 줄곧 들렸다. 또 다른 계단을 찾아보았더니, 다행히 하나가 있었다. 나는 그 좁은 보조 계단을 통해서 뒤뜰과 통하는 길로 나왔다.

어쩌면 나는 이 부분을 아주 자세히 묘사하지 않는 것인지도 모른다. 그 모든 일은 워낙 예상 밖이었고 충격적이었기 때문에, 한동안 나는 당시의 세부 사항을 기억하지 않으려고 의도적으로 노력했다. 그런 다음에는 마치 내가 안도감을 찾기 위해 필사적으로 깨어나려 노력했지만 아무 소용이 없었던 어떤 악몽 속의 사건처럼 생각하기도 했다. 마당으로 걸어 나온 그 순간에도, 나는 방금 내가 본 것들을 여전히 반쯤은 믿기 거부하는 상태가 되어 있었다.

하지만 내가 완전히 확신하는 것이 하나 있었다. 현실이건 악몽이건 간에, 일단 술을 한 잔 마실 필요가 있다는 것이었다. 이전까지는 내 인생에서 술을 그다지 필요로 하지 않았지만 말이다.

뒤뜰의 출입문 밖 좁은 샛길에는 아무도 없었지만, 바로 맞은편에 술집이 하나 있었다. 그 이름이 아직도 생생히 기억난다. '알라메인 암스'였다. 몽고메리 자작의 유명한 초상화를 담은 간판이 철제 까치발에 걸려 있었고, 그 아래의 문 가운데 하나가 마침 열려 있었다.[+]

나는 곧장 그리로 들어갔다.

대중용 술집으로 들어서자마자, 나는 어딘가 안심을 주는 정상

저 상황의 느낌을 빚었다. 이곳 역시 수십 군데의 다른 술집과 똑같은 평범함과 친숙함을 지니고 있었다.

그런데 비록 그 동네에는 아무도 없었지만, 길모퉁이 너머 이 술집의 카운터에서는 어떤 일이 벌어지고 있음이 분명해 보였다. 누군가가 힘들게 숨을 몰아쉬는 소리가 들렸다. 퐁 하는 소리와 함께 병에서 코르크 마개 따는 소리도 들렸다. 그러다가 잠시 조용해졌다. 곧이어 누군가의 목소리가 들렸다.

"또 진이군, 빌어먹을! 망할 놈의 진 같으니!"

곧이어 뭔가 부딪쳐 깨지는 소리가 들렸다. 술 취한 목소리가 킥킥거렸다.

"거울이 깨졌군. 여하간 이제 거울이 있어 봤자 무슨 소용이겠어?"

코르크 마개 빼는 소리가 또 들렸다.

"또다시 빌어먹을 놈의 진이로군." 그 목소리는 짜증 난 듯 불평을 늘어놓았다. "망할 놈의 진 같으니!"

이번에는 술병이 뭔가 물렁한 것에 닿았는지, 그냥 털썩하고 바닥에 떨어져서, 그 내용물을 왈칵왈칵 쏟아 내고 있었다.

"저기요!" 내가 불렀다. "술 한 잔만 주세요."

잠시 침묵이 흘렀다. 곧이어 대답이 나왔다.

"거기 누구요?" 조심스러운 목소리가 물어보았다.

+ 영국의 군인 버나드 로 몽고메리(1887~1976)는 제2차 세계대전 당시 북아프리카에서 벌어진 엘알라메인 전투에서 에르빈 로멜이 이끄는 독일군을 격파했고, 이 결정적 공훈으로 1946년에 '알라메인의 몽고메리 자작' 작위를 얻었다.

"병원에서 나온 사람입니다." 내가 말했다. "술 한 잔만 주세요."

"목소리만 들어서는 누구신지 모르겠는데. 그나저나 댁은 앞이 보입니까?"

"예." 내가 말했다.

"음, 그렇다면 제발 이 카운터 뒤로 와 보세요, 의사 선생, 그리고 제발 위스키 병을 좀 찾아 주세요."

"사실 저는 의사까지는 아닙니다만." 내가 말했다.

나는 카운터를 타고 넘어서, 모서리를 돌아갔다. 배가 불룩 나오고 얼굴이 시뻘건 남자 한 명이 있었는데, 얼굴에는 희끗희끗한 해마 수염을 달고, 오로지 바지와 칼라 없는 셔츠 차림이었다. 이미 상당히 술에 취한 상태였다. 마치 손에 쥐고 있는 술병을 열어 볼지, 아니면 무기로 사용할지 몰라 망설이는 것 같았다.

"의사가 아니시라면, 도대체 뭐 하는 사람이오?" 그는 의심스러운 듯 물었다.

"원래는 환자였죠. 하지만 의사 못지않게 지금은 술을 좀 마셔야 할 때라서요." 내가 말했다. "그나저나 지금 들고 계신 것도 역시나 진입니다." 내가 덧붙였다.

"오, 그렇군! 빌어먹을 놈의 진!" 그는 이렇게 말하더니 그걸 또다시 던져 버렸다. 이번에는 술병이 창밖으로 휙 날아가더니 요란하게 깨지는 소리가 들렸다.

"거기 있는 코르크 따개 좀 줘 보세요." 내가 말했다.

나는 진열장에서 위스키 병을 하나 꺼내서 마개를 따고, 유리잔에 따라서 그에게 건네주었다. 나는 독한 브랜디에다가 소다수를 아주 약간만 넣이시 마셨고, 곧이어 또 한 잔 마셨다. 그러고 나자 내 손도 이전처럼 아주 많이 떨리지는 않았다.

나는 옆에 있는 사람을 바라보았다. 그는 위스키를 그대로, 아예 병째로 들고 마셨다.

"취하실 것 같은데요." 내가 말했다.

그는 동작을 멈추더니 고개를 내 쪽으로 돌렸다. 맹세컨대 상대방의 눈은 정말로 나를 쳐다보는 것 같았다.

"취하실 것 같다니! 빌어먹을, 나는 **벌써** 취한 상태라구." 그가 코웃음 치며 말했다.

그 말이 완벽히 맞았기에, 나는 굳이 대꾸하지 않았다. 상대방은 한동안 곰곰이 생각하다가 이렇게 말했다.

"술에 더 취해야 해. 훨씬 더 취해야만 한다구." 그는 더 가까이 몸을 기울였다. "그거 아쇼? 나는 눈이 멀었어. 내가 그렇다구. 박쥐마냥 눈이 멀었다니까. **모든** 사람이 박쥐마냥 눈이 멀었어. 당신만 빼고. 왜 당신은 박쥐마냥 눈이 안 먼 거지?"

"저도 모르겠는데요." 내가 말했다.

"이게 모두 그 망할 놈의 혜성 때문이야, 망할 것 같으니! 그놈의 것이 이런 짓을 한 거야. 초록색 별똥별이 말이야. 이제는 모든 사람이 박쥐처럼 눈이 멀었어. 혹시 당신도 초록색 별똥별을 봤소?"

"아니오." 내가 시인했다.

"그것 보라니까. 증명이 된 거지. 당신은 그놈의 것을 안 본 거야. 그러니 당신은 눈이 안 먼 거고. 다른 모든 사람은 '그놈의 것'을 봤다니까." 그는 한쪽 팔을 들어 몸짓을 했다. "그리고 모두가 박쥐처럼 눈이 멀었어. 빌어먹을 놈의 혜성 같으니, 진짜로."

나는 브랜디를 세 잔째 따랐고, 과연 그가 하는 말에 뭔가 중요한 내용이 담겨 있지 않은가 하는 의문이 들었다.

"**모든** 사람이 눈이 멀었다구요?" 내가 반문했다.

"바로 그기야. 모든 사람. 아마 전 세계의 모든 사람이 그럴 거야. 물론 당신만 빼고." 그는 잠시 생각하다가 이렇게 덧붙였다.

"그걸 어떻게 아시죠?" 내가 물었다.

"그야 쉽지. 잘 들어 보라구!" 그가 말했다.

우리는 어둑어둑한 술집의 바에서 나란히 선 채로 몸을 뻐딱하게 세우고 가만히 귀를 기울였다. 아무 소리도 들리지 않았다. 단지 텅 빈 거리를 날아다니는 지저분한 신문지의 바스락거리는 소리뿐이었다. 모든 것을 휘감은 이런 적막이야말로, 무려 1,000년 이상 이 지역에서는 알려진 적이 없었던 현상이었다.

"내 말이 무슨 뜻인지 알겠소? 이렇게 분명하다니까." 남자가 말했다.

"예." 내가 천천히 말했다. "예, 무슨 말씀이신지 알겠습니다."

나는 이제 가야겠다고 생각했다. 어디로 가야 할지는 몰랐다. 하지만 지금 무슨 일이 벌어지는지를 반드시 더 알아야만 했다.

"혹시 여기 주인이신가요?" 내가 물었다.

"그렇다면 어쩔 거요?" 그는 방어적으로 되물었다.

"다른 게 아니라, 브랜드 세 잔 마신 값을 드리려는 것뿐입니다."

"아, 그만두시오."

"하지만, 아무리 그래도—"

"그만두시라니까. 진짜요. 왜 그런지 아시오? 죽은 사람에게 돈이 과연 무슨 소용이 있겠소? 지금 내가 딱 그런 상황이오. 죽은 것이나 매한가지이지. 그냥 술이나 몇 잔 더 마시면 그만이라니까."

주인은 그 외모로 추정되는 나이에 비하자면 상당히 정정한 사람으로 보였기에, 나는 그 이야기를 하며 위로의 말을 건네 보았다.

"눈이 먼 상태에서 살아 봤자 무슨 소용이 있겠소?" 그는 공격적인 말투로 물었다. "우리 마누라 말이 그랬다니까. 그야 맞는 말이지. 그래도 마누라는 나보다 배짱이 더 있었다오. 애들까지도 눈이 멀었다는 걸 알게 되자, 마누라가 뭘 했는지 압니까? 아이들을 데리고 침대에 들어가서는, 가스를 틀어 버렸다니까. 마누라가 그랬단 말이오. 하지만 나는 같이 있을 만한 배짱이 없었소. 마누라는 나보다 더 담력이 있었어요. 우리 마누라는. 하지만 나도 이제 그렇게 할 거요. 조만간 다시 그리로 올라갈 거요. 충분히 술에 취하고 나면 말이오."

내가 무슨 말을 할 수 있겠는가? 내가 하는 말이라야 상대방의 성미를 돋우는 것 말고는 아무 효과가 없었다. 그는 더듬거리며 계단으로 다가가더니, 결국 그리로 올라가 버렸다. 나는 굳이 막으려 들거나, 따라가려 들지 않았다. 다만 그가 가 버리는 모습을 지켜보기만 했다. 그런 다음에 남은 브랜디를 모두 털어 넣고, 적막한 거리로 걸어 나갔다.

제2장

트리피드의 출현

이것은 개인적인 기록이다. 또한 이것은 이미 영영 사라져 버린 것들과 상당 부분 관련되어 있으므로, 나로선 그 사라진 것들을 설명하기 위해서 한때 우리가 사용했던 단어들을 사용할 수밖에 없다. 따라서 읽는 사람도 이를 감내해야만 할 것이다. 하지만 그 배경을 이해 가능하도록 만들기 위해서라도, 애초에 내가 시작한 바로 그 시점보다 좀 더 멀리까지 거슬러 가야만 하겠다.

　내가 어린 시절에 우리는, 그러니까 아버지와 어머니와 나는 런던 남부의 교외에 살고 있었다. 우리가 사는 작은 집은 우리 아버지가 국세청에 있는 당신의 책상에 매일같이 성실하게 앉아 있음으로써 마련한 것이었으며, 이곳에 딸린 작은 정원에서 아버지는 여름 내내 평소보다 더 열심히 일을 하셨다. 그 당시 런던 시내와 교외에 살던 1000만 명 내지 1200만 명의 다른 사람들과 비교했을 때, 우리는 특별히 다를 것이 없었다.

우리 아버지는 (그 당시에 지역적으로 사용하던 우스꽝스러운 신조어에 따르면) '숫자 더미들'을 눈 한 번 깜박할 사이에 덧셈할 수 있었던 사람들 가운데 하나였기 때문에, 나 역시 자라서 회계사가 되어야 한다고 자연스럽게 기대하셨다. 그러다 보니 그 어떤 '숫자 더미들'을 더해도 번번이 합계가 다르게 만드는 나의 무능력이야말로 아버지에게는 수수께끼의 일종인 동시에 실망이 아닐 수 없었다. 하지만 그 문제는 실제로 있었다. 그리고 이것은 내가 겪은 수많은 문제들 가운데 단 하나일 뿐이었다. 수많은 교사들이 번갈아 가면서 수학의 해답은 논리적으로 나오는 것이지 어떤 비의적인 영감의 일종에 의해서 나오는 것이 아님을 입증하려 했지만, 그들은 하나같이 내가 숫자 쪽으로는 머리가 발달하지 않았다는 확신과 함께 두 손을 들고 말았다. 우리 아버지는 근심 어린 표정으로 내 성적표를 읽어 보셨는데, 거기에는 다른 방면으로도 내 미래를 보장하는 암시가 거의 없었다. 내 생각에 아버지의 머릿속에서는 이런 계산이 이루어진 듯하다. '숫자 쪽으로는 머리가 발달하지 않았다.' 즉 '경제관념이 없다'. 즉 '돈이 없다'.

"너를 어떻게 해야 할지 나도 모르겠구나. 혹시 딱히 **하고** 싶은 게 있니?" 아버지는 내게 이렇게 묻곤 하셨다.

열세 살인지 열네 살 때까지만 해도 나는 고개를 저었다. 나의 서글픈 능력 부족을 의식하며, 나도 잘 모르겠다고만 말씀드렸다.

그러면 이번에는 아버지가 역시나 고개를 저으시곤 했다.

아버지가 보시기에, 이 세계는 자기 머리를 가지고 일하는 사무직과, 아니면 몸이 지저분해지도록 일하는 비非사무직으로 뚜렷이 양분되어 있었다. 그 당시에만 해도 이미 한 세기는 족히 시대에 뒤떨어진 것이었던 이런 사고방식을 당신이 어떻게 유지할 수 있었는지는 나도 모르겠다. 여하간 이런 사고방식은 내가 어렸을 때에만 해도 상당히 널리 퍼져 있었기 때문에, 나로선 숫자에 대한 약점이 반드시 환경미화원이나 접시 닦이로서의 인생을 선고한 것까지는 아니라는 사실을 선뜻 깨닫지 못하고 있었다. 아울러 내가 가장 흥미를 느낀 바로 그 대상으로부터 나의 경력이 시작되리라는 것도 미처 깨닫지 못하고 있었다. 우리 아버지 역시 이를 깨닫지 못하셨던 것이 분명한데, 왜냐하면 만약 당신이 깨달았다고 치면 가급적 내 생물학 성적이 잘 나오도록 신경 쓰셨을 것이기 때문이다.

여하간 우리 대신 내 장래 문제를 결정해 준 것은 다름 아닌 트리피드의 출현이었다. 실제로 그놈들은 내게 상당히 많은 것을 해 준 셈이었다. 그놈들은 내게 일자리를 제공해 주었으며, 나를 편안하게 먹여 살려 주었다. 심지어 그놈들은 몇 번인가 하마터면 내 목숨을 빼앗아 갈 뻔했다. 그런 한편으로 나는 그놈들이 반대로 내 목숨을 보전해 주었음을 시인해야만 하는데, 왜냐하면 '혜성의 잔해'의 치명적인 사건 발생 당시에 내가 병원에 있게 된 이유도 바로 트리피드의 독침 때문이었기 때문이다.

이전에 나온 책들을 보면 트리피드의 갑작스러운 출현에 관한 어설픈 추측이 상당히 많이 들어 있다. 대개는 터무니없는 내용이다. 순진한 사람들이 대부분 믿었던 것처럼 그놈들이 자발적으로 생성된 것은 당연히 아니었다. 또한 사람들이 대부분 승인한 이론처럼 그놈들이 일종의 경고성 방문을 한 것도 당연히 아니었나(그 이론에 따르면, 만약 이 세상이 지금까지 가던 길을 고치고, 이기주의를 버리고 똑바로 행동하지 않으면, 일종의 전조인 그놈들보다 더 끔찍한 놈들이 찾아올 것이라고 한다). 또한 그놈들의 씨앗이 뭔가 인간에게 덜 우호적인 세계에서 생명이 취할 수 있는 끔찍한 형태의 한 가지 표본으로서 우주를 지나 여기까지 흘러온 것도 아니었다. 최소한 나로선 그게 아니라는 사실이 만족스럽다.

내가 대부분의 사람들보다도 그놈에 관해서 더 많이 알게 된 이유는, 트리피드를 다루는 일이야말로 내 직업이었기 때문이다. 아울러 내가 일하던 회사로 말하자면 그놈들의 대중적 이미지에 각별히(비록 '매우 우아하게'까지는 아니었지만) 신경을 썼기 때문이다. 그럼에도 불구하고 그놈들의 진짜 기원은 여전히 모호한 채로 남아 있다. 적어도 내가 믿는 바에 따르면 (그놈들의 가치가 어디에 있는지를 미루어 보건대) 그놈들이야말로 일련의 교묘한, 동시에 매우 우발적인 생물학적 조작의 산물이라는 것이다. 만약 그놈들이 지금 있는 지역 말고 다른 어디에선가 진화했다고 치면, 당연히 그놈들의 계통에 관한 정확한 기록이 있어야 할 것이다. 하지만 이 문제에 관해서 가장 잘 알 만한 사람들조차도, 정작 이에 관해서는 권위 있는 주장을 결코 내놓은 적이 없었다. 십중팔구 그 당시에 만연했던 기묘한 정치적 상황 때문이었을 것이다.

그 당시에 우리가 살던 세계는 넓고, 그 대부분은 우리에게 열려 있었으며, 문제는 거의 없다시피 했다. 도로와 철도와 해로가 곳곳을 수놓았으며, 누구라도 수천 킬로미터의 거리를 안전하고도 편안하게 오갈 수 있었다. 우리가 좀 더 신속하게 움직이고 싶다면, 그리고 그럴 만한 여력이 있다면 비행기를 타고 여행을 했다. 그 당시에만 해도 누군가가 무기를 들거나, 하다못해 경계를 가할 필요가지는 전혀 없었다. 원하는 곳 어디라도 갈 수 있었으며, 그 무엇도 (물론 수많은 서식과 규제를 제외하면) 우리를 막아서지 않았다. 이처럼 얌전한 세계라고 하면 지금은 일종의 유토피아처럼 들린다. 하지만 그건 지구의 6분의 5에 해당되는 지역에서만 가능했다. 그리고 나머지 6분의 1에 해당되는 지역의 상황은 전혀 달랐다.

과거를 전혀 모르는 젊은이들로선 그와 같은 세계를 상상하기가 어려울 것이다. 어쩌면 그때야말로 황금시대처럼 여겨질 것이다 (물론 그 당시에 살았던 사람들에게는 썩 그렇지는 않았지만). 또 그들은 지구 대부분이 질서 정연하고 개발되었다는 이야기 자체를 뭔가 따분하게 생각할 수도 있다. 하지만 그렇지는 않았다. 당시의 지구는 오히려 흥미진진한 장소였으며, 적어도 생물학자에게는 분명히 그러했다. 우리는 식용식물 재배의 북방 한계선을 매년 조금씩 더 올려 나갔다. 역사적으로 툰드라, 또는 황무지라고 불렀던 곳의 새로운 경작지에서는 속성 농작물이 자라났다. 계절이 거듭될 때마다 과거와 현재의 사막 가운데 일부가 개간되어서, 식물이나 식량을 기르는 데에 사용되었다. 그 당시에 우리의 가장 다급한 문제는 바로 식량이었고, 지도상에서는 재건 계획의 진척과 재배 한계선의 확장이야말로 가장 큰 관심사여서, 마치 이전 세대가 전선戰線을 가장 큰 관심사로 여기는 것과도 유사했다.

무기를 녹여서 쟁기를 만드는 이런 식의 전환이 사회적 발전이라는 점에는 의심의 여지가 없었지만, 한편으로는 이런 전환이 인간 정신의 변화를 보여 준다고 낙관적으로 주장하는 것 역시 실수였다. 왜냐하면 인간 정신은 이전과 거의 똑같았기 때문이다. 즉 전체의 95퍼센트는 평화 속에서 살기를 원했다. 나머지 5퍼센트는 뭔가를 시작하는 위험을 감수할 경우의 성공 가능성을 고려하고 있었다. 하지만 어느 쪽의 성공 가능성도 아주 높아 보이지는 않았기 때문에, 그런 휴지 상태는 한동안 계속되었던 것이다.

그런 와중에 매년 2500만 명의 새로운 입들이 식량을 달라고 아우성을 치면서, 식량 공급 문제는 꾸준히 더 악화되었다. 효과도 없었던 수년간의 선전 이후 두 해 동안 흉년을 겪자, 마침내 사람들은 이 문제의 심각성을 깨닫게 되었다.

호전적인 5퍼센트가 한동안은 불화를 야기하지 못하고 기다릴 수밖에 없었던 요인은 바로 인공위성이었다. 로켓 공학에서의 지속적인 연구가 마침내 성공을 거두어 그 목표 가운데 하나를 달성했던 것이다. 급기야 미사일을 하나 쏘아 올려서, 저 위에 계속 머물러 있게 할 수가 있었다. 심지어 로켓 하나를 충분히 멀리까지 쏘아 지구를 도는 궤도에 진입시키는 것도 가능했다. 일단 로켓이 그곳에 도달하면 마치 작은 달처럼 궤도를 돌면서, 상당히 비활동적이고 무해한 상태를 유지했다. 그러다가 버튼 하나를 누르면 그걸 다시 떨어지도록 추진할 수가 있었고, 결국 파멸적인 결과를 가져올 수 있었다.

최초로 인공위성 무기를 만들었다고 의기양양하게 발표한 국가에 대한 대중의 우려도 컸지만, 이와 유사한 성공을 거둔 것으로 알려졌는데도 불구하고 무슨 속셈에선지 아무런 발표를 하지 않은 다른 나라들에 대한 우려는 그보다 훨씬 더 컸다. 차마 그 숫자조차 알 수 없는 위협이 우리의 머리 위에 있다는, 즉 누군가가 떨어지라는 명령을 내릴 때까지 조용히 빙글빙글 돌고 있다는 사실을 깨닫고 나면 결코 즐겁지가 않았다. 아울러 그 문제를 해결할 방법이 없다는 사실을 깨닫고 나도 결코 즐겁지 않기는 마찬가지였다. 하지만 삶은 지속될 수밖에 없었다. 그리고 신제품이란 놀라우리만치 수명이 짧게 마련이다. 사람들은 강제로 그런 발상에 익숙해지고 말았다. 때때로 언론 보도로 인해 광적으로 불안이 폭발할 때도 있었는데, 왜냐하면 인공위성에는 단순히 핵탄두만 장착된 것이 아니었기 때문이다. 심지어 농작물 질병, 가축 질병, 방사성 유해물, 바이러스, 그리고 기타 등등의 친숙한 종류의 감염 질환뿐만 아니라, 아주 최근에야 실험실에서 개발된 최신 종류의 감염 질환까지도 모조리 저 위에 둥둥 떠 있다는 뜻이었기 때문이다. 이런 불확실하고 잠재적으로 역효과마저 가능한 무기가 실제로 탑재되었는지 여부는 단정하기가 어렵다. 하지만 그 당시에는 어리석음의(특히 턱밑까지 쫓아온 공포를 느낀 상황에서의 어리석음의) 한계 자체가 정의하기 손쉬운 것까지는 아니었다. 유독한 유기체, 즉 며칠이 지나면 무해해지게 될 정도로 충분히 불안정한 것조차도(솔직히 그런 것을 기를 수 없다고 누가 감히 장담할 수 있겠는가?) 적당한 지점에 떨어트리기만 한다면 전략적 유용성이 있다고 간주될 수 있었다.

최소한 미국 정부는 이런 우려를 충분히 진지하게 받아들여서,

자국이 인간을 직접 겨냥한 생물학 전쟁용으로 고안된 인공위성을 조종하고 있다는 사실을 강력히 부정했다. 약소국 한두 군데도(물론 이들 나라가 인공위성을 조종하고 있다고 의심하는 사람은 아무도 없었지만) 이와 유사한 선언을 서둘러 내놓았다. 하지만 다른 여러 강대국은 그러지 않았다. 이 불길한 침묵 앞에서, 대중은 다른 나라들이 사용하려고 준비 중인 종류의 전쟁에 대해서 미국이 대비를 소홀히 하는 이유가 무엇인지를 궁금해했다. 아울러 '직접 겨냥한'의 의미는 도대체 무엇이란 말인가? 이때쯤 되자 모든 당사국들은 인공위성과 관련해 아무런 부정도 긍정도 없이 침묵만 지켰으며, 이보다는 덜 중요한(하지만 그 무시무시함은 결코 이에 못지않은) 식량 부족 문제로 대중의 관심을 돌리기 위해 애써 노력했다.

수요와 공급의 법칙 덕분에 모험심이 더 많은 사람들은 일용품의 독점을 이루었지만, 세계 전반적으로는 공인된 독점에 대한 반대가 따라 나왔다. 하지만 복잡하게 뒤얽힌 기업 체계는 '연맹 규약'처럼 책임 전가를 할 만한 뭔가가 없어도 매우 원활하게 작동했다. 때때로 반드시 해결이 필요한 조직 내부의 사소한 어려움들의 경우, 일반 대중은 거의 알 수조차 없었다. 따라서 움베르토 크리스토포로 팔랑게스의 존재를 아는 사람도 거의 없다시피 했다. 나 역시 여러 해가 지나서야 업무 중에 비로소 그에 관해서 들어 보았을 뿐이었다.

움베르토는 여러 라틴계 혈통을 이어받았으며, 국적으로는 남아메리카의 어딘가에 속해 있었다. 식용유 업계라는 깔끔한 기계장치에서 그는 자칫 고장을 유발할 수 있는 위험 요소로서 갑자기 등장했다. 그의 첫 출현은 아크틱 앤드 유러피언 어유魚油 회사의 사무실로 다짜고짜 걸어 들어와서, 아마 댁들도 관심이 있을 거라면서 연분홍색 기름이 담긴 병 하나를 꺼내 놓았을 때였다.

아크틱 앤드 유러피언 측은 애초에 아무런 열의도 드러내지 않았다. 이 업계로 말하자면 이미 확고하게 독점 체제가 형성되었기 때문이었다. 그래서 나중에 가서야 그가 남겨 놓고 간 샘플을 마지못해 분석해 보았다.

회사에서 맨 처음 발견한 사실은, 그게 어유는 아니라는 점이었다. 식물성이 분명했지만 그 원료가 무엇인지는 전혀 알아내지 못했다. 다음으로 발견한 사실은, 가장 좋은 어유조차도 졸지에 일반 윤활유 수준으로 만들 만큼 이 기름의 품질이 우수하다는 것이었다. 깜짝 놀란 회사에서는 남아 있는 샘플로 대대적인 연구에 착수했고, 팔랑게스 씨가 혹시 다른 업체에도 접근했는지 여부를 서둘러 알아보았다.

움베르토가 다시 전화를 걸어오자, 이 회사의 전무이사는 적극적인 관심을 드러낸 끝에 직접 그와 만났다.

"저희에게 주고 가신 기름은 정말 놀라운 물건이더군요, 팔랑게스 씨." 그가 말했다.

움베르토는 새까맣게 번들거리는 머리를 끄덕였다. 물론 본인이야 그 사실을 잘 알고 있었다.

"그런 물건은 저도 난생처음 보았습니다." 전무이사가 실토했다.

움베르토는 또다시 머리를 끄덕였다.

"진허 못 보셨다구요?" 그는 짐짓게 말했다. 그러다가 뒤늦게 뭔가를 떠올린 듯, 이렇게 덧붙였다. "하지만 제 생각에는 조만간 보시게 될 것 같군요, 선생. 그것도 아주 많은 양을요." 그는 문득 생각에 잠긴 듯했다. "제가 생각하기에 지금으로부터 7년, 어쩌면 8년 뒤에는 시장에 나오게 될 겁니다."

전무이사는 그런 일이 가능하지 않으리라 생각했다. 그는 솔직한 어조로 말했다.

"그 물건은 우리가 만드는 어유보다 더 낫더군요."

"저도 그렇게 들었습니다, 선생." 움베르토도 동의했다.

"그러면 그 물건을 직접 판매하실 의향이십니까, 팔랑게스 씨?"

움베르토는 또다시 미소를 지었다.

"정말 그랬다면, 제가 그걸 당신들에게 가져와서 보여 주었겠습니까?"

"사실 우리가 만드는 기름 가운데 하나를 합성해서 강화하면 이와 비슷한 물건을 제조할 수도 있습니다." 전무이사는 곰곰이 생각하며 말했다.

"비타민 가운데 일부를 가지고 하면 되겠지요. 하지만 그렇게 모두를 합성하려면 비용이 많이 들 겁니다." 움베르토가 태연하게 말했다. "뿐만 아니라." 그가 덧붙였다. "제가 들은 바에 따르면, 이 기름은 당신네가 만드는 최상품 어유보다도 훨씬 더 저렴한 가격에 판매될 거라더군요."

"흐음." 전무이사가 말했다. "음, 제 생각에는 선생께서 뭔가 계획을 갖고 계신 것 같군요, 팔랑게스 씨. 어디 한번 들어나 볼까요?"

움베르토가 설명했다. "이런 불운한 문제를 다루는 방법에는 두 가지가 있습니다. 일반적인 방법은 그런 일이 벌어지지 않도록 막는 거죠. 아니면 현재의 장비를 위해 묻어 놓은 자본의 본전을 뽑을 때까지 최소한 지연시키든가요. 물론 뒤쪽이 더 바람직한 방법이겠지만요."

전무이사는 고개를 끄덕였다. 그런 일에 관해서라면 이미 많이 알고 있었다.

"하지만 이번 일의 경우에는, 저도 참으로 죄송스럽게 생각합니다. 왜냐하면, 아시다시피, 그런 방법은 전혀 가능하지가 않으니까요."

전무이사는 문득 의구심이 들었다. 사실 그는 이렇게 말하고 싶었다. '과연 그럴까요?' 하지만 그는 충동을 애써 억누르고, 오히려 태연한 듯 한마디로 반응했다. "그래요?"

"또 다른 방법이 있기는 합니다만." 움베르토가 말했다. "그건 바로 본격적으로 문제가 시작되기 전에, 당신들이 선수를 쳐서 그 물건을 생산하는 겁니다."

"아하!" 전무이사가 말했다.

"제가 생각하기에는." 움베르토가 그에게 말했다. "그러니까 제가 생각하기에는, 앞으로 6개월 안에 이 식물의 씨앗을 구해서 당신들에게 건네줄 수 있을 것 같습니다. 만약 당신들이 그때부터 이 식물을 재배한다면, 앞으로 5년 내에 그 기름을 생산할 수 있을 겁니다. 완전한 소출이 나오려면 6년이 걸릴 수도 있구요."

"그러니까 시기적절하게 말이죠." 전무이사가 말했다.

움베르토가 고개를 끄덕였다.

"제가 보기에는 차라리 또 다른 방법 쪽이 더 간단해 보이는데요." 전무이사가 말했다.

"물론 그 일이 가능하다고만 치면 그렇겠지요." 움베르토도 동의했다. "하지만 불운하게도 당신네들의 경쟁자는 접근하기가 영 쉽지 않아서요. 아니, 억제하기가 영 쉽지 않다고 해야 할까요."

그가 이 말을 유난히 확신을 품고 하는 바람에, 전무이사는 한동안 그를 유심히 바라보지 않을 수 없었다.

"그렇군요." 전무이사가 마침내 말했다. "저는 문득, 음, 혹시 당신이 소비에트 국적은 아니신지 궁금해지는데요, 팔랑게스 씨?"

"아닙니다." 움베르토가 말했다. "지금까지 제 평생은 운이 좋은 편이었죠. 다만 제가 인맥이 워낙 넓다 보니……."

바로 이 대목에서 우리는 이 세계의 나머지 6분의 1에 관해서 이야기하고 넘어가야 할 것 같다. 즉 나머지 지역만큼 손쉽게 방문할 수는 없는 바로 그 지역에 대해서 말이다. 실제로 소비에트 사회주의 공화국 연방의 방문 허가는 거의 얻을 수조차 없었으며, 설령 허가를 얻더라도 그 움직임은 엄격한 한계 안에서만 가능했다. 이곳은 의도적으로 스스로를 수수께끼의 나라로 조직했다. 거의 병적이라 할 만한, 마치 베일처럼 드리워진 비밀주의 뒤에서 과연 무슨 일이 벌어지는지는 바깥 세계에 거의 알려진 바가 없었다. 하지만 우스꽝스러운 선전은 내놓는 반면, 최소한이라도 중요할 가능성이 있는 나머지는 모조리 감춰 버리는 기묘한 전략의 배후에서는, 여러 가지 분야에서 의심의 여지 없는 업적이 생겨나고 있었다. 그중

한 가지 분야가 바로 생물학이었다. 러시아도 세계의 나머지 지역과 마찬가지로 식량 공급을 늘려야 하는 문제를 공유하고 있었으며, 그리하여 사막과 초원과 북부 툰드라를 개간하기 위한 시도에 각별히 관심을 쏟았다고 알려졌다. 정보 교류가 여전히 이루어지던 당시만 해도, 러시아에서 일부 성공을 거두었다는 소식마저 있었다. 하지만 나중에는 리센코⁺라는 사람의 주도하에 그곳의 생물학 분야에서 방법과 견해에 관한 분열이 일어났으며, 그리하여 뭔가 다른 방향을 취하게 되었다. 그러다가 그 분야 역시 그곳 특유의 비밀주의에 굴복하고 말았다. 그 분야에서 택한 노선이 무엇인지는 알려져 있지 않았지만, 다만 뭔가 불건전한 노선일 거라고만 추정되었다. 결국 거기서 벌어지던 어떤 일이 과연 큰 성공을 거두었는지, 또는 큰 어리석음으로 밝혀졌는지, 또는 큰 기묘함을 낳았는지 여부는(물론 세 가지 모두일 가능성도 있었지만) 어느 누구도 단언할 수 없었다.

"해바라기였죠." 전무이사가 자기 생각에 사로잡혀 멍하니 이렇게 말했다. "그곳 사람들이 해바라기씨유의 생산성을 향상시키는 데에 또다시 성공했다는 이야기는 저도 우연히 들었습니다. 하지만 이건 그 물건이 아닌데요."

"그럼요." 움베르토도 동의했다. "당연히 아니죠."

전무이사는 종이에 낙서를 하고 있었다.

⁺ 소련의 농업생물학자 트로핌 리센코(1898~1976)는 멘델의 유전 법칙에 반대하는 주장을 내놓았으며, 이 학설이 스탈린의 지지를 받으면서 1920년대부터 1960년대까지 소련에서 정설로 간주되었다. 과학적 근거가 희박했던 주장이 정치적 이해관계에 따라 힘을 얻다 보니, 이에 반대한 생물학자 다수가 탄압을 받는 등 향후 소련의 생물학 및 과학 전반의 발전을 크게 저해하는 악영향을 끼쳤다.

"씨앗이라고 하셨죠, 당신 말씀은. 그러니까 이게 뭔가 완전히 새로운 종種이라는 건가요? 왜냐하면 단순히 기존의 종을 향상시켜서 가공이 더 용이하게 한 것뿐이라면, 결코—"

"제가 알기로는 새로운 종이 맞습니다. 뭔가 완전히 새로운 거요."

"그럼 당신도 그걸 직접 보신 적은 없는 거군요? 그렇다면 사실상 일종의 개량종 해바라기가 아닌가요?"

"사진이라면 본 적이 있죠, 선생. 저는 거기에 해바라기가 전혀 없다고는 말하지 않겠습니다. 거기에 순무가 전혀 없다고도 말하지 않겠습니다. 거기에 쐐기풀이 전혀 없다고, 심지어 과수원이 전혀 없다고도 말하지 않겠습니다. 하지만 만약 그것들이 모두 이 물건의 아비가 될 수 있다고 가정한다면, 저로선 이 물건이야말로 그 아비가 누군지도 알 수 없는 새끼라고 말하겠습니다. 제 생각에는 그 아비들도 이 새끼를 별로 좋아할 것 같지는 않군요."

"무슨 말인지 알겠습니다. 그러면 이 물건의 씨앗을 우리에게 넘겨주시는 대가로 원하시는 금액을 말씀해 주시겠습니까?"

움베르토가 말한 금액을 듣자, 전무이사는 갑자기 낙서를 뚝 그쳐 버렸다. 심지어 그는 안경을 벗고 상대방을 더 유심히 바라보았다. 하지만 움베르토는 태연하기만 했다.

"생각해 보시죠, 선생." 그가 손가락을 뚝뚝 꺾어 가면서 말했다. "어려운 일입니다. 게다가 위험한 일이죠. 아주 위험한 일입니다. 물론 저야 겁내지 않습니다. 하지만 단순히 재미있자고 위험을 무릅쓸 수는 없는 노릇이죠. 이 일에는 또 한 사람이 관여하고 있습니다. 러시아 사람이죠. 일단 제가 그 사람을 데리고 나와야 하고, 또한 그 사람에게도 보상을 두둑하게 해 줘야 합니다. 게다가 그 사람을 통해서 우선 돈을 먹여 두어야 하는 다른 사람들이 있습니다. 그리고 저는 우선 비행기를 한 대 마련해야 합니다. 아주 빠른 제트기로요. 이 모든 일을 해치우려면 무엇보다도 돈이 필요합니다.

분명히 말씀드리건대, 이건 결코 쉬운 일이 아닙니다. 당신들도 특히나 좋은 씨앗을 가져야만 하지 않겠습니까. 이 식물의 씨앗 가운데 상당수는 사실 번식 능력이 없습니다. 일을 확실히 하려면, 이미 좋은 것으로 분류된 씨앗을 반드시 가져와야만 합니다. 그런 씨앗은 매우 귀중하게 여겨지죠. 게다가 러시아에서는 모든 것이 국가 기밀이고 엄중히 감시되니까요. 당연히 쉬운 일이 아닐 수밖에 없죠.”

“그 말씀은 저도 믿겠습니다. 하지만 아무리 그래도—”

“과연 이 금액이 그렇게 많다는 겁니까, 선생? 앞으로 몇 년 안에 러시아인들이 이 기름을 제조해서 전 세계에 판매한다면, 그렇게 해서 당신네 회사가 결국 문을 닫는다면, 그때는 뭐라고 하시겠습니까?”

“일단 좀 생각을 해 봐야겠습니다, 팔랑게스 씨.”

“물론 그러시겠죠, 선생.” 움베르토는 미소를 띠고 이렇게 말했다. “저도 기다려 드릴 수 있습니다. 아주 잠깐은요. 하지만 말씀드린 금액에서 더 줄일 수는 없을 것 같습니다.”

상대방도 사정은 마찬가지였다.

사업의 입장에서 발견자와 발명가는 해악이 아닐 수 없었다. 기게에 약간의 모래가 들어간 것은 오히려 아무것도 아니었다. 왜냐하면 손상된 부품만 교체하고 계속 가동하면 그만이기 때문이었다. 하지만 만사가 체계화되어 착착 돌아가는 상황에서 완전히 새로운 과정, 완전히 새로운 물질이 출현하는 것이야말로 악 그 자체였다. 때로는 그보다 더 심한 뭔가일 수도 있었다. 따라서 그런 일은 애초부터 일어나게 내버려 두어서는 안 되었다. 너무 많은 것이 위험에 처하기 때문이었다. 합법적인 방법을 사용할 수 없다면, 다른 방법이라도 시도해야만 했다.

움베르토는 상황을 과소평가한 셈이었다. 이것은 단순히 저렴하고 새로운 기름이라는 경쟁자 때문에 아크틱 앤드 유러피언이나 동종 업체들이 문을 닫느냐 마느냐의 문제가 아니었다. 그 영향은 훨씬 더 광범위할 것이었다. 물론 땅콩, 올리브, 고래, 그리고 다른 여러 기름 산업에도 치명적인 사건까지는 아니지만, 그래도 꽤나 불쾌한 자극이 되기는 할 것이다. 게다가 이 산업에 의존하는 다른 산업들에도 격렬한 반응을 불러일으킬 것인데, 예를 들어 마가린과 비누는 물론이고, 화장품에서부터 페인트에 이르는 100여 개 이상의 제품과 다른 여러 제품도 그럴 것이었다. 실제로 더 영향력 있는 관계자 가운데 몇 군데에서 이 위협의 수준을 파악했더라면, 움베르토의 요구 조건은 사실상 수수한 정도라고 여겨졌을 것이다.

결국 그는 계약을 맺었다. 비록 나머지 물건의 상태는 불분명했지만, 적어도 그가 가져온 샘플은 확실했기 때문이었다.

하지만 실제로 이 일에 관여한 사람들은 애초에 그에게 주기로 약속했던 것보다 훨씬 더 적은 금액만 쓰고 말았다. 왜냐하면 비행기와 선금을 가지고 사라진 움베르토가 두 번 다시 나타나지 않은 까닭이었다.

하지만 그의 소식마저 아주 들리지 않았던 건 아니었다.

몇 년 뒤, 단지 표도르라는 이름만 밝혔을 뿐, 도무지 정체를 알 수 없었던 한 남자가 아크틱 앤드 유러피언 제유製油 회사의 본사에 나타났다(이 회사는 이미 원래 이름에서 '어유魚油'라는 단어를 빼 버리고, 실제로 그 방면의 제조도 중단한 상태였다). 그는 러시아인이라고 밝혔다. 그러면서 회사에 대뜸 돈을 달라고 했는데, 마치 친절한 자본주의자라면 그쯤은 충분히 줄 수 있지 않느냐는 투였다.

본인의 설명에 따르면, 그는 원래 캄차카 반도 소재 엘롭스크라는 지역에 있는 최초의 트리피드 실험 기지에서 일했다. 외딴 지역이다 보니 그는 그곳을 무척이나 싫어했다. 거기서 벗어나려는 열망이 어찌나 컸던지, 하루는 함께 일하던 한 직원의 제안에 귀가 솔깃해졌다. 그 직원의 이름은 토바리치 니콜라이 알렉산드로비치 발티노프였으며, 그의 제안 뒤에는 수천 루블이라는 보상이 기다리고 있었다.

굳이 많은 일을 해야 하는 것까지도 아니었다. 다만 트리피드 씨앗 가운데 번식력이 있다고 분류된 것들을 넣어 둔 상자를 하나 꺼낸 다음, 번식력 없는 씨앗이 든 상자를 그 자리에 대신 놓아두면 되는 것이었다. 그리고 그렇게 바꿔치기한 상자를 특정 시간에 특정 장소에 놓아두면 그만이었다. 사실상 아무런 위험이라고는 없는 일이었다. 바꿔치기한 사실이 밝혀지려면 최소한 몇 년이라는 시간이 걸릴 테니까.

하지만 추가로 해야 하는 일은 약간 더 어려웠다. 우선 농장에서 2~3킬로미터쯤 떨어진 넓은 들판에 조명 신호 장치를 설치해 두어야 했다. 그리고 정해진 날 밤에 그곳에 직접 가야만 했다. 잠시 후면 머리 위에서 비행기 소리가 들릴 것이었다. 그러면 조명 신호 장치를 켜야 했다. 그리고 비행기가 착륙할 것이었다. 곧이어 그는 혹시나 누가 조사하러 달려오기 전에 최대한 빨리 그 부근에서 벗어나는 것이 최선일 것이었다.

이런 협조의 대가로 그는 두둑한 루블 지폐 다발을 얻을 뿐만 아니라, 만약 러시아를 떠나는 데에 성공하기만 한다면 영국 소재 아크틱 앤드 유러피언의 본사에서 더 많은 돈을 받을 수 있을 것이었다.

그의 설명에 따르면, 이 작전은 완전히 계획대로 이루어졌다. 표도르는 비행기가 착륙하자마자 더 이상 거기서 기다리지 않았다. 조명 신호 장치를 끄고 아예 파괴해 버렸다.

비행기가 머문 시간은 아주 잠깐이었으며, 기껏해야 10분도 걸리지 않아 도로 이륙했다. 제트 엔진 소리를 들으면서 그는 비행기가 급상승하고 있다고 판단했다. 그러다가 1~2분쯤 지나서 소음이 잦아드는가 싶더니, 또다시 제트 엔진 소리가 들렸다. 비행기 몇 대가 동쪽으로 날아가고, 잠시 후에는 몇 대가 더 날아갔다. 그런 일이 두 번인가 몇 번쯤 더 있었는데, 정확히는 그도 알 수 없었다. 하지만 비행기는 모두 매우 빠른 속도로 날고 있었으며, 그 제트 엔진에서는 찢어지는 듯한 소리가 들렸고…….

다음 날 발티노프 동무가 사라져 버렸다. 실험실이 발칵 뒤집어졌지만, 결국에 가서는 실종자가 단독으로 음모를 꾸몄다는 결론이 나오게 되었다. 그리하여 표도르는 무사할 수 있었다.

그는 신중하게 1년쯤 기다린 끝에 행동에 나섰다. 갖고 있던 루블 지폐를 거의 다 써 버린 끝에야 마지막 장애물을 통과할 수 있었다. 곧이어 그는 먹고살기 위해서 여러 가지 직업을 전전했으며, 그렇게 오랜 시간을 보낸 끝에야 비로소 영국에 도착한 것이었다. 그러니 이제는 돈을 받을 때가 된 것이 아니겠는가?

그 당시에는 옐롭스크에 관해서는 뭔가 이야기가 들려오긴 했었다. 그리고 그가 말한 비행기 착륙 날짜도 충분히 가능성이 있었다. 그리하여 회사에서는 표도르에게 돈을 조금 주었다. 또한 일자리도 주면서 입을 다물고 있으라고 신신당부했다. 왜냐하면 비록 움베르토가 물건을 직접 전달하지는 않았지만, 적어도 물건을 널리 퍼트림으로써 자기주장을 입증했음이 분명했기 때문이다.

아크틱 앤드 유러피언은 처음에만 해도 트리피드의 출현과 움베르토의 관련성을 눈치채지 못했으며, 몇몇 국가의 경찰이 이들 대신 계속해서 그를 주시하고 있었다. 그러다가 수사 과정에서 트리피드 기름 표본이 추출되고 나서야, 비로소 그 기름이 움베르토가 보여 주었던 샘플과 일치한다는 사실을 알게 되었고, 그가 가져오기로 약속했던 물건이 바로 트리피드의 씨앗이었음을 알게 되었던 것이다.

움베르트 본인에게 무슨 일이 일어났는지는 아무도 확실히 알지 못했다. 내 추측에는 태평양 상공에서, 그러니까 성층권 정도의 높이에서 그와 발티노프 동무가 탄 비행기가 공격을 받았을 법하다. 앞서 표도르가 소리로 확인한 여러 대의 비행기가 이들을 추적했던 것이다. 어쩌면 두 사람은 러시아 전투기가 쏜 총탄이 자기네 비행기를 부수기 시작했을 때에야 비로소 그런 사실을 알았을지도 모른다.

또한 내 추측에는, 그 총탄 가운데 하나가 가로세로 30센티미터쯤 되는 정사각형 합판 상자를 박살 내지 않았을까 싶다. 표도르의 말에 따르면, 작은 차[茶] 상자쯤 되는 그 용기 안에 씨앗이 들어 있었다.

움베르토의 비행기는 아마 폭발했을 것이고, 산산조각이 났을 것이다. 어느 쪽이었든지 간에, 그 파편이 바다를 향해 기나긴 추락을 시작했을 때에는 마치 하얀 수증기처럼 보이는 뭔가가 그 뒤에 남았을 것이다.

그건 수증기가 아니었다. 그건 바로 씨앗으로 이루어진 구름이었으며, 워낙 가벼운 까닭에 희박한 공기 속에서도 공중을 둥둥 날아다녔을 것이다. 미세한 트리피드 씨앗 수백만 개가 이제 자유롭게 공중에 날아다니면서, 바람이 데려가는 곳 어디로나 전 세계로 퍼져 나갔던 것이었으니…….

아마 몇 주, 또 어쩌면 몇 달이 지나자, 그놈들은 마침내 땅에 내려앉았을 것이고, 그중 상당수는 애초의 출발점에서 수천 킬로미터 떨어진 곳에 와 있었을 것이다.

다시 말하지만 이건 어디까지나 추측이다. 하지만 나로선 애초에 비밀로 하려던 이 식물이 그토록 갑자기 전 세계 거의 모든 지역에서 발견될 수 있었던 이유를 설명할 만한 더 그럴듯한 방법을 알지 못한다.

나는 상당히 일찌감치 트리피드와 만났다. 마침 우리 동네에 최초로 나타난 놈이 우리 집 정원에서 자랐기 때문이다. 우리가 그 존재를 알게 된 것은 트리피드가 제법 자라난 이후의 일이었는데, 왜냐하면 그 식물은 쓰레기 더미를 가려 놓은 작은 산울타리 바로 뒤에서 다른 평범한 식물들과 나란히 뿌리를 내렸기 때문이다. 그놈은 거기서 아무런 해악도 끼치지 않았고, 어느 누구의 앞길을 가로막지도 않았다. 그리하여 뒤늦게 발견한 우리도 가끔 한번씩 그놈이 어떻게 지내나 살펴보기만 하고 그냥 내버려 두었다.

하지만 트리피드는 워낙에 특이한 식물이었기 때문에, 어느 정도 시간이 흐르자 우리는 약간 호기심을 갖지 않을 수가 없었다. 물론 매우 적극적으로 그런 것까지는 아니었다. 왜냐하면 주인이 신경을 쓰지 않은 마당 한구석에 자리를 차지한 낯선 생물체야 항상 몇 가지쯤 있게 마련이었으니까. 다만 그놈은 뭔가 매우 기묘한 종류의 모양새를 하고 있다고 우리끼리 이야기할 정도였다.

오늘날에야 트리피드가 어떻게 생겼는지를 모르는 사람이 없다. 그러니 그놈이 처음 나타났을 때에만 해도 우리에게는 얼마나 기묘하게, 그리고 어딘가 낯설게 느껴졌는지를 설명하기가 오히려 어려울 지경이다. 내가 아는 한 그 당시에는 어느 누구도 그놈에 대해서 불안이나 경악을 느끼지는 않았다. 내 생각에는 그 당시 사람 대부분이 우리 아버지와 마찬가지 방식으로 생각하지 않았나 싶다

(물론 실제로 그놈에 대해서 '생각한' 사람이 있었다고 치면 말이다).

내 기억을 더듬어 보면, 우리 집에서 자라던 트리피드가 1년쯤 묵었을 즈음, 아버지는 그놈을 살펴보며 의아해하셨다. 당시에 그놈은 성체의 절반 크기 모형이라 할 만큼 거의 모든 세부 사항을 갖추고 있었다. 물론 그 당시에는 그놈을 가리키는 이름도 없었을 뿐만 아니라, 성체를 직접 본 사람도 없었지만 말이다. 아버지는 몸을 숙이시더니, 뿔테 안경 너머로 그놈을 살펴보시고, 그놈의 줄기를 손가락으로 건드려 보시고, 황갈색 콧수염 사이로 조용히 숨을 내쉬셨는데, 당신이 뭔가 생각에 깊이 잠겼을 때의 버릇대로였다. 아버지는 식물의 곧은 줄기를, 그리고 그 줄기 아래의 딱딱한 목질 줄기를 살펴보셨다. 아버지는 줄기에서 옆으로 곧게 자라난 세 개의 작고 맨숭맨숭한 가지에 각별히(비록 통찰력 있는 수준까지는 아니었지만) 주목하셨다. 짧게 줄줄이 돋은 질긴 초록색 잎사귀를 손가락으로 집고는, 마치 그 결이 뭔가를 말해 줄지도 모른다는 듯 만지작거렸다. 그러다가 아버지는 줄기 꼭대기에 달린 기묘하고도 흡사 깔때기처럼 생긴 부분을 들여다보셨는데, 그러는 내내 여전히 반사적으로(하지만 잘 모르겠다는 듯) 콧수염 사이로 숨을 내쉬셨다. 아버지가 나를 번쩍 들어 올려서 그 원뿔형 깔때기 안쪽을, 즉 그 속에 단단히 감긴 나선형 가지를 구경시켜 준 일도 생각난다. 마치 뭔가 새로운 종류의, 단단히 감긴 양치류의 잎과도 비슷한 것이 깔때기의 바닥에 고인 끈끈한 액체에서 몇 센티미터쯤 솟아나 있었다. 직접 건드려 보지는 않았어도 나는 그 액체가 분명히 끈끈할 거라고 생각했다. 왜냐하면 파리며 다른 여러 작은 곤충들이 달라 붙어서 발버둥 치고 있었기 때문이다.

아버지는 이후로도 여러 번 이 식물이 상당히 기묘하다고 생각하셨고, 그놈의 정체를 언젠가 당신이 제대로 한번 알아보겠다고 작심하셨다. 하지만 내 생각에 아버지는 실제로 그런 노력을 하시지 않은 것 같고, 설령 시도하셨더라도 그 단계에서는 별로 알 수 있는 게 없었을 것이다.

그 당시에 그놈은 높이가 대략 120센티미터쯤 되었다. 당시에도 숫자가 상당히 많았을 것이고, 조용하고도 딱히 눈에 거슬리지 않은 상태로, 어느 누구의 각별한 주목도 받지 않은 상태로 자라났을 것이 분명하다. 최소한 겉보기에는 그러했다. 설령 생물학이나 식물학 전문가가 그놈들을 발견하고 흥분했다 하더라도, 이들의 관심사에 대한 뉴스가 일반 대중에게는 전혀 침투하지 않았기 때문이다. 그리하여 우리 마당에 있던 트리피드는 계속해서 평화롭게 성장했으며, 전 세계의 여러 무심하게 방치된 장소에서도 수천 마리가 마찬가지로 성장했다.

그러다가 좀 더 시간이 지나자, 그중 한 놈이 뿌리를 땅에서 뽑아 올리더니 걸어 다녔다.

이 믿을 수 없는 현상으로 말하자면, 당연히 러시아에서는 이전부터 확인된 사실이었을 것이고, 십중팔구 국가 기밀로 분류되었을 것이다. 하지만 내가 확인 가능한 선에서 말하자면, 외부 세계에서 그 일이 처음 일어난 곳은 바로 인도차이나였다. 다시 말해서 사람들은 사실상 그 일을 모른 채로 계속 살았다는 뜻이 된다. 인도차이나로 말하자면, 워낙에 기묘하고도 터무니없어 보이는 사건이 충분히 발생 가능한, 그리고 실제로도 종종 그러한 지역 가운데 하나이기 때문이다. 예를 들어 신문 편집자라면 기삿거리가 적을 경우에 신문에 뭔가 활기를 주고자 하는 기대를 품고 이른바 '신비의 동양'에 관한 이야기를 한 꼭지씩 집어넣게 마련이다. 어쨌건 간에 인도차이나의 표본에 관한 이야기는 특종기사가 되지 못했다. 하지만 그로부터 몇 주가 지나기도 전에 수마트라, 보르네오, 벨기에령 콩고, 콜롬비아, 브라질을 비롯한 적도 지역 대부분에서 '걸어 다니는 식물'에 관한 보고가 잔뜩 쏟아져 나왔다.

이번에는 당연히 이 소식이 신문에 게재되었다. 하지만 언론에서는 기사 작성 과정에서 신중하면서도 방어적인 태도를(예를 들어 바다뱀이나 유령이나 텔레파시나 기타 변칙적인 현상에 관한 내용을 보도할 때에 습관적으로 차용하던 태도를) 고수했기 때문에, 비록 이에 관한 이야기가 많이 나왔음에도 불구하고 저 놀라운 식물이 우리 집 쓰레기 더미 옆에서 자라나던 조용하고도 모나지 않은 잡초와 닮았다는 사실을 아무도 쉽게 깨닫지는 못했다. 그러다가 그 사진이 나타나기 시작하면서야, 우리는 그놈들이 크기만 빼면 우리 집의 잡초와 똑같다는 사실을 깨닫게 되었다.

이에 신속히 반응을 보인 쪽은 뉴스 영화 촬영 기사들이었다. 아마 그들은 외딴 지역으로 날아가는 고생을 감수한 대가로 훌륭하고도 흥미로운 영상을 적잖이 얻었을 터이지만, 편집자 입장에서는 한 가지 뉴스 내용을 몇 초 이상 길게 보여 줄 경우에는 관객이 십중팔구 지루해할 수밖에 없으리라는(물론 권투 경기는 예외였지만) 이론이 지배적이었다. 그리하여 내 미래에 중요한 역할을 하게 될 사건의 발전에 관해서는 (나는 물론이고 다른 많은 사람들도 마찬가지로) 호놀룰루에서의 훌라춤 경연 대회라든지, 전함 진수식에 참석한 영부인에 관한 뉴스 사이에 잠깐 끼어든 내용 이상으로는 알 수가 없었다(여기서 말하는 '전함'은 시대착오석 표현이 아니다. 당시에도 그들은 여전히 이걸 만들고 있었다. 제독들 역시 먹고살아야 했으니까). 그나마 내가 화면을 통해 트리피드 몇 마리를 볼 수 있을 때마다, 영화를 보러 온 대중의 수준에 맞춘 것으로 보이는 유치한 해설이 따라 나오곤 했다.

"자, 이제, 여러분, 우리 촬영 기사들이 에콰도르에서 발견한 것들을 보여드리겠습니다. 휴가를 떠난 식물들입니다! **여러분**은 오로지 파티가 끝난 뒤에나 이와 같은 종류의 모습을 보셨겠습니다만, 햇빛 쨍쨍한 저 아래 에콰도르 사람들은 이걸 항상 보고 있습니다. 아울러 숙취는 전혀 따라오지 않습니다. 괴물 식물들의 행진입니다! 아, 이걸 보고 있으니 한 가지 좋은 생각이 떠오르는군요! 만약 우리가 감자를 제대로 가르칠 수만 있다면, 그놈이 알아서 냄비까지 걸어가도록 만들 수도 있을 겁니다. 어떻게 생각하십니까, 주부 여러분?"

영상이 나온 시간은 비록 짧았지만, 나는 그걸 보면서 완전히 매료되었다. 우리 집의 수수께끼 같은 쓰레기 더미 옆 식물은 이미 2미터 이상의 높이로 자라나 있었다. 그런데 화면에 나온 식물은 바로 그놈이었다. 게다가 '걷고' 있었다!

그때 내가 난생처음으로 본 광경은, 목질 줄기에 잔뿌리가 수북하게 돋아나 있는 모습이었다. 목질 줄기는 거의 구球에 가까웠으며, 그 아래쪽으로는 짧고 굵으며 끝으로 갈수록 더 가늘어지는 돌기가 세 개 뻗어 나와 있었다. 이 돌기에 의지하여, 식물의 본체가 땅에서 30센티미터 정도 떠 있었다.

그놈이 '걷고' 있을 때에는, 마치 목발에 의지한 사람처럼 움직였다. 짧고 굵은 '다리' 가운데 두 개를 앞으로 내민 다음, 뒤쪽의 다리 하나를 나머지 다리 있는 곳으로 끌어당기면서 몸뚱이 전체를 흔들며 움직였고, 그 상태에서 또다시 다리 두 개를 앞으로 내미는 식이었다. 그 광경을 지켜보고 있으면 마치 멀미가 나는 기분이 들었다. 전진의 방법치고는 꽤나 격렬한 동시에 어설프게 보였다. 어쩐지 장난치며 노는 어린 코끼리의 모습을 어렴풋이 연상시키기도 했다. 한편으로는 그놈이 그런 방식으로 오랫동안 흔들며 움직이다 보면, 십중팔구 가지가 뚝 하고 부러져 버리거나, 하다못해 나뭇잎이 우수수 떨어져 버릴 것도 같았다. 그럼에도 불구하고(즉 모양새는 흉했어도) 그놈은 사람이 걷는 속도와 유사한 속도로 움직일 수가 있었다.

전함 진수식에 관한 뉴스 영화에 앞서 내가 본 것은 이게 전부였다. 그리 많은 내용까지는 아니었다. 하지만 한 소년 안에 들어 있는 탐구심을 촉발하기에는 충분했다. 에콰도르에 사는 놈이 저런 묘기를 부릴 수 있다면, 우리 집 마당에 있는 놈도 되지 않을까? 물론 우리 집에 있는 놈은 그보다 훨씬 더 작았지만, 그래도 **생긴** 것만큼은 똑같았으니까…….

집에 돌아간 지 10분도 지나지 않아서, 나는 우리 집 트리피드의 주변 흙을 파헤쳤고, 조심스레 땅을 헐겁게 만들면서 그놈이 '걷게' 하려고 시도해 보았다.

불운하게도 이 자체 추진 식물의 발견에서는 뉴스 영화 촬영 기사들이 애초에 전혀 경험하지 못했던, 또는 어떤 이유에선가 세상에 밝히지 않기로 작정했던 한 가지 측면이 있었다. 또한 이 일에는 아무런 사전 예고도 없었다. 식물에 아무 해도 끼치지 않으면서 흙을 치우기 위해서 내가 몸을 숙이고 열중하던 순간, 갑자기 어디선가 뭔가가 날아와서 강한 일격을 가했다. 나는 그만 기절해 버렸고…….

정신을 차려 보니 나는 침대에 누워 있었고, 어머니와 아버지와 의사가 걱정스러운 표정으로 바라보고 있었다. 마치 머리가 터지기라도 한 것처럼 온통 욱신거렸고, 나중에 알게 된 바에 따르면, 내 얼굴 한쪽에는 붉은 얼룩 같은 채찍 자국이 부풀어 올라 있었다고 한다. 내가 어쩌다가 마당에서 의식을 잃고 쓰러지게 되었는지에 대한 집요한 질문조차도 아무런 답변을 얻지는 못했다. 도대체 무엇이 나를 때렸는지 전혀 알 수가 없었다. 그러다가 어느 정도 시간이 흐르고 나서야, 나는 영국에서 처음으로 트리피드에게 쏘이고도 운 좋게 무사했던 사람 가운데 하나가 되었음이 분명하다는 사실을 알게 되었다. 다행히 우리 집 트리피드는 미성숙한 상태였다. 하지만 내가 완전히 회복되기 이전에, 아버지는 무슨 일이 일어났는지를 분명히 알아내셨다. 결국 내가 다시 마당으로 나갈 수 있게 되었을 즈음에는, 아버지가 우리 집 트리피드에게 처절한 복수를 가했음은 물론이고, 그 잔해를 아예 화톳불에 던져 태워 버린 다음이었나.

이제 그 걸어 다니는 식물이 곧 기정사실로 되자, 언론은 이전의 미온적인 태도를 내버리고 그놈을 세상에 널리 알렸다. 그리하여 이제는 그놈에게도 이름이 필요해졌다. 이미 식물학자들은 엉터리 라틴어와 그리스어를 이용한 여러 음절짜리 학명을 만들어 내는 특유의 전통에 따라서 '움직인다'는 뜻의 '암불란스ambulans'와 '가짜 다리'[僞足]라는 뜻의 '프세우도포디아pseudopodia'를 변형한 이름들을 내놓았지만, 신문과 대중이 원하는 일반적인 명칭은 뭔가 발음하기도 쉽고, 헤드라인에 올려놓아도 너무 무겁지 않은 것이어야 했다. 만약 이 당시의 신문을 봤다면, 여러분은 다음과 같은 다양한 명칭을 보게 되었을 것이다.

트리코트Trichots	트리니트Trinits
트리커스프Tricusps	트리페달Tripedals
트리게네이트Trigenates	트리페드Tripeds
트리곤Trigons	트리케트Triquets
트릴로그Trilogs	트리포드Tripods
트리덴테이트Tridentates	트리페트Trippets

이외에도 '트리-'[三]라는 단어로 시작되지 않는 여타의 수수께끼 이름 역시 수없이 많았다. 하지만 거의 대부분은 저 활동적인 세 개의 길게 뻗은 뿌리의 특성에 집중하고 있었다.

공개적인, 사적인, 그리고 술집에서 일어나는 갖가지 토론 때마다 과학에 근접한, 또는 유사어원학적인, 또는 갖가지 다른 근거를 바탕으로 한 이런저런 이름에 대한 열띤 옹호가 나오기는 했지만, 점차 한 가지 용어가 이 언어학적 투기장에서 우세를 드러내게 되었다. 다만 원래의 형태로는 전혀 받아들여지지 않았으며, 보편적인 사용을 통해서 본래 장음이었던 첫 번째 '아이i'가 변모되었고, 관습에 따라서 두 번째 '에프f'가 덧붙여져서 그 발음에 아무런 의심의 여지가 없게 만들었다. 그리하여 표준 용어가 나타났다. 입에 잘 붙는 이 짧은 이름은 원래 몇몇 신문사에서 뭔가 기묘한 것이 나올 때마다 편의상 붙여 주는 이름이었다. 하지만 결국에 가서는 고통과 두려움, 그리고 비참함에 수반되는 이름이 될 운명이었던 것이다. 그 이름은 바로 '트리피드Triffid'였다…….

대중의 관심에서도 첫 번째 물결은 금세 빠져 버렸다. 물론 트리피드는 뭔가 좀 기묘한 놈이었다. 하지만 그건 어쨌거나 그놈이 뭔가 새로운 것이었기 때문이었다. 사람들은 다른 시대의 새로운 것들에 대해서도 똑같은 기분을 느낀 바 있다. 예를 들어 캥거루, 왕도마뱀, 흑고니 같은 것들이었다. 솔직히 가만 생각해 보면, 트리피드라는 놈이 과연 미꾸라지, 타조, 올챙이, 그리고 100여 가지 다른 생물보다 훨씬 더 기묘하다고 할 수 있겠는가? 박쥐만 해도 날아다니는 법을 배운 포유류이다. 그런데 여기 걷는 법을 배운 식물이 있다고 치자. 그게 뭐 어쨌단 말인가?

하지만 그놈에게는 손쉽게 무시해 버리고 넘어갈 수는 없는 또 다른 특징들도 있었나. 그 기원에 관해서 러시아인들은 평소처럼 입을 다물고 가만히만 있었다. 움베르토의 이야기를 들은 사람들조차도 처음에는 곧바로 어떤 연관성을 찾아내지 못하고 있었다. 그놈의 갑작스러운 출현이며, 그놈의 폭넓은 분포는 매우 당혹스러운 추측들을 낳았다. 비록 열대에서 더 빨리 성숙하는 것은 사실이었지만, 극지와 사막을 제외한 거의 모든 지역에서도 다양한 발달 단계에서 채집한 표본이 보고되었다.

그러다가 이 식물이 육식성이라는 것, 즉 그놈의 꽃받침에 붙잡힌 파리라든지 기타 곤충들이 결국 그 안의 끈적끈적한 물질에 의해 소화된다는 것이 알려지자 사람들은 깜짝 놀랐고, 약간은 혐오감을 느꼈다. 온대에 사는 우리도 식충 식물에 관해 아주 모르지는 않았지만, 특수 온실 밖에서 그놈들을 발견하는 데에는 익숙하지가 않았기에, 우리로선 그놈들을 뭔가 약간은 거북스럽다고, 또는 최소한 부적절하다고 여기는 경향을 갖게 되었다. 하지만 정말로 경악할 만한 발견은 따로 있었으니, 그건 바로 트리피드가 줄기 끝에 달린 나선형 가지를 뻗으면 무려 길이 3미터의 가늘고 독침 달린 무기가 된다는 사실, 그리고 거기서 분출되는 독으로 말하자면 맨살에 정통으로 맞을 경우에는 사람도 너끈히 죽일 만하다는 사실이었다.

위험이 인식되자마자 사방팔방에서 트리피드를 쪼개고 잘라서 없애는 열풍이 일어났으며, 뒤늦게야 누군가가 문제의 독침 달린 무기를 제거해 버리면 그 식물도 무해하게 만들 수 있다는 사실을 발견했다. 그러자 이 식물을 겨냥한 적잖이 히스테리성인 공격도 줄어들게 되었고, 아울러 이 식물의 숫자 역시 상당히 줄어들게 되었다. 얼마 뒤에는 안전 조치를 거친 트리피드를 한두 마리쯤 정원에서 기르는 것이 유행처럼 되었다. 한번 제거한 독침이 위험한 수준으로 다시 자라나기까지는 대략 2년쯤 걸린다는 사실이 알려지면서, 매년 가지치기만 해 주면 안전 상태를 유지하면서 아이들에게는 크나큰 즐거움을 선사할 수 있게 되었다.

온대 지역의 여러 국가에서는 이미 인간이 자기 스스로를 제외한 자연의 형태 대부분을 상당한 정도까지 억제하는 데 성공했기 때문에, 트리피드의 지위 역시 이로써 매우 명료해지게 되었다. 반면 열대 지역, 그중에서도 특히 밀림 지역에서는 이놈들이 순식간에 골칫거리가 되고 말았다.

여행자가 일반적인 덤불과 관목 사이에 숨어 있는 트리피드를 미처 발견하지 못하는 경우는 워낙 흔해서, 아차 하는 순간 그 독침의 사정거리 안에 들어서게 되곤 했다. 심지어 그 지역 원주민조차도 밀림의 오솔길 옆에 교활하게 숨어서 꼼짝 않고 기다리는 놈들을 식별하기는 어려울 수밖에 없었다. 트리피드는 주위의 움직임에 기이하리만치 예민했기 때문에, 가까이 다가갔다 하면 반드시 그놈들에게 발각되었다.

이런 지역에서는 그놈들에 대처하는 일이 심각한 문제로 발전했다. 가장 선호되는 방법은 독침이 달려 있는 줄기 꼭대기를 총으로 쏴 버리는 것이었다. 밀림의 원주민들은 길고 가벼운 막대기를 하나 들고 다녔는데, 그 막대기 끝에는 구부러진 칼날이 달려 있어서, 만약 선제공격이 가능한 경우에는 그걸 사용해서 효과를 거두었다.

하지만 트리피드가 줄기를 앞으로 기울이면서 제 사정거리를 1.5 미터 내외 정도로 줄여 버리는 의외의 공격을 가할 경우, 이 무기조차도 소용이 없었다. 하지만 머지않아 이 창과 비슷한 도구 대신에, 스프링이 장착된 다양한 유형의 총이 등장했다. 대개는 얇은 강철로 만든 작은 원반이나 십자형 표창, 또는 부메랑을 쏘아서 빙글빙글 돌며 날아가게 만드는 장치였다. 대개 12미터 이상의 거리에서는 명중률이 낮았지만, 제대로만 맞춘다면 무려 25미터 거리에서도 트리피드 줄기를 두 동강 낼 수 있었다. 이런 장치가 발명되자 일단 각국 정부가 좋아했는데, 왜냐하면 사람들이 소총을 아무렇게나 들고 다니는 상황을 십중팔구 바람직하지 않게 생각한 까닭이었다. 또 한편으로는 사용자도 무척이나 좋아했는데, 왜냐하면 총알보다는 강철 칼날 쪽이 훨씬 더 저렴하고 가벼웠으며, 심지어 소리가 나지 않는 까닭에 다른 흉악 범죄에도 충분히 응용이 가능했기 때문이었다.

다른 모든 나라에서도 트리피드의 성질과 습성과 성분에 관한 대대적인 연구가 계속되었다. 성실한 과학자들은 어디까지나 순수한 과학의 입장에서 여러 가지 연구에 착수했다. 예를 들어 이놈들이 얼마나 멀리, 또 얼마나 오래 걸어갈 수 있는지를 확인했다. 이놈들에게도 '앞'이라고 일컬을 만한 부분이 있는지, 어느 방면으로 걸어가더라도 마찬가지로 엉성한 동작이 나타나는지를 확인했다. 이놈들이 땅에 뿌리를 박고 살아가는 기간이 과연 얼마나 되는지를 확인했다. 이놈들이 자라나는 토양에 다양한 화학 성분이 들어 있을 경우의 반응을 확인했다. 그 외에도 오만 가지 질문에 대한 해답을 찾아보았는데, 그중에는 유용한 내용도 있고 유용하지 않은 내용도 있었다.

열대에서 확인된 트리피드 가운데 가장 큰 표본은 높이가 거의 3미터에 달했다. 유럽에서 확인된 표본 중에서는 2.5미터가 최대였으며, 평균적으로는 2미터를 조금 넘는 정도였다. 이놈들은 매우 다양한 기후와 토양에 손쉽게 적응한 것으로 보였다. 아울러 인간을 제외하면 천적도 없는 것처럼 보였다.

하지만 이놈들에게는 눈에 잘 띄지 않은 다른 여러 가지 특징도 있었는데, 이에 관해서는 어느 정도 시간이 흐르고 나서야 설명이 등장하기 시작했다. 예를 들어 이놈들이 독침을 겨냥할 때의 기이한 정확성, 그리고 예외 없이 먹잇감의 머리를 공격한다는 사실에 사람들은 뒤늦게야 주목하게 되었다. 이놈들이 쓰러진 먹잇감 주위에 계속 머무른다는 사실 역시 처음에는 아무런 주목도 받지 못했다. 그러다가 이놈들이 곤충뿐만이 아니라 생살도 먹이로 삼는다는 사실이 확인되면서 그런 습성의 이유가 설명되었다. 독침 달린 줄기에는 단단한 생살을 찢을 만한 근력이 없었기 때문에, 대신 부패하는 시체에서 떨어지는 살 조각을 집어서 줄기에 달린 꽃받침으로 가져가는 것이었다.

마찬가지로 이놈들의 줄기 아랫부분에 달린 세 개의 잎사귀 없는 돌기에 대해서도 사람들은 대단한 관심을 전혀 보이지 않았다. 다만 이것이야말로 생식 기관이 아닌가 하는 가벼운 추측만 하고 넘어갔을 뿐이었다. 왜냐하면 처음에는 그 목적이 이해 불가능한 부분이 있으면 일단 '생식 기관'으로 분류하고 넘어갔다가, 나중에 가서야 더 연구를 해서 더 구체적인 용도를 밝혀내곤 했기 때문이다. 아울러 이놈들이 갑자기 발동이 걸리면서 큰 줄기를 빠른 속도로 두들기는 특징 역시 트리피드 특유의 생식 기능이 뭔가 좀 특이한 형태로 나타나는 것이라고 넘겨짚고 말았다.

어쩌면 나는 트리피드 출현의 초창기에 독침에 쏘인 바로 그 경험 때문에 이놈들에게 더 많은 관심을 갖게 되었는지도 모른다. 심지어 그때 이후로 이놈들과 어떤 인연이 생겼다는 생각까지 했다. 나는 이놈들을 관찰하면서 상당히 많은 시간을 소비했다. 물론 그런 내 모습을 지켜보시던 아버지의 표정으로 미루어 보자면, 시간을 '허비했다'고도 할 수 있을 것이다.

아버지가 이런 내 행동을 쓸데없는 일로 여기신 것이야 충분히 이해할 만도 했지만, 나중에 가서는 이것이야말로 우리 두 사람의 예상보다 훨씬 더 잘한 일로 판명되고 말았다. 왜냐하면 내가 학교를 졸업하기 직전에 아크틱 앤드 유러피언 어유魚油 회사가 조직을 일신하는 과정에서 '어유'라는 단어를 회사명에서 빼 버렸기 때문이다. 곧이어 사람들은 이 회사와 다른 여러 나라의 동종 업체들이 대규모로 트리피드를 사육한다는 사실을 알게 되었다. 즉 그 식물에서는 귀중한 기름과 즙이 산출되고, 그 찌꺼기는 매우 영양가가 높아서 가축 먹이로 활용되는 것이었다. 하룻밤 사이에 트리피드가 대규모 산업의 영역으로 넘어가 버린 것이다.

나는 곧바로 미래를 결정했다. 아크틱 앤드 유러피언에 입사를 지원했고, 자격 요건에 걸맞게 생산 부문의 일자리를 얻게 되었다.

내가 받는 봉급의 액수를 알게 되신 아버지는 여전히 못마땅해하셨지만, 그래도 내 나이에 비하자면 나쁘지 않은 편이었다. 내가 이 분야의 미래에 관해 열성적으로 이야기하자, 아버지는 여전히 미심쩍다는 듯 콧수염 사이로 조용히 숨을 내쉬셨을 뿐이었다. 당신은 오랜 전통으로 다져진 분야의 일자리만을 신뢰하셨지만, 결국 내가 원하는 길을 가게 허락하셨다. "어쨌거나 그 일이 성공적이지 못한 것으로 판명되더라도, 너는 아직 젊으니까 좀 더 견실한 분야에서 새로 시작할 수도 있을 거다." 아버지는 솔직하게 고백하셨다.

하지만 실제로는 그럴 필요가 전혀 없는 것으로 드러났다. 그로부터 5년 뒤에 아버지와 어머니는 휴가 도중에 여객기 사고로 돌아가셨지만, 그에 앞서 새로운 회사들이 모든 경쟁 기름을 시장에서 몰아낸 것은 물론이고, 초창기에 이 업계에 뛰어들었던 우리 모두가 확실히 운수 대통한 것까지도 똑똑히 보실 수 있었다.

초창기의 내 동료 가운데에는 월터 러크너라는 친구가 있었다.

애초에 회사에서 월터를 채용한 것에 대해서는 약간의 의구심도 없지 않았다. 그는 농업에 대해 거의 아는 바가 없었으며, 사업에 대해서는 더욱 아는 바가 없었고, 실험실 업무를 담당할 만한 자격 요건도 없었다. 하지만 트리피드에 관해서라면 그는 상당히 많은 것을 알고 있었다. 심지어 그놈들에 대해서 일종의 탁월한 육감을 갖고 있었다.

그 치명적이었던 5월에 월터에게 무슨 일이 일어났는지, 여러 해가 지난 지금까지도 나로선 알 수가 없다. 다만 추측만 할 수 있을 뿐이다. 그가 재난을 피하지 못했다는 사실은 무척이나 안타깝다.

나중에 가서는 그가 무척이나 귀중한 존재가 될 수 있었을 테니까. 나로선 과거에서든지 미래에서든지 간에 누군가가 감히 트리피드를 진실로 이해할 수 있으리라고는 믿지 않지만, 이제껏 내가 알던 사람 중에 거기 가장 근접했던 인물은 바로 월터였다. 아니, 오히려 그놈들을 통찰하는 능력을 그 혼자만 부여받았다고 말해야 맞지 않을까?

월터의 이런 능력을 깨닫고 깜짝 놀란 것은, 내가 이 일을 시작한 지 1~2년쯤 지난 다음의 일이었다.

마침 해가 저물기 직전이었다. 우리는 하루 일과를 마무리하고, 거의 다 자란 트리피드로 가득한 새로운 밭 세 군데를 바라보며 만족스러운 기분을 느끼고 있었다. 나중에는 그놈들을 아예 울타리에 가둬 놓고 길렀지만, 그때만 해도 그러지는 않았다. 오히려 밭에다 대강 줄을 맞춰 가지고 그놈들을 배열해 놓았다. 아니, 최소한 그놈들 하나하나를 묶어 놓은 쇠사슬을 고정한 강철 말뚝만큼은 딱딱 줄을 맞춰 놓았다고만 말하고 넘어가야 할지도 모르겠다. 왜냐하면 그 식물들 자체로 말하자면 질서 정연함과는 애초에 거리가 멀었기 때문이다. 그로부터 한두 달이 더 지나면, 우리는 그놈들로부터 즙을 추출할 수 있을 거라고 예상했다. 유난히 평온한 저녁이었는데, 가끔 한번씩 트리피드들의 작은 돌기가 그 가지에 부딪치면서 들리는 달각달각 소리가 정적을 깨트리곤 했다. 월터는 고개를 한쪽으로 갸웃거리며 그놈들을 유심히 바라보았다. 그러더니 물고 있던 담뱃대를 입에서 떼었다.

"오늘 밤에는 저놈들도 유난히 말이 많네." 그가 말했다.

나는 그의 말을 은유적으로만 받아들였다. 아마 다른 누구라도 마찬가지가 아니었을까.

"어쩌면 날씨 때문일 수도 있지." 내가 말했다. "내가 보기에는 날이 건조할 때에 저놈들이 특히 더 저러는 것 같더라구."

그러자 그는 나를 흘낏 바라보며 미소를 지었다.

"그럼 자네도 날이 건조할 때에는 말이 더 많아지곤 하나?"

"그야 당연히─" 하지만 나는 말을 하다 우뚝 멈추고 말았다. "자네 설마 저놈들이 진짜로 말을 한다고 생각하는 건 아니겠지?" 나는 그의 표정을 알아채고 이렇게 말했다.

"왜, 안 될 것은 없지 않나?"

"하지만 그건 터무니없는 주장이야. 식물이 말을 하다니!"

"식물이 걸어 다닌다는 것 역시 터무니없기는 마찬가지 아닐까?" 그가 물었다.

나는 그놈들을 바라보았다. 그리고 다시 그를 바라보았다.

"솔직히 나는 이제껏 단 한 번도─" 나는 의심스럽다는 듯 말을 시작했다.

"어디 한번 그렇다고 가정해 본 상태에서 저놈들을 관찰해 보게. 그러고 나면 자네가 어떤 결론을 내리게 될지 나도 궁금하니까." 그가 말했다.

사실 지금까지 내가 트리피드를 다루는 과정 내내 그런 가능성이 한 번도 머리에 떠오르지 않았다는 것은 뭔가 좀 기묘한 일이기도 했다. 어쩌면 사랑 신호 이론 때문에 내가 선입견을 갖게 되었을지도 모른다. 하지만 일단 이 친구가 내 머릿속에 그런 아이디어를 주입히고 나자, 이후로는 나 역시 그놈들이 딸깍거리면서 서로 비밀 메시지를 실제로 주고받고 있을지도 모른다는 느낌으로부터 도무지 벗어날 수가 없었다.

그 이전까지만 해도 나는 트리피드를 상당히 면밀하게 관찰했다고 자부했지만, 월터가 입을 열자마자 사실은 이제껏 아무것도 눈치채지 못하고 있었음을 자각하게 되었다. 그는 일단 발동이 걸렸다 하면 몇 시간이고 그놈들에 관한 이야기를 이어 나갔으며, 때로는 황당무계한 이론을 제기했지만, 또 때로는 아주 불가능하지는 않을 법한 이론을 제기했다.

이때쯤 대중은 트리피드를 괴물처럼 생각하는 태도에서 점차 벗어난 다음이었다. 이놈들은 꼴사나우면서도 재미있는 존재이기는 했지만, 그렇다고 해서 대단히 흥미로운 존재까지는 아니었다. 하지만 회사에서는 이놈들이 대단히 흥미롭다고 생각했다. 그리고 이놈들의 존재는 모두에게 조금씩이나마(특히 자사에게는 대단한) 이득이 된다는 시각을 견지했다. 그러나 월터는 양쪽의 견해 모두를 공유하지 않았다. 때때로 그의 이야기를 듣다 보면, 나는 어쩐지 불안을 느끼게 되었다.

급기야 월터는 트리피드가 '말한다'는 것을 완전히 확신하게 되었다.

"다시 말해 이건 결국 저놈들의 어디엔가는 지능이 들어 있다는 뜻이지." 그는 이렇게 주장했다. "하지만 두뇌에 있을 수는 없는 것이, 해부에서 드러난 것처럼 저놈들에게는 두뇌와 비슷한 게 전혀 없기 때문이야. 하지만 그렇다고 해서 두뇌가 하는 것과 똑같은 일을 하는 뭔가가 저놈들에게 없다는 사실이 증명된 것까지는 아니지.

게다가 저놈들에게는 두뇌와 비슷한 뭔가가 있는 게 분명해. 자네도 혹시 눈치챘나? 저놈들이 사람에게 공격을 가할 때에는 항상 보호되지 않는 부분을 노린다는 걸? 거의 항상 머리가 표적이지? 하지만 때로는 손을 노리지 않나? 또 한 가지 증거가 있지. 그 희생자의 통계를 살펴보면, 두 눈 사이를 쏘여서 실명한 경우의 비율이 유난히 높단 말이지. 이거야말로 주목할 만한 사실이지. 게다가 중요한 사실이고."

"어째서 중요하다는 거지?" 내가 물었다.

"이게 중요한 까닭은, 인간을 꼼짝 못 하게 하는 가장 확실한 방법이 무엇인지 그놈들이 알고 있다는 뜻이기 때문이야. 바꿔 말하자면, 그놈들은 자기가 무엇을 하는지 알고 있다는 거야. 이런 식으로 한번 생각해 보게. 만약 그놈들이 지능을 갖고 있다고 가정해 보자고. 그렇다면 우리가 그놈들보다 더 우월한 특징은 단 하나뿐이지. 바로 시력이야. 우리는 눈으로 볼 수 있지만, 그놈들은 볼 수가 없지. 우리가 시력을 빼앗기고 나면, 그런 우월함도 사라져 버리는 거야. 아니, 오히려 더 나쁜 상황이 되겠지. 우리는 그놈들보다도 더 열등한 신세가 될 거야. 왜냐하면 그놈들은 시력 없는 생활에 적응되어 있는 반면, 우리는 그렇지 않을 테니까."

"하지만 그게 사실이라 하더라도, 그놈들이 뭔가를 **할** 능력까지는 없을 거야. 예를 들어 그놈들은 사물을 다룰 수는 없어. 비록 독침을 쏘기는 하지만 근력 자체는 거의 없다시피 하니까." 내가 지적했다.

"그건 맞아. 하지만 우리가 앞을 못 보는 상황이 된다면, 사물을 다룰 수 있는 우리의 능력이 과연 무슨 소용이 있겠어? 게다가 그놈들은 굳이 사물을 다룰 필요가 없어. 적어도 우리가 하는 것과 똑같이 할 필요가 없다는 뜻이야. 그놈들은 토양에서, 또는 곤충이나 날고기 조각에서 직접 양분을 얻을 수 있으니까. 식량을 재배하고, 분배하고, 심지어 십중팔구는 요리하는 등의 번거로운 일들을 그놈들은 굳이 거치지 않아도 된다는 거지. 사실 트리피드와 시력을 상실한 사람 가운데 생존 확률이 더 높은 쪽을 고르라면, 나로선 어느 쪽에 내기를 걸어야 하는지 자신할 수 있어."

"자네는 지금 양쪽의 지능이 동등하다고 가정하는 거군." 내가 말했다.

"그렇지는 않아. 굳이 동등하다고 가정할 필요까지도 없어. 차라리 양쪽이 전혀 다른 유형의 지능을 갖고 있을 가능성이 크다고 가정해야 맞을 거야. 다만 그런 차이는 어디까지나 저놈들의 필요가 우리보다는 훨씬 더 단순하기 때문일 거야. 우리가 트리피드에서 소화 가능한 추출물을 얻기 위해서 거쳐야 하는 복잡한 과정을 생각해 봐. 그런 다음에 입장을 바꿔 보라구. 트리피드의 경우에는 우리를 어떻게 다루어야 하는 걸까? 그냥 독침으로 쏘고, 며칠 기다렸다가, 그때부터 우리를 소화시키면 되는 거지. 그야말로 단순하고도 자연스러운 과정 아닌가."

그는 이런 식으로 몇 시간이고 이야기를 이어 나갔기 때문에, 그의 이야기를 듣다 보면 나도 사물을 침소봉대하게 되어서, 급기야 트리피드를 일종의 경쟁자인 것처럼 생각하게 되었다. 월터 역시 나와 같은 의견이라는 사실을 굳이 숨기지는 않았다. 그러면서 더 많은 자료를 수집하고 나면, 아예 이 주제에 관해서 책을 한 권 써 볼까 하는 생각도 한때는 있었다고 시인했다. "지금은 마음이 달라 졌나?" 내가 물었다. "자네가 그런 책을 쓴다고 막을 사람은 아무도 없을 텐데."

"문제는 이거야." 월터는 한 손을 휘저어 농장 전체를 가리켜 보였다. "이제는 이 모두가 이권의 대상이지. 그러니 저놈들에 대해서 불편한 생각을 제기하는 사람에게는 아무도 돈을 주지 않을 거라고. 게다가 우리는 트리피드를 충분히 잘 통제하고 있으니까. 반면 내가 내놓으려는 주장은 어디까지나 학술적인 내용일 뿐이고, 따라서 지금 굳이 제기할 만한 가치까지는 없을 수도 있지."

"나로선 자네 말을 어디까지 확신해야 할지 모르겠어." 나는 그에게 말했다. "나로선 자네가 얼마나 진지한 건지도 모르겠고, 자네가 사실의 경계선 너머 과연 어디까지 상상력을 발휘할지도 모르겠다니까. 솔직히 말해 보게. 자네는 저놈들이 정말 위험하다고 생각하는 건가?"

월터는 담배 연기를 한 모금 내뿜고 나서야 대답했다.

"충분히 나올 만한 질문이지." 그 역시 시인했다. "왜냐하면, 음, 사실은 나 역시 완전히 확신하는 것까지는 아니거든. 다만 한 가지만큼은 분명히 확신하고 있는데, 그건 바로 저놈들이 **위험해질 가능성**은 충분히 있다는 거야. 저놈들이 딸각거리는 게 과연 어떤 의미인지를 내가 파악하고 나면, 그때에는 나 역시 자네에게 진짜 정답에 더 가까운 뭔가를 내놓을 수 있을 것 같아. 사실 다른 것이야 뭐가 되어도 상관없어. 다만 저놈들이 서기 앉아 있는데, 다른 모든 사람은 저놈들이 기껏해야 좀 특이하게 생긴 양배추에 불과하다고 생각하는 상황에서, 저놈들은 서로 떨걱거리고 딸각거리며 무려 반나절을 보낸다는 거지. 도대체 어째서? 도대체 저놈들은 무엇 때문에 딸각거리는 걸까? 내가 알고 싶은 것은 바로 이것뿐이야."

내가 알기로, 월터는 나 말고 다른 누구에게도 자기 생각을 조금이라도 털어 놓은 적이 없었다. 나 역시 그걸 비밀로 간직했다. 한편으로는 이 문제에 대해서 나보다 더 회의적인 사람은 없었기 때문이었으며, 또 한편으로는 우리 중 누구라도 회사 내에서 괴짜라는 평판을 얻어 보았자 좋을 것은 없었기 때문이다.

그렇게 1년여쯤 우리는 함께 일을 하면서 매우 가까이 지냈다. 하지만 종묘장을 새로이 개장하고, 해외의 재배 방법을 연구할 필요성이 커지면서, 나는 출장을 많이 다니게 되었다. 월터는 결국 현장 업무를 중단하고 연구 부서로 옮겼다. 그로선 딱 어울리는 부서여서, 자기 연구를 수행하는 동시에 회사 연구도 수행할 수 있었다. 나는 때때로 월터를 만나러 갔다. 그는 항상 트리피드를 가지고 실험을 하고 있었는데, 애초의 기대와 달리 그 결과가 그의 전반적인 가설을 더 명료하게 해 주는 것까지는 아니었다. 다만 그놈들에게 잘 발달된 지능이 존재한다는 사실을 입증했다는 것이야말로, 월터에게는 최소한 개인적인 만족을 가져다주었을 것이다. 심지어 나역시 그의 실험 결과는 그놈들에게 본능 이상의 뭔가가 있음을 보여 주는 것 같다고 인정하지 않을 수 없었다. 월터는 돌기의 딸각거림이 의사소통의 일종이라고 여전히 확신하고 있었다. 이해를 돕기 위해서 그는 돌기가 뭔가 더 중요한 것임을, 즉 돌기가 제거된 트리피드는 점차 퇴화한다는 것을 입증했다. 또한 그는 돌기가 제거된 트리피드에서 채취한 씨앗의 번식 불능 비율이 무려 95퍼센트에 달한다는 사실을 입증했다.

"이것 하나만 해도 더럽게 반가운 소식이 아닐 수 없지." 그의 말이었다. "만약 그놈들의 씨앗이 모두 싹 튼다고 치면, 이 지구상에는 오로지 트리피드만이 남게 되고 말 테니까."

이 말에는 나 역시 동의하지 않을 수 없었다. 트리피드 번식 시기는 정말 장관이 아닐 수 없었다. 꽃받침 바로 아래 달린 짙은 초록색의 꼬투리가 번들거리며 팽창하는데, 그 크기는 커다란 사과의 절반쯤 되었다. 또 꼬투리가 터지면 '픽' 하는 소리가 나는데, 무려 20미터 떨어진 곳에서도 충분히 들릴 정도다. 그러면 새하얀 씨앗들이 마치 수증기처럼 공중으로 날아오르고, 가장 가벼운 산들바람에도 둥둥 떠가기 시작한다. 8월 말에 트리피드 밭을 내려다보고 있으면, 일종의 무차별 폭격이 진행 중이라는 생각을 누구라도 하지 않을 수 없을 것이다.

트리피드의 독침을 제거하지 않고 놓아둘 경우, 거기서 얻은 추출물의 품질 역시 향상된다는 사실 또한 월터의 발견이었다. 그리하여 이 업계의 농장에서는 독침을 잘라 주던 관습이 중단되었으며, 대신 그놈들 사이에 들어가 일을 하는 우리가 보호 장비를 갖추게 되었다.

결국 내가 병원에 입원하게 되었던 그 사고가 일어났을 때에도

니는 월터와 함께 있었다. 우리는 이례적인 일탈을 드러내는 몇 가지 표본을 함께 살펴보는 중이었다. 둘 다 철망 마스크를 쓰고 있었다. 나로선 정확히 무슨 일이 일어났는지도 제대로 모른다. 기억하는 것이라곤 몸을 앞으로 숙인 순간, 독침 하나가 내 얼굴에 강한 일격을 가해서 마스크를 정통으로 때렸다는 것뿐이었다. 이런 상황에서 사고가 날 가능성이야 백 번 중에 한 번 있을까 말까였다. 하긴 그렇기 때문에 다들 마스크를 쓰는 게 아니었겠나. 하지만 이번에는 워낙 강한 힘으로 부딪치다 보니, 작은 독액 주머니 가운데 하나가 탁 터져 버렸고, 그중 몇 방울이 내 눈에 들어가고 말았던 것이다.

월터는 나를 데리고 실험실로 돌아와서, 불과 몇 초 만에 해독제를 투여했다. 그의 재빠른 대처 덕분에 나는 그나마 시력을 보전할 기회를 얻게 된 것이었다. 하지만 응급 처치에도 불구하고 무려 일주일 동안이나 아무것도 못 보고 병상에 누워 있어야만 했다.

병원에 누워 있으면서 나는 한 가지 결심을 했다. 즉 시력이 온전히 회복되고 나면(만약 실제로 그런다고 치면) 그때는 회사의 다른 부서로 전출 신청을 하겠다고 말이다. 그리고 내 신청이 받아들여지지 않을 경우, 차라리 이 일을 아예 그만두겠다고 말이다.

우리 집 마당에서 처음 쏘인 이후로, 나는 트리피드 독에 대한 상당한 정도의 내성을 체득한 상태였다. 덕분에 나는 큰 피해를 입지 않고 무사할 수 있었지만(그리고 실제로도 무사했지만) 이쪽에 경험이 없는 사람이라면 독침에 맞자마자 뻗어 버렸을 것이었다. 하지만 "꼬리가 길면 잡힌다"는 속담이 계속해서 내 머릿속에 떠올랐다. 나는 이제 경고를 받아들인 다음이었다.

만약에 회사에서 전출 신청을 받아들이지 않는다면, 앞으로 어떤 종류의 일을 시도해 볼 것인가. 나는 어둠 속에 갇혀 있던 시간 대부분을 할애해 이 문제를 곰곰이 생각했다.

그로부터 얼마 안 가서 우리 모두에게 어떤 일이 일어났는지를 고려해 보면, 나로선 정말이지 이 세상에서 가장 한가한 생각을 하면서 시간을 보냈던 셈이었다.

제3장

시력을 상실한 도시

    술집을 나서자 출입문이 등 뒤에서 흔들거렸다. 나는 큰길의 모퉁이를 향해 걸어갔다. 그리고 거기서 잠시 머뭇거렸다.

    내 왼쪽으로는 교외의 거리가 몇 킬로미터에 걸쳐서 뻗어 있었고, 탁 트인 시골이 펼쳐져 있었다. 내 오른쪽으로는 런던의 웨스트엔드가, 그리고 그 너머에는 중심가가 펼쳐져 있었다. 한편으로는 기운을 차렸지만, 흥미롭게도 이제는 뭔가 초연해진 한편으로 막막한 느낌도 있었다. 나로선 좋은 생각이 전혀 떠오르지 않았다. 단순히 국지적인 사태가 아니라 광범위한 파국이라고 점차 인식되는 상황에 직면한 상태이다 보니, 너무나도 놀란 나머지 어떤 생각을 해낼 수조차도 없었다. 과연 어떤 계획을 해야만 이런 상황에서 충분히 대처할 수 있겠는가? 나는 버림받은 듯한, 마치 황무지에 내던져진 듯한 기분을 느꼈다. 또 아직은 완전히 실감이 나지 않았고, 나 자신이 바로 여기 있다는 게 믿기지 않았다.

사방 어디에도 차량이 없었고, 치마 소리조차도 들리지 않았다. 유일한 생명의 징후는 여기저기 몇 사람이 상점 전면을 따라서 조심스럽게 손을 더듬으며 걷는 모습뿐이었다.

날씨는 이른 여름치고 완벽했다. 새파란 하늘에서는 햇볕이 쨍쨍하게 내리쬐었고, 새하얀 솜털 구름 몇 점이 떠 있을 뿐이었다. 온통 맑고 상쾌한 하늘 한편에서, 북쪽의 주택가 너머 어디에선가 피어오르는 시커먼 연기 기둥이 가로지르고 있을 뿐이었다.

나는 몇 분쯤 아무것도 결정하지 못한 채 가만히 서 있었다. 그러다가 동쪽으로, 즉 런던 중심가 쪽으로 방향을 잡았다.

지금 이때까지도, 나로선 그 이유를 정확히 말할 수 없다. 어쩌면 친숙한 장소를 찾고자 하는 본능 때문이거나, 또는 바로 그 방향의 어디엔가는 어떤 권위체가 남아 있을 것이라는 느낌 때문이었을 것이다.

브랜디를 마시고 났더니 배고픔이 더 심해졌지만, 먹는 문제 하나만 놓고 보아도 이전과 같은 방법으로 손쉽게 해결하기는 어려워지고 말았다. 물론 파는 사람도 없고 지키는 사람도 없는 상점들이 많았으며, 진열장마다 먹을 것이 남아 있었다. 그리고 나로 말하자면 배가 고플 뿐만 아니라, 음식 값도 치를 수 있는 사람이었다. 아니, 굳이 음식 값을 치르기 싫다면, 그냥 유리를 깨고 원하는 만큼 음식을 꺼내 먹으면 그만이었다.

그럼에도 불구하고 막상 그러려고 작정하기는 쉽지 않았다. 거의 30년 동안이나 도덕적 정의에 경의를 가지고 법을 준수하는 생활을 해 오던 나로선, 뭔가 근본적인 차원에서 세상이 바뀌었다는 사실을 시인할 준비가 아직 되어 있지 않았던 것이다. 또 한편으로는 내가 **평소의** 상태를 계속 유지하고 남아 있다 보면, 차마 이해할수 없는 어떤 방법을 통해 이 세상도 **원래의** 상태로 돌아오지 않을까 하는 기대도 없지 않았다. 터무니없게 들릴 만한 이야기이지만, 만약 저 유리창 가운데 어느 것 하나를 깨트리고 나면, 바로 그 순간부터 나는 과거의 질서를 영원히 등지게 되리라는 느낌이 강하게 들었다. 즉 그 순간부터 나는 이제껏 나를 먹여 살려 주었던 바로 그 체제의 주검을 노리는 약탈자가, 강탈자가, 저급한 포식자가되는 것이었다. 이미 망가진 세상에서 이런 선량한 분별력이란 얼마나 어리석은 것이었던가! 하지만 나는 이런 교양 있는 태도가 단번에 사라지지는 않았다는 사실에 도리어 기뻐하기만 했다. 그리하여 나는 한동안 상점 진열창 앞을 지나치면서 입으로는 군침을 흘리고, 또 한편으로는 이미 쓸모없게 된 규범 때문에 굶주림에 시달리고 있었다.

그리고 이 문제는 그로부터 수백 미터쯤 더 가서야 뭔가 궤변적인 방법으로 해결되고 말았다. 택시 한 대가 보도를 침범한 이후에어느 식품점 전면을 들이받고 멈춰 서 있었다. 그것만 놓고 보면 내가 직접 상점에 침입하는 것과는 분명히 달라 보였다. 나는 택시를지나 상점에 들어가서, 충분한 식사가 될 만큼의 음식을 챙겨 나왔다. 하지만 이때에도 과거의 기준은 여전히 내게 달라붙어 있었다. 여기서 챙겨 나온 음식의 가격에 준하는 금액을 계산대에 놓고 나왔던 것이다.

바로 길 건너편에는 공원이 하나 있었다. 지금은 없어진 어느 교회의 마당 묘지였던 모양이었다. 오래된 묘비는 뽑아내서 주위의 벽돌담에 기대어 세워 놓았으며, 텅 빈 공간에는 잔디를 깔고 자갈로 오솔길을 만들어 놓았다. 새로 잎이 돋아난 나무 아래의 그 모습이 너무나도 쾌적해 보인 나머지, 나는 그곳의 벤치 가운데 하나에 앉아서 점심을 먹었다.

이곳은 외지고 조용했다. 아무도 들어오지 않았고, 대신 입구의 철책 옆을 때때로 어떤 사람이 발을 끌며 지나갈 뿐이었다. 나는 음식 부스러기를 참새 몇 마리에게 던져 주었는데, 이날 내가 처음으로 본 새들이었다. 재난에 대한 이놈들의 쾌활한 무관심을 지켜보고 있으니 기분이 좀 더 나아지는 듯했다.

점심 식사를 마치고 나는 담배를 한 대 피웠다. 거기 앉아서 담배를 피우는 동안, 이제 어디로 갈 것인지, 그리고 무엇을 할 것인지 생각했다. 그런데 갑자기 이 공원을 굽어보는 아파트 건물 어디에선가 피아노 소리가 들려와 정적을 깨트렸다. 곧이어 젊은 여자가 노래하는 소리도 들렸다. 바이런의 시에 붙인 곡이었다.

> 그러니 우리 더 이상 방황하지 말아요
> 그렇게 밤늦게까지는
> 비록 가슴은 여전히 사랑하고
> 달은 여전히 밝다 하더라도.
>
> 칼은 칼집보다 더 오래가고,
> 영혼은 가슴을 지치게 만들며

심장도 뛰려면 멈춰야 하듯

사랑 역시 쉬어야 하니까.

비록 밤은 사랑을 위해 만들어진 것이고

낮은 너무나도 빨리 돌아오지만

그래도 우리 더 이상 방황하지 말아요

달빛 아래에서는.

　나는 노래에 귀를 기울이면서, 새파란 하늘을 배경으로 부드러운 어린 잎사귀와 나뭇가지가 만들어 내는 움직임을 바라보고 있었다. 노래가 끝났다. 피아노 소리도 잦아들고 말았다. 곧이어 울음소리가 들려왔다. 통곡까지는 아니었다. 나지막한, 힘없는, 버림받은 듯한, 가슴이 미어지는 듯한 울음소리였다. 그녀가 누구인지, 혹시 원래 성악가이거나 또는 다른 누구였다가 이제 희망을 떠나보내며 우는 것인지 여부는 나도 알지 못했다. 다만 계속 귀를 기울이고 있다가는 더 이상 못 견딜 것 같았다. 그래서 나는 조용히 큰길로 돌아왔다. 눈앞이 부옇게 흐려지기는 했지만, 어디까지나 잠깐뿐이었다.

　심지어 하이드 파크 코너조차도 내가 도착했을 때에는 거의 텅비어 있었다. 몇 대의 버려진 승용차와 트럭이 길에 서 있었다. 운행 중에 갑자기 조작 불능이 된 경우는 극히 드물어 보였다. 버스한 대가 길을 가로질러서 그린 파크에 와서야 비로소 멈춰 서 있었다. 도망친 말 한 마리가 끌채를 옆구리에 여전히 매단 채로 포병 기념비⁺ 옆에 쓰러져 있었는데, 아마도 거기 머리를 부딪쳐 죽은 듯했다. 유일하게 움직이는 것이라고는 남자 몇 명, 그리고 더 적은 수의 여자 몇 명뿐이었는데, 이들은 난간이 있는 곳에서는 각자의 손과 발로 조심스레 더듬어서 걸어 나갔고, 그나마 난간조차도 없는 곳에서는 마치 방어하듯이 팔을 내뻗은 채 비틀거리며 걸어 나 갔다. 또한 뭔가 예상 밖으로 고양이도 한두 마리 있었는데, 외관상 으로는 시력이 멀쩡한 듯했으며, 그놈들 특유의 자기 몰두를 드러 내며 이런 전체 상황을 대하고 있었다. 고양이들은 섬뜩한 정적 속 을 살금살금 돌아다녔지만 별로 운이 좋지는 못했다. 참새는 거의 없다시피 했고, 비둘기는 완전히 사라져 버렸기 때문이었다.

여전히 마치 자력에 이끌리듯 과거의 중심지로 향하다가, 나는 방향을 돌려 피커딜리 서커스 쪽으로 접어들었다. 그쪽으로 막 출 발하려 할 무렵, 뭔가 예리하면서도 새로운 소리가 들렸다. 꾸준하 게 톡톡거리는 소리가 머지않은 곳에서 들리더니 점점 더 가까워 졌다. 파크 레인 쪽을 바라보고서야 나는 그 소리의 출처를 발견했 다. 한 남자가, 그날 아침에 내가 본 다른 어떤 사람보다도 더 깔끔 한 옷차림을 하고서, 빠른 속도로 내 쪽으로 걸어오다가 하얀 지팡 이로 자기 옆에 있는 벽을 때렸다. 내 발걸음 소리를 들은 그가 우 뚝 멈춰 서더니, 유심히 귀를 기울였다.

"괜찮습니다." 내가 그에게 말했다. "계속 가세요."

⁺ 제1차 세계대전에 참전한 영국 포병 연대의 전사자를 추모하기 위해 1925년 하이드 파크 코너에 건립 한 석제 기념비를 말한다.

나는 그를 보고는 안도감을 느꼈다. 그 사람은 굳이 말하자면 정상적인 시각장애인이었다. 다른 사람들의 이제 아무 소용 없어진 눈을 바라보는 것보다는, 차라리 그의 검은 안경을 바라보는 것이 오히려 훨씬 덜 불편했다.

"그러면 가만히 서 계세요." 그가 말했다. "이제껏 하도 많이 부딪쳐서 말입니다. 오늘따라 바보 같은 사람들이 왜 이렇게 많은지 모르겠군요. 도대체 무슨 일이 일어난 겁니까? 왜 이렇게들 조용한 거죠? 지금이 밤이 아니란 건 확실히 알겠어요. 나도 햇빛은 느낄 수 있으니까요. 도대체 세상이 어떻게 잘못된 겁니까?"

나는 지금까지 알게 된 사실을 그에게 모두 말해 주었다.

내가 이야기를 마치자, 그는 1분쯤 아무 말이 없다가, 곧이어 짧고도 씁쓸한 웃음을 터뜨렸다.

"한 가지는 확실하군요." 그가 말했다. "이제는 저 빌어먹을 '따뜻한 도움의 손길'을 다른 사람들도 모조리 필요로 하게 될 겁니다."

이 말과 함께 그는 몸을 똑바로 세웠고, 어딘가 약간은 의기양양한 태도가 되었다.

"고맙습니다. 행운을 빕니다." 그는 나한테 이렇게 말하더니, 지나치다 싶을 정도로 홀가분한 태도를 드러내면서 서쪽으로 출발했다.

그의 경쾌하고 자신감 넘치는 톡톡 소리가 등 뒤로 점차 사라지는 동안, 나는 피커딜리 서커스를 향해 걸어갔다.

이제는 더 많은 사람들이 보였다. 나는 아예 도로 위에 제멋대로 흩어져 있는 자동차들 사이를 지나서 걸어갔다. 도로로 나오니까 건물 전면을 따라서 손을 더듬으며 움직이는 사람들과 맞닥뜨리는 경우가 훨씬 더 적어졌다. 이들은 발걸음이 가까워지는 소리를 듣자마자 우뚝 동작을 멈추고, 혹시나 있을지도 모르는 충돌에 대비해 바짝 몸을 긴장시키곤 했다. 이런 충돌은 거리를 따라 곳곳에서 심심찮게 벌어졌지만, 그중에서도 특히 심한 경우는 나도 딱 한 번밖에 못 보았다. 그 주인공들은 반대 방향에서 한 상점 전면을 따라 더듬거리며 걸어오다가 결국 쿵 하고 부딪쳤던 것이다. 한쪽은 좋은 정장을 입은 젊은 남자였는데, 넥타이를 보면 눈이 보이지 않는 까닭에 오로지 촉감만 이용해서 아무거나 골라 맨 것 같았다. 또 한쪽은 작은 아이를 데리고 있는 여자였다. 아이가 뭔가 들리지 않는 소리로 칭얼거렸다. 젊은 남자는 그 여자 옆으로 지나가려던 참이었다. 하지만 그는 갑자기 걸음을 멈추었다.

"잠깐만요." 남자가 말했다. "댁의 아이는 눈이 보입니까?"

"그래요." 여자가 말했다. "하지만 저는 눈이 안 보여요."

젊은 남자가 돌아섰다. 그는 한 손가락을 상점 창유리에 갖다 대고 그 안을 가리켰다.

"얘, 꼬마야, 이 안에 뭐가 있니?" 그가 물었다.

"저 꼬마 아닌데요." 아이가 이의를 제기했다.

"대답해, 메리. 아저씨한테 말씀드려." 아이의 어머니가 딸에게 재촉했다.

"예쁜 언니들요." 아이가 대답했다.

남자는 여자의 한쪽 팔을 붙잡더니 손을 더듬어서 바로 옆 상점 유리창으로 다가갔다.

"그러면 여기는 뭐가 있니?" 그가 또다시 물어보았다.

"사과랑 그런 것들요." 아이가 그에게 말했다.

"좋았어!" 젊은 남자가 말했다.

그는 구두를 벗더니, 그걸 거꾸로 들고 굽으로 창문을 세게 때렸다. 하지만 아무래도 경험이 부족한 모양이었다. 첫 번째 가격은 효과가 없고, 두 번째에 가서야 비로소 성공을 거두었다. 유리 깨지는 소리가 거리 위아래를 따라서 울려 퍼졌다. 남자는 구두를 도로 신더니, 한쪽 팔을 깨진 유리 사이로 조심스럽게 집어넣어서, 이것저것 더듬은 끝에 비로소 오렌지 두 개를 찾아냈다. 그는 한 개를 여자에게 주고, 또 한 개를 아이에게 주었다. 그는 또다시 손으로 더듬어서, 한 개는 자기가 챙기더니 곧바로 껍질을 까기 시작했다. 여자는 자기 오렌지를 만지작거렸다.

"하지만―" 여자가 말을 꺼냈다.

"왜 그러세요? 오렌지 안 좋아하세요?" 그가 물어보았다.

"하지만 이건 옳은 일이 아니에요." 그녀가 말했다. "우리는 이걸 가져가면 안 되잖아요. 이런 식으로는 아니라구요."

"그러면 이거 말고 과연 어떤 방법으로 먹을 것을 구할 건데요?" 그가 물었다.

"제 생각에는― 음, 저도 모르겠어요." 그녀는 의심스러운 듯 시인하고 말았다.

"아주 좋아요. 그게 바로 정답이에요. 그러니 어서 드세요. 그다음에는 우리 함께 가서 뭔가 좀 더 든든한 걸 찾아보자구요."

그녀는 여전히 한 손에 오렌지를 들고서, 마치 그걸 바라보기라도 하는 듯이 고개를 숙이고 있었다.

"역시 마찬가지에요. 이건 옳은 일이 아닌 것 같아요." 그녀가 다시 말을 꺼냈지만, 그 어조에는 아까보다 확신이 덜했다.

잠시 후, 그녀는 안고 있던 아이를 내려놓고, 오렌지 껍질을 까기 시작했으며…….

피커딜리 서커스에는 이제까지 내가 찾아낸 장소 중에서 사람이 가장 많았다. 이곳은 특히나 북적이는 편이었지만, 그래도 거기 있는 사람들은 모두 합쳐 100명 미만이었다. 대부분 뭔가 기묘하고 안 어울리는 옷을 입고 있었으며, 마치 반쯤은 잠이 덜 깬 것처럼 쉬지 않고 계속 주위를 돌아다니고 있었다. 때때로 사고가 하나 일어나면서 욕설과 헛된 분노를 자아냈다. 그런 반응을 지켜보니 나로선 오히려 깜짝 놀라게 되었는데, 왜냐하면 그런 반응 자체가 두려움의 산물이었으며, 본질적으로 너무 유치했기 때문이었다. 하지만 한 가지 예외를 제외하면, 사람들 사이에 오가는 이야기는 거의 없었고 소음도 거의 없었다. 마치 이들의 시력 상실이 사람들을 각자의 마음속에 가둬 버린 것만 같았다.

그 한 가지 예외는 교통섬 가운데 한곳에 자리 잡고 있었다. 키가 크고, 나이가 많고, 수척하며, 철사처럼 뻣뻣한 반백의 머리카락이 덤불을 이룬 남자가 참회에 관해서, 앞으로 닥칠 하늘의 분노에 관해서, 그리고 죄인들을 위한 불편한 전망에 관해서 떠벌리고 있었다. 아무도 그에게 관심을 주지 않았다. 왜냐하면 그들 대부분에게는 분노의 날이 이미 도달한 다음이었기 때문이다.

그러다가 멀리서 어떤 소리가 들려왔는데, 이에 모두들 관심을 집중했다. 점점 커지는 그 소리는 합창이었다.

그리고 내가 죽을 때,

나를 아예 묻지도 말아라

그냥 내 뼈를 담가라

알코올 속에.[+]

끔찍스럽고도 곡조도 맞지 않는 그 노래는 텅 빈 거리들을 지나서 느릿느릿 흘러나왔고, 여기저기에서 음울하게 메아리쳤다. 피커딜리 서커스에 있던 모두의 머리가 한 번은 왼쪽으로, 또 한 번은 오른쪽으로 돌아가면서, 그 노래가 나오는 방향을 찾아내려 시도했다. 멸망의 예언자는 경쟁자에 대항하여 목소리를 더 높였다. 노래는 불협화음을 이루면서 더 가까워졌다.

술 한 병을 놓아 주게

내 머리와 내 발 옆에

그러면 나는 확신하리

내 뼈는 온전히 남으리란 것을.

그리고 이 노래에 곁들여져서, 다소간 박자를 맞춰 가면서 발을 질질 끄는 소리가 들려왔다.

내가 서 있는 곳에서 보니, 그들은 섀프츠베리 애비뉴로 들어가는 길에서 한 덩어리가 되어서 나타났고, 곧이어 서커스 쪽으로 방

[+] 알코올중독자 부부의 일상을 묘사한 「작은 갈색 술병」이라는 권주가의 일부이다.

창을 비꾸었다. 맨 앞에 선 인도사 뒤에서는 두 번째 남자가 앞사람의 어깨를 한 손으로 붙잡고 있었으며, 세 번째 남자도 앞사람의 어깨를 한 손으로 붙잡고 있었고, 이런 식으로 계속되었으며, 이들의 숫자는 25명 내지 30명쯤이었다. 이 노래의 결말에 가서, 누군가가 "맥주, 맥주, 좋은 맥주!"라고 외치기 시작했고,[+] 워낙 소리 높이 외치는 바람에 혼란의 와중에 노래도 점차 사그라져 버렸다.

이들은 꾸준히 터벅터벅 걸어서 결국 피커딜리 서커스의 중심에 도달했고, 그러자 인도자는 목소리를 높였다. 상당히 큰 목소리였고, 마치 연병장에서 외치는 것 같은 느낌이었다.

"부대―애―애― 제자리에 섯!"

피커딜리 서커스에 있던 다른 모든 사람들은 꼼짝 못 하고 몸이 굳어 버렸으며, 모두들 그가 있는 쪽으로 고개를 돌리고 도대체 무슨 일이 벌어지고 있는지 짐작하려 노력하고 있었다. 인도자가 다시 한번 목소리를 높였고, 마치 전문 관광 안내원의 말투를 흉내 냈다.

"드디어 도착했습니다, 신사 여러분. 여기는 피카딜우라질리 서커스입니다. 이른바 '세계의 중심'. 이른바 '우주의 중추'. 부자 양반들이 술과 여자와 노래를 얻는 바로 그 장소입니다."

그런데 그는 시력을 상실하기는커녕, 오히려 그쪽과는 전혀 거리가 멀었다. 그의 두 눈은 주위를 둘러보고 있었으며, 떠들어 대는 동안에도 주위를 확인하고 있었다. 그의 시력은 나와 비슷한 어떤 우연 덕분에 온전히 보전된 모양이었지만 대신 잔뜩 술에 취해 있

+ 맥주의 미덕을 예찬한 「좋은 맥주」라는 권주가의 일부이다.

었으며, 그 뒤에 있는 사람들도 마찬가지였다.

"그러니 우리도 **조만간** 그걸 갖게 될 겁니다." 그가 덧붙였다. "다음 정거장은 저 유명한 카페 로열 호텔입니다. 그리고 거기 있는 술 모조리하고 말이죠."

"좋았어. 그나저나 여자는 어떻게 구한다는 거지?" 누군가가 질문을 던졌고, 곧이어 웃음이 터졌다.

"아, 여자 말이지. 자네가 원하는 게 바로 그건가?" 인도자가 말했다.

그는 앞으로 걸어 나오더니, 어떤 젊은 여자의 한쪽 팔을 붙잡았다. 그녀가 비명을 질렀지만, 그는 여자를 질질 끌어서 방금 말한 남자에게 데려갔다. 하지만 정작 여자를 원한다던 남자는 그런 사실도 전혀 모르고 있었다.

"자네 몫이야, 친구. 그러니 내가 자네를 제대로 대접하지 않았다고는 말하지 말라구. 이거 예쁜 아가씨야. 굉장한 미녀라구. 물론 지금의 자네한테야 아무래도 상관은 없겠지만 말이야."

"잠깐, 그러면 나는 어쩌고?" 그 뒤에 있던 남자가 말했다.

"자네 말이야, 친구? 음, 어디 보자. 금발이 좋은가, 아니면 흑발이 좋은가?"

나중에 가서 생각해 보니, 나는 그 당시에 바보처럼 행동한 것 같다. 그때쯤에는 이미 적용되기를 중단해 버린 표준이며 인습이 내 머릿속에는 여전히 들어 있었던 까닭이었다. 그때에만 해도 내가 미처 생각 못 했던 사실은, 설령 어떤 여자가 그 일당에게 끌려간다 하더라도, 그녀의 생존 가능성은 혼자 있을 때보다도 훨씬 더 높아지리라는 점이었다. 하지만 소년 같은 영웅 의식과 고귀한 감정의 혼합에 의해 촉발된 나머지, 나는 그만 이 일에 끼어들고 말았다. 그가 딴 데 시선을 파는 동안에 나는 제법 가까이 다가갔고, 곧이어 상대의 턱을 향해 주먹을 날렸다. 하지만 불운하게도 그는 나보다 조금 더 동작이 빨랐고……

정신을 차려 보니, 나는 길 위에 쓰러져 있었다. 그 일당의 소리는 멀리 잦아들고 있었으며, 멸망의 예언자는 그 능변을 되찾아서 일당의 뒤에다 대고 저주와 지옥의 불세례와 유황 지옥을 아낌없이 퍼부어 주고 있었다.

그제야 약간의 분별력이 되돌아오면서, 나는 아까의 사건이 더 나쁜 결과로 매듭지어지지 않았다는 사실에 감사하게 되었다. 자칫하면 나는 그가 인도하던 저 많은 사람들에 대한 책임으로부터 결코 벗어나지 못했을 수도 있었다. 어쨌거나, 그리고 그의 방법에 대해서 다른 사람이 어떻게 느끼건 간에, 그는 저 무리의 눈 노릇을 하고 있었으며, 저들은 그에게 의존함으로써 먹을 것이며 마실 것을 구했다. 그리고 그 여자들도 충분히 배가 고파지고 나면 결국 저들을 따라갈 수밖에 없을 것이었다. 그리고 이제 와서 주위를 돌아보게 되자, 여기 있는 여자들 가운데 아무도 그때쯤에는 저들을 개의치 않을 것이라는 생각마저 들었다. 모든 가능성을 고려해 본 결과, 나는 자칫 무법자들의 지도자로 추대되는 결과를 가까스로 피한 셈이 되었다.

그들이 카페 로열 호텔로 갔음을 기억한 까닭에, 나는 차라리 리젠트 팰리스 호텔로 가서 원기를 회복하고 정신을 맑게 하자고 작정했다. 다른 사람들도 나보다 먼저 그런 생각을 했던 모양이지만, 다행히 그들이 미처 발견하지 못한 술병도 아직 많이 남아 있었다.

거기 편안하게 앉아 있을 때에야, 즉 브랜디 한 잔을 앞에 놓고, 담배 한 대를 손에 들고 있을 때가 되어서야, 나는 지금까지 내가 본 것들이 모조리 현실임을, 그리고 결정적임을 비로소 시인하기 시작했다. 이제는 과거로 돌아갈 수가 없을 것이었다. 결코 말이다. 내가 이제껏 알던 모든 것이 끝나 버렸던 것이고……

어쩌면 내가 제정신을 차리기 위해서는 그 일격이 꼭 필요했던 것인지도 모른다. 이제 나는 내 존재가 더 이상은 아무런 초점도 없다는 사실과 직면하게 되었다. 내 삶의 방식, 내 계획, 내 야심, 내가 이제껏 얻은 모든 기대, 이런 것들은 그걸 형성한 조건들과 함께 모조리 한 방에 사라져 버린 것이다. 지금 와서 생각해 보면, 만약 애도해야 하는 어떤 친척이나 가까운 사람이 있었다고 한들, 나는 바로 그 순간에 철저하게 버림받은 기분을 느꼈을 것이다. 하지만 그 당시에만 해도 뭔가 공허한 느낌이었던 것이, 나중에 생각해 보면 오히려 행운이었던 셈이었다. 우리 아버지와 어머니는 이미 돌아가셨고, 딱 한 번 있었던 결혼 시도는 몇 년 전에 수포로 돌아가고 말았으며, 나에게 의존하는 사람도 특별히 없었다. 그래서 묘하게도 그 당시에 내가 느낀 기분은(물론 내가 마땅히 느껴야 한다고 생각되는 바에는 오히려 반대된다는 것을 인식하기는 했지만) 오히려 해방감이었다고나 할까……

단순히 브랜디 때문만은 아니었던 것이, 그런 기분은 이후로도 지속되었기 때문이었다. 내 생각에는 어쩌면 완전히 신선하고 새로운 뭔가를 마주한다는 느낌으로부터 유래한 기분이 아니었을까 싶다. 오래된 문제들, 케케묵은 문제들 모두가, 개인적인 것이건 일반적인 것이건 간에, 단 한 번의 육중한 일격으로 해결되었기 때문이었다. 어떤 또 다른 문제들이 생겨날지는 물론 아직 아무도 모르는 상태였지만(그리고 그런 문제들은 실제로도 정말 많을 것처럼 보였지만) 그래도 뭔가 **새로운** 문제들이기는 할 거였다. 이제는 내가 나 자신의 주인으로 대두하고 있었으며, 더 이상은 톱니바퀴의 이빨 노릇을 하지 않아도 되는 거였다. 어쩌면 공포와 위험이 가득한 세계를 마주하는 입장이 될 수도 있었지만, 그래도 어디까지나 내 나름대로의 방법으로 대처할 수가 있을 것이었다. 더 이상은 내가 결코 이해하지도 못하고 관심을 두지도 않는 이런저런 힘이며 이해관계에 의해서 이리저리 떠밀려 다니지 않을 것이었다.

아니었다. 결코 브랜디 때문이 아니었다. 그로부터 여러 해가 흐른 지금까지도 나는 그때의 기분 가운데 일부를 여전히 느낄 수 있다. 물론 그 당시에는 브랜디가 만사를 좀 지나치게 단순화한 감도 없지는 않았지만 말이다.

아울러 그 당시에는 사소한 질문도 몇 가지 있었다. 다음으로 무엇을 할 것인가? 이 새로운 삶을 과연 어디서, 어떻게 시작할 것인가? 하지만 지금 당장으로는 굳이 걱정에 사로잡히지 않으려고 노력했다. 나는 술을 다 마신 다음, 이 낯선 세계가 과연 무엇을 제공할지 알아보기 위해 호텔을 나섰다.

제4장

다가오는 그림자

카페 로열로 간 무법자들을 멀찌감치 피하기 위해서, 나는 옆길로 빠져서 소호로 접어들었다. 거기서 더 위쪽에 있는 리젠트 스트리트로 질러갈 생각이었다.

　아마도 배고픔 때문이었는지, 더 많은 사람들이 각자의 집 밖으로 나오고 있었다. 이유가 무엇인지는 모르겠지만, 이제 내가 들어선 지역은 병원을 떠난 이후 발견한 장소 가운데서도 가장 사람이 많았다. 보도 위에서나 좁은 거리에서나 수시로 충돌이 일어났고, 앞으로 나아가려 애쓰는 사람들이 겪는 혼란은 여기저기서 박살 나 있는 상점 유리창 앞에 모여든 사람들로 인해 더욱 어려워지기만 했다. 그곳에 모여든 사람 중에 어느 누구도, 자기네가 지금 마주하고 있는 상점이 과연 어떤 품목을 다루는지 알지 못했다. 맨 앞에 서 있는 사람 가운데 일부는 혹시 알아볼 만한 물건이 있는지 주위를 더듬고 있었다. 다른 사람들은 자칫 깨진 유리에 배가 갈라질 위험조치도 감수해 가면서 대담하게 상점 안으로 기어 들어갔다.

나라도 이 사람들에게 먹을 걸 구할 만한 장소를 알려 주어야 하지 않느냐는 생각이 문득 들었다. 하지만 내가 꼭 그래야 할까? 아직 멀쩡한 어느 식품점까지 이들을 인도해 갈 경우, 불과 5분이면 그 장소가 싹쓸이를 당해 아무것도 남지 않을 것은 물론이고, 그 과정에서 몸이 약한 몇 사람은 깔려 죽을 것이 분명했다. 게다가 언젠가는 먹을 것 모두가 사라져 버릴 터인데, 그때 가서는 먹을 것을 더 달라고 외치는 수천 명의 사람을 어떻게 한단 말인가? 어쩌면 작은 집단을 구성한 다음에, 어느 정도 기간까지는 어찌어찌 먹여 살릴 수 있을지도 몰랐다. 하지만 과연 누구를 데려가고, 또 누구를 남긴단 말인가? 나로선 애써 궁리해 보았지만, 뚜렷하게 적절한 방법이 전혀 떠오르지가 않았다.

현재 벌어지고 있는 일은 기사도 따위는 끼어들 여지가 없는 냉혹한 사업이었으며, 주려는 사람은 없는데 받으려는 사람만 잔뜩 있었다. 누군가가 또 다른 누군가와 부딪칠 경우, 상대방이 뭔가 꾸러미를 갖고 있음을 감지하면, 곧바로 그걸 빼앗아서 얼른 도망쳤는데, 혹시나 그 안에 뭔가 먹을 것이 들어 있을지도 모른다는 생각에서였다. 반면 꾸러미를 빼앗긴 사람은 격분한 나머지 허공을 움켜쥐거나, 또는 닥치는 대로 주먹을 휘둘렀다. 나도 한번은 웬 남자 노인이 갑자기 도로로 황급히 뛰어드는 바람에 잽싸게 피하지 않았으면 부딪쳐서 넘어질 뻔했는데, 상대방은 도로에 뭔가 장애물이 있을지도 모른다는 생각은 전혀 없었던 모양이었다. 극도로 교활해 보이는 표정을 한 그는 붉은색 페인트 깡통 두 개를 욕심껏 가슴팍에 끌어안고 있었다. 길모퉁이에 도달했을 때, 내 앞을 한 무리가 가로막고 있었는데, 이들은 뭔가에 좌절감을 느낀 나머지 울음을 터트리기 일보직전이었다. 그 앞에는 한 아이가 어리둥절한 모습으로 있었는데, 비록 눈은 멀쩡하게 보이지만 아직 너무 어린 까닭에 사람들의 요구를 이해하지는 못하는 상황이었다.

나는 마음이 불편해지기 시작했다. 이 사람들에게 뭔가 도움을 주고 싶은 문명인다운 충동에도 불구하고, 나의 본능은 계속해서 이곳을 떠나라고 말하고 있었다. 이미 이들은 평소와 같은 자제심을 급속히 잃어버리고 있었다. 나 역시 남들이 앞을 보지 못하는 상황에서, 나 혼자만 앞을 보고 있다는 사실 때문에 뭔가 비합리적인 죄책감을 느끼고 있었다. 심지어 그들 사이에서 걸어가는 과정에서도, 마치 그들을 피해 숨어 다니는 듯한 묘한 기분을 느꼈다. 그리고 더 나중에 가서야 내 본능이 맞았음을 깨달았다.

골든 스퀘어에 가까워졌을 때, 나는 왼쪽으로 돌아서 리젠트 스트리트로 돌아갈까 하는 생각을 품었는데, 거기는 도로가 더 넓어서 걷기도 더 편할 것이기 때문이었다. 그런데 그쪽으로 가려고 모퉁이를 돌아섰을 무렵, 갑작스럽고도 날카로운 비명 소리에 나는 우뚝 걸음을 멈추고 말았다. 사실은 나 말고 다른 모든 사람들도 우뚝 걸음을 멈추었다. 도로 전체에 걸쳐서 모두들 가만히 서서, 단지 고개만 이리저리 돌려 보면서, 도대체 무슨 일이 벌어지고 있는지를 추측해 보려 애쓰는 모습이 역력했다. 이들의 비탄과 팽팽한 긴장 너머로 들려온 그 비명에, 여성 가운데 다수가 훌쩍거리며 울기 시작했다. 남자들 역시 여자들 못지않게 잔뜩 신경이 곤두서 있었다. 그러다 보니 깜짝 놀라고 나서는 짧은 욕설을 내뱉고 말았다. 이것이야말로 섬뜩한 소리였으며, 어떤 면에서는 이들이 줄곧 무의식적으로 예상하고 있던 종류의 소리 가운데 하나였기 때문이었다. 이들은 이 소리가 또다시 들리기를 기다렸다.

또다시 비명이 들렸다. 겁에 질린 소리였고, 갑자기 헉하면서 잦아들었다. 하지만 모두들 대비하고 있었기 때문에 아까보다는 덜 놀라웠다. 이번에는 나도 그 소리의 출처를 찾아낼 수 있었다. 몇 발짝 걸어가 보니 어느 골목 입구가 나왔다. 모퉁이를 돌아서자, 비명과 숨 막힌 소리가 뒤섞여서 다시 흘러나왔다.

그 소리의 출처는 골목 안으로 몇 미터 떨어진 곳에 있었다. 젊은 여자 하나가 길바닥에 웅크리고 있고, 덩치 큰 남자 하나가 가느다란 놋쇠 막대기로 그녀를 때리고 있었다. 여자의 옷은 등짝이 찢어져 있었고, 그 밑의 맨살에는 붉게 맞은 자국이 나 있었다. 더 가까이 다가가 보고서야 나는 여자가 왜 도망가지 않는지를 깨달았다. 두 손이 등 뒤로 묶여 있었고, 거기 연결된 끈을 그 남자가 왼쪽 손목에 감고 있었던 것이다.

내가 다가갔을 때, 남자는 또 한 번의 일격을 가하려고 한 팔을 치켜든 상태였다. 나는 미처 대비를 못한 그의 손에서 막대기를 쉽게 빼앗은 다음, 그 무기를 휘둘러 남자의 어깨를 세게 내리쳤다. 상대방은 묵직한 구둣발로 일격을 가했지만 나는 재빨리 뒤로 물러서며 피했고, 그의 행동반경은 손목에 맨 끈 때문에 제한적일 수밖에 없었다. 그가 다시 한번 허공에 세게 발길질을 하는 사이에,

나는 주머니를 더듬어 칼을 찾았다. 아무것도 찾아내지 못하자, 남자는 돌아서서 화풀이하듯 여자를 세차게 걷어찼다. 그러더니 그녀를 향해 욕을 하면서, 끈을 잡아당겨서 그녀를 일으켜 세웠다. 나는 남자에게 따귀를 날렸다. 상대방이 동작을 멈추고, 귀가 울릴 정도로 딱 적당한 힘을 실어 가한 것이다. 어째서인지 나로선 비록 이 따위 인간이라 하더라도, 눈이 먼 사람에게 무차별 폭력을 가할 수는 없었다. 남자가 정신을 수습하는 사이, 나는 재빨리 몸을 숙여서 두 사람을 묶어 놓았던 줄을 잘라 버렸다. 그리고 가슴팍을 살짝 떠밀자 그는 비틀거리며 뒤로 물러섰으며, 몸을 반쯤 돌려놓자 결국 방향을 잃어버리고 말았다. 남자는 자유로워진 왼손으로 허공을 이리저리 휘저었다. 물론 내 몸에 닿지는 않았고, 대신 벽돌담에 부딪쳤을 뿐이었다. 그 일 직후에 그는 세상만사에 대한 관심을 잃어버리고, 오로지 부러진 자기 주먹의 고통에만 관심이 있을 뿐이었다. 나는 여자를 부축해서 일으켜 세우고 묶인 손을 풀어 준 다음, 함께 골목을 빠져나왔다. 남자는 여전히 우리 뒤에서 허공에 주먹질을 하고 있었다.

큰길로 들어서자 여자는 비로소 멍한 상태에서 정신을 차리기 시작한 모양이었다. 그녀는 지저분하고 눈물범벅이 된 얼굴을 돌려서 나를 바라보았다.

"눈이 **보이는** 분이시네요!" 그녀는 차마 믿을 수 없다는 듯 말했다.

"나야 당연히 보이죠." 내가 말했다.

"오, 하느님, 감사합니다! 하느님, 감사합니다! 저는 이 세상에 저 혼자만 눈이 보이는 줄 알았어요." 그녀는 이렇게 말하더니 또다시 눈물을 쏟았다.

　나는 주위를 둘러보았다. 거기서 몇 미터 떨어진 곳에 술집이 하나 있었지만, 전축 소리와 유리 깨지는 소리가 들리는 것으로 보아 사람들이 들어가 마음껏 즐기는 중인 모양이었다. 거기서 몇 미터 더 간 곳에는 조금 작은 술집이 하나 있었는데, 아직 멀쩡한 상태였다. 내가 어깨로 세게 밀치자 문이 열렸다. 나는 여자를 반쯤 떠메다시피 부축해서 안으로 들어간 다음, 거기 있는 의자에 앉혀 놓았다. 그런 뒤에 다른 의자 하나를 박살 내고, 그 다리 가운데 두 개를 흔들문 손잡이에 가로로 걸쳐서, 더 이상은 다른 손님이 들어오지 못하게 만들었다. 그런 다음에야 나는 카운터에 있는 술들을 살펴보았다.

　군이 서두를 필요까지는 없었다. 여자는 첫 잔을 조금씩 입에 흘려 넣고는 코를 훌쩍거렸다. 나는 그녀가 정신을 추스를 시간적 여유를 주었고, 내 유리잔의 받침 줄기를 붙잡고 빙빙 돌리면서 옆 술집에서 들려오는 전축 소리에 귀를 기울였다. 우울한 내용이기는 해도 최근에 인기를 끌고 있는 노래가 흘러나왔다.

　　내 사랑은 냉장고 안에 갇혔고

　　내 가슴은 급속 냉동실에 갇혔네.

　　그녀는 딴 남자랑 갔는데, 난 어딘지도 모르네.

　　그녀는 편지했네, 다시는 돌아오지 않겠다고.

　　이제 그녀는 나를 더 이상 신경 안 쓰네

나는 걸어 다니는 냉동 창고 되었네

전혀 좋지가 않다네

얼음이 된다는 것은

내 사랑은 냉장고 안에 갇혔고

내 가슴은 급속 냉동실에 갇혔네.

나는 자리에 앉은 채, 때때로 여자를 흘끔거렸다. 입은 옷만, 또는 옷 가운데 남은 부분만 놓고 보면 상당히 고급이었다. 목소리 역시 좋았다. 물론 연극이나 영화를 통해서 체득한 목소리는 아닌 듯했는데, 왜냐하면 긴장을 한 상태에서도 변하지는 않았기 때문이었다. 머리카락은 금색이었지만, 그중 상당 부분은 백금색을 띠고 있었다. 땟자국과 눈물 자국 아래의 얼굴은 제법 예뻐 보였다. 키는 나보다 10센티미터쯤 작아 보였고, 몸매는 날씬했지만 마른 것까지는 아니었다. 필요한 경우에는 충분한 힘을 낼 수도 있어 보였지만, 대략 24년쯤 되는 그녀의 생애 동안에 그 힘의 대부분은 공을 던지고, 춤을 추고, 또 아마도 말[馬]을 다루는 정도의 일에만 사용된 것이 전부였던 듯했다. 잘생긴 손은 곱기만 했고, 아직 부러지지 않고 남아 있는 손톱의 길이만 놓고 보면 실용적이기보다는 오히려 장식적으로 보였다.

술이 점차 효력을 발휘하기 시작했다. 여자도 이제는 온전한 정신을 되찾을 수 있을 만큼 회복된 상태였다.

"세상에, 제 꼴이 완전 흉해 보이겠네요." 그녀가 말했다.

물론 이제 그런 사실을 눈치챌 가능성이 있어 보이는 사람은 이 세상에 나 히니뿐인 것 같았지만, 나는 그냥 모른 척했다.

여자는 자리에서 일어나 거울 쪽으로 다가갔다.

"정말로 완전 흉해 보이네요." 그녀가 단언했다. "여기 혹시 어디로 가야—?"

"저쪽에 한번 들어가 보세요." 내가 제안했다.

그로부터 20분쯤 지나서야 여자가 도로 나왔다. 이곳에 갖춰진 설비가 제한적일 수밖에 없었음을 고려할 때, 그녀는 정말 잘 해낸 셈이었다. 기운도 되돌아와 있었다. 이제 그녀는 진짜 인물이라기보다는, 오히려 영화감독이 생각하는 재난 직후 여주인공의 모습에 더 가까워져 있었다.

"담배 태우세요?" 나는 이렇게 물어보면서, 술을 따른 유리잔 하나를 그녀에게 밀어 주었다.

정신을 추스르는 과정이 완료되자, 우리는 각자의 이야기를 나누었다. 그녀에게 시간적 여유를 주기 위해서, 일단 내 이야기를 먼저 해 주었다. 그러고 나자 그녀가 말했다.

"정말이지 저 자신이 너무나도 부끄럽기만 해요. 저는 결코 그런 사람이 아니에요, 진짜로요. 그러니까 제 말은, 당신이 저를 발견했을 때의 모습 말이에요. 저는 충분히 독립적인 성격이라구요. 물론 당신은 그렇게 생각하시지 않을지도 모르겠지만요. 어떻게 해서인지는 모르겠지만, 이 모든 일이 저에게는 너무 벅차게 느껴졌어요. 이미 벌어진 일도 충분히 나쁘기는 했지만, 이후의 끔찍한 전망 때문인지 차마 더는 견딜 수 없다고 느꼈고, 그래서 공황을 느꼈던 것 같아요. 심지어 이 세상에서 앞을 볼 수 있는 사람은 이제 나 혼자

남았구나 하는 생각을 하기 시작했죠. 그랬더니 좌절할 수밖에 없었고, 그 즉시로 겁을 먹고 어리석어졌고, 무너져 내렸고, 마치 빅토리아 시대를 소재로 한 멜로드라마 속 여주인공처럼 울부짖을 수밖에 없었죠. 제가 이렇게 될 줄은 정말로, 진짜 정말로 몰랐어요."

"그 문제라면 너무 걱정하지는 마세요." 내가 말했다. "우리 둘 다 이제부터는 정말 놀라운 일들을 직접 줄줄이 목격하게 될 테니까요."

"하지만 걱정이 되는 건 사실이에요. 일단 한번 그렇게 엉뚱한 실수를 저질러 놓은 다음이고 보니—" 하지만 그녀는 차마 말을 끝내지 않은 상태로 입을 다물고 말았다.

"저 역시 병원에 있을 때에 거의 공황을 느낄 뻔했어요." 내가 말했다. "우리는 인간이잖아요. 계산기가 아니라구요."

그녀의 이름은 조젤라 플레이턴이었다. 그 이름에는 낯설지 않은 느낌이 있었지만, 나로선 그게 뭔지 딱 꼬집어 말할 수가 없었다. 그녀의 집은 세인트존스 우드의 딘 로드에 있었다. 이 지역은 나의 추측과도 다소간 맞아떨어졌다. 나 역시 딘 로드를 기억하고 있었다. 도로에서 떨어진 편안한 주택들이 있었고, 대부분은 추악했지만 하나같이 값이 비쌌다. 그녀가 이 보편적인 재난을 피할 수 있었던 것 역시 나처럼 운이 좋았을 뿐이었다. 아니, 나보다는 '더' 운이 좋았던 것인지도 모른다. 조젤라는 월요일 밤에 어느 파티에 참석했다. 상당히 뻑적지근한 파티였던 모양이다.

"제 생각에는 누군가가 술에다가 장난을 쳐 놓았던 것 같아요.

그런 종류의 장난이 재미있을 기라고 생각한 사람의 짓이었겠죠."
그녀의 말이었다. "그날 파티가 끝났을 때에는 이제껏 한 번도 겪어
보지 못했을 정도로 몸이 안 좋았어요. 많이 마신 것도 아니었는데
말이에요."

화요일 내내 조젤라는 정신이 흐릿한 가운데 처참한 상황이었
고, 기록에 남을 만한 숙취로 고생했다. 오후 4시가 되자 더 이상은
견딜 수가 없었다. 급기야 종을 울린 다음, 혜성이고 지진이고 상관
없다고, 하다못해 심판의 날이 찾아온다 하더라도, 절대 자기를 깨
우지 말라고 하인들에게 신신당부했다. 이 최후통첩을 남기고 그녀
는 수면제를 좀 과다하게 복용했는데, 가뜩이나 빈속이다 보니 약
효가 돌자마자 완전히 뻗어 버렸다.

그 이후의 일은 그녀도 전혀 기억을 못 했다. 다만 이튿날 아침
이 되자 아버지가 비틀거리며 딸의 방으로 들어오는 바람에 잠에
서 깨어났을 뿐이었다.

"조젤라." 아버지가 말했다. "얼른 가서 메일 선생을 모셔 와라.
내 눈이 멀었다고 알려 드려라. 완전히 멀었다고 말이야."

그녀는 시간이 벌써 9시에 가까웠음을 깨닫고 깜짝 놀랐다. 자리
에서 일어나 서둘러 옷을 입었다. 아버지는 물론이고 딸이 종을 울
려도 하인들은 전혀 응답하지 않았다. 직접 깨우려고 가 보니, 이들
역시 시력을 상실한 것을 보고 그녀는 소름이 오싹 끼쳤다.

전화조차도 고장 난 상태였으니, 유일하게 남은 방법은 직접 차
를 몰고 가서 의사를 데려오는 것뿐이었다. 거리가 조용하고 교통
량이 전혀 없다는 사실은 뭔가 기묘해 보였으며, 조젤라는 거의 1

킬로미터쯤 차를 몰고 가서야 비로소 무슨 일이 벌어졌는지를 깨달았다. 깨달음이 찾아오자마자 그녀는 당황한 나머지 차를 돌리려고 했다. 하지만 그렇게 하면 아무한테도, 그 어떤 도움도 되지 않을 것이었다. 어쩌면 의사 역시 조젤라와 마찬가지로 이(그게 정확히 뭔지는 모르겠지만) 질병에서 어찌어찌 벗어났을 가능성도 여전히 있어 보였다. 그래서 그녀는 절망적이지만 점차 사그라지는 희망을 품고서 계속 차를 몰았다.

리젠트 스트리트를 따라 반쯤 갔을 때에, 갑자기 엔진이 이상해지더니 털털거리기 시작했고, 결국에는 멎어 버렸다. 서둘러 나오다 보니, 연료를 확인하지도 않았던 것이었다. 결국 그녀는 마지막 남은 기름까지 다 써 버렸던 것이다.

조젤라는 잠시 그 자리에 멈춰 선 채로, 어찌할 바를 몰랐다. 주위에 있는 사람들은 모조리 얼굴을 그녀에게 향하고 있었지만, 이번만큼은 그중 어느 누구도 그녀를 볼 수도, 심지어 도와줄 수도 없음을 실감할 수밖에 없었다. 조젤라는 자동차에서 내렸다. 혹시나 근처에 있는 주유소를 찾을 수 있을까 해서였다. 혹시나 주유소가 없다면, 나머지 길은 그냥 걸어서 갈 작정까지 하고 있었다. 그녀가 자동차에서 내려서 문을 닫자, 누군가가 그녀를 불렀다.

"어이! 잠깐만 좀 봅시다, 형씨!"

조젤라가 뒤로 돌아서자, 한 남자가 허공을 더듬어 가며 다가왔다.

"무슨 일이시죠?" 그녀가 물었다. 이때까지만 해도 상대방의 표정 따위는 전혀 살펴보지 않은 상태였다.

조젤라의 목소리를 듣자마자 남자의 태도가 바뀌었다.

"제가 길을 잃어서요. 지금 여기가 어딘지 모르겠어요." 그가 말했다.

"여기는 리젠트 스트리트예요. 댁의 등 뒤에 바로 뉴 갤러리 극장이 있어요." 그녀는 이렇게만 말하고, 그냥 가려고 몸을 돌렸다.

"그러면 보도 끝이 어딘지만 좀 알려 주시면 안 될까요, 아가씨, 예?" 그가 말했다.

조젤라는 머뭇거렸고, 그사이에 남자는 가까이 다가왔다. 그는 앞으로 뻗은 손을 더듬어 그녀의 옷소매를 건드렸다. 곧이어 남자가 갑자기 앞으로 달려들어서, 양손으로 조젤라의 두 팔을 아프게 꽉 붙잡았다.

"그러니까 너는 **볼** 수가 있다는 거군, 그렇지!" 그가 말했다. "도대체 왜 너만 볼 수 있는 거지? 나도 못 보고, 다른 어느 누구도 못 보는데!"

무슨 일이 벌어지고 있는지 미처 깨닫기도 전에, 그는 조젤라를 돌려 세워서 쓰러트렸다. 졸지에 그녀는 상대방의 무릎에 등을 짓눌린 상태로 도로에 엎어져 버리고 말았다. 남자는 조젤라의 양 손목을 커다란 한 손으로 꽉 붙잡은 다음, 주머니에서 끈을 꺼내어 한데 묶기 시작했다. 그런 다음 자리에서 도로 일어나더니, 그녀를 잡아당겨서 똑바로 일어서게 했다.

"좋아." 그가 말했다. "이제부터 너는 그 멀쩡한 눈을 가지고 나를 위해서 일하는 거다. 우선 배가 고프군. 맛있는 음식이 있는 곳으로 안내하도록 해라. 어서 출발해."

조젤라는 그에게서 벗어나려고 했다.

"싫어요. 당장 이 손을 풀기나 해요. 나는—"

말을 더 잇기도 전에, 남자가 그녀의 얼굴을 때렸다.

"이 정도면 충분하겠지, 아가씨. 어서 가자고. 빨리 움직여. 음식, 내 말 들었지?"

"싫다고 했잖아요."

"싫어도 할 수밖에 없을걸. 두고 보라구, 아가씨." 남자가 장담했다.

그리고 실제로도 그의 장담대로 되었다.

그녀는 항상 남자에게서 벗어날 기회만 엿보았다. 그리고 그 역시 이런 상황을 예상하고 있었다. 한번은 거의 성공할 뻔했지만, 남자의 대응이 너무 빨랐다. 가까스로 몸을 빼낸 순간 그가 한쪽 발을 걸었고, 조젤라는 쓰러졌다가 차마 일어나지도 못하고 다시 붙잡히고 말았다. 그 일 직후에 남자는 질긴 끈을 하나 찾아내서, 그녀의 양손을 묶은 끈에 연결해 두었다.

조젤라는 우선 카페로 그를 안내했고, 냉장고가 있는 곳을 그에게 가르쳐 주었다. 기계는 더 이상 작동하지 않았지만, 그 안에 들어 있는 음식은 여전히 신선했다. 다음에 들른 곳은 술집이었고, 그는 특별히 아일랜드산 위스키를 원했다. 그녀는 그 술을 발견했지만, 마침 그의 손이 닿지 않는 선반 위에 놓여 있었다.

"제가 꺼낼 테니까, 이 손 좀 풀어 주—" 그녀가 제안했다.

"손을 풀어 주면 뭐, 술병으로 나를 내리치기밖에 더 하겠어? 누굴 하룻강아지로 아시나, 아가씨. 아니, 차라리 난 스카치를 마시겠어. 어떤 병이지?"

남자가 술병 하나하나를 손으로 짚는 동안, 조젤라는 각각의 내용물이 뭔지 대답해 주었다.

"그때 저는 정신이 나간 상태였나 봐요." 그녀가 설명했다. "이제와서 생각해 보니, 그놈에게서 벗어날 방법이 대여섯 가지는 떠오르네요. 만약 당신이 도와주시지 않았더라면, 나중에 가서는 그놈을 죽여 버렸을지도 몰라요. 하지만 사람이 삽시간에 잔인하게 변할 수야 없는 노릇이잖아요. 적어도 저는 그렇게 할 수가 없었어요. 처음에만 해도 저는 생각조차 온전히 할 수가 없었던 것 같아요. 요즘 세상에는 이런 일이 흔치 않으니까, 조만간 누군가가 나타나서 나를 구해 주겠지, 아마 이런 생각을 했던 것 같아요."

두 사람이 술집에서 나오기 직전에 싸움이 벌어졌다. 다른 사람들이 열린 문을 발견하고 안으로 들어왔던 것이다. 조젤라를 붙잡은 남자는 부주의하게도 자기네가 발견한 술병 내용물이 뭔지를 그들에게도 알려 주라고 명령했다. 이 말에 거기 있던 사람들은 모두 입을 다물었으며, 보이지도 않는 눈을 그녀 쪽으로 향했다. 여기저기서 속삭이는 소리가 들리더니, 남자 두 명이 지친 모습으로 걸어 나왔다. 이들의 표정에는 뭔가 뚜렷한 목적이 떠올라 있었다. 조젤라는 끈을 잡아당겼다.

"조심해요!" 그녀가 외쳤다.

그러자 조젤라를 붙잡은 남자는 서슴없이 주위에 발길질을 날렸다. 마침 운이 좋았다. 두 남자 가운데 한 명이 고통스러운 비명과 함께 고꾸라졌다. 또 다른 남자는 앞으로 달려들었지만, 그녀가 옆으로 피했기 때문에 요란한 소리와 함께 카운터에 부딪치고 말았다.

"이 망할 녀석들, 이 여자 건드릴 생각 하지 마." 조젤라를 붙잡은 남자가 으르렁거렸다. 그러면서 위협하는 표정으로 이쪽저쪽을 둘러보았다. "이 여자는 내 거야, 망할 녀석들아, 내가 먼저 발견했다구."

하지만 다른 사람들도 순순히 포기하려 들지 않는 것이 분명했다. 설령 그녀를 붙잡은 남자의 얼굴에 나타난 표정을 보았다 하더라도, 그들은 순순히 물러서지 않았을 것이었다. 그제야 조젤라는 앞을 볼 수 있는 능력이(비록 간접적인 것이라 하더라도) 이제 와서는 세상의 어떤 보물도 훨씬 더 능가하는 뭔가가 되었음을, 따라서 현재의 속박 상태에서 벗어나기 위해서는 치열한 다툼을 하지 않을 수 없음을 깨달았다. 다른 사람들은 양손을 앞으로 내민 상태에서 천천히 포위망을 좁혀 왔다. 그녀는 한쪽 발을 뻗어 의자 다리에 걸어서, 사람들 앞에다 쓰러트려 놓았다.

"얼른 가요!" 조젤라가 이렇게 말하면서, 이번에는 오히려 남자를 끌어당겼다.

바닥에 쓰러진 의자에 걸려서 두 남자가 쓰러졌고, 곧이어 한 여자가 이들 위에 또다시 쓰러졌다. 순식간에 술집 안은 혼란의 도가니로 변했다. 조젤라는 그 틈새를 비집고 지나갔으며, 결국 두 사람은 거리로 빠져나왔다.

자기가 왜 그랬는지는 그녀조차도 몰랐다. 다만 저 무리에게 사로잡혀서 눈 노릇을 하다 보면, 지금 자기가 겪고 있는 곤경보다 더 지독한 곤경이 닥칠 것 같아서였다. 남지도 조젤리에게 고맙다는 말을 전혀 하지 않았다. 다만 또 다른 술집을, 이번에는 완전히 텅 빈 술집을 찾아내라고 명령했을 뿐이었다.

"제 생각은 이래요." 그녀가 마치 재판관처럼 말했다. "아마 당신은 미처 깨닫지 못하셨겠지만, 어쩌면 그놈도 정말 나쁜 사람까지는 아니었을 수 있다는 거예요. 그놈은 다만 겁이 났을 뿐이죠. 마음속 깊은 곳에서, 그놈은 오히려 저보다 훨씬 더 겁을 내고 있었어요. 그놈은 저에게 먹을 것 조금과 마실 것 조금을 주기도 했어요. 막판에 저를 그렇게 때린 까닭은 그놈이 술을 마셨기 때문에, 그리고 제가 그놈을 따라서 그놈 집에 들어가지 않았기 때문이었어요. 만약 당신이 나타나지 않았더라면, 과연 무슨 일이 일어났을지 저도 모르겠어요." 그녀는 잠시 말을 멈추었다. 그러다가 이렇게 덧붙였다. "여하간 저 자신이 정말이지 부끄러워요. 이른바 젊은 현대 여성이 결국 어떤 모습에까지 치달을 수 있는지를 똑똑히 보여 준 셈이잖아요, 안 그래요? 비명이나 지르고, 난리를 치면서 쓰러지기나 하고. 빌어먹을!"

조젤라는 얼굴을 찡그리면서 술잔 쪽으로 손을 뻗기는 했지만, 표정은 물론이고 기분조차도 아까보다는 더 나아진 것이 분명했다.

"제 생각은 이래요." 내가 말했다. "저 역시 지금 상황에 대해서 상당히 잘못 생각하고 있었던 것 같아요. 어떤 면에서는 운도 좋았죠. 피커딜리에서 아이를 안고 있던 그 여자를 봤을 때, 저는 일찌감치 거기 담긴 의미를 깨달았어야만 했어요. 제가 당신과 마찬가지의 곤란을 겪지 않게 된 것은 정말이지 간발의 차이였을 뿐이니까요.”

“대단한 보물을 가진 사람이 있다면, 누구나 불안한 생활을 할 수밖에 없겠죠.” 조젤라는 숙고하듯 말했다.

“앞으로는 그 사실을 똑똑히 새겨 두어야 되겠네요.” 내가 그녀에게 말했다.

“저야 이미 그 사실을 똑똑히 새겨 두고 있으니까요.” 그녀가 말했다.

우리는 그렇게 자리에 앉은 채, 옆쪽 술집에서 들려오는 요란한 소리에 귀를 기울였다.

“그러면 이제.” 마침내 내가 먼저 입을 열었다. “우리는 뭘 해야 하는 거죠?”

“저는 일단 집에 돌아가 봐야만 해요. 아버지가 거기 계시니까요. 이제는 굳이 의사를 찾으려고 해 봤자 소용이 없을 게 분명해요. 설령 운 좋게 재난을 피한 의사가 있다 하더라도 말이에요.”

조젤라는 무슨 말을 덧붙이려는 듯했지만, 결국 단념하고 말았다.

“혹시 제가 같이 가도 괜찮을까요?” 내가 물었다. “지금 상황으로 봐서는, 우리 같은 사람들이 혼자 돌아다닐 때가 아닌 것 같아서 말이에요.”

그녀의 얼굴은 고마워하는 표정으로 변했다.

“고마워요. 그렇잖아도 물어볼까 하던 참이었어요. 어쩌면 당신도 나름대로 누군가를 찾아가 봐야 하지 않을까 싶어서 말이에요.”

“찾아갈 사람도 없어요.” 내가 말했다. “어쨌거나 지금 당장 런던

안에는 없어요."

"그럼 다행이네요. 혹시나 중도에 또다시 붙잡히거나 그럴까 봐 걱정되어서는 아니에요. 그 정도야 이제는 최대한 조심할 테니까요. 하지만 솔직히 말해서 저는 외로워지는 게 걱정되거든요. 벌써부터 그런 기분이 들기 시작했어요. 뭔가 길을 잃고 방황하는 느낌요."

나는 상황을 뭔가 새로운 시각으로 바라보기 시작했다. 아까까지의 해방감이 누그러진 자리에, 우리 앞에 놓여 있을 엄혹함에 대한 자각이 점차 생겨났던 것이다. 처음에만 해도 뭔가 우월감을, 따라서 확신을 품지 않기란 불가능했다. 우리가 재난에서 살아남을 가능성은 나머지 다른 사람들보다 대략 100만 배는 더 많았기 때문이다. 나머지 다른 사람들이 더듬고, 만지고, 추측하는 상황에서도 우리는 그냥 걸어가서 가져오면 끝이었기 때문이다. 하지만 이런 것 말고도 다른 문제가 앞으로 상당히 더 많을 것이었고…….

내가 말했다. "천만다행으로 아직까지 앞을 볼 수 있는 사람들이 과연 몇 명이나 될까요? 오늘 저는 그런 상태인 남자 하나, 꼬마 하나, 갓난아기 하나와 마주쳤어요. 당신은 물론 하나도 못 봤겠죠. 제 생각에는 앞으로 우리가 확인해 보더라도, 시력이 온전한 사람은 매우 드물 것 같아요. 다른 사람들 가운데 일부는 앞을 볼 수 있는 사람을 확보하는 것이야말로 자기들의 유일한 생존 가능성이라는 사실을 분명히 파악했을 거예요. 그들 모두가 이런 사실을 이해하고 나면, 앞으로의 전망은 결코 좋지가 않을 거예요."

그 당시에만 해도 나는 우리의 미래가 양자택일일 것이라고 생각했다. 즉 언젠가는 붙잡힐지도 모른다는 두려움을 품고 외롭게 살아가거나, 또는 다른 시각 상실자 집단으로부터 우리를 보호해 줄 수 있는 선별되고 신뢰할 만한 시각 상실자 집단을 직접 결성하는 것이었다. 우리는 이들의 '지도자 겸 포로' 역할을 담당할 것이었다. 그리고 이와 함께 우리를 차지하기 위해 무법자 집단 긴에 치열한 전쟁이 벌어질 것이었다. 내가 불편한 마음으로 이런 가능성을 열심히 생각하던 중에, 조젤라가 자리에서 벌떡 일어나면서 나를 다시 현재로 데려와 버렸다.

"이제는 가 봐야 돼요." 그녀가 말했다. "불쌍한 우리 아버지. 벌써 오후 4시가 넘었어요."

리젠트 스트리트로 되돌아오자, 갑자기 한 가지 생각이 떠올랐다.

"길을 건너가죠." 내가 말했다. "여기 어딘가에 상점이 하나 있었던 걸로 기억하는데……."

문제의 상점은 여전히 거기 있었다. 우리는 제법 쓸 만해 보이는 칼과 칼집, 그리고 그걸 몸에 차기 위한 허리띠를 챙겼다.

"이러고 나니 마치 해적이라도 된 것 같네요." 허리띠를 차면서 조젤라가 말했다.

"해적의 포로가 되는 것보다 차라리 해적이 되는 게 더 나을 테니까요." 내가 그녀에게 말했다.

거리를 따라서 몇 미터 떨어진 곳에서, 우리는 크고 번쩍이는 대형 승용차를 한 대 발견했다. 외양만 보면 소음이 거의 없고 조용한 물건으로 보였다. 하지만 내가 시동을 걸었을 때 우리 귀에 들린

소리는 평소 북적이는 거리에서 들리는 차량 대열의 소리보다 훨씬 더 큰 것 같았다. 우리는 북쪽으로 방향을 잡았고, 주인 없는 차량들은 물론이고 우리가 다가오는 소리에 깜짝 놀라 도로 한가운데에서 몸이 굳어 버린 사람들을 이리저리 피해 갔다. 달리는 내내, 우리가 다가가면 사람들은 뭔가 기대하는 듯 고개를 돌렸다. 그리고 우리가 지나가면 사람들은 고개를 푹 숙였다. 도중에 한 건물이 활활 불타는 모습이 보였고, 옥스퍼드 스트리트의 어디에선가 역시나 불이 나서 연기 구름이 피어오르고 있었다. 옥스퍼드 서커스에도 더 많은 사람들이 모여 있었지만, 우리는 이들 사이를 깔끔히 뚫고 나왔으며, BBC를 지나서 북쪽으로 리젠트 파크까지 이어지는 도로를 달렸다.

거리를 지나 탁 트인 공간으로 나오니 안도감이 들었다. 이곳에는 이리저리 배회하며 앞을 더듬는 불운한 사람들도 전혀 보이지 않았다. 넓은 풀밭에서 우리가 본 것 중에 유일하게 움직이는 생물은 휘청휘청 남쪽으로 걸어가는 트리피드 무리 두셋뿐이었다. 어찌어찌해서 그놈들은 말뚝을 뽑아 버린 모양인지, 뒤쪽으로 쇠사슬을 질질 끌며 움직이고 있었다. 내 기억에 따르면 트리피드 가운데에는 독침을 제거하지 않은 표본도 있었고, 또한 어딘가에 묶어 놓기만 한 표본도 있었다. 하지만 대부분은 이중 울타리 안에 간수되었으며, 동물원 바로 옆에 있는 봉쇄 구역에 있었다. 그러니 저놈들이 어떻게 기어 나왔는지 궁금할 수밖에 없었다. 조젤라 역시 그놈들의 존재를 눈치챘다.

"저놈들에게는 별 차이가 없을 거예요." 그녀가 말했다.

나머지 구간에서도 우리 앞을 막는 장애물은 거의 없다시피 했다. 불과 몇 분 만에 나는 조젤라가 손으로 가리킨 집 앞에 자동차를 멈춰 세웠다. 나는 차에서 내린 다음, 정문을 밀어서 열었다. 짧은 진입로가 둥글게 이어지고 그 옆으로 덤불 화단이 조성되어서, 집의 상당 부분을 노로에서 보이지 않게 가려 주고 있었다. 모퉁이를 돌자마자 조젤라는 비명을 지르며 앞으로 달려갔다. 웬 사람이 자갈밭 위에 엎어져 있었는데, 고개는 한쪽으로 돌려서 얼굴을 알아볼 수 있었다. 나는 첫눈에 그 사람의 뺨에 난 선명하고 붉은 줄을 알아볼 수 있었다.

"조심해요!" 나는 그녀에게 외쳤다.

내 목소리에는 조젤라의 행동을 저지하기에 충분할 만큼의 경악이 들어 있었다.

이제야 나도 트리피드를 목격했다. 그놈은 덤불 사이에 숨어 있었으며, 바닥에 쓰러진 사람을 충분히 공격할 만한 범위 내에 있었다.

"돌아와요! 어서요!" 내가 말했다.

조젤라는 여전히 땅에 쓰러진 사람을 바라보며 머뭇거렸다.

"하지만 저는—" 그녀가 말을 시작하며 나를 돌아보았다. 그러더니 갑자기 동작을 멈추었다. 그러고는 두 눈을 크게 뜨고 비명을 질렀다.

내가 뒤로 돌아 보니, 트리피드 한 마리가 겨우 몇 미터 떨어진 곳에서 나를 굽어보고 있었다.

나는 반사적으로 양손을 들어서 재빨리 눈에 갖다 댔다. 그놈이 나를 내리치자 휘익 하는 소리가 들렸다. 하지만 나는 쓰러지지도 않았고, 무시무시한 고통조차도 느끼지 않았다. 사람의 정신은 위기의 순간에 마치 번개처럼 신속하게 움직이는 법이다. 하지만 다시 공격해 오기 전에 내가 먼저 그놈에게 달려들었던 일만큼은 이성이 아니라 오히려 본능의 결과였다고 봐야 맞을 것이다. 나는 그놈과 부딪쳤고, 그놈을 자빠트렸으며, 그놈을 올라탄 상태에서 그놈의 줄기 윗부분을 양손으로 움켜쥐고 꽃받침과 독침을 뜯어내려고 애썼다. 트리피드 줄기는 딱 하고 부러지는 종류가 아니었다. 대신 갈가리 찢어 버릴 수는 있었다. 나는 그놈을 철저하게 찢어 버린 다음에야 비로소 자리에서 일어났다.

조젤라는 아까 그 자리에 여전히 못 박힌 듯 서 있었다.

"얼른 이리 와요." 내가 그녀에게 말했다. "당신 등 뒤의 덤불 속에도 한 놈이 더 있어요."

조젤라는 무서운 듯 어깨 너머를 흘끗 바라보더니, 내게로 다가왔다.

"그나저나 방금 그놈한테 분명히 **맞은** 거잖아요." 그녀는 믿을 수 없다는 듯 말했다. "그런데 당신은 어째서—?"

"그건 저도 모르겠네요. 원래는 이렇지 않아야 하는 건데." 내가 말했다.

나는 땅에 쓰러진 트리피드를 바라보았다. 그러다가 우리가 이와는 전혀 다른 종류의 적에게 대비하고자 칼을 차고 있음을 뒤늦게 깨달았고, 내가 가진 무기를 이용해서 그놈의 독침 아랫부분을 잘라 보았다. 그리고 그 안을 살펴보았다.

"어째서인지 알겠네요." 나는 텅 빈 독액 주머니를 가리키며 말했다. "봐요, 하나도 없어요. 다 써 버렸다구요. 만약 이 안에 독액이 가득했더라면, 아니, 하다못해 일부만 차 있었더라도……." 나는 주먹 쥔 손에서 엄지손가락을 세우고는 아래로 뒤집었다.

나로선 그 트리피드에게 독액이 없었다는 사실에 대해서, 그리고 내가 트리피드의 독액에 내성을 갖고 있다는 사실에 대해서 감사해 마지않을 일이었다. 그럼에도 불구하고 내 양쪽 손등과 목을 가로질러 붉은 자국이 희미하게 났으며, 어찌나 가려운지 정말 죽을 지경이었다. 나는 독침을 살펴보는 와중에도 줄곧 그 상처를 문지르고 있었다.

"정말 이상하네요―" 내가 중얼거렸다. 누가 들으라고 한 말이 아니라 혼잣말에 가까웠지만, 조젤라는 내 말을 듣고 물었다.

"뭐가 이상하다는 거죠?"

"이번처럼 트리피드의 독액 주머니가 완전히 비어 버린 경우는 정말 처음 봤어요. 십중팔구 이놈이 독침을 지독하게 많이도 쏘아댔다는 뜻이 되겠네요."

하지만 그녀는 내 말을 전혀 듣지 않는 듯했다. 대신 진입로에 쓰러져 있는 사람을 유심히 바라보더니, 이번에는 그 옆에 서 있는 트리피드를 바라보았다.

"어떻게 해야만 저 사람을 구할 수 있을까요?" 조젤라가 물었다.

"지금은 못해요― 저놈을 먼저 처리하기 전에는 말이에요." 내가 그녀에게 말했다. "게다가― 음, 제 생각에는 이제 우리도 저 사람을 구할 수는 없을 것 같아요."

"결국 저 사람은 죽었나는 서쇼?"

나는 고개를 끄덕였다. "맞아요. 그건 의심의 여지가 없는 일이에요— 저는 독침에 맞은 사람을 이전에도 많이 봤거든요. 그나저나 저 사람은 누구죠?" 내가 덧붙였다.

"피어슨 영감님이에요. 우리 집에서 정원 일을 해 주셨고, 우리 아버지의 운전기사 일도 해 주셨어요. 정말 좋은 분이셨는데. 저랑은 평생 알고 지낸 사이였어요."

"참으로 안타깝게—" 내가 말을 꺼냈다. 뭔가 적절한 말을 해 보려는 의도였지만, 갑자기 조젤라가 내 말을 잘라 버렸다.

"저것 좀 봐요—! 오, 저것 좀요!" 그녀는 집 옆으로 돌아가도록 나 있는 오솔길을 가리켜 보였다. 한쪽 모퉁이에 검은색 스타킹을 신은 여자 다리 하나가 툭 튀어 나와 있었다.

우리는 주위를 유심히 바라보다가, 그 모습을 더 잘 볼 수 있는 지점까지 안전하게 이동했다. 검은색 옷을 입은 젊은 여자의 시신이 절반은 오솔길 위에, 나머지 절반은 화단 위에 쓰러져 있었다. 예쁘고 앳된 얼굴에는 선명한 붉은색 줄이 그어져 있었다. 조젤라가 헉하고 숨을 몰아쉬었다. 두 눈에서는 눈물이 흘렀다.

"오—! 오, 애니예요! 애니, 어린애가 불쌍하게도." 그녀가 말했다.

나는 조젤라를 조금이나마 위로하려고 어설픈 설명을 시도했다.

"그래도 고통 없이 순식간에 사망했을 거예요. 두 사람 모두요." 내가 말했다. "트리피드 독액이 사람을 죽일 만큼 강력할 경우, 오히려 자비로울 정도로 약효가 빠르니까요."

우리가 확인해 보니, 트리피드가 또 한 마리 거기에 숨어 있는 것까지는 아니었다. 아마도 두 사람을 공격한 트리피드는 한 마리였던 모양이었다. 우리는 오솔길을 가로지른 다음, 옆문을 통해 집 안으로 들어갔다. 조젤라가 누군가를 불렀다. 하지만 아무런 대답도 없었다. 그녀가 또다시 누군가를 불렀다. 우리는 집을 에워싼 완전한 침묵 속에서 가만히 귀를 기울여 보았다. 조젤라가 고개를 돌려 나를 바라보았다. 우리 둘 다 아무 말이 없었다. 그녀는 조용히 복도를 지나서 베이즈 천을 덮어 놓은 문으로 향했다. 문을 열자마자 휙 하는 소리가 나더니, 뭔가가 문과 문틀을 가로질러 철썩하고 일격을 가했는데, 조젤라의 머리에서 대략 몇 센티미터 떨어진 곳이었다. 그녀는 서둘러 문을 도로 닫고, 휘둥그레진 눈으로 나를 바라보았다.

"거실 안에도 한 마리가 있어요." 조젤라가 말했다.

겁에 질린 듯 목소리를 반쯤 낮추어 말하는 그녀의 모습이, 마치 저놈들이 듣고 있을지도 모른다고 생각하는 듯했다.

우리는 옆문을 통해 밖으로 나왔고, 다시 정원으로 들어섰다. 발소리를 죽이려고 잔디밭을 벗어나지 않은 채, 우리는 집을 빙 돌아서 거실이 잘 보이는 곳까지 갔다. 마당으로 통하는 여닫이 창문이 열려 있었고, 한쪽은 유리가 박살 나 있었다. 진흙 자국이 계단을 지나서 카펫 위까지 이어져 있었다. 그 자국이 끝나는 거실 한가운데에는 트리피드 한 마리가 서 있었다. 그 줄기 꼭대기는 거의 천장에 닿을 정도였고, 계속해서 슬금슬금 흔들렸다. 그놈의 축축하고도 덥수룩한 줄기 바로 옆에는 시체가 한 구 놓여 있었는데, 밝은 색깔이 잠옷을 길진 남자 노인이었다. 나는 조젤라의 한쪽 팔을 붙잡았다. 혹시나 그녀가 저 안으로 뛰어 들어갈까 걱정한 까닭이었다.

"혹시 저분이— 당신 아버지이신가요?" 내가 물었다. 물론 그렇다는 사실은 이미 알고 있었지만 말이다.

"맞아요." 조젤라가 말했다. 그러면서 양손으로 자기 얼굴을 가렸다. 그녀는 몸을 살짝 떨고 있었다.

나는 그 자리에 가만 서 있었다. 물론 눈으로는 집 안에 있는 트리피드를 주시하고 있었는데, 혹시나 그놈이 우리 쪽으로 다가오지 않을까 걱정해서였다. 그러다가 나는 손수건이 있음을 떠올리고, 얼른 꺼내어 그녀에게 건네주었다. 지금 상황에서는 딱히 할 수 있는 일이 없었다. 잠시 후에 그녀는 정신을 추스르는 모양이었다. 우리가 오늘 봤던 사람들을 떠올리면서 내가 말했다.

"저기, 그래도 저 같으면 아까 도시에서 본 그 사람들보다는 차라리 **이쪽**과 같은 결과를 선택하지 않았을까 싶어요."

"맞아요." 잠시 뜸을 들이다가, 그녀가 말했다.

그녀는 하늘을 바라보았다. 은은하고 산뜻한 파란색이었고, 작은 구름 몇 개가 마치 새하얀 깃털처럼 떠가고 있었다.

"예, 맞아요." 그녀는 좀 더 확신을 품은 듯 이렇게 말했다. "불쌍한 아버지. 당신께서는 시력을 상실한 상태를 차마 견디실 수 없을 거예요. 아버지는 이 모든 것을 너무 좋아하셨으니까요." 그녀는 다시 한번 집 안을 살펴보았다. "그럼 이제 우리 어떻게 해야 하죠? 저는 차마 여기를 떠날 수가—"

바로 그때 나는 아직 깨지지 않고 남아 있는 유리창에 어떤 움직임이 반사되는 것을 깨달았다. 재빨리 뒤를 돌아다보았더니, 트리피드 한 마리가 덤불에서 빠져나와 잔디밭을 가로지르고 있었다. 그놈이 곧장 우리 쪽으로 다가오고 있는 것이었다. 앞뒤로 흔들리는 그놈의 줄기에 질긴 잎사귀가 스치는 소리가 똑똑히 들렸다.

이제는 지체할 여유가 없었다. 이 근처에 과연 몇 마리가 더 있는지 알 수가 없었다. 나는 조젤라의 한쪽 팔을 다시 붙잡고, 우리가 온 방향으로 달려갔다. 안전하게 차 안에 들어가자마자, 그녀는 마침내 울음을 터트렸다.

한동안 울게 내버려 두는 것이 상책일 듯했다. 나는 담배를 한 대 피우며 다음 행동을 숙고했다. 자기 아버지를 발견한 이상, 조젤라는 노인을 그냥 내버려 두고 이곳을 떠날 생각은 하지 않을 것이 당연했다. 아버지를 적절하게 매장해 주기를 바랄 수도 있었다. 지금 돌아가는 상황으로 미루어 말하자면, 그건 결국 우리 두 사람이 직접 무덤을 파고, 매장 작업 전체를 진행해야 한다는 의미였다. 하지만 그런 일을 시도라도 하려면, 일단 이곳에 와 있는 트리피드들을 처리할 방법을 찾아내는 것이, 그리고 더 많은 녀석들이 나타나지 않게 막는 것이 급선무였다. 솔직히 말해서 나로선 이 모든 일을 포기해 버리고 싶은 마음이었다. 따지고 보면 저 사람이 내 아버지도 아니었으니까…….

이처럼 새로운 상황은 아무리 생각해 보아도 마음에 들지가 않았다. 런던 내에만 트리피드가 도대체 몇 마리나 될지는 정말 알 수가 없는 일이었다. 공원마다 최소한 몇 마리쯤은 있게 마련이었다.

보통 독침을 제거한 놈들은 제멋대로 돌아다니게 내버려 두었지만, 간혹 독침이 멀쩡히 달린 녀석을 어딘가에 묶어 두거나, 또는 철조망 안에 안전하게 넣어 두는 경우도 있었다. 리젠트 파크를 지나갈 때에 우리가 목격한 놈들을 생각해 보자, 나는 그곳의 동물원 철조망 안에 가둬 놓았던 놈들이 과연 몇 마리나 될지, 그리고 거기서 도망치는 데 성공한 놈들이 과연 몇 마리나 될지 궁금해졌다. 개인 정원에도 상당수가 자라나고 있었다. 원래는 하나같이 안전을 위해 독침을 제거해야 맞았지만, 이 과정에서 어떤 어리석은 부주의가 저질러졌는지는 아무도 모를 일이었다. 그리고 저놈들의 종묘장도 있고, 더 멀리 가면 연구 시설도 있었으니……

가만히 앉아서 이 문제를 숙고하는 동안, 나는 뭔가가 머릿속의 뒤편에 가물거림을 깨달았다. 어떤 생각들의 연상 작용이 딱 맞아떨어지지 않고 있었다. 나는 잠깐 동안 그게 뭔지 생각해 보았다. 그러다가 갑자기 생각이 났다. 문득 월터의 목소리가 들리는 것만 같았다.

"내가 장담하건대, 시력을 상실한 사람보다는 차라리 트리피드가 생존에서 더 유리한 입장에 놓일 거야."

물론 월터는 트리피드의 독침에 맞아서 시력을 상실한 사람에 관해서 이야기한 것뿐이었다. 그럼에도 불구하고 그의 말은 놀라웠다. 아니, 놀라운 것 이상이었다. 당시에 나는 약간 겁을 먹기까지 했다.

나는 이 생각을 억눌렀다. 아니, 그건 단지 일반적인 추측에서 비롯된 결론일 뿐이야. 그럼에도 불구하고 이제는 약간 오싹한 느낌이 없지 않았으니…….

"우리가 시력을 빼앗기고 나면, 그런 우월함도 사라져 버리는 거야." 월터는 이렇게 말한 바 있었다.

물론 우연의 일치는 항상 일어나게 마련이다. 하지만 그런 사실을 깨닫는 경우는 가끔 한번씩이게 마련이고…….

자갈 밟는 소리에 나는 다시 현재로 돌아왔다. 트리피드 한 마리가 흔들거리며 진입로를 지나 정문 쪽으로 오고 있었다. 나는 몸을 굽혀 자동차 창문을 올려서 닫았다.

"출발해요! 출발하라구요!" 조젤라가 히스테리를 부리며 외쳤다.

"이 안에 있으면 괜찮아요." 내가 말했다. "단지 저놈이 뭘 하나 지켜보고 싶어서 그래요."

이 말과 동시에 나는 이제껏 품고 있던 의문 가운데 하나가 해결되었음을 깨달았다. 워낙 그놈들을 익숙히 접하고 지내다 보니, 나로선 독침을 자르지 않은 트리피드를 바라보며 대부분의 사람이 느끼는 감정을 그만 잊고 있었던 것이다. 그제야 나는 이곳으로 돌아올까 말까 하는 문제는 굳이 생각할 필요조차 없음을 깨달았다. 무장 상태인 트리피드에 대한 조젤라의 감정은 보편적인 감정이었다. 즉 최대한 이놈들에게서 멀리 떨어져야 한다는, 그리고 계속 그런 상태를 유지해야 한다는 것이었다.

트리피드는 정문 기둥 옆에서 우뚝 멈춰 섰다. 그놈이 유심히 귀를 기울이고 있다고 말해도 무방할 정도였다. 우리는 쥐 죽은 듯 앉아 있었다. 조젤라는 공포에 질린 표정으로 그놈을 바라보고 있었다. 나는 그놈이 자동차를 향해 독침을 쏠 것이라고 예상했지만, 의

외로 그러지는 않았다. 아나노 자동차 안에서 소리를 죽인 까닭에, 결국 우리가 사정거리를 벗어났다고 착각한 모양이었다.

작고 헐벗은 돌기들이 갑자기 줄기에 부딪치며 딱딱 소리를 내기 시작했다. 그러더니 트리피드는 옆으로 돌면서 오른쪽 방향으로 어색하게 움직였고, 곧이어 진입로를 따라 사라져 버렸다.

조젤라는 안도의 한숨을 내쉬었다.

"제발 저놈이 돌아오기 전에 어서 이곳을 빠져나가요." 그녀가 애원했다.

나는 시동을 걸었고, 자동차의 방향을 바꾸자마자 다시 런던 중심가를 향해 달리기 시작했다.

제5장

한밤중의 불빛

조젤라는 점차 냉정을 되찾기 시작했다. 우리가 뒤에 남겨 놓고 온 것들에 대한 생각을 떨쳐 내려는 의도를 뚜렷이 드러내면서 그녀가 물었다.

"우리 어디로 가는 거죠?"

"일단 클러큰웰[+]에 가야죠." 내가 그녀에게 말했다. "그다음으로는 당신이 입을 옷을 좀 더 구해 봐야겠어요. 그건 본드 스트리트에서 처리하죠. 당신만 괜찮다면 말이에요. 하지만 일단 클러큰웰에 먼저 가야만 해요."

"하지만 왜 굳이 클러큰웰에—? 이런 세상에!"

그녀가 비명을 지를 만도 했다. 우리가 길모퉁이를 돌자마자, 거기서 70미터쯤 떨어진 거리가 온통 사람들로 가득했기 때문이다.

+ 런던 중심부의 지역 이름.

이들은 비틀거리면서 우리 쪽으로 뛰어오고 있었으며, 양손을 앞으로 길게 뻗고 있었다. 이들로부터는 울음과 비명이 뒤섞인 소리가 흘러나오고 있었다. 우리가 모퉁이를 돌아서 이들과 딱 마주친 바로 그 순간, 맨 앞에 있던 여자 한 명이 비틀거리다가 쓰러졌다. 다른 사람들이 그 위에 쓰러졌고, 발길질하고 몸부림치는 사람 무더기에 깔려 여자는 아예 보이지 않게 되고 말았다. 군중 너머 저편에는 이런 소동을 야기한 원인이 어렴풋이 엿보였다. 짙은 잎사귀가 우거진 나무줄기 세 개가 공포에 사로잡힌 사람들의 머리 위로 흔들거리고 있었다. 나는 가속 페달을 밟았고, 자동차를 몰고 옆길로 접어들었다.

조젤라는 겁먹은 얼굴이 되었다.

"방금─ 방금 무슨 일이 있었는지 봤어요? 그놈들이 사람들을 **몰아가고** 있었어요."

"맞아요." 내가 말했다. "우리가 클러큰웰로 가야 한다고 말한 이유도 바로 그거였어요. 전 세계에서 가장 우수한 트리피드 총과 마스크를 제조하는 회사가 바로 거기 있으니까요."

우리는 오던 길로 다시 돌아가서 새로운 경로를 골랐지만, 애초에 기대했던 것만큼 탁 트인 길을 발견하지는 못했다. 킹스크로스 기차역 근처에는 더 많은 사람들이 거리에 나와 있었다. 한 손으로 계속 경적을 울렸지만, 차를 타고 지나가기는 점점 더 어려워지고 있었다. 역 바로 앞은 정말이지 통과 자체가 불가능해 보일 지경이었다. 도대체 어쩌다가 하필이면 그 장소에 그렇게 많은 사람이 모이게 되었는지는 나도 모르겠다. 마치 그 지역의 모든 사람은 그곳으로 몰려와 합류한 것처럼 보였다. 우리는 더 이상 인파를 헤치고 지나갈 수가 없었고, 뒤를 돌아보았더니 이제 와서는 되돌아간다는 것도 마찬가지로 가망이 없어 보였다. 우리가 지나쳐 온 사람들도 이미 뒤에 바짝 따라오고 있었다.

"내려야 돼요, 어서!" 내가 말했다. "제 생각에는 저 사람들이 우리를 따라오는 것 같아요."

"하지만—" 조젤라가 말을 꺼냈다.

"서둘러요!" 나는 냉정하게 말했다.

나는 마지막으로 경적을 울렸고, 그녀를 뒤따라 차에서 빠져나오면서 시동을 끄지 않고 내버려 두었다. 우리는 불과 몇 초 차이로 간신히 위기를 벗어난 셈이 되었다. 한 남자가 뒷문의 손잡이를 붙잡았다. 그는 문을 열고 내부를 더듬었다. 자동차를 향해 달려드는 인파로 인해 우리는 그만 옆으로 밀려나고 말았다. 누군가가 앞문을 열었지만 좌석이 텅 빈 것을 그제야 발견했는지 격분한 소리를 질렀다. 그때쯤 우리는 군중에 뒤섞여 안전해진 다음이었다. 뒷문을 열어 본 사람을 다른 누군가가 붙들었는데, 마치 그야말로 방금 자동차에서 나온 사람 같다는 인상을 주었기 때문이었다. 곧이어 그 주위로 혼란이 자라나기 시작했다. 나는 조젤라의 손을 꽉 붙잡았고, 우리는 최대한 기척을 내지 않은 상태에서 길을 재촉하기 시작했다.

마침내 군중으로부터 벗어난 이후에도 우리는 한동안 계속 걸으면서 쓸 만한 자동차를 찾아보았다. 1킬로미터 넘게 가서야 우리는 그런 물건을 찾아냈다. 바로 스테이션왜건이었다. 그때부터 내 머릿속에 모호하게나마 형성되기 시작한 계획을 위해서는 일반 차량보다 훨씬 더 유용해 보였다.

클러큰웰은 지난 두어 세기 동안 정밀하고 정확한 기구를 만드는 일에 이미 적응해 있었다. 내가 그 당시에 업무상 거래했던 작은 공장에서는 꽤 오래된 기술을 새로운 수요에 적용한 바 있었다. 그 공장을 다시 찾기는 힘들지 않았으며, 문을 부수고 들어가기도 어렵지 않았다. 우리가 다시 출발했을 때에는, 뭔가 든든한 지원을 받는다는 안도감을 주는 물건들과 함께였다. 성능이 우수한 트리피드 총 몇 정, 거기 장전하는 작은 강철 부메랑 수천 발, 그리고 철망 달린 헬멧 몇 개를 자동차 뒤에 실어 놓았기 때문이다.

"그러면 이제는― 옷을 고를 차례인가요?" 우리가 출발할 때에 조젤라가 물어보았다.

"보급 계획은 항상 비판과 수정이 가능한 상태예요." 내가 그녀에게 말했다. "우선은 '임시 휴식처'라고 부를 만한 곳에 들러야 되겠죠. 즉 어딘가에서 좀 쉬면서 이야기를 해 보자는 거예요."

"또 다른 술집은 안 돼요." 그녀가 이의를 제기했다. "하루 동안에 갈 만한 술집은 이미 충분히 다녀왔으니까요."

"제 친구들이 들으면 있을 수 없는 일이라고 생각할 거예요. 모조리 공짜인데 왜 그러냐고 말이죠. 하지만 저 역시 지금은 동감이에요." 나도 동의했다. "제가 생각하는 건 비어 있는 아파트예요. 찾기가 어려운 곳이 아니면 좋겠군요. 한동안 거기서 휴식을 취하면서, 대략적인 작전 계획을 세워 봐야죠. 게다가 밤을 보내는 데에는 그런 곳이 편리할 거예요. 혹시라도 당신이 특별한 상황을 여전히 아랑곳하지 않는 관습에 발목이 잡혀 있다면, 음, 그러면 아파트 두 채를 구해 볼 수도 있겠죠."

"제 생각에 지금은 차라리 누군가가 가까이 있다는 걸 알고 있는 편이 더 행복할 것 같아요."

"좋아요." 나도 동의했다. "그러면 제2단계 작전은 신사복과 숙녀복을 구하러 가는 것이 되겠네요. 어쩌면 그 일을 위해서는 우리가 따로따로 움직이는 게 더 나을지도 몰라요. 물론 우리가 있기로 결정한 아파트가 정확히 어딘지를 잊어버리지 않도록 최대한 주의를 기울여야 하겠지만 말이에요."

"그— 그렇죠." 그녀는 약간 미심쩍은 듯 말했다.

"다 괜찮을 거예요." 내가 그녀를 안심시켰다. "당신이 아무에게도 말을 하지 않는 것을 철칙으로 삼으면, 누구도 당신이 앞을 볼 수 있다고 생각하지는 못할 거예요. 앞서 당신이 그렇게 곤란한 상황에 처했던 까닭은, 단지 아무런 준비가 되지 않았던 상황이기 때문이었어요. '눈먼 자들의 나라에서는 외눈박이가 왕이다'라는 속담도 있잖아요."

"아, 맞아요— 웰스가 한 말이죠, 안 그래요? 다만 그의 소설에서는 그 속담이 사실까지는 아닌 것으로 드러나죠."[+]

"거기서의 차이는 '나라'라는 단어를 당신이 어떻게 의미하는지에 달려 있어요. 원문에서는 '파트리아patria'라는 라틴어죠." 내가

+ H. G. 웰스(1866~1946)의 단편 「눈먼 자들의 나라」(1904)의 주인공은 산속에서 조난당해 눈먼 자들이 사는 마을에 도착한다. 그는 "눈먼 자들의 나라에서는 외눈박이가 왕이다"라는 속담을 떠올리며 시력이 온전한 본인의 우위를 자신하지만, 애초의 의도와는 달리 시력의 유용성을 입증하지 못하고 눈먼 자들에게 도리어 광인 취급을 받는다.

말했다. "카에코룸 인 파트리이 루스크스 렉스 임페라트 옴니스 Caecorum in patria luscus rex imperat omnis. 폴로니우스라는 고전 시대의 한 신사가 처음으로 한 말이죠. 이 사람에 대해서 사람들이 아는 바는 이게 전부예요. 하지만 지금 여기에는 체계적인 '파트리아'가 없어요. '국가'가 없는 거죠. 오로지 혼돈뿐이에요. 웰스는 실명에도 잘 적응해서 살아가는 사람들을 상상했어요. 하지만 저로선 여기서도 그런 일이 벌어질 것 같지는 않아요. 저로선 어떻게 그게 가능할지 알 수가 없어요."

"그러면 당신이 생각하기에는 과연 **어떤** 일이 벌어질 것 같아요?"

"내 추측이라고 해야 당신의 추측보다 더 나을 것은 없어요. 어쨌거나 우리도 머지않아 알기 시작하게 되겠죠. 여하간 지금은 당면한 문제로 돌아가 보죠. 우리 어디까지 이야기했었죠?"

"옷을 고르는 데까지요."

"아, 맞아요. 음, 이건 단순히 옷가게 안으로 쓱 들어가서, 물건 몇 개를 챙겨 가지고, 다시 쓱 나오는 일에 불과해요. 런던 한복판에서 트리피드를 만날 일은 없을 거예요. 적어도 지금 당장은요."

"당신은 남의 물건을 가져오는 일에 대해서도 전혀 아무렇지 않게 이야기하시네요." 조젤라가 말했다.

"저도 그 일에 대해서 전혀 아무렇지 않게 느끼는 것까지는 아니에요." 내가 시인했다. "하지만 저로선 그게 과연 미덕인지 여부에 대해 확신할 수 없을 뿐이에요. 이건 단지 습관이라고 해야 맞을 거예요. 게다가 사실을 직면하는 것을 완강하게 거부한다고 해서 예전으로 돌아갈 리는 만무하고, 하다못해 우리에게도 아무런 도움은 안 될 거예요. 저는 우리가 스스로를 강도로 간주하기보다는 오히려— 음, 마지못해 된 상속자로 간주하도록 노력해야 한다고 봐요."

"맞아요. 제 생각에도 우리가 그쪽에 더 비슷한 것 같아요." 그녀는 한층 누그러진 어조로 동의했다.

조젤라는 한동안 아무 말이 없었다. 다시 입을 열었을 때, 그녀는 앞서의 질문으로 돌아가 있었다.

"그러면 옷을 구한 다음에는요?" 조젤라가 물었다.

"제3단계 작전은." 내가 그녀에게 말했다. "그야 당연히 저녁 식사죠."

내가 예상한 것처럼 아파트를 구하는 일에는 큰 어려움이 없었다. 우리는 부유해 보이는 동네에 들어서자마자 도로 한가운데 자동차를 세우고 문을 잠근 다음, 한 건물 3층으로 올라갔다. 왜 굳이 3층을 골랐는지는 나도 알 수가 없는데, 단지 그곳이 큰길에서 좀 더 멀다는 이유 때문인지도 몰랐다. 선택 과정은 간단했다. 문을 두드리거나 초인종을 눌러서 누군가가 대답하면 우리는 그냥 지나갔다. 세 번쯤 지나고 나자, 아무런 대답도 없는 집이 나타났다. 어깨로 한 번 세게 부딪치자 개폐 장치의 소켓이 떨어져 나갔고, 우리는 집 안으로 들어갔다.

나 자신으로 말하자면 매년 2,000파운드가량의 집세를 내고 아파트에 사는 생활에 중독된 종류의 사람까지는 아니었지만, 직접 확인해 보니 그런 생활을 옹호할 만한 이유도 분명히 있었다. 인테리어 장식으로 미루어 보건대, 집주인은 고상한 취향에다가 무척이나 값비싸고 고급스러운 관심사를 조합하는 교묘한 재능을 지닌 우아하고 젊은 사람인 듯했나. 유행에 대한 염두는 이 장소를 꾸미는 데에서 주요 동기로 작용했다. 여기저기에는 착오의 여지 없는 **최신 유행**이 드러났는데, 그중 일부는 (만약 이 세계가 그 예상된 경로를 계속 추구해 나가기만 했어도) 내일의 대유행이 될 운명임이 분명해 보였다. 하지만 다른 것들은 그 시작부터 무용지물이었다고 나는 말하고 싶다. 전반적인 느낌은 마치 인간의 약점 따위에는 무관심한 무역 박람회의 전시물과도 유사했다. 책 한 권이 원래 자리에서 몇 센티미터 떨어진 곳에 놓여 있기만 해도, 하다못해 겉표지 색깔이 뭔가 안 어울리기만 해도, 신중하게 신경 써서 균형과 색조를 맞춰 놓은 그곳 전체를 망쳐 놓을 것만 같았다. 뭔가 안 어울리는 옷을 걸치고, 뭔가 안 어울리는 사치스러운 의자나 소파에 앉아 있을 만큼 생각이 없는 사람 역시 마찬가지일 것만 같았다. 내가 뒤를 돌아보니, 조젤라는 눈이 휘둥그레진 채 주위를 바라보고 있었다.

"이 작은 오두막이면 되겠어요? 아니면 다른 곳을 더 찾아볼까요?" 내가 물었다.

"어, 제 생각에는 우리가 잘 찾은 것 같아요." 그녀가 말했다. 우리는 섬세한 크림색 카펫 위를 함께 오가며 집 안을 살펴보았다.

미처 계산하지 못한 상황이었지만, 나로선 오늘 하루 있었던 일로부터 그녀의 정신을 돌려놓는 방법치고는 더 이상 만족스러울 수가 없는 방법을 찾아낸 셈이었다. 우리의 관광 중에는 종종 감탄사가 곁들여졌는데, 그 감탄사 안에는 존경과 부러움과 기쁨과 경멸이, 그리고 솔직히 말해서 악의까지도 저마다의 역할을 담당하고 있었다. 조젤라는 여성성의 가장 적극적인 표현이 만연한 방의 문턱에 멈춰 섰다.

"저는 여기서 잘게요." 그녀가 말했다.

"이런, 세상에!" 내가 말했다. "음, 사람마다 취향은 제각각이니까요."

"빈정거리지는 마세요. 저로선 이렇게 퇴폐적으로 지낼 또 한 번의 기회까지는 앞으로 아마 없을 것 같으니까요. 게다가 모든 여자의 마음속에는 이 세상에서 가장 골 빈 여배우가 조금씩은 들어 있다는 거 모르세요? 그러니 저도 마지막 호사를 한번 누려 보겠다는 거예요."

"그렇게 하시죠." 내가 말했다. "하지만 저는 집주인이 이곳을 좀 더 점잖게 꾸며 놓았으면 좋지 않았을까 싶기도 하네요. 천장에 거울이 붙어 있는 상황에서 그 밑에 있는 침대에 누워 잠을 자야 한다니 말이에요."

"욕조 위 천장에도 거울은 붙어 있어요." 그녀가 바로 옆에 붙은 화장실을 들여다보며 말했다.

"저로선 이게 퇴폐의 절정인지, 아니면 바닥인지 알 수가 없네요." 내가 말했다. "하지만 어쨌거나 욕조를 사용하지는 못할 거예요. 온수가 안 나올 테니까요."

"아, 저도 그건 깜박 잊었네요. 창피하게도!" 그녀는 실망한 듯 이렇게 외쳤다.

집 안에 대한 수색을 완료하고 보니, 나머지 부분은 그래도 덜 선정적이었다. 곧이어 그녀는 옷 문제를 처리하러 나섰다. 나는 우선 아파트의 자원과 한계를 파악해 보았으며, 그런 다음에야 나 자신의 원정을 위해서 출발했다.

밖으로 나가다 보니, 복도를 따라 저 멀리 있는 문 가운데 하나가 열렸다. 나는 우뚝 걸음을 멈추고, 그 자리에 가만히 서 있었다. 젊은 남자 하나가 밖으로 나왔고, 금발의 젊은 여자를 한 손으로 붙잡아 이끌고 있었다. 그녀가 문간을 지나자 그는 잡았던 한 손을 놓아주었다.

"거기서 잠깐만 기다려, 여보." 그가 말했다.

그는 발소리를 죽여 주는 카펫 위로 서너 걸음을 내딛었다. 앞으로 내뻗은 양손으로는 복도 맨 끝에 설치된 창문을 더듬었다. 그의 손가락이 곧바로 손잡이로 향하더니, 창문을 열었다. 내 눈에는 화재 대피용 비상구가 얼핏 보였다.

"뭐 하고 있는 거야, 지미?" 여자가 물었다.

"그냥 확인하는 중이야." 그는 이렇게 말하더니, 재빨리 그녀에게 다가와서 자기 손으로 상대방의 손을 다시 더듬어 잡았다. "가자, 여보."

여자는 안 가려고 버텼다.

"지미. 나는 여기를 떠나고 싶지가 않아. 여기서는 최소한 우리가 우리 아파트에 있다는 사실은 알 수 있잖아. 이제 우리 어떻게 먹고 살 거야? 이제 우리 어디서 살 거야?"

"아파트에 있어도, 여보, 우리가 먹고살 방법이 없기는 마찬가지야. 그러니 오래 살지도 못할 거야. 가자, 여보. 겁내지 말고."

"하지만 겁이 나, 지미— 나는 겁이 나."

여자가 남자에게 매달리자, 그는 한쪽 팔을 그녀에게 둘렀다.

"우리는 괜찮을 거야, 여보. 가자."

"하지만 지미, 그쪽 방향이 아닌데—"

"당신이 잘못 돌아서 있는 거야, 여보. 이쪽이 맞는 방향이야."

"지미— 나 너무 무서워. 우리 다시 들어가자."

"이젠 너무 늦었어, 여보."

창가에서 그는 걸음을 멈추었다. 한쪽 손으로는 자기 위치를 매우 신중하게 더듬어 확인했다. 그러더니 남자는 양팔로 여자를 꼭 끌어안았다.

"너무 멋져서 더는 지속할 수 없는 거야, 아마도." 그가 나지막이 말했다. "사랑해, 여보. 나 당신을 정말 너무, 너무 많이 사랑해."

그녀도 입맞춤을 위해서 자기 입술을 위쪽으로 향했다.

남자는 여자를 번쩍 안아 올리더니, 방향을 바꾸어서 창밖으로 걸어 나갔고…….

"이제는 낯가죽이 두꺼워져야만 해." 나는 혼잣말을 했다. "꼭 **그래야만** 해. 그렇게 되든가, 아니면 영원히 술에 취해 있든가, 둘 중 하나야. 이와 같은 일은 사방팔방에서 일어나고 있는 게 분명해. 앞으로도 계속해서 일어날 거야. 그건 나도 어쩔 수 없는 일이야. 내가 만약 그들에게 음식을 줘서 앞으로 며칠 더 살아 있게 해 준다고 가정해 볼까? 그다음에는 어떻게 하지? 나는 이걸 받아들이는 법을, 그리고 이걸 감내하는 법을 배워야만 해. 그게 아니면 알코올 중독이라는 대피처밖에는 남지 않을 테니까. 내가 이런 상황에도 불구하고 나 자신의 삶을 위해서 싸우지 않는다면, 생존은 진혀 가능하지가 않을 거야……. 이걸 감내할 정도로 자기 마음을 독하게 먹는 사람만이 실제로 이겨 낼 수 있을 거야……."

내가 원하는 것을 구하기까지는 예상보다 더 오랜 시간이 걸렸다. 두 시간쯤이 지나서야 나는 되돌아왔다. 문을 여느라고 내가 양팔 가득 들고 있던 물건 가운데 한두 개쯤을 떨어트렸다. 과도하게 여성적인 방에서 들려오는 조젤라의 목소리에는 신경이 곤두선 흔적이 들어 있었다.

"저예요." 나는 그녀를 안심시킨 다음, 물건을 들고서 복도를 따라 걸어갔다.

나는 물건을 부엌에 내려놓고, 떨어트린 물건을 주우러 돌아갔다. 그러다가 조젤라의 방문 밖에서 우뚝 멈춰 섰다.

"들어오지 말아요." 그녀가 말했다.

"제가 지금 생각하는 건 전혀 그게 아니에요." 내가 항의했다. "제가 알고 싶은 것은, 혹시 요리할 줄 아느냐는 거예요."

"계란 삶는 것 정도는 하죠." 그녀가 나지막한 목소리로 대답했다.

"그것 참 걱정이네요. 앞으로 우리가 반드시 배워야만 할 것이 무척이나 많아 보이니까요." 내가 그녀에게 말했다.

나는 부엌으로 돌아갔다. 이미 쓸모가 없어진 전기 조리기 위에 밖에서 가져온 석유스토브를 대신 올려놓고 분주하게 움직였다.

거실에 있는 작은 탁자 주위에 자리를 마련하자, 내가 보기에는 효과가 제법 그럴싸했다. 양초와 성냥 몇 개를 가져다가 마무리 장식을 했고, 식탁을 준비해 두었다. 조젤라는 아직 눈에 띄는 움직임이 없었지만, 조금 전에 수돗물 흐르는 소리가 들리기는 했었다. 나는 그녀를 불렀다.

"금방 가요." 조젤라가 대답했다.

나는 창가를 서성이며 바깥을 내다보았다. 내가 하는 행동을 충분히 의식한 상태에서, 나는 그 모두에 작별 인사를 건네기 시작했다. 해는 이미 기울어 있었다. 빛이 사그라지는 하늘 아래의 건물들이며 첨탑들이며 포틀랜드석石으로 쌓은 전면들이 하얀색이나 분홍색으로 보였다. 여기저기서 더 많은 화재가 일어나 있었다. 연기가 커다란 얼룩을 만들면서 하늘로 솟아올랐고, 때로는 그 바닥 쪽에 불길이 넘실거리기도 했다. 내일 이후에는 이 친숙한 건물 가운데 어떤 것도 평생 두 번 다시 못 보게 될 가능성이 있다고 나는 생각했다. 이곳으로 돌아올 때가 언젠가는 찾아올 것이었다. 하지만 똑같은 장소로 돌아오는 것까지는 아닐 것이었다. 화재와 날씨가 이곳에 뭔가 영향을 끼칠 것이기 때문이었다. 이곳은 눈에 띄게 죽고 버림받은 장소일 것이었다. 하지만 지금 당장은, 멀리에서 본 모습만으로는 여전히 살아 있는 도시인 척 가장하고 있었다.

아버지가 언젠가 그런 말씀을 하셨다. 히틀러와의 전쟁이 일어나기 직전에, 당신은 이전보다 훨씬 더 눈을 크게 뜨고 런던 여기저기를 돌아다니셨다고, 그러면서 이전까지는 한 번도 깨닫지 못했던 건물들의 아름다움을 똑똑히 보셨다고 말이다. 이제 나 역시 유사한 기분이었다. 하지만 이번은 그때보다 상황이 더 나빴다. 그 전쟁에서는 어느 누구도 미처 예상 못 했을 정도로 많은 깃이 살아남았다. 하지만 이번에 맞닥트린 적은 차마 살아남을 수 없을 정도로 강력했다. 이번에 사람을 기다리는 것은 잔인한 파괴와 악의적인 방화가 아니었다. 오히려 부패와 붕괴로 향하는 길고도, 느리고도, 불가피한 길뿐이었다.

창가에 서 있는 동안, 나는 머리에서 이미 똑똑히 말하고 있는 사실을 여전히 가슴으로 거부하고 있었다. 이때까지도 나는 뭔가 너무 커다란, 너무 부자연스러운 일이 벌어졌다고 생각했다. 하지만 이런 일이 일어난 것이 결코 처음은 아니라는 사실도 나는 알고 있었다. 다른 거대한 도시들의 주검은 사막 한가운데 파묻힌 채 놓여 있고, 또 아시아의 밀림 속에 망각된 채 놓여 있기 때문이었다. 그중 일부는 너무나도 오래전에 무너져 버렸기 때문에, 지금은 그 이름조차도 사라져 버리고 없다. 하지만 한때 거기 살았던 사람들은 자신들의 소멸이 결코 있음 직하거나 가능하리라고 여기지 않았을 것이었다. 지금 내가 보기에는 거대한 현대 도시의 괴사가 마치 불가능한 일인 듯 여겨지듯이…….

'여기서는 그런 일이 일어날 수 없어.' 이렇게 믿는 것이야말로 인류의 가장 지속적이면서도 안심이 되는 환각 가운데 하나일 것이었다. 즉 자기가 사는 보잘것없는 시대와 장소는 대격변으로부터 안전하다고 믿는 것이 그렇다는 말이다. 그런데 이제는 그 일이 **실제로** 여기서 일어나고 있었다. 어떤 기적이 일어나지 않는 한, 지금 나는 런던의 종말의 시작을 바라보고 있었다. 그리고 이 세상에는 나와 다르지 않은 처지에 놓인 사람들이 더 있을 가능성이 매우 높았다. 그들은 밀림 속에 갇혀 버린 다른 도시들과 똑같은 운명을 맞이하게 될 뉴욕과 파리와 샌프란시스코와 부에노스아이레스와 봄베이와 나머지 모든 도시들의 종말의 시작을 각자 지켜보고 있을 것이었다.

내가 여전히 창밖을 내다보는 동안, 뒤쪽에서 누군가 움직이는 소리가 들려왔다. 뒤를 돌아보니, 마침 조젤라가 방 안으로 들어오고 있었다. 매우 옅은 푸른색 조젯으로 만든 길고 예쁜 드레스에다가, 흰색 모피로 된 작은 재킷을 걸치고 있었다. 단순한 사슬에 매인 펜던트에는 청백색의 다이아몬드 몇 개가 번쩍였고, 귓불에서 반짝이는 보석은 더 작기는 했지만 색깔은 더 예뻤다. 머리카락과 얼굴은 마치 방금 미장원에서 나온 것처럼 신선했다. 조젤라는 은색 슬리퍼를 반짝이고, 얇은 스타킹을 살짝 엿보이면서 바닥을 가로질러 갔다. 내가 계속해서 아무 말 없이 쳐다보기만 하자, 그녀의 입에서 옅은 미소가 사라져 버렸다.

"마음에 안 들어요?" 조젤라가 물었다. 마치 어린아이처럼 반쯤은 실망한 모양새였다.

"아니, 예뻐요— 당신은 아름다워요." 내가 그녀에게 말했다. "저는— 음, 저는 다만 이런 건 전혀 예상을 못 하고 있어서……."

뭔가 더 많은 것이 필요했다. 나는 이것이 나와는 거의, 또는 전혀 관련이 없는 과시라는 것을 알고 있었다. 내가 덧붙였다.

"당신도 작별 인사를 건네는 건가요?"

조젤라의 두 눈에 뭔가 다른 표정이 떠올랐다.

"그러니까 당신도 이해하는 거네요. 사실 그래 주기를 기대했어요."

"저는 이해한 것 같아요. 그리고 당신이 이렇게 꾸며서 솔직히 좀 기뻐요. 이거야말로 두고두고 기억할 멋진 추억이 될 거예요." 내가 말했다.

나는 한 손을 내밀어 그녀를 이끌고 창가로 갔다.

"저도 작별 인사를 건네고 있었어요. 이 모든 것들을 향해서 말이에요."

우리가 나란히 서 있는 동안 조젤라의 머릿속에 스쳐 간 생각은 어디까지나 그녀 혼자만 아는 비밀일 것이었다. 내 머릿속에는 이제 끝나 버린 삶과 방식들이 일종의 주마등처럼 스쳐 가고 있었다. 또는 '기억나지?'라는 의미심장한 한마디와 함께, 커다란 사진첩을 펄럭펄럭 넘겨보는 것과도 유사한 일이었다고 해야 더 어울릴지도 모르겠다.

우리는 오랫동안 창밖을 내다보며 각자 생각에 잠겨 있었다. 그러다가 조젤라가 한숨을 쉬었다. 자기 드레스를 흘끗 내려다보더니, 그 섬세한 비단을 손가락으로 만지작거렸다.

"바보 같죠? 로마가 불타는 걸 구경하듯이?" 그녀가 말했다. 입가에는 착잡한 미소가 떠올라 있었다.

"아뇨— 예쁜데요." 내가 말했다. "그렇게 입어 줘서 솔직히 고마워요. 이 모든 잘못에도 불구하고, 이 세상에는 아름다움이 무척이나 많다는 사실을 보여 주는 몸짓, 또는 상기라고 생각되니까요. 당신 입장에서는 이보다 더 멋진 일을, 또는 모습을 할 수는 없었을 거예요."

조젤라의 미소에서 착잡함이 사라져 버렸다.

　"고마워요, 빌." 그녀가 잠시 말을 멈추었다. 곧이어 이렇게 덧붙였다. "제가 혹시 당신한테 고맙다는 말을 했었나요? 제 생각에는 아직 안 했던 것 같은데. 그때 마침 당신이 저를 도와주지 않았다면—"

　"당신이 없었다면." 내가 그녀에게 말했다. "저는 지금쯤 어떤 술집에서 엎드려 울면서 취해 있었을 거예요. 저 역시 당신에게 똑같이 고마워해야 돼요. 지금은 혼자 있을 만한 시간이 아니니까요." 곧이어 분위기를 바꿔 보기 위해서 내가 덧붙였다. "그리고 술 이야기가 나왔으니 말인데, 이 집에는 훌륭한 아몬틸라도가 있더군요. 그리고 다른 술도 상당히 좋은 것들이 있구요. 정말이지 제대로 된 집을 찾아낸 셈이에요."

　나는 셰리주를 따랐고, 우리는 각자의 유리잔을 치켜들었다.

　"건강을, 힘을— 그리고 행운을 위하여." 내가 말했다.

　조젤라도 고개를 끄덕였다. 우리는 술을 마셨다.

　"혹시." 값비싼 맛이 나는 파이를 우리가 먹기 시작했을 때, 그녀가 물어보았다. "혹시 여기 주인이 갑자기 돌아오면 어쩌죠?"

　"그럴 경우에는 설명을 하면 되겠죠. 그러면 그 주인이라는 사람도 무척이나 고마워할 거예요. 어떤 병에 어떤 술이 있는지 등등을 말해 줄 사람이 있다는 사실에 대해서 말이에요. 하지만 제 생각에 그런 일이 실제로 일어날 것 같지는 않네요."

　"그러게요." 조젤라도 동의하면서 뭔가를 곰곰이 생각해 보았다. "그러게요. 제 생각에도 그런 일의 가능성이 아주 높지는 않을 것 같아요. 다만 제가 궁금한 건—" 그녀는 방 안을 이리저리 둘러보았다. 그러다가 세로로 홈이 파인 흰색 받침대에 눈길이 멈추었다. "혹시 라디오 틀어 봤어요? 제 생각에는 저 물건이 바로 라디오 같은데, 안 그래요?"

"저건 텔레비전 영사기로도 쓸 수 있어요." 내가 조젤라에게 말해 주었다. "하지만 소용이 없어요. 전기가 없으니까요."

"물론 그렇겠네요, 제가 또 까먹었어요. 제 생각에는 우리가 한동안 그런 것들을 계속해서 까먹지 않을까 싶어요."

"그렇잖아도 제가 아까 밖에 나갔을 때에 다른 라디오를 하나 틀어 봤어요." 내가 말했다. "배터리로 되는 걸로요. 하지만 소용이 없었어요. 모든 방송 주파수가 마치 무덤처럼 적막하더군요."

"결국 사방 어디나 마찬가지라는 뜻인가요?"

"아마 그런 것 같아요. 주파수 42미터 근처에서 뭔가 삑삑거리는 소리가 있기는 했어요. 하지만 그거 말고는 전혀 없었어요. 심지어 반송파조차도 없었어요. 그 신호를 보내는 사람이 어디 있든지 간에, 정말 딱하게 됐어요."

"이제— 이제 상황이 매우 섬뜩하게 될 거예요, 빌, 안 그래요?"

"이제— 아뇨, 굳이 저녁 식사 자리까지도 우울하게 만들고 싶지는 않네요." 내가 말했다. "일하기 전에 기쁨 먼저 누려야죠. 그리고 미래는 만만찮은 일이 될 게 분명하니까요. 지금은 뭔가 좀 재미있는 얘기를 해 봐요. 예를 들어 지금까지 당신이 연애한 횟수가 몇 번이나 되는지, 그리고 이런 일이 일어나기 전에 왜 누군가가 당신을 업어 가지 않았는지 등등에 관해서 말이에요. 아니, 혹시 누군가가 이미 엎어 간 건가요? 제가 당신에 대해서 얼마나 아는 게 없는지 아시겠죠. 인생 이야기를 해 봐요, 부탁이에요."

"음." 조젤라가 말했다. "저는 여기에서 대략 5킬로미터쯤 떨어진 곳에서 태어났어요. 그 당시에 우리 어머니는 그 일을 무척이나 언짢아하셨죠."

나는 깜짝 놀라 눈을 크게 떴다.

"무슨 말인가 하면, 어머니는 제가 미국 사람으로 태어나야만 한다고 굳게 마음을 먹으셨거든요. 하지만 어머니를 공항으로 모셔 갈 자동차가 왔을 때에는 상황이 너무 늦은 다음이었어요. 충동이 가득한 분이셨죠, 우리 어머니는요. 제 생각에는 그중 일부를 제가 물려받은 것 같아요."

조젤라가 이야기를 계속했다. 그녀의 초기 삶에서는 특별한 일이 많지 않았지만, 내 생각에는 본인도 과거를 요약하면서 내심 즐겼던 것 같았고, 이 과정에서 우리의 처지를 잠시나마 잊어버린 모양이었다. 나는 바깥세상에서는 이미 모두 사라져 버린 저 친숙하고도 즐거운 것들에 관한 조젤라의 수다에 즐겁게 귀를 기울였다. 우리는 어린 시절, 학창 시절, 그리고 '사회로의 첫발'에 관해서(적어도 이 용어가 여전히 어떤 의미를 갖고 있다면 말이다) 성큼성큼 이야기를 이어 나갔다.

"열아홉 살 때에 거의 결혼하기 직전 상황까지 갔었어요." 그녀가 시인했다. "그런데 지금 와서는 결혼하지 않은 게 다행이다 싶어요. 하지만 그때에는 그런 생각이 안 들었어요. 그 모든 일을 박살 내 버린 아빠랑 엄청나게 말다툼을 벌였죠. 아빠는 라이어널이 건

제비라는 건 단박에 알아채셨고……."

"뭐를 알아채셨다구요?" 내가 끼어들었다.

"건제비 말이에요. 건달과 제비를 반반씩 섞어 놓은 사람을 말하는 거예요. 그래서 저는 가족과 절연하고, 마침 아는 여자애 중에 아파트에 사는 애랑 같이 살게 되었어요. 우리 가족은 저의 용돈을 끊어 버렸는데, 그거야말로 무척이나 한심한 일이었던 게, 왜냐하면 부모님이 의도하신 것과는 정반대 효과가 나올 수도 있었기 때문이에요. 하지만 실제로는 그렇지가 않았죠. 왜냐하면 제가 아는 여자애들 중에서 그런 식으로 살아가는 애들은, 제가 보기에는 그것 때문에 무척이나 지루한 시간을 보내는 것 같았거든요. 재미가 별로 없었고, 어마어마한 질투를 참아내야만 했죠. 그리고 계획이 너무나도 많았어요. 한두 가지 차선책을 좋은 상태로 유지하는 데에 얼마나 많은 계획이 필요한지 아시면 아마 깜짝 놀라실 거예요. 아니, 두세 가지 예비책이 필요하다고 해야 하려나—?" 그녀는 곰곰이 생각했다.

"걱정 말아요." 내가 그녀에게 말했다. "저도 대략적인 건 알고 있으니까요. 그러니까 당신은 차선책 따위는 전혀 원하지 않았다는 거죠."

"직관이 뛰어나시네요, 당신은요. 그래도 아파트를 가진 여자애를 위해서 그냥 청소만 해 주고 버틸 수는 없었죠. 저 역시 돈을 조금이라도 벌어야 했어요. 그래서 책을 썼죠."

나로선 방금 그 말을 제대로 들은 건지 의심스러웠다.

"책 만드는 일을 하셨다구요?" 내가 물었다.

"제가 **직접** 책을 썼다구요." 조젤라는 나를 흘끗 바라보며 미소를 지었다. "아마 제 생김새가 되게 바보 같은가 봐요. 제가 책을 썼다는 이야기를 남들에게 할 때마다, **모두들** 저를 그런 식으로 바라보곤 하니까요. 물론 솔직히 말해서 아주 좋은 책까지는 아니었어요. 무슨 말인가 하면, 올더스[+]나 찰스나, 또는 그런 부류의 사람들이 쓴 책 같지는 않았다는 거죠. 하지만 그럭저럭 반응이 있었어요."

그녀가 말하는 '찰스'의 후보자가 될 수 있는 숱한 작가 가운데 정확히 누구를 말하는 거냐고 묻고 싶었지만, 나는 꾹 참고 그냥 이렇게만 물어보았다.

"그러니까 그 책이 실제로 출간된 건가요?"

"아, 그럼요. 그리고 덕분에 제법 돈도 벌게 되었는걸요. 영화 판권도—"

"도대체 어떤 책인데요?" 나는 호기심이 일어 물어보았다.

"제목이 『섹스는 나의 모험』이에요."

나는 그녀를 빤히 바라보다 말고 이마를 탁 쳤다.

"조젤라 플레이턴. 맞아요. 도대체 그 이름을 어디서 들었나 기억이 날 듯 말 듯 하던 참이었어요. 당신이 진짜로 그 책을 썼다구요?" 나는 차마 믿을 수 없다는 듯 덧붙였다.

나로선 왜 이전에는 그걸 기억 못 했는지가 궁금할 지경이었다. 그녀의 사진은 사방에 전시되어 있었다. 아주 잘 나온 사진까지는 아니었다는 건 이제야 내가 실물을 보면서 알 수 있었다. 게다가 그

[+] 영국의 소설가 올더스 헉슬리(1894~1963)를 가리킨다.

녀의 책도 사방에 진시되어 있었다. 두 군데 대형 대출 도서관에서는 그녀의 책을 금서로 지정했는데, 아마도 오로지 그 제목 때문이었을 것이다. 그 사건 이후에 이 책의 성공은 확증된 셈이나 다름없었고, 판매량은 수십만 부까지 치솟았다. 조젤라가 킥킥 웃었다. 그 웃음소리를 들으니 나도 반가웠다.

"오, 이런." 그녀가 말했다. "당신도 제 친척들 모두가 했던 것과 똑같은 반응이네요."

"저 역시 그분들을 비난할 수는 없네요." 내가 그녀에게 말했다.

"혹시 그 책 읽으셨어요?" 조젤라가 물었다.

나는 고개를 저었다. 그녀는 한숨을 쉬었다.

"사람들은 참 웃겨요. 자기들이 아는 건 그 책의 제목과 인기뿐인데도, 벌써부터 충격을 받거든요. 그건 정말 아무런 해도 끼치지 않는 작은 책에 불과해요. 진짜요. 녹색의 세련됨과 분홍색의 낭만성을 혼합하고, 여학생 특유의 자주색을 군데군데 덧붙여 놓은 거였죠. 하지만 그 제목만큼은 좋은 아이디어였어요."

"그 모두는 당신이 무엇을 의미했느냐에 따라 달라지는 거죠." 내가 말했다. "그리고 당신은 거기에 자기 이름을 달아 놓은 거구요."

"그건 실수였어요." 그녀가 시인했다. "출판사에서는 인기를 위해 그렇게 하는 편이 훨씬 더 도움이 될 거라고 말했어요. 그런 관점에서는 출판사 말이 맞았어요. 하지만 덕분에 저는 적잖이 악명을 떨치게 되었는데(예를 들어 식당이나 다른 장소에서 사람들이 제 얼굴을 유심히 쳐다보는 걸 느낄 때면 마음속으로 웃음이 나왔죠) 사람들은 자기들이 본 것과 자기들이 생각한 것을 연관시키기를 무척이나 힘들어 하더군요. 급기야 제가 전혀 관심도 없는 수많은 사람들이 정기적으로 제 아파트에 찾아오는 거예요. 그래서 저는 다시 집으로 돌아갔죠. 한편으로는 그 사람들을 피하고 싶었기 때문에, 또 한편으로는 저는 이미 집으로 **꼭** 돌아가야 하는 건 아니라는 걸 입증한 상태였기 때문에 말이에요.

하지만 이 책은 뭔가 변질된 물건이 되고 말았어요. 사람들이 그 제목을 너무 문자 그대로 받아들였기 때문이죠. 그때 이후로 제가 좋아하지 않는 사람들에 대해서는 영구적으로 방어적인 태도를 취하게 된 것 같아요. 그리고 제가 좋아하고 싶었던 사람들은 그 책 때문에 도리어 저한테 겁을 먹거나 충격을 먹거나 했던 것 같구요. 가장 짜증스러운 점은, 그 책이 사악한 것과는 거리가 멀었다는 거예요. 단순히 바보 같고 충격을 의도한 내용일 뿐이므로, 지각이 있는 사람이라면 그런 사실을 마땅히 꿰뚫어 보았어야 해요.”

그녀는 뭔가 생각하는 듯 말을 멈추었다. 문득 그런 생각이 들었다. 지각 있는 사람들이라면『섹스는 나의 모험』의 저자는 그 자체로도 바보 같고 충격적인 사람일 것이라는 결론을 충분히 내렸을 법하다는 생각이 말이다. 하지만 나는 굳이 이런 생각을 개진하지 않았다. 우리 모두는 차마 회상하기 부끄러운 젊은 시절의 바보짓을 하나쯤은 갖고 있게 마련이다. 하지만 일단 상업적 성공을 거둔 일의 경우, 더 이상은 젊은 시절의 바보짓이라고 일축하기가 어려워지게 마련이다.

“결국 그 일이 만사를 꼬아 놓았다고 할 수 있어요.” 그녀가 불평했다. "그래서 저는 다시 균형을 맞춰 놓을 법한 책을 또 하나 쓰고 있었어요. 하지만 그걸 마무리할 수 없게 되어서 오히려 기뻐요. 그게 차라리 더 나을 테니까요."

"이번에도 지난번처럼 깜짝 놀랄 만한 제목인가요?" 내가 물었다.

그녀는 고개를 저었다. "원래 제목은 『여기 버림받은』으로 할 생각이었어요."

"흐음— 어, 그 제목은 지난번의 재치까지는 결여하고 있네요." 내가 말했다. "혹시 인용문인가요?"

"맞아요." 그녀가 고개를 끄덕였다. "콩그리브의 말이죠. '여기 버림받은 처녀가 사랑으로부터 휴식을 취하고 있노라.'"+

"음— 아." 내가 말했다. 그리고 그 구절을 잠깐 생각해 보았다.

"그러면 이제는." 내가 제안했다. "우리가 전투 계획을 대략적으로나마 세우기 시작해야 할 때인 것 같네요. 제가 먼저 몇 가지 관측을 내놓아 볼까요?"

우리는 탁월하게 편안한 안락의자 두 개에 등을 기대고 앉았다. 우리 사이에 놓은 낮은 탁자 위에는 커피 만드는 장비와 유리잔 두 개가 놓여 있었다. 조젤라의 유리잔은 더 작았고 쿠앵트로가 들어 있었다. 귀족적으로 보이는 풍선형 유리잔은 내 것이었고, 차마 가치를 매길 수 없을 정도로 훌륭한 브랜디가 들어 있었다. 조젤라는

+ 본문에는 영국의 극작가 윌리엄 콩그리브(1670~1729)의 말이라고 나오지만, 실제로는 그의 스승인 존 드라이든(1631~1700)의 희곡 『현대식 결혼』(1672)에 나오는 대사 가운데 일부이다.

담배 연기를 내뱉었고, 자기 술을 한 모금 마셨다. 그 술 특유의 오렌지 향기를 음미하며 그녀가 말했다.

"이런 생각이 드네요. 과연 우리가 오렌지를 다시 먹어 볼 날이 오려나? 좋아요, 시작하세요."

"음, 그다지 반가운 사실들까지는 아니에요. 우리는 가급적 빨리 이곳을 떠나야 해요. 내일 당장은 어렵다고 하면, 그다음 날에는 떠나야 한다구요. 이곳에서 무슨 일이 일어나고 있는지는 당신도 분명히 깨닫기 시작했을 거예요. 아직까지는 물탱크 안에 물이 들어 있죠. 하지만 머지않아 그것도 없어질 거예요. 도시 전체가 마치 커다란 하수도처럼 썩기 시작할 거예요. 이미 여기저기 시체들이 놓여 있어요. 매일같이 더 많은 시체가 나올 거예요." 나는 조젤라가 몸을 떠는 것을 보았다. 그 순간만큼은 넓은 시각에서 이야기하다 보니, 그 특별한 단어가 그녀에게 어떤 영향을 끼칠지를 그만 망각하고 있었다. 나는 이야기를 서둘렀다. "결국 발진티푸스나, 콜레라나, 또는 우리의 상상을 초월하는 뭔가가 생길 수도 있어요. 그러니 그런 종류의 뭔가가 시작되기 전에 여기를 벗어나는 게 중요해요."

조젤라는 내 말에 동의하는 듯 고개를 끄덕였다.

"그렇다면 그다음 질문은, 우리가 어디로 가야 하느냐인가요? 혹시 무슨 생각 있어요?" 내가 그녀에게 물었다.

"음— 제 생각에는, 대략적이기는 하지만, 어딘가 외딴곳이면 좋겠어요. 우리가 확신할 수 있을 만큼 물 공급이 잘되는 장소 말이에요. 하지만 그리고 제 생각에는 우리가 충분히 높은 곳에 가 있으면 좋을 것 같아요. 그러니까 깨끗하고 시원한 바람이 부는 어딘가로 말이에요."

"그래요." 내가 말했다. "저도 깨끗한 바람에 관한 부분까지는 미처 생각을 못 했지만, 당신 말이 맞아요. 물 공급이 잘되는 언덕 꼭대기라. 지금 당장은 찾기가 쉬울 것 같지가 않네요." 나는 잠시 생각해 보았다. "레이크 지역?[+] 아니, 거기는 너무 멀어요. 그러면 혹시 웨일스? 아니면 혹시 익스무어[++]나 다트무어[+++]나— 아니면 저 아래 콘월?[++++] 랜즈엔드[+++++] 근처로 가면 대서양을 지나 불어오는 오염되지 않은 남서풍이 많을 거예요. 하지만 거기까지 가는 것도 먼 길이죠. 게다가 도시를 방문하는 것이 일단 안전해지고 나면, 우리도 결국 도시에 의존할 수밖에 없을 테니까요."

"서식스다운스[++++++]는 어떨까요?" 조젤라가 제안했다. "그곳의 북쪽에 있는 멋지고 오래된 농장을 하나 알아요. 풀버러[+++++++]로 가다가 오른쪽으로 보이는 곳이에요. 언덕 꼭대기에 있는 것까지는 아니지만, 그래도 제법 비탈에 있어요. 풍차를 이용해서 물을 끌어 올리고, 제 기억에는 자체 전력도 생산했던 것 같아요. 집 안도 모두 개량되고 현대화된 상태구요."

"실제로도 바람직한 거주지이겠군요. 하지만 인구가 많은 장소

+ 런던에서 약 350킬로미터 떨어진 잉글랜드 북서부 컴브리아 주의 산악 지대.
++ 런던에서 약 250킬로미터 떨어진 잉글랜드 남서부 데번 주와 서머싯 주 사이의 초원 지대.
+++ 런던에서 약 285킬로미터 떨어진 잉글랜드 남서부 데번 주의 고원 지대.
++++ 런던에서 약 300킬로미터 떨어진 잉글랜드 남서부의 주.
+++++ 런던에서 약 425킬로미터 떨어진 잉글랜드 남서부 콘월 주의 서쪽 끝. 잉글랜드에서 서쪽으로 가장 끝에 있는 땅이기도 하다.
++++++ 잉글랜드 남부 사우스다운스 국립공원 가운데 이스트서식스와 웨스트서식스 주에 있는 부분을 가리킨다.
+++++++ 런던에서 약 70킬로미터 떨어진 잉글랜드 남동부 웨스트서식스 주의 도시.

에서 여전히 너무 가까워요. 우리가 거기보다는 좀 더 멀리 가야 한다고 생각 안 하세요?"

"음, 저도 그게 궁금하기는 했어요. 그렇다면 과연 얼마나 오래 기다려야만 우리가 다시 도시로 들어올 수 있을 만큼 안전하게 될까요?"

"저도 솔직히 전혀 모르겠어요." 내가 시인했다. "제가 생각하기로는 1년 정도는 걸릴 것 같은데— 그 정도면 충분히 안전한 기간이 되지 않을까요?"

"제가 보기에도 그럴 것 같아요. 하지만 우리가 너무 멀리 가 버린다면, 나중에 보급품을 구하러 오기가 쉽지는 않을 거예요."

"그게 중요한 부분이네요, 분명히." 내가 동의했다.

결국 지금 당장은 최종 목적지 문제를 잠시 보류해 두고, 우리의 도피에 관한 세부 사항을 확정하는 일에만 집중하기로 했다. 아침이 되면 일단 트럭을 하나 구해 보기로 작정했다. 짐칸이 넉넉한 것으로 말이다. 그런 뒤에 우리가 거기 실어야 할 필수품의 목록을 작성했다. 물건 싣기를 빨리 완료할 수가 있다면, 내일 저녁이라도 출발할 예정이었다. 혹시 내일 안에 일이 끝나지 않는다면(필수품의 목록이 점점 더 늘어나고 있었기 때문에, 아마도 그럴 가능성이 훨씬 더 커 보였다) 런던에서 또 하룻밤을 지내는 위험을 감수하고 나서, 모레쯤 출발할 것이었다.

필수품의 목록에 각자 부차적으로 필요한 물건을 덧붙이는 일을 완료하고 보니, 시간은 자정이 다 되어 있었다. 완성된 목록은 일종의 백화점 홍보용 카탈로그와도 비슷해 보였다. 비록 그날 저녁에 각자에 대한 생각을 잠시나마 잊을 수 있도록 해 주는 소일거리에 불과했지만, 그렇게 할 만한 가치는 충분히 있었다.

조젤라가 하품하며 자리에서 일어났다.

"졸려요." 그녀가 말했다. "제 방의 멋진 침대에는 비단 시트가 저를 기다리고 있네요."

조젤라는 두툼한 카펫 위를 마치 미끄러지듯 걸어갔다. 그러더니 한 손을 문고리에 대자마자, 우뚝 멈춰 서더니 뒤로 돌아서 긴 거울에 비친 자기 모습을 유심히 바라보았다.

"어떤 건 재미있기도 했어요." 조젤라는 이렇게 말하더니, 거울 속의 자기 모습을 향해 손으로 입맞춤을 날렸다.

"잘 자요, 이제는 헛되고 달콤한 '환상' 아가씨." 내가 말했다.

그녀는 엷은 미소를 지으며 돌아서더니, 마치 안개가 흩어지듯 문 안쪽으로 사라져 버렸다.

나는 훌륭한 브랜디의 나머지를 따른 다음, 잔을 손에 쥐고 따뜻하게 만들었다가 홀짝거렸다.

"저런 광경도 이제 결코— 결코 두 번 다시는 볼 수 없겠지." 나는 혼잣말을 했다. "'시크 트란시트'……."+

그런 다음에, 완전히 우울감에 빠져 버리기 전에, 나는 방 안에 들어가 좀 더 수수한 침대에 누워 버렸다.

잠의 가장자리에서 편안하게 몸을 뻗고 있는 사이, 갑자기 문 두들기는 소리가 들려왔다.

+ '이 세상의 영화榮華는 이처럼 사라진다sic transit gloria mundi'라는 뜻의 라틴어 격언을 말한다.

"빌." 조젤라의 목소리였다. "얼른 나와 봐요. 밖에 불빛이 있어요!"

"무슨 종류의 불빛요?" 나는 이렇게 물으며, 간신히 침대 밖으로 나왔다.

"바깥에 있어요. 얼른 나와서 좀 봐요."

그녀는 복도에 서 있었고, 저 놀라운 침실의 주인의 소유인 것으로 보이는 종류의 옷을 걸치고 있었다.

"이런 세상에!" 나는 당황한 나머지 이렇게 말했다.

"바보처럼 굴지 말구요." 조젤라는 짜증이 나는 듯 말했다. "얼른 와서 저 불빛을 좀 봐요." 나는 북동쪽을 바라보았다. 마치 서치라이트를 똑바로 하늘을 향해 겨냥한 듯한 밝은 광선이 똑똑히 보였다.

"저건 결국 시력이 온전한 누군가가 저기 있다는 뜻이겠죠." 그녀가 말했다.

"분명히 그렇겠죠." 나도 동의했다.

그 출처를 정확히 짐작해 보려고 노력했지만, 주위의 어둠이 너무 짙어서 판별할 수가 없었다. 여기서 아주 먼 곳까지는 아닌 것이 분명했으며, 공중에서 갑자기 시작되는 불빛이었다. 다시 말해 어떤 높은 건물 위에 얹혀 있다는 뜻일 수 있었다. 나는 잠시 머뭇거렸다.

"일단 내일까지 기다려 보는 게 좋겠어요." 내가 말했다.

이처럼 어두운 거리를 지나서 길을 찾아야 한다는 생각 자체부터가 그리 매력적인 것까지는 아니었다. 게다가 저건 함정일 가능성도(물론 가능성 자체는 매우 낮지만, 그래도 어디까지나 가능성만큼은) 충분히 있었다. 설령 시력을 상실한 사람이라 하더라도, 충분히 영리하고 필사적이라고 치면, 손으로 더듬어서라도 저런 장치에 전기를 **충분히** 연결할 수 있어 보였다.

나는 손톱 다듬는 줄을 하나 찾아낸 다음, 내 눈의 높이를 창턱의 높이와 똑같이 맞추었다. 그런 다음에 줄의 *끝*머리를 가지고 페인트 위에다가 신중하게 선을 하나 새겨서, 그 광선이 나타난 곳의 방향을 정확히 표시했다. 그런 다음에 다시 방으로 돌아왔다.

나는 한 시간쯤 잠을 못 이루고 깨어 있었다. 밤이 되자 도시의 정적이 더 증폭되어서, 그 정적을 깨트리는 소리가 더 황량하게 들렸다. 때때로 거리에서 누군가의 목소리가 들려왔는데, 어딘가 날이 서 있고, 히스테리가 곁들여진 소리였다. 한번은 몸이 얼어붙는 것 같은 비명이 들려왔는데, 마치 정신 줄을 놓아 버린 것을 무시무시하게 축하라도 하는 듯한 느낌이었다. 멀지 않은 어디에선가는 울음소리가 끝도 없이, 희망도 없이 들려왔다. 날카로운 총소리도 두 번인가 들려왔고…… 새삼스레 조젤라와 나를 동반자로 엮어준 그 뭔가에 대해서 깊은 감사를 드리지 않을 수가 없었다.

완전한 외로움이야말로 그때 내가 상상할 수 있는 것 중에서도 최악의 상황이었다. 혼자 있을 때 사람은 아무것도 아니다. 누군가와 함께 있다는 것은 곧 목적을 의미했고, 또한 목적은 눈앞에 닥친 섬뜩한 두려움을 이기는 데 도움이 되었다.

나는 그 소리들을 지워 버리려고 노력했다. 다음 날, 그리고 그다음 날, 그리고 또 그다음 날, 반드시 해야 할 갖가지 일들을 생각하는 것이 그 방법이었다. 아까 본 광선이 과연 무슨 뜻인지, 그리고 우리에게 어떤 영향을 끼칠지를 추측해 보는 것도 그 방법이었다. 하지만 배경 속의 울음소리는 끝도 없이 계속되었고, 그로 인해서 오늘 하루 내가 본 것들이며, 또한 내일 볼 것들이 계속해서 상기되었으며…….

갑자기 문이 열리기에 나는 깜짝 놀라 자리에서 일어났다. 조젤라가 촛불을 들고 들어온 것이었다. 그녀의 눈은 크고도 검었고, 방금 전까지 울고 있었던 흔적이 역력했다.

"잠이 안 와요." 조젤라가 말했다. "겁이 나요. 너무나도 겁이 나요. 혹시 당신도 들었어요? 저 사람들 소리 전부요? 저는 못 견디겠어요……."

그녀는 마치 위로를 원하는 아이처럼 나를 찾아왔다. 나로선 조젤라의 이런 필요가 지금 나의 필요보다 과연 크다고 할 수 있는지 확신할 수 없을 지경이었다.

그녀는 나보다 먼저 잠이 들었다. 내 어깨에 머리를 기댄 채.

하지만 오늘 하루의 기억은 아직까지도 나를 평화롭게 내버려두지 않고 있었다. 그러나 결국에 가서는 잠이 들기는 했다. 내 마지막 기억은 어떤 예쁘고 구슬픈 여자 목소리로 부르는 노래의 한 소절이었다.

그러니 우리 더 이상 방황하지 말아요…….

제6장

생존자들과의 만남

잠에서 깨어나 보니, 조젤라가 벌써 부엌에서 돌아다니는 소리가 들렸다. 시계를 보니 7시가 다 되어 있었다. 내가 찬물로 어렵사리 면도를 마치고 옷을 차려입었을 무렵에는 토스트와 커피 냄새가 아파트 안을 떠돌고 있었다. 그녀는 프라이팬을 석유스토브 위에 올려놓고 있었다. 어젯밤의 겁에 질린 모습을 기억하기 어려울 정도로 침착한 모습이었다. 그녀의 태도는 실용적이기도 했다.

　"우유는 상한 것 같아요, 제가 보기에는요. 냉장고가 작동을 멈췄으니까요. 그래도 다른 나머지 것들은 괜찮아요." 조젤라의 말이었다.

　순간적으로 믿기 힘들다는 생각이 들었다. 지금 내 앞에 서 있는 편리한 복장의 그녀가, 어젯밤의 무도회 복장의 그녀와 정말로 같은 사람이었다는 걸까. 조젤라는 진청색 스키복과 하얀색 양말, 그리고 튼튼한 신발을 신고 있었다. 허리에는 검은색 가죽 허리띠를 매고, 징교하게 민든 사냥용 칼을 치고 있었는데, 이것은 어제 내가 발견한 그저 그런 무기를 대신하는 물건이었다. 나로선 그녀가 어떤 복장일지 딱히 기대한 적도 없었으며, 또한 복장 문제에 관해서라면 사실상 아무 생각도 한 적이 없었다. 하지만 조젤라를 바라보면서 내가 받은 인상이 단지 복장 선택의 실용성만은 아니었다.

"이 정도 복장이면 되겠죠? 어떻게 생각하세요?" 그녀가 물었다.

"당연하죠." 내가 대답했다. 그리고 나 자신을 내려다보았다. "나도 미리 좀 생각을 해 둘 걸 그랬네요. 신사복은 이 일에 딱 어울리는 복장까지는 아닌 것 같으니까요."

"좀 더 잘 입어 보지 그랬어요." 조젤라도 내 말에 동의하며, 구겨진 내 양복을 거리낌없이 쳐다보았다.

"그나저나 어젯밤의 그 불빛 말이에요." 그녀가 말을 이었다. "런던대학 건물에서 켠 거였어요. 최소한 제 생각에는 분명히 그런 것 같아요. 그쪽 방면으로는 그것 말고 딱히 눈에 띄는 건물이 없거든요. 게다가 거리도 딱 맞는 것 같고 말이에요."

나는 조젤라의 방 안으로 들어가서, 내가 창턱에 새겨 놓은 자국을 따라 바깥을 바라보았다. 정말 그녀의 말대로 탑 방향을 가리키고 있었다. 그리고 나는 또 다른 뭔가를 깨달았다. 이 탑에는 똑같은 깃대에 깃발이 두 개나 휘날리고 있었다. 깃발이 하나뿐이라면 그냥 무심코 내건 것뿐이겠지만, 두 개라면 의도적인 신호일 수밖에 없었다. 이것이야말로 낮 동안에는 불빛과 마찬가지였다. 아침 식사를 하는 동안, 우리는 애초의 계획을 잠시 미뤄 두고, 저 탑을 조사해 보는 것을 이날의 첫 번째 임무로 삼기로 결정했다.

우리는 30분쯤 뒤에 아파트에서 나왔다. 내가 예상한 것처럼, 길 한복판에 세워 놓은 스테이션왜건은 주위를 배회하는 사람들의 관심에서 벗어나 있었기에 아직 멀쩡했다. 우리는 더 지체하지 않았고, 조젤라가 가져온 여행용 가방을 짐칸의 트리피드 장비 사이에 던져 넣고 출발했다.

돌아다니는 사람은 거의 없었다. 아마도 지친 나머지, 아울러 공기가 쌀쌀한 것으로 미루어 밤이 되었다고 짐작한 나머지 어딘가 쉴 곳을 찾아 들어갔을 터이지만, 각자의 잠자리에서 도로 나온 사람은 아직 많지가 않았다. 우리 주위에 보이는 사람들은 어제에 비해서 배수로 쪽에 더 가까이, 그리고 벽 쪽에서 더 멀리 거리를 유지하며 움직였다. 대부분은 이제 막대기나 부러진 나뭇조각을 들고서, 보도의 가장자리를 두들기며 움직이고 있었다. 건물 앞쪽의 벽을 더듬으며 걷다 보면 출입구며 돌출부에 종종 맞닥뜨렸기 때문에, 차라리 그렇게 걸어가는 편이 더 손쉬웠다. 아울러 지팡이를 두들기면 충돌의 빈도도 줄어들게 마련이었다.

우리는 별다른 어려움 없이 전진했고, 얼마 뒤에 스토어 스트리트로 접어들자, 그 길 끝에 대학 건물이 우리를 굽어보며 똑바로 솟아올라 있었다.

"천천히요." 우리가 텅 빈 도로로 접어들자마자 조젤라가 말했다. "제 생각에는 정문에서 무슨 일이 벌어진 것 같아요."

그녀의 말이 맞았다. 더 가까이 다가가자, 우리는 길 끝에 적지 않은 군중이 모여 있음을 똑똑히 볼 수 있었다. 전날의 경험 때문에 우리는 군중을 혐오하게 된 상태였다. 나는 곧바로 가워 스트리트

197

로 차를 돌렸고, 50미터쯤 달려가다가 멈춰 섰다.

"당신 생각에는 저기서 지금 무슨 일이 벌어지는 것 같아요? 우리가 한번 알아볼까요, 아니면 그냥 떠나 버릴까요?"

"저는 알아보는 게 좋을 것 같아요." 조젤라가 선뜻 대답했다.

"좋아요. 저도 그랬으면 했어요." 나도 동의했다.

"이 동네는 저도 기억이 나요." 그녀가 덧붙였다. "이 집들 뒤에는 정원이 하나 있어요. 일단 그리로 들어가 보면, 군이 저기 있는 사람들과 섞이지 않고도 무슨 일이 벌어지는 중인지를 알 수 있을 거예요."

우리는 차에서 내렸고, 혹시나 하고 지하층 곳곳을 들여다보기 시작했다. 그러다가 세 번째 집의 문이 열린 것을 발견했다. 집 안으로 곧게 뻗어 있는 복도를 지나자 정원이 나왔다. 열두 채쯤의 주택이 공유하는 공간이었고, 특이하게 설계되어 있었다. 즉 정원 대부분은 지하층과 같은 높이였고, 다시 말해 주위의 도로보다 더 낮았는데, 유독 맨 끄트머리의 한곳, 즉 런던대학 건물과 가장 가까운 곳만큼은 땅이 높아지면서 일종의 언덕을 이루었고, 그곳과 도로 사이에는 높은 철문과 낮은 담이 세워져 있었다. 그 너머에 있는 군중이 떠드는 소리는 마구 뒤섞인 웅성거림처럼 들렸다. 우리는 잔디밭을 가로지르고, 경사진 자갈길을 따라 올라가서, 덤불이 우거진 장소를 발견하고, 거기 숨어서 바깥을 살펴보기로 했다.

대학 정문 밖 도로에 서 있는 군중은 남녀 모두 합쳐 수백 명은 되는 것 같았다. 소리로만 듣고 예상했던 것보다는 훨씬 더 많은 숫자여서, 그제야 나는 한 가지를 깨닫게 되었다. 즉 같은 규모의 군중이라 하더라도, 시력이 온전한 사람들에 비해 시력을 잃은 사람들은 훨씬 더 조용하고 더 비활동적이라는 것이었다. 물론 이것은 자연스러운 일이었다. 이들은 반드시 거의 전적으로 귀에만 의존해서 상황을 파악해야 했으므로, 피차 조용하게 구는 것이 모두에게 이득이게 마련이었다. 하지만 이전까지만 해도 나는 이런 사실을 명백히 깨닫지 못한 상태였다.

무슨 일이 벌어지고 있든지 간에, 바로 저 앞에서 벌어지고 있었다. 우리는 좀 더 높은 둔덕으로 올라갔고, 그러자 군중의 머리 너머 대학 정문의 모습이 비로소 한눈에 들어왔다. 모자를 쓴 남자 한 명이 문밖에서 쇠창살 너머로 뭔가 열심히 떠들어 대고 있었다. 하지만 이 사람의 주장은 별다른 효과가 없었던 것처럼 보였는데, 왜냐하면 대화 상대인 듯한 정문 안쪽의 한 남자는 거의 부정적으로 고개를 젓고만 있었기 때문이다.

"도대체 뭐예요?" 조젤라가 속삭이며 물어보았다.

나는 그녀를 도와서 내 옆으로 올라오게 했다. 말 많은 남자가 고개를 돌린 덕분에, 우리는 그의 옆모습을 흘끗 볼 수 있었다. 내가 보기에는 서른 살쯤 된 남자였고, 곧고 가느다란 코에, 전체적으로 마른 체구였다. 머리카락은 검은색이었지만, 그의 외모보다는 오히려 그의 격렬한 태도가 훨씬 더 눈에 띄었다.

정문을 사이에 두고 나누는 대화가 계속해서 아무런 성과를 거두지 못하자, 그의 목소리는 더 커지고 더 감정적으로 변했다. 하지만 상대방에게는 딱히 눈에 띌 만한 효과를 발휘하지 못했다. 정문 안쪽의 남자는 차마 의심의 여지가 없을 만큼 눈이 멀쩡했다. 그는 뿔테 안경 너머로 상대방을 신중하게 바라보고 있었다. 거기서 몇 미터 뒤에는 남자 세 명이 더 서 있었는데, 이들 역시 눈이 멀쩡했고, 신중한 관심을 드러내며 군중을, 그리고 그 대변자를 바라보았다. 바깥에 있는 남자는 점점 더 열을 냈다. 그의 목소리가 높아졌다. 마치 자기가 군중의 이득을 위해서만이 아니라, 쇠창살 너머에 있는 사람들의 이득을 위해서도 이야기한다는 듯한 투였다.

"이제 내 말 좀 들어 보쇼." 그가 화난 듯 말했다. "지금 여기 있는 사람들 역시 여기서 살 빌어먹을 놈의 권리를 당신네 못지않게 충분히 갖고 있다는 거요. 안 그렇수? 이 사람들 눈이 먼 것은 이 사람들 잘못이 아니라는 거요, 안 그렇수? 이건 어느 누구의 잘못도 아니지. 하지만 이 사람들이 굶주리면 그건 당신네 잘못이 되고 말 거란 말이오. 그건 당신네도 잘 아시겠지."

그의 목소리에는 특이하게도 투박함과 교양 모두가 뒤섞여 있어서, 과연 어느 쪽에 속한 사람인지를 판정하기가 쉽지 않았다. 하지만 어쩐지 그에게는 양쪽의 말투 모두가 결코 자연스럽지 않아 보였다.

"나는 이 사람들에게 식량 구할 장소를 알려 주러 왔수다. 이 사람들을 위해서 내가 할 수 있는 일을 다 했다니까. 하지만, 이런, 세상에, 나는 달랑 혼자뿐인데, 이 사람들은 무려 수천 명이나 된다 이거요. **당신네** 역시 이 사람들에게 식량 구할 장소를 충분히 알려 줄 수 있단 말이오. 하지만 당신네는 지금 그렇게 하고 있수? 빌어먹을 것! 도대체 당신네는 이제껏 **무슨** 일을 했수? 망할 것, 사실이 그렇지 않냐 말이오. 그저 그럴싸한 말뿐이고, 당신네 배 속만 채울

뿐이잖수. 나는 당신네 같은 사람들을 예전에도 만난 적이 있다 이 거요. '웃기지 마라, 나는 멀쩡하니까.' 당신네 좌우명은 결국 이거 아뇨."

그는 경멸하는 듯 침을 뱉더니, 긴 한쪽 팔을 마치 웅변하듯 치 켜들었다.

"저 너머에는 말이오." 그는 마치 런던 전체를 가리키려는 듯 손 을 흔들었다. "─저 너머에는 수천 명의 불쌍한 사람들이 있수다. 이들이 바라는 것은, 누군가 좀 나타나서 식량 구할 곳을 알려 주었 으면 하는 거요. 그냥 가져오기만 하면 되는 식량을 말이오. 그리고 당신네는 충분히 그렇게 할 수 있수다. 당신네가 해야 하는 일이야 그들에게 **보여 주는** 것뿐이니까. 하지만 당신네는 그렇게 했수? 그 렇게 했냐고, 이 치사한 양반들아? 아니지, 당신네가 한 일이라고는 여기 문을 걸고 들어앉아서 이 사람들을 굶어 죽게 내버려 둔 것뿐 이지 않수. 당신네 한 사람이 수백 명을 계속 살아 있게 해 줄 수 있 는데도 말이오. 단지 밖에 나와서 이 불쌍한 사람들에게 음식 나부 랭이 얻을 곳을 **보여 주기만** 하면 되는데 말이오. 이런, 세상에. 과연 당신들도 사람인 거요?"

남자의 말투는 격렬했다. 그에게는 주장하려는 바가 있었으며, 그는 이를 열정적으로 주장하고 있었다. 갑자기 조젤라가 무의식중 에 한 손으로 내 팔을 붙잡기에, 나도 한 손을 그녀의 손에 올려놓 았다. 정문 안쪽에 있던 사람이 뭐라고 말을 했는데, 우리가 서 있 는 곳에서는 차마 들을 수가 없었다.

"얼마나 갈 것 같으냐고 묻는 거요?" 정문 바깥에 있던 사람이 외쳤다. "그 식량이 앞으로 얼마나 갈지를 내가 도대체 어떻게 안단 말이우? 내가 알고 있는 바는, 당신네 같은 개자식들이 협조해서 도와주지 않는다면, 외부 사람들이 이 더러운 난장판을 치우러 나타날 즈음에는 살아남은 사람이 결코 많지 않으리라는 것뿐이오." 그는 잠시 서서 상대방을 노려보았다. "사실대로 말하자면, 당신들은 겁내는 거요. 식량이 있는 곳을 이들에게 알려 주는 걸 겁내는 거라니까. 왜 그럴까? 이 불쌍한 사람들이 먹을 것을 더 많이 가져갈수록, 당신네 몫은 더 줄어들 테니까. 바로 그거지, 안 그렇소? 그게 사실일 거요. 당신네가 이걸 시인할 만한 배짱이 있다고 치면 말이우."

이번에도 우리는 상대편 남자의 대답이 무엇인지 들을 수가 없었다. 하지만 그 대답이 무엇이었든지 간에, 크게 떠드는 남자를 진정시키지는 못했다. 그는 한동안 쇠창살 너머를 굳은 표정으로 바라만 보았다. 그러다가 이렇게 말했다.

"좋소. 당신네가 원하는 방법이 이것뿐이라면!"

그는 눈 깜짝할 사이에 쇠창살 사이로 손을 집어넣더니, 상대방의 한쪽 팔을 꽉 붙들었다. 그 재빠른 한 번의 움직임으로 상대방의 팔을 잡아당겨 꺼낸 다음, 확 비틀어 버렸다. 그러고는 자기 옆에 서 있던 시력을 상실한 사람의 한 손을 인도해서 이미 꺾어 놓은 다른 사람의 팔에 갖다 댔다.

"잘 붙잡고 있으라구, 친구." 그는 이렇게 말하더니, 정문의 잠금 장치 쪽으로 달려갔다.

정문 안쪽에 있던 남자는 기습에 얼이 빠져 있다가 그제야 정신을 차렸다. 그는 다른 손을 뻗어서 등 뒤에 있는 쇠창살 사이로 미친 듯 주먹질을 해 댔다. 그러다가 한번은 운 좋게 시력을 상실한 사람의 얼굴을 정통으로 때렸다. 그러자 시력을 상실한 사람은 비명을 질렀고, 순간적으로 손에 힘을 뺐다. 군중의 우두머리는 정문의 잠금장치를 비틀고 있었다. 바로 그 순간 소총 쏘는 소리가 들렸다. 총알은 쇠 난간에 맞고 요란한 소리를 냈으며, 유탄이 되어 마치 물수제비처럼 튀어 나갔다. 그러자 군중의 우두머리는 우뚝 동작을 멈추고 머뭇거렸다. 그의 등 뒤에서 욕설이 터져 나왔고, 한두 명인가는 비명을 질렀다. 군중은 여기서 도망칠지, 아니면 정문으로 돌진할지, 미처 결정을 내리지 못한 듯 이리저리 휩쓸려 다녔다. 그러자 교정에 있는 사람들이 군중을 대신해 결정을 내려 주었다. 아직 젊어 보이는 남자 하나가 한쪽 팔 밑에 뭔가를 끼고 있는 게 보였다. 기관총 쏘는 소리가 요란하게 시작되자마자, 나는 얼른 조젤라를 가까이 끌어당겼다.

총구가 의도적으로 높게 조준되었다는 것은 분명했다. 그럼에도 불구하고 총 쏘는 소리며, 번쩍이는 총알이 날아가는 소리는 정말이지 무시무시했다. 짧은 연사만으로도 상황을 정리하는 데에는 충분했다. 우리가 고개를 들었을 때에는 군중도 구심점을 잃은 상황이었고, 사람들은 더 안전한 장소를 찾아 삼삼오오 사방팔방으로 더듬거리며 흩어지고 있었다. 군중의 우두머리는 가다 말고 멈춰서서 뭔가 알아들을 수 없는 소리를 외치더니, 결국 뒤로 돌아서고 말았다. 그는 맬릿 스트리트를 따라 북쪽으로 갔고, 사람들을 다시 불러 모으려고 애를 쓰고 있었다.

나는 가만히 주저앉아서 조젤라를 바라보았다. 그녀는 뭔가 생각에 잠긴 듯 나를 바라보았고, 곧이어 자기도 나처럼 주저앉았다. 몇 분이 지나도록 우리는 아무 말도 하지 않았다.

"어때요?" 마침내 내가 물었다.

조젤라는 고개를 들어 저 너머 도로를 바라보았고, 아직 그곳에 남아 딱한 몰골로 길을 더듬는 마지막 몇 사람을 바라보았다.

"그 사람 말이 맞아요." 그녀가 말했다. "당신도 알 거예요. 그 사람 말이 맞다는 걸요. 안 그래요?"

나는 고개를 끄덕였다.

"그래요, 그 사람 말이 맞아요……. 하지만 동시에 그 사람 말은 완전히 틀렸어요. 당신도 알다시피, 이 난장판을 치우러 나타날 '외부 사람들' 따위는 전혀 없으니까요. 이제는 저도 그렇다는 걸 확신할 수 있어요. 우리도 물론 그 사람이 말한 대로 해 줄 수 있어요. 그러니까 저 사람들 가운데 몇 명, 그러니까 얼마 안 되는 사람들한테는 식량 있는 장소를 알려 줄 수 있다구요. 앞으로 며칠 정도는, 어쩌면 몇 주 정도는 그렇게 할 수 있을 거예요. 하지만 그다음은요? 어떻게 될까요?"

"정말이지 끔찍한 것 같아요. 정말이지 무자비하고……."

"우리가 이 문제를 직시하고자 한다면, 선택은 오히려 간단해요." 내가 말했다. "하나는 이 잔해 속에서 그나마 구할 수 있는 것은 구하러 가 보는 거예요. 물론 거기에는 우리 자신도 반드시 포함되어야 하겠죠. 또 하나는 저 사람들의 생명을 조금 더 연장하기 위해서 헌신하는 거예요. 제가 생각하기에는 이거야말로 가장 객관적인 시

204

각이에요.

하지만 제가 보기에 이보다 더 뚜렷하게 인간적인 선택은 아마도 자살에 이르는 길이 아닐까 싶어요. 결국에 가서는 저 사람들을 구할 가능성이 없다는 걸 분명히 아는 상황에서, 도대체 무엇 때문에 괴로움을 더 연장하는 데에 우리 시간을 써야 할까요? 그게 과연 우리 스스로를 활용하는 가장 좋은 방법일까요?"

조젤라는 고개를 천천히 끄덕였다.

"그렇게 말씀하신다면, 이 세상에는 선택의 여지가 별로 많지 않은 것 같네요. 안 그래요? 설령 우리가 몇 사람을 구한다 치더라도, 과연 누구를 선택해야 하겠어요? 그리고 우리가 과연 무슨 **권한**으로 누구를 선택하고 말고를 결정하겠어요? 그리고 우리가 과연 얼마나 오래 그렇게 할 수 있겠어요?"

"이 일에는 쉬운 게 아무것도 없어요." 내가 말했다. "지금처럼 손쉽게 구할 수 있는 보급품이 바닥난 뒤에는, 저 반半불구 상태인 사람들을 우리가 과연 몇 명까지 먹여 살릴 수 있는지는 저 역시 전혀 모르겠어요. 하지만 제가 생각하기에도 그 숫자가 아주 많지는 않을 것 같아요."

"당신은 이미 마음을 먹은 거군요." 조젤라가 나를 흘끗 바라보며 말했다. 그녀의 목소리에는 못마땅해하는 기색이 있는 것도 같았고, 또 없는 것도 같았다.

"저기요." 내가 말했다. "저 역시 당신과 마찬가지로 이런 상황이 전혀 마음에 들지 않아요. 대안이라면 이미 당신 앞에 솔직하게 내놓은 다음이고 말이에요. 즉 이 재난에서 살아남아 일종의 삶을 재건할 사람들을 우리가 도와야 할까요? 아니면 그냥 도덕적인 시늉만, 즉 지금과 같은 상황에서는 정말 시늉에 불과한 행동만 취하고 말아야 할까요? 도로 저편에 있는 사람들도 분명히 살아남기를 의도하고 있을 텐데 말이에요."

조젤라는 흙을 한 움큼 쥐어 올리더니, 손가락 사이로 술술 흘려보냈다.

"제 생각에도 당신 말이 맞는 것 같아요." 그녀가 말했다. "하지만 당신 말이 맞을 때에는 항상 뭔가 내가 좋아하지 않는 내용뿐이네요."

"단순히 좋고 안 좋고를 결정의 요인으로 삼는 것도 이제는 사라져 버렸으니까요." 내가 말했다.

"아마 그렇겠죠. 하지만 저로선 뭐가 되었든지 간에 총을 쏘는 것으로 시작되는 일은 뭔가 잘못된 게 분명하다는 느낌을 지울 수가 없어요."

"일부러 안 맞춘 거였어요. 싸움을 피하려고 그랬을 가능성이 커요." 내가 지적했다.

이제는 군중도 모두 사라진 다음이었다. 나는 담장 위로 올라간 다음, 조젤라를 도와서 반대편으로 넘어갔다. 정문에 있던 남자는 우리를 들여보내 주었다.

"모두 몇 명입니까?" 그가 물었다.

"우리 둘뿐이에요. 어젯밤에 보낸 신호를 봤거든요." 내가 그에게 말했다.

"좋아요. 따라오세요. 대령님을 만나게 해 드릴게요." 그가 이렇게 말하며 앞마당을 가로질러 걸어갔다.

그가 '대령'이라고 부른 남자는 출입구에서 멀지 않은 작은 방에 앉아 있었고, 아마도 문지기 역할을 담당하는 것으로 보였다. 살집이 있는 사람이었고, 나이는 한 쉰 살쯤 되어 보였다. 머리숱이 많고, 단정히 깎았으며, 색깔은 반백이었다. 콧수염도 마찬가지 색깔이었고, 그의 몸의 털 가운데 단 하나도 차마 대열에서 벗어날 엄두를 내지 못하는 것 같았다. 그의 안색은 매우 불그스레하고 건강해 보였으며, 훨씬 더 젊은 사람에게 어울릴 만큼 싱싱해 보였다. 더 나중에 가서야 깨달은 것이지만, 그의 정신 역시 그런 상황에서 결코 벗어나는 법이 없었다. 그가 앉아 있는 책상 위에는 수북한 서류가 마치 자로 잰 듯 단정하게 여러 더미 쌓여 있었으며, 바로 앞에는 아직 사용하지 않은 분홍색 압지가 역시나 단정하게 놓여 있었다.

우리가 들어서자 그가 이쪽을 바라보았다. 또렷하면서도 흔들림 없는 눈길로, 필요 이상으로 좀 오래 바라보고 있었다. 나는 그 기법이 무엇인지를 깨달았다. 그가 사실은 지각력 뛰어난 감정사라는 것, 따라서 사람의 됨됨이를 대략적으로 파악하는 일에 익숙하다는 것을 알려 주기 위한 의도였던 것이다. 이럴 경우, 상대방은 지금 자기가 마주한 인물이 결코 만만치 않은 사람, 즉 신뢰할 만한 사람이라는 인상을 받게 된다. 또 어쩌면 지금 자기가 저 사람에게 완전히 간파당했다는, 즉 자기 약점까지 모두 들켜 버렸다는 인상을 받게 된다. 이에 대한 적절한 대응은 상대방과 똑같은 눈빛으로 바라보는 것, 그리하여 '쓸모 있는 친구'라는 인상을 주는 것이었다. 나는 실제로 그렇게 했다. 그러자 대령은 펜을 집어 들었다.

"실례지만, 성함이 어떻게 되십니까?"

우리가 대답했다.

"주소는요?"

"지금 상황에서는 그게 별로 유용한 정보까지는 아닌 것 같은데요." 내가 말했다. "하지만 군이 아셔야만 하겠다면 말씀드리겠습니다." 우리는 주소를 말해 주었다.

그는 주소를 받아 적으면서 체계며, 조직이며, 관계 등에 관해서 뭔가를 중얼거렸다. 나이, 직업, 그리고 나머지 모든 인적 사항이 뒤따라 나왔다. 그는 뭔가를 탐색하는 듯한 눈길로 우리를 다시 바라보더니, 각각의 종이에 뭐라고 메모를 적어서 서류철 안에 집어 넣었다.

"좋은 사람이 필요합니다. 이건 정말 고약한 일이에요. 하지만 여기에는 할 일이 차고도 넘칩니다. 차고도 넘쳐요. 뭐가 필요한지에 대해서는 비들리 씨가 여러분께 말씀드릴 겁니다."

우리는 다시 복도로 나왔다. 조젤라가 킥킥거렸다.

"공무원답게 모든 서류에 사본 세 부를 만드는 것은 저 양반도 잊어버린 모양이네요. 여하간 제 생각에 이제 우리는 취직을 하게 된 것 같네요." 그녀의 말이었다.

우리가 마이클 비들리를 찾아가 보니, 아까 만난 사람과는 확연히 대조적이었다. 그는 마르고, 키가 크고, 어깨가 넓었으며, 마치 책을 들여다보는 운동선수마냥 약간 구부정한 자세를 취하고 있었다. 휴식 때에 그의 얼굴에는 커다란 눈의 어둠으로부터 옅은 슬픔의 표정이 떠오르곤 했는데, 누군가가 실제로 목격하는 경우는 드물었다. 그의 머리카락에 드문드문 섞인 흰머리조차도 그의 나이를 판가름하는 데에는 거의 도움이 되지 않았다. 그의 나이는 아마도 서른다섯 살 내지 쉰 살 사이였을 것이다. 그때에는 누가 봐도 지쳐 빠진 모습이 역력했기 때문에, 그런 추측은 너욱 어려울 수밖에 없었다. 몰골을 보아하니 밤새 잠을 못 잔 것 같았지만, 그럼에도 불구하고 그는 쾌활하게 우리를 맞이했고, 또다시 우리 이름을 물어보고 받아 적는 젊은 여성을 소개라도 하듯 한 손을 치켜들었다.

"이쪽은 샌드라 텔몬트예요." 그가 설명했다. "샌드라는 우리의 업무조정실장이에요. 일의 연속성을 유지하는 것이 평소 업무죠. 그래서 우리로선 지금 이곳에 그녀를 있게 해 주신 섭리가 각별히 고맙다고 생각할 수밖에 없어요."

젊은 여성은 나를 향해 고개를 끄덕이더니, 곧이어 조젤라를 유심히 바라보았다.

"어디선가 뵈었던 분 같은데요." 그녀는 곰곰이 생각하면서 말했다. 그러더니 자기 무릎에 놓여 있던 메모장을 다시 흘끗 바라보았다. 곧바로 그녀의 쾌활하지만 평범한 얼굴에 옅은 미소가 스쳐 지나갔다.

"아, 맞아요. 진짜네요." 샌드라는 비로소 기억을 떠올린 듯 이렇게 말했다.

"그것 봐요, 내 말이 맞죠? 그놈의 것이 마치 파리잡이 끈끈이마냥 영 떨어지지 않는다니까요." 조젤라가 나를 바라보며 말했다.

"이게 도대체 무슨 소리죠?" 비들리가 물어보았다.

네가 설명을 내놓았다. 그러자 그는 아까보다 좀 더 유심히 조젤라를 바라보았다. 그녀는 한숨을 쉬었다.

"제발 좀 잊어 주세요." 조젤라가 말했다. "이제 그런 이야기를 듣고 사는 것도 지겨우니까요."

이 말에 비들리는 적잖이 놀란 것 같았다.

"좋습니다." 그가 이렇게 말하며, 일단 이 문제는 접어 두자는 듯 고개를 끄덕였다. 그러더니 탁자 쪽으로 돌아섰다. "이제 일 이야기를 해 볼까요. 두 분 모두 자크는 만나 보셨죠?"

"관공서에서 근무하시는 대령님을 말씀하시는 거라면, 당연히 만나 봤습니다." 내가 그에게 말했다.

마이클 비들리가 씩 웃었다.

"일단 우리가 어떻게 버티고 있는지 아셔야 합니다. 당신의 조달 능력을 알기 전에는 아무 데도 갈 수가 없어요." 그가 말했다. 어쩐지 아까 본 대령의 태도를 상당 부분 따라 하고 있었다. "하지만 그게 사실이니까요." 비들리가 말을 이었다. "여기서 일이 어떻게 돌아가는지 대략적으로 알려 드리죠. 현재 이곳에 머무는 사람은 모두 35명입니다. 낮 동안에 더 많은 사람이 왔으면 좋겠고, 실제로도 올 거라고 예상하고 있습니다. 여기 있는 사람들 중에서 28명은 시력이 멀쩡합니다. 다른 사람들은 그 아내이거나 남편이고, 아이들도 두세 명쯤 있는데, 모두 시력을 상실한 상태예요. 지금 당장의 대략적인 계획으로는 아마 내일쯤 해서, 그러니까 준비가 된다고 치면, 이곳을 떠나려고 하는 중입니다. 그러니까 더 안전한 곳으로 간다는 거죠. 무슨 말인지 아실 겁니다."

나는 고개를 끄덕였다. "우리 역시 마찬가지 이유에서 오늘 저녁에 이곳을 떠나기로 작정한 참이었습니다."

"뭘 타고서 움직일 예정이셨죠?"

나는 스테이션왜건의 현재 위치를 그에게 설명해 주었다. "오늘은 원래 필요한 물건을 구해서 실어 놓을 예정이었습니다." 내가 덧붙였다. "하지만 이제껏 구해 놓은 물건이라고는 트리피드 방어 장비밖에는 없네요."

마이클 비들리가 의아한 표정을 지었다. 샌드라도 묘하다는 표정으로 나를 바라보았다.

"필요한 물건 중에서도 그게 맨 처음이었다니, 상당히 의외로군요." 그가 말했다.

나는 그 이유를 설명해 주었다. 하지만 아무래도 내 말솜씨가 신통치 못했던지, 두 사람 모두 그리 크게 감명을 받은 것 같지는 않았다. 비들리는 심드렁하게 고개를 끄덕이더니, 하던 이야기를 계속했다.

"음, 만약 두 분이 여기 와서 우리와 함께 지내려 한다면, 이렇게 해 보라고 제안하고 싶군요. 당신 차를 이리로 끌고 와서, 당신 짐을 여기에 내려놓고, 다시 차를 타고 나가서 쓸 만하고 커다란 트럭으로 바꿔 오는 거예요. 그런 다음에는— 아, 혹시 두 분 중에 의료에 대해서 뭘 좀 아시는 분이 계신가요?" 그가 갑자기 이야기를 중단하고 물었다.

우리는 고개를 저었다.

마이클 비들리는 약간 얼굴을 찡그렸다. "참으로 안타깝네요. 아직끼지 우리 중에는 그걸 할 수 있는 사람이 아무도 없어요. 머지않아 의사가 필요하게 될 것이야 굳이 놀랄 일까지도 아닐 텐데 말이에요. 게다가 이제는 우리 모두 예방 접종을 받아야 할 거예요……. 그래도 지금으로선 두 분을 굳이 내보내서 의료 용품을 구해 오라고 시키는 것도 별로 좋은 일은 아닐 거 같네요. 그렇다면 식품점과 일반 상점 쪽을 다녀 보는 역할은 어때요? 그 일은 괜찮겠죠?"

그는 클립으로 묶어 놓은 종이를 몇 페이지 넘기더니, 그중 하나를 빼서 내게 건네주었다. 거기에는 '15번'이라는 제목이 적혀 있었고, 그 아래에는 통조림, 냄비와 프라이팬, 침구류 등의 목록이 타자로 정리되어 있었다.

"반드시 목록대로 해야 한다는 뜻은 아닙니다." 비들리가 말했다. "하지만 가급적 목록에 근접하게 구해야 하고, 중복 물품이 너무 많아서는 안 됩니다. 품질이 가장 좋은 것만 고르세요. 식품의 경우에도 양보다는 질을 따지세요. 무슨 말인가 하면, 만약 당신이 세상에서 가장 좋아하는 음식이 콘플레이크라 하더라도, 여기서는 깨끗이 잊어버리라는 겁니다. 가급적 창고나 큰 도매상을 뒤지는 게 나을 겁니다." 그는 목록을 도로 가져가더니, 거기다가 두세 가지 품목을 더 적어 넣었다. "당신이 담당한 식품은 통조림과 봉지 종류뿐입니다. 그러니 예를 들어 밀가루 부대를 가져오려고 애쓰지는 마세요. 그런 종류의 식품은 다른 조에서 담당할 거니까요." 비들리는 조젤라를 바라보며 뭔가를 곰곰이 생각했다. "하필이면 무거운 물건을 날라야 하는 일이어서 미안합니다만, 현재 우리가 두 분께 드릴 수 있는 가장 유용한 일은 이것뿐이네요. 어두워지기 전에, 하실 수 있을 만큼만 하세요. 오늘 밤 9시 30분에는 전체 회의와 토론이 있을 예정이니까요."

우리는 가려고 뒤로 돌아섰다.

"혹시 권총 갖고 계세요?" 비들리가 물었다.

"그건 차마 생각도 못 했는데요." 내가 솔직히 말했다.

"권총이 하나 있는 게 나을 겁니다. 만약을 대비해서라도요. 그냥 공중에 쏘는 것만으로도 효과가 상당합니다." 그가 말했다. 그는 책상 서랍에서 권총 두 자루를 꺼내더니, 우리에게 밀어서 건네주었다. "그것보다는 오히려 덜 성가실 겁니다." 그는 조젤라의 멋진 단검을 흘끗 바라보며 이렇게 덧붙였다. "부디 잘들 건져 오시기 바랍니다."

우리가 스테이션왜건에 실린 짐을 내리고 다시 출발할 때쯤까지도, 밖에 나와 돌아다니는 사람의 숫자는 여전히 전날보다 적었다. 그들은 자동차 소리를 듣고도 우리를 괴롭히기보다는 오히려 보도 위로 올라서서 피하려는 의향을 보여 주었다.

우리가 마음에 들어서 맨 처음 고른 트럭은 알고 보니 쓸모가 없었다. 차마 우리 힘으로는 옮길 수도 없는 무거운 나무 상자가 짐칸에 가득 실려 있었기 때문이다. 다음에 고른 트럭은 더 운이 좋았다. 5톤짜리이고, 거의 새것이었으며, 짐칸도 텅 비어 있었다. 우리는 그 트럭으로 옮겨 탔고, 스테이션왜건은 그 자리에 그냥 내버려 두었다.

내가 받은 명단에서 맨 위에 나온 주소로 찾아가 보았더니, 셔터를 내린 화물 하역장이었다. 하지만 이웃 가게에서 가져온 쇠지레를 이용하니, 어렵지 않게 자물쇠를 부수고 셔터를 말아 올릴 수 있었다. 안에 들어가 보니 우리가 찾던 것이 있었다. 트럭 세 대가 하역대 쪽을 향하고 서 있었던 것이다. 그중 한 대에는 고기 통조림 상자가 가득 실려 있었다.

"직접 한 대 운전해 볼래요?" 내가 조젤라에게 물었다.

그녀는 트럭을 바라보았다.

"음, 안 될 것까진 없겠네요. 어차피 자동차는 다 거기서 거기일 테니까요, 안 그래요? 게다가 지금은 교통 체증도 전혀 없을 테고요."

우리는 나중에 다시 와서 트럭을 가져가기로 결정했고, 일단 짐칸이 비어 있는 트럭을 몰고 또 다른 창고로 가서 담요와 깔개와 이불 꾸러미를 실은 다음, 또 다른 곳으로 가서 냄비와 프라이팬과 솥과 주전자 같은 시끄럽게 달그락거리는 물건을 찾아 실었다. 트럭 짐칸을 가득 채우고 나서야, 예상보다 더 힘든 일을 하느라 오전이 다 지나갔음을 깨달았다. 우리는 아직 아무도 손대지 않은 인근의 술집에 들어가서, 오전 작업으로 인해 생겨난 식욕을 만족시켰다.

업무 및 상업 지구에는 적적한 분위기가 가득했다. 물론 아직까지는 붕괴로 인한 적적함이라기보다는 보통 때의 일요일이나 공휴일과 같은 적적함에 더 가까워 보였지만 말이다. 그 부근에는 돌아다니는 사람 자체가 거의 없었다. 만약 근로자들이 모두 퇴근한 이후의 한밤중이 아니라 오히려 대낮에 저 재난이 일어났었다고 치면, 그때에는 정말로 끔찍하리만치 다른 광경이 벌어졌을 것이다.

휴식을 취하고 나서는 식품 창고로 가서 이미 짐이 가득 실린 트럭을 끌고 나왔고, 느리고도 들쭉날쭉한 속도로 트럭 두 대를 대학까지 끌고 왔다. 우리는 트럭을 앞마당에 세워 놓고 다시 출발했다. 저녁 6시 30분쯤에 또다시 물건이 잔뜩 실린 트럭 두 대를 끌고 돌아왔으며, 아울러 유용한 성취감도 함께 갖고 돌아왔다.

마이클 비들리가 건물에서 나와 우리가 가져온 물건을 검사했다. 모두 합격 판정을 받았지만, 내가 두 번째 짐 사이에 추가한 대여섯 개의 상자는 그렇지 못했다.

"이건 또 뭐죠?" 그가 물었다.

"트리피드 총하고 총알입니다." 내가 비들리에게 말했다.

그는 나를 바라보며 뭔가 생각하는 듯했다.

"아, 그렇군요. 원래 여기 오실 때에도 트리피드 방어 장비를 잔뜩 가져오셨었죠." 비들리가 말했다.

"제 생각에는 앞으로 우리한테 꼭 필요할 것 같아서요." 내가 말했다.

그는 또다시 생각에 잠겼다. 트리피드라는 주제에 관해서만큼은 내가 뭔가 불합리한 태도를 보인다고 간주하는 느낌이 분명히 들었다. 아마도 내가 원래의 직업에서 얻게 된 선입견 때문에 이렇게 행동한다고, 아울러 최근에 트리피드에게 쏘인 사건에서 비롯된 공포로 인해 그런 행동이 더 악화되었다고 해석할 가능성이 가장 커 보였다. 그러니 비들리로선 혹시 이런 사실이야말로 내게 또 다른 불합리함이, 어쩌면 자칫 유해할 수도 있는 불합리함이 있음을 내

포한 깃인지 궁금해하는 듯했다.

"저기요." 내가 말했다. "지금 여기 있는 물건은 무려 트럭 네 대 분량입니다. 제가 원하는 건 이 상자 몇 개를 놓아둘 수 있는 작은 공간뿐이구요. 그런데도 차마 이걸 놓아둘 공간이 없다고 하시면, 제가 나가서 트레일러를 한 대, 아니면 트럭을 한 대 새로 가져오도록 하겠습니다."

"아니, 그냥 여기 두도록 하세요. 어차피 많은 공간을 차지하지도 않을 테니까요." 비들리가 결론을 내렸다.

우리는 건물로 들어갔고, 쾌활한 표정의 한 중년 여성이 이미 그곳에 훌륭하게 차려 놓은 임시 주방에서 차를 한 잔씩 마셨다.

"저 사람은 제가 유독 트리피드에 대해서는 호들갑을 떨고 있다고 생각하는 모양이에요."

"저 사람도 조만간 알게 되겠죠. 제 생각은 그래요." 그녀가 대답했다. "그나저나 우리 말고 다른 사람은 아직 그놈들이 돌아다니는 걸 못 보았다는 게 정말 이상하네요."

"이 사람들이야 비교적 도시 한가운데에서 줄곧 버티고 있었으니, 그것도 아주 놀랄 만한 일까지는 아니죠. 게다가 우리 역시 오늘은 그놈들을 단 한 마리도 못 봤으니까요."

"당신 생각은 어때요? 그놈들이 거리를 따라서 여기까지 올 것 같아요?"

"아직은 저도 뭐라고 단언할 수가 없어요. 하지만 길을 잃은 놈이라면 충분히 그렇게 하겠죠."

"그나저나 그놈들이 도대체 어떻게 해서 풀려난 걸까요?" 조젤라가 물었다.

"그놈들이 말뚝을 충분히 세게, 그리고 충분히 오래 잡아당기다 보면, 보통은 말뚝이 결국 뽑히게 마련이에요. 이전에도 농장에서 그놈들의 탈출 사건이 벌어졌는데, 십중팔구는 그놈들이 울타리 가운데 한 부분에 몰려들어서 결국 울타리를 부너트린 경우였어요."

"그러면 울타리를 더 튼튼하게 만들면 되지 않아요?"

"그렇게 할 수야 있었지만, 우리는 그놈들을 영구적으로 한곳에 수용할 생각까지는 없었어요. 게다가 그런 탈출 사건은 그리 자주 일어나는 것도 아니었고, 설령 일어나더라도 한쪽 사육장에서 다른 사육장으로 건너가는 것뿐이었어요. 그래서 우리는 그놈들을 원래 있던 곳으로 몰아내고, 울타리를 다시 세우는 것으로 만족했죠. 제 생각에는 그놈들 가운데 한 마리라도 의도적으로 여기까지 찾아올 것 같지는 않아요. 트리피드의 입장에서 보자면, 도시는 마치 사막과도 비슷할 테니까요. 그래서 제 생각에는 그놈들이 대개 넓은 교외로 향할 것 같아요. 혹시 트리피드 총 쏴 본 적 있어요?" 내가 덧붙여 물어보았다.

조젤라는 고개를 저었다.

"일단 이 옷을 좀 어떻게 해 보고 나서요. 연습은 그다음에 가서나 해 보죠. 당신도 연습을 한번 해 보고 싶다면 말이에요." 내가 말했다.

한 시간쯤 지나 돌아왔을 때, 나는 스키복과 묵직한 신발을 고른 그녀의 선택을 보고 움찔한 나머지, 현재의 상황에 좀 더 잘 어울리는 옷으로 갈아입은 다음이었다. 그런데 정작 조젤라는 연녹색의 드레스로 갈아입은 것이 아닌가. 우리는 트리피드 총 두 자루를 꺼내서 가까운 러셀 스퀘어 공원으로 갔다. 거기서 30분 정도 머물면서 주위의 덤불 꼭대기 잔가지를 모조리 잘라 내고 있자니, 붉은 벽돌색의 작업복 윗도리와 우아한 초록색 바지를 걸친 젊은 여성 하나가 잔디밭을 지나 다가오더니 작은 카메라를 우리에게 조준했다.

"누구세요? 혹시 기자신가요?" 조젤라가 물었다.

"대략 그렇다고 할 수 있죠." 젊은 여성이 말했다. "저는 공식 기록 담당자로 일하고 있거든요. 엘스페스 케리라고 해요."

"이렇게나 빨리요?" 내가 말했다. "어쩐지 항상 질서에 신경을 쓰시는 대령님의 손길이 느껴지는데요."

"정확히 맞추셨네요." 그녀도 동의했다. 그러고는 조젤라를 바라보며 말했다. "플레이턴 씨이시죠. 그렇잖아도 궁금하던 참이었어요. 과연 어떤—"

"저기요." 조젤라가 상대방의 말을 막았다. "도대체 어떻게 된 노릇이죠? 이렇게 무너져 가는 세상에서 유일하게 그대로인 것이 고작 저의 명성 하나뿐이라뇨. 우리 그냥 잊고 살면 안 될까요?"

"음." 케리는 생각에 잠겼다. "예, 뭐." 곧이어 그녀는 다른 화제로 넘어갔다. "그나저나 이 트리피드 방어 장비는 다 뭐예요?" 그녀가 물었다.

우리는 그간의 상황을 말해 주었다.

"저 사람들은 아마 이렇게 생각하겠죠." 조젤라가 덧붙였다. "여기 있는 빌이 그 문제에 관해서 잔뜩 겁을 먹었거나, 아니면 호들갑을 떠는 것뿐이라구요."

케리는 나를 똑바로 바라보았다. 얼굴은 잘생겼다기보다는 흥미롭다고 해야 어울릴 것 같았고, 강한 햇빛 때문인지 우리보다 얼굴이 더 그을려 있었다. 두 눈은 흔들림이 없었고, 예리해 보였고, 짙은 갈색이었다.

"정말로 그러신 거예요?" 그녀가 물었다.

"음, 제 생각은 이거예요. 트리피드라는 놈들이 일단 사람 손을 벗어났다 하면, 심각하게 간주해야 할 만큼 충분히 말썽의 여지가 있다는 거죠." 내가 말해 주었다.

케리가 고개를 끄덕였다. "충분히 옳은 말씀이에요. 저 역시 그놈들이 사람 손을 벗어나 버린 곳에 있다가 온 참이거든요. 상당히 고약하죠. 하지만 영국에서는— 음, 여기서는 그런 걸 상상하기가 힘들죠."

"지금 이 상황에서는 그놈들을 막을 방법이 많지 않을 거예요." 내가 말했다.

케리가 뭔가 답변을 하려고 했는지 아닌지는 모르겠지만, 여하간 그 말은 갑자기 머리 위에서 들리는 요란한 소음에 그만 막혀 버리고 말았다. 하늘을 바라보니 헬리콥터 한 대가 대영 박물관 위를 지나 비틀비틀 다가오고 있었다.

"아이반일 거예요." 케리가 말했다. "자기가 헬리콥터를 하나 구해 올 거라고 했거든요. 저는 그만 가서 그의 착륙 장면을 찍어야 되겠네요. 나중에 또 뵈어요." 그녀는 서둘러 잔디밭을 지나 돌아가 버렸다.

조젤라는 땅에 누워 버렸다. 양손을 깍지 끼어 머리 뒤에 받치고,

깊은 하늘을 바라보았다. 헬리콥터의 소음이 그치자, 주변은 방금 그 소리가 들렸을 때보다 훨씬 더 조용한 것처럼 느껴졌다.

"도무지 믿을 수가 없네요." 그녀가 말했다. "저 나름대로는 노력하고 있지만, 솔직히 아직도 **진짜로** 믿을 수는 없어요. 설마 이게 계속…… 또 계속…… 또 계속되지는 않겠죠. 이건 **분명히** 어떤 꿈에 불과할 거예요. 당장 내일이면 이 공원은 또다시 시끌벅적해질 거예요. 빨간 버스가 저기 요란한 소리를 내며 달려갈 거고, 수많은 사람들이 보도 위를 바쁘게 오갈 거고, 신호등이 번쩍번쩍할 거고……. 세상 전체가 이렇게 쉽게 끝나지는 않을 거예요. 그럴 수는 없다구요. 그런 건 가능하지가 않아요……."

나 역시 조젤라와 똑같은 기분을 느끼고 있었다. 스퀘어 맞은편에 늘어선 집들이며, 나무들이며, 뭔가 터무니없을 정도로 웅장한 호텔들에 이르기까지, 모든 것이 너무나도 정상 같았다. 너무나도 멀쩡한 까닭에, 손을 대기만 하면 되살아날 것처럼 보였다…….

"그런 생각이 드네요." 내가 말했다. "만약 공룡이 뭔가 생각을 할 수 있었다고 한다면, 아마도 우리와 비슷한 생각을 했을 것 같아요. 사실 이런 일은 때때로 일어나게 마련이니까요, 아시다시피."

"하지만 왜 하필 우리죠? 이건 마치 다른 누군가에게 뭔가 놀라운 일이 벌어졌다는 사실을 신문에서 읽는 것과도 비슷하네요. 항상 **다른** 누군가에게 그런 일이 벌어지는 거예요. 우리에게는 뭔가 특별한 것도 없는데 말이에요."

"그런데 '왜 하필 나야?' 하는 질문은 항상 있지 않아요? 전우들 모두가 죽는 상황에서 혼자만 멀쩡한 군인이라든지, 아니면 장부를 조작했다는 혐의로 경찰에게 체포된 사람의 경우처럼요? 그냥 맹목적 우연일 뿐이라는 거예요, 내 말은."

"그러니까 이런 일이 벌어진 게 우연이라구요? 아니면 이런 일이 하필이면 지금 벌어진 게 우연이라구요?"

"지금 벌어진 게 그렇다는 거예요. 이런 일은 미래의 언제라도 어떤 방식으로든 간에 벌어질 가능성이 있어요. 한 가지 유형의 생물이 세상을 영원무궁 지배해야 한다는 생각 자체가 부자연스러운 거죠."

"저는 왜 부자연스럽다는 건지 이해가 안 되는데요."

"여기서 굳이 '왜'라고 묻는 것은 어리석은 질문이에요. 하지만 생명은 역동적이라는 것, 즉 정적이지 않다는 것, 이거야말로 불가피한 결론이에요. 변화는 어떤 식으로든 닥쳐오게 마련이니까요. 뭐랄까, 이번에는 그 일이 우리를 완전히 없애 버리지는 못했지만, 그래도 지독하게 효과적인 공격이기는 했어요."

"그렇다면 당신은 이게 정말로 끝장이라고 생각하지 않는 건가요? 그러니까 인간에게는 끝장이라는 거예요, 제 말은."

"어쩌면 그럴 수도 있겠죠. 하지만, 음, 저는 그렇게 생각하지 않아요. 아니라고 봐요."

물론 이게 **정말로** 끝장일 가능성도 있었다. 거기에 대해서는 나도 전혀 의심하지 않았다. 하지만 우리가 속한 무리와 비슷한 다른 무리들도 어딘가 분명히 있을 것이었다. 나는 텅 빈 세계의 모습을, 그리고 몇몇 공동체가 드문드문 떨어진 상태로 이 세계의 통제권을 다시 획득하기 위해서 분투하는 모습을 그려 보았다. 최소한 우리 가운데 일부가 결국 성공하게 되리라고 믿지 않을 도리가 없었다.

"아니에요." 내가 다시 말했다. "이번 일이 끝장일 필요는 없어요. 우리는 여전히 매우 적응력이 뛰어난 편이고, 게다가 우리 조상들과 비교하자면 훨씬 유리한 입장에서 시작하는 셈이에요. 우리 가운데 일부가 온전하고 건강하게 남아 있는 한, 우리에게는 기회가 있어요. 어마어마하게 좋은 기회가 말이에요."

조젤라는 아무 대답도 하지 않았다. 계속 누운 상태에서 멍한 눈빛으로 그저 하늘만 바라보고 있을 뿐이었다. 머릿속에서 무슨 생각이 오가는지를 약간이나마 짐작할 수도 있을 것 같았지만, 나는 아무 말도 하지 않았다. 그녀는 한동안 아무 말이 없었다가, 이렇게 입을 열었다.

"솔직히 말해서, 이번 일에서 가장 충격적인 부분은 이거예요. 방금 전까지만 해도 안전하고 확실해 보였던 세상을 우리가 너무나도 **손쉽게** 잃어버리고 말았다는 거예요."

조젤라의 말이 맞았다. 바로 그런 단순성이야말로 이번 일이 준 충격의 핵심이라고 할 수 있었다. 우리가 뭔가에 대해서 너무나도 익숙해지고 나면, 균형을 유지하기 위해 작용하는 모든 힘들을 그만 잊어버리게 마련이고, 마치 안정성을 곧 정상 상태로 생각하게 마련이다. 하지만 실제로는 그렇지가 않다. 내가 이전까지 한 번도 떠올려 보지 못한, 그러나 이제야 떠올린 생각이 하나 있었는데, 그건 바로 인간 두뇌의 존재가 인간의 우월함을 곧바로 보장해 주지는 않는다는 거였다(물론 대부분의 책에서는 마치 그렇게 보장해 주는 것처럼 오해를 부추기고 있지만 말이다). 오히려 인간의 우월함이란, 소폭의 가시광선을 통해 두뇌에 전달되는 정보를 이용할 수 있는 두뇌의 능력이었다. 인간의 문명, 즉 인간이 달성한 것과 장차 달성할 것들의 총체 역시, 빨간색에서 보라색에 이르는 진동의 폭을 인식하는 인간의 능력에 달려 있는 셈이다. 이런 능력이 없다면, 인간은 패배할 수밖에 없다. 순간적으로 나는 인간이 그 힘을 얼마나 가까스로 유지하고 있는지를 깨달았고, 그토록 연약한 도구를 가지고 그런 힘을 빚어낸 것이야말로 진정한 기적임을 깨달았다…….

조젤라는 줄곧 자기만의 생각에 잠겨 있었다.

"앞으로의 세상은 정말 기묘한 종류의 세상이 될 거예요. 그러니까 아직 남아 있는 세상은 말이에요. 아무리 생각해 봐도, 우리가 그런 세상을 좋아하게 될 것 같지는 않네요." 그녀는 차분하게 말했다.

내가 보기에는 이것이야말로 정말 기묘한 견해인 것 같았다. 마치 어떤 사람이 자기는 죽는다는 생각이, 또는 애초에 이 세상에 태어난다는 생각이 마음에 들지 않는다고 항의하는 것과도 유사해 보였다. 차라리 우선은 앞으로의 세상이 과연 어떤 것일지를 알아 보고, 그다음으로는 앞으로의 세상에서 내가 가장 싫어하는 부분에 대해서 최대한 조치를 하는 것이 더 나아 보였다. 하지만 나는 굳이 말하지 않고 넘겨 버렸다.

때때로 건물 저편 멀리에서 트럭 오가는 소리가 들렸다. 이 시간이면 물품 조달 작업조 대부분이 돌아온 것이 분명했다. 나는 시계를 보았고, 내 옆의 잔디밭 위에 놓여 있는 트리피드 총으로 손을 뻗었다.

"이제 우리 들어가 봐야 할 것 같군요. 이 모든 일에 대해서 다른 사람들이 어떤 느낌을 갖고 있는지 들어 보기 전에, 저녁을 조금이라도 좀 챙겨 먹으려면 말이에요." 내가 말했다.

제7장

생존자들의 회의

애초의 내 생각은 이러했다. 이 회의가 모두의 예상처럼 기껏해야 일종의 업무 보고에 불과할 것이라고 여겼다. 즉 시간 공지며, 경로 지시며, 내일의 목표 등을 제시하는 것 정도라고 여겼다. 따라서 그날 우리가 얻은 생각거리야말로, 나로선 전혀 예상하지 못한 바였다.

회의는 작은 계단식 강의실에서 열렸고, 이를 위해서 자동차 헤드라이트와 배터리를 이용해 조명을 설치했다. 우리가 들어갔을 때에는 남자 대여섯 명과 여자 두 명이 강연대 뒤에서 뭔가를 상의하고 있었는데, 아마도 이들끼리 어떤 위원회를 구성하고 있는 모양이었다. 우리는 강의실 안에 무려 100명 가까이 되는 사람이 앉아 있는 것을 보고 깜짝 놀랐다. 특히 젊은 여성이 나머지 사람보다 대략 4대 1의 비율로 더 많았다. 나로선 미처 깨닫지 못했지만, 나중에 조젤라가 지적한 바에 따르면, 젊은 여성 가운데 시력이 온전한 시람온 극소수에 불과했다.

마이클 비들리는 원체 키가 커서 그 위원회 중에서도 유독 눈에 띄었다. 그의 곁에는 대령도 앉아 있었다. 다른 사람들의 얼굴은 낯설었던 반면, 엘스페스 케리처럼 낯익은 얼굴도 있었다. 그녀는 사진기 대신에 공책을 들고 있었는데, 아마도 후세의 유익을 위해서인 듯했다. 이들의 관심은 대부분 나이 지긋한 한 남자에게 쏠려 있었는데, 얼굴은 못생겼어도 온화한 성격으로 보였고, 금테 안경을 끼고 있었으며, 가늘고 새하얀 머리카락은 적절한 길이로 다듬어 놓았다. 어째서인지 이 사람을 지켜보며 모두 약간 걱정스러운 표정들이었다.

위원회에 속한 또 한 명의 여자는 기껏해야 소녀티를 갓 벗은 정도였고, 아마도 스물두셋밖에 안 되어 보였다. 아무래도 지금 있는 자리가 썩 편해 보이지는 않았다. 그녀는 청중을 향해 신경이 곤두서고 불안함이 깃든 눈길을 던졌다.

샌드라 텔몬트가 커다란 종이를 한 장 들고 안으로 들어왔다. 그녀는 잠시 종이를 들여다보더니 곧바로 위원회를 해산시켰고, 그 위원들을 각자의 의자에 앉혀 놓았다. 샌드라가 손을 한 번 흔들자, 비들리가 강연대로 다가갔고, 드디어 모임이 시작되었다.

그는 약간 구부정한 자세로 서서, 어두운 눈빛으로 청중을 바라보면서, 웅얼거리는 소리가 잦아들기를 기다렸다. 입을 열자 듣기좋고도 연습된 목소리가 흘러나왔고, 친근한 태도가 곁들여졌다.

"여기 계신 분들 가운데 상당수는 이번 재난으로 인해 아직까지도 뭔가 멍한 기분이실 겁니다." 비들리가 이야기를 시작했다. "우리가 알고 있던 세계는 눈 깜짝할 사이에 끝나 버렸습니다. 우리 가운데 어떤 분은 이것이야말로 모든 것의 끝장이라고 느끼실 수도 있습니다. 물론 그렇지는 않습니다. 하지만 제가 여러분께 분명히 말씀드릴 수 있는 것은, 어쩌면 이것이야말로 모든 것의 끝장이 **될 수도 있다**는 겁니다. 만약 **우리가 포기한다**면 말입니다.

이번 재난이 비록 어마어마하기는 해도, 생존의 여지는 항상 있게 마련입니다. 거대한 참사를 목도하는 일에 관해서라면, 우리가 역사상 유일무이하지 않았음을 기억할 만한 가치가 있을 것입니다. 비록 훗날에 가서는 그로부터 갖가지 전설이 자라나고 말았습니다만, 우리 역사를 멀리 거슬러 올라가 보면 언젠가 대홍수라는 것이 실제로 있었음에는 의심의 여지가 없습니다. 그 당시에 살아남은 사람들이 생각하기에는 그 재난이야말로 우리의 재난에 버금가는 규모였을 터이고, 또 어떤 면에서는 우리의 재난보다 더 만만찮은 것이었을 터입니다. 하지만 그들은 단순히 절망할 수만은 없었습니다. 그들은 반드시 다시 시작해야만 했습니다. 지금 우리가 다시 시작할 수 있는 것처럼 말입니다.

자기 연민과 지나친 비애만으로는 아무것도 건설하지 못할 것입니다. 그러니 우리는 그런 감정을 단숨에 내던지는 게 오히려 나을 것입니다. 왜냐하면 우리는 앞으로 건설자가 되어야 하기 때문입니다.

그리고 낭만적인 극화를 방지하기 위해서 좀 더 김을 빼는 말을 해 보자면, 저로선 지금의 상황조차도 우리에게 일어날 수 있었던 상황 중에서도 차마 최악까지는 아니라고 지적하고 싶습니다. 여러분도 대부분 그러셨으리라 짐작됩니다만, 지 역시 이보다는 훨씬 더 나쁜 뭔가를 예상하면서 지금껏 살아왔습니다. 지금도 저는 설령 이 재난이 우리한테 일어나지 않았다고 가정하더라도, 뭔가 더 나쁜 재난이 결국 발생하지 않았을까 하는 생각을 품고 있습니다.

1945년 8월 6일[+] 이래로 생존의 여지는 끔찍하리만치 좁아져 버렸습니다. 실제로 불과 이틀 전까지만 해도, 생존의 여지는 지금 이 순간보다 더 협소한 상태였다는 겁니다. 여러분이 굳이 비유를 필요로 하신다면, 이렇게 한번 생각해 보시기 바랍니다. 1945년 이후로 안전의 길은 점점 크기가 줄어들어 한 가닥의 밧줄이 되었고, 우리는 의도적으로 저 아래 깊은 심연을 외면한 채로 그 밧줄 위를 걸어가고 있었다고 말입니다.

그때 이후로 우리는 눈 깜짝하는 순간에 치명적인 추락을 당할 가능성을 얼마든지 갖고 있었습니다. 그러니 실제로 추락을 당하지 않은 것이야말로 기적입니다. 아울러 그런 상태로 오랜 세월 버텨온 것이야말로 두 배로 기적입니다.

하지만 그런 치명적인 추락은 조만간 벌어질 수밖에 없는 상황이었습니다. 그 일이 악의에 의해서건, 부주의에 의해서건, 또는 순전히 사고에 의해서건 간에, 그건 전혀 중요하지가 않을 것입니다. 중요한 것은 균형이 무너져 버리고, 파괴가 자행된다는 점이었을 테니까요.

그런 사태가 얼마나 나빴을지는 우리도 알 수 없습니다. 하지만

[+] 일본 히로시마에 미국의 원자폭탄이 떨어진 날을 말한다. 결국 이날 이후 인류 전체가 핵전쟁의 위협을 받아 왔음을 의미한다.

그런 사태가 **어디까지** 나빠질 수 있을지에 관해서라면 충분히 짐작이 가능한데…… 음, 아마 그런 사태에서는 생존자 자체가 전혀 없었을 겁니다. 아울러 이 행성 자체도 없어졌을 가능성이 크고…….

이제는 우리의 상황과 한번 대조해 봅시다. 지구는 아직 멀쩡하고, 상처를 입지 않았고, 여전히 생산이 가능합니다. 이 행성은 우리에게 식량과 원자재를 제공할 수 있습니다. 우리는 지식의 보고 寶庫를 갖고 있으며, 그 덕분에 이전에 일어났던 모든 일을 배울 수 있습니다. 물론 과거의 일들 가운데에는 차마 기억하지 않는 편이 더 나은 것도 일부나마 있지만 말입니다. 게다가 우리는 세상을 다시 건설하기 위한 수단도, 건강도, 그리고 힘도 갖고 있습니다."

마이클 비들리의 연설은 길지 않았지만, 나름대로 효과가 있었다. 아마도 청중 가운데 상당수는 자기들이야말로 뭔가의 끝장이 아니라 오히려 뭔가의 시작에 서 있다는 사실을 분명히 느낀 모양이었다. 그가 내놓은 이야기는 기껏해야 일반론에 불과했지만, 그가 도로 자리에 앉았을 때에는 청중 역시 더 회의에 집중하려는 태도를 보이고 있었다.

곧이어 연단에 오른 대령은 현실적이고도 실용적이었다. 우선 건강에 대한 우려 때문에라도, 우리 모두가 건물로 가득한 지역에서 여건이 허락되는 한 빨리 벗어나야 한다고 상기시켰다. 그러면서 내일 대략 12시 00분, 즉 정오를 출발 시간으로 예상하고 있다고 덧붙였다. 어느 정도의 편의 기준을 만족시킬 정도의 최우선 순위 필수품은 물론이고 추가 물품 역시 이미 확보가 끝났다는 것이었다. 우리가 가진 분량을 고려해 보면, 우리의 목표는 최소한 1년 동안은 외부의 지원 없이 기의 자급자족하며 버티는 것이어야 한다고 말했다. 그 시기 동안은 외부의 적으로부터 포위 공격을 당한다 간주하고 버텨야만 했다. 목록에 있는 물품 외에 우리가 더 가져가고 싶은 물건이 있더라도, 일단 의료 담당자가(위원회에 속했던 젊은 여성이 바로 이 대목에서 얼굴을 붉혔다) 안전하다고 판정하기 전까지는 은신처에서 작업조를 파견해 가져올 수가 없다고 했다. 우리의 은신처를 어디로 할 것인지에 대해서는 위원회가 상당히 고심을 거듭했으며, 아담함과 자급자족과 호젓함 같은 요망 사항을 염두에 둔 끝에, 교외의 기숙학교라든지, 만약 그게 없다면 시골의 큰 저택이 우리의 목표에 알맞을 거라고 결론을 내렸다고 덧붙였다.

위원회가 실제로 특정 장소를 목적지로 결정했는지 안 했는지 여부, 또는 대령의 머릿속에서 비밀 엄수야말로 천성적인 가치로 계속 유지되는지 여부는 나도 알 수 없다. 하지만 정작 그가 목적지의 이름이라든지, 또는 대략적인 위치조차도 언급하지 않았던 것이야말로, 이날 저녁에 이루어진 가장 큰 실수였다는 것에는 의심의 여지가 없었다. 하지만 그 당시에는 그의 실용적인 태도가 좀 더 안심을 주는 효과를 발휘했다.

대령이 자리에 앉자, 비들리가 다시 자리에서 일어났다. 그는 젊은 여성에게 격려하듯 뭔가 말을 했고, 곧이어 그녀를 우리에게 소개했다. 그의 말에 따르면, 우리의 가장 큰 걱정거리 가운데 하나는 의료 관련 지식을 가진 사람이 아무도 없다는 것이었다. 따라서 여기 있는 베어 씨를 맞이하게 된 것이 자기는 너무나도 안심이 된다고 했다. 물론 그녀는 인상적인 단어들로 장식된 의사 면허까지는 갖고 있지 못했지만, 그래도 비교적 수준 높은 간호 관련 자격증을 갖고 있었다. 그녀처럼 최근에 얻은 지식이야말로, 얻은 지 오래된 자격증보다는 오히려 더 가치 있을 것이라고 비들리가 덧붙였다.

젊은 여자는 다시 얼굴을 붉히더니, 자기 식분을 살 감낭하겠다는 결의를 밝힌 다음, 곧이어 약간 뜬금없게도 여기 모인 사람 모두는 강의실을 나가기 전에 여러 가지 예방 접종을 받아야 할 것이라는 갑작스러운 소식을 전했다.

덩치가 작고, 마치 참새 같은 인상의 한 남자가(그의 이름이 뭔지는 나도 듣지 못했다) 갑자기 끼어들더니, 각자의 건강은 모두의 관심사라고 말했다. 그러면서 혹시나 질병이 조금이라도 의심되는 사람은 즉시 보고해야 한다고, 왜냐하면 우리 사이의 전염성 질병은 자칫 심각한 결과를 낳을 수 있기 때문이라고 말했다.

그가 이야기를 마치자, 샌드라가 자리에서 일어나 위원회의 마지막 연설자를 소개했다. 킹스턴대학의 사회학 교수인 E. H. 볼리스 박사라는 사람이었다.

백발인 그 남자는 강연대로 다가갔다. 그리고 강연대를 양손으로 짚고서, 마치 그걸 들여다보기라도 하는 듯 고개를 숙이고 한동안 그대로 있었다. 뒤에 앉은 사람들은 유심히 그를 바라보았고, 그 시선에는 불안의 흔적이 깃들어 있었다. 대령이 앞으로 몸을 숙이며 뭔가를 속삭이자, 비들리는 고개를 끄덕이면서도 박사에게서 줄곧 눈을 떼지 않았다. 노인이 고개를 들었다. 그리고 한 손을 들어서 머리카락을 뒤로 쓸어 넘겼다.

"여러분." 그가 말했다. "제 생각에는 저야말로 여기 모인 사람 중에 가장 나이가 많다고 해도 무방할 듯합니다. 거의 70년 가까이 저는 여러 가지 것들을 배워 왔고, 또 어떤 것은 배운 것을 내버리기도 했습니다. 물론 그렇게 배운 것조차도, 제가 애초에 원했던 것만큼 많지는 않았지만 말입니다. 하지만 인간의 제도에 관한 오랜 연구 과정에서, 제가 무엇보다도 가장 놀랐던 점은 바로 인간의 완고함이었습니다. 이것이야말로 인간의 특징이나 다름이 없었습니다.

프랑스에는 '시대가 다르면 풍속도 다르다autres temps, autres moeurs'라는 말이 있습니다. 잠시 멈춰서 생각해 보면, 우리는 한 공동체에서 미덕으로 간주되는 것이 또 다른 공동체에서는 오히려 범죄로 간주될 수 있음을 반드시 이해해야만 합니다. 여기서는 눈살을 찌푸릴 법한 일이, 다른 어디선가는 칭찬할 만한 일로 간주될 수 있다는 것입니다. 한 세기에는 정죄되던 관습이 또 다른 세기에는 용인될 수 있다는 것입니다. 또한 우리는 각각의 공동체며 각각의 시기마다 그 자체의 관습이 도덕적으로 옳다는 믿음이 널리 퍼져 있었음을 알아야만 합니다.

여기서 분명한 사실은, 그런 믿음들 가운데 상당수는 서로 상충되기 때문에, 그 모두가 절대적인 의미에서 '옳았다'고 말할 수는 없다는 것입니다. 따라서 우리가 그런 믿음들에 대해 내릴 수 있는 도덕적 판단이란(물론 애초에 우리가 도덕적 판단을 내릴 수 있다고 가정할 경우에는 말입니다) 그 믿음들이 어디까지나 일부의 시기에, 그 믿음들을 견지한 어디까지나 일부의 공동체에서만 '옳았다'고 말하는 것뿐입니다. 어쩌면 그 믿음들 가운데 일부는 지금도 여전히 옳을 수 있습니다만, 또 일부는 그렇지 않다는 사실이 종종 발견되고 있습니다. 따라서 변화된 상황에도 불구하고 그런 믿음들을 계속해서 맹목적으로 따르는 공동체들은 결국 불이익을 감수할 수밖에 없는 것입니다. 그리고 자칫하면 궁극적인 파괴도 자초할 수 있습니다."

청중은 이런 도입부의 내용이 과연 어떤 주장으로 연결될지 미처 깨닫지 못하고 있었다. 사람들은 불안해하고 있었다. 그들 대부분은 평소에만 해도 라디오에서 이와 같은 종류의 이야기가 나오자마자 곧바로 전원을 꺼 버리곤 했었다. 이제 그들은 졸지에 덫에 걸린 듯한 기분을 느꼈다. 강연자도 자기 주장을 좀 더 명료하게 설명하려 작정했다.

"따라서." 그가 말을 이어 나갔다. "우리는 기아의 문턱에서 살아가는 궁핍한 인도의 한 마을에서 찾아볼 수 있는 태도와 관습과 형태를, 예를 들어 런던의 주택가인 메이페어에서도 찾아볼 수 있으리라고 기대해서는 안 되는 것입니다. 이와 마찬가지로, 따뜻한 나라에 사는 사람들은 삶이 비교적 용이하기 때문에, 인구가 많고 노동 시간이 많은 나라에 사는 사람들과는 그 주된 덕목의 성격 자체가 서로 상당히 다를 수밖에 없습니다. 달리 말하자면, 서로 다른 환경에서는 서로 다른 기준이 설정되게 마련이라는 것입니다.

제가 여러분께 이런 이야기를 드리는 까닭은, 우리가 알고 있던 세계는 이미 사라졌기 때문입니다. 이미 끝나 버렸기 때문입니다.

우리에게 어떤 기준을 규정하고 가르쳤던 조건들 역시 함께 사라져 버렸습니다. 이제 우리의 필요가 달라졌으므로, 우리의 목표 역시 반드시 달라져야만 합니다. 만약 여러분이 어떤 사례를 원하신다면, 저는 이렇게 말하겠습니다. 오늘 하루 동안 우리가 완벽하게 편안한 마음으로 몰두했던 바로 그 일이야말로, 불과 이틀 전만 해도 무단 침입과 절도로 간주되었던 것들입니다. 과거의 패턴이 깨져 버렸으므로, 이제 우리는 새로운 패턴에 가장 잘 어울리는 생활양식을 찾아야만 합니다. 단순히 다시 건설하는 것에서부터 시작할 수는 없습니다. 우리는 반드시 다시 **생각하는** 것에서부터 시작해야 합니다. 이는 훨씬 더 어려운 일이며, 훨씬 더 혐오스러운 일일 것입니다.

인간은 여전히 육체적으로는 상당히 놀라운 정도까지 적응이 가능합니다. 하지만 자라나는 젊은이의 정신을 형성하는 것은 바로 그가 속한 공동체 각각의 관습이며, 그로 인해 구속력 있는 선입견이 주입되는 것입니다. 그 결과는 놀라우리만치 강인한 물질이어서, 여러 가지 본래적인 성향과 본능의 압력에도 성공적으로 저항할 수 있습니다. 바로 이런 방식으로 해서, 자기 보전이라는 원초적 감각을 억눌러 가면서까지 어떤 이상을 위해서 죽음까지 기꺼이 불사하는 인간이 만들어지는 것입니다. **하지만** 또한 바로 이런 방식으로 해서, 모든 것에 대한 확신을 품는 동시에 무엇이 '옳고 그른지' 자기가 다 안다고 자신하는 '바보'도 만들어지는 것입니다.

이제 우리 앞에 놓여 있는 시대로 말하자면, 우리가 지금껏 배워 온 이런 선입견 가운데 상당수가 사라져야만 하는, 또는 급격히 변화되어야만 하는 시대입니다. 우리는 그중에서도 단 하나의 가장 중요한 선입견만을 받아들이고 견지해야 하는데, 그것은 바로 **종족**

은 보전할 만한 가치가 있다는 것입니다. 이 한 가지 가치를 위해서라면, 다른 모든 가치는 잠시나마 옆으로 제쳐두어야 할 것입니다. 우리가 무슨 일을 하든지 간에, 다음과 같은 질문을 항상 염두에 두어야 할 것입니다. '과연 이 일은 우리 종족의 생존에 도움이 될 것인가? 아니면 방해가 될 것인가?' 만약 도움이 되는 일이라면, 우리는 그 일을 해야만 합니다. 설령 우리가 자라면서 체득한 사고방식과는 상충되는 일이라 해도 말입니다. 만약 도움이 안 되는 일이라면, 우리는 그 일을 피해야만 합니다. 설령 그 일을 하지 않는 것이 과거의 의무라든지, 또는 심지어 정의에 관한 우리의 개념과 상충되더라도 말입니다.

말처럼 쉬운 일은 아닐 겁니다. 오래된 선입견은 깨기가 힘들기 때문입니다. 단순한 사람은 갖가지 격언과 교훈을 허풍처럼 주워섬기게 마련이고, 소심한 사람도 마찬가지이며, 정신적으로 게으른 사람도 마찬가지입니다. 우리 모두도 마찬가지이며, 우리가 상상하는 것 이상으로 그러할 것입니다. 이제는 사회 조직이 모두 사라졌기 때문에, 이전까지 그 안에서 사용되던 우리의 지침들은 더 이상 올바른 정답을 내놓지 못할 것입니다. 따라서 우리는 스스로 생각하고 계획하기 위한 도덕적 용기를 **반드시** 가져야만 합니다."

그는 이야기를 멈추고 생각에 잠긴 표정으로 청중을 바라보았다. 그리고 다시 말을 이었다.

"여러분이 우리 공동체에 참여할지 말지를 결정하기 전에, 우리가 한 가지 분명히 짚고 넘어가야 할 것이 있습니다. 즉 이 과업을 시작한 우리 모두에게는 저마다 담당해야 할 부분이 있다는 것입니다. 남성은 반드시 일을 해야 할 겁니다. 여성은 반드시 아이를 낳아야 할 겁니다. 만약 여러분이 여기에 동의하지 않는다고 하면, 우리 공동체에는 여러분이 있을 자리가 없을 것입니다."

마치 쥐 죽은 듯한 침묵 속에서 잠시 뜸을 들였다가 그가 덧붙였다.

"우리는 시력을 상실한 여성 가운데 몇 분을 지원할 만한 여력이 있습니다만, 그건 어디까지나 이분들이 시력이 온전한 아기를 낳을 수 있을 것이기 때문입니다. 반면 우리는 시력을 상실한 남성까지 지원할 여력은 없습니다. 왜냐하면 우리의 새로운 세상에서는 남편보다 오히려 어린이가 훨씬 더 중요할 것이기 때문입니다."

그가 이야기를 멈추고 나서 몇 초 동안은 침묵이 계속 이어졌다. 잠시 후에는 여기저기서 중얼거리는 소리가 나오기 시작했고, 급기야 웅성거리는 소리로 발전했다.

나는 조젤라를 바라보았다. 놀랍게도 그녀는 짓궂은 표정으로 미소를 짓고 있었다.

"도대체 이런 이야기에서 어디가 그렇게 우습다는 거죠?" 나는 잠시 후에 이렇게 물었다.

"사람들의 표정요, 대개는." 조젤라가 대답했다.

그것도 이유일 수는 있다는 걸 나도 시인할 수밖에 없었다. 나는 주위를 둘러보고 나서, 이번에는 비들리를 바라보았다. 그는 청중을 이쪽저쪽으로 바라보면서 마치 이들의 반응을 요약해 보려고 애쓰는 듯했다.

"비들리가 뭔가 좀 불안한 듯한 표정이네요." 내가 말했다.

"당연히 걱정이 되겠죠." 조젤라가 말했다. "만약 브리검 영이 19세기 후반에 이런 설명을 내놓을 수 있었다면, 승리는 식은 죽 먹기였을 거예요."+

"가끔 보면 당신도 참 못된 아가씨 같다니까요." 내가 말했다. "혹시 이전에도 이런 주장을 들어 본 적이 있는 거예요?"

"그런 건 아니에요. 하지만 아시다시피 저는 아주 멍청한 여자까지는 아니거든요. 게다가 아까 당신이 자리를 비웠을 때, 누군가가 버스를 한 대 몰고 들어왔는데, 가만 보니 저기 앉아 있는 눈먼 여자애들이 대부분 거기 타고 있었어요. 모두들 어떤 기관에 있다가 왔다고 하더라구요. 문득 이런 생각이 들더군요. 여기서 불과 길 몇 개만 지나가도 저런 여자들을 수천 명은 너끈히 모을 수 있을 텐데, 왜 굳이 거기까지 가서 데려온 거지? 이에 대한 답변을 요약하면 이래요. 첫째, 쟤들은 이번 사건이 벌어지기 전부터 앞을 못 보는 처지였으니, 아마 무슨 일이라도 할 수 있도록 이미 훈련을 받았을 거예요. 둘째, 쟤들은 하나같이 젊은 여자애들이에요. 이 두 가지 사실에서 뭔가 결론을 도출하는 것은 그리 어려운 일까지도 아니죠."

"흐음." 내가 말했다. "그야 사람 식견에 따라 다를 것 같은데요, 제 생각에는. 솔직히 말하자면 저는 전혀 그런 생각을 못 하고 있었어요. 그러면 혹시―?"

+ 브리검 영(1801~1877)은 미국의 모르몬교 지도자로, 19세기 중반 유타 주에 모르몬교 공동체를 건설하여 막강한 영향력을 발휘했다. 특히 일부다처주의를 실천하여 27명의 아내와 56명의 자녀를 둔 것으로 유명하다.

"쉬잇." 조젤리가 말했다. 결국 강의실 전체에 다시 적막이 내려앉았기 때문이었다.

키가 크고, 피부가 가무잡잡하고, 과단성 있어 보이는 젊은 여성 한 명이 자리에서 일어나 있었다. 가만히 서서 소음이 잦아들기를 기다리는 동안에만 해도 마치 입을 도통 열지 못할 사람처럼 보였지만, 나중에는 정말 입을 열고 말았다.

"그러면 우리가 이렇게 이해하면 되는 건가요?" 그녀는 마치 강철 같은 목소리를 이용해 물었다. "그러니까 방금 전의 연설자께서는 자유연애를 옹호하시는 거라고, 이렇게 이해하면 되는 건가요?" 이 말과 함께 그녀는 자리에 앉았는데, 그 모습에서도 뭔가 만만찮아 보이는 결단력이 드러났다.

볼리스 박사는 다시 머리카락을 쓸어 넘기며 그녀를 바라보았다.

"방금 질문하신 분께 제가 분명히 드리고 싶은 말씀은, 저는 이 자리에서 연애를 언급한 적이 결코 없다는 겁니다. 그게 자유건, 강제건, 아니면 다른 뭐건 간에 말입니다."

그러자 여자가 다시 자리에서 일어났다.

"제가 보기에는 연설자께서 제 질문을 똑똑히 이해하셨을 것 같은데요. 제가 묻고자 하는 것은 이겁니다. 당신께서는 지금 혼인법을 폐지하자고 주장하시는 겁니까?"

"우리가 알고 있던 법률은 현재 상황에서 이미 모두 폐지된 상황입니다. 따라서 현재 상황에 맞는 법률을 만드는 일이며, 또 필요하다면 그 법률을 강제하는 일은 이제 모두 우리 손에 달려 있습니다.”

"하지만 하느님의 율법은 여전히 남아 있어요. 그리고 예의범절이라는 규범도 마찬가지구요."

"여사님, 성서에 나오는 솔로몬 왕만 해도 300명, 아니, 500명이라고 해야 맞나요? 여하간 그렇게 많은 아내를 거느리고 있었지만, 하느님께서는 대놓고 그를 반대하시지는 않았잖습니까. 물론 무슬림은 비교적 점잖게 아내를 세 명까지로 제한하고 있다지만 말입니다. 여하간 이런 것들은 어디까지나 지역적인 관습에 불과합니다. 이 문제에 대해서고, 또는 다른 문제에 대해서고 간에, 나중에라도 우리의 법률은 어디까지나 공동체에 최대한의 유익을 가져오는 쪽으로 정해져야만 할 겁니다.

본 위원회가 토론 끝에 도달한 결론은 그거였습니다. 우리가 뭔가 새로운 세상을 만들고자 한다면, 즉 누가 봐도 위험할 것이 뻔한 야만으로의 퇴보를 피하고자 한다면, 우리와 함께하려는 분들에게 분명한 약속을 받아야 하겠다고 말입니다.

우리 가운데 어느 누구도 이미 사라져 버린 조건들을 군이 복원시키려 하지는 않을 겁니다. 우리가 여러분께 제공할 수 있는 것은, 우리가 마련할 수 있는 것 중에서는 최고인 조건 속에서의 바쁜 삶뿐이고, 온갖 역경을 헤치고 얻는 성과에서 비롯되는 행복뿐입니다. 강제할 의도는 전혀 없습니다. 선택은 여러분이 하시는 겁니다. 우리의 제안이 매력적이지 않다고 생각하시는 분께서는 얼마든지 다른 곳으로 떠나셔서, 각자가 선호하는 방식으로 별개의 공동체를 시작하셔도 무방합니다.

하지만 저는 이 한 가지를 매우 신중하게 고려해 주십사 여러분께 부탁드리고 싶습니다. 한 여성이 자신의 자연적 기능을 수행함으로써 얻는 행복을 멋대로 앗아 갈 수 있는 권한을 과연 여러분이 하느님으로부터 받아 놓았느냐 하는 것입니다."

곧이어 벌어진 토론은 워낙 두서없이 이루어지다 보니, 정작 지금으로선 아무도 대답할 수 없는 갖가지 세부 사항과 가설로 이루어진 곁길로 빠지는 경우가 빈번했다. 하지만 이미 나온 제안을 일축할 수 있는 일격은 전혀 없었다. 토론이 지속되면 될수록, 이 제안은 점점 덜 이상하게 느껴졌다.

조젤라와 나는 베어 간호사가 임시 보건소로 사용 중인 책상으로 다가갔다. 팔에 주사를 연이어 몇 방 맞은 뒤에, 우리는 다시 자리에 앉아서 논쟁에 귀를 기울였다.

"당신 생각에는, 이 가운데 과연 몇 명이 참여하기로 결정할 것 같아요?" 내가 물었다.

조젤라는 주위를 흘끗 둘러보았다.

"거의 모두가 할 것 같아요. 내일 아침까지는 말이에요." 그녀가 말했다.

나는 약간 의구심이 들었다. 여기저기서 반대와 질문이 계속 나오고 있는 상황이었기 때문이다. 그러자 조젤라가 말했다.

"만약 당신이 여자라고 쳐 봐요. 그리고 오늘 밤에 잠들기 전 한두 시간 동안 이 문제를 놓고 고심한다고 쳐 보자구요. 한쪽에는 아기와 나를 돌봐 주는 조직이 있고, 또 한쪽에는 이전까지 따랐던 원칙을 고수하다가 결국 아기도 없고 나를 돌봐 주는 사람도 없는 상

황에 이르는 운명이 있는 거예요. 그렇다면 솔직히 고민하고 말고
도 없죠, 아시다시피요. 게다가 대부분의 여성은 아기를 낳고 싶어
하게 마련이죠. 이제 남편이라는 건, 볼리스 박사의 말마따나 한때
는 있었지만 지금은 끝장나 버린 특정 지역의 수단일 뿐인 거예요."

"뭔가 상당히 냉소적인 투로 말하고 있네요."

"제 말이 냉소적이라고 정말로 생각하신다면, 당신이야말로 매
우 감상적인 성격인 거예요. 저는 지금 진짜 여성에 대해서 이야기
하는 거예요. 잡지나 영화로 인해서 대중의 머릿속에 주입된 개념
속의 여성에 대해서가 아니라요."

"아." 내가 말했다.

조젤라는 잠시 뭔가 생각에 잠긴 듯하더니, 점점 더 인상을 찡그
리게 되었다. 그러다가 마침내 입을 열었다.

"다만 제가 걱정스러워하는 건 이거예요. 과연 얼마나 많이 낳아
야 하는 거죠? 저도 물론 아기를 좋아하기는 하지만, 지금 상황에
서는 한계가 있을 수밖에 없어요."

토론은 두서없이 한 시간쯤 지속되고 나서야 결국 끝나 버렸다.
자기네 계획에 동참하고 싶은 사람은 내일 아침 10시까지 각자의
이름을 적어서 사무실에 제출하라고 비들리가 말했다. 아울러 대
령은 트럭 운전이 가능한 사람 모두는 오전 7시까지 자기 사무실에
집결하라고 알렸으며, 이로써 모임은 끝나고 말았다.

조젤라와 나는 문밖으로 나왔다. 저녁 공기가 선선했다. 탑에 켜
놓은 불빛이 또다시 희망차게 하늘을 찌르고 있었다. 박물관 지붕
위로 달이 막 떠올라 있었다. 우리는 낮은 담장을 발견해서 그 위

에 올라앉았다. 그러고는 스퀘어 공원의 그늘을 바라보면서, 그곳에 있는 나뭇가지를 스치는 바람 소리에 귀를 기울였다. 우리는 거의 아무 말 없이 담배를 피웠다. 담배를 다 피우고 나서 꽁초를 버린 다음, 나는 숨을 깊이 들이마셨다.

"조젤라." 내가 말했다.

"으음?" 그녀가 대답했다. 아직 자기만의 깊은 생각에서 헤어나지 못한 모양이었다.

"조젤라." 내가 다시 말했다. "어— 그 아기들 말이에요. 만약에— 어— 만약에 내가 언젠가 얻을 아기가 곧 당신의 아기이기도 하다면, 그렇다면 나는 정말 자랑스럽고 행복할 것 같아요."

그녀는 한동안 아무런 움직임이 없었고, 역시나 아무런 말이 없었다. 그러다가 조젤라는 고개를 돌렸다. 고운 머릿결에는 달빛이 반짝거렸고, 얼굴과 두 눈에는 그늘이 서려 있었다. 나는 가만히 기다렸지만, 내심 가슴이 쿵쾅거리고 약간 속이 울렁거리기까지 했다. 그런데 그녀는 놀라우리만치 차분하게 대답을 내놓았다.

"고마워요, 빌, 정말로. 저도 그러면 좋을 것 같아요."

나는 한숨을 내쉬었다. 쿵닥거리던 가슴은 그리 진정되지 않았고, 그녀의 손을 향해 뻗은 내 손도 떨리고 있었다. 나로선 지금 이 순간에 굳이 더 이상 할 말이 없었다. 하지만 조젤라는 할 말이 있었다. 그리고 그 말을 했다.

"하지만 이제는 그 일도 당신 생각만큼 간단하지는 않을 거예요."

나는 깜짝 놀랐다.

"그게 무슨 말이에요?" 내가 물었다.

조젤라는 뭔가를 곰곰이 생각하며 말했다. "제 생각은 이래요. 제가 만약 저기 있는 사람들이라면 말이에요." 그녀는 이렇게 말하며 탑 쪽을 향해 고갯짓을 했다. "저는 한 가지 규칙을 만들 거예요. 우선 사람들을 여러 개의 조로 나누는 거예요. 그런 다음에 시력이 온전한 여자와 결혼한 남자는 반드시 시력을 잃은 여자 두 명을 함께 데리고 살아야 한다고 정하는 거죠. 저라면 반드시 그렇게 하고 말 거예요."

나는 어둠 속에서 그녀의 얼굴을 빤히 바라보았다.

"설마 진심으로 하는 이야기는 아니겠죠." 내가 항의했다.

"미안하지만 진심이네요, 빌."

"하지만 그건—"

"당신이 생각하기에는, 저 사람들 역시 이와 비슷한 생각을 하고 있는 것 같지 않다는 거예요? 저 사람들이 하는 말을 듣고 나서도요?"

"물론 그럴 가능성은 있어 보여요." 내가 시인했다. "하지만 만약 저 사람들이 그걸 **규칙**으로 만든다 하더라도, 내가 그걸 반드시 지켜야 할 필요는 없어요. 나로선 도무지—"

"정말 나를 사랑한다면 다른 여자 둘도 함께 데리고 살아야만 한다고 내가 말해도요?"

나는 침을 꿀꺽 삼켰다. 그리고 다음과 같이 항변을 내놓았다.

"이것 봐요. 지금 이건 정말이지 미친 짓거리예요. 말 그대로 부자연스러운 일이라구요. 지금 당신이 제안하는 것은—"

조젤라는 한 손을 들어 내 말을 막았다.

"일단 내 말 좀 들어 봐요, 빌. 처음 들으면 약간 황당무계하다는 건 나도 알아요. 하지만 미친 짓거리까지는 결코 아니에요. 오히려 매우 명료하기만 하죠. 물론 아주 쉽지는 않겠지만 말이에요.

이 모두가." 그녀는 한 손으로 주위를 가리켜 보였다. "이 모두가 제게 어떤 변화를 가져다준 모양이에요. 갑자기 모든 것이 다르게 보이게 됐어요. 그리고 제가 분명히 깨달았다고 생각한 것 가운데 하나는, 우리 중에 앞으로 살아남게 될 사람들은 지금보다 훨씬 더 서로 가까워지고, 서로 의지하게 될 수밖에 없으리라는 거예요. 말하자면, 음, 이전보다 훨씬 더 하나의 **종족**에 가까운 존재가 되리라는 거예요.

오늘 하루 종일 돌아다니는 동안, 저는 머지않아 죽을 수밖에 없는 불운한 사람들을 많이 봤어요. 그러는 내내 저는 속으로 이런 말을 하고 있었죠. '저것 봐, 하느님의 은혜가 아니었더라면 나 역시⋯⋯.' 그러다가 저는 속으로 이런 말을 하게 되더군요. '이거야 말로 기적이야! 나 역시 저 사람들에 비해서 더 나은 대접을 받을 이유는 전혀 없는데 말이야. 하지만 일은 이미 벌어진 거야. 나는 아직 멀쩡해. 그러니 이제는 그 이유를 정당화하는 것이 내 임무인 거야.' 그렇게 생각하고 났더니, 저는 이전의 그 어느 때보다도 다른 사람들과 더 가까워진 기분이 들었어요. 그러다 보니 저 사람들 가운데 일부를 위해서 내가 할 수 있는 일이 무엇일까를 계속해서 생각하게 되더라구요.

당신도 아시다시피, 이런 기적을 정당화하기 위해서 우리는 **반드**

시 뭔가를 해야만 해요, 빌. 어쩌면 저 역시 저 눈먼 여자들 가운데 하나가 되었을 수도 있었어요. 당신 역시 거리를 배회하는 저 남자들 가운데 하나가 되었을 수도 있었구요. 우리가 뭔가 큰일을 할 수 있는 것까지는 아니에요. 하지만 단지 몇 명이라도 돌봐 주고, 가능한 선에서 행복을 선사하려 노력한다면, 우리도 약간이나마 빚진 것을 갚는 셈이 될 거예요. 비록 우리가 진 빚에서 아주 적은 일부에 불과하다 치더라도 말이에요. 무슨 말인지 알겠죠, 안 그래요, 빌?"

나는 몇 분쯤 머릿속에서 이 문제를 이리저리 생각해 보았다.

"내 생각은 이래요." 내가 말했다. "이거야말로 내가, 비록 평생까지는 아니지만, 적어도 오늘 들은 것 중에서는 가장 기묘한 논증이구나 싶어요. 그래도 하여간—"

"그래도 하여간 **옳은** 일이죠, 안 그래요, 빌? 저 역시 이게 옳은 일이라고 생각해요. 저 역시 저 눈먼 여자들 가운데 한 명이라고 입장을 바꿔 보았더니, **확실히** 알겠더라구요. 우리가 온전한 삶을 위한 기회를 갖고 있듯이, 저들 역시(비록 그중 일부만 그렇다 치더라도) 그런 기회를 갖고 있어요. 그러니 우리가 느끼는 감사의 일부로서 그들에게 그런 기회를 부여해야 할까요? 아니면 우리가 배워서 갖게 된 선입견을 근거로 삼아서 그냥 모른 척해야 할까요? 결국 이런 거예요."

나는 한동안 가만히 앉아만 있었다. 조젤라의 한 마디 한 마디가 모두 진심이라는 데에는 일말의 의심도 하지 않았다. 순간적으로 플로렌스 나이팅게일과 엘리자베스 프라이처럼 강한 의지와 전복적인 사고방식을 가진 여성들의 행적을 떠올리기끼지 했다. 그런 여성들을 말릴 수 있는 사람은 아무도 없게 마련이다. 그리고 결국에 가서는 그런 여성들의 주장이 옳은 것으로 밝혀지게 마련이다.

"알았어요." 나는 마침내 이렇게 대답했다. "당신이 꼭 그래야 한다고 생각하면 할 수 없죠. 하지만 제가 바라는 건—"

조젤라가 내 말을 막았다.

"아, 빌, 당신이 이해해 줄 거라고 생각했어요. 아, 정말 기뻐요. 진짜 정말로 기뻐요. 당신 덕분에 나는 너무너무 행복해요."

잠시 시간이 흘렀다.

"그나저나 제가 바라는 건—" 내가 또다시 이야기를 꺼냈다.

조젤라가 내 손을 토닥였다.

"걱정할 필요는 전혀 없어요, 자기. 제가 착하고 똑똑한 아가씨들로 두 명을 골라 올 테니까요."

"이런." 내가 말했다.

우리는 계속 손을 잡고 담장 위에 걸터앉아서 얼룩진 나무들을 바라보았다. 하지만 사실은 나무를 바라보고 있는 게 아니었다. 적어도 나는 그랬다. 그러다가 우리 뒤에 있는 건물에서 누군가가 전축을 틀었는지, 슈트라우스의 왈츠가 흘러나왔다. 그 음악이 텅 빈 정원에 울려 퍼지자 뭔가 가슴이 저릿할 정도로 향수가 느껴졌다. 그러자 우리 앞에 펼쳐진 길은 삽시간에 무도회장의 신기루가 되었다. 달이 수정 샹들리에 노릇을 하고, 갖가지 색깔이 소용돌이쳤다.

조젤라는 담장에서 내려갔다. 그리고 두 팔을 펼친 채, 손목과 손가락을 나풀거리고, 온몸을 흔들었다. 그녀는 춤을 추었고, 마치 꽃잎처럼 가볍게, 달빛 속에서 크게 원을 그렸다. 나에게 다가오는 두 눈은 반짝거렸고, 두 팔은 나를 부르고 있었다.

우리는 춤을 추었다. 차마 알 수 없는 미래의 문턱에서, 사라진 과거의 메아리에 박자를 맞춰 가면서.

제8장

노예 신세가 되다

나는 어딘지 알 수 없는 텅 빈 도시를 걷고 있었다. 그때 갑자기 종소리가 불길하게 들리더니, 음산하고도 마치 유령 같은 목소리가 공허 속에서 울렸다. "야수가 풀려났다! 조심하라! 야수가 풀려났다!" 잠에서 깨어나 보니, 정말로 종소리가 들리고 있었다. 작은 종을 손으로 흔들어서 이중으로 딸랑이는 금속성 소음이 어찌나 거세고 또 놀랍던지, 나는 순간적으로 지금 여기가 어딘지 알 수가 없을 지경이었다. 여전히 멍한 상태에서 일어나 앉아 있자니, 누군가의 목소리가 들려왔다. "불이야!" 나는 곧바로 이불을 걷어차고 침대에서 나와 복도로 달려 나갔다. 연기 냄새가 나고, 서둘러 달려가는 발소리며, 문을 쾅쾅 여닫는 소리가 들렸다. 그 소리는 대부분 오른쪽에서 들려왔는데, 종소리가 계속 들리고 겁에 질린 사람들의 외침까지 더해지는 바람에, 나는 바로 그쪽으로 돌아서서 뛰기 시작했다. 어둑어둑한 복도 끝에는 높은 창문을 통해서 달빛이 약간

들어왔기 때문에, 나는 이에 의존해 벽을 더듬으며 움직이는 사람들을 피해서 한가운데로만 달릴 수 있었다.

나는 계단에 도착했다. 아래층 홀에서는 여전히 종소리가 들려왔다. 나는 점점 짙어지는 연기를 뚫고 최대한 빨리 아래로 내려갔다. 계단 아래에 도착한 순간, 나는 뭔가에 걸려 앞으로 넘어졌다. 어둑어둑함이 갑자기 어둠으로 바뀌면서, 마치 바늘로 이루어진 구름처럼 불이 번쩍하더니, 나는 의식을 잃었는데…….

다시 정신을 차렸을 때 맨 처음 느낀 것은 머리의 통증이었다. 곧이어 눈을 뜨자마자 환한 불빛이 나타났다. 처음에는 마치 아크 등처럼 눈부신 빛이었지만, 눈을 가늘게 뜨고 다시 유심히 바라보았더니, 그건 일반적인 창문에 불과했으며, 그나마도 지저분한 상태였다. 나는 침대에 누운 상태였지만, 더 이상 주위를 살펴보기 위해서 일어나 앉을 수는 없었다. 우선 머릿속에서 마치 피스톤이 쿵쾅대는 듯한 느낌이 들어서 그 어떤 움직임도 단념할 수밖에 없었기 때문이다. 그래서 나는 그곳에 가만히 누운 채 천장을 유심히 바라보았다. 그러다가 뒤늦게야 양쪽 손목이 한데 묶여 있음을 깨달았다.

순간 나는 머리가 욱신거리는 무기력 상태에서도 정신이 확 들었다. 확인 결과 그 포박은 매우 깔끔한 솜씨였다. 고통스러울 정도로 세게 묶지는 않으면서도, 완벽하게 효율적으로 묶었기 때문이었다. 손목마다 피복 전선을 여러 번 감은 다음, 양손을 묶고 내 이빨이 닿을 수 없는 먼 곳에다가 복잡한 매듭을 지어 놓았다. 나는 욕설을 조금 내뱉고 나서야 주위를 둘러보았다. 방은 작았으며, 내가 누워 있는 침대를 제외하면 텅 비어 있었다.

"이봐요!" 내가 외쳤다. "혹시 여기 누구 없어요?"

30초쯤 지났을까, 바깥에서 질질 발을 끄는 소리가 들렸다. 문이 열리더니 사람 머리가 하나 나타났다. 작은 머리에다가 트위드 모자를 쓰고 있는 남자였다. 목에는 끈 모양의 넥타이를 매고, 면도를 하지 않아 얼굴 전체에 수염이 거뭇거뭇했다. 그는 나를 똑바로 바라보지 않고, 내가 있는 대략적인 방향만 쳐다보고 있었다.

"안녕하신가, 친구." 남자가 충분히 친근한 말투로 대답했다. "이제 정신이 드는 모양이군, 안 그런가? 잠깐만 기다려 보라구. 차라도 한 잔 가져다줄 테니까." 그러더니 사람 머리는 다시 사라져 버렸다.

기다려 보라는 그의 지시는 사실 불필요한 셈이었지만, 나는 굳이 오래 기다리지 않아도 되었다. 불과 몇 분 만에 남자가 다시 돌아왔고, 철사를 감아서 손잡이를 만든 컵 대용품 깡통에다가 차를 조금 담아 왔다.

"지금 어디 있나?" 그가 물었다.

"당신의 바로 정면, 침대 위에." 내가 대답했다.

남자는 왼손을 더듬어 가면서 앞으로 걸어왔고, 침대 다리를 발견하자 그걸 더듬으면서 주위로 돌아와서 깡통을 내밀었다.

"받으라구, 친구. 맛은 좀 기묘할 거야. 찰리란 친구가 럼주를 조금 넣었거든. 하지만 지금 당신이라면 싫어하지 않을 것 같은데."

나는 컵을 그에게서 받아 들었고, 서로 묶인 두 손으로 어렵사리 붙잡았다. 진하고 달콤한 차였고, 럼주도 아낌없이 넣은 상태였다.

밋은 정말 좀 괴상하기는 했지만, 내게는 마치 생명수 같은 작용을 해 주었다.

"고맙습니다." 내가 말했다. "기적을 행해 주셨네요. 저는 빌이라고 합니다."

그의 이름은 아마도 앨프인 모양이었다.

"그나저나 어떻게 된 건가요, 앨프? 지금 여기서 무슨 일이 벌어지고 있는 거죠?" 내가 물었다.

그는 침대 가장자리에 걸터앉더니, 담뱃갑과 성냥통을 내밀었다. 나는 담배를 한 대 꺼내고 불을 붙여서 우선 그에게 건네고, 곧이어 내 것에도 불을 붙인 다음 나머지를 그에게 돌려주었다.

"설명하자면 이런 거야, 친구." 앨프가 말했다. "어제 오전에 대학 앞에서 약간의 실랑이가 있었던 걸 알고 있겠지? 혹시 당신도 거기 있었나?"

나도 그 광경을 봤다고 대답했다.

"음, 그 소동이 있은 다음에 코커가, 그러니까 그때 이야기를 했던 친구가 말이야, 약간 화가 치밀었단 말씀이지. '좋다, 이거야.' 그가 골난 듯 말하더군. '이건 저놈들이 자초한 일이야. 애초에 나는 저놈들에게 정정당당하게 이야기를 했었지. 그러니 앞으로 일어날 일은 저놈들이 감당해야 할걸.' 그렇게 해서 우리는 다른 친구들 두어 명, 그리고 아직 눈이 보이는 여자 한 명하고 만나서 상의를 했고, 이 친구들이 그 모든 일을 알아서 준비한 거야. 코커라는 친구, 참 물건이라니까."

"그러니까 당신 말은, 그 사람이 이 모든 일을 다 계획한 거라구요? 그러니까 불이 난 게 결코 아니었다는 건가요?" 내가 물었다.

"불 좋아하시네! 그 친구들이 한 일이라고는 우선 사람이 걸려 넘어지게끔 철사로 덫을 만들어 놓고, 종이와 막대기를 여럿 가져다가 홀에서 불을 붙인 다음, 종을 치기 시작한 것뿐이었어. 우리는 눈을 쓸 수 있는 사람들이 맨 먼저 달려올 거라고 생각했지. 달빛을 약간이나마 볼 수 있을 테니까. 그리고 실제로도 그랬어. 코커와 또 다른 친구가 넘어진 사람들을 두들겨서 기절시켰고, 그러면 우리 몇 명이 쓰러진 사람들을 트럭까지 운반했지. 그야말로 식은 죽 먹기였어."

"흐음." 나는 분통을 억누르며 말했다. "상당히 요령이 좋은 사람인 듯하군요, 그 코커라는 양반요. 그러면 우리 바보들 가운데 그 덫에 걸린 사람은 과연 몇 명이나 되죠?"

"내가 알기로는 20~30명쯤은 되었지. 하지만 그중 대여섯 명인가는 알고 보니 눈이 먼 사람들이었어. 우리는 일단 트럭에 실을 만큼 싣고 나서 그 자리를 떴지. 나머지는 뒤에 있는 친구들이 알아서 정리하게 두고."

코커가 우리를 어떻게 보고 있든지 간에, 분명한 사실은 앨프가 우리에게 아무런 원한도 품고 있지 않다는 거였다. 그는 이 모든 사건을 일종의 스포츠처럼 간주하는 모양이었다. 나로선 약간이나마 몸이 고통스러운 까닭에 차마 그렇게 분류할 수가 없었지만, 내심 앨프에게 존경심을 느꼈다. 내가 만약 그의 처지에 놓여 있었다면, 뭔가를 스포츠로 생각할 정도의 정신조차도 결여하고 있을 것이 분명해 보였다. 나는 차를 다 마신 다음, 그가 건네주는 담배를 또

한 대 받아 들었다.

"그러면 이제는 어떤 계획을 갖고 있는 거죠?" 내가 물었다.

"코커는 우리 모두를 여러 개의 작업조로 나눈 다음, 당신네들 가운데 한 명씩을 각각의 작업조마다 집어넣을 거야. 당신네들이 물자 조달을 책임지면서, 그 작업조의 나머지 사람들을 위한 눈 역할을 하는 거지. 당신의 임무는 우리가 계속해서 버티도록 도와주는 거야. 외부의 누군가가 찾아와서 이 황당무계한 상황을 바로잡아 줄 때까지 말이야."

"무슨 뜻인지 충분히 알 것 같군요." 내가 말했다.

그는 내 쪽을 바라보며 고개를 갸웃거렸다. 앨프는 빈틈없는 사람이었다. 그래서 내 말투에 뭔가 숨은 뜻이 더 있음을 간파한 것이었다.

"당신 생각에는 외부의 누군가가 찾아오기까지 상당히 많은 시간이 걸릴 것 같나 보지?" 그가 말했다.

"저는 모르겠군요. 코커는 뭐라고 합니까?"

아마도 코커는 자세한 이야기까지 털어놓지는 않은 모양이었다. 하지만 앨프는 자기 나름대로의 이론을 갖고 있었다.

"굳이 대답하자면, 내 생각에는 외부에서 아무도 찾아오지 않을 것 같아. 만약 찾아올 사람이 있었다면, 이런 일이 벌어지기 전에 이미 왔겠지. 만약 우리가 이 나라의 어느 작은 도시에 있는 거라면 상황이 달랐을 거야. 하지만 여긴 런던이잖아! 그러니 외부의 누군가가 있었다면 다른 어디보다도 여기에 더 먼저 찾아왔어야 한다는 추론이 가능하지. 그런데 실제로는 아직 아무도 찾아오지 않았잖아. 이건 결국 외부의 누군가가 찾아올 일이 **결코** 없다는 뜻이야. 그리고 **그건** 결국 찾아올 사람이 아무도 없다는 거야. 아, 젠장, 이런 일이 벌어질 거라고는 한 번도 생각해 본 적이 없었는데!"

나는 아무 말도 하지 않았다. 앨프는 어설픈 격려만 가지고도 신이 날 만한 종류의 사람은 아니었기 때문이다.

"내가 보기에는 당신 생각도 이와 비슷하지 않나 싶은데?" 잠시 후에 그가 물었다.

"물론 아주 좋아 보이지는 않죠." 내가 시인했다. "하지만 가능성은 여전히 있어요. 아시다시피, 외국 어딘가에도 누군가가 살아남았을 테니까……"

앨프는 고개를 저었다.

"그랬다면 이런 일이 벌어지기 전에 왔어야지. 자동차에 확성기를 달고 거리를 누비면서, 우리를 향해 어떻게 행동하라고 진즉에 말해 주었어야지. 아니야, 친구. 우리는 이미 끝난 거야. 이 세상에는 우리를 찾아올 사람이 **아무도** 없어. 그게 사실이야."

우리는 한동안 아무 말도 하지 않았다.

"아, 물론, 개똥밭에 굴러도 이승이 낫다는 말도 있지." 그가 말했다.

우리는 그의 예전 삶이 어땠는지에 관해서 잠시 이야기를 나누었다. 앨프는 여러 가지 직업을 가졌는데, 그 모두가 뭔가 흥미롭고도 은밀한 일과 관련이 있었다. 그는 다음과 같이 요약했다.

"어느 모로 보나, 나도 아주 나쁘지는 않았어. 당신의 직업은 뭐였지?"

내가 이야기를 해 주었다. 그는 별로 감명을 받지 않은 모양이었다.

"트리피드라니, 허! 지독하고 빌어먹을 것들이지, 내 생각에는. 그리고 당신이 말하는 것만큼 아주 자연스러운 놈들도 아니고 말이야."

우리의 대화는 그걸로 끝이었다.

앨프가 방에서 나가자, 나는 그가 남겨 놓은 담배 한 갑을 갖고서 생각에 잠겼다. 나는 전망을 따져 보았지만, 그리 밝지는 않아 보였다. 과연 다른 사람들은 이 상황을 어떻게 받아들이고 있을지가 궁금해졌다. 특히 조젤라의 관점은 어떤지가 궁금해졌다.

나는 침대에서 일어나서 창문으로 다가갔다. 이쪽의 전망도 밝지는 않았다. 건물 안쪽에 채광정이 있었는데, 사방 벽에는 매끄러운 흰색 타일이 붙어 있었다. 내가 있는 곳에서 그 바닥까지는 4층 높이였으며, 그 바닥에는 채광창이 설치되어 있었다. 그러니 그쪽으로는 별로 시도할 수 있는 방법이 없었다. 앨프가 떠나면서 방문을 잠근 것 같았지만, 혹시나 해서 손잡이를 돌려 보았더니 역시나 잠겨 있었다. 방 안에 있는 물건 가운데 어떤 것도 영감을 주지는 않았다. 마치 싸구려 호텔의 객실 같았고, 다만 차이가 있다면 침대를 제외한 나머지는 내용물이 텅 비어 있다는 점이었다.

나는 다시 침대에 걸터앉아서 생각에 잠겼다. 비록 손이 묶인 상태이지만, 어쩌면 앨프를 공격해서 성공을 거둘 수도 있었다. 물론 그가 칼을 갖고 있지 않다는 가정하에서 말이다. 하지만 그가 칼을 갖고 있을 가능성도 있었고, 만약 그렇다면 불쾌한 일이 발생할 것이었다. 물론 눈이 먼 사람이 칼을 들고 나를 위협해 보았자 좋은 일이 없을 것이었다. 어쩌면 그가 칼을 휘두르는 바람에 내가 상처를 입을지도 몰랐다. 게다가 이 건물에서 나가는 과정에서 과연 다른 어떤 사람들을 더 만나게 될지를 아직 모른다는 문제도 있었다. 게다가 나는 앨프에게는 아무런 해도 끼치고 싶지 않았다. 그러니 기회가 생길 때까지 기다리는 게 더 현명할 법했다. 시력을 보전한 사람 한 명이 시력을 상실한 사람 여러 명과 짝을 이루게 될 예정이라니 말이다.

한 시간쯤 지나서 앨프가 쟁반에다가 음식과 숟가락, 그리고 차를 담아서 돌아왔다.

"먹기가 곤란하겠는데." 그가 미안하다는 듯 말했다. "그래도 저 친구들이 나이프와 포크는 주지 말래서, 그냥 이렇게만 가져왔지."

식사를 하면서 나는 다른 사람들 소식을 물어보았다. 그는 나에게 많은 것을 이야기해 줄 수도 없었고, 게다가 다른 사람들의 이름도 전혀 몰랐다. 하지만 내가 알아낸 바에 따르면, 이곳으로 끌려온 사람들 중에는 남자뿐만 아니라 여자도 있다고 했다. 식사를 마치고 나는 몇 시간쯤 혼자 있으면서, 두통을 잠재우기 위해서 최대한 노력했다.

앨프가 다시 나타났을 때, 그는 더 많은 음식과 저 필요 불가결한 차가 담긴 깡통 컵을 가져왔을 뿐만 아니라, 코커라는 남자와 함께 들어왔다. 그 남자는 내가 이전에 봤을 때보다 더 지쳐 보였다. 그는 겨드랑이 밑에 서류를 한 뭉치 끼고 있었다. 그는 나를 이리저리 살펴보았다.

"우리 계획을 알고는 계신가?" 코커가 물었다.

"앨프한테 들었습니다." 내가 시인했다.

"좋수다, 그러면." 그는 자기 서류를 침대 위에 던져 놓고, 맨 위에 있는 종이 뭉치를 집어 들고 펼쳐 보였다. 그건 바로 런던 시내및 근교의 지도였다. 그는 햄프스테드와 스위스 코티지의 일부를 포함한 구역을 손으로 가리켰다. 그 구역의 경계선은 파란색 색연필로 굵게 표시되어 있었다.

"여기가 당신이 맡은 구역이우." 코커가 말했다. "당신네 작업조는 바로 이 구역 안에서만 일해야 하고, 다른 사람의 구역에 들어가서는 안 된다 이거요. 모든 집단이 똑같은 목표를 공략해서는 안 되니까. 당신의 임무는 이 지역에서 식량을 찾아낸 다음, 당신네 작업조가 식량을 획득하게끔 감독하는 거요. 식량, 그리고 사람들이 필요로 하는 다른 모든 물건을 말이우. 무슨 말인지 알아들으셨나?"

"못 알아들었다면요?" 나는 이렇게 물어보며 그를 바라보았다.

"못 알아들었다면, 당신네 작업조는 쫄쫄 굶게 되겠지. 그리고 당신네 작업조가 굶주리게 된다면, 당신에게는 상당히 좋지 않은 일이 될 거요. 그 친구들 가운데 몇 명은 상당히 거칠고, 우리 중 어느 누구도 이걸 재미 삼아서 하는 건 아니니까 말이우. 그러니 조심하시는 게 좋을 거요. 내일 아침에 당신과 당신네 작업자를 해당 구역까지 트럭에 실어 날라 줄 거요. 그때부터 외부의 누군가가 찾아와서 이 상황을 깔끔하게 정리할 때까지, 그 사람들을 돌보는 것이 당신 임무가 될 거고."

"만약 아무도 찾아오지 않는다면요?" 내가 물었다.

"누군가는 **반드시** 찾아올 거요." 코커는 굳은 표정으로 말했다. "여하간 당신이 해야 할 일은 여기 나와 있수. 부디 당신 구역을 벗어나지 마시오."

그가 막 나가려는 참에 내가 불러 세웠다.

"혹시 플레이턴 양도 이곳으로 데려왔습니까?" 내가 물었다.

"당신네 쪽 사람들 이름이야 내가 알 리 없지." 코커가 대답했다.

"금발에, 키는 170센티미터쯤이고, 눈은 청회색이구요." 내가 다시 말했다.

"키가 그쯤 되고 금발인 여자가 한 명 있지. 하지만 눈 색깔까지 알아보지는 못했수. 그보다 더 중요한 일들이 있다 보니까." 그는 이 말과 함께 방에서 나가 버렸다.

나는 지도를 살펴보았다. 내게 할당된 구역은 그리 마음에 들지가 않았다. 물론 그중 일부는 교외에 속하기 때문에 건강에는 충분히 좋을 수 있었지만, 지금 상황에서는 차라리 하역장과 창고를 포함한 지역에서 더 많은 것이 산출될 법했다. 과연 이 지역에 웬만한 규모의 보관 시설이 있는지 여부는 의심스러웠다. 하지만 앨프 같으면 "모두가 상을 얻을 수는 없는 법"이라고 말하지 않았을까. 게다가 여하간 나로선 꼭 필요한 정도 이상으로 거기 계속 머물 의향도 없었다.

앨프가 다시 나타났을 때, 나는 혹시 조젤라에게 쪽지를 전달해 줄 수 있겠느냐고 물어보았다. 그러자 그는 고개를 저었다.

"미안하네, 친구. 그런 건 금지되어 있거든."

나는 특별히 해가 되지는 않을 거라고 장담했지만, 그의 태도는 변함이 없었다. 나로선 전적으로 그를 비난할 수도 없었다. 그로선 굳이 나를 믿어야 하는 이유가 없었으며, 그 쪽지를 직접 읽어 볼 수도 없는 상황이니 실제로 내 주장처럼 무해한지를 알 수도 없었다. 어쨌거나 연필도 종이도 없었으므로, 나는 이 계획을 아주 포기하고 말았다. 한참을 애원하고 나서야, 그는 내가 여기 있다는 사실을 그녀에게 전해는 주겠다고, 그리고 그녀가 어떤 지역으로 가게되었는지를 알아봐 주겠다고 약속했다. 내가 부탁한 일에 아주 적극적인 것까지는 아니었지만, 그로서도 시인할 수밖에 없는 사실이 하나 있었다. 만약 이 혼란이 정리되는 날이 찾아올 경우, 내가 다시 그녀를 찾아가고자 한다면, 일단 어디서부터 찾아야 하는지는 미리 알아 두는 게 훨씬 더 쉬우리라는 점이었다.

그런 다음에 나는 지금 함께 있는 사람들에 관해서 생각해 보았다.

문제는 내가 어떤 방향을 향해서 전적으로 마음을 정한 게 아니라는 점이었다. 양편의 시각을 모두 볼 수 있다는 것이야말로 저주받은 능력이 아닐 수 없었다. 상식과 장기적 전망을 고려해 보면 마이클 비들리 일행이 설득력을 얻었다. 만약 이들이 제대로 일을 시작했다고 치면, 조젤라와 나는 의심의 여지 없이 그들을 따라가서 그들과 함께 일했을 것이다. 물론 그 과정에서 나로선 분명히 불편함을 느꼈을 것이다. 가라앉고 있는 배에는 정말 아무런 구조도 시도할 수가 없었던 것인지, 나는 결코 확신하지 못할 것이었다. 또한 내가 내린 선택을 결코 합리화하지도 못할 것이었다. 만약 체계적인 구조의 가능성이 **전혀** 없다고 치면, 가능한 한도 내에서만 구조하자는 것이야말로 이성적인 경로일 것이었다. 하지만 불운하게도 이성이란, 인간의 삶을 계속 유지시키는 유일한 요소가 결코 아니었다. 나는 저 나이 지긋한 박사의 말마따나 깨트리기가 힘든 관습에 정면으로 반대하고 나선 셈이었다. 새로운 원칙을 채택하기가 어렵다던 그의 말은 지극히 옳았다. 예를 들어 외부의 구조가 기적적으로 도착할 경우, 나로신 그 동기가 무엇이었건 간에 우리가 도망쳐 나왔다는 사실 때문에 스스로를 인간쓰레기로 여길 수밖에 없을 것이다. 그리고 우리가 런던에 계속 남아서 최대한 오랫동안 도움을 펼치지 않았다는 사실 때문에, 나 자신은 물론이고 나머지 사람들에 대해서까지도 경멸을 느낄 수밖에 없었을 것이다.

하지만 또 한편으로 도움이 결코 오지 않는다고 치면, 아직 상황이 나쁘지 않았던 시기에 나보다 더 의지가 강한 사람들이 시작한 구조에 동참함으로써 결과적으로 내 시간을 허비하고 내 노력을 낭비한 것에 대해서, 나는 또 어떤 기분을 느꼈을 것인가?

나로선 올바른 경로를 선택해야 한다는, 그리고 이후로는 그 경로를 고수해야 한다는 사실을 잘 알고 있었다. 하지만 나로선 그럴 수가 없었다. 나는 갈팡질팡하고 있었다. 몇 시간이 지나서야 나는 여전히 마음이 갈팡질팡하다가 그만 잠이 들고 말았다.

조젤라가 과연 어느 쪽을 선택했을지, 나로선 알 도리가 전혀 없었다. 그녀로부터 개인적인 연락을 받지도 못했다. 하지만 앨프는 저녁 동안에 한번 방 안으로 머리를 들이밀었다. 그가 전한 이야기는 짧았다.

"웨스트민스터라더군." 앨프가 말했다. "젠장, 국회가 있는 곳이다 보니 먹을 것을 많이 찾지는 못할 듯한데."

다음 날 아침, 앨프가 일찍 들어오는 바람에 나는 잠에서 깨어났다. 덩치 크고 약삭빠른 눈빛의 남자 하나가 함께 들어왔는데, 정육점 칼을 꺼내 들고 불필요한 위협을 가하려는 듯 만지작거렸다. 앨프가 다가오더니, 한 아름이나 되는 옷을 침대에 내려놓았다. 동행자는 문을 닫고, 아예 문에 기대어 선 채, 교활한 눈을 번뜩이며 계속 칼을 만지작거리고 있었다.

　"두 손을 내밀어 보라구, 친구." 앨프가 말했다.

　나는 양손을 내밀었다. 그는 내 손목의 전선을 손으로 더듬더니, 절단기를 이용해서 잘라 냈다.

　"이제는 이 옷을 입어 보라구, 친구." 앨프는 이렇게 말하고 뒤로 물러났다.

　옷을 입는 동안, 칼 애호가는 마치 매와 같은 눈으로 내가 하는 움직임 모두를 유심히 지켜보았다. 내가 옷을 다 입자, 앨프가 수갑을 하나 꺼냈다. "이번에는 이걸 차야지." 그가 말했다.

　나는 머뭇거렸다. 그러자 문 앞의 남자가 기대어 섰던 몸을 움직이더니, 자기 칼을 앞으로 약간 내밀었다. 그에게는 지금 이것이야말로 흥미로운 부분인 것이 분명했다. 나는 지금이야말로 뭔가를 시도할 때가 아니라고 판단했고, 순순히 손목을 앞으로 내밀었다. 앨프가 손으로 더듬어 보더니, 수갑을 철컥하고 채웠다. 그런 다음에는 밖으로 나가서 내가 먹을 아침 식사를 가져다주었다.

　그로부터 거의 두 시간이 지나자, 아까의 또 다른 남자가 다시 나타났고, 이번에도 역시나 보란 듯이 칼을 내밀고 있었다. 그는 문간에서 칼을 흔들었다.

"이리 오쇼." 그가 말했다. 내가 들은 그의 말은 이 한마디가 전부였다.

그의 칼이 내 등에다 만들어 내는 불편한 느낌을 의식하면서, 우리는 여러 계단을 내려가서 홀에 도착했다. 거리에는 트럭 두 대가 대기하고 있었다. 코커가 자기 동료 두 명과 함께 그중 한 대의 꽁무니에 서 있었다. 그는 손짓으로 나를 불렀다. 그러더니 아무 말 없이 내 양팔 사이에 쇠사슬을 하나 통과시켰다. 쇠사슬 양쪽 끝에는 끈이 하나 달려 있었다. 한쪽 끈은 그의 옆에 있는 덩치 좋은 남자의 왼쪽 손목에 이미 묶었고, 다른 쪽 끈은 역시나 덩치가 좋은 또 다른 남자의 오른쪽 손목에 새로 묶었다. 이렇게 해서 나는 두 남자 사이에 매달려 있게 되었다. 이들은 그 어떤 탈출 기회도 결코 용납하지 않을 것이었다.

"나라면 섣부른 짓을 하지는 않을 거요. 내가 만약 당신이라면 말이우." 코커가 내게 충고했다. "당신이 이 친구들에게 잘해 주면, 이 친구들도 당신에게 잘해 줄 거요."

우리 세 사람은 어렵사리 트럭 짐칸에 올라탔고, 곧이어 트럭 두 대가 나란히 출발했다.

우리는 스위스 코티지 근처 어디엔가 멈춰 서서 내렸다. 주위에 20명쯤 되는 사람들이 보였는데, 배수로를 따라서 누가 봐도 목적 없이 헤매고 다니는 중이었다. 자동차 소리가 들리자 모두들 우리 쪽을 쳐다보며 차마 믿을 수 없다는 듯한 표정을 지어 보였다. 그리고 마치 하나의 기계 장치의 부품들이라도 된 것처럼, 이들은 희망에 부풀어 우리 쪽으로 다가오면서 이런저런 소리를 질렀다. 운전자들은 우리더러 어서 이곳을 벗어나라고 외쳤다. 그런 다음 트럭을 몰더니, 뒤로 돌아서, 굉음과 함께 우리가 온 방향으로 떠나 버렸다. 그러자 이쪽으로 다가오던 사람들도 동작을 멈추었다. 그 중 한두 명은 트럭 쪽을 향해 소리를 질렀다. 하지만 대부분은 좌절한 듯 조용히 아까처럼 돌아다니기 시작했다. 50미터쯤 떨어진 곳에 한 여성이 있었다. 그녀는 히스테리 발작을 일으키고, 자기 머리를 벽에 쿵쿵 부딪치기 시작했다. 그걸 보고 있으니 내 속이 다 울렁거렸다.

나는 동료들을 향해 돌아섰다.

"음, 맨 먼저 무엇을 원하십니까?" 내가 그들에게 물었다.

"숙소요." 누군가가 말했다. "일단 누워서 잘 만한 곳이 있어야겠죠."

생각해 보니, 최소한 그 정도는 이들을 대신해서 내가 찾아 줘야 할 듯했다. 그냥 나 혼자 빠져나가고, 이들을 지금 이 자리에서 배회하게 내버려 둘 수는 없었다. 우리가 이렇게 멀리까지 왔으니, 나로선 이들을 위해서 본부, 즉 일종의 기지를 찾아낸 다음, 이들이 알아서 행동할 수 있게 해 주어야 할 듯했다. 우리에게 필요한 장소는 물품을 받아들이고, 보관하고, 식사를 하기가 편리한 곳인 동시에, 우리 모두가 함께 머물러 있을 만한 곳이어야 했다. 나는 동료들의 숫자를 세어 보았다. 모두 합쳐 52명이나 되었다. 그중 14명은 여성이었다. 결국 호텔을 찾아내는 것이 최선일 듯했다. 일단 그렇게 하면 침대와 침구를 찾아내야 하는 불편은 감소할 테니까.

우리가 결국 찾아낸 장소는 일종의 고급 하숙집이었는데, 빅토리아 시대의 연립주택 네 채를 서로 연결해서 만든 곳이어서, 우리가 필요로 하는 것보다 더 많은 편의를 제공할 수 있었다. 우리가 도착했을 때에는 그 안에 대여섯 명이 이미 머물고 있었다. 나머지 사람들에게 과연 무슨 일이 벌어졌는지는 아무도 몰랐다. 우리는 남은 사람들이 거실 가운데 한곳에 모여서 겁에 질려 있는 것을 발견했다. 노인 남자가 한 명, 나이 지긋한 여자가 한 명(알고 보니 이곳의 관리인이었다), 중년 남자가 한 명, 젊은 여자가 세 명이었다. 관리인은 아직 기가 꺾이지 않은 듯, 정신을 추스르고 상당히 거칠게 들리는 위협을 내놓기도 했지만, 가장 엄격한 하숙집 관리인 특유의 태도에도 불구하고 그 효과는 미미하기만 했다. 노인 남자도 그녀를 지원하기 위해서 잠깐 동안이지만 함께 소리를 질러 댔다. 하지만 나머지 사람들은 아무런 행동 없이, 그저 불안한 듯 우리를 쳐다보고 있을 뿐이었다.

나는 우리가 이제부터 이곳에 머물겠다고 통보했다. 만약 마음에 들지 않는다면 당신들이 떠나는 건 자유라고 했다. 반대로 당신들도 계속 여기 남아서 우리와 함께 물품을 공유하고 싶다면, 그것도 자유라고 했다. 이들은 기뻐하지 않았다. 이들의 반응으로 미루어 보건대, 이곳 어딘가에 물품이 보관되어 있으며, 우리와 공유할 생각은 별로 없는 듯했다. 하지만 우리가 더 큰 물품 보관소를 만들 생각이라는 의향을 밝히고 나자, 이들의 태도도 상당히 누그러졌으며, 최대한 이 기회를 이용할 태세가 되었다.

나는 작업조가 준비를 갖출 때까지 하루나 이틀쯤 머물러 있으면 그만일 거라고 판단했었다. 내 생각에는 조젤라 역시 자신의 동료들에 대해서 이와 마찬가지 기분일 것만 같았다. 코커란 사람은 상당히 수완이 좋았다. 한마디로 갓난아기를 품안에 건네주고 내빼는 책략이었던 것이다. 여하간 준비가 끝나기만 하면, 나는 여기서 빠져나가 그녀를 만날 예정이었다.

이후 이틀 동안에 걸쳐서 우리는 체계적으로 일을 했으며, 근처의 더 큰 상점들을 공략했다. 대부분은 체인점이었고, 솔직히 규모가 아주 크지도 않았다. 거의 모든 장소마다 우리보다 먼저 다녀간 사람들이 있었다. 상점의 전면은 완전히 엉망진창이었다. 유리가 박살 나고, 바닥에는 반쯤 열다 만 깡통이며 찢어진 꾸러미가 한가득 담겨 있었는데, 그걸 원래 발견한 사람들이 그 내용물에 실망해 내버린 것이었다. 이제 그런 쓰레기들이 끈적끈적하고 악취를 풍기는 더미가 되어서, 깨진 유리 파편과 함께 흩어져 있었다. 하지만 이런 손실은 십중팔구 적은 편이었고, 손상 역시 피상적인 차원에 그쳤기에, 우리는 상점 내부며 뒤편에서 아예 손도 대지 않은 더 커다란 상자들을 발견하곤 했다.

시력을 상실한 사람들이 무거운 상자를 일일이 들어서 손수레에 옮겨 싣는 일은 결코 쉽지 않았다. 뿐만 아니라 이들은 그 손수레를 끌고 숙소로 돌아와서 상자를 도로 꺼내 쌓아야만 했다. 하지만 실전에 돌입하자 이들도 나름대로의 요령을 익히게 되었다.

가장 번거로운 부분은 무슨 일이든지 내가 반드시 있어야 했다는 점이었다. 내가 일일이 지시하지 않으면 거의, 또는 전혀 일을 할 수가 없었다. 우리의 인원으로는 작업조를 열두 개나 만들 수 있었지만, 나로선 한 번에 작업조 하나밖에는 사용할 수가 없었다. 내가 물품 조달 작업조와 함께 밖에 나가 있으면, 호텔에 남은 사람들끼리 할 수 있는 일도 많지가 않았다. 뿐만 아니라 내가 우리 구역을 살펴보고 조사하는 시간 동안에는 나머지 모든 사람들이 시간을 허비할 수밖에 없었나. 눈이 멀쩡한 사람 둘만 다녀도, 이들이 실제로 하는 일보다 두 배는 더 많은 일을 할 수 있을 법했다.

내가 일단 작업을 시작하고 보니, 낮 동안에는 너무나도 바쁜 나머지 당면한 업무 이외의 일에 대해서는 많은 생각을 하지 못했고, 밤 동안에는 너무나도 지친 나머지 자리에 눕자마자 잠이 들고 말았다. 때때로 나는 이런 생각을 했다. '내일 밤까지는 이 사람들도 제법 준비가 되어 있을 거야. 어쨌거나 앞으로는 계속 살아갈 만큼은 될 거라고. 그러면 나는 여기서 벗어나서 조젤라를 찾아가야지.'

생각만 놓고 보면 그럴싸했다. 하지만 나는 매일같이 탈출 날짜를 내일로만 미루고 있었으며, 상황은 갈수록 더 힘들어지기만 했다. 그중 일부는 서서히 일을 어느 정도 배우기 시작했지만, 물품 조달에서부터 깡통 따기에 이르기까지, 내가 주위에 없으면 여전히 사실상 아무것도 할 수가 없었다. 돌아가는 상황으로 보아하니, 나는 점차 불필요한 존재가 아니라 오히려 그 반대로, 즉 필요 불가결한 존재가 되는 듯했다.

물론 이 사람들의 잘못은 아니었다. 가장 어려운 부분은 바로 이것이었다. 그들 중 몇 명은 정말로 열심히 노력했다. 그 모습을 지켜봐야 했던 나로선, 슬그머니 이들 곁에서 빠져나가는 일이 점점 더 불가능해질 수밖에 없었다. 하루에도 수십 번씩, 나를 이런 처지로 몰아넣은 코커를 향해 욕을 하곤 했다. 하지만 그런다고 해서 문제가 해결되지는 않았다. 나는 여전히 이 상황을 어떻게 끝낼 것인지를 궁리할 수밖에 없었는데…….

이 상황의 끝에 대한 암시가 처음 나타난 것은 나흘째(어쩌면 닷새째였는지도 모른다) 아침에 우리가 막 출발하려는 무렵의 일이었다. 한 여자가 계단 위에서 나를 불렀다. 위층에 있는 사람 중에 두 명이 아픈데, 자기가 보기에는 상태가 심각하다는 것이었다.

그런데 내 감시원들은 이 상황을 썩 내켜하지 않았다.

"잘 들어요." 내가 그들에게 말했다. "이따위 쇠사슬에 묶인 죄수 놀이는 이제 지긋지긋합니다. 이것만 없다면 우리는 지금보다 훨씬 더 일을 잘해 낼 수 있었을 거라구요."

"그렇게 해서 결국 우리를 버려두고 예전 무리로 돌아가시겠다, 이거지?" 누군가가 말했다.

"당신들을 속이려는 게 아닙니다." 내가 말했다. "내가 일단 마음만 먹었다면, 여기 있는 아마추어 간수들 따위는 낮이고 밤이고 언제든지 쓰러트릴 수 있었어요. 하지만 굳이 그렇게 하지 않은 것은, 내가 굳이 이 사람들을 적대시할 이유가 없었을 뿐입니다. 기껏해야 머리 나쁘고 번거로운 장애물일 뿐이었으니까……."

"저기─" 나와 연결되어 있던 녀석 가운데 하나가 뭔가 충고를 하려 들었다.

"하지만." 내가 말을 이었다. "위층에 있는 저 사람들에게 뭐가 잘못되었는지를 내가 확인하게 내버려 두지 않는다면, 내 양옆에 있는 친구들은 지금 이 시간부터 언제라도 내 손에 쓰러질 각오를 해야 할 겁니다."

두 사람은 내 말이 합당하다고 생각했지만, 정작 환자가 있는 방에 도착하자, 쇠사슬이 허락하는 한 가급적 멀리 떨어져 서 있었다. 환자는 남자 두 명이었는데, 한 명은 젊은이였고 또 한 명은 중년이었다. 두 사람 모두 열이 높고, 배가 무척이나 아프다고 증상을 설명했다. 그때의 나로선 이런 증세에 대해서 전혀 아는 바가 없었지만, 의학적 지식이 없어도 충분히 걱정할 만하다는 사실을 깨달았다. 나로선 두 사람을 인근의 텅 빈 집으로 데려가라고, 그리고 여자 한 사람을 붙여 주면서 최대한 간호해 주라고 지시할 수밖에 없었다.

이것이야말로 하루 내내 이어진 갖가지 차질의 시작이었다. 그 다음 차질은 이와 전혀 종류가 달랐으며, 대략 정오쯤에 일어났다.

우리는 숙소에서 가까운 식품점 대부분을 깨끗이 비운 다음이어서, 나는 작업 범위를 좀 더 넓히기로 작정했다. 이웃 지역에 대한 기억을 더듬은 끝에, 거기서 북쪽으로 수백 미터쯤 떨어진 곳에 또 다른 상점가가 있을 거라고 추측하고, 그쪽으로 작업조를 데리고 갔다. 우리는 실제로 그곳에서 상점을 발견했는데, 여기까지는 좋았지만 그곳에는 또 다른 뭔가가 더 있었다.

길모퉁이를 돌아서 상점가가 한눈에 보이는 곳에 도달했을 무렵, 나는 걸음을 멈추고 말았다. 어느 식품점 체인 앞에서 여러 사람이 상자를 손수레에 싣고 나오더니, 길에 세워 놓은 트럭에 옮겨 실었다. 차량이 와 있다는 사실만 아니었다면, 우리 작업조가 한창 일하고 있는 중이라고 착각했을 법했다. 나는 20여 명으로 이루어진 우리 일행을 일단 멈춰 세운 다음, 이제 이렇게 해야 하나 궁리하고 있었다. 맨 먼저 떠오른 생각은, 혹시나 생길지도 모르는 말썽을 피해서 여기 말고 다른 곳으로 가자는 것이었다. 수많은 상점들이 사방에 흩어져 있는 상황에서, 저렇게 체계적으로 물품 조달이 가능한 세력과 굳이 충돌할 필요는 없어 보였다. 하지만 나로선 당장 결정할 수가 없었다. 이렇게 머뭇거리는 상황에서, 붉은 머리의 젊은 남자 하나가 상점 문밖으로 걸어 나왔다. 그가 앞을 볼 수 있다는 것은 분명했다. 그리고 잠시 후에는, 그가 우리를 보았다는 것역시 분명해졌다.

그는 나처럼 결정 못 하고 머뭇거리지 않았다. 대신 잽싸게 자기 주머니로 손을 뻗었다. 다음 순간, 요란한 소리와 함께 내 옆의 벽에 총알이 하나 날아와 박혔다.

정말이지 극적인 광경이었다. 그의 동료들과 나의 동료들 모두가 시력이 상실된 눈을 이쪽으로 향하며, 도대체 무슨 일이 벌어지고 있는지를 이해하려고 애썼다. 곧이어 그는 다시 총을 쏘았는데, 아마도 나를 겨냥한 것 같았지만, 실제로는 내 왼쪽에 있는 감시원에게 맞았다. 그는 깜짝 놀란 듯 헉하는 소리를 내더니, 마치 한숨과 같은 소리와 함께 몸을 반으로 접었다. 나는 또 다른 감시원을 잡아당기면서, 길모퉁이 뒤로 돌아가 숨었다.

"빨리." 내가 말했다. "이 수갑의 열쇠를 내놔요. 지금 이런 상태에서는 아무것도 할 수가 없으니까."

하지만 그는 꼼짝도 않고 그저 음흉한 미소를 지을 뿐이었다. 하나를 배우면 오로지 그것 하나밖에 모르는 인간이었기 때문이다.

"어허." 그가 말했다. "왜 이러시나. 누구를 속이려고."

"아, 제발 좀, 이 멍청한 자식아—" 나는 이렇게 말하며 쇠사슬을 잡아당겼고, 방금 전에 쓰러진 또 다른 감시원의 시신을 더 가까이 끌어당겨 일단 방패막이로 삼았다.

하지만 내 옆의 얼간이는 논쟁을 시작했다. 저 어리석은 머리에서 과연 나에게 어떤 누명을 씌우고 있는지는 아무도 모를 일이었다. 하지만 이제는 쇠사슬이 충분히 늦추어졌기 때문에, 나는 얼마든지 두 팔을 들어 올릴 수 있었다. 나는 양손으로 그의 머리를 후려갈겼고, 그의 머리가 뒤쪽의 벽에 부딪치면서 콰직 소리가 났다. 얼간이와의 논쟁은 이것으로 끝이었다. 나는 그의 주머니에서 수갑 열쇠를 찾아냈다.

"내 말 잘 들으세요." 내가 나머지 사람들에게 말했다. "뒤로 돌아서세요. 한 사람도 빼놓지 말고 모두요. 그리고 계속 곧장 가세요. 흩어지면 안 됩니다. 흩어졌다가는 내가 가만 안 둘 겁니다. 어서 출발하세요."

나는 일단 수갑 한쪽을 풀었고, 쇠사슬을 몸에서 벗은 다음, 담장을 넘어서 어떤 집의 마당 안으로 들어갔다. 나는 그곳에 한동안 웅크리고 앉아서 수갑의 다른 한쪽을 풀었다. 그런 다음에 조심스럽게 정원을 지나고 담장 저편 모서리에 가서 그 너머를 엿보았다. 권총을 든 젊은 남자는 내가 어렴풋이 예상했던 것과 달리 곧바로 우리를 뒤쫓아 달려오지는 않았다. 그는 여전히 자기네 무리와 있었고, 그들에게 이런저런 지시를 내리고 있었다. 그제야 나는 무슨 영문인지 깨달았다. 굳이 서두를 필요가 있겠는가? 우리가 곧바로 웅시를 하지 않았다는 사실로 미루어, 그는 우리가 비무장 상태라고 생각했을 것이다. 게다가 우리는 아주 빨리 도망칠 수도 없는 형편이었다.

지시를 다 마친 남자는 도로로 내려서더니, 앞서 우리 작업조가 후퇴한 곳까지 성큼성큼 걸어가면서, 본격적으로 뒤를 따라가기 시작했다. 길모퉁이에서 그는 잠시 걸음을 멈추고, 바닥에 쓰러져 있는 감시원 두 명을 살펴보았다. 쇠사슬이 거기 있다는 사실을 토대로, 그는 둘 중 한 명이 우리 무리의 눈 노릇을 하던 사람이었다고 짐작한 모양이었다. 그는 권총을 도로 주머니에 넣고, 우리 작업조를 느긋한 태도로 뒤쫓기 시작했다.

이것은 내가 미처 예상하지 못한 일이었는데, 잠시 후에야 나는 비로소 그의 의도를 파악할 수 있었다. 그의 입장에서 가장 유리한 방법은 우리 작업조를 뒤따라서 그 본부까지 가는 것이었으며, 그렇게 해서 우리가 거기 가져다 놓은 물건이 얼마나 되는지 살펴보는 것이었다. 나로선 솔직히 그의 능력을 인정할 수밖에 없었다. 어쩌면 그는 기회를 엿보는 능력에 관해서라면 나보다 더 뛰어난 사람이었거나, 또는 앞으로 발생 가능한 상황에 관해서 나보다 더 많은 생각을 해 본 사람이었음이 분명했다. 나는 우리 작업조를 향해서 계속 걸어가라고 지시해 둔 것이 다행이라 여겼다. 잠시 후면 이들은 십중팔구 그렇게 걸어가다 지치게 될 것이었지만, 어느 누구도 호텔로 돌아가는 길을 알지는 못할 터이므로, 결국 저 남자를 그리로 인도하지도 않을 터였다. 이들이 흩어지지 않고 머물러 있는 한, 나는 나중에라도 어렵지 않게 이들을 도로 모을 수 있을 것이었다. 당면한 문제는 이제 권총을 지닌, 그리고 그걸 서슴지 않고 사용하는 저 남자를 어떻게 처리할 것이냐는 점이었다.

세계의 다른 지역에서라면, 맨 처음 눈에 띈 집으로 아무렇게나 들어가서 자기 손에 편리한 화기를 들고 나올 수도 있을지 몰랐다. 하지만 헴프스테드로 말하자면 결코 그런 동네가 아니었다. 불운하게도 이곳은 상당히 명망 높은 주거지였다. 물론 잘 찾아보면 사냥총 하나쯤은 나올 수도 있었지만, 나로선 지금 당장 그걸 찾아다닐 형편이 아니었다. 내가 생각해 낼 수 있는 유일한 방법은, 그를 계속 눈으로 좇으면서, 그를 처리할 수 있는 어떤 기회가 오기를 바라는 것뿐이었다. 나는 나뭇가지 하나를 꺾은 다음, 다시 담장을 넘어서 거리로 나와서, 그 나뭇가지를 지팡이 삼아 보도를 걷기 시작했다. 거리에서 같은 방향으로 헤매고 있는 수백 명의 시력을 상실한 사람들과 다를 바 없이 보이기를 기대했던 것이다.

도로는 어느 정도까지 곧게 뻗어 있었다. 붉은 머리의 젊은 남자는 나보다 50미터쯤 앞에 가고 있었고, 우리 작업조는 그 남자보다 또 50미터쯤 앞에 가고 있었다. 우리는 이런 모습으로 수백 미터쯤 계속 걸어갔다. 다행히도 우리 작업조 가운데 어느 누구도 우리의 본부로 가는 방향으로 길을 꺾지는 않았다. 나는 과연 이런 상황이 언제까지 계속될지, 즉 얼마나 더 가야만 이들이 충분히 멀리 갔다고 생각할지 의구심을 품기 시작했는데, 바로 그때 뜻밖의 사건이 발생했다. 무리에서 줄곧 뒤처져 있던 우리 작업조의 남자 하나가 결국 걸음을 멈추었다. 그는 지팡이를 떨어트리더니, 두 팔로 배를 얼싸안고 몸을 접었다. 그러더니 아예 바닥에 털썩 쓰러져서 고통을 못 이기고 데굴데굴 굴렀다. 다른 사람들은 그를 걱정해 멈춰 서지도 않았다. 물론 그의 신음을 듣기는 했지만, 자기네 무리 가운데 한 명이라는 사실은 모르는 모양이었다.

젊은 남자는 쓰러진 사람을 바라보고는 잠시 머뭇거렸다. 그러더니 결국 방향을 바꿔서 몸부림치는 남자 쪽으로 다가왔다. 그는 1미터쯤 떨어진 곳에 멈춰 서서, 상대방을 유심히 바라보았다. 수십 초쯤 그는 상대방을 가만 살펴보았다. 그러다가 천천히, 하지만 충분히 의도적으로, 자기 권총을 주머니에서 꺼내더니 상대방의 머리를 쏘아 맞추었다.

그러자 앞서 가던 우리 작업조도 총소리를 듣고 우뚝 멈추었다. 나 역시 마찬가지였다. 젊은 남자는 더 이상 우리 무리를 뒤따르려는 시도를 하지 않았다. 사실은 갑자기 이들에 대한 관심을 모조리 잃어버린 듯했다. 나는 방금 전까지 연기했던 것을 상기했고, 다시 지팡이를 더듬거리며 걷기 시작했다. 그는 내 곁을 지나가면서도 전혀 시선을 주지 않았지만, 나는 그의 얼굴을 똑똑히 볼 수 있었다. 뭔가를 걱정하는 얼굴이었고, 게다가 굳게 입까지 다물고 있었으며……. 나는 그에게서 충분히 멀어질 때까지 계속 걸어간 다음, 곧이어 우리 작업조에게 서둘러 달려갔다. 총소리에 놀라 걸음을 멈춘 이후, 이들은 더 이상 가야 하느냐 마느냐를 놓고 논쟁을 벌이는 중이었다.

나는 일단 이들의 말을 막았다. 그리고 더 이상은 내가 저 머리 나쁜 감시원 두 명에게 얽매여서 꼼짝달싹 못 하는 상태가 아니므로, 이제부터는 우리의 활동도 이전과는 달라질 거라고 통보했다.

나는 이제 트럭을 구하러 갈 것이고, 앞으로 10분 이내에 돌아와서 이들을 태우고 숙소로 돌아갈 것이라고 말했다.

또 다른 체계적인 집단이 물품 수집 작업을 하고 있음을 발견함으로써 새로운 불안이 조성되었지만, 우리의 본부는 다행히 무사했다. 새로운 소식이 있다면, 남자 두 명과 여자 한 명이 역시나 심한 복통을 일으켜서 결국 다른 집으로 옮겨 가게 되었다는 것뿐이었다.

우리는 혹시나 내가 없는 상황에서 다른 침입자들이 쳐들어왔을 때에 취할 수 있는 방어 준비를 갖추었다. 그런 다음에 새로운 작업조를 고른 다음, 트럭에 올라타고 이번에는 다른 방향으로 향했다.

이전의 내 기억을 더듬어 보면, 햄프스테드 히스의 버스 종점에는 작은 상점들이 여럿 모여 있었다. 지도의 도움을 받아서 나는 손쉽게 그 장소를 다시 찾아냈다. 단순히 찾아냈을 뿐만 아니라, 놀라우리만치 멀쩡하다는 것을 발견했다. 유리가 깨진 곳이 서너 군데쯤 있었지만, 이 지역의 상점들은 마치 주말을 맞아 잠시 문을 닫은 것처럼 보였다.

하지만 차이는 있었다. 우선 이 지역이 이와 같은 정적으로 뒤덮인 적은 이제껏 없었으며, 평일이건 일요일이건 간에 마찬가지였다. 그리고 몇 구의 시신이 거리에 쓰러져 있었다. 이번에는 나 역시 그런 광경에 충분히 익숙해져서 별로 신경을 쓰지 않았다. 오히려 나는 이곳에 더 많은 시신이 보이지 않는다는 사실이 놀라울 정도였는데, 아마도 대부분의 사람들은 두려움 때문에, 또는 나중에 가서는 허약해졌기 때문에 어떤 은신처에 들어가 있으리라는 결론을 내렸다. 내가 굳이 주택에는 들어가지 않으려고 했던 이유 가운데 하나도 바로 그것이었다.

나는 트럭을 한 식품점 앞에 세워 놓고, 몇 초쯤 가만히 귀를 기울여 보았다. 정적이 마치 이불처럼 우리를 뒤덮었다. 탁탁거리는 지팡이 소리도 없었고, 배회하는 사람도 전혀 눈에 띄지 않았다. 아무것도 움직이지 않았다.

"좋아요." 내가 말했다. "모두들 내리세요, 여러분."

잠겨 있는 문은 쉽게 부서졌다. 그 안에는 버터, 치즈, 베이컨, 설탕, 그리고 갖가지 식품이 깔끔하고도 훼손되지 않은 상태로 진열되어 있었다. 나는 다른 사람들에게 바쁘게 지시를 내렸다. 이제 이들은 일하는 요령을 터득했고, 저마다 손놀림도 더 자신감이 깃들었다. 그래서 나는 이들이 한동안 알아서 일하게 내버려 두고, 뒤쪽 창고를 살펴본 뒤에 뚜껑문을 열고 지하실로 들어가 보았다.

지하실에 들어가서 그곳에 쌓여 있는 상자들의 내용물을 확인하던 중에, 갑자기 바깥 어디에선가 고함 소리가 들렸다. 그러다가 내 위층에서 뛰어가는 구둣발 소리가 마치 천둥처럼 울려 퍼졌다. 한 남자가 열어 놓은 뚜껑문 쪽으로 달려오더니 그만 지하실로 떨어져 버렸다. 그는 더 이상 움직이지도 못했고, 아무 소리를 내지도 못했다. 나는 바깥 어디에선가 경쟁 관계인 폭력단끼리의 싸움이 일어난 것이 아닐까 지레짐작했다. 떨어진 사람을 건너서, 사다리 모양 계단 위로 조심스레 올라가면서, 머리를 보호하기 위해 한쪽 팔을 위로 치켜들었다.

맨 먼저 눈에 보인 광경은 발을 질질 끌며 걷는 구둣발들이었다. 불쾌할 정도로 가까이 있었고, 뚜껑문을 향해 다가오는 중이었다.

나는 사람들이 뚜껑문을 아예 가로막기 전에 재빨리 위로 올라왔다. 때마침 상점 전면의 커다란 유리창이 박살 나는 모습이 보였다. 바깥에 있던 세 사람이 깨진 유리와 함께 상점 안으로 쓰러졌다. 그리고 이들 뒤에서는 긴 초록색 채찍이 날아와서, 쓰러진 사람 가운데 하나를 때렸다. 다른 두 사람은 진열장의 잔해 사이에서 허우석거리더니, 상점 안쪽으로 비틀거리면서 더 깊이 들어왔다. 이들이 나머지 사람들을 밀치는 바람에, 아직 열려 있던 지하실 뚜껑문으로 두 사람이 더 떨어져 버렸다.

그 채찍을 얼핏 본 것만 가지고도 나는 무슨 일이 벌어지고 있는지 깨달았다. 지난 며칠 동안 일에 정신이 팔렸던 까닭에, 트리피드에 관해서는 까맣게 잊고 있었다. 나는 상자 위에 올라가 다른 사람들의 머리 너머를 바라보았다. 그러자 트리피드 세 마리가 보였다. 한 놈은 길에 나와 있었고, 두 놈은 더 가까운 보도에 서 있었다. 저 바깥의 길 위에는 사람 넷이 쓰러져 있었고, 모두들 움직이지 않았다. 그제야 나는 이곳의 상점들이 온전한 상태로 남아 있는 이유를 깨달았다. 그리고 햄프스테드 히스 지역에서 사람이 아무도 보이지 않는 이유도 깨달았다. 이와 동시에 나는 아까 길에서 본 시신을 좀 더 면밀히 살펴보지 않은 나의 부주의를 탓할 수밖에 없었다. 독침 맞은 자국을 흘끗 보기만 했어도 충분한 경고가 되었을 테니까.

"가만히들 있어요!" 내가 외쳤다. "모두들 그대로 서 있으라구요."

나는 상자에서 뛰어내린 다음, 열어서 젖혀 놓은 뚜껑문을 밟고 있는 사람을 옆으로 밀쳐 내고, 지하실 입구를 아예 닫아 버렸다.

"저 뒤쪽에 문이 있어요." 내가 말했다. "이제 천천히들 움직이세요."

처음 두 사람까지는 천천히 움직였다. 그런데 트리피드 한 놈이 독침을 휘둘러 깨진 유리창 너머 방 안으로 집어넣었다. 한 사람이 비명을 지르며 쓰러졌다. 그러자 나머지 사람들은 당황해하면서, 나를 떠밀다시피 하며 뒤로 몰려들었다. 졸지에 문간이 오도 가도 못 할 정도로 꽉 막혀 버렸다. 두 번이나 더 채찍질이 가해진 이후에야 우리는 비로소 그곳을 벗어날 수 있었다.

나는 뒤쪽 방으로 들어와서 숨을 헐떡이며 주위를 둘러보았다. 남은 사람은 모두 일곱 명이었다.

"가만히들 있어요." 내가 다시 말했다. "이 안에 있으면 우리 모두 안전하니까."

나는 다시 문 쪽으로 갔다. 이 상점의 안쪽은 트리피드의 명중 거리에서 벗어나 있었다. 물론 그놈들이 계속 바깥에 있을 경우에는 그렇다는 뜻이었다. 나는 지하실 입구까지 무사히 가서 뚜껑문을 들어올렸다. 아까 내가 나온 이후에 두 사람이 그곳으로 떨어졌다. 한 명은 부러진 팔을 어루만지고 있었고, 또 한 명은 단지 멍만 들어서 욕설을 내뱉을 뿐이었다.

뒤쪽 방 뒤에는 작은 마당이 있었고, 그 건너편에는 2.5미터 높이의 담장 사이에 문이 하나 있었다. 나는 점차 조심스러워졌다. 그래서 그 문을 열고 나가는 대신, 헛간 지붕에 올라가서 주위를 둘러보았다. 담장의 문으로 나가면 이 블록 전체를 관통하는 좁은 골목이 나왔다. 골목은 텅 비어 있었다. 하지만 일련의 개인 주택 정원이 자리한 듯 보이는 골목 저편의 담장 너머를 보니, 덤불 사이로 트리피드 두 마리가 비죽 고개를 내민 채 꼼짝 않고 있었다. 아마 거기에는 더 많은 트리피드가 있을 것이었다. 게다가 그쪽의 담장은 또여기보다 더 낮아서, 그놈들의 키 정도면 골목에 있는 사람을 향해서 독침을 쏘고도 남을 것이었다. 나는 이런 상황을 사람들에게 설명해 주었다.

"빌어먹을 놈의 부자연스러운 괴물 놈들." 누군가가 말했다. "나는 그 개 같은 놈들이 예전부터 마음에 안 들었어."

나는 주위를 더 살펴보았다. 마침 우리 옆에 북쪽으로 자리한 건물은 렌터카 업체였고, 그 안에는 자동차 세 대가 주차되어 있었다. 앞도 못 보는 사람들을 여럿 데리고 그 사이의 담장을 두 번이나 넘는다는 것은 쉽지 않은 일이었으며, 한쪽 팔까지 부러진 사람의 경우에는 더욱 그러했지만, 우리는 어찌어찌 그 일을 해냈다. 곧이어 나는 어찌어찌 그 모두를 커다란 다임러 차량 안에 욱여넣는 데에도 성공했다. 떠날 준비가 되자 나는 렌터카 업체의 출입구를 열고 다시 자동차 있는 데로 뛰어왔다.

트리피드란 놈들은 곧바로 관심을 보였다. 소리에 대한 저 섬뜩한 예민함을 통해서, 그놈들은 무슨 일이 벌어지고 있음을 감지했다. 우리가 자동차를 몰고 나가자마자, 두 놈이 이미 출입구를 향해 달려오고 있었다. 그놈들이 우리를 향해 독침을 휘둘렀지만, 닫힌 창문에 맞아서 아무런 해도 끼치지는 못했다. 나는 자동차를 빠르게 몰아서 한 놈을 쓰러트렸다. 그런 뒤에 우리는 도로를 따라 더 안전한 지역으로 달렸다.

그날 저녁이야말로 이 새난이 벌어진 이후에 내가 보낸 최악의 시간이었다. 두 명의 감시원으로부터 벗어나게 되자, 나는 혼자 있을 작은 방을 하나 차지했다. 벽난로 선반에 촛불 여섯 개를 나란히 켜 놓고, 안락의자에 오랫동안 앉아서 이런저런 방법을 궁리하려고 애썼다. 우리가 돌아와 보니, 엊저녁에 병이 나서 다른 곳으로 옮긴 남자가 이미 사망한 다음이었다. 또 다른 사람도 죽어 가는 것이 확실해 보였다. 게다가 새로운 환자도 네 명이나 더 있었다. 저녁 식사를 마치고 나서는 두 명이 더 나왔다. 도대체 무슨 질병인지는 나도 전혀 알 수가 없었다. 각종 서비스가 결여된 상황에다가, 지금까지 돌아가는 전반적인 상황을 고려해 보면, 그 병명의 후보는 한두 가지가 아닌 듯했다. 나는 장티푸스를 떠올렸지만, 그 잠복기를 고려해 보면 아마 아닐 거라고 어렴풋이 생각되었다. 물론 내가 병명을 정확히 알았다고 한들 큰 차이는 없었을 것이었다. 여하간 당시에 내가 확실히 알았던 한 가지는, 그 병이 워낙 지독했기 때문에 그 붉은 머리 남자도 권총을 쏠 수밖에 없었다는 것, 그리고 우리 작업조를 따라가려던 마음을 바꿀 수밖에 없었다는 것이었다.

그러자 내가 애초부터 우리 작업조를 위해서 봉사한 것 자체부터 뭔가 의문의 여지가 없지 않았다는 생각이 들기 시작했다. 나는 이들이 계속 살아 있게 만드는 데에는 성공했지만, 결과적으로는 한쪽에 폭력단이 설치고, 또 한쪽에 트리피드가 버티는 와중에 오도 가도 못 하게 된 상태였기 때문이다. 그런데 이제는 환자까지 발생하고 있었다. 모든 상황을 종합해 보면, 내가 달성한 일이라고는 이들이 굶어 죽는 결과를 약간 더 지연시킨 것에 불과했다.

지금과 같은 상황에서 나로선 아무런 방법도 알 수 없었다.

그러고 나서야 나는 다시 조젤라를 떠올렸다. 그녀가 담당한 지역에서도 이와 똑같은, 어쩌면 더 심한 종류의 일들이 벌어졌을 가능성이 있었고⋯⋯.

나도 모르는 사이에 마이클 비들리 일행에 또다시 생각이 미쳤다. 그때에는 이들이 논리적이라고만 생각했지만, 이제는 어쩌면 그들이야말로 더 인도적인 편이 아니었을까 하는 생각이 들었다. 이들은 소수를 제외한 나머지 사람들을 구하려고 노력해 보았자 헛수고임을 알고 있었다. 나머지 사람들에게 공허한 희망을 주는 것이야말로 잔인함이나 별다를 바가 없었다.

그뿐만 아니라 우리 자신에 관한 문제도 있었다. 만약 이 세상에 어떤 목적이 있다고 하면, 왜 하필 우리만이 무사히 살아남았던 걸까? 단순히 우리 자신을 기약 없는 임무에 소진하라고 그렇게 된 것은 아니지 않을까⋯⋯?

나는 결심했다. 내일은 반드시 조젤라를 찾으러 가야겠다고, 그리고 함께 이 문제를 매듭짓겠다고⋯⋯.

그때 문고리가 딸각하고 움직였다. 그러고는 문이 천천히 열렸다.

“누구세요?” 내가 물었다.

“아, **여기** 계셨군요.” 젊은 여자의 목소리였다.

그녀가 안으로 들어오더니 방문을 닫았다.

“무슨 일로 그러시죠?” 내가 물었다.

여자는 키가 크고 날씬했다. 나이는 스무 살이 채 안 되어 보였다. 머리가락은 만곱슬이었다. 그리고 색깔은 밤색이었다. 말이 없었지만, 누구라도 주목하지 않을 수 없는 사람이었다. 단순히 외모뿐만이 아니라 성품 때문에도 그러했다. 평소에도 내 움직임과 목소리를 토대로 내 위치를 찾아내곤 했다. 눈동자는 내 왼쪽 어깨 너머를 바라보고 있었는데, 그러지 않았다면 나는 그녀가 지금 나를 유심히 뜯어보고 있다고 착각했을 것이다.

여자는 곧바로 대답하지 않았다. 그 머뭇거림은 평소의 모습과는 영 어울리지 않는 것이었다. 나는 그녀가 입을 열 때까지 가만히 기다렸다. 한편으로는 뭔가가 목구멍에 막혀서 말이 나오지 않기 때문이기도 했다. 아시다시피 그녀는 젊었고, 또 아름다웠다. 불과 얼마 전까지만 해도 그녀의 앞에는 모든 삶이, 심지어 찬란한 삶이 기다리고 있었을 것이었고…… 게다가 어떤 상황이든지 간에 젊음과 아름다움에는 뭔가 좀 서글픈 느낌이 있지 않은가……?

"조만간 여기서 떠나실 작정이겠죠?" 여자가 말했다. 반쯤은 질문이고, 반쯤은 진술이었으며, 나지막하면서도 약간은 떨리는 듯한 목소리였다.

"그런 말은 한 적이 없는데요." 내가 반박했다.

"그렇죠." 그녀도 시인했다. "하지만 다른 사람들이 그렇게 말하던데요. 어쨌거나 그 사람들 말이 맞잖아요, 안 그래요?"

나는 이 질문에 아무런 대답도 하지 않았다. 그러자 여자가 말을 이어 나갔다.

"안 돼요. 이런 식으로 그 사람들을 떠나시면 안 된다구요. 그 사람들에게는 당신이 필요해요."

"나는 여기서 아무런 유익도 주지 못하고 있어요." 내가 그녀에게 말했다. "그 모든 희망도 가짜일 뿐이에요."

"하지만 만약 가짜가 아닌 것으로 판명된다면요?"

"그럴 리는 없어요. 적어도 지금은요. 지금쯤이면 그럴 리 없다는 걸 알아야죠."

"하지만 진짜일 수도 있잖아요. 그런데 당신은 그냥 떠나 버리겠다구요—?"

"설마 내가 그걸 전혀 생각 안 해 본 것 같아요? 나는 아무런 유익도 주지 못하고 있어요. 진짜라구요. 지금의 나는 환자를 좀 더 오래 살려 두기 위해서 주사하는 약품과 다를 바 없어요. 치료 효과는 없고, 단지 지연 효과만 있을 뿐이죠."

여자는 몇 초 동안 아무 말이 없었다. 그러다가 또다시 떨리는 목소리로 말했다.

"삶은 매우 귀중한 거예요. 심지어 이런 삶이라 하더라도요." 그녀는 거의 자제력을 잃기 직전이었다.

나는 더 이상 아무 말도 할 수가 없었다. 여자는 다시 정신을 추슬렀다.

"당신은 우리를 계속 살려 놓을 수 있어요. 기회는 항상 있어요. 뭔가가 일어날 수 있는 기회가요. 심지어 지금도요."

나는 이 문제에 대한 생각을 이미 털어 놓은 상태였다. 그래서 굳이 다시 이야기하지 않았다.

"참 어렵네요." 여자는 마치 혼잣말처럼 중얼거렸다. "제가 당신을 **볼** 수만 있었어도…… 그럴 수만 있었어도 저는 당연히…… 혹시 젊으신 분이세요? 목소리는 젊게 들려요."

"아직 서른은 안 됐어요." 내가 그녀에게 말했다. "생김새는 아주 평범하구요."

"저는 열여덟 살이에요. 그날이 제 생일이었어요. 혜성이 나타난 바로 그날 말이에요."

나로선 그녀의 이 말에 어떤 대꾸를 내놓는다 하더라도 잔인할 수밖에 없으리라는 생각이 들었다. 침묵이 길어졌다. 내가 가만 지켜보니 여자는 양손을 초조하게 쥐어짜고 있었다. 그러다가 이번에는 양손을 풀어서 몸 옆에 늘어뜨렸다. 손가락 마디가 하얗게 되어 있었다. 뭔가 말하려는 몸짓을 취했지만, 차마 말하지 못했다.

"무슨 일인데요?" 내가 물었다. "나한테 바라는 게 있으면 말해요. 다만 이런 이야기를 계속하는 것만 빼고."

여자는 입술을 깨물더니, 결국 이야기를 내놓았다.

"그 사람들은— 그 사람들은 혹시 당신이 외로워서 그런지도 모른다고들 해요." 그녀가 말했다. "그래서 제 생각에는 혹시나—" 그녀의 목소리가 떨렸고, 손가락 마디는 아까보다 더 하얗게 변하고 있었다. "혹시나 당신 옆에 누가 있으면…… 그러니까, 제 말은, 여기서 누가 있으면…… 당신이— 당신이 우리 곁을 떠나지 않을 수도 있겠다 싶었어요. 만약 그렇다면 우리 곁에 계속 있으실 건가요?"

"오, 이런." 내가 나지막이 중얼거렸다.

나는 여자를 바라보았다. 매우 똑바로 선 채로, 그녀는 입술을 살짝 떨고 있었다. 그녀는 환한 미소를 선망하는 구혼자들을 두어야 마땅했을 것이다. 그녀는 행복하고 무사태평한 삶을 누렸어야 마땅했을 것이며, 이후에는 누군가를 돌보며 행복한 삶을 누렸어야 마땅했을 것이다. 그녀에게 삶이란 매혹적인 것이 되었어야, 그리고 사랑이란 매우 달콤한 것이 되었어야 마땅했을 터인데…….

"당신은 저한테 친절하게 대해 주셨잖아요, 안 그래요?" 여자가 말했다. "아시다시피 저는 아직 한 번도 누구랑—"

"그만! 그만!" 내가 그녀에게 말했다. "그런 말을 나한테 해서는 안 되는 거였어요. 이제 그만 나가 주세요."

하지만 여자는 움직이지 않았다. 가만히 서서, 차마 나를 볼 수도 없는 눈으로 나를 바라보며 서 있을 뿐이었다.

"그만 나가 달라구요!" 내가 거듭해서 말했다.

나로선 차마 그녀의 불명예를 감내할 수가 없었다. 그녀는 단순히 한 사람만이 아니었다. 그녀는 곧 삶이 망가져 버린 수천수만 명의 젊은이들이었고…….

여자가 더 가까이 다가왔다.

"왜 그래요, 지금 울고 계신 것 같은데요!" 그녀가 말했다.

"나가요. 제발 좀, 나가라구요!" 내가 그녀에게 말했다.

여자는 잠시 머뭇거리더니, 뒤로 돌아서서 더듬거리며 문 쪽으로 돌아갔다. 그리고 문밖으로 나갔다.

"그 사람들에게 전해 주세요. 내가 계속 머물러 있을 거라구요." 내가 말했다.

다음 날 아침, 내가 잠에서 깨자마자 깨달은 것은 냄새였다. 이전에도 가끔씩 여기저기서 냄새가 났었지만, 다행히도 한동안은 날씨가 쌀쌀했다. 그런데 늦잠을 자고 일어나 보니, 어느새 날이 더 따뜻해져 있음을 깨닫게 되었다. 그 냄새의 구체적인 내용까지는 알아보지 않을 생각이었다. 여하간 아는 사람은 평생 잊지 못할 터이지만, 모르는 사람에게는 차마 설명이 불가능할 법한 냄새였다. 이후 여러 주 동안이나 그 냄새는 크고 작은 도시 모두에서 피어올랐으며, 바람에 실려 사방팔방으로 퍼져 나갔다. 그날 아침에 잠에서 깨었을 때, 나는 결국 종말이 닥쳤다는 확신을 품을 수밖에 없었다. 죽음이야말로 생명체의 충격적인 종말이었다. 이것이야말로 최종적인 용해인 것이었다.

나는 몇 분쯤 그대로 누워서 곰곰이 생각에 잠겼다. 이제 내가 해야 할 유일한 일은 우리 작업조를 트럭에 나눠 태워서 줄줄이 시골로 데려가는 것뿐이었다. 그렇다면 우리가 애써 모아 놓은 물품들은 어떻게 할까? 그것 역시 트럭에 실어서 가져가야 할 것이었다. 그리고 지금 운전을 할 수 있는 사람은 나 혼자뿐이었으므로…… 결국 며칠이 걸릴 것이었다. 물론 우리가 며칠 동안 버틸 수 있다고 가정할 경우에 그렇다는 것이었고…….

여기까지 생각한 다음, 나는 지금 이 건물 안에서 무슨 일이 일어나고 있는 건지 궁금해졌다. 이상하게도 조용했기 때문이었다. 가만히 귀를 기울여 보니, 또 다른 방에서 누군가의 신음이 들려왔고, 그걸 제외하면 아무 소리도 없었다. 나는 침대에서 나와, 뭔가 위급한 느낌을 받으며 서둘러 옷을 걸쳤다. 층계참에 도착하자 나는 또다시 귀를 기울여 보았다. 집 안 전체에서 사람 발소리가 전혀 없었다. 순간적으로 머리가 띵해졌다. 마치 역사가 반복되는 듯한, 마치 내가 또다시 병원에 들어와 있는 듯한 느낌이었기 때문이다.

"이봐요! 아무도 없어요?" 내가 외쳤다.

몇 사람의 목소리가 대답을 했다. 가장 가까운 방문을 열어 보았다. 한 남자가 있었다. 상태가 매우 나빠 보였고, 정신이 혼미했다. 나로선 아무런 조치도 취해 줄 수가 없었다. 결국 도로 문을 닫고 말았다.

내 발소리가 나무 계단에서 요란하게 울려 퍼졌다. 위층으로 올라가자마자 한 여자가 나를 불렀다. "빌— 빌!"

작은 방의 침대에 누워 있는 그 여자는 엊저녁에 나를 만나러 왔던 바로 그 사람이었다. 내가 들어서자 그녀는 이쪽으로 고개를 돌렸다. 역시나 똑같은 병에 걸렸음을 알 수 있었다.

"가까이 오지 말아요." 여자가 말했다. "당신 맞죠, 빌?"

"맞아요."

"분명히 그럴 거라고 생각했어요. 당신은 아직 걸어 다닐 수 있으니까요. 다른 사람들은 엉금엉금 기어 다닐 뿐이구요. 다행이네요, 빌. 제가 그 사람들한테 말했어요. 당신은 그렇게 가 버릴 사람이 아니라구요. 그런데도 그 사람들은 당신이 이미 가 버렸다는 거예요. 결국 이제는 그 사람들도 모두 가 버렸어요. 갈 수 있는 사람은 전부요."

"그냥 늦잠을 잔 것뿐이에요." 내가 말했다. "어떻게 된 거죠?"

"우리 중에 이렇게 되는 사람들이 점점 많아지고 있어요. 그래서 그 사람들도 겁이 난 거예요."

니는 무기력하게 말했다. "내가 이렇게 해 주면 좋겠어요? 혹시 뭐라도 갖다 줄까요?"

여자는 얼굴을 찡그리더니, 양팔로 온몸을 감싸고 뒤틀었다. 경련이 가라앉고 나니, 이마에서 식은땀이 줄줄 흘러내릴 지경이었다.

"부탁 좀 할게요, 빌. 저는 아주 용감하지는 못해서요. 혹시 저한테 뭔가 좀 갖다 주실 수 있나요? 이 고통을 끝낼 만할 뭔가를요?"

"알았어요." 내가 말했다. "당신한테 그건 해 줄 수 있어요."

10분쯤 지나서 나는 약국에서 돌아왔다. 그리고 물 한 컵을 그녀의 한 손에 쥐여 주고, 또 다른 한 손에 내가 가져온 것을 얹어 주었다.

여자는 그걸 잠깐 동안 붙잡고만 있었다.

"너무나도 허무하네요. 어쩌면 지금과는 완전히 달랐을 수도 있었을 텐데요." 그녀가 말했다. "잘 있어요, 빌. 애써 주셔서 정말 고마웠어요."

나는 여자가 누워 있는 모습을 내려다보았다. 그 모습에는 어쩐지 허무한 느낌을 더해 주는 뭔가가 더 있었다. 나는 그녀와 똑같은 말을 했던 사람이 과연 얼마나 되었을지 문득 궁금해졌다. 여자는 "저도 함께 데려가세요"라고 말하는 대신, "우리 곁에 있어 주세요"라고 말했기 때문이다.

그런데 나는 여전히 그녀의 이름도 모르는 채였다.

제9장

전염병과 피난

내가 웨스트민스터로 가는 경로를 선택하는 과정에서는, 우리에게 총을 쐈던 붉은 머리 젊은 남자에 대한 기억이 영향력을 발휘했다.

무기에 대한 내 관심이 줄어들게 된 것은 열여섯 살 무렵이었지만, 야만으로 회귀하는 환경 속에서는 다소간 야만적으로 행동할 준비를 반드시 갖추어야 할 것 같았다. 그러지 않는다면 머지않아 아예 행동 자체를 못 하게 될 가능성이 있어 보였다. 그래서 내가 맨 먼저 향한 세인트제임스 스트리트에는 새 잡는 산탄총에서부터 코끼리 잡는 소총에 이르는 각종 무기를 최대한 우아하게 판매하는 몇 군데 상점이 있었다.

나는 그곳을 나오면서 든든함과 강도가 된 기분이라는 뒤섞인 감정을 동시에 느꼈다. 그리고 다시 한번 쓸 만한 사냥용 칼을 입수했다. 과학적 장비 특유의 정밀한 장인 정신이 깃든 권총도 내 주머니 안에 하나 들어 있었다. 운전석 옆 좌석에는 이미 장전된 12구경 산탄총 한 정과 탄약 상자가 여럿 놓여 있었다. 나는 소총 대신 군이 산탄총을 골랐다. 탄환이 퍼져 나가기 때문에 명중률도 비교적 높을 뿐만 아니라, 트리피드를 박살 내는 그 산뜻함만 놓고 보면 총알 하나만으로는 잘 달성할 수 없는 수준이었기 때문이다. 이제는 런던 곳곳에서 트리피드를 볼 수 있었다. 여전히 가급적 거리에 나오는 걸 피하는 듯했지만, 하이드 파크에서 몇 마리가 행진하는 모습이 보였고, 그린 파크에도 몇 마리가 있었다. 그놈들은 관상용으로 안전하게 독침을 제거한 표본들이 분명했다. 물론 아닐 가능성도 있었다.

여하간 나는 웨스트민스터에 결국 도착했다.

그곳에는 죽음의 분위기가, 즉 모든 것을 끝내 버린 듯한 느낌이 유난히 강조되어 있었다. 평소와 마찬가지로 주인 없는 자동차들이 거리를 따라 사방에 흩어져 있었다. 눈에 띄는 사람은 극소수였다. 움직이는 사람은 겨우 세 명밖에 안 보였다. 화이트홀의 배수로를 따라 지팡이를 짚으며 걸어가는 사람이 두 명이었고, 팔러먼트 스퀘어에 또 한 명이 있었다. 링컨 동상[+] 가까이 앉아 있던 그 사람은 귀중한 재산 하나를 꽉 움켜쥐고 있었다. 그 재산이란 베이컨 한 덩어리였으며, 그는 무딘 칼로 그걸 울퉁불퉁하게 잘라 내고 있었다.

그 모든 풍경 위로 의사당이 우뚝 솟아 있었으며, 그곳 탑에 설치된 시계의 바늘은 6시 3분에 딱 멈춰 있었다. 이 모두가 더 이상

[+] 미국 시카고의 링컨 공원에 있는 '인간 에이브러햄 링컨'이란 동상(1887)의 복제품으로 1920년에 런던 팔러먼트 스퀘어에 건립되었다.

은 아무런 의미도 없다는 사실, 저 건물조차도 이제는 평화롭게 썩어 갈 불안정한 돌멩이들의 허세 가득한 결합체에 불과하다는 사실은 정말 믿기가 힘들었다. 머지않아 저 뾰족탑이 허물어져서 테라스 위로 비 오듯 쏟아져도 이제는 아무런 상관이 없었다. 자기네 귀중한 목숨을 노리는 그런 위협에 대해 불만을 쏟아 낼 성난 국회의원들도 더 이상은 없을 것이기 때문이었다. 그 전성기에는 전 세계에 좋은 의도와 슬픈 편법을 메아리치게 만들었던 저 회의장 안으로, 지붕도 머지않아 무너져 내릴 것이었다. 이를 막을 사람은 아무도 없을 것이며, 아무도 신경 쓰지 않을 것이다. 그 옆에서는 템스 강이 아무렇지도 않게 흘러가고 있었다. 임뱅크먼트[제방]가 무너져 내리고, 강물이 흘러나와 웨스트민스터가 과거와 마찬가지로 늪 속의 섬으로 변할 때까지, 이 강은 계속 흘러갈 것이었다.

연기라고는 없는 하늘에는 은회색의 대성당이 놀라우리만치 깨끗한 상태로 우뚝 솟아 있었다. 세월의 차분함 덕분인지, 이 건물은 그 주위의 일시적인 성장으로부터 초연한 상태로 서 있었다. 여러 세기 동안의 토대 위에 굳건히 서서, 아마도 앞으로도 여러 세기 동안, 그 내부에는 이제 그 성과물을 모두 파괴당한 사람들의 기념물을 보전하게 될 운명일 것이었다.

나는 거기서 빈둥거리지 않았다. 향후에는 누군가가 저 오래된 대성당을 바라보며 낭만적 우울을 품을지도 모른다고 예상되었다. 하지만 그런 종류의 낭만은 비극이 완화된 한참 뒤의 결과물일 것이었다. 지금 나는 그 비극에 너무 가까이 있었다.

뿐만 아니라 나는 뭔가 새로운 현상을 경험하기 시작하는 참이었다. 그건 바로 혼자 있는 경험이었다. 병원에서 나온 이후부터 피커딜리에 갔을 때까지 나는 혼자였던 적이 없었으며, 그때에는 내가 바라보는 것 모두가 당혹스러우리만치 새로운 것뿐이었다. 이제 나는 그 본성상 군거를 좋아하는 생물 종에게 진정한 외로움이 가하는 공포를 난생처음으로 느끼기 시작했다. 마치 발가벗은 듯한, 주위를 배회하던 그 모든 두려움에 졸지에 노출된 듯한 기분을⋯⋯.

나는 자동차를 몰고 빅토리아 스트리트를 따라 달렸다. 자동차 소리에서 비롯되는 메아리에 나 자신도 깜짝 놀랄 지경이었다. 차라리 자동차를 버리고 그냥 조용히 걸어 다니자는, 마치 밀림 속의 야수처럼 교활함을 이용해 안전을 꾀하자는 충동이 치밀었다. 나는 모든 의지력을 이용한 끝에 마음을 안정시키고 원래의 계획을 고수할 수 있었다. 내가 만약 이 구역을 할당받았다면 어떤 행동을 했을지는 자명했다. 우선 이 구역에서 가장 큰 백화점에 들어가서 물품을 찾아보았을 것이었다.

군인 할인 매장에서는 누군가가 식품 진열대를 몽땅 털어 간 다음이었다. 여기까지는 좋았다. 하지만 지금은 아무도 남아 있지 않았다.

나는 옆문을 지나서 밖에 나왔다. 보도 위에서 고양이 한 마리가 뭔가의 냄새를 맡고 있었다. 그 뭔가는 마치 넝마 꾸러미처럼 보였지만, 실제로는 아니었다. 나는 박수를 쳐서 그놈을 놀라게 했다. 고양이는 나를 노려보더니 슬금슬금 사라졌다.

한 남자가 길모퉁이를 돌아서 이쪽으로 왔다. 그는 얼굴에 흡족

한 표정이 떠올라 있었으며, 커다란 치즈 한 덩어리를 길 한복판에서 인내심 있게 굴려 가고 있었다. 내 발소리를 듣자마자 그는 치즈를 멈춰 세우고, 그 위에 걸터앉아 자기 지팡이를 격렬하게 휘둘렀다. 나는 거리 한복판에 세워 놓은 내 자동차로 돌아갔다.

조젤라 역시 호텔을 편안한 본부로 골랐을 가능성이 있었다. 나는 빅토리아 역 주위에 호텔이 몇 군데 있음을 기억하고 그쪽으로 차를 몰았다. 그런데 알고 보니 그곳에는 내가 생각했던 것보다 훨씬 더 많은 호텔이 있었다. 20여 군데를 살펴보았는데도 집단 거주의 증거를 전혀 발견하지 못하자, 상황은 매우 절망적으로 보이기 시작했다.

나는 물어볼 사람을 찾아보았다. 그녀에게 신세를 졌던 사람 가운데 여전히 살아 있는 사람이 있을 가능성이 있었다. 이 구역에 도착한 이후로 돌아다니는 사람은 겨우 대여섯 명밖에 못 본 상태였다. 그리고 지금은 그나마도 없어 보였다. 하지만 마침내 나는 버킹엄 팰리스 로드의 길모퉁이 근처에서 어느 집 현관 계단에 웅크리고 앉아 있는 나이 많은 여자를 발견했다.

그녀는 부러진 손톱으로 통조림통 뚜껑을 열려고 애쓰며, 욕설과 흐느낌을 번갈아 가면서 내뱉고 있었다. 나는 근처의 작은 가게에 가서, 선반 위 높은 곳에 있던 콩 통조림 대여섯 개를 찾아냈다. 그리고 통조림통 따개도 발견해서 모두 챙겨 여자에게 돌아왔다.[+] 그녀는 여전히 통조림통을 따려고 애썼지만 성공을 거두지 못하던

+ 지금과 같은 '원터치'식 깡통이 나오기 전, 즉 이 소설의 배경인 시대에는 통조림통 윗부분 가장자리를 뾰족한 깡통 따개로 연이어 눌러서 도려내야 했다.

참이었다.

"그건 포기하시는 게 좋을 겁니다. 커피니까요." 내가 말했다.

나는 여자의 한 손에 깡통 따개를, 또 한 손에 콩 통조림을 쥐여 주었다.

"제가 하는 말 잘 들으세요." 내가 말했다. "혹시 이 주위에서 젊은 여자 하나를 본 적이 없습니까? 작업조 하나를 지휘하고 있었을 텐데요, 아마도."

나는 그리 큰 기대를 걸지 않았지만, 그래도 이 여자 노인이 다른 대부분의 사람보다 더 오래 살아남은 데에는 뭔가로부터의 도움이 있지 않았을까 추측했다. 그래서 정작 그녀가 고개를 끄덕였을 때에는 도리어 차마 믿을 수가 없을 정도였다.

"본 적 있어요." 그녀는 이렇게 말하며 깡통 따개를 움직이기 시작했다.

"있다구요! 지금 어디 있는 거죠?" 내가 물었다. 어째서인지는 몰랐지만, 그 당시에만 해도 상대방이 언급한 사람이 사실은 조젤라가 아닐 수도 있다는 생각은 전혀 들지 않았다.

하지만 여자 노인은 고개를 저었다.

"지금은 몰라요. 한동안 같이 있기는 했지만, 내가 우리 조를 잃어버리고 말았으니까. 나 같은 늙은이는 젊은이들을 따라잡을 수가 없으니, 결국 우리 조를 잃어버린 거죠. 그 사람들은 이 불쌍한 늙은이를 기다려 주지도 않았고, 그래서 나는 우리 조를 두 번 다시는 찾아낼 수가 없었어요."

그녀는 계속해서 통조림을 돌려 땄다.

"그러면 그녀가 살던 곳은 어디였죠?" 내가 물었다.

"우리는 어느 호텔에서 지냈어요. 정확히 어딘지는 모르겠어요. 나야 거기도 두 번 다시는 찾아낼 수가 없었으니까."

"혹시 호텔 이름 같은 건 모르십니까?"

"나야 모르죠. 눈으로 봐서 읽을 수도 없는 형편에, 어딘지 이름을 알아봤자 무슨 소용이 있겠어요. 다른 사람들도 마찬가지였죠. 아무도 몰랐어요."

"하지만 그래도 뭔가 생각나는 건 있지 않으십니까."

"아뇨, 전혀 없어요."

그녀는 깡통을 들어 올리고 그 내용물의 냄새를 맡아 보았다.

"이것 보세요." 내가 냉랭하게 말했다. "이 통조림 갖고 싶으시죠, 안 그래요?"

그녀는 서둘러 내가 준 통조림 모두를 한 팔로 그러안았다.

"음, 그렇다면 그 호텔에 관해서 생각나는 걸 저한테 모조리 말해 주시는 게 좋을 겁니다." 내가 말을 이었다. "뭔가 생각나시는 게 있을 거예요. 예를 들어 큰 곳인지, 작은 곳인지라도 말이에요."

그녀는 여전히 한 팔로 통조림을 보호한 채 곰곰이 생각했다.

"아래층에서는 뭔가 텅 빈 소리가 들렸어요. 그러니까 아주 큰 곳 같았다구요. 현명한 조치였다고 생각돼요. 무슨 말인가 하면, 덕분에 푹신한 카펫에다가, 좋은 침대에다가, 좋은 시트까지 즐길 수 있었다는 거죠."

"또 다른 기억은 없습니까?"

"아뇨, 나는 전혀― 아, 그래도 하나 있긴 있네요. 출입문 앞에 계단이 두 개였어요. 그리고 안으로 들어가려면 회전문을 지나가야 했구요."

"아까보다는 더 낫군요." 내가 말했다. "방금 하신 말이 진짜죠? 제가 설령 그곳을 찾지 못하더라도, 당신쯤이야 **반드시** 찾아낼 수 있을 겁니다. 잘 알아 두세요."

"하느님께 맹세코 사실이에요, 선생. 계단이 두 개, 그리고 회전문까지."

그녀는 옆에 놓아둔 낡아 빠진 가방 속을 뒤지더니, 지저분한 숟가락을 하나 꺼내서 그 콩을 마치 낙원의 진미라도 되는 듯 맛보기 시작했다.

하지만 그 구역에는 여전히 예상보다도 훨씬 더 많은 호텔이 있었고, 놀랍게도 그중 상당수가 회전문을 갖고 있었다. 하지만 나는 계속 살펴보았다. 그리고 내가 결국 그곳을 찾아냈을 때에는 이곳에 작업조가 잠시 머물렀다는 사실에 의심의 여지가 없었다. 그 흔적이며 냄새 모두가 너무 익숙했기 때문이다.

"여기 누구 없어요?" 나는 메아리치는 라운지에서 이렇게 외쳤다.

안으로 더 들어가 보려 했을 때, 어느 한구석에서 신음소리가 들려왔다. 어둑어둑한 구석에 놓은 긴 의자 위에 남자 하나가 누워 있었다. 비록 어둡기는 했지만, 그의 병세가 이미 상당히 진전되었음을 알 수 있었다. 나는 너무 가까이 다가가지는 않기로 작정했다. 그가 눈을 떴다. 순간 나는 상대방이 나를 볼 수 있지 않나 생각했다.

"누구 있어요?" 그가 말했다.

"예, 여쭤 볼 것이 하나—"

"물." 그가 말했다. "제발 부탁이니 물 좀 가져다줘요—"

나는 식당으로 가서, 그 너머에 있는 주방을 찾아냈다. 수돗물은 나오지 않았다. 나는 탄산수 두 병을 커다란 주전자에 쏟은 다음, 컵 하나를 챙겨 가지고 돌아왔다. 그리고 그 남자의 손이 닿을 만한 곳에 가져다 놓았다.

"고맙습니다. 형씨." 그가 말했다. "내가 알아서 마실게요. 나한테 가까이 오지는 말아요."

그는 주전자 안에 컵을 담갔다가 꺼내 마셨다.

"세상에." 그가 말했다. "얼마나 마시고 싶었던지!" 그러면서 그는 똑같은 행동을 반복했다. "그나저나 여기서 뭐 하는 겁니까, 형씨? 이 근처를 돌아다니는 건 건강에 위험해요, 아시다시피."

"누군가를 찾으러 다니는 중입니다. 눈이 보이는 젊은 여자예요. 이름은 조젤라구요. 혹시 여기 있지 않았나요?"

"당연히 **여기** 있었죠. 하지만 너무 늦게 오셨네요, 형씨."

갑자기 의구심이 떠오르더니, 마치 칼처럼 나를 쿡 찔렀다.

"그렇다면— 설마—"

"아니, 진정해요, 형씨. 그 여자는 내가 걸린 것 같은 병에 걸리지는 않았으니까. 그 여자는 떠나 버렸어요. 움직일 수 있었던 나머지 다른 사람들과 마찬가지로요."

"도대체 어디로 간 거죠, 혹시 아시나요?"

"그건 나도 모르겠네요, 형씨."

"그렇군요." 내가 침울하게 대답했다.

"어서 가 보는 게 좋을 거요, 형씨. 여기 더 오래 있다가는 당신도 영영 머물러 있게 될 수 있으니까. 나처럼 말이오."

그의 말이 맞았다. 나는 가만히 서서 그를 내려다보았다.

"제가 뭔가 더 해 드릴 일이 있을까요?"

"아니. 나는 이걸로 됐어요. 내가 보기에는 머지않아 내가 뭔가를 더 필요로 할 일도 없어질 것 같으니까." 그는 말을 멈추었다. 그리고 잠시 후에 덧붙였다. "잘 가요, 형씨. 그리고 정말 고맙습니다. 혹시 그 여자를 찾으면, 잘 돌봐 주세요. 참 좋은 사람이었으니까."

잠시 후에 나는 통조림 햄과 병맥주로 식사를 하다가 비로소 한 가지를 생각해 냈다. 도대체 조젤라가 언제쯤 떠났는지를 미처 그 남자에게 물어보지 않았다는 사실이었다. 하지만 그의 현재 상태에서는 시간을 확실히 기억할 가능성이 없다는 결론을 내리고 말았다.

이제 내가 마지막으로 찾아가 볼 만한 곳은 바로 대학 건물이었다. 내 생각에는 조젤라도 마찬가지 생각을 했을 법했다. 게다가 이미 흩어진 예전의 무리 가운데 일부가 재결합을 의도하고 그곳으로 다시 흘러들었을 가능성도 있어 보였다. 물론 희망이 아주 크지는 않았는데, 상식적으로 이들은 이미 며칠 전에 이 도시를 떠났을 것이기 때문이었다.

탑 위에는 여전히 깃발 두 개가 걸려 있었고, 초저녁의 따뜻한 공기 속에 축 늘어져 있었다. 우리가 앞마당에 모아 놓았던 20대쯤의 트럭 가운데 네 대가 아직 남아 있었으며, 외관상 아무도 손을 대지 않은 듯했다. 나는 그 옆에 자동차를 세우고 건물 안으로 들어가 보았다. 정적 속에서 내 발걸음 소리만 요란하게 메아리쳤다.

"이봐요! 이봐요! 여기요!" 내가 외쳤다. "여기 아무도 없어요?"

내 목소리는 복도와 계단을 따라 메아리치다가 점차 줄어들어 속삭임이 되었고, 곧이어 정적이 되었다. 나는 다른 건물의 출입구로 다가가 또다시 외쳐 보았다. 다시 한번 그 메아리는 전혀 깨지 않고 잦아들었으며, 마치 먼지처럼 바닥에 가라앉았다. 그러다가 뒤로 돌아서고 나서야, 나는 비로소 바깥문 안쪽 벽에 누군가가 분필로 써 놓은 글자를 알아볼 수 있었다. 크게 적어 놓은 어딘가의 주소였다.

윌트셔 주 디바이지즈 인근

틴셤 소재 틴셤 장원

최소한 뭔가가 있기는 있었던 셈이다.

나는 이걸 바라보며 생각에 잠겼다. 앞으로 한 시간쯤이면 주위가 어두워질 것이다. 내 생각에 디바이지즈는 여기서 최소한 160킬로미터, 어쩌면 그보다 멀리 떨어진 곳일 터였다. 나는 다시 밖으로 나가서 트럭을 살펴보았다. 그중 한 대는 마침 내가 마지막으로 끌고 들어온 것이었다. 그래서 다른 사람들에게는 경멸만 샀던 트리피드 보호 장구가 모두 그대로 들어 있었다. 게다가 함께 실린 나머지 화물 역시 식량과 물품이 적절히 구색을 갖추고 있었다. 그러니 승용차를 타고 맨몸으로 가는 것보다는, 차라리 이 트럭을 끌고 가

305

는 게 더 나을 것 같았다. 그렇지만 반드시 그래야 하는 다급한 이유가 없는 한, 나로선 한밤중에 굳이 운전을 하고 싶지 않았다. 왜냐하면 한밤중에는 도로 위에서 갖가지 위험이 발생할 수 있다고 예상되기 때문이었고, 저렇게 크고 짐이 많이 실려 있는 트럭이라면 더더욱 마다하고 싶었기 때문이다. 설령 트럭이 고장이라도 나서 나 혼자 저 짐들을 옮겨야 한다면(아마 그래야 할 가능성이 높아 보였는데) 또 다른 트럭을 찾아서 짐을 옮기는 데 드는 시간이 여기서 하룻밤을 보내는 시간보다 더 오래 걸릴 것이었다. 그러니 내일 아침에 일찌감치 출발하는 것이 더 나을 듯했다. 나는 일단 탄약 상자를 승용차에서 트럭 운전석으로 옮겨 놓았다. 그리고 총은 계속 들고 다녔다.

가짜 화재 경보 당시에 머물렀던 방으로 찾아가 보았더니, 내가 떠난 상태 그대로였다. 의자에는 옷이 놓여 있었고, 심지어 담뱃갑과 라이터도 그때 사용하던 임시 침대 바로 옆에 놓아둔 그대로였다.

아직은 잠을 자기에 너무 이른 시간이었다. 나는 담배에 불을 붙여 물고 담뱃갑을 주머니에 넣은 다음, 밖에 나가 보기로 작정했다.

러셀 스퀘어 공원으로 들어가기 전에, 나는 그곳을 유심히 살펴보았다. 이렇게 탁 트인 공간에 대해서는 벌써부터 의심하기 시작한 참이었다. 아니나 다를까, 트리피드 한 마리가 있었다. 북서쪽 모서리에서 아주 완벽하게 가만히 서 있었지만, 그 주위의 덤불보다 상당히 키가 커서 두드러져 보였다. 나는 그놈에게 가까이 다가가서, 단 한 방에 꼭대기를 박살 내 버렸다. 가뜩이나 조용한 스퀘어에서 그 총소리가 어찌나 크게 들리던지, 마치 내가 곡사포를 쏘았더라도 그보다는 더 조용했을 것 같았다. 다른 어딘가에 숨어 있는 트리피드가 없다는 걸 확인하자, 나는 공원으로 들어가서 어느 나무에 등을 기대고 앉았다.

내가 거기 머문 시간은 20분쯤 된 것 같았다. 해가 기울고, 공원의 절반쯤이 어둠 속에 잠겼다. 나는 이제 건물 안으로 들어가기로 작정했다. 빛이 있는 동안에는 얼마든지 스스로를 지킬 수 있었다. 하지만 어둠 속에서는 뭔가가 몰래 덮칠 수 있었다. 이미 나는 원시 상태로 돌아가는 중이었다. 아마도 머지않아 나는 먼 옛날 조상들과 마찬가지로 동굴 밖의 한밤중을 항상 의심스러운 얼굴로 지켜보며 어둠 속에서 여러 시간을 보내야만 할 터였다. 나는 잠시 멈춰 서서 공원 주위를 다시 한번 둘러보았다. 마치 이것이야말로 그냥 넘겨 버리기 전에 반드시 기억해 두어야 할 역사의 한 페이지라도 되는 듯 말이다. 그렇게 거기 서 있자니 도로에서 누군가의 발소리가 들렸다. 작은 소리이기는 했지만, 적막 속에서는 마치 맷돌처럼 육중하게만 들렸다.

나는 총을 쏠 준비를 하고 뒤로 돌아섰다. 제아무리 사람의 발자국을 발견한 로빈슨 크루소라 하더라도, 그때 발소리를 들은 나만큼 놀라지는 않았을 것이다.[+] 왜냐하면 그 발소리는 시력을 상실한 사람의 머뭇거림이 없었기 때문이었다. 그 발소리가 도로를 벗어나

+ 『로빈슨 크루소』(1719)에서 무인도에 살던 주인공은 어느 날 바닷가에서 다른 사람의 발자국을 발견하고 극도의 공포에 사로잡힌 나머지 한동안 칩거하며 전전긍긍한다. 알고 보니 이는 그 무인도에 종종 찾아오던 식인종들의 발자국 가운데 하나였으며, 주인공은 이후 이들의 행적을 유심히 살피다가 프라이데이와 만난다.

공원으로 들어서자, 나는 그 주인공이 웬 남자임을 알아보았다. 내가 그의 발소리를 듣기 전에 그가 내 모습을 먼저 보았음이 분명했다. 왜냐하면 저쪽이 내게 곧장 다가왔기 때문이다.

"총을 쏠 필요까지는 없수다." 남자가 이렇게 말하며 텅 빈 양손을 활짝 펼쳤다.

그가 몇 미터 앞까지 다가와서야 나는 상대가 누구인지를 알아보았다. 이와 동시에 그 역시 나를 알아보았다.

"아, 당신이었군, 그렇지?" 그가 말했다.

나는 계속 총을 겨누고 있었다.

"안녕하십니까, 코커. 도대체 뭘 원하는 거죠? 또다시 나를 당신네 무리에 끼워 넣고 싶은 겁니까?" 내가 물었다.

"아니. 그러니 그 물건 좀 내려놓으라니까. 워낙 소리가 크게 나니까 말이우. 하긴 내가 당신을 찾아낸 것도 바로 그것 덕분이기는 하지만. 여하간 아니란 말이우." 그가 거듭 말했다. "이제는 나도 지쳤수. 그래서 여기서 벗어나고 싶어 안달이 나 있단 말이우."

"나랑 똑같군요." 나는 이렇게 말하며 총을 내렸다.

"당신네 작업조는 어떻게 된 거요?" 코커가 물었다.

나는 사정을 설명해 주었다. 그가 고개를 끄덕였다.

"우리 쪽하고 똑같이 되었군. 나머지 작업조도 마찬가지일 거요, 아마. 하지만 우리는 나름대로 노력을—"

"잘못된 방향으로요." 내가 말했다.

코커가 또다시 고개를 끄덕였다.

"맞수다." 그가 순순히 시인했다. "이제 와서 생각해 보면, 당신네 무리가 애초부터 옳은 생각을 가지고 있었던 거요. 다만 옳지 않은 것처럼 **보였을** 뿐이고, 옳지 않은 것처럼 들렸을 뿐이지. 불과 일주일 전까지만 해도."

"엿새 전이라고 해야 맞겠죠." 내가 그의 말을 정정해 주었다.

"일주일인데." 코커가 말했다.

"아뇨, 내가 확신하는데— 아, 이런, 이제 와서 그게 무슨 소용이겠어요, 어쨌거나?" 내가 말했다. "지금과 같은 상황에서는." 나는 잠시 쉬었다가 다시 말했다. "차라리 피차 없었던 일로 덮어 두고 맨 처음부터 다시 해 나가는 게 낫지 않을까요?"

그가 동의했다.

"내가 다 그르쳐 놓은 거요." 코커가 말했다. "내 생각에는 오로지 나 혼자만 이 상황을 진지하게 받아들인 사람 같았거든. 하지만 나역시 충분히 진지하게 받아들인 건 아니었수. 나는 이런 상황이 계속되리라고는, 우리를 돕기 위해 아무도 나타나지 않으리라고는 차마 믿을 수 없었으니까. 하지만 지금 상황을 좀 보슈! 세상 어디에나 마찬가지일 거요. 유럽이고, 아시아고, 아메리카고. 심지어 미국도 이런 꼴이 났다고 생각해 보라니까! 하지만 분명히 그랬을 거요. 그러지 않았다면 그쪽 사람들이 여기로 왔을 거고, 우리를 도와서 이곳을 복구하려고 애썼을 테니까. 내가 생각한 방식은 바로 그거였수. 하지만 실제로는 아니었다는 거지. 그러니 이제 보면 당신네 무리가 애초부터 이 상황을 더 잘 이해하고 있었던 거요."

우리는 잠깐 동안 각자 생각에 잠겼다. 곧이어 내가 물었다.

"그나저나 이 질병, 전염병 말이에요. 정체가 뭐라고 생각하세요?"

"내가 어떻게 알겠수, 형씨. 그래도 내 추측에는 장티푸스 같은데, 누가 그러더만. 장티푸스라면 잠복기가 더 길어야 한다나. 그래서 나도 모르는 걸로 되고 말았지. 내가 그 병에 걸리지 않은 이유도 모르기는 마찬가지요. 차이가 있다면 병에 걸린 사람들 곁에 가지 않을 수 있었다는 것, 그리고 깨끗한 것만 골라서 먹는다는 것 정도일 텐데. 통조림을 먹어도 내가 직접 딴 것만 먹었고, 병맥주만 골라 마셨으니까. 어쨌거나 아직까지는 내가 운이 좋지만, 여기 더 오래 머물러 있고 싶지는 않수다. 당신은 이제 어디로 갈 거요?"

나는 벽에 적힌 주소에 관해서 말해 주었다. 코커는 아직 그걸 못 본 상태였다. 대학 건물로 돌아오던 중에 내가 쏜 총소리를 듣고, 약간 조심하면서 주위를 살펴보게 되었던 것이다.

"그런데—"나는 말을 하다가 갑자기 멈춰 버렸다. 우리 서쪽에 있는 거리들 가운데 어디에선가 자동차 시동 거는 소리가 들렸기 때문이었다. 곧이어 가속하는 소리가 들리더니, 우리에게서 멀어지며 점점 작아졌다.

"음, 최소한 다른 누군가도 이곳을 떠나긴 한 모양이구만." 코커가 말했다. "그나저나 그 주소를 적어 놓은 사람은 도대체 누구이려나? 당신 생각에는 누구인 것 같수?"

나는 어깨를 으쓱할 뿐이었다. 코커에게 습격을 당했던 무리 가운데 다시 돌아온 사람들이었다고 가정하는 것이 합리적일 듯했다. 또는 시력이 멀쩡한 사람들 가운데 코커 일당이 차마 붙잡지 못한 몇 명일 수도 있었다. 하지만 이 주소가 얼마나 오랫동안 거기 적혀 있었는지는 알 수 없었다. 그는 거듭해서 이 문제를 생각했다.

"그래도 한 사람보다는 두 사람이 더 나을 거요. 나도 당신을 따라가서 어떤 상황인지 살펴봤으면 좋겠는데. 괜찮겠수?"

"좋습니다." 내가 대답했다. "이제는 눈을 좀 붙여야겠어요. 내일 일찍 출발하려면."

내가 잠에서 깨어났을 때 코커는 아직 잠들어 있었다. 스키복과 묵직한 신발로 갈아입으니, 앞서 그의 일당에게 얻어서 입었던 옷보다 더 편안했다. 나는 이런저런 상자와 통조림을 한 자루 챙겨 돌아왔고, 코커 역시 일어나서 옷을 챙겨 입은 상태였다. 아침 식사를 하면서 우리는 화물 실은 트럭을 한 대 몰고 가는 것보다는 차라리 두 대 몰고 가면 틴셤에서도 우리를 더 환영해 줄 거라는 결론에 이르렀다.

"그리고 운전석 창문을 반드시 닫아 두세요." 내가 말했다. "런던 근교에는 트리피드 종묘장이 상당히 많으니까요. 특히 서쪽으로는 말이에요."

"알았수다. 그렇잖아도 그 추악한 괴물 녀석들을 이미 몇 마리 본 참이니까." 그가 곧바로 대답했다.

"나는 그놈들이 돌아다니는 것도 봤어요. 심지어 공격하는 것까지도요." 내가 그에게 말했다.

중도에 만난 첫 번째 주유소에서 우리는 주유기를 부수고 기름을 채웠다. 곧이어 적막한 거리에 마치 탱크 행렬 같은 소리를 남기며 서쪽으로 향했고, 내가 탄 3톤 트럭이 앞장을 섰다.

행군은 상당히 힘들었다. 10여 미터마다 한 번씩 주인 없는 차량을 피해 가야 했기 때문이다. 때로는 두세 대가 도로를 완전히 막아 놓고 있어서, 최대한 저속으로 전진하며 그중 한 대를 옆으로 밀어 놓아야 했다. 이 가운데 파괴된 차량은 극히 드물었다. 시력 상실이 운전자들에게 신속하게 닥친 것은 분명해 보였지만, 그래도 운전 중에 사고를 낼 만큼 급작스럽지는 않았던 모양이었다. 대개는 운전자들이 도로 가장자리에 차량을 끌고 가서 멈춰 서 있었다. 만약 이 재난이 대낮에 일어났더라면, 주요 도로는 지금쯤 완전히 통행 불가능한 상태가 되었을 것이고, 이면도로를 통해 도시 중심부에서 빠져나오는 데에만 며칠이 걸렸을지도 모른다. 그리고 그 시간의 대부분은 통행 불가능한 차량 더미를 만날 때마다 후진하고 다른 옆길을 찾아내는 데에 소비되었을 것이다. 하지만 내가 확인한 바로는 전체적인 진행 속도가 내 예상보다는 오히려 덜 느렸으며, 몇 킬로미터에 걸쳐서 길가에 뒤집어진 자동차를 목격하고 나서야, 나는 누군가가 이미 지나가면서 부분적으로 뚫어 놓은 경로를 따라서 우리가 지나가고 있음을 비로소 깨달았다.

더 교외에 해당하는 스테인스어폰템스[+]에 도착하면서부터 우리는 비로소 런던을 뒤로 하고 있음을 느끼기 시작했다. 나는 일단 그곳에 멈춰 서서 코커에게 갔다. 그가 트럭의 시동을 끄자 두껍고도 부자연스러운 정적이 우리를 휩쌌고, 간혹 금속이 식으면서 내는 딱딱 하는 소리만이 정적을 깨트릴 뿐이었다. 문득 우리가 출발한

[+] 런던 서쪽의 교외 도시로, 북쪽에 히스로 공항이 자리하고 있다.

이후로 지금까지 만난 생명체란 기껏해야 참새 몇 마리뿐이었음이
기억났다. 코커도 운전석에서 내려왔다. 그러고는 도로 한가운데
서서 주위를 둘러보며 가만히 귀를 기울였다.

저 너머 우리 앞에 놓여 있노라

거대한 영원의 사막이……⁺

코커가 갑자기 시를 읊었다.

나는 그를 뚫어져라 쳐다보았다. 그의 엄숙하고도 숙고하는 듯
한 표정이 갑자기 머쓱한 웃음으로 바뀌었다.

"이것 말고 셸리를 좋아하시려나?" 코커가 물었다.

내 이름은 오지만디아스, 왕 중의 왕이라.

내 업적을 목도하고 절망하라, 너희 강한 자들이여!⁺⁺

"뭐 하고 있수. 먹을 거나 좀 찾아보자니까." 그의 말이었다.

"코커." 내가 말했다. 우리는 트럭 짐칸 뒤쪽 받침대에 앉아서 식
사를 마치고 비스킷에 마멀레이드를 바르던 중이었다. "당신 때문

+ 영국의 시인 앤드루 마블(1621~1678)의 시 「수줍은 여인에게」(1650?)의 일부분. 이상적인 사랑을
원하는 여인을 향해, 인생이 짧음을 상기시키면서 차라리 불타는 사랑을 즐기자고 설득하는 내용이다.
++ 오지만디아스는 이집트 왕 람세스 2세의 그리스식 이름이다. 영국의 시인 퍼시 비시 셸리
(1792~1822)의 시 「오지만디아스」(1818)는 저 대단한 권력자는 물론이고 심지어 그의 기념물조차도 죽
음과 세월을 당해 내지 못함을 지목하며 인생무상을 상기시킨다.

에 놀랐네요. 도대체 당신은 어떤 사람인가요? 내가 처음 봤을 때에는 마치 (내가 적절한 단어를 사용하도록 양해해 주신다면) 부둣가의 속어를 잔뜩 썼었죠. 그런데 이제는 내 앞에서 마블을 인용하는군요. 도무지 이해가 안 되는데요."

코커가 씩 웃었다. "나 역시 이해 못 하기는 마찬가지요." 그의 말이었다. "말하자면 잡종이 된 거라고나 할까. 사람은 자기 자신이 어떤지를 결코 진정으로 알 수 없는 법이지. 우리 어머니 역시 내가 어떤지를 결코 진정으로 알지 못했수다. 최소한 어머니는 그걸 입증하지 못하셨고, 그래서 어머니는 바로 그런 이유 때문에 나를 좋게 볼 수가 없다며 항상 나를 못마땅하게 생각하셨지. 그래서 나는 어린 시절부터 세상에 대해서 삐딱하게 되고 말았수다. 급기야 학교를 졸업하자마자 집회에 나가기 시작했지. 뭔가에 항의하는 목적만 있다면, 그 어떤 집회든지 상관은 없었고. 그러다 보니 거기 종종 참석하는 무리들과 어울리게 되더구만. 내 생각에 그치들은 나를 재미있다고 여겼던 모양입디다. 그래서 그치들은 나를 데리고 사이비 정치 종류의 집회에 데리고 다녔지. 그러다가 어느 정도가 지나자 나는 그런 재미에도 질려 버렸고, 그치들이 이중적인 웃음을 보이는 것에도 질려 버렸던 거요. 즉 내 생각을 말할 때마다 그치들은 한편으로 나와 함께 웃었고, 또 한편으로 나를 보며 웃었으니까. 아무래도 그치들이 가진 배경지식을 나도 갖고 있어야만, 나 역시 그치들을 보며 조금이라도 웃어 줄 수 있겠더구만. 그래서 나는 야학에 다니기 시작했고, 그치들이 하는 방식으로 말하는 법을 연습해서, 필요한 경우에는 얼마든지 사용할 수 있게 되었지. 상대방이 내 말을 진지하게 받아들이게 하려면, 일단 상대방이 사용하는 언어로 말해야만 하는 법인데, 이 세상에는 그걸 모르는 사람이 무척이나 많다니까. 내가 말은 거칠게 하면서도 셸리를 인용해 버리면, 사람들은 나를 귀엽다고, 예를 들어 공연하는 원숭이나 뭐 그런 것과 비슷하다고 생각하지. 하지만 정작 내가 하는 말에는 신경을 쓰지 않는 거요. 그러니 상대방이 진지하게 받아들이는 데 익숙한 말을 사용해야지. 그리고 이건 다른 방식으로도 효과를 발휘한다니까. 노동자 청중에게 연설하는 정치적 지식인 가운데 절반쯤은 자기네 주장의 가치를 이해시키지 못하는 거요. 왜냐하면 그치들이 청중보다 수준이 높아서라기보다는, 오히려 청중이 단어보다는 목소리에 귀를 기울이니까. 즉 일반적이고 일상적인 이야기가 아니라 뭔가 약간 공상적이다 싶으면, 결국 자기네가 들은 내용을 크게 평가 절하하는 거요. 그래서 나는 일종의 이중 언어 구사자가 되는 것이, 그래서 장소에 따라 거기 어울리는 언어를 사용하는 것이 급선무라고 생각했지. 그리고 때로는 뜻밖에도 장소에 전혀 어울리지 않는 언어를 사용하는 거요. 이것이 청중을 얼마나 흥분시키는지 보면 깜짝 놀라게 된다니까. 영어의 카스트 체계는 정말 놀라운 거요. 그때 이후로 나는 연설이라는 분야에서 상당히 성공을 거두게 되었지. 물론 안정된 직업이라고 부를 정도까지는 아니었지만, 그래도 흥미와 다양성만큼은 가득했다니까. 윌프레드 코커. 집회 공고. 주제 불문. 그게 바로 나란 말이오."

"그건 무슨 뜻입니까? 주제 불문이라니?" 내가 물었다.

"음, 나는 마치 인쇄기가 인쇄물을 만들어 내듯이 이야기를 만들어 낼 수 있다는 뜻이었지. 인쇄물이라고 해서 다 믿어야 하는 건 아니지만."

나는 그 이야기를 일단 여기서 접어 두기로 했다. "그나저나 당신은 어떻게 나머지 사람들처럼 되지 않은 거죠?" 내가 물었다. "설마 병원에 있었던 건 아니겠죠, 안 그래요?"

"나 말이우? 전혀. 그때 마침 나는 한 집회에 참석 중이었는데, 하필이면 어떤 파업과 관련된 작은 문제에서 경찰의 편파적 행동에 항의하는 거였지. 우리는 6시쯤에 시작했는데, 30분쯤 지나서 경찰이 집회를 해산시키려고 나타난 거요. 나는 가까운 데 있는 뚜껑문을 열고 어느 집 지하실로 들어갔지. 그놈들도 따라 내려와서 살펴보았지만, 대팻밥 무더기 속에 숨은 나를 결국 발견하지 못하더군. 그놈들은 한동안 위층에서 쿵쾅거리며 오갔지만, 결국 조용해지더라니까. 하지만 나는 계속 거기 머물러 있었지. 굳이 멋지고 작은 함정 안으로 걸어 들어가지는 않은 거요. 거기도 꽤 아늑하기에 나는 그만 잠이 들었지. 아침이 되어서 슬그머니 바깥을 내다보았는데, 그랬더니만 이 난리가 나 있더구먼." 그는 잠시 말을 멈추고 생각에 잠겼다. "뭐, 이제는 야단법석도 끝나 버렸지. 이제부터는 내가 가진 특별한 재능에 대한 수요도 그리 많지는 않으리라는 게 확실해 보이니까." 코커가 덧붙였다.

나는 그의 말에 이의를 제기하지 않았다. 우리는 식사를 마쳤다. 코커는 트럭 짐칸 뒤쪽 받침대에서 미끄러져 내려왔다.

"갑시다. 움직이는 게 좋겠구먼. '내일은 싱싱한 들판과 새로운 풀밭으로.'+ 진짜로 케케묵은 인용문을 원하신다면 여기 있수다."

"단순히 케케묵은 수준이 아니라, 아예 부정확하군요." 내가 말했다. "원래는 '들판'이 아니라 '숲'이에요."

코커는 인상을 찡그렸다. 그리고 생각에 잠겼다.

"어디— 이런, 형씨, 그 말이 맞구먼." 그가 시인했다.

나 역시 코커가 이미 보여 준 모습처럼 점차 마음이 가벼워지는 것을 느끼기 시작했다. 탁 트인 시골의 풍경은 일종의 희망을 선사했다. 아직 어리고 푸르른 농작물이 다 익어도 그걸 추수할 사람이 없을 것은 분명했고, 나무의 과일이 익어도 그걸 따 모을 사람이 없을 것도 분명했다. 시골 역시 그날 본 것처럼 깔끔하고 단정한 모습은 두 번 다시 취하지 못할 것이었다. 하지만 그 모두에도 불구하고 세상은 저마다의 방식으로 계속 돌아갈 것이다. 최소한 도시처럼 그저 불모 상태로 영원히 멈춰 있지는 않을 것이었다. 이곳은 사람이 일하고 가꿀 수 있는 장소이고, 따라서 아직은 미래를 발견할 수 있는 장소였다. 이곳에 나와 보니, 이전 한 주 동안의 내 존재야말로 마치 찌꺼기를 먹으면서 쓰레기 더미를 뒤지던 쥐의 삶과도 같았다는 생각이 들었다. 들판을 바라보고 있으면, 내 영혼이 더 확장되는 느낌이었다.

우리가 중도에 지나친 장소 가운데서도 레딩[++]이나 뉴베리[+++] 같은 도시들은 런던에서의 기분을 다시 느끼게 해 주었지만, 그건 회

[+] 영국의 시인 존 밀턴(1608~1674)의 시 「리시다스」(1637)의 마지막 행.
[++] 런던에서 서쪽으로 60킬로미터 떨어진 버크셔 주의 도시.
[+++] 런던에서 서쪽으로 85킬로미터 떨어진 버크셔 주의 도시.

복의 그래프에서 일시적인 하락에 불과했다.

인간에게는 비극적 기분을 유지할 수 없는 일종의 무능력이 있으며, 이것이야말로 정신의 불사조와도 같은 성질이었다. 이것은 도움이 될 수도 있고, 해가 될 수도 있었지만, 사실은 어디까지나 살고자 하는 의지의 일부분이었다. 이것은 또한 우리가 상대방을 약화시키는 전쟁을 서로 벌이게 만드는 요인이 되기도 했다. 여하간 이것이야말로 우리의 본성에서도 필수적인 일부분이므로, 뭔가 커다란 비극을 보면 최소한 한 번쯤은 울어야 마땅한 것이다. 하지만 계속 울고만 있을 수는 없다. 머지않아 그런 비극의 광경조차도 일상적으로 받아들여져야만, 비로소 삶은 유지가 가능할 것이다. 파란 하늘에 구름 몇 점이 마치 천상의 빙산처럼 둥둥 떠가는 풍경 아래의 도시는 뭔가 덜 압도적인 기억이 되었으며, 삶의 감각이 마치 상쾌한 바람처럼 우리를 원기왕성하게 만들어 주었다. 물론 이것이 완전한 핑계까지는 되지 못하겠지만, 운전을 하면서 간혹 내가 노래를 부르고 있음을 깨닫고 깜짝 놀랐던 이유를 최소한 설명해 주기는 할 것이다.

헝거퍼드⁺에서 우리는 식사와 주유를 위해 다시 멈추었다. 아무도 손을 대지 않은 시골을 몇 킬로미터나 통과하는 동안, 해방감은 계속해서 쌓여만 갔다. 그렇다고 해서 외로운 것까지는 아니었고, 다만 잠들어 있고 친근한 느낌을 줄 뿐이었다. 심지어 때때로 트리피드가 작은 무리를 이루어 들판을 가로지르는 광경이라든지, 또는

+ 런던에서 서쪽으로 100킬로미터 떨어진 버크셔 주의 도시.

흙에다가 뿌리를 박고 쉬고 있는 모습조차도 결코 내 기분을 망쳐 놓을 만한 적대감을 불러일으키지는 않았다. 머지않아 그놈들 역시 다시 한번 나의 지연된 전문적 관심의 순수한 대상이 될 것이었다.

　디바이지즈를 앞두고 우리는 다시 한번 트럭을 세우고 지도를 들여다보았다. 여기서 조금만 더 가서 우리는 오른쪽으로 난 옆길로 들어설 것이고, 그러면 틴셤 마을이 나오게 될 것이었다.

제10장

틴섬 장원

어느 누구라도 그 장원을 못 보고 지나칠 가능성은 거의 없어 보였다. 아마도 틴섬 마을인 것으로 보이는 오두막 몇 채를 지나자마자 장원의 높은 담장이 길가에 나타났다. 그 담장을 따라가다 보니 커다란 철문이 나왔다. 문 너머에는 젊은 여자가 하나 서 있었는데, 그 얼굴에는 인간의 다른 모든 표정을 억누른 듯한 매우 진지한 책임감이 떠올라 있었다. 그녀는 산탄총을 들고 있었는데, 그나마도 손의 위치가 잘못되어 있었다. 나는 코커에게 신호를 보내 트럭을 세우게 했고, 나 역시 차를 멈추고 여자에게 말을 걸었다. 그녀는 입을 움직였지만, 트럭 엔진 소리 때문에 단 한 마디도 들리지 않았다. 나는 아예 시동을 꺼 버렸다.

"여기가 틴섬 장원인가요?" 내가 물었다.

여자는 그렇다, 또는 아니다 하는 대꾸조차 전혀 없었다.

"어디서 오시는 분이시죠? 그리고 모두 몇 분이시죠?" 그녀가 물었다.

　나로선 그녀가 지금 만지작거리는 방식으로 총을 만지작거리는 모습이 영 조마조마하기만 했다. 그 불안해 보이는 손가락을 계속 주시하면서, 나는 우리가 누구인지, 왜 여기에 왔는지, 무엇을 가져왔는지를 짧게 설명한 다음, 우리 말고 트럭에 숨어 있는 사람은 더 없다고 장담했다. 아마도 상대방은 내 말을 곧이듣지 않는 듯했다. 내 눈을 똑바로 바라보는 여자의 눈에는 사냥개에게 더 일반적인 애처롭고 숙고하는 표정이 떠올라 있었지만, 심지어 거기에도 사람을 안심시켜 주는 느낌은 없었다. 내 설명만 가지고는 고도로 양심적인 사람들을 무척이나 지치게 만드는 저 무작위적인 의구심을 사실상 물리치지 못했다. 여자가 트럭 화물칸을 직접 살펴보며 내 주장을 검증하러 나왔을 때, 나는 제발 그녀가 다른 손님들과 맞닥뜨렸을 때에 자신의 의구심을 정당화할 만한 상황을 겪지는 않았으면 하는 바람뿐이었다. 어쩌면 이 여자는 수색 결과가 만족스러움을 시인하는 것이야말로, 자기가 담당한 확실성 유지의 역할을 도리어 잠식한다고 생각하는지도 몰랐다. 여하간 그녀는 우리가 문제없다는 사실에 동의했고, 여전히 조심스러운 태도로 우리를 들여보내 주었다.

　"갈림길에서 오른쪽으로 가세요." 내가 탄 트럭이 지나가자 그녀는 이렇게 말했고, 곧바로 정문의 경비를 계속하러 뒤돌아섰다. 느릅나무가 줄지어 늘어선 짧은 길을 지나자, 18세기 후반의 느낌으로 조성된 정원이 나타났는데, 드문드문 심어 놓은 나무 덕분에 그 공간이 매우 멋지게 확장되어 보였다. 멀리 나타난 저택은 건축학적 의미에서 아주 웅장하지는 않았지만, 최소한 아주 다양하기는 했다. 이 집은 상당한 면적을 차지하고 있었으며, 매우 다양한 건축 양식을 한꺼번에 보여 주고 있었는데, 마치 이전 소유주들이 각자의 흔적을 집에 남겨 두고픈 유혹을 차마 이기지 못한 듯한 모양새였다. 즉 이들 각자는 한편으로 선조의 작품을 존중하면서도, 또 한편으로는 각자가 속한 시대의 정신을 덧붙여 표현하는 것이 자기의 의무라고 생각한 모양이었다. 그러다 보니 저택 자체는 상당히 우스꽝스러운 몰골이 되었지만, 그런 한편으로 친근하면서도 뭔가 든든한 느낌을 주었다.

오른쪽 길로 계속 가다 보니 넓은 마당이 나왔는데, 거기에는 차량 몇 대가 이미 주차되어 있었다. 차고와 마구간도 근처에 있었는데, 얼핏 보아도 1만 제곱미터는 넘어 보였다. 코커도 내 옆에 트럭을 세우고 내렸다. 주위에는 사람이 아무도 안 보였다.

우리는 본관의 열려 있는 옆문으로 들어가서 긴 복도를 따라 걸어갔다. 복도 끝의 부엌은 그야말로 귀족적인 규모였으며, 음식의 온기와 냄새가 감돌고 있었다. 맞은편에는 문이 하나 있고, 사람 목소리와 접시 부딪치는 소리가 들렸다. 하지만 거기 도달하기 위해서는 어두운 복도를 더 지나가고, 또 다른 문을 지나가야만 했다.

우리가 들어간 장소는 아마도 하인 식당이었던 모양인데, 그 규모를 토대로 추정하자면, 한때 이 저택에는 상당히 많은 하인들이 있었던 모양이었다. 식당 안은 매우 널찍해서, 100여 명이 넉넉하게 자리를 차지하고 식탁에 앉을 수 있을 정도였다. 지금 그 안에 들어와 있는 사람들은 두 줄로 늘어선 벤치에 앉아 있었다. 내가 보기에는 50명 내지 60명쯤 되는 것 같았으며, 얼핏 보아도 모두들 시력을 상실했음을 알 수 있었다. 이들이 인내심 있게 앉아 있는 동안, 시력이 온전한 사람 몇 명이 매우 바쁘게 움직였다. 어느 옆 탁자에서는 젊은 여성 세 명이 열심히 닭고기를 썰고 있었다. 나는 그중 한 명에게 다가갔다.

"저희는 방금 왔는데요." 내가 말했다. "뭘 도와 드리면 될까요?"

여자는 동작을 멈추고, 포크를 여전히 든 상태에서, 손등으로 머리카락을 뒤로 넘겼다.

"한 분은 야채 나눠 주는 걸 담당해 주시고, 또 한 분은 접시 나눠 주는 걸 담당해 주시면 도움이 되겠네요." 그녀의 말이었다.

나는 감자와 양배추가 들어 있는 커다란 통 두 개를 담당했다. 음식을 퍼 주면서 나는 식당 안에 있는 사람들을 둘러보았다. 조젤라는 그중에 없었다. 뿐만 아니라 대학 건물에서 피난 계획을 내놓았던 집단에서 비교적 눈에 띄던 몇 사람도 전혀 찾아볼 수가 없었다. 물론 여자 가운데 몇 명은 어쩐지 눈에 익은 얼굴인 것도 같았지만 말이다.

여기 있는 사람들은 앞서의 집단보다 남자의 비율이 훨씬 더 높았고, 특이하게도 여러 종류의 사람이 뒤섞여 있었다. 그중 몇 사람은 런던내기인 것이 분명했고, 최소한 도시인이 분명했다. 하지만 대다수는 시골 사람들의 작업복을 입고 있었다. 양쪽 모두가 아닌 사람은 중년의 목사 한 명이었지만, 남성 모두의 공통점이 있다면 바로 시력을 상실했다는 것뿐이었다.

이에 비해서 여자들은 더 다양했다. 그중 몇 사람은 이곳과 전혀 어울리지 않는 도시인의 옷차림이었고, 다른 사람들은 아마도 시골 출신인 듯했다. 시골 출신인 듯한 사람들 중에는 젊은 여자 한 명만 시력이 온전했지만, 도시 출신인 듯한 사람들 중에는 대여섯 명이나 시력이 온전했고, 상당수는 비록 시력을 상실했어도 그 행동이 아주 어색하지는 않았다.

코커 역시 이곳의 특이한 점을 눈여겨본 모양이었다.

"뭔가 괴상한 조합인걸." 그가 목소리를 낮춰 내게 말했다. "그 여자는 아직 못 찾았수?"

나는 고개를 저었다. 그제야 내가 이곳에서 조젤라를 찾을 수 있다는 기대를 너무 많이 품고 있었음을 깨닫고 씁쓸한 기분이 들었다.

"재미있는 건 말이야." 그가 계속 말을 이었다. "내가 형씨랑 같이 데려왔던 사람들은 거의 없다는 거지. 저 끝에서 고기 썰고 있는 아가씨 하나만 예외라고 해야겠네."

"혹시 그녀가 당신을 알아보던가요?" 내가 물어보았다.

"아마 그런 것 같은데. 그러니까 마치 잡아먹을 듯한 표정으로 나를 바라보았겠지."

음식을 운반하고 나눠 주는 일이 끝나자 우리도 각자 음식을 얻어서 식탁에 한 자리씩 차지하고 앉았다. 요리나 음식에 대해서는 불평할 거리가 전혀 없었고, 어쨌거나 무려 일주일 동안 차가운 통조림으로만 끼니를 때우던 상태이다 보니 입맛이 당길 수밖에 없었다. 식사를 마치자 누군가가 식탁을 똑똑 두들겼다. 목사가 자리에서 일어나더니, 주위가 조용해지기를 기다렸다가 이야기를 꺼냈다.

"친애하는 여러분, 또 하루를 마무리하면서 우리가 하느님께 다시 한번 감사드려야 할 줄로 압니다. 이런 재난의 한가운데에서 우리를 무사하게 해 주신 당신의 크나큰 은혜에 감사드립시다. 우리 모두 기도합시다. 아직도 어둠 속에서 헤매는 자들을 당신께서 긍휼히 여겨 주십사고, 그리고 그들의 발길을 이곳으로 인도하시어 우리의 도움을 받을 수 있게끔 기꺼이 도와주십사고 말입니다. 우리 모두 간구합시다. 우리 앞에 놓인 시험과 고난을 우리가 이겨 내도록, 그리하여 당신의 때에 당신의 도움을 힘입어 우리가 당신에게 더 큰 영광을 돌리는 더 나은 세상을 재건하는 일에서 우리 몫을 감당하도록 해 주십사고 말입니다."

그는 고개를 숙였다.

"전능하시고 자비로우신 하느님……."

잠시 후에 "아멘" 소리가 나오자, 이번에는 목사가 찬송가를 선창했다. 찬송가가 끝나자 모여 있던 사람들은 삼삼오오 무리를 이루어 옆 사람을 붙들었고, 시력이 온전한 젊은 여자 네 명이 이들을 인도해서 나갔다.

나는 담배에 불을 붙였다. 코커도 내 담배를 한 대 가져갔는데, 멍한 표정으로 아무 말이 없었다. 그때 젊은 여자 한 명이 우리에게 다가왔다.

"여기 치우는 것 좀 도와주실 수 있어요?" 그녀가 물었다. "듀런트 여사님께서는 머지않아 돌아오실 거예요, 아마도요."

"듀런트 여사님요?" 내가 반문했다.

"이곳을 총괄하고 계신 분이세요." 그녀가 설명했다. "자세한 내용은 그분과 상의하시면 될 거예요."

그로부터 한 시간이 지나고 거의 날이 어두워져서야, 우리는 듀런트 여사가 돌아왔다는 이야기를 들었다. 서재 비슷한 그녀의 작은 방에 들어가 보니, 책상 위에 켜 놓은 촛불 두 개가 전부였다. 나는 곧바로 그녀가 누구인지를 깨달았다. 런던대학에서의 회의 때 자리에서 일어나 이른바 '자유연애' 반대 의견을 피력했던 가무잡잡하고 입술 얇은 여자였다. 하지만 지금 이 순간 그녀의 관심은 오로지 코커에게 집중되어 있었다. 얼굴 표정만 놓고 보면 이전의 경우 못지않게 호의적이지 못했다.

"제가 듣기로는." 그녀는 냉랭한 어조로 말했다. 그러면서 마치 오물이라도 바라보는 듯한 눈길로 코커를 바라보았다. "제가 듣기로는, 그쪽이 바로 대학 건물에서의 공격을 계획한 장본인이라고 하던데요?"

코커는 순순히 시인하고 가만히 기다렸다.

"그렇다면 제가 딱 한 번만 분명히 말씀드리고 넘어가야 할 게 있네요. 여기 있는 우리 공동체에서는 폭력적인 방법을 결코 쓰지 않을 겁니다. 그리고 그런 방법을 결코 관용하지도 않을 겁니다."

코커는 슬며시 미소를 지었다. 그러면서 최대한 중산층다운 말투로 대답을 내놓았다.

"그건 관점의 문제일 겁니다. 어느 쪽이 더 폭력적인지 아닌지를 과연 누가 판단할 수 있겠습니까? 당장의 책임을 깨닫고 머물렀던 쪽일까요, 아니면 그 이상의 책임을 깨닫고 떠나 버리려던 쪽일까요?"

듀런트 여사는 계속해서 그를 뚫어져라 바라보았다. 비록 얼굴 표정은 변함이 없었지만, 지금 자기가 상대하는 사람에 대해서 앞서와 조금은 다른 판단을 구성하고 있는 것은 분명해 보였다. 코커의 답변이나 그의 태도 모두가 그녀의 예상과는 상당히 달랐기 때문이었다. 여하간 그녀는 이 문제를 잠시 옆으로 밀어 두고, 이번에는 나를 바라보았다.

"그쪽도 그 일에 가담하셨나요?" 듀런트 여사가 물었다.

나는 그 사건에서 내가 오히려 '당하는' 역할을 담당했었다고 설명한 다음, 거꾸로 질문을 던졌다.

"마이클 비들리하고 대령하고 다른 사람들은 어떻게 된 겁니까?"

이 질문에 대한 그녀의 반응은 그리 신통치가 않았다.

"모두 다른 어디론가 떠나 버렸어요." 듀런트 여사의 말투가 어쩐지 좀 날카로웠다. "지금 이곳은 기준에 의거해서, 즉 기독교적 기준에 의거해서 운영되는 깨끗하고 품위 있는 공동체예요. 그리고 우리는 앞으로도 이 상태를 계속 유지할 의향입니다. 더 느슨한 견해를 가진 사람들을 위한 자리는 여기 없어요. 퇴폐와 부도덕, 그리고 신앙심의 부족이야말로 전 세계에 퍼진 갖가지 질환 대부분의 원인이니까요. 눈이 멀쩡한 우리의 임무는 그런 일이 결코 벌어지지 않는 사회를 건설하는 거예요. 냉소적이고 똑똑한 척하는 사람들은 자기들이 여기에서 필요 없다는 사실을 깨달을 거고, 제아무리 휘황찬란한 이론을 내세우며 각자의 방종과 물질주의를 감추려고 해도 마찬가지일 거예요. 우리는 기독교 공동체이고, 앞으로도

330

계속 그렇게 남을 거예요." 그녀는 마치 비난하는 듯한 투로 나를 바라보았다.

"그러면 결국 피차 갈라선 셈이군요, 안 그런가요?" 내가 말했다. "그럼 그 사람들은 어디로 갔죠?"

듀런트 여사는 냉담하게 대답했다.

"그 사람들은 가던 길을 계속 갔고, 우리는 여기 남아 있어요. 중요한 건 그것뿐이에요. 그 사람들이 자기네 영향력을 여기에서 멀리 떨어트려 놓는 한, 그 사람들은 예정된 천벌을 원하는 대로 받게 되겠죠. 그 사람들은 스스로가 하느님의 율법이며 문명화된 관습보다 더 우월하다고 생각하고 있으니, 제 생각에는 십중팔구 천벌을 받게 될 것이 분명해요."

듀런트 여사가 이렇게 선언하면서 입을 꾹 다무는 모습을 보자, 더 이상 질문을 하는 것은 시간 낭비일 거라는 생각이 들었다. 곧이어 그녀는 코커를 다시 바라보았다.

"그쪽은 무슨 일을 할 줄 아시나요?" 듀런트 여사가 물었다.

"여러 가지를 할 줄 알죠." 그는 차분하게 대답했다. "어디서 저를 가장 필요로 하는지를 알아내기 전에는, 일단 두루두루 유용한 사람이 될 수 있겠죠."

듀런트 여사는 잠시 머뭇거렸고, 한발 뒤로 물러섰다. 뭔가 결정을 내리고 지시를 하는 것이 애초의 의도였지만, 이제 와서는 마음을 바꾼 모양이었다.

"좋아요. 그러면 한번 주위를 둘러보시고, 내일 저녁에 다시 오셔서 이야기를 나눠 보죠." 듀런트 여사가 말했다.

하지만 코커는 그리 손쉽게 물러날 사람이 아니었다. 그는 이 장원의 규모, 현재 저택에 있는 사람들의 숫자, 시력을 보전한 사람과 시력을 상실한 사람의 비율, 그리고 다른 여러 가지에 관한 세부 사항을 알고 싶어 했다. 그리고 결국 원하는 바를 알아냈다.

우리가 나오기 전에, 나는 조젤라에 관해 질문을 던졌다. 듀런트 여사는 인상을 찡그렸다.

"그 이름은 들어 본 것도 같네요. 지금은 어디—? 아, 그분이 혹시 지난번 선거에서 보수당의 이익을 대변하시기 위해 나섰던 분이신가요?"

"그랬을 것 같지는 않은데요. 그녀는— 어— 사실 예전에 책을 썼던 사람이죠." 내가 순순히 털어놓았다.

"그렇다면—" 듀런트 여사가 말을 꺼냈다. 순간 나는 상대방의 얼굴에 기억이 떠오르는 것을 감지했다. "아, 아, 그 사람—! 음, 솔직히 말씀드리자면, 메이슨 씨, 저로선 그분이 여기 우리가 만들고 있는 종류의 공동체에 딱히 관심을 보일 만한 종류의 인물이라고는 생각되지 않네요."

바깥의 복도에서 코커가 나를 돌아보았다. 황혼의 햇빛이었지만 그의 미소가 보일 정도는 아직 남아 있었다.

"이곳에는 뭔가 좀 억압적인 정통론이 지배적이구면." 그가 말했다. 곧이어 미소가 사라지면서 그가 덧붙였다. "그것도 고약한 종류의 정통론이 말이야. 자네도 알다시피. 오만과 편견이지. 저 양반은 도움을 원하고 있어. 자기가 도움을 몹시도 원한다는 것을 스스로도 잘 알고. 하지만 죽는 한이 있어도 그런 사실을 인정하려 들지는 않을 거야."

그는 열린 문을 마주 보고 섰다. 이제는 날이 너무 어두워져서 방 안의 상황을 전혀 알아볼 수 없었다. 하지만 우리가 이전에 지나갈 때에는 충분한 빛이 남아 있었기 때문에 그곳이 남자 숙소임을 알 수 있었다.

"나는 일단 들어가서 여기 있는 양반들하고 얘기를 좀 나눠 봐야겠군. 이따 봅시다."

내가 지켜보는 가운데, 그는 방 안으로 걸어 들어가더니 쾌활한 어조로 모두에게 인사를 건네었다. "안녕들 하쇼, 형씨들! 그간 어찌들 지내셨수?" 곧이어 나는 다시 식당으로 돌아갔다.

그곳의 유일한 불빛은 한 탁자 위에 나란히 놓아둔 촛불 세 개에서 나오는 것뿐이었다. 젊은 여자 한 명이 거기 가까이 붙어 앉아서 바느질로 뭔가를 꿰매고 있었다.

"안녕하세요." 그녀가 말했다. "끔찍하네요, 안 그래요? 옛날에는 해가 지고 나서 어떻게 일을 할 수 있었는지 알다가도 모르겠네요."

"지금은 그런 옛날까지도 아니죠." 내가 여자에게 말했다. "지금은 과거인 동시에 미래이기도 해요. 초 만드는 방법을 우리에게 알려 줄 누군가가 있는 한에는 말이에요."

"그렇겠죠." 그녀는 고개를 들어서 나를 바라보았다. "오늘 런던에서 오신 분이죠?"

"맞아요." 내가 대답했다.

"거기도 지금은 안 좋죠?"

"완전히 끝났죠." 내가 대답했다.

"거기 계시면서 끔찍한 광경도 좀 보셨겠네요?" 여자가 물었다.

"보다마다요." 나는 짧게만 대답했다. "여기 계신 지는 얼마나 되셨어요?"

그녀가 내놓은 전반적인 설명만 놓고 보면 그다지 격려가 되는 것도 아니었다.

코커의 대학 건물 습격 당시에 시력이 온전한 사람 가운데 몇 명은 용케 붙잡히지 않았다. 이 여자와 듀런트 여사도 상대방이 간과하고 놓쳐 버린 사람들 가운데 일부였다. 다음 날 듀런트는 나머지 사람들을 규합하려 시도했지만 성과는 없었다. 곧바로 떠나는 것도 불가능한 상태였는데, 왜냐하면 나머지 사람들 가운데 트럭을 몰아본 사람은 딱 한 명뿐이었기 때문이다. 결국 그날과 또 다음 날의 대부분의 시간 동안, 이들과 나머지 사람들의 처지는 당시에 햄프스테드에서 내가 우리 작업조와 겪은 처지와 별다를 바가 없었다. 하지만 두 번째 날 오후에 마이클 비들리와 다른 사람 두 명이 돌아왔으며, 그날 밤 사이에는 몇 사람이 가까스로 더 돌아왔다. 그다음 날 정오에는 어찌어찌 열두 대의 차량을 운전할 인원이 확보되었다. 그리고 이들은 다른 사람들이 더 모일 때까지 기다리는 것보다는 지금 당장 떠나는 게 더 신중하리라는 결론에 도달했다.

틴섬 장원이 임시 목적지로 선택된 까닭은, 대령이 알고 있는 장소 가운데에서 그나마 애초의 요구 조건 가운데 하나였던 아담한 격리를 제공할 수 있는 장소였기 때문이다.

그 집단은 결속력이 약한 상태였으며, 그 지도자들 역시 이 사실을 잘 알고 있었다. 틴섬에 도착한 다음 날 회의가 열렸는데, 규모는 더 작았지만 그 내용은 앞서 대학 건물에서 열렸던 것과 크게 다르지 않았다. 마이클 비들리와 그의 무리는 앞으로 반드시 해야 할 일이 많다면서, 자기네는 쩨쩨한 편견과 언쟁을 일삼는 집단과 화해하는 임에 정력을 낭비하고 싶지 않다고 단언했다. 플로렌스 듀런트 역시 이에 동의했다. 이미 이 세상에 일어난 일만 가지고도 자기에게는 충분히 경고가 된다는 것이었다. 이들이 온전히 살아남았다는 기적에도 불구하고, 어떻게 무려 한 세기 동안이나 기독교 신앙을 잠식해 왔던 전복적인 이론의 영속을 숙고할 정도로 배은망덕할 수가 있는지, 그녀는 도무지 이해할 수 없어 했다. 듀런트 자신의 입장 또한, 하느님의 율법을 준수함으로써 하느님께 서슴없이 감사를 표하는 사람들의 소박한 신앙을 버려 놓기 위해 계속해서 노력하는 사람들이 일부를 차지한 공동체에서는 살고 싶지 않았다. 그럼에도 불구하고 상황의 엄중함은 그녀 역시 알고 있었다. 따라서 합당한 경로는 하느님께서 주신 경고를 완전히 염두에 두는 것, 그리고 하느님의 가르침으로 곧바로 돌아서는 것이었다.

집단의 분열은 비록 말끔하기는 했지만, 그로 인해 남은 사람들은 매우 불안정한 상태가 되고 말았다. 듀런트 여사의 지지자는 시력이 온전한 젊은 여성 다섯 명, 시력을 상실한 젊은 여성 십여 명, 그리고 역시나 시력을 상실한 중년 남성 및 여성 몇 명뿐이었고, 시력이 온전한 남성은 아무도 없었다. 이런 상황이다 보니, 이곳에서 나가 주어야 할 쪽이 마이클 비들리의 지지자임에는 의심의 여지가 없었다. 트럭에 아직 화물이 실려 있는 상태에서는 출발을 지연할 이유도 거의 없었다. 이들은 그날 오후 일찍 트럭을 몰고 사라져 버렸고, 듀런트 여사와 그 지지자들이야 자기네 원칙에 따라서 살든지 죽든지 마음대로 하라고 내버려 두었다.

그때가 되어서야 사람들은 이 장원과 인근 지역의 잠재력을 조사할 기회를 얻었다. 저택의 주요 부분은 이미 오래전부터 폐쇄되어 있었지만, 하인 구역은 최근까지만 해도 사람이 이용한 흔적이 있었다. 부엌 쪽 정원을 확인해 보니, 이 장소를 돌보던 사람들이 어떤 일을 겪었는지를 비교적 생생히 그려 볼 수 있었다. 남자 한 명, 여자 한 명, 소녀 한 명의 시신이 흩어진 과일 무더기 속에 쓰러져 있었다. 근처에는 트리피드 두 마리가 땅에 뿌리를 박은 채 인내심 있게 기다리고 있었다. 영지의 맨 끝에 있는 소농장에서도 비슷한 사건이 일어난 듯했다. 트리피드가 열린 출입문을 지나서 정원 안으로 들어온 결과인지, 아니면 미리 독침을 제거하지 않은 표본이 멋대로 풀려난 결과인지는 알 수 없었지만, 이놈들이야말로 더 많은 해를 끼치기 이전에 재빨리 처리해야만 하는 위험물이었다. 듀런트 여사는 시력이 온전한 젊은 여자 하나를 시켜서 담장을 따라 주위를 돌면서 크고 작은 출입문을 모두 닫아 버리게 했고, 자기는 총기 보관실의 문을 부수고 들어갔다. 비록 경험이 없었음에도 불구하고, 그녀는 또 다른 젊은 여자와 함께 자기들이 찾아낸 트리피드의 꼭대기를 모조리 박살 내는 데 성공했고, 그 숫자는 무려 스물여섯 마리에 달했다. 결국 장원 구내에서는 더 이상 트리피드가 보이지 않았고, 아울러 더 이상 트리피드가 없었으면 하는 바람이 있었다.

다음 날 이들은 인근 마을을 살펴보았는데, 거기에는 트리피드가 상당히 많이 있었다. 아직 살아남은 주민들은 각자의 집에 틀어박혀서 이미 모아 둔 식량으로 최대한 오래 살아 보기로 작정한 사람들이거나, 또는 잠깐씩 먹을 것을 구하러 밖에 나가 돌아다니는 과정에서도 트리피드를 만난 적 없는 운 좋은 사람들뿐이었다. 생존자가 발견되면 모두 장원에 데려다 놓았다. 이들은 건강했으며 대부분 힘이 좋았지만, 적어도 지금 상태에서는 도움이 되기보다는 오히려 부담이 되었다. 왜냐하면 시력이 온전한 사람은 아무도 없었기 때문이다.

바로 그날 젊은 여자 네 명이 이곳에 더 찾아왔다. 그중 두 명은 화물을 실은 트럭을 한 대씩 끌고 왔고, 시력을 상실한 젊은 여자 하나를 데려왔다. 또 한 여자는 직접 승용차를 몰고 찾아왔다. 주위를 잠깐 둘러보자마자 그녀는 이곳이 매력적이지 않다고 판단했는지, 곧바로 승용차를 몰고 사라져 버렸다. 이후 며칠 동안 계속해서 이곳에 도착한 몇 사람 가운데 겨우 두 명만 계속 남아 있었다. 그 뒤늦게 온 사람들 중에 남자는 둘뿐이고 나머지는 다 여자였다. 아마도 남자들의 경우는 코커가 편성한 작업조에서 벗어나는 과정에서 더 신속하고 무자비한 방법을 채택한 모양인지, 대부분 머지않아 원래의 무리에 합류하러 돌아왔기 때문이다.

이 젊은 여자도 조젤라에 관해서는 아무것도 말해 주지 못했다. 아마도 이전까지는 그 이름을 전혀 들어 본 적이 없는 게 분명했고, 내가 그녀의 외모를 묘사해 주었지만 아무런 기억도 떠오르지 않는 모양이었다.

우리가 이야기를 나누는 중에 방 안에 갑자기 전깃불이 켜졌다.

젊은 여자는 그 모습을 보더니 마치 계시를 받은 사람 같은 경외의 표정을 떠올렸다. 그녀는 촛불을 불어서 *끄고* 바느질을 계속하면서도 간혹 고개를 들어 전깃불을 바라보았는데, 마치 그게 아직 거기 있는지 확인하기라도 하는 모양새였다.

몇 분이 지나자 코커가 안으로 걸어 들어왔다.

"당신이 한 거군요, 그렇죠?" 내가 전깃불 쪽으로 고갯짓을 하면서 물어보았다.

"아무렴." 그가 말했다. "이곳에는 자체 발전기가 있더라니까. 휘발유야 가만 놔두면 어차피 증발해 버릴 테니까, 차라리 다 써 버리는 게 낫지 않을까 싶더라구."

"그러면 우리가 여기 왔을 때부터 잘만 하면 전깃불을 계속 쓸 수도 있었다는 뜻인가요?" 젊은 여자가 물었다.

"발전기를 가동시키는 데 필요한 어려움만 무릅썼더라면 당연히 그랬겠죠." 코커가 그녀를 바라보며 말했다. "전깃불을 쓰고 싶었다면, 왜 댁이 직접 그걸 가동하지 않은 거요?"

"나는 그런 게 거기 있었다는 것도 몰랐어요. 게다가 나는 발전기나 전기에 대해서는 아무것도 모른단 말이에요."

코커는 그녀를 빤히 바라보며 뭔가 생각에 잠긴 듯했다.

"그래서 이렇게 어둠 속에 가만히 앉아만 있었다 *그거군*." 그가 말했다. "그래서 댁의 생각에는 과연 얼마나 오래 살아남을 수 있을 것 같수? 이처럼 해야 할 일이 한가득인 판에, 어둠 속에 가만히 앉아만 있으면?"

그녀는 상대방의 어조에 깜짝 놀라 움찔했다.

"내가 그런 쪽 일을 잘 모른다고 해서, 그게 내 잘못까진 아니잖아요."

"지금은 상황이 다르지." 코커가 그녀에게 말했다. "그건 댁의 잘못이 분명할 뿐만 아니라, 심지어 댁이 자초한 잘못이기도 하니까. 뿐만 아니라 자기 자신은 너무나도 영적이기 때문에 기계에 관한 건 뭐든지 이해할 수 없다고 여기는 것 역시 편견이오. 그거야말로 쩨쩨하기 그지없고, 아주 멍청하기 짝이 없는 종류의 허영심이라니까. 사람은 누구든지 처음에는 머릿속에 든 게 아무것도 없게 마련 아니오. 하지만 그걸 위해서 하느님이 사람에게 두뇌를 주신 거라 이거지. 그러니 두뇌를 제대로 쓰지 않는 것은 결코 칭찬받을 미덕이 아니란 말이오. 아무리 여자라 하더라도 그거야말로 한탄해 마지않을 결함이라니까."

여자는 충분히 짜증이 치솟는 표정이었다. 코커 역시 이곳에 들어온 바로 그 순간부터 짜증이 치솟은 모양새였다. 그녀가 말했다.

"거기까지는 이해해요. 하지만 사람마다 능력이 다르니 일하는 분야도 다른 것 아니겠어요. 남자는 기계와 전기 관련 일을 이해할 수 있죠. 하지만 여자는 십중팔구 그런 종류의 일에는 별로 관심이 없다구요."

"그런 식으로 허구와 편견이 뒤섞인 의견을 내놓아 봤자 소용이 없어요. 나는 전혀 인정할 수 없으니까." 코커가 말했다. "제아무리 복잡하고 섬세한 기계라 하더라도, 그걸 이해하는 데 들어가는 어려움만 무릅쓴다면, 여자도 충분히 다룰 수 있고, 또 실제로 다룬다는(그리고 과거에도 이미 다루었다는) 사실은 당신도 완벽하게 잘 알고 있을 거요. 그런데 보통은 어떤가 하면, 여자들은 너무나도 게을러 터진 까닭에 자기가 꼭 해야 하지 않는 한에는 그런 어려움을 굳이 무릅쓰지 않는다는 거지. 자신의 무기력을 과시하는 것이 여성적 미덕으로 합리화될 수 있는 전통 아래에서, 하긴 여자들이 왜 굳이 애쓴단 말이오? 그런 일이야 그저 다른 누군가한테 떠밀어 버리면 그만 아뇨? 보통은 그런 태도야말로 굳이 폭로할 만한 가치도 없는 거요. 사실 그렇게 하도록 양성된 거니까. 남자들이 거기 맞춰서 불쌍한 자기의 진공청소기를 거뜬하게 고쳐 주고, 끊어진 퓨즈를 요령 있게 갈아 주었기 때문이지. 이 모든 허구는 양쪽 모두에게 용인할 만했던 거요. 강인한 실용성은 정신적 섬세함과 매력적인 의존성을 보완하느니라, 뭐 이런 거지. 이 과정에서 정작 **자기** 손을 더럽히는 바보는 바로 **남자** 쪽이고 말이야."

코커가 날카롭게 찌르고 들어왔다. 이제 드디어 발동이 걸린 셈이었다.

"이전까지는 우리도 그런 종류의 정신적 게으름과 기생충 노릇을 충분히 감당할 수 있었지. 여러 세대에 걸친 양성 평등 논의에도 불구하고, 의존성에 대한 기득권이 워낙 컸기 때문에 여자들은 차마 그걸 내버릴 생각은 꿈에도 못 했던 거요. 여자들은 변화하는 상황에 맞춰서 최소한의 필요한 수정만 가하고 말았고, 항상 그렇게 최소한으로만 행동했지. 사실상 여자들은 아까워했단 말요." 그가 말을 하다 멈추었다. "아니라고 생각하시나? 어디, 발랑 까진 계집애들이건 지식인 여성이건 간에, 감수성이 더 높은 척 연극하는 것이야 그 방식만 다르지 매한가지 아뇨. 그러다가 전쟁이 닥치고, 사회적 의무와 제재가 닥치면, 양쪽 모두 유능한 기술자로 훈련될 수 있는 거요."

"전쟁 중에 기술자로 활동한 여자들은 **좋은** 기술자까지는 아니었어요." 여자가 지적했다. "모두들 그렇게 말하잖아요."

"아, 드디어 방어 기제가 작동하시는군. 분명히 말해 두건대, 거의 모두가 그렇게 말했지. 모두가 똑같이." 코커 역시 시인했다. "어느 정도까지는 그것도 사실이오. 하지만 왜일까? 왜냐하면 전쟁 중에 기술자로 활동한 여자들은 거의 모두가 서둘러서 기술을 배웠을 뿐만 아니라, 적절한 기초도 없었기 때문이지. 뿐만 아니라 그런 관심사들이 자기들에게는 너무나도 낯설다고, 또한 자기네들의 섬세한 본성에는 너무 혐오스럽다고 여기게 만든 여러 해 동안의 신중하게 양성된 습관들을 **내버려야** 했기 때문이기도 하고."

"그런데 저는 지금 도대체 무엇 때문에 댁이 그런 모든 이야기를 저한테 와서 하고 있는지 잘 모르겠거든요." 그녀가 말했다. "그 망할 놈의 발전기를 돌리지 않은 사람이 저 혼자만은 아니잖아요."

코커가 씩 웃었다.

"댁의 말이 맞수다. 공평하지 않은 일이지. 나는 다만 발전기가 가동 준비를 모두 갖추고 있는데, 아무도 그걸 가지고 손 하나 까딱하지 않았다는 사실 때문에 짜증이 치밀었던 거요. 그 어리석은 나태함 때문에 내가 이렇게 된 거지."

"그렇다면 차라리 저 말고 듀런트 여사님께 그 모든 이야기를 하셨어야 되지 않나요."

"걱정 마쇼. 하지 말래도 할 거니까. 하지만 그게 단지 그 양반만의 일이려나. 그건 댁의 일이기도 하고, 다른 모두의 일이기도 한 거요. 내 말이 **무슨** 뜻인지는 댁도 잘 알 거요. 지금은 시대가 뭔가 급박하게 바뀌어 버렸지. 그러니 더 이상은 '어머나, 세상에, 이런 일은 전혀 이해할 수가 없어요' 하고 말한 다음, 다른 누군가가 그 일을 대신해 주기를 기다려서는 안 된다는 거요. 이제는 아무도 무지와 순수를 혼동할 만큼 머리가 나쁘지는 않을 테니까. 왜냐하면 이제는 그게 너무나도 중요해졌으니까. 마찬가지로 무지가 더 이상은 귀엽거나 우습지도 않게 될 거요. 오히려 위험해질 거고, 그것도 매우 위험해질 거요. 우리가 이전까지만 해도 관심이 없었던 갖가지 것들에 대해서 최대한 신속하게 이해하게 되지 않는 한, 우리는 물론이고 우리에게 의존하는 사람들 역시 지금의 운명을 헤치고 나아갈 수는 없을 거요."

"그나저나 여자에 대한 댁의 모든 경멸을 왜 굳이 나한테 쏟아붓고 있는지 도대체 알 수가 없군요. 그까짓 더럽고 낡아 빠진 발전기 하나 가지고 말이에요." 여자가 짜증 나는 투로 말했다.

코커가 눈을 크게 떴다.

"이런, 세상에! 그놈의 물건을 이용하는 데 필요한 어려움만 무릅썼더라면 여자라도 **모든** 능력을 발휘할 수 있다고 지금까지 기껏 설명해 놓았더니만."

"댁은 우리더러 기생충이라고 말했죠. 그게 무슨 예의 없는 말이에요."

"나는 예의 갖춰 말하려고 한 적 없수다. 그리고 내가 한 말은 결국 이미 사라져 버린 세상에서는 여성이 기생충 역할을 하면서 기득권을 누렸다는 것뿐이고."

"그리고 그 모두가 저 냄새 나고 시끄러운 발전기란 놈에 관해서 내가 우연히 아무것도 몰랐다는 사실 때문이란 거죠."

"빌어먹을!" 코커가 말했다. "그 발전기 이야기는 잠깐만 좀 접어 두쇼, 제발."

"왜 그렇죠—?"

"여기서 발전기라는 건 일종의 상징이니까 말요. 내가 말하려는 핵심은, 이제는 우리 모두가 단순히 자기가 좋아하는 것만 배워서는 안 되고, 공동체를 운영하고 지지하는 것까지도 배워야 한다는 거요. 이제 우리는 투표를 해서 다른 누군가에게 그 일을 맡겨 둘 수도 없게 됐다는 거지. 그러니 이제는 여자도 단순히 어떤 남자를 좌우해서 자기를 먹여 살리게 만들고, 또한 아기를 무책임하게 낳아 놓고 다른 누군가에게 맡겨 교육시키면 그만이라는 지위를 제공받고, 이러는 것만으로 자신의 사회적 의무를 다한 것으로 간주될 수는 없다는 거요."

"글쎄요, 나로선 방금 그 이야기가 저 발전기랑 무슨 관련이 있는지는 전혀 알 수가……."

"잘 들어 봐요." 코커는 인내심을 발휘하며 말했다. "댁이 아이를 낳았다고 가정해 봅시다. 그 아이가 야만인으로 자라나면 좋겠수, 아니면 문명인으로 자라나면 좋겠수?"

"당연히 문명인이죠."

"좋아요. 그러면 댁은 그 아이를 문명인으로 만들어 줄 문명화된 환경을 반드시 조성해야 하는 거요. 그 아이가 배우게 될 기준은 결국 우리로부터 배우게 될 거니까. 따라서 우리는 최대한 많은 것을 이해해야 하고, 최대한 지적으로 생활해야만 하는 거요. 그래야 우리가 그 아이에게 최대한 많은 것을 전해 줄 수 있으니까. 그러려면 우리 모두 힘들게 일하고 더 많이 생각해야 할 거요. 변화된 환경은 결국 변화된 전망을 의미해야만 하니까."

젊은 여자는 바느질거리를 주섬주섬 챙겼다. 그리고 비난하는 듯한 눈길로 코커를 잠시 바라보았다.

"댁과 같은 의견을 가진 사람이라면, 차라리 비들리 씨가 이끄는 쪽으로 찾아가는 게 더 어울리겠네요." 그녀가 말했다. "여기 있는 우리는 전망을 바꾸려는 의향이 전혀 없어요. 우리의 원칙을 버릴 의향도 없구요. 우리가 다른 무리와 갈라선 것도 바로 그래서였죠. 그러니 품위 있고 존경받는 사람들이 댁에게는 충분히 좋지 않다고 치면, 제 생각에 댁은 여기 말고 다른 곳으로 가는 게 더 나을 것 같다구요." 경멸에 가까운 이런 말을 남기고 여자는 나가 버렸다.

코커는 그녀의 뒷모습을 지켜보았다. 문이 닫히자 그는 부두 노동자에게 어울릴 법한 말투로 자기 기분을 표현했다. 나는 웃을 수밖에 없었다.

"도대체 뭘 기대한 거예요?" 내가 말했다. "갑자기 쳐들어와서는 저 여자한테 일장 연설을 늘어놓고, 마치 상대방이 비행 청소년이라도 되는 양 대했잖아요. 게다가 서양의 사회 체계 전체에 대한 책임이라도 있는 것처럼 말이에요. 그런데 상대방이 화를 내니까 도리어 당신이 놀라다니."

"나야 그저 상대방이 이성적으로 납득할 수 있길 기대했을 뿐이지." 그가 중얼거렸다.

"나로선 왜 그래야 하는지 모르겠네요. 우리 대부분은 그렇지 않아요. 오히려 습관에 따른다구요. 저 여자는 올바름과 공손함에 관해 자기가 이전에 학습한 감정과 상충되는 그 어떤 수정에도 반대할 거예요. 그 수정이 합리적이건 아니건 상관없어요. 그러면서 자기가 확고부동한 성격을 지니고 있다고 확신해 마지않을 거예요. 당신은 너무 서둘렀어요. 당장 자기 집을 잃어버린 사람에게 낙원을 보여 준다 하더라도, 그 사람은 별로 좋다고 생각 안 할 거예요. 낙원에다가 그 사람을 한동안 내버려 두면, 그제야 자기 집도 여기와 비슷했다고, 단지 규모가 더 아늑했을 뿐이었다고 생각할 거예요. 저 여자도 필요에 따라서 조만간 적응하게 될 거예요. 그러면서도 자기가 그렇게 적응했다는 사실만큼은 계속해서 애써 부인해 마지않겠죠."

"달리 말하자면, 필요할 때마다 그저 임기응변을 발휘하는 것뿐이겠지. 뭔가 계획할 생각은 애초부터 하지 않고 말이야. 그러다 보면 멀리 갈 수가 없을 텐데."

"바로 거기서부터 지도력이 필요한 거죠. 지도자는 계획을 하지만, 그렇다는 사실을 입 밖에 내지 않을 만큼 현명하니까요. 변화가 결국 필요로 바뀌면, 그때 가서는 마치 상황에 대한 (물론 일시적인) 양보인 것처럼 계획을 흘리곤 하죠. 하지만 유능한 지도자라면, 궁극적인 형태를 향해서 딱 알맞은 부분씩 흘리는 거예요. 물론 어떤 계획에 대해서든지 압도적인 반대가 항상 있게 마련이지만, 위기 상황에서는 양보를 내놓을 수밖에 없죠."

"내가 듣기에는 상당히 마키아벨리적이네. 나는 내가 겨냥하는 곳이 어디인지 확실히 해 둔 다음, 그리로 곧장 달려가는 게 좋다니까."

"대부분의 사람은 그렇지가 않다구요. 비록 마치 그런 척 항변한다 하더라도 말이에요. 대부분의 사람은 구슬리거나, 휘둘리거나, 아니면 떠밀려서 가는 쪽을 오히려 선호하죠. 그런 식으로 해야만 자기들은 실수를 안 하니까요. 혹시 실수가 생기면, 그건 항상 다른 뭔가나 다른 누군가의 탓이라는 거죠. 당신의 주장처럼 뭔가를 향해 곧바로 달려드는 것은 기계적인 견해인 반면, 일반적인 사람들은 기계가 아니에요. 그들도 나름대로의 정신이 있죠. 대부분은 농부의 정신상태여서, 자기네의 친숙한 밭이랑에 있을 때에 가장 원활하게 가동하죠."

"내가 듣자 하니, 자네는 비들리 쪽의 성공 가능성을 오히려 높이 평가하는 것처럼 보이는데. 그 양반은 온통 계획투성이니까."

"물론 그 사람도 나름대로의 어려움을 겪을 겁니다. 하지만 그의 무리는 뭔가를 선택했어요. 반면 지금 이 무리는 부정적이죠." 내가 지적했다. "여기서는 모든 종류의 계획에 대한 저항만이 있을 뿐이에요." 나는 말을 멈추었다. 그리고 이렇게 덧붙였다. "아까 그 여자가 한 가지에 대해서만큼은 옳았어요. 당신도 알다시피요. 즉 당신은 비들리 일행에 가담해야만 더 나을 거라는 이야기죠. 그녀의 반응은 이 무리를 당신의 방식으로 다루려고 시도했을 경우에 당신이 얻게 될 것의 예시인 셈이에요. 당신은 누가 뭐래도 직선 경로를 통해서만 양 떼를 장터까지 몰고 가겠다는 거지만, 양 떼를 장터까지 몰고 가는 길은 여러 가지가 있거든요."

"오늘 밤에는 자네가 유난히 냉소적이고, 게다가 은유적이기까지 하군." 코커가 말했다.

나는 이에 대해 항변했다.

"냉소적인 게 아니에요. 다만 어떤 양치기가 자기 양 떼를 어떻게 다루는지를 알아챈 것뿐이죠."

"인간을 양 떼에 비유한 것만 해도 충분히 그렇게 볼 만한데."

"하지만 인간을 일종의 원격 사고 지배에 딱 어울리는 수많은 차체들로 간주하는 것보다야 덜 냉소적이고 더 유익하다고 봐야겠죠."

"흐음." 코커가 말했다. "방금 한 말의 함의에 대해서는 나도 꼭 생각해 봐야겠군."

제11장

계속 나아가다

다음 날 오전도 정신없이 흘러갔다. 나는 주위를 돌아보았고, 여기저기 일을 도와주었으며, 수많은 질문을 던졌다.

비참한 하룻밤이었다. 자리에 눕고 나서야, 나는 틴섬에서 조젤라를 발견하게 되리라는 예상에 매우 크게 의존하고 있었음을 비로소 깨달았던 것이다. 나는 잠을 이루지 못했다. 어둠 속에서 깨어 있다 보니, 마치 방황하는 듯하고 무계획한 듯한 느낌을 받았다. 그녀와 비들리 일행 모두가 여기 있을 것이라고 워낙 자신 있게 예상했기에, 나로선 이들과 합류하는 것 외에는 다른 어떤 계획도 굳이 떠올릴 필요가 없었다. 그제야 처음으로 어떤 생각이 떠올랐다. 설령 내가 비들리 일행을 따라잡는 데에 성공했다 하더라도, 여전히 그녀를 찾지 못했을 가능성은 있었다는 것이다. 만약 내가 웨스트민스터 지역에 도착하기 직전에 조젤라가 그곳을 떠났다고 치면, 십중팔구 그녀 역시 비들리 일행의 본대에게서는 상당히 뒤처져 있었을 것이다. 그러니 이제 남은 방법은, 내가 도착하기 직전 이틀 동안 틴섬에 도착한 모든 사람들에 관해서 구체적인 질문을 던지는 것뿐이었다.

현재로선 그녀가 바로 이 길로 왔으리라고 가정해야만 했다. 이것이야말로 나의 유일한 실마리였다. 이는 결국 그녀가 일단 런던 대학으로 돌아갔다고, 그리고 누군가가 그곳에 분필로 적어 놓은 주소를 봤다고 가정한다는 뜻이기도 했다. 반면 그녀가 아예 그곳으로 돌아가지 않았을 가능성, 즉 이 모든 일에 질린 나머지 점차 무시무시한 장소로 변모되는 런던에서 벗어나는 가장 빠른 경로를 택했을 가능성도 충분히 있었다.

내가 차마 인정하지 않으려고 최대한 애쓰는 것이 하나 있다면, 그건 바로 우리 두 사람이 담당했던 작업조 모두를 와해시켰던 질병, 차마 이름조차도 알 수 없었던 그 질병에 그녀조차도 걸렸을 가능성이었다. 반드시 그래야 하는 상황이 오지 않는 한, 나로선 그런 가능성을 굳이 고려하고 싶지 않았다.

한동안 잠을 못 이루고 정신만 명료한 상황에서, 나는 또 한 가지를 깨달았다. 즉 조젤라를 찾아내려는 내 열망에 비하자면, 비들리 일행에 합류하려는 내 열망 따위는 부차적인 것에 불과하다는 사실이었다. 만약 내가 그들 무리를 찾아냈는데도 조젤라가 거기 없다면…… 음, 그다음에 할 일이야 그때 가서 생각해야 되겠지만, 적어도 단념이 아닐 것임은 분명했고…….

내가 잠에서 깨어 보니, 코커의 침대는 이미 텅 비어 있었다. 나는 이날 오전 내내 주로 질문을 던지며 보내기로 작정했다. 가장 큰 문제는 여기 있는 사람 가운데 어느 누구도, 틴섬을 매력적이라 생각하지 않은 까닭에 가던 길을 계속 재촉한 방문객의 이름 따위를 기억하려는 의향은 애초부터 없는 것 같더라는 점이었다. 그러니 조젤라의 이름을 아는 사람은 거의 없었고, 그나마 이름을 아는 몇 사람조차도 못마땅한 쪽으로만 기억할 뿐이었다.

내가 그녀에 관해 자세히 묘사해 보아도, 구체적인 검토를 감당할 만한 기억까지는 불러내지 못했다. 진청색 스키복 차림의 젊은 여자는 전혀 없었던 모양이었다. 여기까지 확인하고 나서야, 나는 그녀가 여전히 그 옷을 입고 있으리라는 보장이 결코 없다는 사실을 뒤늦게 떠올리게 되었다. 내 질문을 받은 사람들은 하나같이 나를 피곤한 작자로 여기는 듯했고, 그로 인해서 내 좌절감은 더 늘어나기만 했다. 우리가 도착하기 하루 전에 이곳에 왔다 가 버린 어떤 젊은 여자가 바로 그녀였을 가능성도 희미하게나마 있었지만, 나로선 조젤라 같은 사람이 다른 누군가의 머릿속에 그처럼 희미한 기억만을 남겨 놓을 수 있다고는 생각되지 않았다. 제아무리 편견이 가동했다 하더라도 그건 좀 아니었고…….

코커는 점심 식사 때에야 다시 나타났다. 장원 구내를 광범위하게 조사하고 돌아다닌 모양이었다. 그는 가축의 목록을 작성했고, 그중 눈이 먼 놈들의 마릿수도 파악해 두었다. 농업 용구와 기계의 현황도 살펴보았다. 깨끗한 물이 공급되는 수원에 대해서도 알아보았다. 인간과 가축 모두를 위한 식량 재고도 확인했다. 시력을 상실한 여성 가운데, 이번 재난 이전에 장애를 겪은 사람이 몇 명인지 알아본 다음, 이들이 나머지 사람들을 최대한 잘 가르칠 수 있도록

353

몇 명씩 조를 미리 짜 놓기도 했다.

그가 확인한 결과, 남성 대부분은 우울감에 빠져 있었는데, 목사란 양반이 자기 나름대로는 이들을 격려한답시고 한 말 때문이었다. 즉 앞으로 이들이 할 수 있는 여러 가지 유용한 일이 있다면서, 예를 들어 바구니 엮기라든지, 또는 천 짜기처럼 보통은 여자들이 하던 일들을 예로 들었기 때문이었다. 이를 알게 된 코커는 좀더 희망찬 전망을 내놓아서 이들의 우울한 감정을 몰아내기 위해서 애썼다. 듀런트 여사와 맞닥트린 그는 단도직입적으로 말했다. 시력을 상실한 여성들에게도 일을 시켜서 시력이 온전한 사람들의 부담을 줄여 주어야지, 그러지 않을 경우에는 불과 열흘도 못 가서 만사가 엉망이 될 거라고 말이다. 아울러 목사라는 양반은 시력을 상실한 사람들이 더 많이 이곳으로 찾아오게 해 달라고 기도를 올렸지만, 그 양반의 소망이 현실이 되고 나면 이곳은 완전히 운영이 불가능하게 바뀔 것이라고도 했다. 내친김에 코커는 몇 가지 다른 고찰도 내놓았다. 예를 들어 식량 여유분을 곧바로 모으기 시작해야 하고, 시력을 상실한 남자들이 유용한 일을 할 수 있도록 도와주는 장비들을 만들기 시작해야 한다는 등의 이야기였다. 그런데 갑자기 듀런트가 그의 말을 끊어 버렸다. 코커는 그녀가 순순히 인정하는 것보다 훨씬 더 많이 걱정에 사로잡혀 있다는 사실을, 하지만 급기야 다른 무리와의 관계를 끊게 만들어 버렸던 그 결심 때문에, 그녀가 지금도 그를 곱지 않은 눈길로 바라보고 있음을 깨달았다. 마침내 듀런트는 또다시 그에게 일방적으로 통보해 버렸다. 자기가 얻은 정보에 따르면, 그는 물론이고 그의 견해 역시 이 공동체와는 조화되기가 힘들 가능성이 크다는 이야기였다.

"그 여자의 문제는, 대장 노릇을 하고 싶어 한다는 거지." 코커의 말이었다. "그건 기질적인 문제야. 고고한 원칙 따위와는 거리가 멀다구."

"헐뜯지 말아요." 내가 말했다. "당신이 말하려는 뜻은 결국 그녀의 원칙이 워낙 비난의 여지가 없다는 것, 따라서 모든 것이 그녀의 책임이라는 것뿐이잖아요. 그러니 다른 사람들을 인도하는 것이 그녀의 임무가 되었다는 것뿐이구요."

"결국 그거나 저거나지." 그가 말했다.

"하지만 이렇게 말하면 더 낫게 들리잖아요." 내가 지적했다.

코커는 잠시 뭔가 생각에 잠긴 듯했다.

"이곳을 조직하는 임무를 신속히 처리하지 않는다면, 그 여자는 이곳을 졸지에 엉망진창으로 만들어 버리고 말 거야. 혹시 자네도 이곳 시설을 좀 살펴봤나?"

나는 고개를 저었다. 그러고는 무슨 일을 하며 오전을 보냈는지 설명해 주었다.

"자네도 결국 이번 일로 별다른 소득을 얻지 못한 것 같군. 이제 어쩔 건가?" 코커가 물었다.

"저는 마이클 비들리 일행을 따라갈 겁니다." 내가 대답했다.

"만약 그 여자가 그 친구들하고 함께 있는 게 아니라면?"

"지금으로선 그쪽에 함께 있기를 바랄 뿐이에요. 반드시 그래야만 해요. 그렇지 않다면 도대체 어디 있겠어요?"

코커는 뭔가를 새로 말하려는 듯하더니, 이내 그만두었다. 그러고는 아까 하던 말을 이어 나갔다.

"내 생각에는 아무래도 나 역시 자네와 함께 가야 할 것 같아. 물론 그쪽 무리도 나를 보면 안 반가워하기는 이쪽과 매한가지이겠지. 지금까지 있었던 모든 일을 고려해 보면 말이야. 하지만 그 정도는 나도 참고 살 수 있다구. 나는 한 집단이 산산조각 나는 모습을 예전에도 본 적이 있는데, 아무래도 내가 보기에는 이쪽도 결국에는 똑같을 것 같단 말씀이야. 차이가 있다면 좀 더 느리게, 그리고 아마도 좀 더 가혹하게 그렇게 된다는 것뿐이겠지. 참으로 기묘한 일이야, 안 그런가? 지금에 와서는 품위 있는 의도가 도리어 가장 위험한 일이 되고 말았으니 말이야. 그야말로 죽도록 부끄러운 일이지. 왜냐하면 이 장소로 말하자면, 시력을 상실한 사람들의 비율이 높더라도 충분히 관리가 **가능한** 곳이니까 말이야. 필요한 물건들은 마치 가져가란 듯이 여기저기 놓여 있고, 앞으로도 한동안은 계속 그렇게 놓여 있을 거야. 지금 상황에서는 조직화만 이루어지면 딱일 텐데 말이지."

"하지만 조직화를 이루려는 의향이 있어야겠지요." 내가 말했다.

"맞는 말이야." 코커가 동의했다. "자네도 알다시피, 문제는 지금까지 일어난 모든 일에도 불구하고, 이 사람들이 아직까지는 현재의 상황을 제대로 이해하지 못한다는 거지. 이들은 과거로부터 돌아서고 싶지가 않은 거야. 그거야말로 결국 마지막을 상징하게 될 테니까. 마음 한구석에서는 모두들 버티고, 매달리고, 기다리고 있지. 그 뭔가를, 또는 다른 뭔가를."

"맞는 말이에요. 하지만 놀라운 일까지는 아니죠." 내가 시인했다. "우리가 뭔가를 납득하려면 많은 계기가 필요할 텐데, 저 사람들로 말하자면 우리가 이미 본 것을 못 보았으니까요. 게다가 여기는 시골이라서 그런지 오히려 덜 마지막 같고, 뭔가 덜― 덜 직접적인 것 같아요."

"음, 적어도 이 난관을 헤쳐 나가려고 한다면, 저 사람들도 결국에는 깨닫기 시작해야 할걸." 코커는 이렇게 말하면서 식당을 다시한번 둘러보았다. "저 사람들을 구하기 위해 어떤 기적이 찾아오지는 않으리라는 걸 말이야."

"저 사람들에게도 시간이 필요해요. 우리가 그랬던 것처럼, 저 사람들도 결국 현실을 인식할 거예요. 당신은 항상 그렇게 서둘러서 문제예요. 이제는 시간이 돈인 것도 아니잖아요, 아시다시피."

"돈이야 더 이상은 중요하지도 않지만, 시간은 여전히 중요하지 않나. 저 사람들도 이제는 농작물 수확에 관해서, 밀가루를 만들 제분기의 제작에 관해서, 그리고 겨울 동안 가축에게 줄 먹이에 관해서 생각해야만 마땅하다니까."

나는 고개를 저었다.

"그런 일도 아주 다급한 것까지는 아니에요, 코커. 일단 도시에는 밀가루 재고가 어마어마하게 많이 남아 있을 거고, 게다가 돌아가는 상황을 보아하니 그걸 사용할 사람은 우리 중에 극소수일 거예요. 우리는 아직도 충분히 오래 그걸 까먹으며 살 수 있어요. 물론 당장의 문제는 시력을 상실한 사람들을 가르치는 거겠죠. 정말로 일을 하지 않을 수 없게 되는 상황 이전에, 미리 일하는 **방법**을 가르치는 거예요."

357

"옳은 말이야. 뭔가 조치를 취하지 않으면, 여기서 시력이 온전한 사람들은 결국 나가떨어지게 생겼으니까. 이들 가운데 한두 명만 그런 일을 겪어도, 이 장소 전체는 완전히 엉망진창이 될 거야."

나 역시 이에 동의할 수밖에 없었다.

그날 오후에 나는 가까스로 듀런트 여사를 찾아냈다. 마이클 비들리 일행이 어디로 갔는지에 대해서는 누구 하나 알지도 못하고, 아예 관심조차 없는 것처럼 보였지만, 나로선 그들이 뒤에 따라올 수도 있는 사람들을 위해서 아무런 설명도 남겨 놓지 않았다고는 믿을 수가 없었다. 듀런트 여사는 당연히 기뻐하지 않았다. 처음에 나는 그녀가 대화 자체를 거절할 거라고 예상했다. 단순히 내가 다른 집단을 선호하는 것처럼 암시했기 때문만은 아니었다. 제아무리 마음이 맞지 않는다고 하더라도, 몸이 멀쩡한 사람이 하나 줄어든다는 것은 지금 상황에서 중대한 문제일 수밖에 없었다. 그럼에도 불구하고 듀런트 여사는 나더러 여기 남아 달라고 부탁함으로써 자신의 연약함을 드러내지는 않는 쪽을 선택했다. 결국에 가서는 그녀도 무뚝뚝하게나마 말했다.

"그 사람들은 도싯 주 베민스터 근처 어딘가로 갈 의향이라고 했어요. 하지만 그 이상은 저도 말씀드릴 수가 없네요."

나는 돌아가서 코커에게 그 이야기를 해 주었다. 그는 주위를 둘러보았다. 그러더니 고개를 저었는데, 그 모습에는 뭔가 아쉬운 듯한 기색이 묻어났다.

"좋아." 코커가 말했다. "내일 당장 여기서 떠나도록 하자고."

"마치 개척자처럼 말하는군요." 내가 그에게 말했다. "최소한, 영국인이라기보다는 오히려 개척자에 더 가깝게 말이에요."

다음 날 오전 9시 정각에 우리는 틴섬에서 20킬로미터쯤 떨어진 도로를 달리고 있었으며, 이전과 마찬가지로 두 대의 트럭을 몰고 있었다. 차라리 이보다 더 다루기 쉬운 차량을 고르고, 이 트럭은 뒤에 남은 사람들에게 줘 버릴까 하는 생각도 들었지만, 나로선 원래 몰던 트럭을 포기하고 싶지가 않았다. 거기 실린 물건들로 말하자면 내가 직접 고른 것들이었으며, 따라서 뭐가 들어 있는지 잘 알고 있었다. 마이클 비들리가 무척이나 못마땅하게 생각했던 트리피드 방어 장비 말고도, 나는 마지막에 짐을 실을 때에 약간 더 넓은 범위의 물품을 추가했으며, 특히 대도시 이외의 장소에서는 찾아내기가 어려울 법한 물품들을 염두에 두었다. 예를 들어 작은 조명 장치며, 펌프 몇 개며, 품질 좋은 공구 상자 같은 것들이었다. 물론 변질의 우려가 없으므로 나중에 다시 찾아서 가져와도 되는 것들이었지만, 앞으로 한동안은 웬만한 규모의 도시를 멀리하는 것이 더 나을 터였다. 틴섬 사람들이야 도시에서 물품을 가져오는 데 사용할 수단을 이미 갖고 있었으며, 이들이 다녀오는 도시에는 아직 질병의 징조가 전혀 드러나지 않고 있었다. 아울러 트럭 두 대분의 화물 정도야 이들에게는 있으나 없으나 별 차이도 없을 것이었으므로, 결국 우리는 왔던 모습 그대로 떠나게 되었다.

날씨는 여전히 좋았다. 지대가 더 높은 곳의 공기는 아직 오염의 흔적이 거의 없었지만, 대부분의 마을은 이미 불쾌한 장소가 되고 말았다. 들판이나 길가에 사람이 쓰러져서 꼼짝 않는 모습도 가끔은 보였지만, 런던의 경우와 마찬가지로 생존자들은 본능에 따라 일종의 은신처에 잘 숨어 있기로 작정한 모양이었다. 대부분의 마을은 거리가 텅 비어 있었고, 그 주변 지역도 텅 비어 있어서, 마치 인간은 물론이고 동물 대부분이 모두 소멸된 것처럼 보였다. 그러다가 우리는 스티플허니에 도착했다.

언덕을 따라 내려가는 동안, 우리가 있는 도로에서 스티플허니의 모습 전체가 한눈에 들어왔다. 도로 끝에 자리한 이 마을로 들어가려면, 작고 반짝이는 강 위로 걸쳐 놓은 아치형 돌다리를 건너야 했다. 조용하고 작은 이 마을의 한가운데에는 나른한 모습의 교회가 있었고, 그 가장자리에는 하얗게 회칠한 오두막들이 늘어서 있었다. 이곳의 펫장 지붕 아래에서 이루어지는 조용한 생활을 교란할 만한 사건은 무려 한 세기, 또는 그 이상의 기간 동안 결코 일어나지 않은 듯한 모습이었다. 하지만 다른 여러 마을들과 마찬가지로, 이제 그곳에는 아무런 움직임도, 심지어 한 줄기 연기조차도 없었다. 그러다가 우리가 언덕을 반쯤 내려갔을 때에, 내 눈에 어떤 움직임이 포착되었다.

돌다리가 끝나는 곳 왼쪽에 집 하나가 도로에서 약간 비스듬한 방향으로 자리 잡고 있어서, 그 전면이 비스듬히 우리를 바라보는 형국이었다. 벽의 간판에는 여관이라고 나와 있었는데, 바로 그 간판 위에 있는 창문에서 뭔가 하얀 것이 펄럭이고 있었다. 더 가까이 가 보니, 한 남자가 몸을 창밖으로 내밀고, 우리를 향해 수건을 미친 듯이 흔들고 있었다. 나는 그가 시력을 상실한 것이 분명하다고 판단했다. 그렇지 않다면 곧바로 도로로 달려 나와 우리를 가로막았을 테니까. 그가 어찌나 힘차게 팔을 흔드는지, 아무래도 아픈 사람 같지는 않아 보였다.

나는 코커에게 신호를 보냈고, 다리를 건너자마자 트럭을 멈춰세웠다. 그러자 창문에 나타난 남자도 수건을 아래로 내렸다. 그가 뭔가 소리를 질렀지만, 엔진 소음 때문에 나는 알아들을 수가 없었다. 남자는 곧이어 사라져 버렸다. 우리는 트럭 시동을 모두 껐다. 워낙 조용했기 때문에, 그가 집 안의 나무 계단을 쿵쾅거리며 밟고 내려오는 소리까지 들렸다. 문이 열리더니, 남자가 양손을 들어서 앞으로 내밀고 밖으로 걸어 나왔다. 그런데 왼쪽에 있던 산울타리에서 갑자기 뭔가가 마치 번개처럼 튀어나와 그를 때렸다. 남자는 자지러지게 외마디 비명을 지르며, 서 있던 곳에서 털썩 쓰러져 버렸다.

나는 산탄총을 들고 운전석에서 내렸다. 옆으로 조금 돌아가 보니, 트리피드 한 마리가 덤불의 그늘 속에 숨어 있었다. 나는 곧바로 그놈의 꼭대기를 쏴서 날려 버렸다.

코커도 트럭에서 나와 내 곁으로 다가와 섰다. 그는 땅에 쓰러진 남자를 바라보더니, 곧이어 박살 난 트리피드를 바라보았다.

"이거 설마― 아니겠지, 빌어먹을. 설마 이놈이 이 사람을 **기다리고** 있었던 걸까?" 그가 말했다. "이건 우연의 일치일 거야……. 이 사람이 저 문으로 나올 것을 설마 이놈이 **알고** 있었을 리는 없잖아……. 내 말은, 이놈이 그럴 수야 **없지** 않느냐는 거야, 안 그럴까?"

"안 그렇다고 봐야 하지 않을까요? 이거야말로 정말 놀라우리만치 교묘한 작전이었으니까요." 내가 말했다.

코커는 불편한 눈으로 나를 바라보았다.

"정말 더럽게도 교묘한 작전이었지. 하지만 자네 설마 그렇다고 믿는 것은……?"

"우리 분야에는 이런 격언이 있죠. 트리피드에 관해서는 정설이 라는 게 아예 없다고요." 곧이어 나는 이렇게 덧붙였다. "어쩌면 이 근처에 몇 마리가 더 있을 가능성도 있어요."

우리는 가까운 모퉁이를 조심스레 살펴보았지만, 모두 텅 비어 있었다.

"나는 술이라도 한잔해야겠어." 코커가 말했다.

카운터에 쌓인 먼지에도 불구하고, 여관에 있는 작은 바는 멀쩡 한 상태로 보였다. 우리는 위스키를 한 잔씩 따랐다. 코커는 단숨에 잔을 비웠다. 그러고는 걱정스러운 표정으로 나를 바라보았다.

"솔직히 마음에 안 들어. 전혀 마음에 안 든다구. 진짜야. 자네라 면 저 망할 놈들에 대해서 다른 대부분의 사람들보다 더 많이 아는 게 분명할 거야, 빌. 그러니까 저건 결코— 내 말은, 방금 전에 저놈 이 저기 있었던 것은 어디까지나 **우연의 일치**임에 분명해, 안 그런 가?"

"제 생각에는—" 내가 말을 꺼냈다. 하지만 곧이어 말을 멈추고 말았다. 바깥에서 뭔가를 빠르게 두들기는 소리가 들렸기 때문이었 다. 나는 창가로 다가가 창문을 열었다. 그리고 이미 꼭대기가 박살 난 트리피드에게 다시 한번 총을 쏘았다. 이번에는 목질 줄기 바로 위쪽이었다. 그러자 두들기는 소리도 뚝 멈추고 말았다.

"트리피드란 놈들의 문제가 바로 이거예요." 각자 술을 또 한 잔씩 따르면서, 내가 말했다. "즉 우리가 저놈들에 대해서 아직 모르는 부분이 문제인 거죠." 나는 일찍이 월터가 내놓은 이론 가운데 한두 가지를 말해 주었다. 그러자 코커가 물었다.

"자네 혹시 그걸 진지하게 믿는 건 아니겠지? 저놈들이 저렇게 두들기는 소리를 내는 게 서로 '이야기하는' 거라는 주장을 말이야."

"저도 이제껏 결론은 내리지 못하고 있어요." 내가 시인했다. "다만 저게 일종의 신호라는 것까지는 확실히 말씀드릴 수 있어요. 하지만 월터는 저게 정말로 '이야기하는' 거라고 생각했었죠. 그런데 그 친구로 말하자면, 제가 아는 다른 어떤 사람보다도 저놈들에 대해서 더 많이 아는 사람이었구요."

나는 이미 사용한 탄피를 빼내고 다시 총알을 장전했다.

"그런데 그 양반은 저놈들이 시력을 상실한 사람보다 더 우위에 놓일 거라고 이야기했다는 거지?"

"그거야 꽤 오래전 일이죠, 사실은요." 내가 지적했다.

"그래도— 참으로 재미있는 우연의 일치로군."

"늘 그렇듯이 일종의 충동이었죠." 내가 말했다. "오랫동안 기다리면서 열심히 노력해 볼 수만 있다면, 운명의 모든 작용이 하나같이 재미있는 우연의 일치처럼 보일 수도 있을 거예요."

우리는 술을 다 마신 다음, 나가려고 자리에서 일어났다. 바로 그때 코커가 창밖을 흘끗 바라보았다. 곧이어 그가 내 한쪽 팔을 붙잡더니, 바깥을 손으로 가리켰다. 트리피드 두 마리가 모퉁이를 돌아 뒤뚱뒤뚱 다가오고 있었는데, 이놈들의 목적지는 아까 죽은 놈이 은신처로 사용했던 바로 그 산울타리였다. 나는 그놈들이 멈춰설 때까지 기다렸다가, 양쪽 모두 꼭대기를 날려 버렸다. 우리는 창문으로 빠져나왔는데, 이곳은 트리피드가 숨어 있을 가능성이 있는 다른 은신처들로부터 충분히 멀리 떨어져 있기 때문이었다. 우리는 트럭에 도착할 때까지 최대한 신중하게 주위를 경계했다.

"또 한 번의 우연의 일치인 걸까? 아니면 저놈들은 단순히 제 동료에게 무슨 일이 일어났는지 알아보러 온 것뿐일까?" 코커가 말했다.

우리는 그 마을을 벗어나서, 교외를 가로지르는 좁은 도로를 따라 달렸다. 내 생각에는 우리가 이전의 여행 동안에 본 것보다 훨씬 더 많은 트리피드가 보이는 것 같았다. 아니면 내가 지금에 와서야 그놈들을 더 많이 의식하게 되었기 때문일까? 어쩌면 이전까지는 우리가 대개 큰길로만 다녔기 때문에 그놈들을 마주친 경우도 더 적었는지 몰랐다. 내 경험으로 미루어 보아도 그놈들은 딱딱한 지표면을 싫어했는데, 어쩌면 발 노릇을 하는 뿌리에 뭔가 불편을 야기하기 때문인 것도 같았다. 이제 나는 그놈들이 **실제로** 이전보다 더 많이 나타나고 있음을 확신하기 시작했고, 아울러 그놈들이 우리에게 완전히 무관심하지는 않다고 생각하기 시작했다. 물론 때때로 들판을 가로질러 우리 쪽으로 다가오는 놈들이, 과연 우연의 일치로 우리 쪽을 향하게 되었는지 아닌지 여부를 확인할 수 있는 방법까지는 없었지만 말이다.

이보다 더 결정적인 사건은, 마침 우리가 지나가는 길가의 산울타리에 숨어 있던 트리피드 한 놈이 공격을 가한 것이었다. 다행히도 그놈은 움직이는 차량을 겨냥하는 일에는 전문가가 아니었다. 그래서 독침이 약간 일찍 날아오다 보니, 트럭 앞유리에 맞아서 독액이 산산이 튀었을 뿐이었다. 그놈이 다시 공격을 하기 전에 나는 이미 그곳을 지나쳐 버렸다. 하지만 그때 이후로는 더위에도 불구하고 운전석 바로 옆의 창문을 꼭 닫아 놓고 달렸다.

지난주 내내, 어쩌면 그 이상의 기간 동안, 내가 트리피드에 관해 생각한 것은 어쩌다 한번씩 그놈들을 볼 때뿐이었다. 조젤라의 집에서 그놈들을 봤을 때에도 걱정했었고, 햄프스테드 히스 근처에서 우리 작업조를 공격한 다른 놈들을 봤을 때에도 걱정했었지만, 대개는 그때마다 뭔가 더 시급한 문제를 걱정하느라 잠시 옆으로 밀어 두곤 했었다. 그런데 우리의 여행을 돌이켜 생각해 보고, 듀런트 여사가 산탄총을 직접 들고 그놈들을 소탕하기 직전 틴셤의 상황이며, 우리가 지나온 마을들의 상황을 생각해 본 결과, 나는 곳곳에서 암시된 주민들의 실종에서 트리피드가 과연 어떤 역할을 했을지가 궁금해지게 되었다.

다음으로 도착한 마을에서 나는 차를 천천히 몰면서 주위를 유심히 살폈다. 몇 군데 주택의 앞마당에는 이미 여러 날 동안 놓여 있었던 것이 분명해 보이는 시체들을 볼 수 있었다. 그리고 거의 대부분은 트리피드 한 마리가 그 옆에 슬며시 모습을 감추고 숨어 있었다. 마치 그놈들은 먹잇감을 기다리는 동안 제 뿌리를 박아 둘 수 있는 부드러운 땅이 있는 곳을 잠복 장소로 선호하는 듯했다. 바꿔 말해서 주택의 출입문이 딱딱하게 포장된 도로와 곧장 통하는 곳에서는 시체도 보기 드물었으며, 트리피드는 아예 그 자취조차 없었다.

　추측건대 대부분의 마을에서는 아마 다음과 같은 일이 벌어지지 않았을까. 즉 식량을 찾으러 밖에 나온 주민들 가운데 포장도로로만 돌아다닌 사람들은 상대적으로 안전했을 것이다. 하지만 도로를 벗어나는 순간, 또는 정원 담장이나 울타리와 가까운 곳을 지나가는 순간, 이들은 어딘가에서 날아오는 독침을 맞을 위험에 직면했을 것이다. 어떤 사람은 공격을 당하자마자 비명을 질렀을 것이고, 이들이 결국 돌아오지 않음으로써 집에 남아 있던 사람들은 점점 더 두려움에 사로잡혔을 것이다. 그러다가 때때로 또 다른 사람이 굶주림을 견디다 못해 밖으로 나섰을 것이다. 몇 명쯤은 운 좋게도 무사히 돌아왔을 터이지만, 대부분은 길을 잃고 헤매다가 결국 트리피드의 사정권 안으로 들어섰을 것이다. 집에 남아 있던 사람들은 아마도 무슨 일이 일어났는지 뒤늦게야 짐작했을 것이다. 마당이 있는 집에 사는 사람이라면 독침이 날아다니는 쉭쉭 소리를 들었을 것이고, 자기들이 집 안에 갇혀 굶어 죽느냐, 아니면 집에서 나간 다른 사람들이 직면한 것과 똑같은 운명을 맞이하느냐의 양자택일 상황에 놓이게 되었음을 깨달았을 것이다. 많은 사람들은 집 안에 계속 머무르고, 이미 갖고 있던 식량을 가지고 버티면서, 결코 오지 않을 외부로부터의 도움이 오기를 기다리고 있을 것이다. 스티플허니의 여관에 있던 남자가 겪었던 곤경 역시 대략 이와 비슷하지 않았을까.

　우리가 이미 지나온 다른 마을들에서도 고립된 몇몇 집단이 계속해서 살아남기 위해 애쓰고 있을 가능성이 있었지만, 그런 생각을 떠올리는 것 자체도 그리 유쾌하지는 않았다. 그때마다 우리가 런던에서 직면했던 것과 똑같은 종류의 질문이 거듭해서 떠올랐다. 한편으로는 문명국의 모든 기준으로 따져 보았을 때에, 이들을 찾아내서 뭔가를 해 주어야 마땅하지 않으냐는 의문이 떠올랐다. 또 한편으로는 먼저 있었던 그와 유사한 시도를 이미 좌절시킨 점진적인 몰락에 대한 절망적인 인식이 떠올랐다.

질문은 항상 똑같았다. 이 세상에서 가장 좋은 의도를 갖고 행동한다 하더라도, 기껏해야 고통을 연장시키는 것뿐이지 않은가? 덕분에 내 양심을 잠깐 동안 달랠 수야 있겠지만, 결국에는 또다시 노력이 허사가 되는 결과를 보게 될 것이었다.

나로선 이렇게 되뇔 수밖에 없었다. 지진이 벌어져서 여전히 건물이 무너지고 있는 상황에 재난 지역에 들어간다는 것은 아무런 도움이 되지 않을 거라고. 구조와 구출은 일단 진동이 멈추고 난 뒤에야 실시되어야 마땅했다. 하지만 이성적 접근은 이 문제를 결코 쉽게 만들어 주지 않았다. 정신적 적응의 어려움에 관해 이야기한 그 나이 많은 사회학 교수의 설명은 정말 지당한 것이 아닐 수 없었다.

트리피드는 차마 예상 못 한 규모의 골칫거리였다. 물론 우리 회사의 재배장 이외에도 여러 곳에 종묘장이 있었다. 이런 곳들은 트리피드를 재배해서 얻은 원료를 우리 같은 회사에, 또는 개인 구매자에게, 또는 그 추출물을 이용하는 더 작은 규모의 여러 업체에 판매했는데, 기후상의 이유로 대부분 남쪽에 자리하고 있었다. 그럼에도 불구하고 우리가 이미 목격한 상황이 일종의 예시, 즉 그놈들이 자유롭게 풀려나와서 사방으로 퍼져 나갈 경우에 벌어질 결과의 몇 가지 예시에 불과했다고 치면, 그놈들의 숫자는 내가 예상했던 것보다 훨씬 더 많음이 분명했다. 매일같이 더 많은 놈들이 성체가 되리라는 전망이며, 안전하게 처리한 표본에서도 독침이 다시 자라나리라는 전망을 떠올려 보면, 정말이지 안심할 수가 없는 상황이었고…….

우리는 이후로도 두 번 더 멈춰 섰는데, 한 번은 식사를 하기 위해서였고, 또 한 번은 휘발유를 넣기 위해서였다. 우리는 무사히 여행을 계속해서 오후 4시 반쯤에 베민스터에 들어섰다. 도시 중심부로 곧바로 향했지만, 비들리 일행의 존재를 알려 주는 흔적은 전혀 찾을 수 없었다.

얼핏 보기에는 이곳 역시 우리가 그날 본 다른 장소들과 마찬가지로 텅 빈 것만 같았다. 우리가 들어선 주요 상점가조차도 황량하고 텅 비어 있었으며, 길가에는 트럭 두 대만 달랑 서 있을 따름이었다. 내가 거리를 따라서 20미터쯤 전진했을 무렵, 길가의 트럭 가운데 한 대의 뒤에서 남자 하나가 걸어 나오더니 소총을 겨누었다. 그는 일부러 내 머리보다 높은 곳을 겨냥해 총을 쏘더니, 이번에는 총구를 더 아래로 내렸다.

제12장

막다른 곳

그것이야말로 일종의 경고였고, 나로선 차마 항변할 수조차 없었다. 결국 나는 트럭을 멈춰 세웠다.

그 남자는 덩치가 크고 금발이었다. 소총을 다루는 솜씨도 꽤 익숙해 보였다. 여전히 무기를 겨냥한 상태에서, 그는 머리를 옆으로 두 번 까딱거렸다. 나는 그걸 트럭에서 내리라는 신호로 받아들였다. 상대방이 시키는 대로 하면서, 나는 양손이 비어 있음을 똑똑히 보여 주었다. 내가 길가에 주차된 트럭 쪽으로 다가가자, 또 다른 남자 하나와 여자 하나가 그 뒤에서 나타났다. 그때 코커가 내 뒤에서 이렇게 말했다.

"소총은 내려놓는 게 좋을걸, 형씨. 당신네 모습도 반격에 고스란히 노출되어 있으니까."

금발 남자가 나를 바라보던 눈을 돌려 코커의 모습을 찾았다. 내가 원했더라면 바로 그때 달려들어서 처리해 버릴 수도 있었을 것이다. 하지만 나는 그냥 이렇게만 말했다.

"저 친구 말이 맞아요. 어쨌거나 우리는 평화적인 의도로 온 거니까."

남자는 소총을 아래로 내렸지만, 그렇다고 해서 아주 확신을 품은 것 같지는 않았다. 그때 코커가 내 트럭 뒤에서 모습을 드러냈다. 앞차에 가려 버린 까닭에, 뒤차에 있던 그가 내리는 모습은 보이지 않았던 것이다.

"도대체 무슨 생각으로 그러는 거지? 너 죽고 나 죽자 이건가?" 그가 물었다.

"당신네 둘밖에 없나요?" 두 번째 남자가 물었다.

코커가 그를 바라보았다.

"그럼 도대체 뭘 기대한 거요? 무슨 궐기 대회라도 열었소? 아무렴, 달랑 우리 둘뿐이지."

세 사람은 눈에 띄게 안심한 표정이었다. 금발 남자가 그제야 설명을 내놓았다.

"우리는 당신들이 도시에서 내려온 폭력단일 거라고 생각했어요. 식량을 구하러 이리로 쳐들어올 거라고 예상했거든요."

"아." 코커가 말했다. "그런 말을 하는 걸 보니, 최근의 도시 모습을 한 번도 본 적이 없으신 것들 같군. 맥들의 걱정이 바로 그거라면, 이제는 깡그리 잊어버려도 될 거요. 혹시나 폭력단이 있다 하더라도, 그 친구들은 다른 일을 하고 있을 가능성이 더 크거든. 일단 지금 상황에서는 말이오. 구체적으로 말하자면, 내가 이렇게 말해도 될지 모르지만, 지금 맥들이 하고 있는 바로 그 일을 하고 있는 거지."

"그러면 그놈들이 이리로 오지는 않을 거라고 보시는 건가요?"

"당연히 그럴 거라고 더럽게도 확신하는 바이지." 그는 세 사람을 유심히 바라보았다. "혹시 댁들도 비들리 일행에 속한 양반들인가?" 그가 물었다.

이들의 반응은 눈에 띄게 어리둥절해하는 것뿐이었다.

"딱한 일이로군." 코커가 말했다. "꽤 오랜만에 우리가 처음으로 만난 제대로 된 행운이 결국 이런 거라니."

"그나저나 비들리 일행이라는 게 뭐죠?" 금발 남자가 물었다.

햇빛을 고스란히 받으며 운전석에 몇 시간이나 앉아 있다 보니, 나는 지치고 목마른 상태였다. 그래서 일단 논의 장소를 길 한복판이 아니라 좀 더 쾌적한 곳으로 옮기자고 제안했다. 우리는 이들의 트럭 옆을 지나고, 곧이어 비스킷 상자며, 차통茶桶이며, 베이컨 덩어리며, 설탕 자루며, 소금 덩어리며, 기타 물품들이 가득 쌓여 있는 장소를 지나서 어떤 술집 안으로 들어갔다. 맥주를 한 잔씩 따라 놓고서, 코커와 나는 이제껏 우리가 한 일이며 우리가 아는 일에 관해서 짧게 설명을 내놓았다. 곧이어 그들의 차례가 되었다.

알고 보니 이들은 모두 여섯 명으로 된 무리에서 좀 더 활동적인 사람들인 모양이었다. 여자 둘과 남자 하나로 이루어진 나머지 세 사람은 지금 본부로 사용하는 집에 머물고 있다고 했다.

5월 7일 화요일 정오쯤에 금발 남자는 옆에 있는 여자와 함께 자동차에 올라타고 서쪽으로 여행 중이었다. 이들은 콘월에서 2주 동안의 휴가를 즐기고 돌아오는 길이어서 상당히 즐거웠는데, 크루컨 근처의 어느 길모퉁이에서 갑자기 2층 버스 한 대가 불쑥 나타났다. 이들이 탄 승용차는 그야말로 정통으로 충돌 사고를 일으켰고, 금발 청년의 마지막 기억은 마치 절벽처럼 높아 보이는 버스가 기울어지면서 자기네를 덮치는 모습뿐이었다.

정신을 차려 보니 남자는 침대에 누워 있었고, 내가 이미 겪었던 것처럼 주위에는 온통 수수께끼의 침묵뿐이었다. 온몸이 쑤시고, 몇 군데 베었으며, 머리가 지끈거리는 것을 제외하면, 그에게는 크게 잘못된 곳이 없어 보였다. 남자의 말에 따르면, 아무도 오지 않기에 직접 그곳을 조사해 보았더니 작은 시골 병원이었다. 한 병실에 들어가 보니 동행인 여자와 다른 여자 둘이 있었는데, 그중 한 사람은 의식이 있었지만 한쪽 다리와 한쪽 팔에 깁스를 하고 있어서 움직일 수가 없었다. 다른 병실에는 남자 둘이 있었는데, 그중한 명이 지금 그와 동행인 남자였고, 또 한 명은 다리가 부러져서역시나 깁스를 하고 있었다. 모두 합쳐 열한 명이 그 병원에 있었는데, 그중 여덟 명은 시력이 온전한 상태였다. 시력을 상실한 사람중에는 두 명이 병상에서 꼼짝 못 하고 심하게 아팠다. 직원들의 모습은 전혀 보이지 않았다. 그의 경험은 애초부터 내 경험보다 더 당혹스러웠던 셈이었다. 이들은 그 작은 병원에 머물면서 아픈 환자들을 위해서 최대한 노력했으며, 도대체 지금 무슨 일이 벌어지고있는 건지 궁금해하는 한편으로, 누군가가 외부에서 도와주러 찾아올 거라고 고대했다. 이들은 이미 시력을 상실한 환자 두 명이 어떻게 잘못된 것인지, 또는 어떻게 치료되어야 하는지를 전혀 모르고있었다. 이들은 다만 음식을 주고, 마음을 편안하게 해 줄 도리밖에 없었다. 두 환자 모두 다음 날 곧바로 사망했다. 다른 사람들 중에 한 명이 사라졌지만, 어느 누구도 그가 떠나는 모습을 보진 못했다. 버스 전복 사고로 부상을 당해서 그곳에 있던 사람들은 마침 그 지역 사람들이었다. 그래서 일단 충분히 회복한 다음에는 각자의 친척들을 찾아 떠났다. 결국 병원에 남은 사람은 여섯 명으로 줄었으며, 그중 두 명은 팔다리가 부러진 상태였다.

이때쯤에는 이들도 이 재난의 규모가 상당히 크다는 것을, 따라서 앞으로 한동안은 자기들의 힘으로만 살아남아야 한다는 것을 깨닫게 되었지만, 그래도 여전히 이 재난이 정확히 어떤 것이었는지를 완전히 파악하지는 못한 상태였다. 이들은 병원에서 나와 좀더 편안한 장소를 찾아가기로 작정했는데, 왜냐하면 도시에는 시력이 온전한 사람들이 더 많을 것이라고, 따라서 이런 혼란 속에서 폭력의 법칙이 대두했을 것이라고 상상했기 때문이다. 이들은 매일같이 폭력단이 찾아올 것이라고 예상하고 있었다. 즉 도시의 식품점이 완전히 털리고 나면, 사람들이 마치 메뚜기 떼처럼 근교로 이동하는 모습이 눈에 선했던 것이다. 따라서 이들의 주된 관심사는 포위 공격에 대비하여 미리 물품을 모아 놓는 것이었다.

그런 일이 실제로는 일어날 가능성조차 없다는 우리의 설명을 듣고 나자, 이들은 약간 멍한 표정으로 서로의 얼굴을 바라보았다.

정말 기묘하게도 안 어울리는 삼인조였다. 금발 남자는 알고 보니 증권거래소에서 일하던 중개인으로 이름은 스티븐 브레넬이었다. 그의 동행인 여자는 예쁘장하면서도 건강한 외모에 때때로 토라진 듯한 표정을 지었지만, 실제로는 지금 당장의 일 이외에는 별

다른 관심이 없어 보이는 사람이었다. 그녀는 여러 가지 주변적인 직업을 전전한 바 있었다. 한때는 드레스 모델 노릇도 했고 드레스 판매도 했으며, 영화 엑스트라 노릇도 했지만 할리우드로 진출할 기회는 얻지 못했고, 은밀한 클럽에서 접대부 노릇도 했고, 부가 수입을 위해서 자기에게 들어오는 여러 가지 제안을 받아들이기도 했다. 콘월에서의 휴가 역시 이런 제안 가운데 하나였음이 분명해 보였다. 그녀는 전적으로 흔들림 없는 확신을 하나 갖고 있었는데, 그건 바로 미국에서는 결코 심각한 일이 벌어지지 않았으리라는, 따라서 우리가 조금만 더 버티면 미국 사람들이 찾아와서 모든 일을 제대로 정리해 줄 거라는 확신이었다. 그녀야말로 이 재난이 벌어진 이후에 내가 만난 사람들 가운데서도 가장 고민이 덜한 사람이었다. 물론 가끔 한번씩은 미국인들이 서둘러 회복시킬 것이라고 고대되는 밝은 전망이 늦어지는 것에 대해서 약간은 불평을 내놓기도 했지만 말이다.

세 번째 사람은 피부가 가무잡잡한 청년으로 뭔가 좀 억울해하는 눈치였다. 알고 보니 그는 열심히 일하고 저축한 끝에 작은 전파사를 차렸고, 내심 야심이 큰 사람이었다. "포드도 그랬잖아요." 그가 우리에게 말했다. "너필드 경[+]도 그랬구요. 기껏해야 우리 전파사보다 더 크지도 않은 자전거포에서 시작했는데, 결국 그 양반이 어떻게 되었는지 보세요! 제가 하려던 일도 바로 그거였어요. 그런

+ 제1대 너필드 자작 윌리엄 모리스(1877~1963)는 열여섯 살에 개업한 자전거 수리점을 발판으로 훗날 자동차까지 생산하는 대기업의 소유주가 되었으며, 그가 설립한 윌리엄 모리스 자동차 회사는 20세기 초 영국 자동차 업계를 사실상 지배했다.

데 지금 이 난장판을 좀 보세요! 이건 공평하지가 않아요!" 그가 생각하기에는 이 세상이 또 다른 포드나 너필드를 더 이상은 원하지 않는 듯했다. 하지만 청년은 이런 상황을 가만히 받아들이고만 있을 의향은 없었다. 이것이야말로 그를 시험하기 위해서 주어진 잠깐의 막간에 불과했다. 언젠가는 자기가 전파사로 돌아갈 것이고, 백만장자 대열로 올라가는 사다리에 첫발을 확고하게 올려놓을 것이라고 장담했다.

그나저나 가장 실망스러운 점은, 이들 가운데 어느 누구도 마이클 비들리 일행에 대해서는 전혀 모르더라는 사실이었다. 실제로 이들이 지금까지 유일하게 만난 무리라고는 데번 주 경계를 막 넘어선 한 마을에 살던 남자 두 명뿐이었으며, 그나마도 산탄총을 들고 서서 더 이상 다가오지 말라고 이들을 위협했을 뿐이었다. 이들의 말에 따르면, 두 남자는 분명히 그 지역 사람인 듯했다. 이에 코커는 그곳의 무리가 상당히 작은 규모였을 거라고 추정했다.

"만약 큰 무리에 속한 사람들이었다면, 불안은 덜 보이는 대신에 관심은 더 보였을 테니까." 그의 주장이었다. "하지만 만약 비들리 일행이 이 근처에 있다고 치면, 어떤 식으로건 우리도 그들을 찾을 수 있어야 마땅할 텐데 말이야." 그는 금발 남자에게 말했다. "보쇼, 그럼 당분간 우리도 당신네를 따라 다녀도 되겠수? 우리 먹을 것은 우리가 알아서 할 수 있고, 게다가 저쪽 무리를 발견하게 되면 결국에는 우리 모두 형편이 더 나아질 테니까."

세 사람은 마치 의논하는 듯한 표정으로 서로를 바라보더니, 결국 고개를 끄덕였다.

"좋아요. 그럼 일단 물건 싣는 것 좀 도와주세요. 그런 다음에 함께 떠나도록 하죠." 금발 남자도 동의했다.

차코트 올드 하우스의 외관으로 보건대, 이곳은 원래 요새화된 장원이었던 모양이었다. 지금은 또다시 보강 공사가 진행 중이었다. 과거의 언젠가 이곳을 둘러싼 해자가 말라 버린 까닭이었다. 하지만 스티븐은 자기가 그곳의 배수 시스템을 망가트리는 데에 성공했기 때문에, 조만간 점차적으로 물이 다시 차오를 것이라는 의견을 갖고 있었다. 그의 계획은 과거에 메워 버린 부분까지도 폭파해 뚫어 버려서, 장원이 완전히 해자로 둘러싸이게 만든다는 거였다. 하지만 그런 일까지는 필요 없으리라는 소식을 우리한테 전해 듣자 약간은 분한 듯했고, 또 약간은 실망한 듯했다. 이 저택의 담장은 두꺼웠다. 전면의 창문 가운데 최소한 세 군데에는 기관총이 설치되어 있었고, 그가 손으로 가리키는 곳을 보니 지붕 위에도 두 정이 더 설치되어 있었다. 정문 안쪽에는 박격포와 폭탄이 놓여 있는 작은 병기고가 있었고, 그가 우리에게 자랑스레 보여 준 화염방사기도 몇 개가 있었다.

"무기고에서 발견한 거예요." 그가 설명했다. "이놈의 것들을 다 가져오느라 하루가 꼬박 걸렸죠."

그 물건들을 바라보고 있자니 난생처음으로 한 가지 깨달음이 들었다. 이번의 파국이 비록 철두철미하기는 해도, 이보다 더 규모가 작은 재난 이후에 따라왔을 또 다른 파국에 비하자면 오히려 더 자비로운 편이라는 것이었다. 만약 인구 가운데 10퍼센트 내지 15

퍼센트가 무사히 살아남았다고 치면, 이처럼 작은 공동체는 십중팔구 굶주린 폭력단과 싸워야만 생존이 보장되는 처지가 될 가능성이 컸다. 하지만 현재 상황에서는 스티븐이 기껏 해 놓은 전쟁 준비도 아무 소용이 없어지고 말았다. 다만 그가 준비한 무기 가운데 한 가지만큼은 제법 유용해 보였다. 나는 화염방사기를 손으로 가리켰다.

"저거라면 트리피드를 상대하는 데에도 쓸모가 있겠네요." 내가 말했다.

스티븐이 씩 웃었다.

"맞는 말씀이에요. 아주 효과적이었죠. 우리가 그놈들에게 사용했던 무기가 바로 저거였어요. 게다가 제가 아는 한 트리피드를 쩔쩔매게 만드는 유일한 무기이기도 하구요. 그냥 그놈들이 산산조각 날 때까지 불길을 퍼부으면 되는데, 그놈들은 피할 생각조차도 못해요. 제가 보기에 그놈들은 파멸의 원인이 어디서 오는지도 모르는 것 같더라구요. 오히려 불길이 한번 널름거리면, 그놈들은 죽어라 몸부림치더라구요."

"혹시 그놈들 때문에 문제가 많았나요?" 내가 물었다.

알고 보니 그런 것 같지는 않았다. 때때로 한두 마리, 또는 서너 마리가 나타나기는 했지만, 불길로 태워서 없애 버렸다. 원정 동안에 이들은 아슬아슬하게 위기를 모면한 적도 몇 번인가 있었지만, 보통은 건물이 많은 지역에서만 차량 밖으로 나왔으며, 그런 곳에는 돌아다니는 트리피드가 있을 가능성이 거의 없게 마련이었다.

그날 밤 우리 모두는 지붕 위로 올라갔다. 아직 달이 뜨기에는 이른 시간이었다. 우리는 완전히 깜깜한 주위 풍경을 바라보았다. 나름대로 최선을 다했지만, 우리 중 어느 누구도 누군가의 존재를 알려 주는 일말의 빛을 발견할 수는 없었다. 아울러 그곳에 모인 사람들 가운데 어느 누구도 낮 동안에 연기의 흔적을 보았다고 기억하지 못했다. 아래층으로 내려와 램프를 켜 놓은 거실로 들어섰을 무렵, 나는 좌절감을 느끼고 있었다.

"그렇다면 이제 남은 일은 단 하나뿐이군." 코커가 말했다. "이 지역을 여러 구역으로 나눈 다음, 그 사람들을 직접 찾아 나서는 거지."

하지만 그조차도 자신 있게 한 말까지는 아니었다. 코커 역시 나와 마찬가지로 비들리 일행이 밤이면 의도적으로 불빛을 만들고, 낮이면 뭔가 다른 표시를(아마도 연기 구름을) 만들어야 하지 않느냐고 의심하는 모양이었다.

하지만 어느 누구도 더 나은 제안을 내놓지 못했기에, 우리는 지도를 펼쳐 놓고 여러 구역으로 나누었다. 이 과정에서 각 구역마다 주위를 한눈에 돌아볼 수 있는 고지대를 몇 군데씩은 집어넣도록 했다.

다음 날 우리는 트럭을 타고 도시로 들어갔고, 거기서 더 작은 자동차에 나눠 타고 수색을 떠났다.

이날이야말로 조젤라의 흔적을 찾기 위해 웨스트민스터를 돌아다니던 날 이후로 내가 경험한 가장 우울한 날이었음이 분명했다.

처음에는 기분이 그리 나쁘지 않았다. 햇볕 아래 탁 트인 길이 있었고, 초여름의 싱싱한 초록이 있었다. "엑서터[+] 및 잉글랜드 서부 방면"을 가리키는, 또는 다른 장소를 가리키는 도로 표지판만 놓고 보면, 모두들 평소와 같은 삶을 영위하는 듯한 착각마저 들었다. 드물기는 하지만 때때로 새들이 날아다니는 모습도 보였다. 그리고 길가에는 야생화가 피어 있었고, 그 모습만큼은 예전 그대로인 듯했다.

하지만 이 풍경의 다른 측면은 그리 좋지가 않았다. 들판에는 소들이 죽어서 쓰러져 있거나, 또는 시력을 상실한 채 이리저리 배회하는 모습이 보였고, 돌봐 줄 주인을 잃은 젖소들이 고통스레 우는 소리도 들렸다. 손쉽게 낙담한 양 떼는 가시울타리나 철조망에서 벗어나 도망치기보다는 그냥 죽으려는 듯 체념한 상태로 가만히 서 있었다. 또 다른 양 떼는 변덕스럽게 풀을 뜯거나, 또는 시력을 상실한 눈으로 마치 누군가를 비난하는 듯한 표정을 지으며 굶고 있었다.

농장이야말로 너무 불쾌한 장소가 되어 버려서 차마 가까이 지나갈 수조차 없었다. 안전을 위해서 나는 창문 맨 위쪽에 손가락이 들어갈 만한 틈새만 열어 놓았지만, 저 앞의 길가에 농장이 하나 나타나면 그마저도 얼른 닫아 버렸다.

트리피드는 그야말로 창궐하고 있었다. 때때로 그놈들이 들판을 가로질러 오는 모습이 보이거나, 또는 산울타리 옆에서 꼼짝 않고 있는 모습이 보였다. 몇 군데 농지에서는 그놈들이 유독 퇴비를 좋

[+] 잉글랜드 남서부 데번 주의 주도.

아하는 듯, 바로 그곳에 뿌리를 내리고서, 이미 죽어 버린 가축들이 딱 알맞은 정도로 부패하기를 기다리고 있었다. 그 모습을 보고 있자니 역겨움을 느낄 수밖에 없었는데, 나로선 이전까지만 해도 그놈들을 보면서 결코 느낀 적이 없었던 감정이었다. 저 끔찍하고 낯선 괴물들이야말로 우리 가운데 누군가가 어찌어찌 만들어 낸 것이었고, 또 우리 나머지가 무분별한 탐욕으로 인해 전 세계 각지에서 기르게 된 것이었다. 그러니 저놈들의 존재 때문에 자연을 비난할 수조차도 없는 일이었다. 저건 인간이 길러 낸 것이었기 때문이다. 예를 들어 아름다운 꽃을 길러 낸다든지, 또는 특이한 종류의 개를 길러 내는 것처럼……. 이제 나는 저놈들을 혐오하게 되었는데, 그건 단순히 썩은 고기를 먹는 습성 때문만이 아니었다. 그보다는 오히려 그놈들이 우리의 재난을 이용해서 번성할 수 있다는 바로 그 사실 때문이었다고나 할까…….

시간이 흐르면서 외로운 느낌은 점점 커져만 갔다. 언덕이나 고지에 도달하면 나는 차를 멈춰 세우고, 쌍안경으로 볼 수 있는 최대한의 거리까지 주위를 살펴보았다. 한번은 연기가 나는 것을 보고 그 출처까지 달려갔지만, 알고 보니 철로에서 작은 열차 한 편이 불타고 있는 것뿐이었다. 나로선 어떻게 그런 일이 일어났는지 알 수 없었는데, 왜냐하면 그 주위에는 아무도 없었기 때문이다. 또 한번은 깃대 위에서 깃발이 하나 펄럭이는 것을 보고 서둘러 어떤 집으로 달려갔는데, 비록 텅 빈 것까지는 아니었지만 쥐 죽은 듯 고요하기만 했다. 또 한번은 멀리 있는 언덕 경사면에서 뭔가 흰 것이 펄럭이는 것을 포착했지만, 그쪽으로 쌍안경을 돌려 보니 대여섯 마리의 양 떼가 이리저리 도망치는 것뿐이었다. 알고 보니 트리피드 한 마리가 계속해서 공격을 가하고 있었지만, 그놈들의 무성한 털에 가로막혀 독침도 효과가 없었던 것이었다. 하지만 어디서도 살아 있는 인간의 흔적은 찾아볼 수 없었다.

식사를 위해서 멈춰 섰을 때에도 나는 필요 이상으로 오래 머물지 않았다. 최대한 빨리 먹었고, 이미 내 신경을 곤두서게 만드는 침묵에 유심히 귀를 기울였으며, 최소한 자동차의 소음이라도 함께할 수 있도록 길을 재촉하고 싶어 안달했다.

그러다 보니 착시 현상도 나타났다. 한번은 누군가가 창밖으로 팔을 내밀어 흔드는 것을 보았지만, 가까이 가 보니 창문 앞에 늘어진 나뭇가지가 흔들린 것뿐이었다. 한번은 들판 한가운데 어떤 사람이 움직이다 말고 서서 내가 지나가는 모습을 바라보고 있었다. 하지만 쌍안경으로 확인해 보니 상대방은 움직이다 말고 설 수도, 심지어 고개를 돌릴 수도 없었다. 왜냐하면 허수아비였기 때문이다. 한번은 누군가가 나를 부르는 목소리가 들리는데, 자동차 엔진소리 때문에 정확히는 알아들을 수가 없었다. 나는 차를 세우고 시동을 꺼 버렸다. 그런데 목소리는 들리지 않았고, 아무것도 없었다. 다만 멀리, 저 멀리에서 젖이 불은 암소의 고통스러운 울음소리가들릴 뿐이었다.

문득 그런 생각이 들었다. 이곳 시골에도 여기저기에는 몇몇 사람이 띄엄띄엄 아직 살아 있으면서, 자기야말로 전적으로 혼자라고, 유일한 생존자라고 생각하고 있으리라는 거였다. 이 재난을 겪은 다른 모든 사람에 대해서와 마찬가지로, 나는 그들에 대해서도 안타까움을 느꼈다.

오후 내내, 사기가 꺾이고 희망을 거의 잃어버린 상태에서도, 나는 끈질기게 지도상에서 내가 맡은 구역을 돌아다녔다. 왜냐하면 내심의 확신을 차마 납득시키지 못하고 실패하는 상황이 두려웠기 때문이다. 하지만 내가 결국 도달하게 된 결론은, 설령 내가 할당받은 구역에 어느 정도 규모의 생존자 무리가 존재하고 있다 가정하더라도, 그들이 의도적으로 모습을 감추고 있으리라는 것이었다. 나로선 모든 도로와 골목을 누빌 수야 없었지만, 그래도 내가 눌러 대는 작지 않은 경적 소리만큼은 내가 담당한 구역 곳곳에 울려 퍼졌으리라고 장담할 수 있었다. 결국 수색을 끝내기로 하고, 우리가 트럭을 주차해 놓은 장소로 다시 차를 몰면서, 나는 이제껏 경험한 적이 없었을 정도로 우울한 기분이었다. 목적지에 도착해 보니 다른 사람들은 아직 와 있지 않았기에, 나는 가까운 술집에 들어가 브랜디를 한 잔 들이켰다.

곧이어 스티븐이 돌아왔다. 이번 여정을 통해 그 역시 나와 마찬가지의 영향을 받은 것 같았다. 뭔가를 묻는 듯한 내 표정에 아무 말 없이 고개를 젓더니, 내가 이미 따 놓은 술병에 곧장 손을 뻗었기 때문이었다. 10분쯤 뒤에는 전파사 주인이 돌아왔다. 그는 머리를 산발하고 눈을 희번덕거리는 청년을 하나 데려왔는데, 벌써 몇 주째 씻거나 면도를 하지 못한 것이 역력해 보였다. 이 사람은 노숙자였다. 그의 유일한 직업은 이것 하나뿐이었던 듯했다. 그의 말에 따르면 어느 날 밤에(정확히 며칠이었는지는 알 수 없지만) 하룻밤을 보내기 위해서 상당히 좋고 편안한 헛간을 찾아 들어갔다. 마침 평소에 걷던 것보다 좀 더 오래 걸었던 까닭에, 그는 자리에 눕자마자 잠들어 버리고 말았다. 다음 날 아침에는 악몽을 꾸다 잠에서 깨었는데, 그러다 보니 자기가 미쳐 버린 건지, 아니면 세상이 미쳐 버린 건지, 아직도 약간은 확신하지 못하는 것처럼 보였다. 우리는 이 사람도 약간은 제정신이 아닌 듯하다고 생각했지만, 그래도 맥주를 어떻게 마시는지는 알 정도로 아직까지는 제정신이었다.

그로부터 30분쯤이 지나서야 코커가 돌아왔다. 그는 셰퍼드 강아지 한 마리, 그리고 차마 믿을 수 없을 정도로 나이 많은 할머니 한 명을 함께 데려왔다. 그녀는 아마도 자기가 가진 것 중에서도 가장 좋은 옷을 차려입은 듯했다. 또 다른 신참자의 지저분함과 비교했을 때, 이 할머니의 깨끗함과 깔끔함은 유난히 돋보였다. 그녀는 술집 문턱에서 잠시 머뭇거리며 멈춰 서는 품위까지 보여 주었다. 곧이어 코커가 소개를 대신했다.

"이쪽은 포셋 여사님이시지. 본인의 이름을 딴 포셋 만물 상회의 주인이시고. 영업장소는 치핑턴 더니라는 마을인데, 그곳에는 주택 열 채와 술집 두 곳과 교회 한 곳이 있었다더군. 게다가, 세상에, 여사님께서는 요리를 할 줄 아신다니까!"

포셋 여사는 우리에게 우아하게 인사를 건네더니, 자신 있는 걸음으로 들어와서, 신중한 몸짓으로 자리에 앉고는, 처음에는 포트 와인을 한 잔 마시는 것에 만족했지만, 곧이어 포트와인을 또 한 잔 따라 마셨다.

우리의 질문에 그녀가 내놓은 대답은, 자기가 그 치명적인 날 저녁부터 밤늦게까지 평소답지 않게 유난히 깊이 잠들었다는 것이었다. 그렇게 된 정확한 이유까지는 본인도 밝히지 않았으며, 우리도 굳이 캐묻지 않았다. 여하간 다음 날 오전이 다 지나가도록 포셋 여사는 계속해서 잠을 자고 말았는데, 왜냐하면 잠에서 깰 만한 일이 전혀 일어나지 않았기 때문이었다. 마침내 잠에서 깨었을 때에도 그녀는 몸이 좋지 않은 느낌이어서, 급기야 오후가 절반쯤 지날 때까지 굳이 일어나지 않았다. 가게에 찾아오는 손님이 아무도 없다는 사실은 좀 이상했지만, 때마침 다행이다 싶을 뿐이었다. 마침내 자리에서 일어나 현관으로 나가 보았을 때, 포셋 여사는 "저 끔찍한 트리피드란 괴물 가운데 한 놈"이 자기 집 마당에 서 있는 것을, 그리고 현관 바깥의 진입로 위에 한 남자가(적어도 두 다리는 확실히 보였다) 쓰러져 있는 것을 발견했다. 상대방에게 다가가 보려고 하는 순간, 트리피드가 움찔하는 것을 보자 그녀는 때마침 문을 닫아 버렸다. 그 기억이 참으로 끔찍했던지, 그 일을 회고하는 순간 포셋 여사는 감정이 북받친 나머지 포트와인을 세 잔째 따라 마시고 말았다.

그 사건 이후에 그녀는 누군가가 달려와서 저 트리피드와 남자 모두를 치워 주기까지 기다려 보기로 작정했다. 이상하게도 오래 기다려야 했지만, 포셋 여사는 자기 가게의 물건들 덕분에 충분히 편안하게 지낼 수 있었다. 그녀가 무의식적으로 네 잔째의 포트와인을 들이켜면서 내놓은 설명에 따르면, 그렇게 줄곧 기다리던 중에 코커가 그녀의 집에서 피어오르는 연기를 발견하고 찾아왔고, 트리피드의 꼭대기를 총으로 쏴서 날려 버리고 집 안을 들여다보았다는 것이었다.

포셋 여사로부터 식사를 대접받은 코커는 나름대로의 조언을 내놓았다. 그녀가 상황을 이해하게 만드는 일은 그리 쉽지가 않았다. 결국 그는 마을의 상황을 직접 살펴보라고, 대신 트리피드를 조심하라고 제안했다. 그러면 자기가 오후 5시에 돌아와서 당신의 의견을 들어 보겠다는 것이었다. 그가 돌아왔을 때, 포셋 여사는 옷을 다 차려입고, 짐을 다 싸 놓고, 떠날 준비를 완료한 다음이었다.

그날 저녁, 차코트 올드 하우스로 돌아온 우리는 다시 한번 지도를 펼쳤다. 코커는 새로운 수색 장소를 나누기 시작했다. 우리는 별다른 열의 없이 그 모습을 지켜만 보았다. 곧이어 스티븐이 우리 모두의 생각을 대신해 말했는데, 내가 보기에는 아마도 코커 역시 우리와 생각이 다르지 않을 듯했다.

"저기요, 오늘 우리는 반경 25킬로미터쯤 되는 지역을 샅샅이 뒤져 봤습니다. 그러니 이제는 다른 무리가 가까운 곳에 있지 않다는 게 분명해졌어요. 결국 당신네가 들은 정보가 잘못된 것이거나, 아니면 다른 무리가 여기 머물지 않기로 작정하고 다른 곳으로 이동한 것이거나, 둘 중 하나겠죠. 여하간 제가 보기에는 오늘 우리가 한 것처럼 수색을 나서는 것이야말로 시간 낭비일 듯합니다."

그러자 코커는 손에 들고 있던 컴퍼스를 내려놓았다.

"그러면 어떻게 했으면 좋겠다는 거요?"

"음, 제 생각에는 비행기를 이용하면 상당히 넓은 지역을 충분히 살펴볼 수 있을 것 같은데요. 비행기 소리를 들으면 누구라도 밖에 나와 뭔가 신호를 보낼 수밖에 없을 테니까요."

코커가 고개를 저었다. "이런, 우리가 왜 그런 생각을 미리 못 했을까. 그렇다면 당연히 헬리콥터가 제격이겠지. 하지만 그놈의 물건을 도대체 어디서 구하고, 또 도대체 누가 그걸 조종한단 말요?"

"어, 제 생각에는 제가 그걸 움직일 수 있을 것 같은데요." 전파사 주인이 자신 있게 말했다.

그의 어조에는 뭔가가 있어 보였다.

"혹시 예전에도 조종해 본 적이 있수?" 코커가 물었다.

"아뇨." 전파사 주인이 말했다. "하지만 아주 어려울 것 같지는 않아요. 일단 요령만 알고 나면 말이에요."

"흐음." 코커는 상대방을 유심히 바라보았다.

스티븐은 거기서 멀지 않은 곳에 공군 기지가 두 군데나 있음을 떠올렸고, 나아가 베민스터에서 20킬로미터쯤 떨어진 요빌⁺에서도 항공 택시 업체가 있음을 떠올렸다.

우리의 의구심에도 불구하고, 전파사 주인은 본인의 말마따나 요령이 좋았다. 그는 기계류에 대한 자신의 본능이 결코 실망을 주지 않으리라고 완벽히 확신하는 것처럼 보였다. 반시간 정도 연습한 끝에, 청년은 결국 헬리콥터를 이륙시켜서 차코트까지 날아서 돌아왔다.

이후 나흘 동안에 걸쳐서 이 기계는 넓은 원을 그리면서 하늘을 맴돌았다. 처음 이틀 동안에는 코커가 함께 타고 아래를 살펴보았고, 나머지 이틀 동안에는 내가 그를 대신했다. 우리는 모두 합쳐

+ 잉글랜드 서부 서머싯 주의 도시.

열 군데에서 생존자 무리를 발견했다. 그중 어느 곳도 비들리 일행에 관해서는 몰랐고, 또한 그중 어느 곳에서도 조젤라를 찾을 수 없었다. 새로운 무리를 발견할 때마다 우리는 일단 착륙했다. 대개는 두세 명이 한 무리였다. 가장 숫자가 많은 곳은 일곱 명이었다. 이들은 일단 희망찬 기쁨을 드러내며 우리를 맞이했다. 하지만 실상은 우리도 결국 자기네랑 비슷한 규모의 무리를 대표할 뿐이라는 사실이며, 대규모 구조대의 선발로 찾아온 것까지는 아니라는 사실을 알게 되는 순간, 이들의 관심은 곧바로 시들어 버렸다. 이들이 갖고 있지 못한 물품 가운데 우리가 줄 수 있는 것은 거의 없다시피 했다. 그중 일부는 실망과 동시에 비이성적이다 싶을 정도로 적대적이고 위협적인 태도를 드러냈지만, 대개는 조용히 실망 속으로 가라앉을 뿐이었다. 십중팔구는 다른 무리에 가담하려는 의향을 거의 드러내지 않았으며, 대신 자기들이 할 수 있는 것에만 손을 대고, 최대한 편안한 피난처를 건설하려고 들었다. 그러면서 미국인이 도와주러 올 때까지 버티겠다고 했는데, 미국인이라면 어떻게든 방법을 찾아낼 것이 분명하다는 믿음 때문이었다. 이런 믿음은 정말이지 널리 퍼져 있는 동시에 확고부동하기 짝이 없는 듯했다. 아직 살아남은 미국인이 있다 하더라도, 일단 자기네 나라의 상황을 처리하느라 정신이 없을 것이라는 우리의 주장은 지나치게 흥을 깨는 소리로만 간주되었다. 미국인이라면 결코 우리처럼 이런 일이 자기네 나라에 벌어지게 가만 내버려 두었을 리가 없다는 것이 그들의 주장이었다. 그럼에도 불구하고, 그리고 좋은 이웃 미국에 대한 지나친 낙관에도 불구하고, 우리는 각각의 무리에게 지도를 하나씩 건네주었다. 거기에는 우리가 이미 발견한 다른 무리의 대략적인 위치가 표시되어 있었으니, 혹시나 이들이 마음을 바꾸어서 자급자족을 위해 힘을 합치려고 들 때를 대비한 조언이었다.

비행 자체는 즐거운 것과 한참 거리가 멀었지만, 그래도 지상에서 수행한 고독한 수색자 노릇보다는 훨씬 더 나았다. 그럼에도 아무런 소득이 없었던 나흘째 날, 우리는 수색을 결국 포기하기로 결정했다.

최소한 나머지 다른 사람들이 내린 결정은 그러했다. 나로선 이들과 똑같은 심정까지는 아니었다. 내 수색은 개인적인 동기가 있었지만, 이들에게는 그렇지가 않았다. 지금이고 나중이고 간에, 이들이 발견하게 되는 사람은 하나같이 낯선 사람일 뿐이었다. 내가 그토록 찾아 헤매는 비들리 일행조차도 그 자체로 목적이라기보다는 오히려 수단에 불과했다. 만약 그들을 발견했는데도 조젤라가 함께 있지 않음을 알게 되면, 나는 또다시 수색에 나설 것이었다. 하지만 나머지 사람들이 나 대신 순수하게 수색에 더 이상 참여해 줄 것이라고 기대할 수는 없었다.

이 과정에서 나는 한 가지 흥미로운 사실을 깨달았다. 지금까지 내가 만난 사람들 중에서 나처럼 누군가를 찾아 헤매는 경우는 전혀 없었다는 점이었다. 스티븐과 그의 여자 친구의 사례를 제외하면, 모두들 과거와의 연계에 해당하는 친구나 친척과는 완전히 절연한 상태였고, 완전히 낯선 사람들과 새로운 삶을 시작한 상태였다. 내가 아는 한에서는 오로지 나 혼자만이 곧바로 새로운 인연을 맺은 경우였다. 그리고 그 기간조차도 워낙 짧았기 때문에, 나로선 그 당시에만 해도 이게 얼마나 중요한 인연인지를 미처 깨닫지 못했던 것이었고…….

일단 지금까지 하던 수색을 포기하기로 결정이 내려지자 코커가 이렇게 말했다.

"좋수다. 그러면 이제는 앞으로 우리가 뭘 해야 할지에 대해서 생각해 봐야겠구먼."

"그야 우선 겨울을 대비해서 생필품을 모아 두고, 지금 하던 대로 계속 살아가는 것뿐이겠지요. 그것 말고 우리가 또 뭘 해야 한다는 겁니까?" 스티븐이 물었다.

"그렇잖아도 내가 그 문제를 생각해 봤수다." 코커가 그에게 대답했다. "물론 한동안은 괜찮겠지. 하지만 그 이후에는 어떻게 될 것 같수?"

"혹시 생필품이 모자란다면, 주위를 찾아보면 얼마든지 더 있을 텐데요." 전파사 주인이 말했다.

"그리고 크리스마스가 되기 전에는 미국인들이 찾아와 줄 거구요." 스티븐의 여자 친구가 말했다.

"이보쇼." 코커는 인내심을 발휘하며 그녀에게 말했다. "그놈의 근거도 없는 미국 사람 타령은 잠깐 좀 접어 둡시다, 제발 좀. 대신 미국인 따위는 있지도 않은 세상에 대해서 좀 상상해 보자 이겁니다. 그렇게 해 볼 수 있습니까?"

여자가 그를 빤히 쳐다보았다.

"하지만 미국인은 분명히 올 거예요." 그녀가 말했다.

코커는 서글픈 듯 한숨을 쉬었다. 그러고는 전파사 주인을 다시 바라보았다.

"생필품이 앞으로도 영원히 남아돌지는 않을 거요. 내가 보기에는 우리가 이제 새로운 종류의 세계에서 순조로운 출발을 시작한 것 같수다. 애초부터 모든 것이 넉넉하다는 것이야말로 우리가 얻은 밑천이지만, 그렇다고 해서 그게 영원히 지속되지는 않으리라는 거요. 지금 여기저기 널려 있는 생필품만 해도, 그 양만 놓고 보면 앞으로 몇 세대가 지나도 다 써 버릴 수는 없을 지경일 거요. 물론 그 유통기한이 오래간다고 치면 그렇다는 뜻이지만, 실제로는 오래가지 못할 거요. 그중 상당수는 비교적 금세 상하게 될 테니까. 문제는 식량만 그런 게 아니라는 거요. 모든 것이 비록 그 속도는 느리더라도, 십중팔구 망가져서 산산조각이 날 테니까. 만약 우리가 내년에도 신선한 식품을 먹고 싶다면, 우리는 이제 그걸 직접 길러야만 할 거요. 지금 당장은 마치 한참 나중의 일처럼 여겨지지만, 언젠가는 우리가 모든 것을 스스로 길러야만 할 때가 결국 오고 말 거요. 아울러 트랙터가 모조리 고장 나거나 녹슬어 버릴 때도 올 거고, 더 이상은 그놈들을 움직일 수 있는 휘발유조차도 바닥날 때도 올 거요. 그때가 되면 우리는 자연으로 돌아가서 말[馬]을 귀중히 여기게 될 거요. 물론 그놈들을 우리가 얻을 수 있다고 가정할 때에는 말이오.

이건 일종의 휴지 상태요. 말 그대로 하늘이 내려 준 휴지 상태인 거지. 우리는 처음의 충격을 이겨 내고, 정신을 추스르고 다시 시작하겠지만, 아무리 그래 봤자 휴지 상태이긴 마찬가지요. 나중에 가서는 우리도 쟁기질을 하지 않을 수 없을 거고, 더 나중에 가서는 쟁기 날 만드는 방법을 배우지 않을 수 없을 거고, 또다시 더 나중에 가서는 쟁기 날을 만들기 위해 쇠 녹이는 방법을 배우지 않을 수 없을 거요. 지금 우리가 서 있는 길은 우리를 과거로, 과거로, 또 과거로 거슬러 올라가게 할 거요. 언젠가 우리가 모두 써 버린 것들을 새로 만들어 보충할 수 있을 때까지는 말이오. 물론 그런 일이 **가능하다**고 가정할 경우에만 그렇다고 해야겠지. 여하간 바로 그 때가 올 때까지는, 우리가 야만으로 끌려 내려가는 길에서 멈춰 설 방법이란 전혀 없다는 거요. 오로지 바로 그때가 온 다음에나, 우리는 천천히 다시 위로 기어오를 수 있을 거요."

그는 마치 자기 이야기를 다들 잘 따라오고 있는지 확인하려는 듯 주위를 둘러보았다.

"우리는 그렇게 **할** 수 있수다. 그러려는 의지만 있다면 말이오. 우리의 순조로운 출발에서 가장 귀중한 부분이 뭔가 하면, 바로 지식이오. 그거야말로 우리 조상들이 시작한 바로 그 지점에서 우리도 시작하지는 않게 해 주는 지름길인 거요. 우리가 굳이 찾아내려는 어려움만 무릅쓴다면, 책 속에서 그 모두를 찾아낼 수 있을 거요."

나머지 사람들은 흥미로운 듯 코커를 바라보았다. 웅변가로서 발동이 걸린 그의 말을 듣는 것은 이번이 처음이었기 때문이었다.

"지금껏 내가 역사를 읽어서 이해한 바에 따르면 말이오." 그가 계속 말을 이어 나갔다. "이전까지만 해도 그런 지식을 이용하기 위해서 반드시 가져야 할 것이 있었으니, 그건 바로 여가라는 것이었소. **모든** 사람이 먹고살기 위해서 일을 해야 하고, 따라서 생각할 만한 여가 따위는 없었던 시절에는 지식이 침체되었고, 덩달아 사람도 침체되고 말았지. 생각이란 것을 하는 사람은 주로 직접 뭔가를 생산하지는 않는 사람들이었다 이거요. 즉 거의 전적으로 남의 노동에 의존해서 살아가는 것처럼 보이는 사람들이었는데, 사실은 이들이야말로 장기 투자나 다름없었다 이거지. 도시와 위대한 연구소에서는 학문이 자라났다는 뜻이오. 시골의 노동이 그 학문을 뒷받침했고 말이오. 여기까지는 다들 동의하시겠지?"

스티븐이 인상을 찡그렸다.

"어느 정도는요. 하지만 지금 당신이 무슨 이야기를 하려는지는 이해할 수가 없는데요."

"내가 하려는 이야기는 결국 이거요. 경제적 규모 말이오. 지금 우리 정도 규모의 공동체라면 기껏해야 존재하고 몰락하는 것 이상을 기대하기는 곤란하다 이거지. 만약 우리가 지금 상태로 계속 여기 남아 있으면, 그러니까 이렇게 딱 열 명만 있으면, 그 결과는 점진적이고도 무의미한 소멸이 될 것이 불가피하리라는 거요. 만약 아이들이 있더라도, 그들에게 기초적인 교육을 제공하려 해도, 우리의 노동에서 딱 필요한 시간만을 덜어서 교육해야 할 거요. 거기서 한 세대가 더 지나면, 우리는 야만인을 가지거나 바보를 가지게 될 거요. 우리 세대를 유지하기 위해서, 즉 도서관에 들어 있는 지식 모두를 어떻게든 사용하기 위해서, 우리는 반드시 교사와 의사와 지도자를 가져야만 하고, 이들이 우리를 도와주는 동안에 반대로 우리가 이들을 뒷받침할 수 있어야 하는 거요."

"그래서요?" 잠시 침묵이 흐르고 나서 스티븐이 말했다.

"나는 이전에 빌과 함께 머물다 온 틴섬이라는 곳을 줄곧 생각해 왔수다. 그곳에 관해서는 이미 댁들한테도 이야기했었지. 그곳을 운영하려고 애쓰는 여자는 다른 사람들의 도움을 필요로 하고, 실제로는 정말 간절히 필요로 했단 말요. 그 여자가 돌보는 사람이 50명인가 60명인가 되었는데, 시력이 온전한 사람은 기껏해야 열 명 남짓이었지. 그러니 그런 식으로는 일이 될 수가 없지 않겠수. 그 여자도 자기가 할 수 없다는 걸 알고 있수다. 하지만 차마 우리한테까지 그 사실을 시인하지는 않더구먼. 우리더러 남아 있으라고 부탁함으로써 우리한테 빚을 지고 싶지는 않았던 모양이더군. 하지만 우리가 다시 돌아간다고 하면, 그래서 다시 받아 달라고 부탁하면, 그 여자도 자기 뜻대로 되어 매우 기뻐할 거라 이거지."

"이런, 세상에." 내가 말했다. "그렇다면 결국 그 여자가 일부러 우리한테 엉뚱한 방향을 가르쳐 주었다는 거예요?"

"그건 나도 모르지. 어쩌면 내가 멀쩡한 사람을 모함하는 것일 수도 있으니까. 하지만 우리가 비틀리 패거리의 흔적을 단 하나도 보거나 듣지 못했다는 건 정말 이상한 일이라 이거지. 안 그런가? 게다가 그 여자가 의도했거나 안 했거나 간에, 어쨌거나 내가 그곳으로 다시 돌아가기로 작정했으니 일단은 성공한 셈이지. 내가 그렇게 작정한 이유를 내놓으라면, 대략 이렇다고 할 수 있지. 하나도 아니고 두 가지가 있다니까. 첫째 이유는 만약 그런 장소를 누군가가 제대로 돌보지 않는다면, 결국 망가지고 말 것인데, 그거야말로 거기 있는 사람들 모두에게는 낭비인 동시에 치욕이 된다는 거지. 둘째 이유는 그곳의 위치가 지금 이곳의 위치보다는 훨씬 더 낫다는 거고. 거기에는 농장도 딸려 있는데, 다행히 그리 큰 힘을 들이지 않아도 생산이 가능하다는 거지. 거기는 사실상 자급자족이 가능하고, 필요하다면 확장도 가능하다는 거고, 반면 이곳에서 농장을 시작해서 수확을 얻으려면 훨씬 더 많은 노동이 필요할 테니까.

더 중요한 사실은, 교육을 위한 시간을 감당할 수 있을 만큼 충분히 크다는 거지. 즉 한편으로는 지금 거기 있는 시력을 상실한 사람들을 가르치고, 또 한편으로는 더 나중에 그 사람들이 얻게 될 시력이 온전한 아이들을 가르친다는 거요. 나는 그게 가능하다고 믿고, 또 그걸 실천하기 위해서 최선을 다할 거요. 그리고 저 오만방자한 듀런트 여사가 차마 그걸 감당할 수 없다면, 차라리 강물에 가서 빠져 죽으라고 말해 주고 싶수다.

내 이야기의 핵심은 이거요. 내 **생각**에는 현재 상태로도 나는 충분히 그렇게 할 수 있수다. 하지만 내가 **확신**하는바, 우리가 그곳에 함께 가면, 불과 몇 주 안에 그곳을 재조직해서 온전히 돌아가게 만들 수 있을 거요. 그러고 나면 우리가 살아가는 공동체는 점점 더 성장할 거고, 그 상태를 유지하기 위해서 죽도록 노력할 거요. 그게 아니면 지금처럼 작은 무리로 남아 있으면서, 시간이 흐르면서 점차 쇠퇴하고, 점차 더 절망적으로 외로워지는 것뿐이겠지. 그러니 댁들의 생각은 어떠신지?"

한동안 토론이 이어지고, 자세한 내용에 대한 질문이 나왔지만, 이 제안에 대한 의심은 그리 많지 않았다. 이미 수색에 참가했던 사람들은 앞으로 찾아올 끔찍한 외로움을 미리 엿본 셈이었다. 지금 우리가 있는 저택에 굳이 애착을 품은 사람은 아무도 없었다. 이곳은 본래 방어적 장점 때문에 선택된 곳이었기 때문에, 그 이상의 장점이라고는 거의 없다시피 했다. 그들 대부분은 이미 자기들을 에워싸고 점점 자라나는 고립의 압박을 느낄 수 있었다. 더 폭넓고 더 다양한 사람들과 어울린다는 생각은 그 자체만으로도 매력적이었다. 한 시간이 지나자 우리의 논의는 이제 수송에 관한 문제며, 퇴거의 구체적인 내용으로 옮겨 가 있었다. 그리고 코커의 제안을 채택하고자 하는 결정은 거의 자동적으로 내려진 다음이었다. 오로지 스티븐의 여자 친구만이 여전히 의구심을 버리지 못하고 있었다.

"그나저나 그 틴셤이라는 곳 말이에요. 지도에 전혀 안 나와 있지 않아요?" 그녀는 불안한 듯 물었다.

"걱정 따위는 붙들어 매쇼." 코커가 그녀에게 다시 한번 장담했다. "미국에서 제일 좋은 지도에는 모조리 나와 있으니까 말이오."

다음 날 아침 일찍, 나는 다른 사람들과 함께 틴셤으로 돌아가지 않기로 작정했다. 더 나중에는 혹시 돌아갈 수도 있겠지만, 아직은 아니라고 생각했는데…….

맨 처음 의향은 이들과 동행하는 것이었지만, 그건 어디까지나 비들리 일행의 목적지에 관해서 듀런트 여사에게 따져 진실을 밝혀내기 위해서였다. 하지만 곧이어 나는 실제로 조젤라가 그들과 함께 있는지 여부를 아직 알 수 없다는 불편한 사실을 다시 시인할 수밖에 없었다. 게다가 지금까지 내가 수집 가능했던 모든 정보는 그녀가 거기 없다는 사실을 암시하고 있었다. 조젤라가 틴셤을 지나가지 않았던 것도 거의 확실했다. 하지만 비들리 일행을 찾아 나서지 않았다고 한다면, 과연 그녀는 어디로 간 걸까? 런던대학 건물에 또 다른 목적지가 나와 있었을 가능성, 즉 내가 뭔가 놓쳐 버렸을 가능성은 거의 없었는데…….

바로 그때, 마치 번갯불이 번쩍하듯이, 나는 우리가 하룻밤을 보낸 아파트에서 나누었던 대화를 기억해 냈다. 그녀가 푸른색의 파티용 드레스를 입고서, 다이아몬드에 촛불이 반사되는 가운데 이야기했던 모습이 눈에 선했고……. "서식스다운스는 어떨까요? 그곳의 북쪽에 있는 멋지고 오래된 농장을 하나 알아요." 바로 그 순간, 나는 어디로 가야 할지를 깨달았다.

아침에 나는 코커에게 그 이야기를 해 주었다. 그는 딱하다는 표정을 지었지만, 내 희망을 굳이 부추기지는 않으려고 애쓰는 모습이 역력했다.

"좋아. 자네가 그걸 최선이라 생각한다면 그렇게 해야지." 코커가 동의했다. "부디— 뭐, 어쨌거나, 우리가 어디 있는지는 자네도 알고 있을 테니까. 나중에 두 사람 모두 틴섬으로 돌아와서, 저 여자가 제정신을 차릴 때까지 따끔하게 본때를 보여 줄 수 있도록 도와나 달라구."

그날 아침은 날씨가 좋지 않았다. 내가 저 친숙한 트럭에 다시 한번 올라탈 무렵에는 비가 억수처럼 쏟아졌다. 하지만 나는 의기양양하고 희망에 부풀어 있었다. 그보다 열 배는 더 많은 비가 내렸다 하더라도, 나를 좌절시키거나 내 계획을 바꿔 놓지는 못했을 것이다. 코커도 내가 떠나는 모습을 지켜보러 나왔다. 그가 왜 그러는지는 나도 알 수 있었다. 비록 본인이 굳이 입에 담지는 않았지만,

애초에 자신의 성급한 계획이며 그로 인해 벌어진 결과에 대한 기억 때문에 괴로웠던 것이다. 머리가 흠뻑 젖고, 턱을 따라 빗물이 줄줄 흘러내리는데도 불구하고, 그는 운전석 옆에 서서 한 손을 내밀었다.

"제발 조심하면서 가라구, 빌. 이제는 어디서 구급차가 달려오지도 않을 테니까. 게다가 그 여자 분도 자네가 몸 성히 도착하는 편을 더 좋아할 테니까 말이야. 행운을 비네. 그리고 나중에 그 여자 분을 만나게 되면, 지금까지 있었던 모든 일에 대해 내가 사죄한다고 전해 주게나."

비록 말은 '나중에'라고 했지만, 말투는 오히려 '혹시나'에 가까웠다.

나는 틴섬에서의 일이 잘되기를 바란다고 모두에게 인사를 건네었다. 그리고 페달을 밟고 진흙을 튀기며 질퍽질퍽한 진입로를 따라 달려가기 시작했다.

제13장

희망을 품고서

이날 아침에는 사소한 재난이 여러 가지 있었다. 처음에는 카뷰레터에 물이 들어간 사건이었다. 곧이어 나는 동쪽으로 가고 있다고 착각한 나머지 15킬로미터쯤 북쪽으로 가고 말았으며, 뒤늦게 방향을 바꾸자마자 이번에는 인적 없는 황량한 고지의 도로 위에서 점화 장치에 고장이 나고 말았다. 이러한 지체, 또는 자연적 반응 때문에 내가 출발 당시 품고 있었던 희망 가득한 기분도 상당 부분 망치고 말았다. 문제를 해결했을 때에는 이미 오후 1시가 되어 있었고, 하늘도 개어 있었다.

하늘에는 해가 나타났다. 모든 것이 밝고 신선해 보였음에도 불구하고, 그리고 이후 30킬로미터에 걸쳐서 원활하게 전진했음에도 불구하고, 다시 한번 나를 뒤덮은 절망감은 꼼짝도 하지 않았다. 이제는 정말로 혼자가 되었기에, 나로선 외로운 느낌을 막을 도리가 없었다. 우리가 마이클 비들리 일행을 찾기 위해서 구역을 나누었던 바로 그날 겪었던 것처럼, 그 느낌이 또다시 나를 찾아왔다. 그리고 이번에는 그 위력이 두 배로 늘어나 있었는데……. 이전까지만 해도 나는 외로움이 뭔가 부정적인 것이라고 생각했다. 즉 동행이 없는 것뿐이라고 생각했고, 당연히 일시적인 것뿐이라고 생각했는데…… 그날 나는 외로움이 그보다 더한 뭔가임을 배웠다. 그것은 압박하고 억압할 수 있는 뭔가였고, 일상을 뒤틀 수 있는 뭔가였고, 정신을 갖고 놀 수 있는 뭔가였다. 사방팔방에서 악의적으로 출몰하는 뭔가였고, 신경을 곤두서게 만드는 뭔가였으며, 계속해서 경고를 울리는 뭔가였고, 나를 도와줄 사람이 아무도 없고 나를 돌봐줄 사람도 아무도 없다는 사실을 잊지 못하게 만드는 뭔가였다. 사람을 마치 광대한 넓이 속에 떠도는 한 톨의 원자처럼 보이게 만들었고, 사람을 겁줄(그것도 무시무시하게 겁줄) 기회를 항상 엿보고 있었다. 외로움이 실제로 하려는 일이 바로 이거였다. 그리고 나로선 결코 그 느낌이 그렇게 하도록 가만히 내버려 둘 수 없는 일이었으니…….

군거성 생물에게서 동행을 박탈하는 것이야말로 그 생물을 불구로 만드는 일이었고, 그 본성을 유린하는 일이었다. 죄수와 수도사는 각자의 고립 너머에 무리가 존재한다는 사실을 알고 있다. 즉 자기들도 그 무리의 일부분임을 알고 있는 것이다. 하지만 더 이상 무리가 존재하지 않는다면, 군거성 생물은 더 이상 실체가 되지 못한다. 그는 더 이상 어떤 전체의 일부가 아닌 것이다. 그야말로 서식지 없는 괴물이 되는 것이다. 만약 이성을 붙들고 있지 못한다면, 그는 정말로 길을 잃게 될 것이다. 가장 완전하게, 가장 무시무시하게 길을 잃게 될 것이고, 워낙 그러다 보니 결국에는 기껏해야 시체의 팔다리에서 꿈틀거리는 경련에 불과해질 것이다.

이제는 이전보다 훨씬 더 많은 저항이 필요했다. 오로지 이 여행의 막바지에 동행을 다시 찾게 되리라는 희망의 위력 덕분에, 나는 코커와 다른 사람들의 현존에서 비롯되는 관계에서 위안을 찾으려고 돌아서지 않을 수 있었다.

내가 여행의 도중에 본 광경조차도 아무런 영향을 끼치지 못했다. 비록 그중 일부는 무시무시했지만, 이제는 그런 광경에 워낙 익숙해져 있었기 때문이었다. 그런 광경에서 공포가 사라져 버린 것은, 거대한 전장을 뒤덮고 있었던 공포가 역사 속으로 사라져 버린 것과 매한가지였다. 또한 나는 이런 광경들을 뭔가 더 거대하고 인상적인 비극의 일부로 바라보지도 않게 되었다. 내 분투는 사실상 내 본능과 벌이는 개인적 충돌이었다. 승리의 가능성이라고는 전혀 없는, 지속적으로 방어적인 행동에 불과했다. 나 혼자만의 힘으로는 오랫동안 버틸 수 없으리라는 사실을 마음속 깊이 알고 있었다.

뭔가 정신을 집중할 거리를 찾기 위해서, 나는 필요 이상으로 빨리 차를 몰았다. 급기야 이름은 기억나지 않는 어떤 작은 도시에 들어섰을 때, 모퉁이를 돌자마자 길 전체를 가로막고 있던 승합차와 정통으로 충돌해 버렸다. 다행히도 내가 탄 트럭은 워낙 튼튼했기 때문에 겉이 좀 긁힌 것뿐이었다. 내 앞을 가로막은 두 대의 차량은 누군가가 정말 악마 같은 교묘함을 발휘해서 서로 얽어 놓은 듯한 형국이어서, 가뜩이나 좁은 공간에서 그걸 서로 떨어트려 놓는 일은 결코 쉽지가 않았다. 나는 한 시간이 꼬박 걸려서야 그 문제를 해결했고, 덕분에 내 정신도 실제적인 문제 쪽으로 돌아서는 좋은 결과를 가져왔다.

그 사건 이후로 나는 좀 더 신중한 속도로 달리게 되었는데, 뉴 포리스트⁺에 들어선 지 몇 분 만에 그 원칙을 금세 포기할 수밖에 없었다. 나무 사이로 헬리콥터 한 대가 그리 높지 않은 곳을 날아가는 모습이 보였기 때문이었다. 잠시 후에는 내 위쪽으로 가로질러 갈 예정이었다. 불운하게도 도로 양옆으로 나무가 너무나도 빽빽하게 자라나 있어서, 십중팔구 공중에서는 도로가 전혀 안 보일 것만 같았다. 나는 속도를 냈지만, 탁 트인 곳에 도달했을 무렵에는 헬리콥터도 북쪽으로 멀리 사라지는 한 점에 불과한 상태가 되어 있었다. 그럼에도 불구하고 그 모습을 목격했다는 사실만으로도 나는 약간의 위안을 얻었다.

그로부터 몇 킬로미터 더 나아가자, 나는 사각형의 초록 위에 깔끔하게 자리 잡은 작은 마을을 지나가게 되었다. 얼핏 보기에는 이엉지붕과 붉은 타일 오두막에다가 꽃이 우거진 정원이 함께 어우러져서 마치 그림책의 한 장면 같았다. 하지만 나는 길가의 정원들을 굳이 유심히 살펴보지는 않았다. 대다수의 정원에서, 뭔가 어울리지 않는 트리피드의 기괴한 모습이 꽃들 사이로 엿보였기 때문이다. 내가 그 장소를 거의 벗어났을 무렵, 마지막 정원 문으로 어린아이 하나가 뛰어나와 저 앞의 도로를 가로막고 양팔을 흔들었다. 나는 트럭을 멈춰 세운 다음, 이제는 마치 본능처럼 된 방식으

+ 잉글랜드 남부 햄프셔 주의 국립공원.

406

로 혹시 주위에 트리피드가 있는지를 살펴보고, 산탄총을 집어 들고 운전석에서 내렸다.

푸른색 면 드레스와 흰 양말과 샌들 차림의 여자아이였다. 나이는 아홉 살에서 열 살쯤 되어 보였다. 작지만 상당히 예쁘장한 외모였다. 비록 짙은 갈색 고수머리는 엉망이 되어 있었고, 얼굴에는 눈물 자국이 덕지덕지 붙어 있었음에도 불구하고, 그것 하나만큼은 분명했다. 여자아이는 내 소맷자락을 붙잡고 늘어졌다.

"제발요, 제발요." 꼬마가 다급하게 말했다. "제발 저랑 같이 가요. 토미가 어떻게 되었는지 좀 봐 주세요."

나는 가만히 선 채로 여자아이를 내려다보았다. 그날의 끔찍한 외로움은 이미 걷혀 있었다. 내 마음은 내가 일찍이 만들어 놓은 상자를 깨고 나오려는 것 같았다. 나는 꼬마를 번쩍 들어서 꼭 끌어안고 싶었다. 문득 눈물이 나올 것만 같았다. 내가 한 손을 내밀자, 여자아이가 붙잡았다. 우리는 아까 꼬마가 나왔던 문을 지나서 걸어갔다.

"토미가 저기 있어요." 여자아이가 손으로 가리켰다.

네 살쯤 되는 남자아이가 화단 사이의 좁은 잔디밭 위에 쓰러져 있었다. 그 아이가 왜 거기 있는지는 얼핏 보아도 분명했다.

"저기 **괴물**이 토미를 때렸어요." 여자아이가 말했다. "괴물이 때리니까 토미가 쓰러졌어요. 내가 도와주려고 가려고 했는데, 이번에는 나도 때리려고 했어요. 진짜 징그러운 **괴물**이에요!"

고개를 들어 보니, 정원 가장자리를 에워싼 울타리 너머로 트리피드 한 놈의 꼭대기가 불쑥 튀어나와 있었다.

"손으로 귀를 꽉 막아. 아저씨가 총을 쏠 거니까." 내가 말했다.

여자아이가 시키는 대로 하자, 나는 트리퍼드의 꼭대기를 날려 버렸다.

"징그러운 **괴물**이에요." 여자아이가 다시 말했다. "그럼 이제는 죽은 거예요?"

그렇다고 대답해 주려는 순간, 그놈이 작은 돌기를 제 줄기에 대고 두들기기 시작했다. 지난번에 스티플허니에서 다른 놈이 했던 것과 똑같았다. 나는 곧바로 또 한 방을 발사해서 그놈이 조용해지도록 만들었다.

"그래." 내가 말했다. "이제는 죽은 거야."

우리는 남자아이에게 다가갔다. 창백한 뺨 위에 독침의 진홍색 채찍 자국이 선명했다. 지금으로부터 몇 시간 전에 일어난 일이 분명했다. 여자아이는 그 옆에 무릎을 꿇었다.

"벌써 틀린 것 같구나." 내가 부드럽게 말했다.

고개를 든 여자아이의 두 눈에 눈물이 가득했다.

"그러면 토미도 죽은 거예요?"

나는 여자아이 옆에 털썩 주저앉아서 고개를 저었다.

"아마도 그런 것 같구나."

잠시 후에 여자아이가 말했다.

"불쌍한 토미! 그러면 우리가 묻어 주면 돼요? 강아지들을 묻어 준 것처럼요?"

"그래." 내가 말했다.

이 모든 압도적인 재난 속에서 내가 팠던 무덤은 오로지 그것 하나뿐이었다. 그나마도 아주 작은 무덤이었다. 여자아이는 꽃을 한 다발 꺾어 와서 무덤 위에 뿌렸다. 그런 뒤에 우리는 트럭에 올라타서 그곳을 떠났다.

여자아이의 이름은 수전이었다. 자기가 기억하기로는 아주 오래전에, 엄마랑 아빠한테 무슨 일이 벌어지는 바람에 갑자기 눈이 안 보이게 되었다고 했다. 아빠는 도와줄 사람을 데려오겠다며 밖으로 나갔는데, 이후로 영영 돌아오지 않았다. 나중에는 엄마도 밖으로 나갔는데, 아이들에게는 절대 집에서 나가지 말라고 신신당부한 다음이었다. 얼마 후에 엄마는 울면서 집으로 돌아왔다. 다음 날 엄마는 또다시 밖으로 나갔는데, 이후로 영영 돌아오지 않았다. 아이들은 집 안에 있는 음식을 먹으며 버텼지만, 나중에 가서는 점점 배가 고파졌다. 마침내 수전은 너무 배가 고픈 나머지, 엄마 말씀을 어기고 월턴 아줌마네 가게에 가서 도움을 청하기로 했다. 가게 문은 활짝 열려 있었지만, 월턴 아줌마는 거기 없었다. 아무리 불러도 아무도 나오지 않았기에, 수전은 일단 케이크와 비스킷과 사탕을 조금 가져가기로, 그리고 나중에 월턴 아줌마를 만나면 상황을 설명하기로 작정했다.

집으로 돌아오는 길에 수전은 **괴물들** 가운데 몇 마리를 보았다. 그중 한 놈이 공격을 가했지만, 여자아이의 키를 잘못 계산한 모양인지, 독침이 그냥 머리 위로 지나가고 말았다. 수전은 이에 겁을 먹었고, 그때부터 집까지 내내 달려갔다. 그 일 이후로 여자아이는 **괴물들**을 무척이나 경계하게 되었으며, 이후의 원정으로 인해 토미 역시 그놈들을 무척이나 경계하게 되었다. 하지만 토미는 워낙 키가 작았기 때문에, 그날 아침에 놀러 나갔을 때 옆집 마당에 숨어 있던 트리피드를 차마 볼 수가 없었다. 수전은 동생을 데려오려고 대여섯 번이나 시도했지만, 제아무리 신중을 거듭했어도 번번이 트리피드 꼭대기가 흔들리며 약간 움직이는 모습을 보고는 물러설 수밖에 없었고…….

다시 길을 떠난 지 한 시간쯤이 지나자, 나는 이제 하룻밤을 보내기 위해 멈춰 서야 할 때라고 판단했다. 일단 아이를 트럭에 남겨 놓고 나 혼자 밖으로 나와 주택 한두 군데를 살펴본 끝에, 딱 어울리는 곳을 찾아내 들어가서 둘이 나란히 식사를 했다. 나야 여자아이에 관해서는 잘 몰랐지만, 수전의 경우에는 음식을 정말 놀라우리만치 많이 먹어 치울 능력이 있는 듯했다. 지금까지 끼니마다 비스킷과 케이크와 사탕만 먹으면서 버텼는데, 직접 경험해 보니 자기가 예상했던 것만큼 아주 만족스럽지는 않았다는 거였다. 나는 수전을 대강 씻긴 다음, 본인의 지시를 따라서 머리까지 빗겨 주었으며, 그 결과에 대해서 나름대로 만족감을 느꼈다. 아이 쪽에서도 누군가 이야기할 상대가 생겼다는 기쁨 덕분에 지금까지의 모든 일을 잠깐 동안은 잊어버릴 수 있는 듯했다.

나 역시 이해할 수 있었다. 사실은 나 역시 똑같은 기분이었기 때문이다.

하지만 수전을 침대에 눕혀 놓고 아래층으로 다시 내려오자마자, 아이가 우는 소리가 들렸다. 나는 다시 방으로 달려갔다.

"괜찮아, 수전." 내가 말했다. "괜찮아. 아까 토미도 아주 아프지는 않았을 거야. 진짜야. 순식간에 끝났을 테니까." 나는 침대 옆에 앉아서 아이의 한 손을 붙잡아 주었다. 수전은 울음을 그쳤다.

"토미가 불쌍해서 그러는 게 아니에요." 아이가 말했다. "토미가 없어서 그러는 거예요. 이제는 아무도 없잖아요, 아무도요. 저는 너무 무서워요……."

"나도 알아." 내가 말했다. "나도 **잘** 알아. 나도 역시 무서우니까."

아이는 나를 바라보았다.

"그런데 지금은 안 무서워요?"

"안 무서워. 그리고 너도 안 무서울 거야. 그러니 이제부터는 우리 둘 다 무서워하지 않기로 약속하자."

"알았어요." 아이는 내 말에 동의하면서, 뭔가 진지하게 생각하는 눈치였다. "제 생각에도 그게 좋을 것 같아요……."

그래서 우리는 여러 가지 이야기를 더 나누었고, 그러다가 아이도 결국 잠이 들고 말았다.

"근데 우리 지금 어디 가는 거예요?" 다음 날 아침, 우리가 다시 출발할 때에 수전이 물었다.

나는 지금 어떤 아줌마를 찾으러 가는 길이라고 설명해 주었다.

"그 아줌마가 어디 있는데요?" 수전이 물었다.

그건 나도 확실히 몰랐다.

"그러면 우리가 언제쯤 찾을 수 있는데요?" 수전이 물었다.

그것 역시 나로선 만족스러운 대답을 할 수 없었다.

"그 아줌마 예뻐요?" 수전이 물었다.

"그래." 내가 말했다. 이번에는 그나마 좀 더 확실한 대답을 내놓을 수 있어서 기뻤다.

그리고 어째서인지 수전도 이 대답에 만족스러워하는 것 같았다.

"좋아요." 아이가 동의하는 듯 대답했고, 우리는 이제 다른 이야기로 넘어갔다.

아이를 생각해서 나는 더 큰 도시를 가급적 피해 가려고 했지만, 그럼에도 불구하고 시골의 여러 가지 불쾌한 광경을 완전히 피하기는 불가능했다. 어느 정도 시간이 지나자, 나는 그런 참상이 아예 존재하지 않는 척 연기하기를 포기해 버렸다. 수전 역시 일반적인 풍경을 감상할 때와 마찬가지의 초연한 관심을 갖고 주위를 바라보았다. 여러 가지 광경에 아이는 놀란 것이 아니라 오히려 어리둥절한 듯 이런저런 질문을 내놓았다. 나는 수전이 보여 준 것과 똑같은 객관적인 태도로 갖가지 공포와 의문에 대답하려고 최선을 다했다. 앞으로 이 아이가 자라나게 될 세계로 말하자면, 내가 어린 시절에 배웠던 과도한 예의 차리기며 완곡어법과는 전혀 관계가 없을 것이기 때문이었다. 이런 태도는 나에게도 역시나 좋은 효과를 발휘했다.

정오쯤 되자 먹구름이 끼었고, 또다시 비가 내리기 시작했다. 5시쯤 되자 우리는 풀버러에서 얼마 떨어지지 않은 곳에 멈춰 섰다. 여전히 비가 심하게 내리고 있었다.

"그럼 이제 우리 어디로 가요?" 수전이 물었다.

"바로 그게 문제야." 내가 시인했다. "바로 저기 어딘가일 텐데 말이야." 나는 남쪽으로 드러난 다운스의 안개 낀 윤곽선을 가리키며 한쪽 팔을 흔들었다.

나는 조젤라가 이곳에 관해서 한 말 가운데 또 다른 내용이 있는지 기억해 내려고 애썼지만, 언덕의 북쪽에 집이 한 채 있다는 이야기밖에는 떠오르는 것이 없었다. 다만 그 집이 낮은 늪지대를 사이에 두고 풀버러를 마주 보고 있으리라는 인상이 강하게 들었다. 여기까지 온 상황에서, 이것이야말로 상당히 모호한 설명이 아닐 수 없었다. 다운스는 여기서 동쪽으로는 물론이고 서쪽으로도 몇 킬로미터씩 이어져 있었다.

"아마 맨 먼저 해야 하는 일은, 혹시 이 근처에서 연기가 피어오르지 않나 확인하는 거겠지." 내가 말했다.

"비가 내리기 때문에 뭔가를 본다는 것 자체가 엄청나게 힘들다구요." 수전이 현실적인 반박을 내놓았는데, 상당히 일리 있는 말이었다.

그로부터 반시간쯤 지나자, 비도 약간 잦아들었다. 우리는 트럭에서 나와 담장 위에 나란히 올라가 섰다. 그리고 한동안 여러 언덕의 낮은 경사면을 유심히 바라보았지만, 수전의 날카로운 육안이며 나의 쌍안경으로도 연기의 흔적이나 움직임의 증거는 전혀 찾아볼 수 없었다. 그러다가 다시 비가 내리기 시작했다.

"배고파요." 수전이 말했다.

이때쯤 되자 음식 따위는 나에게 오히려 하찮은 관심사가 되어 있었다. 목적지에서 워낙 가까운 곳에 와 있다 보니, 과연 내 추측이 맞는지 여부를 알고자 하는 열망이 다른 모든 관심사를 압도한 까닭이었다. 수전이 식사를 하는 중에도, 나는 좀 더 넓은 시야를 확보하기 위해서 트럭을 몰고 우리 뒤쪽의 언덕 위로 올라갔다. 폭우 속에서, 그리고 점점 스러지는 빛 속에서, 우리는 계곡의 반대편을 다시 살펴보았지만 아무런 성과도 없었다. 계곡 전체에는 생명이나 움직임이 전혀 없었으며, 기껏해야 저 아래 들판에서 소와 양 몇 마리가 돌아다니고, 때때로 트리피드 한 마리가 꿈틀거릴 뿐이었다.

그때 한 가지 생각이 떠올랐고, 나는 마을로 내려가 보기로 작정했다. 물론 수전을 데리고 가려니 망설임도 없지 않았는데, 왜냐하면 그곳의 상황은 상당히 불쾌할 것이기 때문이었다. 하지만 그렇다고 해서 이 자리에 아이를 내버려 둘 수도 없었다. 마을에 도착하자 더 이상은 그런 광경이 나에게는 물론이고 아이에게도 아무런 효과도 미치지 못한다는 사실을 깨달았다. 아이들은 무서운 것에 대해서 어른과는 또 다른 규약을 갖고 있게 마련이며, 더 나중에 가서야 뭘 보고 깜짝 놀라야 마땅한지를 학습하는 셈이기 때문이다. 우울감은 오로지 나 혼자만 느끼는 셈이었다. 수전은 혐오의 대상보다는 오히려 흥미의 대상을 더 많이 찾아냈다. 진홍색의 매끌매끌한 사과를 하나 얻음으로써 느낀 기쁨에 아이는 다른 모든 우울함을 잊어 버렸고, 평소에 먹던 것보다 몇 배는 더 큰 그 과일을 열심히 먹어 치웠다. 나의 수색도 성과가 있었다. 소형 서치라이트 역할을 하는 헤드라이트를 하나 구해서 트럭으로 가져왔는데, 상당히 호화로워 보이는 롤스로이스 승용차에서 얻은 물건이었다.

나는 그 물건을 운전석 창문 옆에다가 수직으로 세워 놓고 플러그를 꽂을 준비를 했다. 준비를 마치자 이제 남은 일은 어두워지기를, 그리고 비가 그치기를 기다리는 것뿐이었다.

날이 완전히 어두워지자, 빗방울도 마치 안개처럼 가늘어져 버렸다. 나는 스위치를 켰고, 그 강력한 빛줄기를 쏴서 밤하늘을 관통시켰다. 나는 천천히 램프를 좌우로 움직였으며, 그러면서 빛줄기가 맞은편 언덕을 향하도록 겨냥하고, 이와 동시에 내게 응답하는 불빛이 나오는지 확인하기 위해 맞은편 전체의 윤곽을 훑어보았다. 열댓 번이 넘도록 나는 천천히 빛줄기를 움직였고, 한쪽 끝에서 또 한쪽 끝까지 가면 몇 초 동안 스위치를 꺼 놓고, 혹시 어둠 속에서 일말의 빛이 나타나는지 확인해 보았다. 하지만 언덕 너머의 어둠은 번번이 칠흑처럼 까맣게만 남아 있었다. 다시 비가 많이 내리기 시작했다. 나는 빛줄기를 완전히 위로 향하게 두고, 가만히 앉아서 기다렸다. 빗방울이 운전석 지붕을 두들기는 가운데, 수전은 내 팔에 기대어 앉은 채 잠이 들었다. 한 시간이 지났을 무렵, 지붕을 두들기던 빗방울 소리가 점차 줄어들더니 뚝 그쳤다. 수전이 잠에서 깨어나자, 나는 빛줄기를 다시 맞은편으로 발사해서 이리저리 움직였다. 여섯 번째로 한쪽 끝에서 또 한쪽 끝까지 갔을 때, 갑자기 아이가 외쳤다.

"저기 봐요, 아저씨! 저기 있어요! 불빛이 있어요!"

아이는 우리의 정면에서 몇 도쯤 벗어난 곳을 손으로 가리켰다. 나는 램프를 끄고 아이가 가리키는 손가락을 따라 시선을 옮겼다. 아주 확신하기는 어려웠다. 다만 우리 눈이 착각한 게 아니라면, 저 멀리 반딧불마냥 희미한 뭔가가 있었다. 그리고 우리가 그걸 바라보고 있는 중에도 비가 또다시 억수같이 내리기 시작했다. 급기야 내가 쌍안경을 손에 집어 들었을 때에는 아예 아무것도 보이지 않았다.

나는 선뜻 움직이지 못하고 머뭇거렸다. 어쩌면 그 불빛은(물론 그게 불빛이라고 가정할 경우에) 더 낮은 땅에서는 보이지 않을 수도 있었다. 나는 다시 한번 불빛을 앞으로 쏘았고, 최대한 인내심을 발휘해서 기다려 보았다. 그로부터 한 시간 가까이 지나고 나서야, 비가 다시 개었다. 비가 개자마자 나는 램프를 꺼 버렸다.

"저기 있어요!" 수전이 신나게 외쳤다. "저기 봐요! 저기요."

정말 있었다. 그리고 이제는 모든 의심을 떨쳐 버릴 수 있을 정도로 충분히 밝았다. 비록 쌍안경을 통해서 더 자세히 볼 수는 없었지만 말이다.

나는 스위치를 다시 켜고, 모스 부호로 V자를 표시했다. 이거야말로 SOS를 빼고는 내가 유일하게 아는 모스 부호였기 때문에, 이걸 표시할 수밖에 없었다. 우리가 지켜보는 동안 다른 불빛도 반짝이더니, 뭔가 말하려는 듯 긴 불빛과 짧은 불빛으로 신호를 보냈다. 하지만 불운하게도 나로선 그게 무슨 뜻인지 알아먹을 수가 없었다. 나는 덤으로 V자를 몇 번인가 더 표시한 다음, 저 먼 불빛의 대략적인 위치를 우리 지도상에 선으로 그어 표시하고, 트럭을 출발시키기 위해서 헤드라이트를 켰다.

"그럼 저 사람이 그 아줌마예요?" 수전이 물었다.

"분명히 그럴 거야." 내가 말했다. "분명히 **그럴** 거라구."

정말이지 고약한 여정이었다. 낮은 습지를 지나가기 위해서는 일단 지금 있는 곳에서 도로를 타고 서쪽으로 조금 갔다가, 언덕의 기슭을 따라서 다시 동쪽으로 와야만 했다. 1.5킬로미터 조금 넘게 갔을 때, 시야가 가리는 바람에 우리는 불빛을 전혀 볼 수 없는 상황이 되었으며, 가뜩이나 어두운 도로 속에서 길을 찾기도 어려운 와중에 비까지 다시 내리기 시작했다. 배수에 관해서는 아무도 신경을 쓰지 않는 상황이다 보니 일부 농지에서는 이미 물이 흘러넘쳤고, 도로 위에도 곳곳에 물이 흘러넘쳤다. 마음 같아서는 마구 달려가고 싶었지만, 최대한 조심스럽게 운전할 수밖에 없었다.

계곡을 따라서 더 가다 보니 이제는 도로 위에 물이 없었지만, 대신 차마 커브를 틀 수 없을 정도로 구불구불한 길이 이어지는 바람에 여전히 속도가 나지 않았다. 내가 최대한 운전에만 정신을 집중하는 사이, 수전은 우리 옆의 언덕을 바라보면서 혹시 그 불빛이 다시 나타나는지 확인했다. 지도상에서 지금 있는 도로와 불빛 방향의 직선이 교차하는 지점에 도착했지만, 불빛은 전혀 흔적도 없었다. 나는 거기서 맨 처음 나타난 옆길로 접어들어 언덕을 한참 올라가 보았다. 하지만 결국에는 웬 백악白堊 채석장에 도달하고 말았기에, 30분쯤 걸려서 다시 원래의 도로로 내려오고 말았다.

우리는 거기서 더 아래쪽 도로를 따라 달려갔다. 그때 수전이 우리 오른쪽의 나뭇가지 사이에서 깜박이는 불빛을 발견했다. 그다음 번 옆길은 운이 더 좋았다. 길을 따라 언덕을 올라가다 보니, 거기서 수백 미터쯤 떨어진 경사면에 있는 어느 집 창문에 작지만 환하게 불이 켜져 있는 것을 볼 수 있었다.

실마리를 발견했음에도 불구하고, 게다가 지도의 도움을 받았음에도 불구하고, 그 집으로 이어지는 진입로를 찾아내는 것은 쉽지 않은 일이었다. 우리는 가다 서다를 반복하며 천천히 언덕을 기어 올랐지만, 매번 창문이 다시 나타날 때마다 그 거리는 더 가까워져 있었다. 그 진입로는 육중한 트럭이 다니도록 만든 것까지는 아니었다. 폭이 좁은 곳에서는 길가의 덤불을 밀어젖히며 지나가야 했는데, 그놈들도 마치 우리를 도로 밀어내려는 듯 트럭 옆구리를 긁어 댔다.

하지만 마침내 우리 앞의 도로에서 랜턴이 흔들리는 모습이 보였다. 불빛이 움직이고 흔들리면서 정문을 통해 지나오라고 알려 주었다. 그러다가 불빛은 땅 위에 가만히 놓여 있었다. 나는 거기서 1~2미터쯤 떨어진 곳까지 가서 차를 멈춰 세웠다. 문을 열자마자 플래시 불빛이 갑자기 내 눈으로 밀려들었다. 빗물이 묻어 온통 번들거리는 우비 차림의 사람 모습이 얼핏 보였다.

최대한 차분하려고 의도한 목소리였지만, 약간 갈라지는 것은 어쩔 수 없는 모양이었다.

"어서 와요, 빌. 정말 오랜만이네요."

나는 운전석에서 뛰어내렸다.

"아, 빌. 나는 정말— 아, 세상에, 내가 얼마나 기다렸는지…… 아, 빌……." 조젤라가 말했다.

운전석에서 목소리가 들려오고 나서야 나는 비로소 수전의 존재를 깨달았다.

"비 맞고서 뭐 하는 거예요, 바보같이. 키스는 집에 들어가서 해도 되지 않아요?" 꼬마가 물었다.

제14장

셔닝 농장

내가 셔닝 농장에 도착했을 때의 그 느낌, 즉 이제는 내 어려움이 대부분 끝나 버렸다고 말해 주던 그 느낌조차도, 머지않아 사람의 느낌이 얼마나 크게 과녁을 벗어날 수 있는지를 보여 주는 증거로서만 의미를 갖게 되었다. 조젤라를 두 팔로 끌어안는 목표까지는 원활하게 달성되었지만, 그녀를 이곳에서 데리고 나가 틴섬에 있는 다른 사람들과 합류하려던 목표는 그렇지가 못했는데, 여기에는 몇 가지 이유가 있었다.

조젤라가 있을 법한 장소가 머릿속에 떠오른 이후로, 솔직히 나는 줄곧 그녀를 뭔가 영화 같은 배경에 놓고 그려 보았으며, 그녀가 온갖 자연의 힘에 대항해서 용감하게 전투를 수행하고 있으리라 짐작했다. 어떤 면에서 그녀는 실제로도 그렇게 지냈던 모양이지만, 사실 그 배경만큼은 내 상상과 전혀 달랐다. 내가 생각한 간단한 계획은 이렇게 말하는 거였다. "어서 올라타요. 지금부터 코커와 그의 작은 패거리에 가담하러 가야 하니까." 하지만 이 계획은 완전히 빗나가고 말았다. 나로선 일이 예상만큼 간단하지 않을 수도 있음을 미리 예견했어야만 했다. 또 한편으로는 우리의 삶에서 더 좋은 것이 마치 더 나쁜 것인 양 가장하는 경우가 얼마나 많은지 놀랍기도 했는데…….

애초부터 내가 셔닝보다 틴섬을 더 선호했던 것까지는 아니었다. 다만 더 큰 무리에 합류하는 것이 더 나은 결정 같아서였다. 하지만 셔닝은 매력적인 곳이었다. 사실은 '농장'이라는 단어조차도 이곳에서는 그냥 예의상 붙인 이름에 불과했다. 25년 전쯤까지는 어엿한 농장이었고, 지금도 외관상 여전히 농장에 가깝지만, 실제로는 평범한 시골집이 되어 있었다. 서식스와 인근의 다른 주에는 이런 주택과 오두막이 점점이 흩어져 있었는데, 훗날 일상에 지친런던 사람들이 매입해서 각자의 필요에 맞게 개조해 놓았다. 집 안은 현대화와 재건축을 통해 크게 변화되었기에, 아마도 그 이전 거주자는 이곳의 방 한 칸조차도 예전 모습을 미처 알아보지 못할 법했다. 외관 역시 말쑥하기만 했다. 마당과 헛간은 시골이라기보다는 교외의 느낌으로 단정했으며, 승마용 말과 조랑말 몇 마리를 제외하면 이보다 더 대규모의 가축은 여러 해 동안 기르지 않았다. 마당에는 실용적인 광경이 전혀 없었으며, 따라서 시골 특유의 냄새도 나지 않았다. 대신 잔디밭 볼링장처럼 초록색 잔디가 빽빽하게 자라나고 있었다. 풍파에 시달린 붉은색 타일 아래 뚫린 주택의 창문과 마주 보는 밭은 여기보다 더 농가 같은 다른 집 주민이 빌려서 농사를 짓던 곳이었다. 하지만 헛간과 마구간은 여전히 상태가 좋은 편이었다.

알고 보니 조젤라의 친구들인 이 집의 현재 주인들은 언젠가 이 곳을 제한적인 규모로나마 과거처럼 되돌릴 야심을 품고 있었다. 따라서 이들은 집을 팔라는 외부의 매력적인 제안을 꾸준히 거부 하고 있었으며, 훗닐 정확히는 알 수 없는 시기에 역시나 알 수 없 는 방법으로 충분한 돈을 마련하면, 원래 이 농장에 속한 땅들을 도 로 구입하기 시작하려고 작정하고 있었다.

이곳에는 우물도 있고 발전기도 있어서 적극 추천할 만한 장점 을 이미 보유한 셈이었다. 하지만 주위를 둘러보고 나서, 나는 공동 노력에 관한 코커의 열변에 담긴 지혜를 깨닫게 되었다. 비록 농업 에 대해서 전혀 몰랐지만, 만약 우리가 계속 거기 머물기로 의도했 다면, 우리 여섯 명이 먹고살기 위해서도 적잖은 노동이 필요하리 라고 예상되었기 때문이다.

다른 세 사람은 조젤라가 도착했을 무렵에 이미 그곳에 와 있었 다. 데니스와 메리 브렌트 부부, 그리고 조이스 테일러가 그들이었 다. 데니스는 바로 이 집의 주인이었다. 조이스는 무기한 이곳에 눌 러앉아 살고 있었는데, 처음에는 메리의 말벗으로 왔다가, 나중에 는 메리의 출산을 앞두고 집안일을 도맡게 되었다.

초록색 불빛이(또는 여전히 그게 혜성이었다고 믿는 사람이라 면 '혜성이') 하늘에서 번쩍이던 바로 그날 밤, 그곳에는 조앤과 테 드 댄턴이라는 다른 두 명의 손님들이 일주일간의 휴가를 맞이해 함께 머물고 있었다. 다섯 사람은 모두 마당에 나가서 그 장관을 구 경했다. 다음 날 아침, 다섯 사람은 모두 영원히 어두운 세상에서

423

눈을 떴다. 처음에는 전화를 걸려고 했지만 아예 불통이었기에, 매일 찾아오는 가사 도우미가 도착하기를 기다렸다. 하지만 그 사람도 역시나 오지 않자, 테드는 무슨 일이 벌어진 건지 직접 알아보겠다며 자원하고 나섰다. 데니스도 손님과 동행하려고 했지만, 아내가 거의 히스테리 상태였기 때문에 꼼짝할 수가 없었다. 결국 테드가 혼자 집 밖으로 나섰다. 그는 영영 돌아오지 않았다. 그날 좀 더 시간이 흐른 뒤에, 이번에는 조앤이 아무 말도 없이 조용히 집을 빠져나갔는데, 아마도 남편을 찾으러 간 것 같았다. 그녀 역시 완전히 사라져 버리고 말았다.

데니스는 시계 바늘을 손으로 만져서 계속 시간을 확인했다. 그날 오후 늦게가 되자 더 이상 가만히 앉아만 있을 수는 없게 되고 말았다. 그는 마을로 한번 내려가 보기를 시도하고 싶었다. 두 여자는 이 계획에 반대했다. 메리의 상태 때문에 그가 계획을 접자, 조이스는 자기라도 대신 시도해 보려고 결심했다. 그녀는 현관문으로 향했고, 막대기를 앞으로 내밀어 혹시 장애물이 있는지 확인하기 시작했다. 조이스가 문턱을 넘어서자마자 뭔가가 왼손을 찰싹하고 때렸는데, 마치 불에 달군 철사처럼 뜨거운 느낌이 들었다. 그녀는 외마디 비명을 지르며 다시 집 안으로 들어왔으며, 데니스가 달려왔을 때에는 현관에 쓰러져 있었다. 다행히 조이스는 의식이 있었고, 끙끙거리면서도 손이 아프다고 설명할 수 있었다. 데니스는 부풀어 오른 상처를 더듬어 보고서 그게 무엇인지를 짐작했다. 시력을 상실했음에도 불구하고 이들 부부는 어찌어찌 온찜질을 준비했고, 아내가 주전자에 물을 끓이는 동안 남편은 환자에게 지혈대를 부착하고 상처를 입으로 빨아서 최대한 독을 빼냈다. 그런 다음에 이들 부부는 환자를 침대로 데려갔으며, 이후 조이스는 독기가 빠질 때까지 며칠 동안이나 침대 신세를 져야만 했다.

그사이에 데니스는 우선 현관문에서, 그리고 나중에는 뒷문에서 몇 가지 실험을 해 보았다. 그는 문을 약간 열어 놓은 다음, 머리 높이로 빗자루를 조심스레 내밀어 보았다. 번번이 독침 날아오는 소리가 휙 하고 들리더니, 그가 붙잡은 빗자루가 약간 떨리는 느낌이 들었다. 마당 쪽 창문 가운데 하나에서도 똑같은 일이 벌어졌다. 반면 나머지 창문들은 괜찮은 듯했다. 데니스는 안전한 창문들 가운데 하나를 통해 밖에 나가 보고 싶었지만, 메리는 절대 그러지 못하게 말렸다. 만약 트리피드가 집 주위까지 와 있다면 다른 장소에도 득실거릴 게 분명하다면서, 그녀는 결코 남편이 그런 위험을 감수하게 내버려 두지 않았다.

운 좋게도 이들은 한동안 버틸 만큼의 식량을 갖고 있었다. 물론 그걸 가지고 음식을 만드는 일은 쉽지 않았지만 말이다. 또한 조이스는 고열에도 불구하고 트리피드 독을 이겨 내고 있었기에, 상황은 이전보다 오히려 덜 다급해졌다. 다음 날 대부분의 시간 동안 데니스는 일종의 헬멧을 만들었다. 그가 가진 철망은 오로지 눈이 큰 것뿐이었기 때문에, 몇 장을 겹쳐서 단단히 묶어 두어야 했다. 만드는 데 제법 시간이 걸리기는 했지만, 이것을 쓰고 두툼한 쇠장갑까지 장착하자, 드디어 낮 동안 마을을 향해 출발할 수 있었다. 데니스가 현관문을 나선 지 세 걸음 만에 트리피드 한 마리가 그를 쏘았다. 그는 앞을 더듬거리며 다가가 그놈을 찾아냈고, 결국 그놈의 줄기를 비틀어 뜯어 버렸다. 그로부터 1~2분 뒤에 또다시 독침 하나가 그의 헬멧을 때렸다. 이후에도 대여섯 번이나 더 공격을 받았지만, 이번 트리피드는 쉽게 찾아서 없애 버릴 수가 없었다. 데니스는 우선 연장을 놓아두는 헛간까지 갔고, 거기서 다시 진입로로 나갔으며, 돌아올 때에 길잡이로 삼으려고 커다란 정원용 노끈 꾸러미 세 개를 연이어 풀면서 걸었다.

길을 따라가는 동안 그는 몇 번이나 더 독침 공격을 받았다. 마을까지 1.5킬로미터쯤 되는 길을 지나가는 과정에서 어마어마하게 오랜 시간이 걸렸고, 마을에 도착하기도 전에 노끈이 다 되고 말았다. 길을 따라 걷고, 또 발이 걸려 넘어지는 내내 주위를 감싼 적막에 데니스는 겁을 먹었다. 때때로 걸음을 멈추고 사람이 있나 불러 보았지만, 아무도 대답하지 않았다. 혹시 길을 잃은 건가 싶어 겁이 난 적도 여러 번이었지만, 더 단단한 지표면을 밟을 때마다 그는 자기가 길에 있음을 알았고, 도로 표지판을 찾아냄으로써 그 사실을 확인할 수 있었다. 데니스는 이런 식으로 앞을 더듬어 가면서 더 나아갔다.

상당히 멀게만 보이는 거리를 지나고 나서야, 그는 자기 발소리가 전혀 다르게 들린다는 것을 깨달았다. 이제는 희미한 메아리를 내고 있었던 것이다. 한쪽 옆으로 가자 보도가 있었고, 곧이어 담벼락이 나왔다. 거기서 좀 더 걸어가자 벽돌담에 우편물 투입구가 있기에, 마침내 자기가 마을에 도착했음을 알았다. 데니스는 다시 한 번 사람을 찾아 외쳐 보았다. 어떤 목소리, 어떤 여자 목소리가 하나 응답했지만, 저 앞의 상당히 먼 곳에서 들렸고, 그나마 무슨 말인지 알아들을 수가 없었다. 그는 다시 외치면서 그쪽으로 걷기 시작했다. 하지만 상대방의 대답이 갑자기 비명으로 바뀌어 버렸다. 그리고 곧이어 적막이 다시 이어졌다. 그때가 되어서야, 한편으로는 여전히 반신반의하면서도, 데니스는 마을의 상황 역시 자기 집의 상황과 크게 다를 것이 없음을 깨달았다. 그는 길가의 풀밭에 주저앉아서 이제 어떻게 할 것인지를 생각했다.

공기의 느낌으로 미루어 이제는 밤이 되었음이 분명해 보였다. 집 밖에 나와 있은 지도 벌써 네 시간이나 되어 있었다. 이제는 돌아가는 것밖에는 방법이 없었다. 그런 한편으로, 이왕 여기까지 왔는데 빈손으로 돌아갈 이유는 없어 보여서…… 데니스는 지팡이를 가지고 벽을 툭툭 때리며 걸어갔으며, 잠시 후에 마을 상점의 문에 걸린 양철 광고판 가운데 하나가 탱 하는 소리를 냈다. 거기까지 오는 50~60미터의 거리 동안 세 번이나 독침이 그의 헬멧을 때렸다. 또 한 번 독침이 날아온 순간에 데니스는 가게 문을 열었고, 바로 그 앞에 쓰러져 있는 시체에 발이 걸려 넘어지고 말았다. 남자의 시체였고, 이미 차갑게 식어 있었다.

어쩐지 다른 사람들이 이미 이 가게에 들어왔다 간 듯한 느낌이었다. 그럼에도 불구하고 데니스는 제법 큰 베이컨을 찾아냈다. 그걸 비롯해서 버터와 마가린과 비스킷과 설탕 상자를 찾아서 배낭에 집어넣었고, 최대한 기억을 더듬어서 식품 진열대라고 생각되는 곳에 있는 깡통들도(예를 들어 정어리 통조림의 경우 네모난 형태이므로 결코 몰라볼 수가 없었으니까) 꺼내서 챙겼다. 곧이어 그는 정원용 노끈 꾸러미를 열댓 개쯤 더 찾아낸 다음, 배낭을 지고 다시 집으로 향했다.

　한번은 길을 잃었는데, 지나온 곳을 되짚어 가서 방향을 다시 잡는 과정에서 당혹감을 억누르기는 무척이나 힘들었다. 하지만 데니스는 마침내 자기가 또다시 저 친숙한 길에 서 있음을 깨달았다. 길 위에서 손을 더듬은 끝에, 아까 마을로 내려가는 과정에서 풀어 놓았던 노끈을 발견했고, 그걸 마을에서 돌아오며 풀고 있던 또 다른 노끈과 연결했다. 그때부터 집으로 오기까지의 나머지 여정은 비교적 손쉬웠다.

　다음 주에 데니스는 두 번이나 더 마을 상점에 다녀왔다. 그때마다 트리피드 떼가 그의 집을 에워쌌으며, 지나가는 도중에 마주친 놈들은 훨씬 더 많아 보였다. 고립 상태에 놓인 세 사람이 할 수 있는 일이라고는 기다리는 것뿐이었다. 그러다가 마치 기적처럼 조젤라가 나타났던 것이다.

　그러니 틴셤으로의 즉각적인 이주에 관한 생각은 일단 접어 둘 수밖에 없음이 금세 명백해졌다. 한편으로는 조이스 테일러가 극도로 쇠약한 상태였기 때문이었다. 그녀를 본 순간, 나는 저런 상태로도 사람이 살아 있다는 사실에 깜짝 놀랐을 정도였다. 데니스의 재빠른 대처로 목숨을 건지기는 했지만, 이후 한 주 동안 적절한 회복제라든지, 하다못해 적절한 음식을 먹을 수 없었기에 회복이 느렸다. 따라서 앞으로 한두 주가 지나지 않는 한, 그녀를 데리고 멀리까지 움직인다는 것은 어리석은 짓일 것이었다. 게다가 메리의 해산이 임박했기 때문에 그런 여행은 더욱 바람직하지 않았다. 결국 유일하게 남은 방법은 이 모든 위기가 지나갈 때까지 우리 모두가 지금 이 자리에 남아 있는 것뿐인 듯했다.

이번에도 물품 수색과 운반은 내 몫이 되었다. 이번에는 좀 더 꼼꼼한 방식으로 일해야만 했으며, 단순히 식량뿐만이 아니라 조명 가동을 위한 휘발유에, 알을 낳는 암탉 여러 마리에, 최근에 송아지를 낳은(아울러 갈비뼈가 다 드러날 지경인데도 불구하고 여전히 살아 있던) 암소 두 마리에, 메리에게 필요한 의료용품에, 놀라우리만치 다양한 잡화까지도 가져와야 했다.

이 지역은 지금까지 내가 가 본 다른 어떤 지역보다도 트리피드가 많았다. 거의 매일 아침마다 새로운 놈 한두 마리가 집에서 가까운 곳에 찾아와 숨어 있었기에, 그놈들을 찾아내 꼭대기를 총으로 날려 버리는 것이 매일 아침의 첫 일과였다. 나는 철조망 울타리를 세워서 결국 그놈들을 모조리 마당에서 쫓아내 버렸다. 그런데도 그놈들은 여전히 울타리로 다가와서 보란 듯이 어슬렁거렸기 때문에, 결국에는 내가 다시 나서서 조치를 취해야만 했다.

나는 트리피드 방어 장비 가운데 일부를 꺼냈고, 꼬마 수전에게 트리피드 총 사용법을 가르쳤다. 아이는 그 **괴물들**을 무력화시키는 일에서 금세 전문가가 되었다. 그리하여 매일같이 그놈들에게 복수를 가하는 것은 수전의 몫이 되었다.

나는 런던대학 건물에서 화재 경보가 있었던 날 이후에 조젤라가 무슨 일을 겪었는지도 드디어 알 수 있었다.

그녀 역시 나와 마찬가지로 작업조를 하나 맡아서 배치되었지만, 무척이나 간단한 방법을 통해 자기와 연결된 다른 두 명의 여자

감시원을 떼어 놓았다. 조젤라는 다짜고짜 최후통첩을 내놓았다. 자기 몸을 묶어 놓은 장치를 모두 풀어 주면, 자기도 최대한 그들을 돕겠다고 약속했다. 하지만 계속해서 자기를 묶어 놓고 강요한다면, 결국에는 자기가 적극 추천하는 갖가지 독극물을 모두가 신나게 먹고 마시는 날이 올 거라고 위협했다. 그러니 알아서 선택하라는 것이었다. 그러자 사람들도 합리적인 선택을 내렸다.

이후의 여러 날에 관해서는 우리의 이야기가 서로 크게 다르지 않았다. 작업조가 결국 와해되고 나자 조젤라도 나와 똑같은 생각을 했다. 승용차를 하나 구해서, 그걸 타고 나를 찾아서 햄프스테드로 갔던 것이다. 하지만 내가 맡은 작업조의 생존자를 발견하지는 못했으며, 천만다행으로 총을 함부로 쏘던 붉은 머리 남자가 이끌던 무리와 마주치지도 않았다. 그녀는 거의 날이 저물 때까지 거기 있다가, 곧이어 런던대학 건물로 돌아가기로 작정했다. 뭐가 기다리고 있을지 모르는 상황이었으므로, 조젤라는 두 블록 떨어진 곳에 차를 세워 놓고, 걸어서 목적지로 향했다. 정문에서 얼마 남지 않은 곳까지 왔을 때 총소리가 들렸다. 그게 무엇을 가리키는지 몰라 불안했던 그녀는 이전에 우리가 숨어 있었던 바로 그 정원으로 들어가 숨었다. 거기서 조젤라는 코커가 역시나 신중한 걸음걸이로 움직이는 것을 보았다. 그 당시에 그녀는 내가 공원에서 트리피드에게 총을 쏘았다는 사실을 전혀 몰랐다. 따라서 코커가 총소리 때문에 저렇게 조심스러운 태도를 보이는 것으로 미루어, 뭔가 함정이 있는 모양이라고 넘겨짚었다. 나머지 사람들이 어디로(물론 어딘가 목적지가 있었다고 치면) 갔는지는 그녀도 전혀 몰랐다. 조젤라가 생각해 낸 피난처 가운데 그나마 누군가에게 이미 말한 곳이 있다면, 이전에 나에게 지나가는 듯한 말투로 무심코 언급했던 바로 그곳뿐이었다. 그녀는 일단 그곳으로 떠나기로 작정했다. 내가 만약 살아 있다고 하면, 바로 그곳을 기억할 것이고, 결국 찾아올 것이라고 믿었던 것이다.

"런던을 벗어나자마자 차 뒷좌석에서 웅크리고 잠을 잤어요." 조젤라의 말이었다. "다음 날 아침에 이곳에 도착했을 때는 아직 상당히 이른 시각이었어요. 자동차 소리가 나자 데니스가 위층 창문을 열고는 트리피드를 조심하라고 소리치더군요. 그제야 주위를 둘러보니 그놈들 대여섯 마리가 집 주위를 에워싸고는 마치 누가 나오기만을 기다리는 듯한 모양새였어요. 데니스와 나는 소리를 질러가면서 이야기를 주고받았어요. 그때 트리피드 여러 마리가 꿈틀거리더니, 그중 한 놈이 내 쪽으로 달려오더군요. 그래서 나는 안전하게 차 안으로 들어갔어요. 그놈이 계속 다가오기에 차를 출발시켜서 확실히 깔아뭉갰죠. 하지만 다른 놈들이 더 있었고, 내가 가진 무기라고는 단검 하나뿐이었어요. 그때 데니스가 이 문제를 해결해 주었어요.

'혹시 휘발유 남은 것이 있으면 그놈들한테 뿌리고, 천에다가 불을 붙여서 거기 던져 보라구.' 그가 이렇게 말하더군요. '그렇게 하면 그놈들이 도망갈 거야.'

정말 효과가 있었어요. 그때 이후로는 정원용 분무기를 이용하고 있죠. 그나마 다행인 건, 그 와중에 내가 아직은 이 집을 홀라당 태워 먹지 않았다는 거예요."

조젤라는 요리책을 들여다보면서 그럭저럭 음식을 만들어 냈고, 이 농장을 어느 정도 멀쩡한 상태로 만들기 위해서 노력했다. 일하고, 배우고, 고치는 등의 일이 너무 바쁘다 보니, 앞으로 몇 주 이후의 미래에 관해서는 전혀 걱정할 만한 짬이 없었다. 그 며칠 동안은 다른 사람을 아무도 못 보았지만, 어딘가에 다른 사람들이 살아 있다는 사실을 확신한 나머지, 낮에는 연기를 찾고 밤에는 불빛을 찾아 계곡 전체를 이리저리 훑어보았다. 하지만 사방 몇 킬로미터 이내에서 연기라고는 전혀 없고, 불빛도 없던 상황에서 갑자기 한밤중에 내가 들이닥친 것이었다.

어떤 면에서 이곳의 원래 거주자였던 세 명 가운데 가장 심한 타격을 입은 사람은 바로 데니스였다. 조이스는 여전히 쇠약했고, 반쯤은 몸을 못쓰는 상태였다. 메리는 칩거하다시피 하면서, 앞으로의 엄마 노릇에 대한 생각에 잠겨서 나름대로는 끝없는 정신적 몰두와 보상이 가능해 보였다. 하지만 데니스는 한마디로 덫에 걸린 짐승과도 같았다. 무척 많은 사람들로부터 내가 들었던 것처럼 무의미한 욕설을 연신 내뱉지는 않았지만, 마치 자기로서는 들어갈 의향조차 없었던 울안에 억지로 갇혀 있기라도 하는 듯, 현재 상황에 대해 무척이나 분개해 마지않았다. 내가 도착하기 전에도 그는 조젤라에게 부탁해서 백과사전에서 점자 표기법을 찾아낸 다음, 도드라진 점들로 이루어진 알파벳을 혼자 배우던 중이었다. 데니스는 매일 몇 시간씩을 바쳐 가면서 그걸 받아쓰고, 다시 읽어 보려 애썼다. 나머지 시간 대부분 동안 그는 자기가 쓸모없게 되었다는 사실 때문에 한탄했지만, 정작 그런 사실을 입 밖에 내지는 않았다. 데니스가 확고한 인내를 드러내며 이런저런 일을 계속 시도하는 것을 바라보고 있으면 나조차도 고통스러웠으며, 그때 냉큼 도움을 주지 않고 기다려 주기 위해서는 최대한의 자제력이 필요했다. 본인이 원치도 않은 도움을 주었을 때에 그가 터트리는 분노를 나도 한번 겪고 보니, 더 이상은 시도할 엄두가 나지 않았다. 나는 데니스가 힘들게 배운 것들을 살펴보면서 놀라기 시작했다. 그중에서도 가장 인상적이었던 것은 그가 시력을 상실한 지 겨우 이틀째 되던 날에 효과 만점의 철망 헬멧을 만들었다는 점이었다.

데니스는 내가 물품을 구하러 갈 때마다 동행하면서 기분을 풀었으며, 비교적 무거운 상자를 들어 나르는 일을 도울 때 자기가 여전히 쓸모 있다는 사실에 기쁨을 느꼈다. 그는 점자책을 구하고 싶어서 안달했지만, 우리가 판단하기에는 그런 물건이 있는 대도시의 오염 가능성이 더 줄어들 때까지 한참을 더 기다려야 할 것이었다.

하루하루가 점점 더 빨리 지나가는 것 같았고, 시력이 온전한 우리 세 명이 보기에는 분명히 그랬다. 조젤라는 여전히 바빴고 대개는 집 안에 있었으며, 수전도 옆에서 돕는 법을 배우고 있었다. 나 역시 해야 할 일이 차고도 넘치는 실정이었다. 조이스는 충분히 회복되었으며, 처음에는 비틀거리면서 움직였지만 얼마 후에는 급속히 상태가 좋아졌다. 그러자마자 이번에는 메리의 진통이 시작되었다.

그날이야말로 모두에게 힘든 밤이었다. 가장 힘들었던 사람은 아마 데니스였을 것이다. 왜냐하면 의욕은 넘치지만 경험은 전무했던 젊은 여자 두 명에게 모든 것이 달려 있음을 잘 알았기 때문이었다. 그가 보여 준 자제력을 지켜보며, 나는 무기력한 중에서도 감탄해 마지않았다.

새벽이 되어서야 조젤라가 매우 피곤한 표정으로 우리 있는 곳에 내려왔다.

"공주님이에요. 엄마랑 딸 모두 무사하구요." 그녀는 이렇게 말하더니 데니스와 함께 위층으로 올라갔다.

그녀는 잠시 후에 돌아와서, 내가 미리 따라 놓은 술을 마셨다.

"무척이나 쉬웠어요. 천만다행으로 말이에요." 그녀가 말했다. "딱하게도 메리는 아기조차도 시력이 상실되어 있을까 봐 무척 겁을 냈어요. 물론 그건 아니었죠. 어쨌거나 메리는 대성통곡을 했어요. 아기를 두 눈으로 볼 수가 없으니까요."

우리는 한동안 말없이 술만 마셨다.

"정말 이상한 일이에요." 내가 말했다. "그러니까 세상 돌아가는 것이 말이에요. 마치 씨앗 같다고나 할까. 완전히 쪼그라들어서 끝나 버린 것처럼 보이고, 마치 죽은 것처럼 생각되지만, 실제로는 그렇지가 않으니까요. 이제는 새로운 생명이 시작되었잖아요. 지금 이런 상황에서도⋯⋯."

조젤라가 양손으로 얼굴을 감쌌다.

"아, 세상에! 빌, 정말 이런 식으로 계속될 수밖에 없는 걸까요? 아, 앞으로도 계속, 또 계속요?"

이 말과 함께 그녀는 울음을 터트렸다.

그로부터 3주 뒤에 나는 코커를 만나서 우리의 이주와 관련된 계획을 세우기 위해 틴섬으로 갔다. 하루에 왕복하기 위해서 일반 승용차를 이용했다. 집에 돌아와 보니 조젤라가 현관에 나와서 나를 맞이했다. 그녀는 내 표정을 살펴보았다.

"무슨 일 있었어요?" 조젤라가 물었다.

"한마디로 말해서, 이제는 우리도 거기 못 가게 생겼어요." 내가 말했다. "틴섬도 끝장이 났더군요."

그녀가 나를 똑바로 바라보았다.

"어떻게 된 건데요?"

"나도 잘 모르겠어요. 아마도 전염병이 거기까지 왔던 모양이에요."

나는 사태를 대강 설명해 주었다. 굳이 많이 조사해 볼 필요도 없었다. 내가 도착해 보니 문은 활짝 열려 있었고, 트리피드가 정원에 멋대로 들어와 있었다. 이것만으로도 무엇을 예상해야 할지 반쯤은 경고가 되는 셈이었다. 차에서 내리자마자 코를 찌르던 냄새가 그 의심을 확증해 주었다. 나는 집 안으로 들어가 보았다. 외관상으로는 두 주, 또는 더 오래전에 모두들 떠난 듯했다. 방 두 곳에 머리를 들이밀어 보았다. 그것만으로도 충분했다. 사람이 있는지 큰 소리로 불러 보았지만, 내 목소리는 텅 빈 집 안을 이리저리 메아리쳤다. 굳이 더 이상 찾아볼 것도 없었다.

현관문에는 일종의 공지가 붙어 있었던 모양이지만, 지금은 다 떨어져 나가고 텅 빈 한쪽 귀퉁이만 남아 있었다. 나는 바람에 날아가 버린 것이 분명한 그 종잇조각의 나머지를 찾아서 한참을 헤맸다. 하지만 결국 찾지 못했다. 뒷마당에는 트럭이고 승용차가 전혀 없었으며, 모아 놓은 물품도 모두 사라지고 없었지만, 과연 어디로 간 것인지는 알 수 없었다. 나로선 다시 차에 올라타고 돌아올 수밖에 없었다.

"그러면 이제 어쩌죠?" 내가 말을 마치자마자 그녀가 물었다.

"그러면 이제, 조젤라, 우리는 여기 머무르는 거죠. 자급자족하는 방법을 배워야 하구요. 그리고 계속해서 자급자족을 해 나가는 거예요. 도움의 손길이 도달할 때까지요. 어딘가에는 어떤 조직이 아직 남아 있을 테니까……."

조젤라는 고개를 저었다.

"내 생각에는 도움의 손길 따위는 깡그리 잊어버리는 게 나을 것 같아요. 수백 수천만의 사람들이 도움의 손길을 기다리고 또 고대했지만 결국 오지 않았으니까요."

"그래도 뭔가가 있을 거예요." 내가 말했다. "우리처럼 작은 무리들이 유럽 각지에, 그리고 전 세계에 걸쳐서 수천 개나 흩어져 있을 거예요. 그중 일부는 조만간 서로 합치게 될 거구요. 그래서 재건을 시작할 거예요."

"그렇게 되기까지 얼마나 걸릴까요?" 그녀가 말했다. "몇 세대가 걸리지 않겠어요? 어쩌면 우리 생전에는 불가능할 수도 있죠. 아니에요. 이 세계는 끝장났어요. 그리고 우리만 남았어요……. 이제는 우리 나름대로의 삶을 도모해야만 해요. 도움의 손길이 결코 오지 않을 거라고 가정하고 계획을 세워야만 해요……." 조젤라는 말을 멈추었다. 그녀의 얼굴에 나타나는 기묘하고도 공허한 표정이란, 나로서도 이제껏 한 번도 본 적이 없는 거였다. 당황해서 어쩔 줄 모르는 표정이었다.

"조젤라……." 내가 말했다.

"아, 빌, 빌, 나는 이런 식의 삶을 원한 건 아니었어요. 당신마저도 여기 없었더라면 나는 지금쯤……."

"쉬잇, 조젤라." 내가 부드럽게 말했다. "쉬잇." 나는 그녀의 머리카락을 어루만졌다.

잠시 후에 그녀는 침착을 되찾았다.

"미안해요, 빌. 자기 연민이란 참…… 혐오스럽네요. 다시는 안 그럴게요."

그녀는 손수건을 꺼내 눈가를 두들기더니 코를 풀었다.

"그러면 나는 이제 농부의 아내가 된 거네요. 어쨌거나 나는 당신하고 결혼해야 할 테니까요, 빌. 물론 이거야말로 매우 적절하고도 진정한 의미의 결혼까지는 아니더라도 말이에요."

갑자기 그녀가 미소를 지으며 킥킥거렸다. 나로선 한동안 못 듣던 소리였다.

"왜 그래요?"

"문득 그런 생각이 들어서요. 내가 결혼을 얼마나 두려워했었나 하는 생각요."

"참으로 다소곳하고도 예의 바른 생각이네요. 비록 약간은 예상 밖이기는 하지만." 내가 그녀에게 말했다.

"음, 사실은 딱히 그렇지도 않아요. 그게 다 출판사며 신문사며 영화사 사람들 때문이죠. 그 사람들이 그걸 가지고 얼마나 재미있어 했을까요. 내가 쓴 멍청한 책의 신판이 나오면, 영화도 새로 나오고, 신문마다 사진이 실리는 거죠. 내 생각에는 당신도 그걸 별로 좋아하지는 않았을 것 같아요."

"내가 별로 좋아하지 않았던 거라면 또 하나가 생각나네요." 내가 말했다. "혹시 그거 기억나요? 달이 떴던 그날 밤에 당신이 나한테 조건을 하나 내걸었던 거?"

조젤라가 나를 바라보았다.

"음, 적어도 그거 한 가지는 그리 나쁘지 않은 것으로 판명된 셈이었네요."

제15장

줄어드는 세계

그때부터 나는 일지를 작성했다. 일기와 물품 목록과 비망록이 혼합된 형식이었다. 이 안에는 내가 원정을 다녀온 장소에 대한 기록이며, 수집한 물품의 세부 항목이며, 이용 가능한 수량의 추산이며, 농장 구내의 상태에 관한 관찰이며, 노화를 피하기 위해서 먼저 처리해야 할 일들에 관한 메모 등이 들어 있었다. 식량과 휘발유와 종자는 항상 수색이 필요한 대상이었지만, 그렇다고 해서 유일한 대상까지는 결코 아니었다. 그런가 하면 의복, 연장, 속옷, 마구馬具, 주방 용품, 말뚝, 철사, 철사, 그리고 또 철사 등에 관한 세부 내역도 기록되어 있었다.

　이 기록에 따르면, 나는 틴섬에서 돌아온 지 일주일도 안 되어서 트리피드를 막을 철조망 울타리를 만드는 일에 본격적으로 돌입했다. 그놈들을 마당이며 집 가까운 곳에서 몰아내기 위한 장벽은 이미 설치해 둔 상태였다. 이제 나는 그놈들이 없는 땅을 몇 제곱킬로미터쯤 더 만들어 내려는 좀 더 야심만만한 계획을 시작한 것이었다. 그러기 위해서는 자연 지형과 기존의 장벽을 최대한 이용해서 튼튼한 철조망 울타리를 만들어야만 했다. 아울러 안쪽에는 좀 더 가벼운 울타리를 둘러서, 바깥쪽 울타리에서 쏜 독침에 맞을 수 있는 범위 안으로 가축이나 사람이 무심코 들어가는 일을 방지해야만 했다. 워낙 무거운 재료를 사용하고 번거로운 일이다 보니, 나는 몇 달이 지나서야 비로소 마무리할 수 있었다.

이와 동시에 나는 농사를 기초부터 배우기 위해 노력하고 있었다. 이것이야말로 책을 통해서 손쉽게 배울 수 있는 종류의 일은 아니었다. 게다가 농부 지망생이 밑바닥에서부터 시작할 수 있도록 자세히 설명한 이 분야의 책이 있는지 여부도 알지 못했다. 따라서 나는 모든 일을 중도부터 배운 셈이 되었고, 익숙하지 않은 기초며 용어 모두를 그냥 당연한 것으로 간주하게끔 되었다. 전공인 생물학적 지식조차도 실제적인 문제들 앞에서는 그저 쓸모없기만 했다. 그 이론 대부분이야 지금 나로선 이용할 수도 없는, 또는 구할 수 있더라도 정확히 그건지는 알 수 없는 재료와 물질을 요구하게 마련이었다. 머지않아 나는 입수가 불가능해질 물건들을(예를 들어 화학 비료나 수입 사료, 그리고 더 간단한 종류의 기계류를) 외면하고 나면, 아무리 많은 공을 들이더라도 실제 성과를 차마 장담할 수가 없음을 깨달았다.

말[馬]의 관리, 유제품 생산, 도살 작업 등에 관해서 책에서 배운 지식도 쓸모가 없기는 마찬가지였는데, 왜냐하면 이런 기술들을 위한 적절한 기초 작업이 전혀 불가능한 상황이기 때문이었다. 핵심

대목인데도 불구하고 더 자세한 내용을 책에서는 찾아볼 수 없는 경우가 너무 많았다. 뿐만 아니라 인쇄물의 단순성과 현실의 복잡성 사이의 알 수 없는 불일치는 계속해서 두드러졌다.

그나마 다행인 것은 실수를 저지르고 그 대가로 뭔가를 배울 수 있는 시간만큼은 충분했다는 점이었다. 우리가 스스로의 힘으로 살아 나가는 수준에 도달하기까지는 앞으로 몇 년이 걸릴 수도 있음을 알았던 까닭에, 우리는 이런저런 실망에도 좌절하지 않을 수 있었다. 아울러 이미 축적한 물품을 이용해서 살아가려면, 낭비가 없도록 최대한 검소하게 살아야 한다는 생각도 되새기지 않을 수 없었다.

안전을 감안해 나는 1년이 꼬박 지나고 나서야 다시 런던에 가 보았다. 결과만 놓고 보면 내가 물품 조달을 위해서 찾아간 장소 중에서 가장 성과가 좋았지만, 동시에 가장 우울한 장소이기도 했다. 이곳은 여전히 누군가가 마법 지팡이를 한번 흔들기만 하면 갑자기 생명력이 되살아날 것 같은 인상을 주었지만, 거리의 차량 가운데 상당수는 이미 녹슬기 시작한 다음이었다. 그로부터 1년이 더 지나자, 그런 변화는 이전보다 더 많이 눈에 띄었다. 주택 전면에 붙어 있던 커다란 회반죽 조각이 보도 위에 떨어지기 시작했다. 떨어져 나간 타일과 굴뚝 뚜껑을 거리에서도 찾아볼 수 있었다. 풀과 잡초가 배수로를 점령하고 하수구를 막아 버렸다. 낙엽이 홈통을 막아 버린 까닭에, 지붕 배수로의 틈새와 침니沈泥 속에 더 많은 풀이며 심지어 덤불까지도 자라났다. 거의 모든 건물이 초록색 가발을 쓰기 시작한 상태였고, 급기야 지붕에 물이 고여 바닥이 썩어 버리고 말았다. 창문을 통해 들여다보면 집 안으로 지붕이 내려앉거나, 또는 벽지가 들떠서 벗겨지거나, 습기로 인해 벽이 번들거리는 경우가 적지 않았다. 여러 공원과 광장의 화단에만 머물던 야생이 그 주위의 거리를 따라 슬금슬금 뻗어 나가고 있었다. 그렇게 자라나는 식물들이 사방에서 압박을 가하는 듯, 보도의 포석 사이 틈새에 뿌리를 내리고, 콘크리트 갈라진 곳에서 솟아오르고, 심지어 방치된 자동차의 좌석에서도 거처를 찾아냈다. 인간이 창조한 불모의 공간을 사방팔방에서 이놈들이 점차 다시 차지하고 있었다. 묘한 사실은 생물이 점점 더 이곳을 점령함에 따라서, 이 장소의 느낌도 덜 위압적으로 변했다는 점이었다. 이곳이 그 어떤 마법 지팡이의 능력으로도 복원 불가능한 상태가 되면서부터, 이곳에 머물던 유령들 역시 함께 사라지는, 역사 속으로 물러나는 것처럼 보였다.

한번은(그러니까 재방문 첫해도 아니고, 이듬해도 아니고, 더 나중의 언젠가) 나는 다시 한번 피커딜리 서커스에 서서 그 황폐를 둘러보았고, 한때 이곳에 들끓었던 군중의 모습을 머릿속으로 재현해 보려고 애썼다. 하지만 더 이상은 그럴 수가 없었다. 내 기억 속에서도 그들은 현실감을 결여하고 있었다. 이제는 그들의 흔적조차도 없었다. 로마 시대의 콜로세움에 모인 관객들이나, 또는 아시리아 군대의 병사들과 마찬가지로, 이들 역시 역사의 배경막이 되어 버렸으며, 어느새 그만큼이나 멀리 사라져 버렸던 것이다. 이처럼 무너져 내리는 풍경보다는, 오히려 조용한 시간에 때때로 나를 엄습한 향수가 더 마음을 흔들어 놓았다. 시골에 혼자 있을 때면 예전 삶의 즐거움을 회고할 수 있었다. 반면 황량하고 천천히 무너져

가는 건물들 사이에 서 있을 때면 오로지 혼란만을, 좌절만을, 목적 없는 충동만을, 그리고 사방에 퍼져 있는 텅 빈 차량의 땡그랑 소리만을 떠올리게 마련이었으며, 우리가 과연 얼마나 많은 것을 잃어버렸는지조차도 확신할 수 없게 되었으니…….

시험 삼아 떠난 첫 여행에서 나는 혼자였다. 그리고 트리피드용 총알, 종이, 엔진 부품, 데니스가 그토록 갖고 싶어 하던 점자책과 점자 타자기, 과자류, 음반, 그리고 나머지 모두를 위한 책들을 가지고 돌아왔다. 일주일 뒤에는 조젤라가 나와 함께 출발해서 의복이라는 좀 더 실용적인 물품을 찾아 나섰는데, 우리 가운데 주로 어른들이 입을 옷이 필요해서였고, 또 한편으로는 메리의 아기가 입을 옷이 필요해서였다. 아울러 조젤라도 임신 중이었다. 하지만 이때의 여행 때문에 그녀는 무척 심란해했으며, 이후로는 절대 따라나서지 않았다.

나는 때때로 희귀한 필수품을 구하기 위해서 런던에 갔으며, 그때마다 작은 사치품을 몇 가지 챙겨 오곤 했다. 하지만 참새 몇 마리와 트리피드 몇 마리를 간혹 본 것을 제외하면, 살아 움직이는 생물은 전혀 본 적이 없었다. 시골에서는 이미 여러 세대를 거치며 야생화한 고양이와 개가 있었지만, 런던에는 전혀 없었다. 나 말고 다른 사람들도 그곳에서 물품을 얻어 가는 습관을 지속하고 있음을 보여 주는 증거가 때때로 발견되었지만, 정작 그런 사람들을 실제로 만난 적은 없었다.

네 번째 해가 끝나 갈 무렵, 나는 마지막 여행에 나섰는데, 이때에 가서야 나로선 차마 감당할 수 없는 크나큰 위험이 나타나고 있

445

음을 깨닫게 되었다. 그 첫 번째 암시는 런던 근교의 어딘가를 지나다가 갑자기 뭔가가 무너지는 천둥 같은 소리를 들은 사건이었다. 깜짝 놀라 트럭을 세우고 뒤를 돌아보니 길 건너편에 있던 건물이 무너져서 연기가 풀풀 피어오르고 있었다. 내가 몰던 트럭의 진동이 가뜩이나 허약해진 건물에 마지막 일격을 가한 모양이었다. 그날은 무너지는 건물을 더 목격하지 못했지만, 하루 종일 여기저기서 벽돌과 시멘트가 떨어져 나오는 모습을 지켜보니 불안해졌다. 그때 이후로 나는 더 작은 도시로 활동 무대를 옮겼으며, 그 안에서도 주로 걸어서 돌아다녔다.

우리가 있는 곳에서 가장 편리한 물품 조달 장소는 브라이턴⁺이 되어야 했겠지만, 나는 그곳을 최대한 피했다. 이전에 한번 생각이 나서 찾아가 보았더니, 이미 다른 사람들이 모두 점령한 다음이었다. 그 사람들이 누구인지, 또는 몇 명이나 되는지는 나도 몰랐다. 다만 도로 위에 얼기설기 쌓아 놓은 돌 장벽에 붙어 있는 다음과 같은 경고를 확인했을 뿐이었다.

출입 금지!

이 경고에 뒤이어 총소리가 들리더니, 내 앞에 있는 땅에서 먼지가 훅 피어올랐다. 주위에는 아무도 없었기에 따질 수도 없었다. 물론 감히 따질 수 있는 분위기도 아니었지만.

+ 잉글랜드 남부 이스트서식스 주 해안의 유명한 휴양 도시. 셔닝 농장이 있는 웨스트서식스 주 풀버러에서 30킬로미터 거리이다.

나는 트럭을 몰고 돌아섰으며, 운전하는 동안 곰곰이 생각에 잠
겼다. 어쩌면 스티븐이라는 친구의 방어 계획이 아주 잘못된 것까
지는 아니었다고 판명되는 때가 찾아오게 될지 궁금해졌다. 만일을
대비해서 나는 우리가 트리피드를 처리할 때에 사용하는 화염방
사기를 가져온 장소로 다시 찾아가 기관총 몇 정과 박격포 몇 문도
가져다 놓았다.

두 번째 해의 11월에 조젤라가 첫아이를 낳았다. 우리는 데이비
드라는 이름을 붙여 주었다. 아이를 보면 기쁘기 짝이 없었지만, 또
한편으로는 우리가 자초해서 아이에게 직면시킨 지금의 상황에 대
한 안타까움도 없지 않았다. 그래도 조젤라는 그런 문제로 나만큼
고민하지는 않았다. 그녀는 아기를 애지중지했다. 데이비드야말로
자기가 잃어버린 모든 것에 대한 보상이라고 생각하는 모양이었고,
역설적이게도 자기 앞에 놓인 다리의 상황에 대해서는 오히려 이
전보다 덜 고민하는 듯했다. 어쨌거나 아기는 튼튼했으며, 이는 스
스로를 돌보아야 하는 미래의 역량을 위해서도 좋은 일이었다. 나
는 그런 안타까움을 억누르는 한편, 머지않아 우리 모두를 먹여 살
리게 될 땅에 바치는 노력을 점점 더 늘려 나갔다.

아마 그로부터 얼마 되지 않았을 때의 일일 것이다. 조젤라의 조
언 때문에 나는 트리피드를 좀 더 유심히 지켜보게 되었다. 예전의
일터에서부터 그놈들을 경계하는 일에 워낙 익숙했기 때문에, 나는
그놈들이 풍경의 일부가 되었다는 사실 역시 더 손쉽게 받아들이
고 있었다. 아울러 그놈들을 상대할 때면 철조망 마스크와 장갑을

끼는 일에 워낙 익숙했기 때문에, 운선을 하고 밖에 나갈 때에도 그걸 챙겨 입는 것이 전혀 새로운 일까지도 아니었다. 사실 내가 그놈들을 대하는 태도라고 해야, 말라리아 다발 지역에 사는 사람이 모기를 대하는 태도와 크게 다르지 않았다. 즉 너무 익숙해진 나머지, 이제는 오히려 대수롭지 않게 여겼다는 뜻이다. 그런데 어느 날 밤, 자려고 누워 있는데 조젤라가 그 이야기를 꺼냈다. 마침 창밖에서는 그놈들이 작고 단단한 돌기를 줄기에 부딪치면서 내는 달그락거리는 소리가 띄엄띄엄 이어질 뿐이었다.

"저놈들이 요즘 들어 저 짓을 상당히 많이 하네요." 그녀가 말했다.

처음에는 그게 무슨 뜻인지 이해하지 못했다. 그 소리로 말하자면 우리가 꽤나 오랫동안 살아왔고 일해 왔던 장소에서 일상적인 배경음이나 마찬가지였기 때문에, 나로선 일부러 귀를 기울이기 전에는 과연 그 소리가 지속되고 있는지 아닌지도 눈치채지 못할 지경이 되어 있었다. 이제 나는 유심히 귀를 기울여 보았다.

"내가 듣기에는 전혀 달라진 것 같지 않은데요." 내가 말했다.

"물론 **달라진** 건 아니에요. 다만 저 소리가 상당히 많아졌다는 뜻이죠. 실제로도 저놈들이 예전보다 상당히 많아졌거든요."

"나는 잘 모르겠는데요." 나는 무심하게만 대답했다.

울타리를 세운 이후로는 주로 그 안쪽 땅에만 관심을 두었고, 그 바깥쪽에서 무슨 일이 벌어지고 있는지에 대해서는 굳이 신경 쓰지 않았다. 여러 차례의 원정을 통해서 내가 받은 인상은, 대부분의 지역에서 트리피드의 출몰 빈도가 예전과 똑같다는 것뿐이었다. 이곳에 처음 도착했을 때에도 그놈들의 숫자가 유난히 눈길을 끌었는데, 아마 이 지역에 대규모 트리피드 종묘장이 몇 군데 있어서일 거라고만 넘겨짚고 말았다.

"내 말이 맞아요. 내일 한번 자세히 살펴봐요." 조젤라가 말했다.

다음 날 아침에 그 이야기가 떠올라서 옷을 갈아입으며 창밖을 내다보았다. 그랬더니 조젤라의 말이 맞았다. 창밖으로 보이는 울타리 가운데 극히 짧은 일부분에만 무려 100마리는 넘어 보이는 놈들이 모여 있었다. 내가 아침 식사 때에 그 이야기를 하자 수전은 깜짝 놀란 표정이었다.

"하지만 그놈들은 지금까지 계속해서 늘어나고 있었잖아요." 아이가 말했다. "정말 그걸 전혀 모르고 계셨어요?"

"나야 신경 쓸 일들이 워낙 많아서 말이야." 나는 수전의 말투에 약간 짜증을 느끼며 대답했다. "울타리 바깥쪽이니까, 어쨌거나 별 문제 없을 거야. 이 안쪽에 뿌리를 내리는 트리피드를 신경 써서 뽑아내기만 하면, 바깥쪽에서 저놈들이 뭘 하건 우리가 상관할 바는 아니지."

"그런데 말이에요." 조젤라가 어딘가 좀 불안한 말투로 덧붙였다. "저놈들이 유독 이 근처에만 저렇게 많이 모여드는 데에는 특별한 이유 같은 게 있지 않을까요? 내가 보기에는 저놈들이 진짜로 그러는 것 같아요. 그러니 그 이유가 뭔지 궁금해져요."

수전의 얼굴에는 그 짜증 나는 듯한 놀라움의 표정이 또다시 떠올랐다.

"뭐긴요, **아저씨** 때문에 모이는 거죠." 아이가 말했다.

"그런 말 하는 거 아니야." 조젤라가 반사적으로 수전을 꾸짖었다. "그게 도대체 무슨 얘기니? 저놈들이 모여드는 게 어째서 아저씨 때문이라는 거야?"

"하지만 사실인걸요. 아저씨가 이런저런 소리를 자꾸 내니까, 저놈들이 그걸 듣고 오는 거예요."

"잠깐만." 내가 말했다. "그게 도대체 무슨 뜻이지? 그러면 내가 잠자는 사이에 그놈들한테 이리 오라고 휘파람이라도 분다거나, 뭐 그런다는 거야?"

수전은 토라진 표정을 지었다.

"알았어요. 아무도 내 말을 안 믿으시니까, 아침 먹고 나서 제가 직접 시범으로 보여드릴게요." 아이는 이렇게 말하더니, 화난 듯 한동안 침묵을 지켰다.

식사를 마치자 수전은 먼저 식탁에서 일어나더니, 내가 쓰는 12구경 산탄총과 쌍안경을 가지고 돌아왔다. 우리는 잔디밭으로 나갔다. 아이는 주위를 살피다가 우리 울타리에서 상당히 멀리 떨어진 곳을 지나가던 트리피드 한 마리를 발견한 다음, 쌍안경을 내게 건네주었다. 나는 그놈이 천천히 들판을 지나가는 것을 지켜보았다. 우리가 있는 곳에서 1.5킬로미터는 떨어져 있었고, 동쪽으로 가고 있었다.

"그놈을 계속 보고 계세요." 아이가 말했다.

곧이어 수전은 공중에 대고 총을 쏘았다.

불과 몇 초 만에 트리피드는 눈에 띌 정도로 확실히 남쪽으로 방향을 바꾸었다.

"보셨죠?" 아이가 이렇게 물어보며 개머리판의 반동으로 얼얼해진 한쪽 어깨를 문질렀다.

"음, 그렇게 보이기는 하는데. 정말 확실한 거야? 다시 한번 해 볼래?" 내가 물었다.

아이는 고개를 저었다.

"그래 봤자 전혀 좋을 게 없어요. 그 소리를 들은 트리피드는 지금쯤 모조리 이쪽으로 오고 있을 테니까요. 앞으로 10분쯤 지나면 그놈들은 일단 멈춰 서서 다시 귀를 기울일 거예요. 이쪽으로 충분히 가까이 오면, 이미 울타리 옆에 와 있던 놈들이 딱딱거리는 걸 듣고서 여기를 찾아올 거구요. 여기서 멀리 떨어져 있어서 그 소리를 못 듣더라도, 우리가 다시 한번 소리를 내면, 그걸 듣고 여기를 찾아올 거예요. 하지만 더 이상 아무 소리도 나지 않으면, 잠깐 기다려 보았다가 원래 가던 길로 그냥 가 버린다구요."

이 새로운 이야기를 듣고 보니, 이 문제에 관해서만큼은 내가 약간 뒤처져 있었음을 시인할 수밖에 없었다.

"음, 어─" 내가 말했다. "저놈들을 아주 유심히 지켜보고 있었던 모양이구나, 수전."

"당연히 항상 지켜보고 있죠. 저놈들이 미우니까요." 설명은 이거 하나로 다 되지 않느냐는 투로 아이가 말했다.

그때 데니스가 우리 있는 곳으로 걸어왔다.

"나도 같은 생각이야, 수전." 그가 말했다. "나도 저놈들이 마음에 안 들어. 그것도 아주 오래전부터 그랬어. 저 빌어먹을 놈들이 사람 머리 꼭대기에 올라앉아 있거든."

"아, 그건 또 무슨—"내가 말을 꺼냈다.

"내가 장담하는데, 우리가 생각하는 것보다 더 많은 놈들이 있을 거야. 그나저나 저놈들이 도대체 어떻게 **알게** 된 걸까? 저놈들은 자기네를 저지할 사람들이 없어진 바로 그 순간부터 날뛰기 시작했잖아. 그리고 바로 그다음 날부터 이 집을 포위해 버렸지. 자네라면 이걸 도대체 어떻게 설명하겠나?"

"그야 저놈들에게는 새로운 일도 아니에요." 내가 말했다. "열대 국가에서는 저놈들이 길가에 모여들곤 해요. 심지어 작은 마을을 하나 포위했다가, 사람이 격퇴하러 나서지 않으면 공격을 가하기도 하죠. 그래서 상당히 많은 곳에서는 위험천만한 골칫거리 노릇을 했어요."

"하지만 이 나라에서는 안 그랬잖아. 내가 하고 싶은 말이 그거라구. 그렇게 할 만한 상황이 되기 전까지는 그렇게 하지 않았던 거야. 저놈들은 심지어 시도조차도 안 했다구. 하지만 그렇게 할 수 있게 되자마자, **곧바로** 그렇게 한 거라구. 마치 자기들이 그렇게 할 수 있다는 사실을 **알기라도** 한 것처럼 말이야."

"저기요, 좀 이성적으로 생각해 보자구요, 데니스. 지금 방금 하신 말이 결과적으로는 무슨 뜻인지 아세요?"내가 물었다.

"내가 한 말이 결과적으로 무슨 뜻인지는 나도 잘 알아. 적어도 부분적으로는 말이야. 나야 확고한 이론을 내세우는 것까지는 아니지만, 그래도 이렇게는 말할 수 있어. 저놈들이 놀라운 속도로 우리의 약점을 역이용하고 있다는 거지. 또 나는 이렇게도 말할 수 있어. 지금 저놈들 사이에서는 어떤 책략이라고 볼 만한 뭔가가 진행

되고 있다고 말이야. 자네는 혼자 맡은 일들에 너무 정신이 팔려서 미처 깨닫지 못했을 거야. 저놈들이 울타리 바깥에서 어떻게 모여들었고, 또 기다리고 있는지를 말이야. 하지만 수전은 깨닫고 있었지. 나도 얘가 하는 이야기를 들었고 말이야. 그러니 자네 생각은 어떤가? 저놈들이 도대체 **뭘** 기다리고 있는 거지?"

나로선 곧바로 어떤 대답을 내놓으려 시도하지는 않았다. 그래서 이렇게 물었다.

"그러면 제가 지금부터는 12구경 산탄총 대신에 트리피드 총을 사용하는 게 더 낫겠다고 생각하시는 건가요?"

"문제는 총이 아니에요. 오히려 이런저런 소리죠." 수전이 말했다. "트랙터가 제일 심해요. 왜냐하면 움직이는 소리가 크고, 또 계속해서 나니까요. 그러니 저놈들도 소리가 나는 곳을 손쉽게 찾을 수 있는 거예요. 뿐만 아니라 조명용 발전기 소리도 저놈들은 상당히 멀찍이서 듣는다구요. 그걸 가동시키자마자 저놈들이 곧바로 방향을 트는 걸 본 적도 있어요."

"저기 말이야." 나는 짜증스러운 투로 말했다. "다른 건 몰라도 저놈들이 소리를 **듣는다**는 말은 하지 말아 줄래. 저놈들은 동물이 아니거든. 전혀 아니지. 저놈들이 소리를 **듣는다**고 말할 수는 없어. 저놈들은 그냥 식물에 불과하니까."

"그건 중요하지 않아요. 어쨌거나 저놈들이 소리를 **듣는** 건 확실하니까." 수전은 고집스럽게 반박했다.

"음— 알았다. 그러면 뭔가 조치를 취해야 되겠네." 내가 약속했다.

우리는 실제로 조치를 취했다. 첫 번째 넣은 집에서 수백 미터 떨어진 곳에 세운 조잡한 모습의 풍차였는데, 날개가 돌아가면서 묵직하게 쿵쿵 치는 소리를 냈다. 이 계획은 효과를 발휘했다. 덕분에 우리 울타리에 몰려든 트리피드며, 다른 곳에 있던 놈들까지 그쪽으로 몰려갔다. 풍차 주위에 수백 마리가 몰려 있으면, 수전과 내가 차를 몰고 가서 화염방사기를 발사했다. 처음 두 번까지는 상당히 효과가 좋았다. 하지만 그때 이후로는 단지 극소수의 트리피드만이 이 덫에 관심을 보일 뿐이었다. 두 번째 덫은 기존의 울타리 안쪽에 새로운 울타리를 덧붙여 일종의 통발을 만들고, 기존의 울타리 일부를 여닫이문으로 바꾼 것이었다. 우리가 통발을 설치한 장소는 조명용 발전기의 소음이 잘 들리는 곳이었고, 여닫이문을 한동안 열어 놓는 것이 핵심이었다. 이틀쯤 뒤에 우리는 여닫이문을 닫고, 제 발로 통발에 들어온 200여 마리의 트리피드를 모조리 없애 버렸다. 이 방법 역시 처음에는 상당히 성공적이었지만, 같은 장소에서 두 번 시도했을 때에는 그렇지 못했으며, 다른 장소에서 재차 시도했을 때에도 걸려드는 놈의 숫자는 꾸준히 줄어들었다.

며칠에 한 번씩 화염방사기를 들고 울타리를 따라 한 바퀴씩 돌면 그놈들의 숫자를 제법 크게 줄일 수 있었지만, 그러려면 상당한 시간이 걸렸으며, 전용 연료도 금세 떨어지고 말았다. 화염방사기는 연료 소비가 워낙 심했던 반면, 무기고에는 전용 연료의 양이 그리 많지가 않았다. 연료를 다 써 버리면, 이 귀중한 화염방사기도 기껏해야 고철 덩어리에 불과했다. 나로선 효과적인 전용 연료의 혼합 공식이나 제작 방법을 전혀 몰랐기 때문이었다.

처음 두세 번은 박격포를 이용해 트리피드가 밀집된 곳에 공격을 가했지만, 그 효과는 실망스러웠다. 이때만큼은 트리피드의 나무 비슷한 특징이 장애물이었으니, 비록 손상을 많이 입히더라도 치명적인 일격까지 될 수는 없었다.

이렇게 꾸준히 덫을 만들고, 때때로 대학살을 자행했음에도 불구하고, 울타리를 따라 모여든 놈들의 숫자는 시간이 흐를수록 계속 늘어나기만 했다. 그놈들은 거기 모여서 뭔가를 도모하거나 행동하지는 않았다. 그냥 가만히 앉아서, 흙에 뿌리를 내리고 머물러 있을 뿐이었다. 멀리에서 보면 마치 여느 산울타리만큼 활동이 없는 것 같았으며, 그중 몇 마리가 분명히 만들어 내는 패턴 형성이 아니었다면, 딱히 주목할 만하지도 않았을 것이다. 하지만 이놈들의 경계가 얼마나 삼엄한지 궁금하다면, 단지 자동차를 타고 진입로를 따라 달려 보기만 해도 알 수 있었다. 악랄한 독침 공격이 어찌나 비 오듯 쏟아지는지, 큰길로 접어들자마자 일단 차를 멈춰 세우고 앞유리에 묻은 독액을 닦아 내야만 했다.

때때로 우리 중 누군가가 이놈들을 물리칠 새로운 방법을 고안했는데, 예를 들어 독한 비소 용액을 울타리 주변 땅에 뿌리는 것도 그중 하나였다. 하지만 이렇게 해서 놈들이 후퇴해도 그저 잠깐 동안에 불과했다.

우리가 이처럼 다양한 책략을 시도한 지 1년여가 지난 어느 날, 아침 일찍 수전이 우리 방으로 달려와서는 **괴물들**이 울타리를 뚫고 들어왔다고, 그래서 이미 집을 완전히 포위했다고 알렸다. 아이는 평소와 마찬가지로 우유를 짜기 위해서 일찍 일어났다. 자기 방에서 창밖을 보니 하늘이 회색이었는데, 아래층으로 내려가 보니 바깥이 완전히 어둡더라는 것이었다. 뭔가 이상하다 싶어서 수전은 불을 켰다. 그리고 질긴 초록색 잎사귀가 창문을 짓누르고 있는 것을 보자마자, 무슨 일이 벌어졌는지를 깨달았다.

나는 살금살금 방을 가로질러 가서 재빨리 창문을 닫았다. 그러자마자 아래에서 독침 하나가 날아와서 이미 닫힌 창문의 유리를 때렸다. 아래를 내려다보니 트리피드 떼가 집 주위를 열 겹에서 열두 겹씩 빽빽이 에워싸고 있었다. 화염방사기는 마침 헛간에 보관하고 있었기에, 지금으로선 그걸 가지러 나가기도 쉽지 않았다. 나는 두꺼운 옷과 장갑을 착용하고, 가죽 헬멧과 보안경을 쓰고 철조망 마스크까지 걸친 다음, 부엌에서 제일 큰 식칼을 집어 들고, 트리피드를 난도질하며 앞길을 헤쳐 나갔다. 사방팔방에서 독침이 날아와서 철조망 마스크를 계속 때리는 통에, 나중에는 푹 젖어 버린 방어 장비 너머에서 독액이 물보라가 되어 스며들었다. 그러다 보니 보안경 앞이 전혀 보이지 않을 지경이어서, 나는 헛간으로 들어가자마자 독액을 얼굴에서 닦아 내야 했다. 화염방사기를 갖고도 기껏해야 한 번, 그것도 어디까지나 돌아올 길을 내려고 잠깐 동안 아래를 겨냥해서 사용할 수밖에 없었는데, 자칫 집의 문이나 창틀에 불이 옮겨 붙을까 봐 걱정한 까닭이었다. 하지만 그것만으로도 충분히 그놈들이 움직이고 동요했기 때문에, 나는 무사히 집 안으로 들어올 수 있었다.

조젤라와 수전을 소화기 옆에 대기시킨 상황에서, 나는 여전히 심해 잠수부와 화성인을 뒤섞어 놓은 듯한 옷차림을 하고, 집 양편의 위층 창문으로 번갈아 몸을 내밀고 아래쪽의 괴물 떼에게 화염 방사기를 발사했다. 머지않아 그중 상당수가 잿더미로 변했고, 나머지 놈들은 후퇴해 버렸다. 이제는 수전도 작업복으로 갈아입고 두 번째 화염방사기를 들고 나섰으며, 평소에도 무척이나 즐기던 트리피드 사냥에 돌입했다. 그 와중에 나는 마당을 가로질러 문제의 원인을 찾아 나섰다. 확인 작업은 어렵지 않았다. 트리피드 떼가 줄기와 잎을 흔들면서 농장 마당으로 줄줄이 꿈틀거리며 들어오는 지점이 어디인지는 애초부터 분명했다. 거리가 늘어나면서 조금씩 옆으로 퍼져 나갔지만, 그래도 모두가 집이 있는 쪽을 향하고 있었다. 그놈들을 저지하기란 간단했다. 맨 앞에 있는 놈에게 화염을 발사하면 걸음을 멈추었다. 그러고는 방금 왔던 방향으로 되돌아갔다. 때때로 화염을 뿜어 내서 불길이 뚝뚝 떨어지면, 그놈들은 더욱 걸음을 재촉했다. 울타리에 도달해 보니 20미터쯤 되는 구간이 완전히 넘어져 있었고, 기둥도 부러져 있었다. 나는 임시로 울타리를 도로 세워 고정했고, 화염방사기를 여기저기 더 발사해서 최소한 몇 시간쯤은 말썽이 벌어지지 않도록 그놈들에게 따끔한 불 맛을 보여 주었다.

조젤라와 수전과 나는 그날의 대부분을 무너진 부분을 수리하는 데 소모했다. 이틀이 지난 다음, 수전과 나는 농장 구내를 모조리 수색했으며, 덕분에 침입자 가운데 마지막 하나까지도 모조리 처리했다고 자신해 마지않았다. 이어서 우리는 울타리 전체를 살펴보았으며, 의심스러운 부분마다 보강 공사를 실시했다. 그런데 넉 달 뒤에 울타리가 또다시 무너져 버렸고……

이번에는 죽은 트리피드 떼가 무너진 울타리 위에 쌓여 있었다. 우리가 받은 인상은 이러했다. 우선 그놈들이 울타리에 몸을 기대어 압력을 가함으로써 결국 울타리를 무너뜨려 버렸고, 울타리를 앞에서 넘어뜨린 놈들은 뒤에 오는 놈들에게 짓밟혀서 죽어 버렸다는 거였다.

이제는 새로운 방어 수법을 채택해야 한다는 사실이 분명해졌다. 울타리 가운데 어느 곳도 이때 무너진 곳보다 더 튼튼하지는 않았기 때문이었다. 전기 충격이야말로 이놈들을 멀찌감치 떼어 놓는 가장 그럴싸한 방법인 것처럼 보였다. 이에 필요한 전력을 마련하기 위해서 나는 트레일러에 실려 있던 군용 발전기를 하나 발견해서 집까지 끌고 왔다. 수전과 나는 전선 설치 작업에 나섰다. 우리가 이 작업을 마무리하기도 전에, 울타리의 또 다른 부분이 무너지며 침입자들이 밀어닥쳤다.

만약 우리가 항상(또는 하다못해 대부분의 시간 동안) 이 장치를 가동할 수만 있다면, 이것이야말로 완벽하게 효과적일 거라고 나는 생각했다. 하지만 휘발유 소비의 문제가 걸림돌이었다. 휘발유야말로 우리의 물품 중에서 가장 귀중한 것 가운데 하나였다. 식량의 경우에는 언젠가 직접 기를 수 있으리라는 기대가 가능했지만, 휘발유와 경유는 더 이상 구할 수가 없을 것이었으며, 결과적으로 우리는 단순한 편의 이상의 것들을 영영 잃어버리게 될 것이었다. 더 이상은 바깥세상으로의 원정도 불가능할 것이었으며, 결과적으로 더 이상은 물품의 공급도 불가능할 것이었다. 원시적인 삶이 본격적으로 시작될 것이었다. 따라서 자원을 아껴야 하는 입장이 되다 보니,

울타리의 전선에는 하루에 두세 번씩만, 그것도 몇 분 동안만 전기를 흘려보냈다. 이럴 경우 트리피드는 몇 미터쯤 뒤로 물러났으며, 결과적으로 이놈들이 무게를 실어 울타리를 밀어 넘어트리지 못하게 할 수 있었다. 추가 방비 수단으로 우리는 안쪽 울타리에 경보기 전선을 설치했고, 혹시나 울타리가 무너지면 사태가 더 심각해지기 전에 우리가 빨리 알 수 있게 했다.

트리피드가 비록 제한적으로나마 분명히 지닌 듯 보이는 경험적 학습 능력은 경우에 따라 그놈들에게 장점도 되고 약점도 되었다. 심지어 밤과 아침에 잠깐 동안 울타리에 전기를 흘려보내는 우리의 습관에 그놈들도 점차 익숙해지는 것을 똑똑히 알 수 있었다. 정기적으로 발전기를 가동하는 시간이 되면 그놈들이 전선에서 멀찍이 떨어지고, 또한 가동이 중지되면 도로 가까이 다가온다는 사실이 명백했다. 혹시 그놈들이 발전기의 소리와 전선의 감전 효과 간의 연관성을 인식했는지 여부는 차마 알 수 없었지만, 시간이 더 흐르자 우리는 그놈들이 충분히 그랬으리라고 믿어 의심치 않게 되었다.

가동 시간을 무작위적으로 바꾸는 일이야 간단했지만, 여전히 트리피드를 적대적 연구의 대상으로 간주하던 수전은 곧 다른 의견을 내놓았다. 감전을 피해서 그놈들이 멀리 물러서 있는 시간이 꾸준히 더 줄어들고 있다는 것이었다. 여하간 우리는 전기 충격과 병행하여 그놈들이 가장 많이 모여 있는 구역에서 때때로 직접 공격을 가한 덕분에 1년 넘도록 침입 사고를 겪지 않았으며, 더 나중에 침입이 이루어졌을 땐 충분히 일찍 경보를 들은 덕분에 손쉽게 그놈들을 저지할 수 있었다.

우리 농장의 안전한 구내에서 우리는 계속해서 농업에 관해 배웠고, 우리의 삶은 점차적으로 일상화되었다.

여섯 해째의 어느 여름날, 나는 조젤라와 함께 바닷가로 갔다. 그곳까지 갈 때에는 평소처럼 반궤도 트럭⁺을 타고 갔는데, 왜냐하면 이때쯤에는 도로 사정이 워낙 좋지 않아졌기 때문이었다. 그녀에게는 휴가나 다름없었다. 조젤라가 울타리 밖에 나온 지 벌써 몇 달이 지난 다음이었다. 집과 아기를 돌보는 일에 전력을 다하다 보니, 꼭 필요한 몇 번의 여정 이외에는 바깥출입을 삼가던 차였다. 하지만 이제는 가끔 수전에게 혼자 집을 지키게 해도 충분히 안전하리라는 판단이 섰다. 언덕을 올라 꼭대기에 도달하자 우리는 해방감을 느꼈다. 더 낮은 남쪽 경사면으로 내려가 한동안 차를 세워 놓고 그대로 있었다.

완벽한 6월의 하루였고, 새파란 하늘에는 가벼운 구름 몇 점만 떠 있을 뿐이었다. 바닷가며 그 너머의 바다에 쏟아지는 햇빛만큼은 예전 그대로였다. 즉 바닷가에는 해수욕객이 가득하고, 바다에는 작은 배들이 점점이 흩어져 있던 예전과 크게 다르지 않았던 것이다. 우리는 잠깐 동안 아무 말 없이 바다를 내려다보았다. 조젤라가 말했다.

+ 앞바퀴는 일반 트럭과 똑같고, 뒷바퀴 대신 무한궤도가 장착되어 도로 없는 곳에서도 달릴 수 있게 만든 군용 차량이다. 하지만 절충형인 관계로 여러 가지 문제가 부각되어 제2차 세계대전 이후로는 생산되지 않고 있다.

"혹시 **아직도** 그런 느낌 들지 않아요? 그러니까 눈을 질끈 감고 한동안 기다렸다가 다시 떠 보면, 마치 세상이 예전 그대로의 모습으로 돌아올 것 같은 느낌요, 빌? 나는 아직도 그런 느낌이에요."

"이제는 별로 자주 느끼지 않아요." 내가 그녀에게 말했다. "나야 바깥나들이를 하면서 당신에 비해서는 예전의 모습을 훨씬 더 많이 봐야 했으니까요. 그렇지만 가끔은⋯⋯."

"저 갈매기들 좀 봐요. 예전 모습 그대로잖아요."

"어쩐지 올해에는 새들이 더 많아진 것 같아요." 내가 동의했다. "그건 반가운 일이죠."

마치 한 폭의 인상주의 회화처럼, 저 멀리 작은 마을이 하나 보였다. 원래는 편안히 은퇴 생활을 즐기는 중산층이 주로 사는 작고 붉은 지붕의 주택이며 방갈로가 모여 있는 곳이었다. 하지만 지금은 마치 앞으로 몇 분 안에 스러질 것 같은 외관이었다. 비록 타일은 아직 붙어 있었지만, 벽 대부분은 보이지 않게 되고 말았다. 잘 정돈된 마당은 무성하게 자라난 초록 속으로 사라져 버렸고, 한때 정성들여 가꾸었던 화단의 후손에 해당하는 꽃들이 드문드문 피어나 있었다. 이렇게 멀리에서 보니, 심지어 도로조차도 초록색 양탄자의 띠처럼 보였다. 막상 그곳에 실제로 가 보면, 우리는 부드러운 신록의 모습도 결국 환상이었음을 깨닫게 될 것이었다. 왜냐하면 거기엔 오로지 억세고 질긴 잡초만이 무성할 것이기 때문이다.

"불과 몇 년 전에만 해도 상황이 달랐었죠." 조젤라는 생각에 잠긴 듯 말했다. "저런 방갈로가 시골 풍경을 망쳐 놓고 있다고 사람들이 비난해 마지않았으니까요. 그런데 지금 저걸 좀 보세요."

"이제는 시골 풍경이 복수를 가하는 셈이네요, 딱." 내가 말했다. "그때에는 마치 자연이 완전히 끝장나 버린 것처럼 보였죠. '그 노인네한테 그렇게 많은 피가 들어 있으리라고 누가 생각이나 했을까?'"[+]

"저걸 보고 있으니 나는 오히려 겁이 나요. 마치 모든 것이 무너져 내리는 것 같아요. 그러면 이제 우리가 끝장났다는 것을, 그리고 자연이 멋대로 할 자유를 되찾았다는 사실을 기뻐해야 하는 걸까요. 정말 그래야 하는 걸까요……? 우리는 그 일이 일어난 이후로 줄곧 스스로를 속이고 있었던 건 아닐까요? 당신은 우리가 정말로 끝장났다고 생각해요, 빌?"

나로 말하자면 물품을 조달하러 바깥나들이를 하는 동안, 이런 질문을 그녀보다 훨씬 더 많이 던져 본 바 있었다.

"만약 당신 아닌 다른 사람이 물어보았다면, 여보, 나는 뭔가 딱 영웅적인 태도로 대답을 내놓았을 거예요. 그러니까 종종 믿음과 결단 따위를 들먹이는 희망적 관측의 일종인 대답을 말이에요."

"그럼 **나한테** 주는 대답은 뭐죠?"

"당신한테는 나도 솔직한 대답을 내놓을 거예요. 전혀 아니라구요. 삶이 지속되는 동안에는 희망도 있게 마련이라구요."

우리는 몇 분 동안 아무 말 없이 저 앞에 펼쳐진 풍경을 바라보았다.

"내 생각은 이래요." 내가 덧붙여서 말했다. "물론 어디까지나 생

[+] 셰익스피어의 희곡 『맥베스』 제5막 1장에서 정신착란을 일으킨 맥베스 부인이 덩컨 왕을 암살했을 때 자기 손에 묻었던 피의 얼룩을 닦으려 하면서 내뱉는 대사.

각만이지만 말이에요. 즉 우리는 아슬아슬한 기회를 갖고 있다는 거예요. 너무나도 아슬아슬하기 때문에, 그걸 통해서 돌아가기까지는 아주아주 오랜 시간이 걸린다는 거예요. 만약 트리피드만 없었더라도, 사실은 매우 좋은 기회였을 거예요. 비록 여전히 오랜 시간을 거쳐야 하겠지만요. 하지만 트리피드는 현실의 요소예요. 그놈들은 이제껏 나타난 어떤 문명도 상대해 본 적이 없었던 상대라구요. 그놈들이 우리한테서 이 세상을 빼앗아 갈까요, 아니면 우리가 그놈들을 저지할 수 있을까요?

진짜 문제는 바로 그놈들을 상대하는 더 간단한 방법을 찾아내는 거예요. 우리가 심각하게 불리한 건 아니에요. 우리는 그놈들을 물리칠 수 있어요. 하지만 우리의 손자손녀들, 그 아이들은 어떻게 해야 할까요? 그 아이들은 평생 인류 안전보호구역에 갇혀 있어야만 하는 걸까요? 기껏 트리피드로부터 안전하기 위해서 끝도 없는 고통을 감내하면서?

나는 뭔가 간단한 방법이 있을 거라고 믿어요. 문제는 간단한 방법이야말로 매우 복잡한 연구 끝에 나오게 마련이라는 점이죠. 게다가 우리는 자원도 갖고 있지 못하니까요."

"자원이라면 예나 지금이나 늘 있었죠. 누구나 가져갈 수 있게요." 조젤라가 끼어들었다.

"물질은 그렇죠. 하지만 정신까지는 아니에요. 우리에게 필요한 것은 팀, 즉 트리피드 문제를 영원히 끝내 버릴 수 있는 전문가 팀이에요. 뭔가 조치를 취할 수 있을 거예요. 나는 확신해요. 어쩌면 선별적 효과를 지닌 제초제일 수도 있어요. 만약 우리가 적절한 호르몬을 생산할 수만 있다면, 그래서 트리피드에게 불균형 상태를 초래하는 반면에 다른 생물에게는 효과가 덜하도록 만들 수만 있다면…… 반드시 가능할 거예요. 만약 이 일에 충분히 많은 두뇌의 힘을 쏟을 수만 있다면……."

"그런 생각을 하고 있다면, 한번 시도해 보지 그래요?"그녀가 물었다.

"그러지 못하는 이유로 말하자면 한두 가지가 아니에요. 첫째로 내 능력이 미치지 못해요. 생화학은 전공도 아니라서 잘 모르지만요. 게다가 지금은 나 혼자뿐이잖아요. 또 실험실과 실험 장비도 필요하죠. 뿐만 아니라 시간이 넉넉해야 하는데, 지금 상황에서는 당장 먹고살기 위해서 반드시 해야 하는 일만도 너무 많아 죽을 지경이라구요. 설령 내가 능력을 지니고 있다 하더라도, 합성 호르몬을 대량으로 생산할 수 있는 수단이 반드시 있어야만 해요. 그런 일은 보통 공장에서나 할 수 있죠. 여하간 일이 제대로 되려면 반드시 연구 팀이 있어야만 해요."

"사람들을 훈련시키면 되죠."

"맞아요. 하지만 그러기 위해서는 충분히 많은 사람들을 당장 먹고사는 문제로부터 면제시켜 줘야 하겠죠. 그렇잖아도 나는 생화학 관련서를 제법 많이 모아 놓았는데, 언젠가는 그걸 유용하게 사용할 사람이 있으리라는 기대 때문이에요. 앞으로 데이비드를 최대한 잘 가르쳐서, 그 녀석이 이 일을 이어 나가게 할 거예요. 하지만 그러려면 우선 그 문제를 연구할 만한 여유가 있어야 하겠죠. 그러니 나로선 장차 인류 안전보호구역밖에는 보이지 않는다고 생각한 거예요."

조젤라는 저 아래 들판에서 트리피드 네 마리가 어슬렁거리며 걸어가는 모습을 지켜보며 인상을 찡그렸다.

"인간의 진짜로 심각한 경쟁자는 곤충이라는 이야기가 있었죠. 내가 보기에는 트리피드도 일부 곤충과 공통점을 갖고 있는 것 같아요. 물론 생물학적으로야 저놈들이 식물에 불과하다는 걸 나도 알아요. 다만 내 말뜻은, 저놈들이 각 개체에 관해서는 신경을 쓰지 않고, 각 개체도 스스로에 대해서는 신경을 쓰지 않더라는 거예요. 개별적인 차원에서 저놈들이 가진 능력은 지능과도 약간 비슷하게 보여요. 그런데 집단적인 차원에서 저놈들이 가진 능력은 지능과 아주 많이 가까워 보인다는 거예요. 저놈들은 마치 개미나 꿀벌이 하는 것처럼 어떤 목적을 위해서 힘을 합치곤 하죠. 그러면서도 저놈들 가운데 단 한 마리도, 자기가 속해 있는 어떤 목적이나 계획을 이해하고 있다고는 차마 말할 수 없을 거예요. 이 모두가 정말 기묘해요. 어쨌거나, 아마 우리로선 이해하기가 불가능하겠죠. 저놈들은 워낙 **다르기** 때문이에요. 내가 보기에는 유전 가능한 특성에 관한 우리의 발상 모두에 반대되는 것 같아요. 혹시 꿀벌 한 마리나 트리피드 한 마리 속에 사회적 조직의 유전자가 있는 걸까요, 아니면 단순히 건축의 유전자가 있는 걸까요? 만약 그놈들이 그런 것을 갖고 있다면, 왜 우리는 지금껏 언어나 요리 등에 관한 유전자를 발전시키느라 애를 썼던 걸까요? 어쨌거나, 그게 뭐든지 간에, 트리피드 역시 그와 유사한 걸 갖고 있는 듯한데 말이에요. 자기가 우리 울타리 주위를 계속 맴도는 이유를 제대로 이해하는 개체는 단 한 마리도 없겠지만, 그 집단 전체는 우리를 잡아먹는 것이 그 목적이라는 사실을 알고 있어요. 그리고 언젠가는 그 목적을 달성하게 될 거라는 사실도요."

"그런 일을 저지하기 위해서 할 수 있는 일들이 아직 많이 남아 있어요." 내가 말했다. "미안해요. 애초에 당신이 이 모두에 대해서 무척이나 낙담하게 만들려는 뜻으로 꺼낸 말은 아니었어요."

"나는 낙담하지 않아요. 물론 가끔 너무 피곤할 때는 예외지만요. 보통은 앞으로 몇 년 사이에 무슨 일이 일어날지에 대해 걱정하느라 정신이 없거든요. 전혀 아니에요. 보통은 조금 슬픈 것 이상으로 잘 나아가지도 않아요. 기껏해야 18세기에는 오히려 존경할 만하다고 여겼던 정도의 가벼운 우울뿐이죠. 당신이 음반을 틀면 나도 감상적이 되곤 해요. 이미 소멸되어 버린 대규모 오케스트라가 그 앞에 옹기종기 모여 있는 사람들, 그것도 점차 더 원시적으로 변하고 있는 몇몇 사람들을 위해서 여전히 음악을 연주한다는 사실에는 뭔가 섬뜩한 느낌이 없지 않으니까요. 음악을 들으면 나는 예전으로 돌아가고, 지금 상황이 아무리 더 나아지더라도 우리가 두 번 다시는 하지 못할 모든 것들을 생각하며 슬픔을 느끼기 시작해요. 혹시 당신도 그런 느낌을 가끔 받지 않아요?"

"그래요." 내가 시인했다. "하지만 나는 지금과 같은 삶이 지속되는 동안에는 현재를 좀 더 쉽게 받아들일 수 있는 것 같아요. 만약 내게 한 가지 소원이 허락된다면, 나는 예전과 같은 세상을 돌려 달라고 요청할 거예요. 하지만 거기에는 한 가지 조건이 따라붙을 거예요. 당신도 알다시피, 이 모든 재난에도 불구하고, 나의 내면은 이전의 그 어느 때보다도 지금 더 행복하니까요. 당신도 알죠, 안 그래요, 여보?"

조젤라는 한 손을 내 손 위에 올려놓았다.

"나 역시 그런 느낌이에요. 맞아요, 내가 슬프게 생각하는 것은 단지 우리가 잃어버린 것들 때문만이 아니에요. 오히려 우리 아기들로선 차마 알 기회조차도 얻지 못할 것들 때문이죠."

"희망과 야심을 품고서 아이들을 키우다 보면 문제가 생기게 될 거예요." 내가 시인했다. "우리가 과거로 방향을 잡는 일은 어쩔 수 없을 거예요. 하지만 그렇다고 해서 항상 뒤를 돌아보아서는 안 돼요. 사라진 황금시대의 전통이며, 마치 마법사와도 다를 바 없었던 선조들의 전통이야말로 가장 빌어먹을 것이 되고 말 거예요. 온 인류가 열등감에 시달리다 못해, 찬란한 과거의 전통에 대해서 피로를 느끼게 될 거예요. 하지만 과연 그런 일이 벌어지지 않도록 우리가 어떻게 저지할 수 있을까요?"

"내가 지금 어린아이라고 가정해 볼게요." 조젤라는 뭔가 생각하는 듯 말했다. "그러면 나는 우리한테 무슨 일이 일어났는지에 대한 설명을 원할 것 같아요. 그런 설명을 얻지 못한다면, 즉 내가 어쩌다 보니 무의미하게 파괴된 세계에 태어나게 되었다는 사실을 미처 모른다면, 나는 살아가는 것 자체가 원래 무의미하다고 여기게 될 거예요. 그렇게 되면 살아가는 것은 정말 어려워질 거예요. 왜냐하면 우리한테 일어난 일이 하나부터 열까지 무의미하게만 보일 테니까요……."

그녀는 말을 멈추고 곰곰이 생각해 보더니, 곧이어 이렇게 덧붙였다.

"당신 생각에는 우리가— 그러니까 당신 생각에는 우리가 아이들을 돕기 위해서 신화를 만들어 내더라도 충분히 정당화가 가능할 것 같아요? 그러니까 놀라우리만치 영리했던 세계가 있었다고, 하지만 그 세계는 동시에 워낙 사악했기 때문에 결국 파괴될 수밖에 없었다고 말이에요. 아니면 우연히 스스로를 파괴할 수밖에 없었다고 할까요? 대홍수 비슷한 뭔가가 다시 나오는 거죠. 그렇게되면 아이들도 열등감에 짓눌리지는 않을 거예요. 대신 뭔가를 건설하기 위한, 그리고 이번에는 뭔가 더 나은 것을 건설하기 위한 유인을 제공할 수도 있을 거예요."

"그래요……." 나는 이 제안을 고려하며 말했다. "그래요. 아이들에게 진실을 이야기해 주는 것도 대개는 좋은 생각이죠. 나중에 가서는 일을 더 손쉽게 만들어 주니까요. 그나저나 왜 굳이 신화인 척 가장해야 하는 걸까요?"

조젤라는 이에 항변을 제기했다.

"그건 또 무슨 뜻이에요? 트리피드로 말하자면— 음, 물론 그놈들이야 다른 누군가의 잘못, 또는 실수였을 거예요. 이건 인정해요. 하지만 나머지 것들은요……?"

"나는 트리피드 때문에 우리가 누군가를 과도하게 비난할 수 있다고는 생각하지 않아요. 그 당시 상황에서는 그놈들이 내놓는 추출물이야말로 매우 귀중한 자원이었으니까요. 어떤 중대한 발견이 훗날 어떤 결과로 이어지게 될지는 아무도 모르는 일이예요. 새로운 종류의 엔진이든, 또는 트리피드든 말이에요. 그리고 정상적인 조건이었다면 우리는 문제없이 그놈들에게 대처할 수 있었을 거예요. 우리는 그놈들로부터 상당히 많은 혜택을 받아 왔어요. 물론 어디까지나 조건이 그놈들에게 불리했던 시기에는 말이에요."

"음, 그 조건이 변화된 것이 우리의 잘못까지는 아니죠. 다만 자연재해 가운데 하나였을 뿐이에요. 예를 들어 지진이나 허리케인 같은 거요. 보험 회사 같았으면 그 재난을 가리켜 '하늘의 뜻'이라고 했을 거예요. 어쩌면 실제로 벌어진 일이 그거였는지도 몰라요. 일종의 심판이었던 거죠. 우리가 그 혜성을 불러온 것이 아니었음은 분명하니까요."

"우리가 불러온 게 아니라구요, 조젤라? 정말로 그렇다고 확신하는 거예요?"

그녀는 고개를 돌려 나를 바라보았다.

"그게 무슨 뜻이에요, 빌? 우리가 어떻게 그랬다는 거예요?"

"내 말뜻은, 여보, 이런 거예요. 과연 그게 정말로 혜성이었을까요? 당신도 알다시피, 이 세상에는 혜성을 향한 미신적인 불신이 매우 널리 퍼져 있어요. 우리야 충분히 현대화되었기 때문에, 더 이상은 그걸 보면서 길거리에서 무릎 꿇고 기도하지 않는다는 걸 나도 알아요. 하지만 또 한편으로 그거야말로 여러 세기 동안 지속되어 온 공포심이에요. 종말이 임박했다는 하늘의 분노와 경고에 대한 잠재력과 상징은 오래전부터 있었고, 수많은 이야기와 예언 속에서 사용되었어요. 그러니 뭔가 놀라운 천체 현상을 보게 되면, 그 현상의 출처가 바로 혜성이라고 간주하는 게 지극히 자연스럽지 않겠어요? 그런 주장에 대한 반론이 검증되려면 시간이 걸리게 마런이에요. 그런데 그 재난에서는 시간적 여유가 전혀 없었던 거구요. 그러니 전적인 재난이 따라오자마자, 모든 사람은 그 원인이 바로 혜성이라는 확증을 얻은 셈이 된 거예요."

조젤라는 나를 뚫어져라 바라보고 있었다.

"빌, 그러면 지금 당신이 나한테 하는 말은, 그게 결코 혜성이 아니었다고 생각한다는 거예요?"

"바로 그거예요." 내가 시인했다.

"하지만― 나는 이해할 수가 없어요. 그건 반드시― 그게 아니었다면 도대체 **뭐**였다는 거죠?"

나는 진공 포장된 담배 깡통을 뜯은 다음, 내 것과 그녀 것을 한 대씩 꺼내 불을 붙였다.

"마이클 비들리가 했던 말 생각나죠? 우리가 이미 여러 해 동안 한 가닥 밧줄 위를 걸어가던 셈이었다는 말?"

"그래요. 하지만―"

"음, 내 생각에는 우리가 그 밧줄 위에서 결국 떨어져 버린 것이야말로 이 재난의 본질이 아닐까 싶어요. 그리고 우리 가운데 극소수만이 그 재난에서 살아남을 수 있었던 거죠."

나는 담배를 빨았고, 저 멀리 바다며 그 위에 펼쳐진 무한하고 파란 하늘을 바라보았다.

"저 위." 내가 계속 말을 이었다. "저 위에는 말이에요. 차마 그 개수조차 알 수 없을 정도로 많은 인공위성 무기들이 지구 주위를 맴돌고 있었어요. 물론 지금도 여전히 맴돌고 있겠죠. 동면 상태의 위협 요소들이 계속해서 돌면서 누군가가, 또는 뭔가가 작동을 개시

해 주기만 기다리고 있는 거죠. 그렇다면 그 인공위성 안에는 뭐가 들어 있을까요? 그건 아무도 몰라요. 나도 모르고요. 일급비밀이니까요. 우리가 들은 이야기는 어디까지나 추측에 불과해요. 분열성 물질, 방사성 유해물, 박테리아, 바이러스 등등……. 그런데 마침 그중 한 가지 유형의 무기가, 우리의 두 눈이 차마 견딜 수 없을 정도의 방사능을 방출하는 목적으로 제작되었다고 가정해 보자구요. 말하자면 시신경을 불태워 버리는, 또는 최소한 손상시키는 뭔가라고나 할까요?"

조젤라가 내 손을 붙잡았다.

"아, 설마요, 빌! 설마, 그럴 수는…… 그건 너무― 악독하잖아요……. 아, 나는 도저히 믿을 수가 없어요……. 아, **설마요**, 빌!"

"여보, 저 위에 있는 무기들은 하나같이 악독한 것들뿐이에요……. 그러다가 뭔가 실수가, 또는 어떤 사고가 일어났다고 가정해 봐요. 어쩌면 운석 파편과 실제로 충돌하는 사고가 일어났다고 가정할 수도 있겠죠. 그렇게 해서 그 무기들 가운데 일부가 작동하게 된 거죠…….

그러자 누군가가 혜성에 관해서 이야기하기 시작하죠. 그 무기에 관해서 아는 국가가 있더라도, 그걸 부정하는 일은 정치적으로 현명하지가 않을 거구요. 게다가 어차피 시간적 여유도 워낙 없었으니까 말이에요.

음, 원래 그런 무기들은 지상에서 가까운 곳에서 작동되게 마련인데, 그래야만 정확히 계산된 지역에 걸쳐서 효과를 발휘할 수 있기 때문이에요. 그런데 이번의 무기는 대기권 바깥의 우주에서부터, 또는 대기권에 진입하면서부터 작동에 들어가 버린 거예요. 어느 쪽이건 간에, 워낙 높은 곳에서 작동되어 버렸기 때문에 전 세계가 그 영향을 직접적으로 받을 수밖에 없었던 거죠…….

정확히 어떤 일이 실제로 일어났는지는 이제 아무도 모를 수밖에 없어요. 하지만 내가 분명히 확신하는 게 하나 있어요. 어떻게 해서이건 간에, 이건 우리가 스스로 자초한 운명이라는 거예요. 그리고 그 전염병도 있죠. 그건 장티푸스가 아니었어요, 당신도 알다시피…….

나로선 아무리 생각해도 그게 정말 우연의 일치라고 믿을 수가 없었어요. 수천 년 동안 잠잠하다가 지금 갑자기 파멸적인 혜성이 나타났는데, 마침 그보다 몇 년 전에 우리는 인공위성 무기를 만드는 데에 성공했더라는 거죠. 그렇지 않아요? 맞아요, 내 생각에 우리는 한동안 한 가닥 밧줄 위를 걸어가고 있었던 거예요. 자칫하면 우리에게 일어날 수도 있었던 일들을 생각하면서 말이에요. 하지만 머지않아 우리는 한 발을 결국 헛디딜 수밖에 없었던 거예요."

"음, 당신이 그렇게 생각한다면―"조젤라가 중얼거렸다. 그녀는 대화를 중단했고, 한동안 침묵에 잠겨 있었다. 그러다가 다시 말했다.

"내가 보기에는 그거야말로 자연이 맹목적으로 우리를 공격했다는 생각보다 훨씬 더 무시무시한 것 같아요. 게다가 나로선 정말 그렇다고는 생각하지 않아요. 하지만 한편으로는 세상에 대해서 오히려 덜 절망적인 기분이 들기도 하는데, 왜냐하면 이 모든 일이 최소한 이해 가능해진 것은 사실이기 때문이에요. 만약 그게 **사실**이라고 치면, 그거야말로 차후에 또다시 일어나는 사태를 방지할 수 있는 일이기는 하니까요. 우리의 증손자들은 그런 실수가 또 한 번 일어나는 것을 반드시 피해야만 하는 거예요. 그런데, 아, 여보, 이 세상에는 너무나도, 정말 너무나도 많은 실수가 있었어요! 하지만 우리가 아이들에게 경고할 수는 있겠죠."

"흐음, 글쎄요." 내가 말했다. "어쨌거나, 아이들이 트리피드를 물리치고 이 난장판을 벗어나게 된다면, 그때 가서는 자기 나름대로의 새로운 실수를 저지르게 될 여지는 충분히 많다고 봐야 되겠죠."

"불쌍한 아이들 같으니." 그녀는 차후에 태어날 증손자들의 계보를 마치 눈으로 바라보기라도 하는 것처럼 말했다. "우리가 그 아이들에게 줄 수 있는 건 그리 많지가 않아요, 그렇죠?"

"이런 말이 있죠. '삶이란 내가 만들어 가는 것이다.'"

"그렇지만, 사랑하는 빌, 거기서 마치 실낱같은 경계를 벗어나면 그저 온통— 음, 오만한 사람이 되고 싶지는 않아요. 하지만 내 생각에는 테드 삼촌이 바로 그런 말씀을 하셨던 것 같아요. 물론 누군가가 폭탄을 던지는 바람에 당신 두 다리를 잃어버리기 전까지는 말이에요. 그 사건 이후로는 마음을 바꾸셨죠. 내가 개인적으로 한 일 가운데 어떤 것도 나를 이렇게 살도록 만들어 준 것은 아니에요." 그녀는 담배꽁초를 던져 버렸다. "빌, 도대체 우리가 **무슨** 짓을 했기에 이 모든 일에서 행운의 주인공이 될 수 있었던 걸까요? 가끔 한번씩, 그러니까 과로하거나 이기적이라는 생각이 들지 않을 때마다 한번씩, 나는 우리가 얼마나 운이 좋았었는지를 생각하고, 뭔가를 향해 감사드리고 싶은 마음이에요. 하지만 그러다가 문득 깨닫게 되죠. 만약 자기가 선택되었다는 사실에 대해서 누군가에게, 또는 뭔가에게 감사드릴 만한 사람이 있다고 치면, 그 사람은 나보다 훨씬 더 그럴 만한 자격이 있는 사람이어야 할 거라구요. 여하간 나처럼 머리가 단순한 여자에게는 매우 혼란스러운 일이에요."

"내 생각은 이래요." 내가 말했다. "애초에 누군가나 뭔가가 운전대를 잡고 있었다고 치면, 역사상 상당히 많은 일들이 아예 일어나지 않았을 거예요. 하지만 나는 크게 걱정하지 않을 거예요. 우리는 운이 좋았어요, 여보. 만약 내일 당장 운이 달라지면, 뭐, 달라지라죠. 무슨 일이 벌어지더라도, 우리가 함께 있었던 시간을 없애 버리지는 못할 거예요. 그거야말로 내가 받아 마땅한 것 이상의 일이었고, 대부분의 남자가 일생 동안 얻을 수 있는 것 이상의 일이었어요."

우리는 그곳에 좀 더 오래 앉아서 텅 빈 바다를 바라보다가, 곧이어 차를 몰고 작은 마을로 향했다.

수색을 거쳐 우리가 필요로 하던 물품 대부분을 찾아낸 다음, 우리는 바닷가로 내려가 햇볕 속에서 소풍을 즐겼다. 다행히 바닷가 뒤쪽으로 자갈밭이 넓게 퍼져 있어서, 혹시 트리피드가 다가오더라도 금세 소리로 알 수 있었다.

"할 수 있는 동안에는 이렇게 더 많이 돌아다녀야 하겠어요." 조젤라가 말했다. "이제 수전도 크고 있으니, 나도 집 안에만 묶여 있을 필요는 없을 거예요."

"지금 이 세상에서 휴식을 누릴 만한 자격이 누구보다 확실한 사람이 있다면, 그건 바로 당신이겠죠." 나도 동의했다.

이 말을 하는 동안, 문득 이런 생각이 들었다. 우리 둘이 함께 가자고, 가서 우리가 과거에 알던 장소며 사물을 향해 마지막 인사를 건네자고, 아직 할 수 있을 때에 그렇게 하자고 제안하고 싶었다. 해가 갈수록 고립의 전망은 점점 더 가까워졌다. 이미 셔닝 농장에서 북쪽으로 가려면, 완전히 습지로 돌아가 버린 시골 땅을 곧바로 지나갈 수가 없어서 멀리 돌아가야만 했다. 도로의 상태는 모조리 더 나빠지고만 있었으니, 한편으로는 비와 물줄기로 부식되고, 또 한편으로는 나무뿌리에 표면이 박살 났기 때문이었다. 크고 육중한 유조차를 몰고 집으로 돌아오는 것이 가능한 시간도 점차 빠듯해지고 있었다. 언젠가는 그중 한 대가 사고를 일으켜 도로를 지나오지 못하는 날이 올 것이고, 자칫하면 영영 도로를 막아 버릴 수도 있었다. 반궤도 트럭도 충분히 마른 땅에서는 계속 다닐 수 있었지만, 심지어 그런 차량이 다닐 만큼 탁 트인 공간을 찾아내기조차 어려워질 수도 있었다.

"그때가 되면 우리도 마지막으로 춤을 한번 춰야죠." 내가 말했다. "당신은 다시 드레스를 차려입고, 우리는 나란히―"

"쉬잇!" 조젤라가 내 말을 막으며 한 손가락을 들어 보이더니, 바람이 불어오는 방향으로 귀를 향했다.

나도 숨을 죽이고 귀를 쫑긋 세웠다. 하늘에서 뭔가 털털거리는 듯한 소리가, 아니, 그런 느낌이 전해졌다. 비록 희미하기는 하지만 점점 커지고 있었다.

"이건― 이건 비행기 소리예요!" 조젤라가 말했다.

우리는 손을 들어 눈 위에 대고 서쪽을 바라보았다. 그 소리는 아직도 기껏해야 곤충이 웅웅거리는 소리 정도였다. 그 소리는 워낙 천천히 커졌기 때문에, 십중팔구 헬리콥터가 내는 소리로 보였다. 다른 종류의 비행기였다면 그 소리를 들은 순간에 이미 우리를 지나쳐 버렸을 것이었다.

조젤라가 먼저 발견했다. 점 하나가 바닷가에서 약간 떨어진 곳에 있다가, 바닷가와 평행을 유지하면서 분명히 우리 쪽으로 오고 있었다. 우리는 자리에서 일어났고, 양손을 흔들기 시작했다. 점이 더 커지자 우리는 더 열심히 양손을 흔들었고, 이치에는 닿지 않는 일이었지만 심지어 목이 터져라 소리까지 질렀다. 만약 탁 트인 바닷가까지 날아왔더라면, 그 조종사가 우리를 못 볼 가능성은 없었다. 하지만 헬리콥터는 그렇게 하지 않았다. 우리가 있는 곳에서 몇 킬로미터쯤 떨어진 곳에 도달했을 때, 갑자기 방향을 바꾸더니 북쪽으로 내륙을 향해 날아간 것이다. 우리는 계속 미친 듯 손을 흔들었으며, 혹시라도 뒤늦게 조종사가 우리 모습을 발견해 주기를 고대했다. 하지만 헬리콥터는 망설임 없이 방향을 정했고, 엔진 소리에서도 전혀 변화가 없었다. 의도적이고도 침착하게 언덕 쪽으로 날아가 버렸던 것이다.

우리는 양팔을 내리고 서로를 바라보았다.

"이쪽으로 한 번 왔다면, 이쪽으로 다시 올 수도 있어요." 조젤라가 자신 있게 말했지만, 그렇다고 해서 아주 확신하는 것은 아니었다.

하지만 헬리콥터를 목격했다는 사실이야말로 우리의 하루를 완전히 뒤바꿔 놓았다. 그 모습은 우리가 부주의하게도 쌓아 올린 체념 가운데 상당수를 파괴해 버렸던 것이다. 다른 무리들이 있을 것이라고는 예상했지만, 설마 그들이 우리보다 더 나은 상황이라고는 믿지 않았고, 오히려 더 못한 상황일 거라고 넘겨짚었다. 하지만 과거와 똑같은 모습이며 소리와 함께 날아다니는 헬리콥터를 보니, 우리는 단순한 기억 이상의 뭔가를 떠올렸다. 즉 누군가가 어디선가 우리보다 더 나은 상황을 만들어 냈다는 뜻이었다. 혹시 내 말에 약간의 질투심이 섞여 있는 걸까? 게다가 이 일은 우리가 행운의 주인공이기는 하지만, 또한 여전히 본성상 군집성 동물이라는 사실도 일깨워 주었다.

우리가 이전까지 이러쿵저러쿵 상상의 나래를 펼쳤던 기분과 노선을 헬리콥터가 깡그리 깨부수자, 이제는 들썩이는 기분만이 남아 있었다. 우리는 침묵의 합의 속에서 각자의 물건을 챙긴 다음, 각자의 생각에 사로잡힌 채, 반궤도 트럭에 올라타서 집을 향해 달리기 시작했다.

제16장

외부와의 접촉

우리가 셔닝 농장으로 들어가는 진입로를 절반쯤 지났을 무렵, 조젤라가 연기를 발견했다. 처음에는 그냥 구름처럼 보였지만, 언덕 꼭대기에 가까워지자 연기가 성글게 퍼져 나가는 위쪽과 달리, 아래쪽에 형성된 회색 기둥이 뚜렷이 보였다. 그녀는 손을 들어 그쪽을 가리키더니, 아무 말 없이 나를 바라보았다. 우리가 지난 몇 년 사이에 목격한 유일한 불은 늦여름에 몇 번 일어난 자연발화뿐이었다. 따라서 저 앞의 연기가 셔닝 농장 인근에서 피어오른다는 사실을 곧바로 알아챘다.

나는 반궤도 트럭을 더 빠른 속도로 몰았는데, 망가진 도로 위에서 이렇게 한 적은 이때가 처음이었다. 차 안에서 몸이 심하게 흔들렸지만, 그래도 마치 굼벵이가 기어가는 듯한 느낌이었다. 조젤라는 줄곧 아무 말 없이 앉아 있었고, 입은 꾹 다물고 두 눈은 연기에 고정한 채였다. 그 출처가 우리 집에서 더 가깝든지, 아니면 더 멀든지 간에, 여하간 서닝 농장 그 자체까지는 아니라고 알려 주는 어떤 지표를 찾고 있는 듯했다. 하지만 우리가 더 가까이 갈수록, 의심의 여지는 더 줄어들기만 했다. 사방팔방에서 날아드는 트리피드의 독침에도 아랑곳하지 않고, 나는 트럭을 몰아 진입로의 마지막 구간을 달려 나갔다. 모퉁이를 돌고 나서야 우리는 그 연기의 출처가 우리 집 자체가 아니라, 그 옆에서 불타오르는 장작더미라는 사실을 깨닫게 되었다.

경적 소리에 수전이 달려 나오더니, 안전한 거리에서 정문을 열 수 있는 밧줄을 잡아당겼다. 아이가 뭐라고 소리를 질렀지만, 우리가 차를 몰고 들어가는 소음에 묻혀 들리지 않았다. 수전은 한 손으로 뭔가를 가리켰는데, 그 방향은 불이 난 곳이 아니라 집 앞 저편이었다. 마당 안으로 더 들어가고 나서야, 우리는 그 이유를 알 수 있었다. 잔디밭 한가운데 헬리콥터 한 대가 솜씨 좋게 착륙해 있었던 것이다.

우리가 반궤도 트럭에서 내리자 가죽 재킷과 바지 차림의 한 남자가 우리 집에서 걸어 나왔다. 키가 크고, 금발이고, 피부는 햇볕에 그을려 있었다. 첫눈에 나는 이전에도 그를 본 적이 있다는 느낌을 받았다. 우리가 서둘러 달려가자, 남자는 손을 흔들면서 씩 웃었다.

"빌 메이슨 씨 맞으시죠? 저는 심슨이라고 합니다. 아이반 심슨요."

"기억나네요." 조젤라가 말했다. "그날 밤에 런던대학 건물로 헬리콥터를 몰고 오신 분이시죠."

"맞아요. 그걸 다 기억하고 계시다니, 머리가 좋으시네요. 하지만 여기 기억력 좋은 사람은 또 있거든요. 그쪽은 조젤라 플레이턴 씨가 맞으시죠. 그 유명한 책을 낳으신—"

"전혀 잘못 알고 계신데요." 그녀가 단호한 어조로 상대방의 말을 끊었다. "저는 조젤라 메이슨이고, 제가 낳은 작품이라고는 제 아들 데이비드 메이슨뿐이거든요."

"아, 그래요. 방금 전에 그 작품 실물을 봤는데, 상당히 훌륭한 장인 정신이 돋보이더군요. 물론 이렇게 말해도 실례가 안 된다면 말이에요."

"잠깐만요." 내가 말했다. "그런데 방금 저 불은—?"

"위험하지는 않을 거예요. 바람이 이 집과 반대 방향으로 불고 있으니까요. 하지만 덕분에 지금껏 모아 놓으신 장작 모두는 날아가 버리고 말았네요."

"어떻게 된 거죠?"

"수전이 한 거예요. 혹시라도 제가 이곳을 그냥 지나치면 안 된다고 생각했던 거죠. 헬리콥터 소리를 듣자마자 화염방사기를 들고 나가서 최대한 빨리 신호를 보내고 싶었던 모양이에요. 그러자니 장작더미가 가장 간단했던 거죠. 저런 신호라면 어느 누구도 못 보고 지나칠 수가 없겠죠."

우리는 집 안으로 들어가서 다른 사람들과 합류했다.

"그건 그렇고." 심슨이 내게 말했다. "마이클이 저더러 신신당부 하더군요. 이야기를 시작하기 전에 심심한 사과부터 드리라고 말이에요."

"저한테요?" 나는 어리둥절해하며 말했다.

"일찍이 트리피드의 위험을 조금이라도 예견했던 분은 당신 혼자뿐이었으니까요. 하지만 그는 당신의 말을 믿지 않았죠."

"하지만— 그렇다면 당신들은 제가 여기 있다는 사실을 이미 알고 있었다는 건가요?"

"당신의 대략적인 위치를 어설프게나마 알게 된 것은 불과 며칠 전의 일이었어요. 우리로선 결코 잊을 수 없는 이유를 가진 한 사람을 통해서였죠. 바로 코커라는 사람요."

"그러면 코커도 결국 살아남긴 한 거군요." 내가 말했다. "틴셤에 가 보니 이미 폐허가 되어 있기에, 그 양반도 결국 전염병에 당한 줄 알았거든요."

더 나중에, 그러니까 우리 모두 식사를 하고 가장 좋은 브랜디를 꺼내 따른 뒤에야, 우리는 그를 통해 이때까지의 이야기를 들을 수 있었다.

틴셤을 듀런트 여사의 자비와 원칙에 맡겨 놓고 떠난 마이클 비들리 일행이 향한 곳은 남서쪽의 베민스터도 아니었고, 그쪽 방면의 다른 어디도 아니었다. 이들은 오히려 북동쪽의 옥스퍼드셔로 향했다. 듀런트 여사가 우리에게 엉뚱한 방향을 알려 준 것은 의도적인 행동이 분명했는데, 왜냐하면 비들리 일행은 애초에 베민스터를 언급한 적도 없었다기 때문이다.

일행은 그곳에서 장원을 하나 발견했는데, 처음에만 해도 이들이 필요한 것을 모조리 제공해 주는 곳처럼 보였다. 아울러 우리가 셔닝 농장에서 방어선을 구축한 것처럼, 그곳에서도 이들은 방어선을 충분히 구축할 수 있었다. 하지만 트리피드의 위협이 날로 증가하자, 그 장소의 약점이 점점 더 두드러졌다. 1년이 지나자 비들리와 대령 모두 더 장기적인 전망에서는 이곳이 불만족스럽다고 생각하게 되었다. 이미 그 장소에 상당한 노력을 쏟기는 했지만, 두 번째 여름이 지나자 이익을 노리기보다는 차라리 손실을 방지하는 쪽이 더 낫다는 데에 모두의 의견이 일치했다. 공동체를 건설하기 위해서는 여러 해를(어쩌면 상당히 많은 해까지도) 염두에 두고 생각하지 않을 수가 없었다. 또한 이곳에서 더 오래 지체할 경우, 나중에 가서는 이동 자체가 더 어려워질 가능성이 있다는 사실도 염두에 두어야만 했다. 이들이 필요로 하는 장소는 확장과 개발의 여지가 있는 곳이었다. 즉 자연적 방어선이 있어서, 일단 한번 트리피드를 없애 버리면 이후로도 경제적인 방법으로 계속 관리가 가능한 곳이어야 했다. 반면 그 당시에 이들이 있던 곳에서는 울타리를 유지하는 데에만도 상당한 노력이 들어갔다. 게다가 트리피드의 숫자가 늘어나면서, 울타리의 길이 역시 늘어나지 않을 수가 없었다. 물론 가장 좋은 자체 유지 방어선은 바로 물이었다. 이에 착안하여 이들은 여러 섬의 상대적인 장점을 놓고 토론회를 열었다. 결국 그 지역에서 반드시 해결해야 할 몇 가지 문제점이 있음에도 불구하고 이들이 잉글랜드 남부 해안의 와이트 섬을 선택하게 된 것은 주로 기후 때문이었다. 그리하여 이들은 이듬해 3월에 다시 한번 짐을 꾸려 길을 떠났다.

"그런데 막상 도착해 보니 만만치 않았어요." 아이반의 말이었다. "그 섬에 있는 트리피드 떼의 숫자는 우리가 떠나온 곳보다 더 많더라구요. 우리가 와이트 섬 남부 갓실 근처의 커다란 농가에 자리를 잡자마자 그놈들이 수천 마리씩 담장 근처에 모여들기 시작하더군요. 우리는 2주 동안 그놈들이 모여들게 내버려 두었다가, 한꺼번에 화염방사기로 해치워 버렸죠.

그놈들을 싹 해치우고 나서, 우리는 그놈들이 또다시 모여들게 내버려 두었다가, 다시 한번 싹 해치워 버렸죠. 이런 식으로 계속했어요. 거기서는 그 무기를 아낌없이 쓸 수 있었어요. 왜냐하면 일단 그놈들을 싹 없애 버리고 나면, 더 이상은 화염방사기를 쓸 필요도 없었을 테니까요. 그 섬에 사는 트리피드의 숫자에는 한계가 있었으니까, 그놈들이 싹쓸이해 달라고 제발로 찾아오면, 우리한테는 더 좋은 거였죠.

그렇게 열두 번쯤 하고 나서야 비로소 가시적인 효과가 나타나더군요. 그놈들이 모습을 잘 드러내지 않게 되었을 무렵, 담장 주위에는 숯덩이가 된 나무줄기가 아주 산을 이루다시피 했어요. 그놈들의 숫자는 우리가 예상했던 것보다 훨씬 더 징그럽게 많았던 거죠."

"그 섬에는 고품질의 트리피드를 기르던 종묘장이 최소한 대여섯 군데는 있었거든요. 뿐만 아니라 개인이나 공원에서 기르던 놈들도 더 있었을 거구요." 내가 말했다.

"그건 저도 이미 확인했어요. 보아하니 그곳에만 종묘장이 100군데는 있었던 모양이더군요. 이 모든 일이 시작되기 전에만 해도, 이 나라에 트리피드가 몇 마리나 될 것 같으냐는 질문을 받았다면, 저는 기껏해야 수천 마리뿐일 거라고 대답했을 거예요. 하지만 실

486

제로는 수십만 마리는 있었던 모양이더군요."

"실제로 그랬죠." 내가 말했다. "그놈들은 사실상 어디에서나 자랄 수 있고, 게다가 꽤나 수입이 짭짤한 농작물이었으니까요. 농장이나 종묘장의 울타리 안에서 키우다 보니 외관상 별로 많지 않아 보였을 뿐이죠. 하지만 이 근처에 몰려든 놈들의 숫자를 놓고 보면, 지금쯤은 이놈들이 아주 사라져 버린 지역도 분명히 있을 것 같더군요."

"맞는 말이에요." 그가 동의했다. "하지만 그런 지역에 사람이 가서 살기 시작하면, 불과 며칠 만에 저놈들이 몰려들기 시작하죠. 공중에서는 다 보여요. 사실 저는 수전이 불을 피우기 전에도 이 근처에 누군가가 살고 있다는 걸 짐작했어요. 왜냐하면 사람이 거주하는 장소 주위에는 저놈들이 몰려들어 시커멓게 경계선을 형성하거든요.

어쨌거나 조금 시간이 지나자 우리 담장 주위를 돌아다니는 트리피드 떼는 숫자가 줄어들었어요. 어쩌면 그놈들도 제 동족의 숯덩이 시체 사이를 활보하는 것이 불건전하다고 생각했는지, 아니면 그런 생각 따위는 전혀 없는지는 모르겠지만 말이에요. 여하간 그놈들의 숫자는 더 줄어들었어요. 그때부터는 그놈들이 찾아오기를 기다리는 대신, 우리가 그놈들을 사냥하러 다녔죠. 몇 달 동안은 그게 바로 우리의 주된 작업이었어요. 그런 식으로 우리는 그 섬을 조금씩 점령해 나갔죠. 적어도 우리 생각에는 그랬어요. 그 일을 완료하고 나자, 이제는 거기 있는 크고 작은 트리피드를 모조리 없애 버렸다고 생각했어요. 그런데도 이듬해가 되자 몇 마리가 또다시 나타나고, 그 이듬해에도 마찬가지이더군요. 이제 우리는 매년 봄마다 본토에서 바람을 타고 건너오는 씨앗에서 피어난 트리피드 싹을 찾아내기 위해서 대대적인 수색을 실시하죠. 그리고 발견 즉시 곧바로 제거해 버리구요.

그 일이 진행되던 와중에 우리는 점차 조직을 갖추었죠. 처음에는 우리 숫자가 50명 내지 60명쯤이었어요. 저는 헬리콥터를 타고 다니다가, 어디선가 다른 집단의 흔적을 발견하면, 곧바로 착륙해서 우리와 합류하자는 제안을 내놓았어요. 어떤 사람은 이에 응했지만, 아예 관심조차 없는 사람들도 놀라우리만치 많더군요. 누군가에게 통치받는 게 싫어서 탈주한 사람들이다 보니, 갖가지 곤란에도 불구하고 더 이상은 누군가의 통치를 원하지 않았던 거예요. 웨일스 남부에 있는 몇몇 집단은 일종의 부족 공동체를 만들어 놓았던데, 자기네가 스스로 세운 최소한의 조직을 제외하고는 다른 조직에 대한 발상 자체를 싫어하더군요. 탄광 지역 근처에서도 그런 집단을 여럿 발견했어요. 대개는 그 시간에 땅속에 들어가 일하느라 초록별을 전혀 볼 기회가 없었던 사람들이 지도자가 되었더군요. 도대체 그 갱도 안에서 어떻게 빠져나왔는지는 정말 알 수 없는 일이지만 말이에요.

그중 일부는 남의 간섭을 전혀 원하지 않아서, 심지어 우리 헬리콥터에 총을 쏘기도 했죠. 이 근처에서는 브라이턴에 그런 집단 가운데 하나가 있는데—"

"저도 알아요." 내가 말했다. "저한테도 그렇게 해서 경고를 보내더군요."

"최근에는 그런 집단이 더 많아졌어요. 메이드스톤[+]에도 하나, 길퍼드[++]에도 하나, 그리고 다른 곳에도요. 당신네가 여기 숨어 있다는 사실을 우리가 미처 몰랐던 진짜 이유도 바로 그거였어요. 이 지역은 너무 위험하니까 가급적 멀리했거든요. 그 사람들이 도대체 무슨 생각으로 그러는지는 저도 모르겠어요. 아마도 쌓아 놓은 식량이 많은 까닭에, 다른 누군가가 그걸 달라고 할까 봐 겁이 났을 수도 있죠. 어쨌거나 우리로선 굳이 위험을 무릅쓸 필요는 없었기에, 멋대로 하라고 내버려 두었죠.

그래도 제법 많은 집단이 우리와 합류했어요. 1년 만에 숫자가 300명 정도까지 늘어났으니까요. 물론 모두가 시력이 온전한 것까지는 아니지만요.

그러다가 한 달쯤 전에야 저는 코커 일행을 만나게 되었어요. 그가 맨 처음 물어본 질문은 당신네가 우리와 합류했느냐 여부였죠. 그쪽 일행은 상황이 좋지 않았대요. 특히 맨 처음에는 말이에요.

틴셤으로 돌아간 지 며칠 만에 런던에서 여자 두 명이 그곳으로 찾아왔는데, 하필이면 전염병에 걸려 있었대요. 코커는 증상을 처음 발견하자마자 두 사람을 격리 조치했지만, 이미 때는 늦어 버렸다더군요. 그는 서둘러 그곳을 버리고 이동하기로 결정했대요. 하지만 듀런트 여사는 꿈쩍도 않았죠. 그러면서 자기는 뒤에 남아서 환자를 돌보겠다고, 그리고 나중에라도 가능하다면 따라가겠다고 제안했대요. 하지만 결국에는 따라오지 못했죠.

+ 잉글랜드 남동부 켄트 주의 도시.
++ 잉글랜드 남동부 서리 주의 도시.

하지만 틴섬을 벗어난 코커 일행 중에도 감염자가 나왔어요. 결국 세 번이나 황급히 더 이동한 다음에야 전염병을 말끔히 떨쳐 버릴 수 있었다더군요. 급기야 서쪽으로 멀리 데번 주까지 갔는데, 그래도 한동안은 그럭저럭 괜찮았대요. 하지만 머지않아 트리피드가 나타나면서 우리가, 그리고 당신네가 겪은 것과 똑같은 어려움에 직면하게 되었죠. 코커는 그곳에서 3년 가까이 버티다가, 결국 우리가 했던 것과 비슷한 생각을 했던 모양이에요. 다만 바닷가의 섬을 생각한 것까지는 아니었고, 강물이라는 자연적 울타리에 인위적 울타리를 덧붙여서 콘월 돌출부를 아예 다른 지역과 차단하는 장벽을 세운다는 계획이었어요. 목적지에 도착하자 처음 몇 달 동안은 울타리를 세우는 데에 집중하고, 그다음에는 울타리 안에 있는 트리피드를 잡으러 다녔다더군요. 우리가 섬에서 했던 것처럼 말이에요. 하지만 지형이 워낙 험했기에, 그놈들을 완전히 소탕하는 일에는 성공을 거두지 못했대요. 울타리는 처음에만 해도 상당히 성공적이었지만, 우리의 바다만큼 아주 신뢰할 만하지는 않았고, 그 주위를 순찰하는 일에도 상당한 인력이 허비되었다더군요.

코커는 아이들이 자라나서 제몫을 해 줄 때가 되면 자기네 일행도 문제없을 거라고 생각했다지만, 지금까지의 상황은 상당히 힘들었던 것 같더군요. 저와 만나자마자 한 치의 망설임도 없이 합류하겠다고 하더라구요. 곧바로 자기네 낚싯배에 짐을 싣더니만 2주 뒤에는 우리 섬에 도착했죠. 그런데 당신네가 우리와 함께 있지 않다는 사실을 알게 되자, 코커는 이 근처 어디엔가 아직 머물러 있을 거라고 말하더군요."

"그렇다면 그 사람에 대한 악감정 따위는 이제 완전히 지워 버리신 모양이군요." 조젤라가 말했다.

"그 친구도 상당히 쓸모 있는 사람이 될 겁니다." 아이반이 말했다. "그리고 그 친구 말에 따르면, 당신도 마찬가지구요." 그는 이렇게 넛붙이며 나를 바라보았다. "원래 직업이 생화학자시라면서요, 그렇죠?"

"생물학자죠." 내가 말했다. "물론 생화학도 조금은 알지만요."

"음, 양쪽의 구체적인 차이는 군이 설명하지 않으셔도 됩니다. 제가 말씀드리고 싶은 건, 마이클이 과학적인 방법으로 트리피드를 처치할 수 있는 방법을 찾기 위한 연구를 시도하려고 계획 중이라는 거죠. 뭔가 발전이 있으려면 그런 게 **반드시** 있어야 하니까요. 하지만 문제는 우리가 그 일을 위해서 동원한 몇 사람 가운데 일찍이 학교에서 배운 생물학 교과서의 내용을 기억하는 사람이 거의 없더라는 거죠. 어떻게 생각하세요? 저희한테 오셔서 선생님 노릇을 해 주실 수 있겠어요? 충분히 가치 있는 일자리라고 생각합니다만."

"저로선 그보다 더 가치 있는 일자리를 상상할 수조차 없는 노릇이죠." 내가 말했다.

"그러니까 여기 있는 우리 모두를 당신네 섬 기지로 초청하겠다는 말씀이신가요?" 데니스가 물었다.

"음, 일단 상호 간의 합의가 되고 나면 그렇겠죠." 아이반이 말했다. "빌과 조젤라는 아마 그날 밤 런던대학에서 제시된 대원칙을 기억하실 겁니다. 그 대원칙은 아직도 준수되고 있어요. 어떤 사람들은 그걸 받아들이지 않더군요. 하지만 그렇게 하지 않는 사람들은, 결국 우리에게는 아무 소용이 없는 사람들인 거죠. 우리는 과거의 나쁜 특징 가운데 여러 가지를 영속시키려고 시도하는 견제 세력 따위에는 관심이 없어요. 그런 걸 원하는 사람이 있다면 차라리 다른 데로 가라고 해 버리죠.”

“다른 데라고 하니 상당히 야박한 제안이군요. 지금 상황에서는 말이에요.” 데니스가 말했다.

“아, 그렇다고 해서 우리가 그런 사람을 트리피드 떼에게 먹이로 던져 준다는 뜻까지는 아니에요. 다만 그런 사람들이 워낙 많으니까, 어딘가에 그런 사람들이 갈 만한 곳이 있지 않겠느냐는 거였죠. 결국 한 집단은 채널 제도[+]로 건너갔고, 우리가 와이트 섬을 청소할 때에 했던 것과 똑같은 방법으로 그곳을 청소하기 시작했어요. 대략 100명쯤 되는 사람들이 그리로 갔죠. 거기서도 잘들 지내고 있는 것 같더라구요.

그래서 이제 우리는 상호 합의 방식을 채택하고 있어요. 새로 온 사람들은 6개월 동안 우리와 함께 지내 보고, 그때 가서 위원회의 심사를 거치는 거죠. 만약 그들이 우리의 방식을 좋아하지 않는다면, 그렇다고 말하면 되는 거예요. 반대로 우리가 보기에 그들이 이곳에 적합하지 않을 듯하면, 우리도 그렇다고 말하는 거죠. 만약 이곳에 적합하다고 보면, 그들은 계속 머물러 있을 수가 있어요. 하지만 그렇지 않다면, 우리는 그들을 채널 제도로 보내 주는 거죠. 만

+ 프랑스 노르망디 해안에 있는 건지 섬과 저지 섬을 비롯한 여러 개의 영국령 섬들을 말하며, 잉글랜드 남부 와이트 섬과 건지 섬의 거리는 약 160킬로미터이다.

약 본토로 돌아가는 걸 선택할 정도로 괴짜인 사람이라면 원하는 대로 본토로 돌아가게 해 주든가요."

"듣고 보니 뭔가 좀 독재적인 분위기 같은데요? 당신네 위원회라는 건 도대체 어떻게 구성되는 겁니까?" 데니스가 궁금해했다.

아이반은 고개를 저었다.

"조직과 관련한 질문으로 들어간다면 너무 시간이 오래 걸릴 거예요. 여하간 우리에 관해서 배우는 가장 좋은 방법은 여러분이 직접 오셔서 경험하시는 거예요. 우리가 마음에 들면 계속 머물러 계셔도 됩니다. 하지만 여러분이 우리를 마음에 들어 하지 않으신다 하더라도, 채널 제도가 우리보다 더 좋은 곳이 되려면 앞으로 몇 년은 꼬박 기다리셔야 할 겁니다."

저녁이 되어 아이반이 헬리콥터를 몰고 남서쪽으로 사라지자, 나는 밖에 나가 마당 한쪽에 있는 평소 좋아하던 벤치에 앉았다.

나는 계곡을 내려다보면서, 그곳에 있던 배수도 잘되고 관리도 잘되던 목초지를 기억해 보았다. 이제 그곳은 야생으로 한참 되돌아가 있었다. 사람의 손길이 닿지 않은 농지에는 덤불이며, 갈대밭이며, 썩은 웅덩이가 점점이 흩어져 있었다. 더 큰 나무들도 물에 젖은 흙 속에 천천히 잠겨 가고 있었다.

나는 코커를, 그리고 지도자와 교사와 의사에 관한 그의 말을 떠올려 보았다. 그리고 얼마 안 되는 땅을 지키기 위해서 우리가 해야 하는 온갖 일들을 생각해 보았다. 만약 이곳에 계속 고립된 상태로 남아야 한다면, 우리 각자에게는 과연 어떤 영향이 있을까? 시력을 상실한 사람 세 명의 경우, 나이가 들면서 점점 더 자기가 쓸모없음을 느끼고 좌절감을 느꼈다. 수전의 경우, 장차 남편과 아기 모두를 얻어야 마땅할 것이었다. 데이비드라든지, 메리의 딸의 경우, 그리고 저 바깥에 있는 다른 아이들의 경우, 충분히 힘을 쓸 수 있게 되자마자 일꾼이 되어야 할 것이었다. 조젤라와 나의 경우, 나이가 들어도 여전히 더 열심히 일해야만 할 것이었다. 왜냐하면 앞으로는 먹여 살릴 사람도 늘어날 터이고, 반드시 손으로 해야만 하는 일도 늘어날 것이니까…….

그때 여전히 참을성 있게 기다리고 있는 트리피드 떼가 내 눈에 들어왔다. 울타리 너머의 짙은 초록색 산울타리에 그놈들 수백 마리가 버티고 있었다. 연구가 반드시 필요할 것이었다. 어떤 천적, 어떤 독극물, 어떤 불균형 유발책이든지 간에, 저놈들을 처리하기 위해 반드시 뭔가를 찾아내야만 했다. 그 일이야말로 다른 일보다 더 중요했다. 게다가 시간이 촉박했다. 시간은 오히려 트리피드에게 유리했다. 그놈들이야 우리가 자원을 모두 써 버릴 때까지 가만히 기다리면 그만이었다. 처음에는 연료가, 그다음에는 철조망을 수리할 철사가 바닥날 것이었다. 철사가 녹슬어 산산조각 날 때까지, 그놈들이며 그 후손들은 줄곧 기다리고 있을 것이니까…….

하지만 셔닝 농장은 이미 우리의 집이었다. 나는 한숨을 쉬었다.

그때 잔디밭을 걸어오는 나지막한 발소리가 들렸다. 조젤라가 다가와 내 옆에 앉았다. 나는 한 팔로 그녀의 어깨를 감싸 안았다.

"다른 사람들은 어떻게들 생각한대요?" 내가 조젤라에게 물었다.

"매우 화가 나 있어요, 딱하게도. 직접 눈으로 볼 수가 없는 상황이다 보니, 트리피드란 놈들이 이렇게 기다리고 있다는 사실을 이해하기가 힘든 모양이에요. 게다가 이곳에서도 나름대로의 생활을 지속할 수 있다고 생각하고들 있어요. 물론 시력을 상실한 상황에서는 완전히 낯선 장소로 가게 된다는 생각만 해도 두려울 수밖에 없겠죠. 우리가 무슨 말을 할지는 저 사람들도 알고 있어요. 하지만 이곳이 장차 거주 불가능한 곳이 되리라는 사실까지 제대로 이해하는 것 같지는 않아요. 아이들이 없었더라면 저 사람들은 한마디로 **싫다**고 했을 거예요. 알다시피 이곳은 저 사람들의 집이고, 저 사람들에게 남은 모든 것이니까요. 저 사람들도 이걸 뼈저리게 실감하고 있어요." 그녀는 잠시 말을 멈추었다가 이렇게 덧붙였다. "저 사람들이 생각하기에는— 하지만, 물론, 이곳은 결코 저 사람들만의 집이 아니에요. 오히려 우리 집이죠, 안 그래요? 이곳을 유지하기 위해 우리가 열심히 노력해 왔으니까요." 그녀는 한 손을 내 손에 올려놓았다. "당신이 직접 우리를 위해서 만들고 유지해 온 집이죠, 빌. 당신 생각은 어때요? 우리가 앞으로 한두 해쯤 더 여기 머물러 있어야 할까요?"

"아뇨." 내가 말했다. "지금껏 내가 죽어라 일해 온 까닭은, 모든 것이 나 한 사람에게 달려 있었기 때문이에요. 하지만 이제는 그것도 뭔가 좀 헛수고인 듯 보여요."

"아, 여보, 그러지 말아요! 정의의 기사 노릇은 헛수고가 아니에요. 당신은 우리 모두를 위해서 싸워 주었고, 못된 용을 물리쳐 주었으니까요."

"대개는 아이들을 위해서였죠." 내가 말했다.

"맞아요. 아이들을 위해서였죠." 그녀도 동의했다.

"그런 한편으로, 사실 나는 코커의 말이 계속 머릿속에 맴돌았어요. 첫 번째 세대는 일꾼이고, 그다음 세대는 야만인이라는……. 내 생각에는 우리도 이제는 패배를 일찌감치 시인하고 떠나는 게 더 나을 것 같아요."

그녀가 내 손을 꼭 쥐었다.

"패배가 아니에요, 빌. 이건 단지— 그걸 뭐라고 하죠? 전략적 후퇴일 뿐이에요. 우리가 돌아올 수 있는 날을 위해 작업하고 계획하기 위해서 후퇴하는 것뿐이라구요. 언젠가 우리는 반드시 돌아올 거예요. 저 끔찍한 트리피드를 한 마리도 남김없이 소탕하고, 저놈들이 빼앗은 우리 땅을 되찾아 올 방법을 당신이 우리한테 보여 주면 되는 거예요."

"당신은 믿음이 참 크네요, 여보."

"안 될 것 있겠어요?"

"음, 최소한 나는 저놈들과 싸우기는 할 거예요. 하지만 그러려면 우리는 일단 떠나야만 해요. 언제가 좋을까요?"

"그래도 여름은 여기서 보내야 할 것 같지 않아요? 우리 모두에게는 일종의 휴가일 거예요. 이번만큼은 월동 준비를 하지 않아도 그만일 테니까요. 하긴 우리 모두 휴가를 즐길 만한 자격은 있는 셈이죠."

"내 생각에도 그러면 좋을 것 같아요." 내가 동의했다.

우리는 나란히 앉아서, 계곡이 어둠 속으로 사라지는 모습을 지켜보았다. 조젤라가 말했다.

"뭔가 기분이 묘해요, 빌. 이제는 떠날 수가 있게 되었잖아요. 그런데 솔직히 떠나고 싶지가 않아요. 가끔은 이곳이 마치 감옥같이 느껴졌어요. 하지만 이제 와서는 이곳을 떠나는 게 오히려 배신 같은 거예요. 알다시피 나는― 나는 여기서 더 행복했으니까요. 그 모든 일에도 불구하고, 이전까지의 내 인생 어느 때보다도 더요."

　"내 경우를 말하자면, 여보, 나로선 이전까지만 해도 결코 살아 있었던 것 같지 않은 기분이에요. 하지만 앞으로 우리에게는 더 나은 인생이 기다리고 있을 거예요. 내가 약속할게요."

　"바보 같은 이야기지만, 나는 아무래도 이곳을 떠날 때 울 것 같아요. 아주 대성통곡을 할 것 같다구요. 그러니 나중에라도 놀라면 안 돼요." 그녀가 말했다.

　하지만 알고 보니, 막상 그때가 되었어도 우리는 너무나도 정신이 없었던 나머지 울고 자시고 할 것도 없었으니……

제17장

전략적 후퇴

조젤라가 암시한 것처럼, 우리로선 굳이 서두를 필요가 없었다. 식구들이 셔닝에서 여름을 나는 동안, 나 혼자 섬에 미리 가서 우리가 사용할 새로운 집을 지을 수도 있었고, 우리가 이제껏 모아 놓은 물품과 장비 가운데 가장 유용한 것들을 옮겨 놓을 수도 있었다. 하지만 아쉽게도 지금은 장작더미가 깡그리 불타 버린 다음이었다. 앞으로 몇 주 동안 부엌에서 사용할 장작 말고는 남은 것이 없었기에, 다음 날 아침에 나는 수전과 함께 석탄을 구하러 나섰다.

반궤도 트럭은 이런 작업에 적합하지가 않아서, 우리는 일반적인 네 바퀴 트럭을 몰았다. 가장 가까운 철도 석탄 야적장까지는 겨우 15킬로미터 거리였지만, 일부 도로가 막혀 있었고 또 일부 도로는 상태가 나쁘다 보니, 이리저리 빙빙 돌아가다 결국 하루가 꼬박 걸리고 말았다. 중대한 사고까지는 없었지만, 집에 돌아와 보니 벌써 저녁이었다.

진입로의 마지막 모퉁이를 돌았을 때, 평소처럼 트리피드 떼가 길가에서 트럭을 향해 지칠 줄 모르고 독침을 쏘아 대는 상황에서, 우리는 깜짝 놀라 멈춰 서고 말았다. 우리 집 정문 너머에, 우리 집 마당에, 마치 괴물처럼 커다란 차량이 하나 서 있었던 것이다. 너무나도 당혹스러운 광경이었기 때문에 우리는 입을 딱 벌리고 가만히 서 있었으며, 잠시 후에야 수전이 헬멧과 장갑을 장착하고 트럭에서 내려 정문을 열었다.

차를 몰고 들어오자마자 우리는 그 차량 쪽으로 가서 자세히 살펴보았다. 차체 아래 금속제 무한궤도가 보이는 것으로 보아 원래는 군용인 듯했다. 전체적인 느낌은 마치 모터보트와 아마추어가 직접 제작한 이동주택의 중간쯤 되는 듯했다. 수전과 나는 그 차량을 살펴보다 말고 놀란 눈으로 서로를 쳐다볼 수밖에 없었다. 우리는 더 자세한 상황을 알아보기 위해서 일단 안으로 들어갔다.

거실로 들어서 보니 우리 식구들 말고 청회색 스키복 차림의 남자 네 명이 더 있었다. 그중 두 명은 오른쪽 엉덩이에 권총을 차고 있었고, 나머지 두 명은 각자 앉은 의자 옆에 기관총을 내려놓고 있었다.

우리가 들어서자 조젤라가 완전히 무표정한 얼굴로 이쪽을 바라보았다.

"제 남편이에요. 빌, 이분은 토런스 씨래요. 본인 말로는 무슨 공직에 있다고 하던데요. 우리한테 한 가지 제안할 게 있어서 오셨대요." 그녀의 목소리가 이렇게 차가웠던 적은 한 번도 없었다.

순간적으로 나는 아무 대답도 내놓지 못했다. 그녀가 가리킨 남자는 물론 나를 못 알아보았지만, 나는 그를 똑똑히 기억하고 있었기 때문이었다. 어떤 광경에다가 어떤 특징이 조합될 경우, 머릿속에서 결코 지울 수 없는 인상이 남게 마련이다. 게다가 저 두드러지는 붉은 머리까지 있었다. 나는 이 요령 좋은 젊은이가 햄프스테드에서 우리 작업조를 어떻게 돌려세웠는지 잘도 기억하고 있었다. 나는 그를 향해 고개를 끄덕였다. 그가 나를 바라보며 말했다.

"그렇다면 당신이 이곳의 책임자이신 거군요, 메이슨 씨."

"사실 이 집은 여기 계신 브렌트 씨 소유입니다만." 내가 대답했다.

"제 말은, 당신이 이 집단의 운영자인 것은 맞지 않습니까?"

"상황에 따라서는 그렇다고 할 수 있지요."

"좋습니다." 그는 마치 이제야 좀 말이 통하게 되어 다행이라는 투로 덧붙였다. "제가 바로 남동지구 사령관입니다." 그가 말했다.

그는 마치 뭔가 대단한 정보를 나에게 전해 주기라도 하는 듯한 투로 말했다. 하지만 나에게는 그런 호칭이야 아무 의미가 없었다. 그래서 솔직히 그렇다고 말해 주었다.

"다시 말씀드리자면." 그가 마치 강조하듯 말했다. "제가 바로 영국 남동지구 비상위원회의 최고실무책임자라는 이야기입니다. 따라서 인원의 분산 및 배치에 대한 감독 역시 저의 고유한 임무 가운데 하나에 포함되는 거구요."

"그런데 말이죠." 내가 말했다. "저는 한 번도 들어 본 적이 없어서요. 그― 뭐더라― 그 위원회라는 거요."

"그러실 겁니다. 우리 역시 당신네 존재에 대해서는 전혀 모르고 있었으니까요. 그러다가 어제서야 당신네가 피운 연기를 보게 된 겁니다."

나는 아무 말 없이 그의 말을 듣기만 했다.

"여하간 새로운 집단이 발견될 경우에는 말이죠." 그가 말했다. "상황을 조사하고 판정해서 필요한 조정을 가하는 것이 제가 맡은 임무라는 겁니다. 그러니 제가 여기 공식적인 임무를 띠고 왔음을 이해해 주시기 바랍니다."

"그러니까 그 공식 위원회라는— 아니, 오히려 **자칭** 위원회라고 해야 맞을 법한 것의 대표로 왔다는 뜻입니까?" 데니스가 물어보았다.

"지금 상황에서는 법과 질서가 반드시 필요합니다." 그 남자는 데니스에게 뻣뻣한 태도로 이야기했다. 그러더니 나를 향해서는 어조를 바꾸어서 말을 이어 나갔다.

"여하간 아주 설비가 잘된 집을 소유하고 계시군요, 메이슨 씨."

"이 집은 브렌트 씨의 소유라니까요." 내가 정정해 주었다.

"브렌트 씨는 빼고 우리끼리만 이야기하죠. 저 양반이야 어디까지나 당신이 허락해 주었으니까 여기 남아 있을 수 있는 것 아니겠습니까."

나는 데니스를 흘끗 바라보았다. 그의 얼굴이 굳어 있었다.

"어쨌거나 이곳은 지금도 저분의 소유라는 겁니다." 내가 말했다.

"이제는 아니라고 해야겠죠. 엄밀히 말해서는요. 한때 저분에게 이곳의 소유권을 부여했던 사회적 조건은 더 이상 존재하지 않으니까요. 따라서 기존의 소유권 개념도 더 이상은 적용되지 않는 겁니다. 뿐만 아니라 브렌트 씨는 시력을 상실한 상태죠. 그러므로 어떤 식으로건 간에 저분은 소유권을 지킬 만한 능력까지는 없다고 봐야 할 겁니다."

"그건 그렇죠." 내가 말했다.

나는 처음 만났을 때부터 이 젊은이에 대해서는 물론이고, 그 단호한 태도에 대해서도 혐오감을 느낀 바 있었다. 그와의 접촉이 더 늘어났어도 이런 부정적인 느낌은 완화되지 않았다. 여하간 그는 이야기를 계속했다.

"이건 생존의 문제입니다. 필수적으로 실제적인 수단을 이용하는 과정에서 감상 따위가 개입되는 것은 허락될 수 없습니다. 제가 메이슨 부인께 들은 바에 따르면, 여기 계신 분들은 모두 여덟 명이라고 하더군요. 성인이 다섯 명, 여기 있는 아가씨 한 명, 그리고 어린아이 두 명. 모두 시력이 온전한 상태이지만 세 명은 그렇지 못하고." 그는 데니스와 메리와 조이스를 가리켜 보였다.

"그렇습니다." 내가 시인했다.

"흐음. 상당히 불균형한 상태로군요, 아시다시피. 그러니 여기에도 뭔가 변화가 있어야 할 것 같습니다, 제 생각에는. 지금 같은 상황에서는 현실적으로 행동할 필요가 있으니까요."

마침 나는 조젤라와 눈이 마주쳤다. 그녀는 조심하라는 눈빛을 보내고 있었다. 하지만 나로선 이 상황에서 경거망동할 생각은 전혀 없었다. 붉은 머리 청년의 단호한 태도가 어떻게 발휘되는지는 이미 확인한 바 있었고, 또 한편으로는 앞으로 우리가 어떻게 될 것인지를 알아보고 싶은 마음이 있었기 때문이다. 상대방 역시 내 마음을 눈치챈 모양이었다.

"전체적인 상황을 설명하는 편이 더 낫겠군요." 그가 말했다. "간략하게 설명하면 이런 겁니다. 이 지구의 사령부는 브라이턴에 있습니다. 런던은 우리가 있기에는 너무 금방 상황이 나빠졌죠. 하지만 브라이턴에서 우리는 도시 가운데 일부분을 깨끗하고도 위생적인 상태로 보전하고, 이후로 운영해 왔습니다. 브라이턴은 상당히 큰 도시입니다. 질병이 물러가고 나서부터는 우리도 더 많은 사람을 받을 수 있게 된 거죠. 그곳에는 애초부터 물자가 많이 있었으니까요. 더 최근에 우리는 다른 지역에 다녀오는 수송대를 운영하기도 했습니다. 하지만 지금은 접은 상태죠. 왜냐하면 도로가 너무 나빠져서 트럭이 다닐 수 없는 데다가, 또 너무 멀리까지 가야만 했으니까요. 물론 이런 상황은 어차피 올 거였습니다. 우리는 거기서도 기껏해야 몇 년밖에는 더 버티지 못할 거라고 생각했죠. 여하간 그렇다구요. 우리가 애초부터 너무 많은 사람들을 돌보면서 시작한 건지도 몰랐습니다. 그래서 이제는 분산될 필요가 있었죠. 계속해서 살아남는 유일한 방법은 자급자족하는 것이었습니다. 그러기 위해서 우리는 더 작은 단위로 쪼개져야만 했죠. 기본 단위는 시력이 온전한 사람 한 명에 시력을 상실한 사람 열 명, 그리고 아이들로 이루어집니다.

그런데 여기는 상황이 아주 좋군요. 두 단위 정도는 충분히 감당할 수 있겠어요. 여기다가 시력을 상실한 사람 열일곱 명을 배정하도록 하겠습니다. 그러면 기존의 세 명과 합쳐서 모두 스무 명이 되겠죠. 물론 앞서 말씀드린 것처럼, 그 사람들에게 딸린 아이들도 추가 될 거구요."

나는 깜짝 놀라 그를 바라보았다.

"설마 진담은 아니겠죠? 여기에서 어른 스무 명과 아이 여러 명이 무슨 수로 자급자족한다는 겁니까." 내가 말했다. "아니, 그건 전혀 불가능해요. 지금 있는 우리 스스로도 과연 자급자족이 가능할지 어떨지 몰라 걱정하던 판인데."

그러나 그는 자신만만하게 고개를 저었다.

"그거야 완벽하게 가능할 겁니다. 그리고 제가 드린 말씀은 사실상 우리가 이곳에다가 두 단위를 배정하겠다는 명령인 겁니다. 솔직히 말해서 당신이 이 명령을 따르고 싶지 않다면, 당신 말고 의향이 있는 다른 사람을 데려다가 놓으면 그만이죠. 지금 같은 상황에서는 아무것도 낭비할 여유가 없으니까요."

"하지만 여기를 자세히 좀 돌아보세요." 내가 다시 말했다. "안 되니까 안 된다는 것 아닙니까."

"다시 한번 분명히 말씀드리는데, **할 수 있다**는 겁니다, 메이슨 씨. 물론 당신이 갖고 계신 기준을 좀 더 낮추기는 해야겠죠. 앞으로 몇 년 동안은 우리 모두 그래야 할 겁니다. 하지만 우리 아이들이 조금 자라나면, 그때부터는 노동력 역시 더 늘어나게 될 겁니다. 앞으로 6년 내지 7년 동안은 당신도 각별히 열심히 일해야 할 겁니다. 이건 어쩔 수 없는 일이니까요. 하지만 그때 이후로는 점차 쉴 시간이 늘어나고, 나중에는 단순히 감독 업무만 하게 될 겁니다. 불과 몇 년 동안 힘들게 지낸 대가로 얻는 결과치고는 제법 괜찮은 편 아니겠습니까?

지금 당신네처럼 여기 고립되어 있어 보았자, 과연 어떤 미래가 있겠습니까? 기껏해야 죽어라 일하다가 결국 끝나 버리고 말겠죠. 당신네 아이들 역시 똑같은 방식으로 일에만 매달려야 할 겁니다. 그래도 생활이 더 나아지기는커녕 생존하기에도 빠듯하겠지요. 그런 환경 속에서 미래의 지도자들과 행정가들이 어떻게 나오겠습니까? 여러분의 방식대로 하자면, 여러분은 결국 지쳐 쓰러질 거고, 앞으로 20년은 계속해서 속박 상태에 있게 될 겁니다. 그리고 여러분의 아이들은 기껏해야 시골뜨기가 될 거고 말입니다. 하지만 우리의 방식대로 하자면, 여러분은 수많은 일꾼들을 거느린 일족의 우두머리가 될 거고, 아울러 여러분의 아들들에게 물려줄 유산을 갖게 될 겁니다."

그제야 나는 무슨 이야기인지 이해할 수 있었다. 나는 궁금한 듯 물었다.

"그렇다면 지금 당신이 저한테 제안하는 건— 일종의 봉건 영주의 직위라고 이해해도 될까요?"

"아." 그가 말했다. "이제야 비로소 이해가 되시는 것 같군요. 물론 그거야말로 지금 우리가 직면하고 있는 상황에 어울리는 확실하고도 매우 자연적인 사회경제적 형태라고 할 수 있으니까요."

다른 것은 몰라도, 이 사람이 지금 이걸 완벽하게 진지한 계획이랍시고 내놓고 있다는 사실만큼은 의심의 여지가 없었다. 나는 이에 관해서 논평을 피하고, 단지 이렇게만 다시 말했다.

"하지만 이곳에서는 그렇게 많은 사람이 자급자족할 수가 없어요."

"물론 처음 몇 년 동안에는 당연히 그 사람들에게 트리피드 으깬 것만 먹여야 한다는 건 의심의 여지가 없습니다. 얼핏 봐도 그 자원 만큼은 결코 부족할 이유가 없어 보이니까요."

"트리피드 찌꺼기라니! 그건 소한테나 먹이는 사료잖아요!" 내가 말했다.

"하지만 사람도 먹을 수는 있죠. 게다가 필수 비타민도 풍부하게 들어 있구요. 제가 들은 바로는 그렇다더군요. 게다가 거지의 입장 에서, 그것도 앞도 못 보는 거지의 입장에서야 좋고 싫고를 따질 수 없는 법이죠."

"정말로 진지하게 말씀하시는 겁니까? 저더러 그 많은 사람들을 모두 받아들이고, 심지어 소한테 먹이는 사료를 사람한테도 먹이라 구요?"

"이것 보세요, 메이슨 씨. 우리가 아니었다면, 앞도 못 보는 이 사 람들 가운데 어느 누구도 지금껏 살아 있지 못했을 겁니다. 그 아이 들도 마찬가지였을 거구요. 그러니 이 사람들은 우리가 시키는 대 로 하고, 우리가 주는 걸 받고, 자기들이 뭘 받든지 간에 감사해야 마땅한 겁니다. 만약 우리가 주는 것을 거부한다면, 그때는 초상 치 를 준비를 해야겠죠."

아무래도 지금 이 순간 내가 그의 철학에 대해서 느끼는 바를 솔 직히 말하는 것은 현명하지 못한 일일 것 같았다. 그래서 나는 약간 각도를 달리해 보았다.

"저는 아직 잘 모르겠는데요. 어디, 설명해 보세요. 당신이나 당 신네 위원회가 이렇게까지 무리하는 이유는 도대체 뭡니까?"

"본 위원회는 최고 권위 및 입법 권한을 보유하고 있습니다. 앞으로는 위원회가 통치할 겁니다. 아울러 위원회가 군대도 통제할 거구요."

"군대라구요!"

"당연하죠. 필요시에는 징집을 실시해서 아까 당신이 말한 것처럼 봉건 영토마다 차출한 인원으로 병력을 모을 겁니다. 그 대가로 당신은 외부로부터의 공격이나 내부로부터의 소요가 있을 때마다 위원회에 도움을 요청할 권한을 갖게 될 겁니다."

나는 약간 숨이 막히는 기분을 느끼기 시작했다.

"군대라뇨! 아마 소규모의 자경단을 그냥 이름만—"

"현재 상황의 더 넓은 측면을 아직 파악하지 못하신 모양이군요, 메이슨 씨. 아시다시피 우리가 겪고 있는 곤경은 단순히 이 섬에만 국한된 게 아닙니다. 전 세계적인 현상이죠. 어디에서든지 지금 똑같은 종류의 혼돈을 겪고 있어요. 그럴 수밖에 없죠. 그렇지 않았다면 지금쯤은 다른 소식이 전해졌어야 마땅했을 테니까요. 그리고 모든 나라마다 소수의 생존자는 남아 있을 겁니다. 그러니 이제는 이거야말로 합리적인 일이 아니겠습니까? 즉 스스로 다시 일어서고 스스로 질서를 회복하는 맨 첫 번째 나라야말로, 다른 모든 지역에 가서도 질서를 회복시킬 기회를 가져야 마땅하지 않겠느냐 이겁니다. 그렇다면 우리 말고 다른 어떤 나라가 그 일을 대신하도록 가만히 내버려 두자고, 급기야 다른 어떤 나라가 유럽의 새로운 주도 국가가 되거나 심지어 훨씬 더 앞서 나가도록 가만히 내버려 두자고 생각하시는 건 아니시겠죠? 절대로 안 되죠. 최대한 빨리 스스로 다시 일어서고, 주도적인 지위를 확보함으로써, 결과적으로 우리에게 대항하여 조직되는 위험한 반대 세력을 방지하는 것이야말로, 우리의 국가적 의무임에 분명합니다. 따라서 혹시나 있을지도 모르는 적들을 단념시키기에 적절한 병력을 더 빨리 보유할수록 더 좋은 겁니다."

잠시 동안 거실에는 침묵이 깔렸다. 그러다가 데니스가 허허 웃었는데, 뭔가 좀 부자연스러운 느낌이었다.

"세상에, 이럴 수가 있나! 기껏 이 모든 일을 겪으면서 버텨 왔더니만, 이 양반은 지금 **전쟁**을 시작하자고 제안하는 건가?"

토런스는 무뚝뚝하게 대답했다.

"제 이야기를 제대로 이해하지 못하신 모양이군요. '전쟁'이라는 단어는 정당화가 불가능한 과장에 불과합니다. 지금 이건 원시적 무법 상태로 돌아가 버린 부족들을 진정시키고 관리하는 문제에 불과한 겁니다."

"물론 그와 똑같은 너그러운 생각이 그 사람들에게도 떠오르지 않았을 때의 이야기이겠죠." 데니스가 말했다.

문득 정신을 차려 보니, 조젤라와 수전 모두가 나를 유심히 바라보고 있었다. 나는 그 이유가 무엇인지를 깨달았다.

"제가 잠깐 정리해 보도록 하죠." 내가 말했다. "그러니까 당신네 말은, 시력이 온전한 우리 세 사람이 이곳에 남아서 시력을 상실한 성인 20명과 숫자를 알 수 없는 아이들을 책임지라는 거죠. 하지만 제가 보기에는 아무래도—"

"시력을 상실한 사람들이라고 해서 아주 무능하지는 않습니다.

여전히 많은 일을 할 수 있어요. 예를 들어 각자의 아이를 돌보는 일이라든지, 또는 각자의 식량 생산을 옆에서 돕는 일도 할 수 있죠. 적절하게만 운용한다면, 옆에서 감독과 지시만 해 줘도 충분할 겁니다. 하지만 시력이 온전한 사람은 두 명뿐일 겁니다. 즉 메이슨 씨, 당신과 당신 부인, 이렇게 둘이오. 세 명까지는 아닐 겁니다."

나는 파란색 작업복에 빨간색 리본을 달고 똑바로 앉아 있는 수전을 바라보았다. 아이는 두 눈에 불안한 느낌을 담아 나와 조젤라를 연신 바라보았다.

"우리는 세 명인데요." 내가 말했다.

"죄송합니다만, 메이슨 씨. 우리의 원칙은 단위당 열 명씩입니다. 저 아가씨는 우리 본부로 가게 될 겁니다. 거기서 우리가 정해 준 유용한 일을 하다가, 충분히 나이를 먹게 되면 별도로 한 단위를 책임지게 될 겁니다."

"수전은 우리 부부한테 딸이나 다름없는 애예요." 내가 그에게 무뚝뚝하게 말했다.

"다시 한번 말씀드립니다만, 죄송하게 되었습니다. 하지만 우리 규정이 그렇기 때문에 어쩔 수 없습니다."

나는 잠깐 동안 그를 노려보았다. 그 역시 태연스럽게 나를 똑바로 쏘아보았다. 마침내 내가 말했다.

"물론, 꼭 그래야만 한다면 어쩔 수 없겠죠. 대신 저 아이와 관련해서는 우리한테 몇 가지 보장과 약속을 내놓으셔야만 할 겁니다."

내가 이 말을 하는 순간 여기저기서 훅 하고 숨을 들이마시는 소리가 들렸다. 토런스의 태도도 약간 누그러졌다.

"당연히 실행 가능한 약속을 모조리 드려야 마땅하겠죠." 그가 말했다.

나는 고개를 끄덕였다. "일단은 이 모든 일을 좀 생각해 볼 시간을 주면 좋겠습니다. 이거야말로 나한테는 영 새로운 일이고, 솔직히 좀 당혹스러운 일이니까요. 대신 제 머릿속에 새로 떠오른 생각도 있습니다. 예를 들어 여기 있는 장비들은 이미 다 낡아 버렸습니다. 망가지지 않은 장비를 더 찾아내기는 어려운 상황이구요. 그리고 머지않아 튼튼한 짐말도 몇 마리 필요하게 될 겁니다."

"말을 구하기는 어려워요. 지금으로서는 남은 게 아주 드물거든요. 그러니 한동안은 인력을 몇 명씩 짝지어서 대신 활용하셔야 할 겁니다."

"또 있습니다." 내가 말했다. "숙소가 필요해요. 지금 있는 헛간은 이제 그런 용도로 사용하기에는 너무 작아요. 게다가 조립식 막사라 하더라도 저 혼자서는 지을 수가 없으니까요."

"그렇다면 저희가 도와드릴 수 있을 겁니다, 아마도."

우리는 그때부터 20분쯤 구체적인 계획에 관해서 대화를 나누었다. 대화가 끝날 무렵에 나는 토런스에게 친근한 태도를 충분히 보여 준 다음이었다. 곧이어 나는 부루퉁한 표정의 수전을 안내자로 앞세워서, 우리 농장을 한 바퀴 구경하라며 그의 일행을 모두 내보냈다.

"빌, 도대체 무슨―?" 토런스와 그 일행이 밖으로 나가서 문을 닫자마자 조젤라가 말을 꺼냈다.

나는 일단 토런스에 관해서, 그리고 일찍이 그가 총을 쏘아 문제를 해결하던 때의 일에 관해서 알고 있는 바를 모두에게 말해 주었다.

"그 정도야 나로선 놀랄 일도 아니라고 봐." 데니스가 말했다. "하지만, 자네도 알다시피, 내가 가장 놀란 점은, 내가 갑자기 트리피드에 대해서 호감을 느끼게 되었다는 거야. 그놈들의 간섭이 없었더라면, 아마 지금쯤은 저따위 인간들이 훨씬 더 많이 돌아다녔을 테니까. 여하간 농노제가 부활되는 것을 막을 수 있는 유일한 수단이 트리피드뿐이라면, 나로선 오히려 그놈들에게 행운을 빌어 주고 싶다니까."

"이 모든 일은 누가 봐도 터무니없기만 해요." 내가 말했다. "성공할 가능성은 전혀 없으니까요. 조젤라하고 나, 이렇게 둘이서 도대체 무슨 수로 그렇게 많은 사람을 돌볼 것이며, 그 와중에 트리피드까지 막아 내겠어요? 하지만—" 내가 말했다. "지금 우리로선 대놓고 '싫다'고 말할 수 있는 입장이 아니에요. 저쪽은 무장한 남자가 무려 네 명이니까 말이에요."

"그렇다면 당신은 아까 진심이 아니었던—?"

"여보." 내가 말했다. "그럼 정말로 내가 봉건 영주의 지위를 얻는 모습이며, 농노들에게 채찍질을 해서 이리저리 몰고 다니는 모습을 보고 싶었던 거예요? 그보다는 차라리 내가 트리피드에게 당하는 게 더 빠르지 않겠어요?"

"하지만 아까 당신이 한 말은—"

"다들 잘 들어요." 내가 말했다. "날이 점점 어두워지고 있어요. 저놈들도 이제는 너무 늦어서 오늘 중에 떠나지는 못할 거예요. 결국 여기서 하룻밤을 보내야 하겠죠. 내 생각에는 내일쯤 저놈들이 수전을 먼저 데리고 갈 것 같아요. 그래야만 저 애를 인질로 잡아서 우리를 고분고분하게 만들 수 있을 테니까요, 십중팔구. 그리고 한두 명쯤은 여기 남아서 우리 행동을 감시하겠죠. 음, 내 생각에는 그거야말로 우리로선 결코 받아들일 수 없는 일이에요, 안 그래요?"

"그건 그렇죠, 하지만—"

"음, 제발 지금쯤은 저놈들이 착각을 일으켰으면 좋겠네요. 내가 저놈들의 생각에 이미 공감했다고 확신하는 착각을 말이에요. 오늘 저녁에는 우리가 저놈들의 뜻에 전적으로 찬성하는 척 저녁 식사를 차리는 거예요. 아주 진수성찬으로 말이에요. 모두들 배불리 먹을 수 있도록. 아이들한테도 배불리 먹이고요. 그리고 우리가 가진 술 중에서도 제일 좋은 걸 내놓는 거예요. 토런스와 그 일행에게도 음식을 권해서 배불리 먹이는 대신, 나머지 우리는 매우 천천히 먹는 거예요. 식사가 끝날 무렵에 내가 잠깐 동안 자리를 비울 거예요. 저놈들이 눈치 못 채게 나머지 식구들이 계속 파티를 이끌어 가도록 해요. 시끄러운 음반을 틀어 주거나 등등의 방법으로요. 그리고 모두들 저놈들을 신나게 부추겨 주는 거예요. 또 하나 중요한 게 있어요. 아무도 마이클 비들리 일행에 관해서는 입도 뻥긋하면 안 돼요. 토런스도 와이트 섬의 정착지에 대해서는 분명히 알고 있을 테지만, 우리가 그걸 알고 있다고는 생각하지 않을 거예요. 그나저나 설탕 포대가 있으면 좀 꺼내 놓도록 해요."

"설탕은 왜요?" 조젤라가 멍한 표정으로 말했다.

"없어요? 그러면 꿀통이라도 꺼내 놓도록 해요. 아마 그것도 충분히 효과가 있을 테니까요."

저녁 식사 때에는 모두가 매우 그럴싸하게 연기를 해냈다. 파티는 분위기를 누그러트렸을 뿐만 아니라, 사실상 후끈 달아오르게까지 만들기 시작했다. 좀 더 일반적인 종류의 술뿐만이 아니라 조젤라가 특유의 솜씨로 제조한 폭탄주도 있었는데, 손님들은 모두들 좋아라 하며 마셔 댔다. 그들이 행복하고도 편안하게 몸을 늘어트린 사이에, 나는 조용히 자리를 빠져나왔다.

일단 언제라도 사용할 수 있도록 미리 꾸려 놓은 이불과 옷가지와 식량 등의 꾸러미를 꺼낸 다음, 그걸 가지고 마당을 지나서 평소에 반궤도 트럭을 넣어 두는 헛간으로 갔다. 곧이어 기름 탱크에 연결된 호스를 이용해서 반궤도 트럭에 연료를 가득 채웠다. 그런 다음에 난생처음 보는 토런스 일행의 차량 쪽으로 눈길을 돌렸다. 수동 발전식 손전등의 도움을 받아서 연료 주입구를 찾아낸 다음, 1리터쯤 되는 꿀을 연료 탱크에 집어넣었다. 그리고 커다란 꿀통에 들어 있던 나머지 꿀은 모조리 우리 기름 탱크에 쏟아 버렸다.

노랫소리가 들려오는 것으로 보아, 만사가 아직 잘 진행되고 있는 것 같았다. 반궤도 트럭에다가 트리피드 방어 장비며, 다시 생각해도 꼭 필요하다 싶은 이런저런 잡다한 물건들을 더 챙겨 넣은 다음, 나는 집 안으로 돌아와서 파티에 합류했다. 결국 이날의 파티는 남이 보면 마치 가족 같다고 착각할 만한 훈훈한 분위기에서 마무리되었다.

우리는 손님들이 잠들어 버릴 때까지 두 시간을 기다렸다.

달이 떠오르자 마당은 온통 하얀 빛으로 뒤덮였다. 헛간 문에 기름칠해 두는 것을 깜박해서, 삐걱 소리가 날 때마다 마음속으로 욕을 하지 않을 수 없었다. 나머지 식구들이 차례차례 내 쪽으로 다가왔다. 브렌트 부부와 조이스는 워낙 이곳 생활에 익숙했기 때문에, 굳이 누가 붙잡아 주지 않아도 길을 찾아갈 수 있었다. 그다음으로 조젤라와 수전이 아이들을 안고 왔다. 데이비드가 졸린 듯 갑자기 목소리를 높였지만, 엄마가 재빨리 한 손으로 아이의 입을 막았다. 그녀는 여전히 아이를 안은 채 조수석에 올라탔다. 나는 다른 사람들을 뒷좌석에 태우고 문을 닫았다. 그리고 운전석에 올라타서 조젤라에게 입을 맞추고 깊이 숨을 들이마셨다.

마당 건너편에는 트리피드 떼가 정문에 더 가까이 모여 있었다. 그놈들은 몇 시간쯤 가만 내버려 두면 항상 그렇게 하곤 했다.

하늘이 도왔는지 반궤도 트럭은 한 번에 시동이 걸렸다. 나는 기어를 아래쪽에 놓고, 토런스의 차량을 피해 지나간 다음, 곧바로 정문을 향해 달려 나갔다. 묵직한 완충기가 정문에 부딪치며 요란한 소리가 났다. 우리는 철조망과 부러진 기둥을 매단 채 앞으로 달려 나갔으며, 그 와중에 트리피드 열두 마리를 쓰러트렸다. 나머지 놈들은 지나가는 우리를 향해 화난 듯 독침을 쏘아 댔다. 잠시 후에 우리는 자유롭게 달리고 있었다.

구불구불한 진입로에서 셔닝 농장이 내려다보이는 길모퉁이에 도달하자, 나는 잠시 거기 차를 멈춰 세우고 시동을 껐다. 창문 가운데 몇 개에는 이미 불이 켜져 있었고, 우리가 지켜보는 동안 손님들의 차량에 달려 있던 헤드라이트가 켜지면서 집 전체를 환히 밝혔다. 시동 거는 소리가 들렸다. 시동 거는 소리가 들리자 순간적으로 가슴이 덜컥했지만, 그래도 저 육중한 기계보다는 우리 차량의 속도가 몇 배는 더 빠르다고 자신하고 있었다. 손님들의 차량은 무한궤도에 의지해 정문 쪽으로 방향을 바꾸기 시작했다. 그러나 방향을 다 바꾸기도 전에, 엔진이 털털거리며 그만 멈춰 버렸다. 시동 거는 소리가 다시 들렸다. 하지만 안타깝게도 윙 하는 소리만 들렸을 뿐, 그 결과는 나타나지 않았다.

트리피드 떼는 정문이 뜯겨 나간 것을 이미 깨달은 다음이었다. 달빛과 헤드라이트 불빛이 뒤섞인 가운데, 우리는 키가 크고 호리호리한 형체들이 징그럽게 흔들흔들 마당으로 들어가는 모습을, 그리고 다른 놈들 역시 진입로의 길가에서 기어 나와 그 뒤를 따라가는 모습을 지켜보았다······.

나는 조젤라를 바라보았다. 앞서 장담했던 것과 달리, 그녀는 대성통곡하지 않았다. 아니, 전혀 울지 않고 있었다. 그녀는 나를 바라보다 말고, 자기에게 안겨서 잠든 데이비드를 내려다보았다.

"나한테 필요한 건 이미 다 갖고 있어요." 그녀가 말했다. "언젠가는 당신이 우리를 나머지 것들이 있는 데로 데려가 줄 거잖아요, 빌."

"아내다운 신뢰는 매우 훌륭한 자질이에요, 여보, 하지만— 아니, 빌어먹을. '하지만' 따위가 무슨 소용이에요. 알았어요, 내가 모두를 그곳으로 데려다줄게요." 내가 말했다.

나는 일단 밖으로 나와서 반궤도 트럭 앞에 들러붙어 있는 잔해

들을 치운 다음, 앞유리에 묻은 독액도 닦아 냈다. 그래야만 언덕 꼭대기를 지나서 남서쪽으로 운전해 가는 동안 앞을 바라볼 수 있을 테니까.

바로 이 대목에서 내 개인적인 이야기는 나머지 이야기와 합쳐진다. 자세한 내용은 우리 정착지의 역사에 관한 엘스페스 케리의 역작을 참고하시라.

이제 우리의 희망은 모두 여기에 집중되어 있다. 토런스의 신新봉건제 계획으로부터 어떤 결과가 나올 가능성은 별로 없어 보이지만, 그런 봉건 영지 가운데 상당수는 여전히 존재하고, 우리가 전해 들은 바에 따르면 그 거주민은 울타리 안에서 끔찍하고도 비참한 생활을 하는 모양이다. 하지만 그 숫자가 예전만큼 많지는 않다. 때때로 아이반은 그중 한곳이 결국 점령되고 말았다고, 그리하여 그곳을 포위하고 있었던 트리피드 떼가 다른 곳을 포위하기 위해서 흩어져 버렸다고 보고해 왔다.

그리하여 우리는 저 앞에 놓인 과제를 오로지 우리만의 것으로 간주해야 마땅할 것이다. 이제 우리는 방법을 알아낼 수 있으리라 생각하고 있지만, 여전히 많은 작업과 연구가 이루어지고 난 다음에야 비로소 그날이 찾아올 것이다. 그날이 오면 우리의 아이들은, 또는 그 아이들의 아이들은 저 좁은 해협을 건너서 대대적인 십자군 운동에 나설 것이다. 끝도 없는 파괴를 통해서 트리피드를 몰아내고 또 몰아내서, 그놈들이 찬탈한 땅의 표면에서 맨 마지막 한 마리까지 싹쓸이해 버릴 것이다.

'아늑한 파국'으로 묘파한 현대인의 불안 심리

1. 작가 소개

　필명인 '존 윈덤'으로 유명한 영국의 작가 존 윈덤 파크스 루커스 베이넌 해리스John Wyndham Parkes Lucas Beynon Harris는 1903년 버밍엄 인근에서 태어났다. 부모의 이혼으로 8세 때부터 어머니와 함께 살았고, 나중에는 동생 비비언(역시 훗날 작가로 활동한다)과 함께 여러 기숙학교에서 생활했다. 18세 때부터 다양한 분야의 직업에 종사하다가 결국 작가의 길을 걷게 되었다. 1929년에 미국에서 발행되던 SF 잡지《어메이징 스토리즈》를 우연히 접한 것이 직접적인 계기였다.

　당시에만 해도 새로운 장르였던 SF는 특히 미국에서 인기였기 때문에, 윈덤 역시 초기 작품은 미국 잡지사에 기고했다. 1931년 5월, 전설적인 SF 편집자 휴고 건즈백(1884~1967)의 잡지《원더

스토리즈》에 단편 「세계 맞바꾸기Worlds to Barter」를 '존 베이넌 해리스'라는 본명으로 게재했고, 이후 미국과 영국의 여러 잡지에 추리와 SF 단편을 기고하며 점차 장편으로도 영역을 확대했다. 제2차 세계대전 중에는 영국 정보부 산하 검열과와 육군 통신대에서 근무했고, 노르망디 상륙 작전에도 참가했다.

전쟁은 그의 이력을 전반기와 후반기로 양분하는 중요한 분기점이다. 전반기에는 다양한 필명(존 베이넌 해리스, 존 베이넌, 윈덤 파크스, 루커스 파크스, 존슨 해리스)으로 다양한 작품을 발표했지만, 후반기에는 '존 윈덤'이라는 한 가지 필명으로 대표작을 여럿 펴내 오늘날까지도 그 이름으로 가장 유명하다. 아울러 전반기의 작품은 전반적으로 스페이스 오페라 계열이었지만, 후반기의 작품은 작가 스스로가 '논리적 환상소설'이라고 지칭한 것처럼 더 진지하고 현실적인 내용을 다루었다.

후반기의 작품들은 그 문체부터 이전 작품과는 확연히 다르며, 대부분 각종 재난(그 원인도 자연, 외계인, 진화, 전쟁 등으로 다양하다) 속에서 인간이 겪는 고난에 초점을 맞추고 있다. 특히 '존 윈덤'이라는 필명으로 처음 발표한 장편 『트리피드의 날』(1951)은 냉전 시기 영국이 지닌 불안감을 묘파했다는 평가와 함께 대중적으로 큰 인기를 누렸다. 윈덤은 이후에도 같은 필명으로 여섯 편의 소설을 더 간행하며 활발한 작품 활동을 하다가 1969년에 65세를 일기로 타계했다.

주요 작품으로는 『크라켄 깨어나다The Kraken Wakes』(1953), 『번데기The Chrysalids』(1955), 『미드위치의 뻐꾸기The Midwich Cuckoos』

(1957), 『외부를 향한 충동The Outward Urge』(1959), 『이끼의 문제 Trouble with Lichen』(1960), 『초키Chocky』(1968)[+] 등이 있다. 후반기의 여러 작품도 걸작으로 칭송되지만 가장 유명한 작품은 역시 『트리피드의 날』이며, 이 작품에서 "무시무시하고도 강력한 윈덤의 상상은 여전히 중요한 알레고리이자 흥미진진한 이야기로 남아 있다."(2001년 신판에 대한 《가디언》 서평 중에서)

2. 『트리피드의 날』의 줄거리

눈을 다쳐 병원에 입원 중이던 윌리엄 빌 메이슨은 어느 날 아침에 잠에서 깨자마자 기묘한 적막을 깨닫고 깜짝 놀란다. 스스로 붕대를 풀고 시력을 회복한 그는 하룻밤 사이에 다른 모든 사람이 시력을 잃었음을 깨닫고 망연자실한다. 바로 어제 하늘에서 펼쳐졌던 초록색의 화려한 유성우가 재난의 원인이었던 것이다. 병실에서 나온 빌은 시력 상실자들이 자포자기해 스스로 목숨을 끊거나, 심지어 폭도로 변해 생필품 약탈에 나서는 등 런던 곳곳에서 아비규환의 현장을 목격한다.

빌은 본래 트리피드 재배 업체의 직원이었다. 소련에서 개발한 육식성 보행 식물 '트리피드Triffid'[三足]는 세 개의 발로 걸어 다니고 긴 촉수에 달린 독침으로 동물을 공격해 먹이로 삼았다. 우연히 전 세계에 퍼져 나가면서 인간에게도 위협이 되었지만, 질 좋은 식

[+] 번역본은 『초키』(정소연 옮김, 북폴리오, 2011)로 나와 있다.

용유의 원료인 까닭에 엄격한 관리하에서 상업적 이용이 활발했다. 빌은 트리피드 재배장에서 그 독액이 눈에 들어가는 사고를 겪었고, 이후 병원에서 붕대로 눈을 가리고 있었던 까닭에 운 좋게 실명을 피했던 것이다.

빌은 역시 시력이 온전한 여성 조젤라 플레이턴을 위기에서 구하고, 마이클 비들리가 이끄는 생존자 집단에 합류하여 시골로 피난하려는 계획에 동참한다. 하지만 과격한 선동가 윌프레드 코커의 계략으로 인해 시력 보유자 상당수는 수갑과 쇠사슬을 차고 강제로 시력 상실자의 길잡이 노릇을 하게 된다. 머지않아 다른 생존자 집단으로부터 총격을 당하고, 트리피드의 공격을 받고, 전염병으로 생존자들이 줄줄이 사망하자, 빌은 난리 통에 헤어진 조젤라를 찾아 런던을 떠나기로 작정한다.

빌은 실패를 자인한 코커와 친구가 되어 생존자 집결지인 틴셤 장원에 도착하지만, 그곳 지도자 듀런트 여사의 경직된 사고방식에 실망하고 다시 떠난다. 하지만 비들리 일행과의 합류가 불발되자 일행과 헤어져 조젤라가 이전에 언급한 남쪽의 피난처로 향한다. 도중에 고아 소녀 수전과 길동무가 된 빌은 천신만고 끝에 셔닝 농장에 도착해 조젤라와 합류하고, 시력 상실자인 농장 식구들과 함께 자급자족을 위해 노력하는 한편 트리피드의 포위 공격을 이겨내며 힘겹게 살아간다.

유성우 출현 이후 6년째의 어느 날, 비들리 일행이 잉글랜드 남부 와이트 섬에 안전히 정착했다는 소식을 전해 온다. 곧이어 전체주의 성향의 또 다른 생존자 집단 사람들이 찾아와 셔닝 농장을 접수하고 수전을 데려가겠다고 일방적으로 통보한다. 자칫 모든 것을 잃을 수도 있는 위기 상황에서 빌은 기지를 발휘해 침입자들을 속인 다음, 식구들을 이끌고 정든 셔닝 농장을 떠나 와이트 섬의 생존자 공동체로 향한다. 그리고 머지않아 트리피드에게 빼앗긴 땅을 되찾고 말리라고 굳게 다짐한다.

3. '아늑한 파국의 대가'라는 꼬리표

『트리피드의 날』은 1951년 1월부터 2월까지 축약된 형태로《콜리어스 위클리》라는 주간지에 연재되었으며, 이때의 제목은『트리피드의 반란The Revolt of the Triffids』이었다. 같은 해에 증보 및 개작을 거쳐 단행본으로 출간된 것이 지금과 같은 형태의『트리피드의 날』이다. 당시 그의 에이전트로 활동한 SF 작가 프레더릭 폴(1919~2013)의 회고에 따르면 원래는 단행본 출간이 먼저였지만 잡지 연재를 위해 잠시 보류시켰다는데, 결과적으로는 기존 SF 독자뿐만 일반 독자에게도 큰 인기를 끌게 되었다.

존 윈덤을 언급할 때면 '아늑한 파국의 대가大家'라는 꼬리표가 항상 따라붙는다. SF 작가 브라이언 올디스(1925~)가 20세기 중반 영국 SF의 한 경향을 비판하려고 만든 표현인데, SF 작가 크리스토퍼 프리스트(1943~)도 '중산층용 파국의 대가大家'라는 유사 표현을 언급한 바 있다. 올디스에 따르면, "아늑한 파국의 핵심은, 다른 모두가 죽어 가는 와중에 주인공은 (여자를 동반하고, 호텔에서 무료 숙박하고, 자동차를 멋대로 잡아타며) 비교적 즐거운 시간을 보내는 것이다."

특히 올디스는 『트리피드의 날』을 '아늑한 파국'의 전형적인 사례로 보고 꼬집었다. "아이디어라고는 전혀 없고, 술술 읽어 나갈 수 있어서, 아늑한 재난을 즐기는 다수 독자에게 도달한다." 물론 윈덤의 작품이야 SF의 역사상 전무후무한 최고 걸작까지는 아닐 것이며, 정통 SF를 선호하는 일부 독자에게는 지나치게 대중적이라고 여겨질 법하다. 하지만 '아늑한 파국'이라고 일컬어지는 요소는 그의 창안이 아니라, H. G. 웰스의 『우주 전쟁』(1898)에서 시작된 일종의 전통이라고 볼 수도 있다.

설령 그런 전통에 충실한 것을 단점이라 치더라도 윈덤의 작품에 드러난 일상과 공포의 조합이며, 시대를 앞선 현대 문명 비판은 두 차례의 세계대전과 대영제국의 붕괴, 냉전과 핵 위협 같은 변화무쌍한 사건들의 틈바구니에서 살아가던 20세기 중반 영국인의(특히 '중산층'의) 불안을 반영한 결과이다. 아울러 이런 불안이야말로 21세기의 현대인 역시 상당 부분 공유하고 있는 것이니만큼, '논리적 환상소설'로 자처한 그의 작품이 반세기 넘게 누리는 인기의 요인은 바로 여기서 찾아야 할 것이다.

한편으로 존 윈덤은 1930년대의 스페이스 오페라와 1960년대의 더 진지한 SF의 특징을 절충하여 일종의 가교 역할을 한 인물로도 재평가된다. 애초에 그에게 '아늑한 파국의 대가'라는 꼬리표를 달아 준 브라이언 올디스조차도 나중에 가서는 "1939년부터 1945년까지의 전쟁 이후 영국 SF의 부흥에서 존 윈덤의 중요성은 부정할 수 없다"고 단언했다. 모든 논란에도 불구하고, 어쩌면 이것이야

말로 존 윈덤의 위상과 업적에 관해서라면 현재로선 가장 사실에
가까운 설명일 수 있어 보인다.

4. 각색과 영향과 번역

『트리피드의 날』은 대중적 인기에 힘입어 라디오 드라마와 영상
물로 여러 차례 각색된 바 있다. 그중에서 맨 처음은 세클리 감독의
영화(1962)였는데, 아쉽게도 일부 내용이 원작과 딴판으로 전개되
는 까닭에 지금까지도 그리 좋은 평가를 받지는 못한다. 이에 비해
BBC의 TV 드라마 〈트리피드의 날〉(1981)은 원작에 충실한 편이었
으며, 가장 최근인 BBC의 드라마(2009)는 전체적인 줄거리를 원작
대로 유지하면서도 시대 변화에 발맞추어 여러 가지 설정을 바꿔
놓았다는 점이 특징이다.

『트리피드의 날』은 이른바 '포스트 아포칼립스(종말 이후)'를 다
룬 소설의 대표작으로서 수많은 작품에 모범, 또는 영감을 제공했
다. 특히 소재의 유사성 면에서 가장 눈에 띄는 것은 1998년 노벨
문학상 수상자인 조제 사라마구(1922~2010)의 『눈먼 자들의 도
시』(1995)와 그 속편들이다. 원인 불명의 질환으로 주인공을 제외
한 모든 사람이 시력을 상실하고, 그로 인해 인간의 어두운 면이 부
각되며 문명화된 세계가 졸지에 야만으로 변모한다는 줄거리만 보
아도 그 영향력을 쉽게 짐작할 수 있다.

영화로는 대니 보일 감독의 〈28일 후〉(2002)를 들 수 있다. 사고
로 입원해서 운 좋게 재난을 면한 주인공이라는 설정만 보더라도

유사성이 뚜렷하기에, 배리 랭퍼드는 "영화 〈28일 후〉의 처음 45분 내용은 소설 『트리피드의 날』의 1~3장 내용과 똑같고, 단지 좀비를 첨가해 약간 수정했을 뿐"이라고 단언한 바 있다. 실제로 감독인 대니 보일은 물론이고, 그 각본을 쓴 소설가 알렉스 갈런드 역시 창작 과정에서 『트리피드의 날』이 적지 않은 영향을 끼쳤음을 시인하기도 했다.[+]

우리나라에서 『트리피드의 날』은 어린이용 축약본으로 여러 번 간행되었다. 대표적인 것으로는 아이디어회관의 『걷는 식물 트리피드』(1977),[++] 계림문고의 『지구 멸망의 날』(1983), 고려원의 『걷는 식물 트리피드』(1996; 옹기장이에서 2005년 재간행) 등이 있다.[+++] 이번에 간행되는 폴라북스의 『트리피드의 날』은 이 작품의 국내 최초 완역본이며, 편집부의 제안에 따라 작품 이해를 돕기 위해 번역 대본(Penguin Essentials, 2014)에는 없었던 배리 랭퍼드의 해설을 추가했다.

박중서

미래의 문학 07

트리피드의 날

초판 1쇄 펴낸날 2016년 10월 20일
초판 2쇄 펴낸날 2022년 5월 31일

지은이 존 윈덤
옮긴이 박중서
펴낸이 김영정

펴낸곳 폴라북스
등록번호 제22-3044호
주소 06532 서울시 서초구 신반포로 321(잠원동, 미래엔)
전화 02-2017-0280
팩스 02-516-5433
홈페이지 www.hdmh.co.kr

ISBN 978-89-93094-72-5 04840
      978-89-93094-65-7 (세트)

* 폴라북스는 (주)현대문학의 새로운 종합출판 브랜드입니다.
* 책값은 뒤표지에 있습니다.
* 파본은 구입처에서 교환해드립니다.